トルストイ

藤沼貴

第三文明社

晩年のトルストイとソフィア夫人（1906年）

Hulton Archive / ゲッティ イメージズ

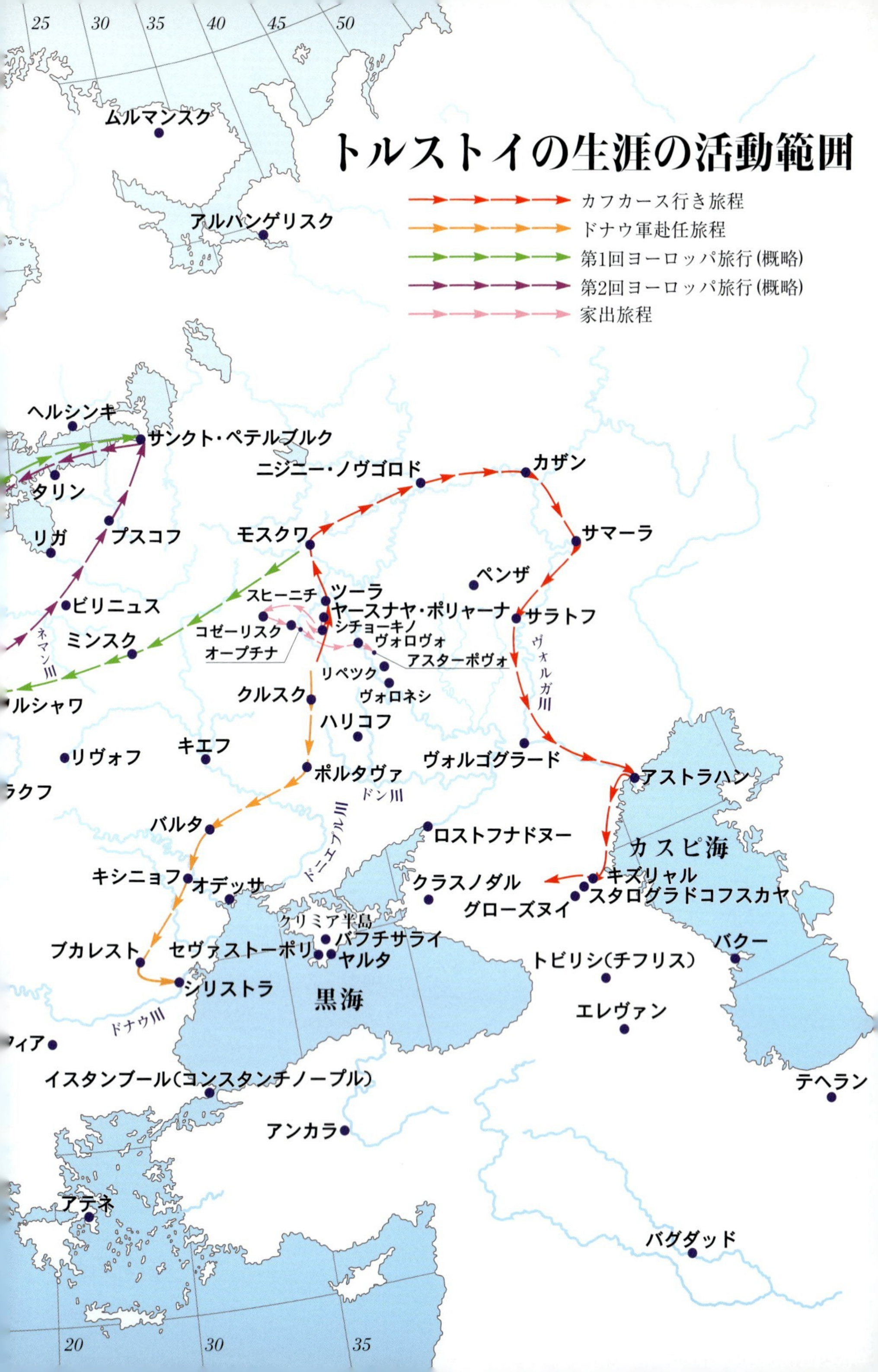

トルストイの生涯の活動範囲
カフカース行き旅程
ドナウ軍赴任旅程
第1回ヨーロッパ旅行(概略)
第2回ヨーロッパ旅行(概略)
家出旅程
ムルマンスク
アルハンゲリスク
ヘルシンキ
サンクト・ペテルブルク
タリン
リガ
プスコフ
ビリニュス
ミンスク
ネマン川
リヴォフ
キエフ
ニジニー・ノヴゴロド
カザン
モスクワ
サマーラ
ペンザ
ツーラ
スヒーニチ
ヤースナヤ・ポリャーナ
サラトフ
コゼーリスク
シチョーキノ
オープチナ
ヴォロヴォ
アスターポヴォ
ヴォルガ川
リペツク
ヴォロネシ
クルスク
ハリコフ
ヴォルゴグラード
アストラハン
ポルタヴァ
ドン川
ドニエプル川
バルタ
ロストフナドヌー
カスピ海
キシニョフ
オデッサ
クラスノダル
キズリャル
スタログラドコフスカヤ
グローズヌイ
クリミア半島
バフチサライ
セヴァストーポリ
ヤルタ
ブカレスト
シリストラ
黒海
ドナウ川
トビリシ(チフリス)
バクー
エレヴァン
テヘラン
イスタンブール(コンスタンチノープル)
アンカラ
アテネ
バグダッド

40°
35
30
25
20
15
10
5
0
5
10
60°
55
50
45
40
35
30
10
レイキャビク
ノルウェー海
大西洋
オスロ
ストックホルム
エジンバラ
北海
ダブリン
バルト
ハンブルク
シュチェチン
ロンドン
ハノーバー
ベルリン
ブリュッセル
ドレスデン
フランクフルト
プラハ
パリ
ライン川
バーデン・バーデン
ミュンヘン
ウィーン
ベルン
シャフハウゼン
チューリッヒ
ルツェルン
ジュネーヴ
ミラノ
ベネチア
モンスニ峠
マルセイユ
ニース
フィレンツェ
イエール
リボルノ
リスボン
マドリード
ローマ
ナポリ
地中海
250Km
250マイル

アウステルリッツ戦の後、戦場を見回るナポレオン。瀕死のアンドレイ・ボルコンスキーが横たわっている（『戦争と平和』〔1912 年刊〕の挿絵〔A・P・アプシート作〕）

大火のモスクワ。フランス軍に放火犯の嫌疑で逮捕されたピエール（同上の挿絵）

まえがき

私は『トルストイの生涯』（第三文明社・レグルス文庫）という本を出している。この本を書き、世に出したのは一九九三年一月、今からちょうど十六年前のことになる。私はその時すでに約半世紀、トルストイに支えられて生きていた。

私は戦中世代の末端の人間で、しかも、少し特殊な環境にいたため、一九四五年八月十五日の敗戦と同時に、寮つきの学校、友人、将来の目標など、すべてを一挙に失った。国外に住んでいた両親・家族とも一年間音信不通になった。

原爆投下の二か月前、やがて爆心地となる広島市の中心街から、危機一髪疎開してきた比婆《ひば》郡の庄原を離れ、生きるよすがを求めて、九月初め東京に向かった。広島を通ることは不可能で、福山を経由し、無蓋《むがい》貨車を乗り継ぎながら一日半、たどり着いた東京は見渡すかぎり焼け野原だった。

このなかで十四歳に満たない私の気力を支えてくれたものは多くなかったが、その一つが掌《てのひら》に乗るほどの小さな文庫本、トルストイの『戦争と平和』だった。しかし、ロシア文学やトルストイにたずさわるという現実性の乏しい生活が、自分の一生になるとは考えなかった。その道に踏み切らせたのは、私の師、劇作家押川昌一《おしかわまさかず》の「大きなロシア文学をやれ。こせこせつまらないことを考えるな」という一言だった。

早稲田大学文学部ロシア文学科に入ってみると、私の恩師たちは一人の例外もなく、迫害、困窮、投獄、抑留生活などを、信念と情熱で乗りきってきた強者《つわもの》たちばかりだった。クラスメートも学校には出ずに政治運動をしたり、食うや食わずで小説を書いたり、芝居をやったりしている極道者《みちをきわめるもの》ぞろいで、私などまともなほうだと気が楽になった。

この連中に「お前は教室に出て代返でもしていろ。それしか能がない」とおだてられ（?）、朝鮮戦争、レッド・パージなど、激動の時代のなかで無事学業をつづけ、卒業論文も修士論文もトルストイをテーマに書いた。博士論文のテーマもトルストイのつもりだったが、十八世紀ロシアの作家カラムジンに変更し、それをのちに『近代ロシア文学の原点――ニコライ・カラムジン研究』（れんが書房新社、一九九七年）として出版した。これはトルストイをよく知るためには、十八世紀を勉強することが必要だと考えたからだった。

その後もトルストイについての論文を書き、『幼年時代』『アンナ・カレーニナ』『復活』などの翻訳もしたが、本は書かなかった。トルストイについて本を書くのはとてもむつかしい。まして、特定の問題ではなく、トルストイ全体について書くのは至難のわざだ。一流のトルストイ学者でも、トルストイ全体を論じた本を書いた人は意外に少ないのである。私が『トルストイの生涯』を書いたのは、出版社から絶好の場を与えられ、有能で熱心なスタッフに助けられ、激励されたおかげである。

この本を出してしばらくすると、私は多少とも修正、補足しなければならないと思うようになった。しかし、この本を出すことができただけでも幸運だったのに、自分から改版を申し出る勇気はとてもなかった。ところが、一昨年やはり同じ出版社の同じスタッフから、『トルストイの生涯』はそのまま残して、もっと大きな本を書いてみる気はないかという提案があった。改版でも出版社には大きな負担とリスクなのに、新しい本が書けるとは！　私はわが耳を疑いながらも、もちろん、二つ返事で承諾した。『トルストイの生涯』を出してから十数年の間に、私はトルストイについて年に二つか三つの論文を書き、いろいろな場所で口頭発表や講義もした。二〇〇六年には、かつて私を救ってくれた米川正夫訳の岩波文庫『戦争と平和』の新訳を担当し、それに関連して多少の勉強もした。こうした蓄積を『トルストイの生涯』に加えれば、一冊の新しい本を書くことも不可能ではないと思っていたが、実際にとりかかってみると、難関の連続だった。

しかし私が予想しなかったことだが、書く時の気分は『トルストイの生涯』のころより、かなり楽になっていた。その気分を味わいながら、私は「世界は変わりつつある」と実感した。十数年前には、トルストイについて語っても、はたして人々が耳を傾けてくれるだろうか、まして、理解してくれるだろうか、という不安につきまとわれた。トルストイの絶対平和と一般社会の「正義」の戦争肯定、精神の品格と物の豊かさ追求、抑制と欲望充足、信仰と科学技術優先。こうした二つの対立するものを天秤にかけてみると、トルストイは前者の側なのに、天秤の皿は後者のほうが重くなっていた。それに逆らうには勇気がいった。

ところが、今回は書きながら、そのような不安はなかった。それどころか、トルストイの皿のほうが重くなりはじめているのが感じられた。たとえば、絶対平和にしても、今ではそれはじわじわと世界の人々の心に浸透している。物の威力も年ごとに弱まってきた。私はこれまでになく、平常心でトルストイについて語ることができた。

『トルストイの生涯』の「まえがき」で私はこう書いた。「偉人の墓に花をささげ、香をたくのは退屈である。しかし、『生きている』人について語るとすれば、たとえ声の低い言葉でも、今真剣に生きている人たちの耳に届くかもしれない。そう思って、私はこの本を書く筆をとったのである」

この考えは今も変わらないばかりでなく、強まってきた。それは私個人の変化ではない、環境全体の変化の結果なのだ。

昨年（二〇〇八年）はトルストイ生誕百八十周年記念の年だった。来年（二〇一〇年）はトルストイ死後ちょうど百年の節目の年になる。私はそれがただの記念やお祭りの年でなく、トルストイ自身の業績・生活と、トルストイが提出してまだ解決されていない問題を、根本的に再検討する、再検討すべき年になるだろうと思う。まさにトルストイ理解の新世紀元年に向けて、この本を出せることは大きな幸せである。

トルストイについて書くことは、はてしなくたくさんある。しかし、毎日を忙しく暮らしておられる読者の方々にとって、この本は読み通せる限度の分量だろう。多忙のなかであえてこの本を手にされている読者に対して、著者としては感謝のほかはない。

付記　この本で使われている日付は、原則として、革命前のロシアで使われていた古い太陽暦（ユリウス暦）。現行の太陽暦（グレゴリウス暦）に換算するには、十九世紀の場合は十二日、二十世紀の場合は十三日を足せばよい。

トルストイ　目次

第二章　私と他者

第三章　修羅と大自然

第四章　進歩と不変

第六章　愛と慈悲

第七章　権力と心の決闘

第八章 支配と奉仕

装幀／堀井美恵子（HAL）

第一章　天国と地獄

I　故郷と家系

1　ヤースナヤ・ポリャーナ

i　防衛ライン

二〇〇七年九月八日、午後三時。

私を乗せたバスはツーラ街道を南へひた走りに走っている。欲望という名の人間と車が渦巻くモスクワを出てわずか三十分。都会の繁雑と喧噪《けんそう》は消えて、ロシアの大自然が開けてくる。街道の両側は見わたすかぎり白樺の林だ。行く先はモスクワから南へ百九十キロ離れたヤースナヤ・ポリャーナ。中央ロシアのささやかな農村だが、トルストイの故郷として世界にその名が知られている。気候はロシアにしては温和。四季おりおりの美しい風景が目をなごませてくれる。穀物も実り、野菜も育つ。夏の終わりには、小さくて酸味《さんみ》のあるロシア風のリンゴが食べきれないほど実をむすぶ。

この自然に恵まれた農村に、トルストイの曾祖父《そうそふ》、祖父、父がすばらしい荘園を造営した。トルストイはこのヤースナヤ・ポリャーナで生まれ、生涯の半ばをすごした。しかし、ヤースナヤ・ポリャーナが今のようなのどかな田園になったのは、それほど古いことではない。トルストイの母方の曾祖父セルゲイ・ヴォルコンスキー公爵の時期、つまり十八世紀半ば以降のことである。昔この地域は農村というより、むしろ軍事上の防衛ラインとして、重要な意味をもっていた。

ロシアには、十世紀のキエフ公国の時代から「ザーセカ（またはザセーカ）」と呼ばれる防御施設があった。施設といっても半自然、半人工的なものだ。森の木を必要に応じて数メートルから四、五十キロの幅にわたって切り倒し、幹を木株からとりはずさず、枝も切り取らずに、先端を敵が侵入してくるほうに向けて横たえておく。日本の逆茂木《さかもぎ》の大規模なものと考えればいい。爆薬や鉄条網で補強したり、敵が侵入してくると、その木に火をつけたりすることもあった。要塞や哨兵線《しょうへいせん》に比べれば簡便なものだが、相当な効力をもっていて、十九世紀半ばまで（次第にその意義は小さくなったものの）使用されていたばかりか、ロシアの軍事技術を代表するものだった。

このザーセカはモスクワ公国時代でも外敵防

ヤースナヤ・ポリャーナのトルストイ邸の入口。左右の建造物は「門」ではなく「塔」と呼ばれている

衛のために、多くの地方で利用された。十七世紀半ばには、南からのクリミア・タタールなどの侵攻を防ぐために、南部と南東部に全長五百キロにおよぶザーセカの防衛帯が造られた。そのなかでいちばん重要な部分が、ほかでもない、ヤースナヤ・ポリャーナをふくむツーラ～リャザンの線だった。ヤースナヤ・ポリャーナの最寄りの鉄道駅が「コズローヴァ・ザーセカ」（一九一八～二〇〇一年の名称はヤースナヤ・ポリャーナ駅）と呼ばれているのは、そこに防衛施設の「ザーセカ」があった名残である。コズローヴァは「山羊の」という意味だが、この地の守備隊長イワン・コズローフの名に因《ちな》んだものだという説もある。しかし、昔の地名に由来するものかもしれない。

ヤースナヤ・ポリャーナは「森のなかの明るい空き地」という意味で、「明るく開けた場所」という雰囲気をただよわせている。逆茂木で通行を遮断した地帯という狭苦しい感じからはほど遠い。

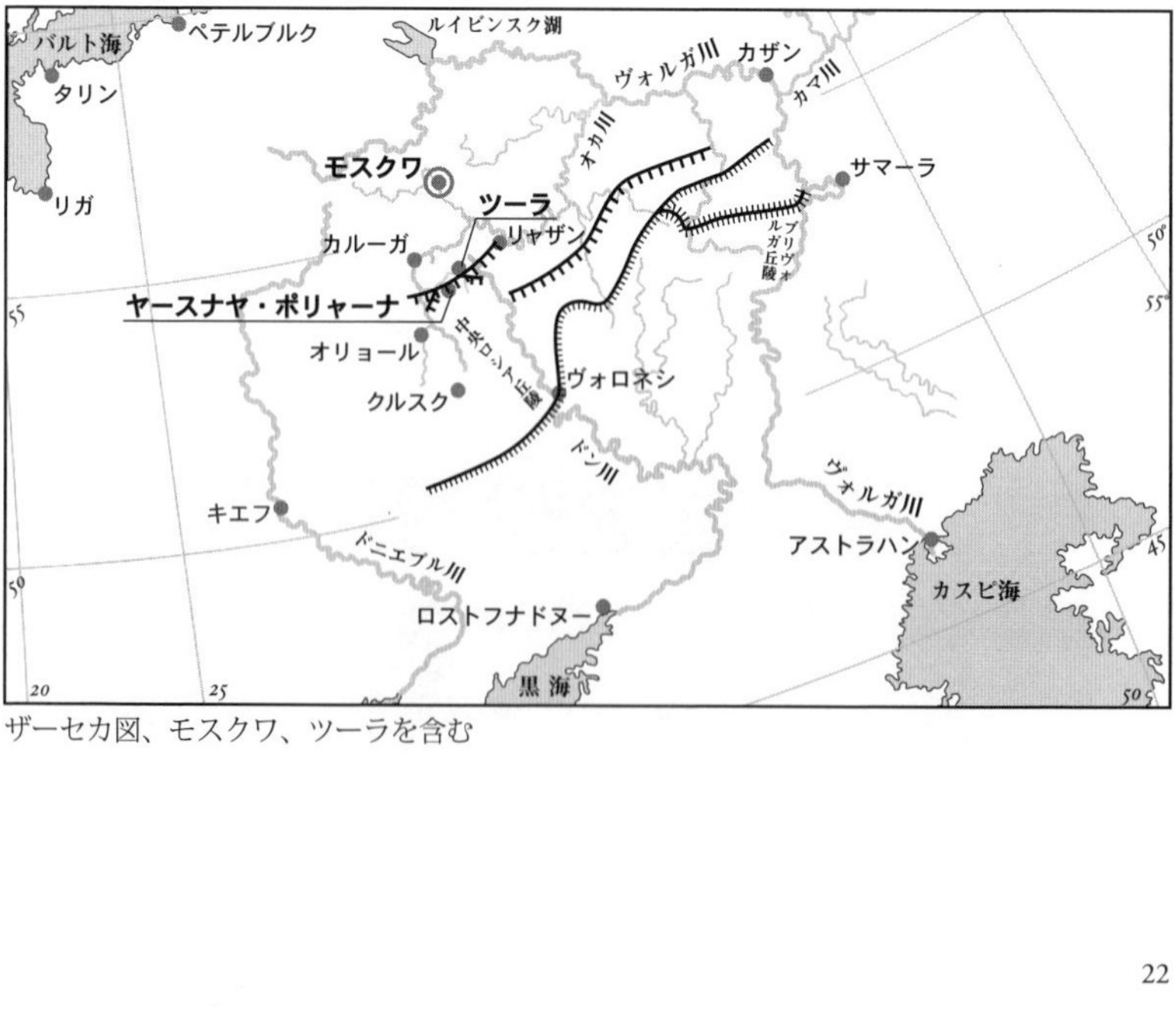

ザーセカ図、モスクワ、ツーラを含む

それもそのはず、ザーセカの防衛帯には、平時にそれを横断できるように、一定の間隔を置いて「門」と呼ばれる通路が設けてあり、ヤースナヤ・ポリャーナはその一つだった。ザーセカがなくなってからも、ヤースナヤ・ポリャーナの近くを通る道路は残り、トルストイ家の屋敷の窓から、その道を往来する人たちを眺めることができた。十九世紀に入ってからその道が舗装《ほそう》され、今は国道になっている。ヤースナヤ（明るい）は、実は、トネリコ（ヤーセニ）という木の名前から生じたと言われているが、「明るく開けた場所」という名は、この村の感じにぴったり当てはまる。

ii　豊かな荘園

国はこの防衛帯の保持のために、近くに二十九の町を建設し、一万人以上の人員を配置した。その上層の者には報酬として土地が支給されていた。その一人カルツォフがヤースナヤ・ポリャーナの最初の所有者と言われている。モスクワ公国が帝国に発展して強力になり、防衛帯の意義が薄れるにつれ、防衛勤務をしていた者のなかには、そこに定着して普通の地主になる者があった。しかし、その結果ヤースナヤ・ポリャーナが豊かな田園になったわけではない。トルストイ自身、一七〇八年のヤースナヤ・ポリャーナのイメージを次のように描いている。

「二人の地主の荘園があったが、せいぜい今のよい農民の家と同じ程度で、しかも、その二つの家は百姓たちの間に混在していた。村は今とは別の場所にあり、地主の家は空き地にあって、現在村がある所は畑だった。農民の家も地主の家も、ばらばらに散在していて、いったん住みついたところに、そのまま住んでいるという感じだった」

これはトルストイが十八世紀を題材にした歴史小説を執筆するために、考証した上で書いたものだから、実情に近いと思われる。こうしたばらばらの集落が一つの農村としてまとまっていった背景には、もちろん、一般的な歴史的過程がある。それは、ロシア全体の農業が一つの総合的な組織になり、農作物が商品となって、農村が閉鎖的な自給自足の共同体から、グローバルな社会の有機的部分になっていった過程である。しかし、一七六三年にヤースナヤ・ポリャーナを入手したセルゲイ・ヴォルコンスキー公爵（トルストイの母方の曾祖父）と、その息子ニコライ・ヴォルコンスキー公爵（トルストイの祖父）の個人的な努力も、ヤースナヤ・ポリャーナをすばらしい荘園にする大きな要因だった。曾祖父は防衛施設勤務の後で居残った地主ではなく、ヤースナヤ・ポリャーナを自ら選んで入手した荘園経営者で、ここに自分の理想の小世界を築こうとした。かれはカルツォフの後に地主になった官吏ポズドネーエフ（または、ポズデーエフ）から、一七六三年ヤースナヤ・ポリャーナを購入したと言われている。祖父ニコライは国家の重職を退いたのち、荘園経営に専念し、自分の父の意図をさらに発展させた。今ヤースナヤ・ポリャーナに残っている建造物のほとんどがかれの構想と建設によるものである。

しかし、ここで、しばらく故郷を離れて、トルストイの祖先のことを語ることにしよう。ヤースナヤ・ポリャーナについては、これから何度も立ち返って話すことになるだろう。

II　父方の祖先（トルストイ家）

i　ドイツ人の祖先

一六八六年、トルストイ家が身分人別庁系図局に提出した系図には、次のように書かれていた。「六八六一年〔これは東方教会の天地創造紀元の年号で、西暦一三五三年にあたる〕、カイサル国〔神聖ローマ帝国〕の異人のうちから、由緒《ゆいしょ》正しき家の、その名はインドロスという男が二人の息子リトヴォニスとジグモンテンとともに来、かれらとともに三千人の者が来た」

トルストイ自身はこの系図を信じて、自分の祖先はドイツ人だと思っていたようだ。そして、このインドロスの苗字がディック（ドイツ語で「太っている」の意味）で、それからトルストイ（ロシア語で「太っている」の意味）という苗字ができた、と考えていた。皇帝のニコライ一世もこの説を信じていたというから、当時としては有力な説だったのだろう。しかし、古今東西を通じて一般に系図は疑わしいものが多く、家門に箔《はく》をつけるために創作されたものがほとんどだが、トルストイ家の系図の信用度は、次の二つの理由で、ほとんどゼロに近い。

(1)ロシアでは次第に増加する貴族を管理、規制するため、家系を明らかにする文書や家紋の提出を貴族たちに求めることがあった。しかし、申請さえすればほとんど承認されたので、素性を明らかにできない者は適当に創作して提出した。トルストイ家が提出した系図書には、この記述は「チェルニーゴフ市〔キエフの北約百キロのウクライナの都市〕の年代記に書いてある」と注記がついているが、チェルニーゴフの年代記なるものは存在しない。

⑵三千人もの人間が大挙して来たというのは、十四世紀ロシアの道路や食糧補給の状況などを考えると、まったく不可能で、少なくとも、この部分は創作か誇張である。ところが、随行した家来の数が減れば、インドロス自身の格も下がり、家系の価値そのものがあやふやになってしまう。

また、トルストイという苗字の由来もはっきりせず、インドロス（または、インドリス）の実の姓はデ・モンスで、トルストイという苗字は、その曾孫で体格のよかったアンドレイにつけられたあだ名から発したという説もある。

ii 典型的新貴族

そんなわけで、トルストイ家のルーツはよくわからない。だが、少なくとも、九世紀、十世紀からつづいていて、ロシアの開祖と言われるリューリクまでたどれる古い家系や、いわゆる旧貴族（ボヤーリン）ではない。ルーシと呼ばれていた古いロシアは、キエフ大公を頂点にして、地方に大小の公が割拠《かっきょ》していた国だったが、主君である公に一面では協力し、反面では抵抗する勢力があった。それは公が現れる以前にその地方を支配していた者や、その他の力をもった者たちで、これが旧貴族である。十五、六世紀から、ロシアではモスクワ公国を中心に中央集権化がすすんで、いくつもの公国が一つのロシア帝国になり、モスクワ公はロシア皇帝になった。旧貴族の多くはこの中央集権に反対する抵抗勢力になり、自分たちの既得の権限を守るために、皇帝の足を引っ張った。

この勢力に対抗しようと、モスクワ公はもともと官吏や軍人だった直属の部下であるドヴァリャニン（「廷臣」という意味）を登用し、それを国家運営の中心にすえると同時に、土地と農奴や、さまざまな恩典を与えた。これはもともと国家のために働いている報酬で、サラリーマンの給料のようなものだった。しかし、それが給料にしては多すぎるものになったり、世襲財産になったりして、かつての勤務者が特権階級になった。この人たちは相変わらず「廷臣」（ドヴァリャニン）と呼ばれたが、実質的には、新しい貴族になったのだ。

トルストイ家はこのような新貴族の典型的な一族だった。素性ははっきりしないが、才能と努力で国家に貢献し、富と権力の頂点にのぼりつめた。十六世紀にイワン四世（雷帝）に仕えたイワン・トルストイ、その子のワシーリー、そのまた息子のアンドレイと、優秀な人物が三代もつづいた。

iii　ピョートル・トルストイ

その仕上げがアンドレイの息子で、作家トルストイの五代前の祖先（曾祖父の祖父）ピョートル・トルストイだった。かれは十七世紀末から十八世紀はじめのピョートル大帝時代の人で、そのきわ立った才能と活動で歴史に名を残した。今でも、この人を知らないロシア人はいない。だが、その活躍は栄光と暗黒に包まれていた。

ピョートル・トルストイは一六四五年ころの生まれで、若い時から廷臣としてそれなりの地位を得ていた。しかし、未来のピョートル大帝（一世。在位一六八二〜一七二五）と異母弟ヨアン（イワン）、その姉のソフィアたちのドロドロした宮廷闘争のなかで、ピョートル派に属していなかったために、ピョートル大帝が権力を一手に集中してから長い間、冷や飯を食わされていた。ピョートル・トルストイが何とか生き残れたのは、その頭脳のおかげだと言われている。事実かどうかわからないが、ピョートル大帝がトルストイの頭をたたきながら、「頭よ、頭よ、もしお前がこれほど利口でなかったら、おれはとうの昔にお前を切り落とす命令を出していたはずだ」と冷やかしたという有名な話がある。冗談にしては棘《とげ》のありすぎる言葉だ。

ピョートル・トルストイはそのような苦境を切り開くつもりだったのか、一六九七年、五十歳という年（当時としてはもう老年）で、若者たちといっしょに外国に勉強に行った。ベネチアに一年四か月滞在して、数学と海運術などを勉強した、と伝えられている。しかし、当時のロシアで数学と海運術はもっとも基本的な学習科目だったから、五十歳にもなった一廉《ひとかど》の人物が、外国まで行って勉強するようなものではない。ピョートルは実は、西欧の外交、政治、軍事、法律などばかりか、広く文化全般を研究していた。その跡はかれが書いた旅日記に残っている。これは一八八八年雑誌『ロシアの古文書』に発表されたが、一九九二年「文学記念物」シリーズの一つとして『大膳職《だいぜんしょく》（元来、宮廷の食事担当の職。当時は大貴族に次ぐ高官に与えられた名称）P・A・トルストイのヨーロッパ旅行　一六九七〜一六九九』という題名で出版された。

そのおかげか、帰国後の一七〇一年、かれはロシアの初代トルコ大使としてコンスタンチノープル（現イスタンブール）に派遣され、そこで十二年間奉職した。これはかれが初めて得た重職だったが、その勤務は宮廷で冷遇される以上に苦しかった。ロシアとオスマン・トルコ帝国は十七世紀後半から数えても、ピョートル・トルストイのコンスタンチノープル赴任までに、五回も戦争をくり返していた。イスラム世界の代表者トルコとビザンチン世界の後継者ロシアとの、中世以来の抗争の歴史までふくめれば、際限のない憎しみと流血の連続だった。ピョートル・トルストイはまさに死を賭《と》して敵のまっただなかに乗りこんだのである。暗殺か虐殺されることなど、もちろん覚悟の上だったに違いない。さいわい、かれは十二年後に生きてロシアに帰れた。それでも、北方戦争と連動して、またしてもロシア・トルコ戦争がはじまった時、逮捕されて、約二年監獄生活を体験した。そのころの牢獄は、死刑のほうがましだ、と言われるくらい過酷な場所だった。

おどろくべきことに、トルストイはこの環境のなかにあって、ローマの詩人オウィディウスの代表作で、ギリシャ・ローマ神話のなかにある人間が植物や動物に変身する物語を集めた『変形譚《メタモルフォセス》』をラテン語からロシア語に翻訳した。

一七一四年に帰国すると、ピョートル・トルストイは枢密外事委員会の委員に任命されて、重要な外交問題の処理に当たり、ピョートル大帝の外国訪問に随行した。しかし、ピョートル・トルストイの名を現代まで伝えているのは、このような功績ではなく、一つの陰惨な事件である。

ピョートル大帝の大改革の時代は日本の明治維新を上まわるドラマチックな時代で、今でも歴史物語、小説、劇、映画、テレビドラマなどでくり返しとりあげられ、人々の興味を惹《ひ》きつけてやまない。だが、「改革者」の手はしばしば血に赤く染まっている。ピョートル大帝も犠牲をおそれず、強引に自分の政策をおしすすめた。なかでも悲惨だったのは、一人息子で、自分の唯一の正当な後継者だった皇太子アレクセイを「改革の敵」として殺害したことだった。イワン雷帝も長男で自分と同名のイワンをなぐり殺したと言われている。女帝エカテリーナ（在位一七六二〜九六）は息子のパーヴェル殺害の機会を狙っていたと言われているが、自分のほうが先に病死してしまった。しかし、ピョートル大帝の息子殺しは陰湿な宮廷闘争のなかで、もっとも執拗《しつよう》で陰惨なものだった。ピョートル・トルストイはその悲劇の主役の一人だったのである。

皇太子アレクセイは父ピョートル大帝の迫害から逃れるため、フィンランドの庶民出身の愛人といっしょに、ウィーンを経てナポリに逃亡した。しかし、ピョートル大帝はきびしく執拗な探索の末、その居所を突き止め、連れ戻しのためにピョートル・トルストイらを派遣した。ピョートル・トルストイは秘術を尽くして、アレクセイの愛人を味方に引きこみ、ナポリの政府の了承を取りつけアレクセイを説得し、アレクセイにも父の慈悲があると約束して（それは嘘《うそ》だった）、帰国させることに成功した。いったん、アレクセイが帰国すると、慈悲どころか、苛烈《かれつ》な査問がはじまり、ピョートル・トルストイは元老、大臣全員を筆頭に百数十人からなる大査問委員会の委員長に任命された。査問の結果、死刑が宣告されたが、アレクセイは処刑を待たずに二十八歳の若さで獄死した。

私の乏しい知識で判断するかぎり、ピョートル・トルストイは個人的にはけっして残忍非道な人間ではなかったと思える。しかし、今も上演されている芝居などには、かれが自らアレクセイに残酷な拷問をし、ついにその手で絞め殺したと思わせるようなものさえある。作家トルストイ自身はこの祖先を「視野が広くて、頭がよく、チュッチェフ〔十九世紀ロシアの有名な詩人で有能な外交官〕のようにきわ立っている。イタリア語は抜群」と誇っていたが、その悪評は当然知っていたはずで、耐えられないほどつらい思いをしたに違いない。

この事件での功績もふくめて、ピョートル・トルストイは大帝の厚い信任を得、ロシアで爵位制が導入されてすぐ、伯爵の称号を授けられて、トルストイ家は特権階級の頂点に上りつめた。トルストイは自分の家柄と身分を誇りにしていたが、同時に、今自分がいる社会の頂点は功績と栄光、暗闘と汚辱の結果にほかならないことを身にしみて感じずにはいられなかった。

ピョートル大帝の死後ピョートル・トルストイは、ピロシキ売りの小僧から（というのは誇張のようだが）成り上がって、大帝の右腕となったアレクサンドル・メンシコフとの権力闘争にやぶれ、逮捕されて、伯爵位剝奪《はくだつ》、領地財産没収のあげく、死刑を宣告された。だが、死一等を減じられ、一七二七年、北の果て、白海の島にあるソロヴェツキー修道院に終身幽閉になり、二年後そこで死んだ。長男のイワン（作家トルストイの高祖父、つまり祖父の祖父）も父とともにソロヴェツキー修道院に幽閉され、父より早く死んだ。普通の牢獄は殺人的にきびしい環境だったが、修道院幽閉はそれよりきびしかった。一方、メンシコフもその直後逮捕されて、家族もろともシベリアに流刑され、まもなく死んだ。ピョートル大帝の重臣の多くは栄華権勢の報いか、その末路はあわれで、その一門がふたたび表舞台に返り咲くことも少なかった。

ただ、トルストイ家の場合は、一七六〇年、女帝エリザヴェータ・ペトローヴナ（ピョートル大帝の娘。在位一七四一〜六二）がトルストイ家の名誉を回復してくれ、アンドレイ・トルストイ（トルストイの曾祖父）に伯爵位が復活された。同時に土地や財産も回復されたようだ。アンドレイはソロヴェツキー修道院で獄死したイワン・トルストイの息子、つまり、歴史に悪名を残したピョートル・トルストイの孫に当たる。名誉回復の理由はよくわからないが、三十数年前のピョートル・トルストイの失脚の原因が、次期皇帝にエリザヴェータを擁立しようとして、アレクセイ（父であるピョートル大帝に殺された皇太子）の子ピョートル二世を擁立するメンシコフと衝突したためだったことが、評価されたのだと思われる。アンドレイ自身が伯爵位をとりもどすほどの功績をはたした史料は見当たらない。

ⅳ 祖父イリヤ

そのおかげで、アンドレイの子イリヤ（作家の祖父）は収入以上の派手な生活をすることができたが、その結果トルストイ家を破産させてしまった。かれは一七五七年の生まれで、陸軍幼年学校に入り、プレオブラジェンスキー連隊に勤務するというエリートコースをすすんだが、三十代半ばに旅団長の位で退職し、その後はたいした官職にはつかず、浪費と社交に明け暮れた。モスクワにはイギリス・クラブという貴族たちの社交施設があったが、かれはその常任幹事で、私費を投じてまで会の催しを盛り上げるほどだった。それやこれやで借金はふくれ上がり、給料かせぎのためにカザン県知事になった。しかし、何の行政的業績もなく、一八二〇年には職権濫用《らんよう》、汚職の疑いで査察を受け、退職に追いこまれた。そして、そのショックのためか、まもなく亡くなった。自殺だったと断定する人もいる。だが、その後の調査によると、イリヤに対する告発は冤罪《えんざい》で、かれを追い落とすための陰謀だったようだ。

Ⅲ　母方の祖先（ヴォルコンスキー家）

トルストイの母方の祖先ヴォルコンスキー公爵家はロシア有数の家系で、十三世紀から年代記にその名をとどめている。その源はチェルニーゴフ公ミハイルにまでさかのぼる。つまり、新貴族だったトルストイ家よりは一段格上の旧貴族だった。しかし、ヴォルコンスキー家がその地歩を確かなものにしたのは、古い名声ではなく、十六世紀以降皇帝に忠実に仕えた結果だった。ボヤーリンの称号を受けたのも一六五〇年という遅い時期で、新貴族と実質的に変わりがない。

ⅰ　セルゲイ・ヴォルコンスキー

トルストイの母方の家はこのヴォルコンスキー家の傍系で、知られている最初の祖先はセルゲイ・

ヤースナヤ・ポリャーナ邸の入口から主屋への道（徒歩約５分）。プレシペクト（大通り）と呼ばれていた

ヴォルコンスキーである。セルゲイは十八世紀後半に軍人（最高位は少将）として七年戦争などに従軍した。トルストイの故郷ヤースナヤ・ポリャーナもこの人が入手した財産だった。

ii　ニコライ・ヴォルコンスキー

セルゲイの子ニコライも女帝エカテリーナ二世の時代に軍人として活躍して少将に昇進し、特命大使としてベルリンに派遣されたこともあった。しかし、なぜか一七九四年にエカテリーナによって罷免《ひめん》されてしまった。一説では、かれはエカテリーナの寵臣《ちょうしん》（愛人）の一人だったが、ポチョムキンなど、ほかの寵臣との争いにやぶれて罷免されたのだという。しかし、現在では、そのような事実はなかったことが明らかになっている。

エカテリーナの死後、その子パーヴェル一世（在位一七九六〜一八〇一）の時代に、ニコライ・ヴォルコンスキーは国務に復帰したが、一七九七年、皇帝の不興を買って辞職。翌年ふたたび復帰したものの、九九年には完全に退職してしまった。その時ニコライは四十六歳、当時としてもいささか早すぎる引退だった。それから二十年以上、一八二一年に亡くなるまで、かれは自分の領地だけで生活し、いっさいの公職につかなかった。

すぐ前で見たように、トルストイ家の父方の祖先は、曾祖父のアンドレイまでは国家勤務を仕事にしていたが、祖父のイリヤからは個人の生活を主にしている。つまり、ちょうど十八世紀から十九世紀へ移る時期を境目にして、生き方がまったく変わっている。一方、母方の祖先を見ると、祖父ニコライ・

ヴォルコンスキーは十八世紀までは国家のために働いていたのに、十九世紀からは自分中心の生活をしている。つまり、ニコライは同じ人間でありながら、十九世紀を境にまったく別の二つの人生を生きたのだった。双方の家に同時に生じたこの同種の変化については、少し後でもう一度触れることにしよう。

Ⅳ 両親

トルストイの父は贅沢《ぜいたく》な生活でトルストイ家を破産させたイリヤの長男ニコライ、母はエカテリーナ時代の重臣ニコライ・ヴォルコンスキーの娘マリアだった。

i 父ニコライ

ニコライ・トルストイは一七九四年生まれ。六歳で県庁の官吏に採用された。かれが天才だったからではない。当時のロシアでは、これが出世を早めるための常套《じょうとう》手段だった。男の子が生まれると同時に軍隊や官庁に入ることなど、むしろあたり前で、しかも、実際には勤務もしていない幽霊官吏や透明軍人が年々昇進した。ニコライも役所どころか、学校にも行かないのに、十六歳で県知事秘書にまで出世していた。もちろん、これはとんでもない悪習で、十九世紀にはこういう慣習はなくなった。

一八一二年、ナポレオンの大軍がネマン（ニーメン）川を越えてロシアに侵入し、いわゆる祖国戦争がはじまると、ニコライも一般の例にならって軍隊に入った。ナポレオン軍の攻勢の時期には実戦には加わらず、ナポレオンがモスクワを撤退してから、いくつかの戦闘に参加したものの、一三年秋、伝令としてペテルブルクに送られた帰途、フランス軍に捕らえられ、捕虜としてパリに抑留されてしまった。解放されたのは、ロシア軍がパリを占領したころ、一四年春のことだった。祖国防衛の勇士としてたたえられるほどの功績はなかったし、生来戦争がきらいだったらしい。軍中から家族にあてた手紙にこんな言葉が散見される。

「ぼくが《毒を食らわば皿まで》という諺《ことわざ》にこだわっていなければ、多分、軍務はやめてしまったでしょう」「ぼくはもう人間を殺す気持ちがなくなって、愛する妻とひっそり暮らし、大きいのから小さいのまで、子供たちに囲まれる幸せを考えています」

捕虜から解放されて、帰国した五年後、かれは病気を理由に二十五歳の若さで軍務を離れた。ニコライが本当に病気だったかどうか、よくわからない。いずれにしても、父が破産させてしまったトルストイ家の財政を立て直すのが急務だったので、軍隊をやめて、父が県知事をしていたカザンに向かった。しかし、父は翌一八二〇年に莫大な（資産価値の二倍といわれる）負債を残して死んでしまった。

まもなくニコライは文官勤務に復帰し、モスクワ警備局戦争孤児部長補佐という職についた。その給料は莫大な借金返済に役立つようなものではなく、かれの就職の目的は借金不払いで投獄されるのを免れるためだったという説もある。官職にある者は法によって投獄から免れることができたからである。いずれにせよ、この勤務だけではどうにもならない。ニコライはモスクワで借家暮らしの切り詰めた生活をしながら、借金返済の方策をさがしていた。そのためのいちばん手っ取り早くて、確実な選択肢は、資産があって、婚期を逃した（または、逃しかけている）令嬢と結婚することだった。これも当時の悪習だが、常套手段で、多くの若者がその機会を狙っていた。幸運なことに、ニコライは莫大な資産をもつヴォルコンスキー家の唯一の相続人であるマリアという、願ってもない相手と結婚することに成功した。

ii　母マリア

マリアはエカテリーナ二世の重臣ニコライ・ヴォルコンスキーの娘で、ヤースナヤ・ポリャーナを入手したセルゲイ・ヴォルコンスキーの孫に当たる。ニコライ・ヴォルコンスキーにはワルワーラという娘もいたが、子供の時に亡くなってしまい、マリアは実質的に一人娘だった。かの女は一七九〇年生まれで、夫になったニコライ・トルストイより三歳半年上だったし、美人ではなかったというのが定説になっている。かの女の肖像はなく、影絵《シルエット》が一枚残っているにすぎない。しかし、かの女は気立てがよく、教養があり、良妻賢母だったというのが、やはり定説である。裕福な名門公爵家の令嬢が三十すぎまで結婚しなかった（当時としては異例の晩婚だった）のは、十三歳の時に当時十六歳だった許婚者《フィアンセ》が死に、その思い出から抜け出られなかったからだと、トルストイは作家らしいロマンチックな推測をしている。しかし、父一人、娘一人の家庭だったので、父の面倒を見るのに専念していたのが晩婚の最大の理由だったのではないだろうか。マリアがニコライと結婚したのは父の死の一年後だった。

ともあれ、二人は一八二二年夏に結婚した。どのようなきっかけで二人が知り合って、結婚したのかわかっていない。両家の親戚がまとめたという常識的な推測がだいたい当たっているだろうが、マリアの周囲には財産目当ての男たちが群がっていたので、そのなかから好ましい相手として、マリア自身がニコライを選んだのだろう。まもなくニコライは役所をやめて、妻の領地ヤースナヤ・ポリャーナに住み、贅沢で浪費家の父とは正反対の質素勤倹《きんけん》な生活をした。生活の苦労をしたことのない妻のマリアもその夫の生活態度を受け入れた。当時のロシア貴族は夏を田舎の領地ですごし、冬は都会に出て社交生活を楽しむのが習慣だったが、二人は華美な都会生活を避けて、一年中ヤースナヤ・ポリャーナを離れなかった。マリアは内向的な女性で、もともと社交生活は好きではなかったようだが、生活費を切り詰める夫の方針に従うためでもあったのだろう。

iii　遊民貴族

すぐ前で書いたように、トルストイ家ばかりでなく、ロシア貴族の生活は十八世紀末〜十九世紀はじめを境にして、本質的に変化した。かつては貴族であることは実際に国家を支配する人間であることだった。国政に参加するばかりでなく、国を守るために命を捨てることのできないような人間は貴族ではなかった。トルストイ家の祖先もヴォルコンスキー家の祖先もそういう貴族だった。しかし、作家の祖父イリヤ・トルストイになると、もう貴族の気概も実力もなかった。あったのは贅沢な習慣と気位の高さだけで、県知事になったのも給料をもらうという利己的な目的のためだったらしい。その子ニコライもナポレオン戦争で一応貴族としての義務をはたしたが、領地に帰って、結婚してからは、自分の家族と領地のことに集中し、国家と国民に対する責任などは二の次だった。

母方の祖父ニコライ・ヴォルコンスキーは前半生こそ貴族の責務をはたしていたが、後半生の二十年間は自分の領地という小世界に閉じこもった。その子マリア（作家の母）は女性ということもあって、最初から社会国家についての関心は家族よりはるかに下だった。

この変化は一般的で必然的なものだったが、その原因を説明することは容易ではない。ここでは、図式的だが、あえて三つに単純化してみよう。

一つはロシアの農奴《のうど》制の変質である。

農奴制は多くの国で中世的な古い制度だったが、ロシアでは十五世紀ころから十八世紀にかけて、ロシアの強化発展の軸になり、十九世紀後半まで存続した。広大な土地に比べて労働力は少なかったから（ロシアの領土は日本の五十倍もあるのに、人口はせいぜい二倍しかない）、労働力を土地に固定しておかないと、四方八方に拡散してしまう。それに、農奴制によって農業生産を地主というパイプで国家へ接続し、集中化した国力にすることができた。しかし、近代化がすすむにつれ、束縛された農奴労働より、自由労働のほうが能率的なことが明らかになり、また、工業化がすすむにつれ、労働力の固定ではなく、流動化が不可欠になってきた。しかも、ロシアでも十八世紀から人権意識が広まって、人間の差別が道徳的悪と考えられるようになってきた。こうして、農奴制は経済的にも、社会的にも、道徳的にもよくない制度になってしまった。

二つ目は地主の特権化である。

元来、土地や農民は国家に奉仕した者に報酬として与えられた。現代のサラリーマンが給料をもらうのと同じだ。しかも、貴族たちは命を賭して国家に奉仕していたから、客観的にはいろいろ問題はあったものの、貴族自身はその報酬を受けるのを恥じなかった。しかし、土地・農民が財産として世襲されるようになり、しかも一七六二年の「貴族の自由令」などで、国家勤務が貴族の義務ではなくなった。国家をリードするエリートだった人間が、なんの努力も仕事もせずに、農民が生み出す利益にたよる寄食者になったのだ。その結果、貴族たちは生きる意味を失い、人間としての価値を喪失し、精神的に堕落した。

三つ目は国家と貴族の関係の変化である。

十八世紀までのロシア帝国の支柱は貴族だった。しかし、農奴制と貴族階級の崩壊が避けられない状況になると、国家権力は貴族を見捨ててでも、権力の維持をはかろうとした。国家権力は本来、何よりも権力維持を目的とするもので、そのためなら手段を選ばない。十九世紀のロシアでは、国家権力にとって、貴族は役に立つかぎりで利用すればいい階層で、もはや皇帝や国家と一心同体のパートナーではなくなっていた。貴族のほうもそんな国家に忠誠心を失い、私生活を優先したのである。

2 子供時代

I 理想の幸福

i 夢の幼年時代

トルストイの父ニコライは資産家ヴォルコンスキー家のマリアと結婚することで、財政立て直しのめどがついて、それを着実に実現していった。マリアも一年中、田舎の荘園で暮らすのをいとわなかった。二人の家庭生活はマリアが早く亡くなったために、十年足らずしかつづかなかったが、荘園の小世界のなかで、無事にすごしていたと思われる。

そして、一八二三年に長男ニコライ、二六年に次男セルゲイ、二七年に三男ドミトリー、二八年に未来の作家レフ、三〇年には一人娘が誕生し、

ヤースナヤ・ポリャーナの家。現在は博物館

当時のロシアによくあったように、母の名に因んで、マリアと命名された。しかし、初めての女の子を産んでから、五か月後に母マリアは亡くなった。死因は熱病とか、脳炎とか、倒れて頭を打ったためとか言われているが、たえ間ない妊娠出産のくり返しが、マリアの肉体を疲れさせ、いわゆる「産後の肥《ひ》立《だ》ちが悪くて」亡くなったのかもしれない。享年三十九歳。四男のレフ・トルストイはあと一月でようやく二歳になるところだった。

後になって、トルストイが何度も回想したように、かれは母の顔もおぼえておらず、「ママ」と呼びかけた記憶もなかった。しかし、そのためにかえって、理想的な母のイメージを創造することができた。かれは年老いてから小さな紙切れにこんなことを書きつけた。「そうだ、ママは純粋な愛情の、と言っても、冷たい神の愛ではなく、地上の、温かい、母の愛の私の最高のイメージなのだ」。そして、このすばらしい母のイメージは、トルストイのなかで理想的な幼年時代のイメージにつながる。作家となって初めて世に出した作品『幼年時代』で、トルストイはそのすばらしさを次のような印象深い言葉で表現している。

「しあわせな、しあわせな、二度とかえらぬ幼年時代！　どうしてその思い出を愛し、いつくしまずにいられようか？　その思い出は私の魂をさわやかにし、高め、私にとってこよないたのしみの源になっている。（中略）

幼年時代に人がもっている清らかさと、無心と、愛の欲求と、信仰の力は、いつの日かよみがえるのだろうか？　この上もなくすばらしい二つの美徳――無邪気な快活さと無限の愛の欲求――だけが人生の原動力だった時にまさる時期があるだろうか？」

ii　さまざまな幼年時代

下層出身の作家ゴーリキーは『幼年時代』という作品を書いた時、おそらく、トルストイの同名の作品を意識していただろうが、その主人公の子供時代は苦難にみちていて、「《愚かな種族》の暗黒な生活は、あまりにも無慈悲さにあふれていた」と言わざるをえなかった。ドストエフスキーは「子供のころから残されている楽しく、神聖な思い出こそ、何よりも一番よい教育なのかもしれません。過去にそういう追憶をたくさん集めたものは一生救われるのです」と、作品の登場人物に語らせてはいた。だが、貴族とは名ばかりで、生活の辛酸をなめてきたかれは、不幸な子供の話をいくつも書かずにはいられなかった。一方、トルストイ以上に豊かな名門貴族だったレールモントフやツルゲーネフなどは、その不幸な個人的事情のために、子供時代は暗く、不幸なものだった。ツルゲーネフの場合、専制的な女地主の母と、母より年下で美男子の父の冷えきった夫婦関係、レールモントフの場合は、母と父方の祖母、つまり嫁姑の確執が子供の生活と心に深い亀裂を生じさせていたのだった。

Ⅱ　幸福の底辺

i　タチヤーナおばさんたち

こうしてみると、トルストイの子供時代はめったにない恵まれたものだった。母の死という大きな空洞も、子供の時からトルストイ家で養われていた、遠縁のタチヤーナ・ヨールゴリスカヤ（この苗字はエルゴーリスカヤとも発音されるが、タチヤーナおばさんの場合は、ヨールゴリスカヤだったようだ）おばさんが埋めてくれた。貴族地主の生活の危機や矛盾からも、ロシア社会の荒波からも、幼いトルストイは地主屋敷の空間と、家族や数十人もいる召使の防壁で、二重三重に守られていた。まるで蜜蜂の巣の奥深くで、無数の働き蜂に守られながら、ロイヤルゼリーを食べている女王蜂のようなものだった。しかし、そのなかでも直感の鋭い純真な子供が違和感をおぼえる瞬間はたびたび、いや常にあった。

その第一は、ほかでもないタチヤーナおばさんだった。かの女はトルストイの曾祖父の妹の孫で、それほど近しい親戚ではなかったが、両親を早く失って孤児となり、トルストイの祖母に引きとられて、育てられた。福祉制度のほとんどない時代、どこの国でも裕福な家庭にはこのような寄食者（居候）がいた。その家庭に何らかの労力を提供しながら養われている微妙な立場の人たちで、タチヤーナおばさんの場合も忍従の一生だった。トルストイの父ニコライとタチヤーナは子供のころから一つ屋根の下で暮らしているうちに相思相愛となり、結婚を誓い合った。しかし、ニコライは傾いた家運を立て直すために、タチヤーナとの愛を犠牲にして、資産のあるヴォルコンスキー家の令嬢マリアと結婚した。当時のロシアでは、貴族の女性が社会に出て就職し、独立して生きていく可能性はまったくなかった。タチヤーナはニコライに捨てられても、トルストイ家にとどまり、新婚のニコライとマリアといっしょに、毎日同じ食卓で食事をしながら、生きていくほかはなかった。それはどんなに辛い忍従の生活だっただろうか。『戦争と平和』の薄幸の女性ソーニャはタチヤーナおばさんをモデルにしたもの、と伝えられている。

かの女は実の母におとらない愛情でトルストイ兄妹の世話をし、一生独身のままトルストイ家に骨をうずめた。子供たちもかの女を母親のようにたよりにしていた。とくにトルストイはだらしないほどタチヤーナおばさんに甘えており、かの女がいなければトルストイ家の生活は成り立たなかった。マリアの死後、ニコライはタチヤーナに結婚を申しこんだが、かの女はことわった。それはかの女の女性としてのせめてもの意地だったのかもしれない。トルストイはこうしたタチヤーナおばさんの生き方を毎日目の前に見ていた。かの女が周囲を気にしながら、肩をすぼめて生きていることは、子供の目にも見てとれただろう。

もう一人、トルストイ家に寄食していたアレクサンドラおばさんも薄幸の人だった。かの女はトルストイの父ニコライの妹で、バルト地方の富裕な伯爵オステン＝サッケン家に嫁いだ。しかし、精神錯乱になった夫に殺されそうになり、実家にもどった。その後かの女は女の子を死産したが、産婦にショックを与えないため、同じころに生まれた農民の娘を死んだ赤ん坊とすりかえた。これも当時の差別社会ではめずらしいことではなかったが、そのために取り上げられた子供とその親の人生はぶちこわされてしまった。その問題の子供であるアレクサンドラおばさんの「養女」パーシェンカも、トルストイ家で養われていたが、その素性はすぐに知れわたってしまったので、一人前の人間として扱われなかった。

ii　ばあやのプラスコヴィア

トルストイがタチヤーナおばさんと同じように心の支えにしていたもう一人の女性がいた。それは女中頭《がしら》のプラスコヴィアだった。かの女は祖母の身のまわりを世話する女中から母マリアの子守になった。母が少し大きくなって、その世話を住みこみの女性家庭教師がするようになると、プラスコヴィアは女中頭に昇進して倉の鍵をまかされた。トルストイの小説『幼年時代』『少年時代』に出てくる女中頭のナターリア・サーヴィシナは、現実のプラスコヴィアをほとんどそのまま写しとったものだと、トルストイ自身がみとめている。作中のナターリアは若い時、美男の給仕と結婚しようとしたが、主人に叱りとばされ、一生独身を通した。当時お屋敷勤めの農奴は主人に反対されると、結婚するのがむつかしかったのだ。母はプラスコヴィアが年をとったのち、その多年の労苦に報いるため、高額の年金つきで農奴の身分から解放してやろうとしたが、ナターリアはそれを頑として拒否し、農奴の身分のまま主人の家に骨をうずめた。これもやはり、一人の人間としてのナターリアの意地だったのだろうか。プラスコヴィアを差別の壁を越えて愛していたトルストイでさえ、かの女にきびしく叱られると、「なんだ、召使のくせに」と、主人の立場にかえって腹を立てたりした。

iii　もう一人の兄

トルストイの家族は両親と五人兄妹のほかに、祖母のペラゲーヤ、アレクサンドラおばさん、その養女のパーシェンカ、タチヤーナおばさん、すぐ後で述べるいきさつで、隣人から引き取った泣き虫の女の子ドゥーネチカなど、十人を超えていたが、食卓には数人の住みこみ家庭教師もつらなったので、にぎやかだった。しかし、食卓につらなることのないもう一人の兄がトルストイにはいた。それは、父ニコライが十六歳くらいの時に、農奴の女の子に産ませたミーシェンカという男で、トルストイより十八も年長だった。かれは郵便配達夫になって元気に働いていたが、やがて身をもちくずし、トルストイ家に金をせびりにくるようになった。トルストイ自身、その『回想』のなかで「この零落《れいらく》した、それも私たち兄妹のだれよりも父に似ている私の兄が扶助を乞いにきて、私たちが与える十ルーブルか十五ルーブルの金に礼を言っている時に、私が感じた割り切れない奇妙な気持ちをおぼえている」と書いている。上流階級の男が「健康のために」庶民の女性と関係をもち、子供まで産ませることなど、当時としてはあたり前だった。しかし、そのことに「割り切れない奇妙な感じ」をいだくのも自然だった。

このように、トルストイは理想的なしあわせを享受していたが、その一家の人間関係は無慈悲な差別社会の縮図だった。子供のトルストイもそれをたえず目《ま》の当たりにしていたのである。

Ⅲ　幼年時代の終わり

i　他人の存在

トルストイもやがて、すべてが自分のために存在しているような幸福感に、無邪気にひたっていることはできなくなる。その幸福感がなりたっているのは、自分が差別、闘争、悲惨にみちた現実世界から防壁で隔てられているからだということに、やがて気づかずにはいられなかったのだ。その時、しあわせな幼年時代は終わって、大人に一歩近づいた少年時代がはじまる。

第一作『幼年時代』につづいて書かれた『少年時代』で、主人公の一家は田舎を離れてモスクワに移り住む。その旅行中のできごとを述べながら、トルストイは次のように書いている。

「読者のみなさん、あなたたちは人生のある時期に、それまで見ていたすべての事柄が、まるで不意に別の、未知の面を向けたように、自分のものの見方がすっかり変わってゆくのに、気づかれたことがおありだろうか？　そういった種類の精神的変化が、私たちの旅行の時に、はじめて私のなかに生じた。そこで、私は自分の少年時代のはじまりを、この旅行からと見るのである。

私の頭にはじめて、この世に生きているのは私たち一家だけではないし、すべての利害が私たちにまつわりついているわけでもなく、私たちと何一つ共通点をもたず、私たちのことを気にかけず、私たちの存在を知りもしない人々の別の人生があるのだ、という考えが現れた。たしかに、私はこういったことを全部、以前から知っていた。しかし、今それを知ったかたちとは違ったかたちで知っていた。つまり、自覚していなかった、感じとっていなかったのである」

ii　モスクワへ

小説のできごとと同じように、一八三七年一月、トルストイが八歳の時に、一家はモスクワに引っ越した。大きくなった子供たちの教育のためというのが第一の理由だったが、都会ぎらいの妻マリアが亡くなり、財政も好転したので、父が都会生活を楽しみたくなったからかもしれない。それに、贅沢な生活しか知らない祖母ペラゲーヤにもう一度都会の生活を味わわせたかったのかもしれない。しかし、トルストイ自身は人情の薄いモスクワの生活になじめなかったし、モスクワに着くとまもなく、教育という名の詰めこみ勉強がはじまったのも苦痛だった。

iii 幸福の原像

しあわせな幼年時代は終わるべくして終わった。その幸福は確かに一種の幻影だった。しかし、それは幻影としてただ消え去ってしまったのではなく、幸福な世界の原体験として、いつまでも根強くトルストイのなかに残った。そればかりか、かれはその幸福な世界を復活させようとさえした。ただふたたび建てられるべき幸福な世界は、差別や犠牲を支えにしていてはならない。トルストイは幸福な幼年時代が終わって夢からさめたのち、不正も悪もない幸福な世界の再建という新しい夢を見つづけた。たとえ夢であっても、ひとたび幸福をのぞき見た人は、人間が幸福にならなければならないこと、そのためには幸福を上まわる苦悩をくぐり抜けなければならないことを知りながら、幸福を信じつづけるのである。

Ⅳ 教育

i 教師という名の召使

タチヤーナおばさんとプラスコヴィアのほかにもう一人、トルストイの幼年時代の幸福をささえてくれた人がいた。それはドイツ人のフリードリッヒ・リョッセルだった。トルストイ家では（おそらくほかの貴族の家庭でも）、男の子も生まれてから数年は女性の子守に世話され、姉妹や女性たち（トルストイの場合はアレクサンドラおばさん、タチヤーナおばさん、妹マリア、泣き虫ドゥーネチカなど）といっしょに生活していた。広大な屋敷は女性が生活する部分と男性の部分がはっきり区切られていた。しかし、五歳くらいになると、男の子は女性の区域（トルストイ家では一階）から男性の区域（トルストイ家では二階）に移された。トルストイはその部屋換えが行われた日、子供心にも「自分は男だ」と意識し、責任感のような気分を味わったという。

その男の区域でトルストイや兄たちの世話をしていたのが、リョッセルだった。かれはドイツ語の住みこみ家庭教師で、ロシア語は片言しかしゃべれなかった。子供たちはドイツ語しかしゃべらないかれと一日じゅう接しているうちに、ドイツ語会話をマスターした。しかし、かれは先生というよりやさしい爺《じい》やで、トルストイをかわいがり、甘やかしてくれた。トルストイ自身の回想によると、小説『幼年時代』の人物カルル・イワーヌイチはリョッセルをモデルにしたものだという。作中のカルルはロシアにもぐりこみ、運よく貴族の家庭教師の職にありついたドイツの脱走兵で、教養はなく、ドイツ語がしゃべれることがたった一つのとりえだった。

ii　教育不在

十八、十九世紀のロシアの貴族や富裕な商人は子供を教育したいと思っていながら、国に初等教育のシステムがないため、家庭教育にたよらざるをえなかった。だが、それほどたくさん家庭教師の適任者がいるわけはなく、何の教養もない外国人をやとって、外国語の会話をおぼえさせるだけに終わるのが普通だった。その結果、多くのロシア貴族が、トルストイ自身の『戦争と平和』などを見ればよくわかるように、フランス語、ドイツ語は母国人なみに流暢《りゅうちょう》なのに、何の教養もないどころか、ロシア語もまともにしゃべれない奇妙で可哀そうな人間になってしまった。

トルストイはリョッセルが好きだったが、かれが何の能力もない人間で、ロシアには身寄りもなく、ドイツ語をしゃべりながら、トルストイ家に寄食している哀れな人間であることを知っていた。トルストイばかりでなく、貴族の子供たちにとって、このような人間は教師ではなく、自分の思いのままになる使用人だった。「先生」が人間としての尊厳をもっていないようでは教育はなりたた

1837年にトルストイ一家が住んだモスクワの家。現在は市交通局の建物になっていて、構内には入れない

ない。トルストイの教育がいつ、どのようにしてはじまったかはわかっていないが、わかるほどの筋道だった教育はなかった、というのが真相なのだ。のちにトルストイが教育事業に情熱を傾けた理由の一つは、自分が本当の意味での教育を受けなかったという無念さだった。

iii 詰めこみ教育

モスクワに移ると、十一人もの住みこみと通いの家庭教師による勉強がはじまった。その中心がやさしいリョッセルからきびしいフランス人のサン・トマに代わったのも、トルストイにとっては苦痛だった。リョッセルはトルストイをサン・トマにゆだねるときに、「この子はあまりにも善良な心のもち主ですから、こわがらせるようでは、何も教育できないでしょう」と言ったそうだが、サン・トマは自分の流儀をつらぬいた。だが、実はサン・トマは外国人教師としてはむしろいいほうで、のちにはトルストイもそれを理解するようになった。しかし、はじめのうちはかれを仇敵《きゅうてき》のように憎んでいた。これもしあわせな幼年時代を終わらせる変化だったし、後年トルストイが強制的教育を徹底的に憎む遠因になった。

Ｖ　家庭生活の変化

ｉ　父と祖母の死

モスクワに移ってからまもなく、一八三七年六月二十一日に父が急死した。トルストイが九歳になる二か月前だった。父はかなり前から健康がすぐれなかったが、財政立て直し、妻の死、モスクワ移転、すぐ後で述べるような土地の係争問題で疲れはて、その係争の解決に奔走《ほんそう》している最中に、おそらく心不全か何かで倒れて即死した。しかし、係争相手の関係者に毒を盛られたという噂《うわさ》もあった。また、亡くなった時、父の土地関係の書類ばかりでなく、所持金も消えていたので、トルストイ家の召使かだれかが殺したという風評もあった。当時は地主が自分の農奴に恨まれて殺される事件が時折起こっており、トルストイと同時代のロシアの大作家ドストエフスキーも同じような経験をしている。かれの父親も自分の農奴に殺害されたのだが、それは一八三九年、トルストイの父の死の二年後のことで、その精神的ショックのために、ドストエフスキーの最初の癲癇《てんかん》の発作が起こったと言われている。幼いトルストイにとっても父の死と、それにまつわる不愉快な風評はつらいものだったに違いない。

父ニコライは破産したトルストイ家の財政を立て直したばかりでなく、新しい領地を買い足した。その一つがヤースナヤ・ポリャーナに近い豊かな荘園ピロゴーヴォだった。その売買契約は一八三七年三月に結ばれたが、買い手のトルストイに破格の有利な条件だった。その直後の四月に売り主のチェミャーシェフが脳出血で倒れ、言語能力まで失ってしまったため、その妹がトルストイの不正取得として、ピロゴーヴォの相続権を主張し、裁判を起こした。実はチェミャーシェフは農奴の女に産ませた庶子のドゥーネチカの処置に窮《きゅう》し、その娘を引き取ってもらった謝礼に、格安でピロゴーヴォをトルストイに譲り渡したのだった、という。それにしても、この土地をめぐって二人の人間が相次いで倒れたのは奇怪で、その裏に何か恐ろしいことがあった可能性もある。ドゥーネチカもいつの間にかトルストイ家からいなくなり、その後の消息がわからない。地主の欲望の不始末が土地の係争ばかりか、多くの人の不幸にまでつながったのかもしれない。

父につづいて祖母のペラゲーヤも三八年五月に亡くなった。息子の死というショックもその原因の一つだっただろう。貴族のプライドと贅沢な生活の名残をとどめていた祖母の死で、トルストイの幸福な子供時代ばかりでなく、トルストイ家の古きよき時代は終わりを告げた。外では冷たい逆風が貴族に吹きつけていた。

ii 故郷にもどる

しかし、このころトルストイ家の家計は好転していた。その年収は（具体的な数字は一〇九〜一一〇ページ参照）、今の日本円で、少なくとも、五億円くらいになっていただろう。支出はそれを下回り、帳尻は黒字になっていた。しかし、都会の生活は高くつく。十一人の家庭教師の給金だけでも一年に五千万円くらい払っていた。父と祖母の死後三八年七月に、家族の多くは生活の中心を田舎に移し、トルストイも大好きなヤースナヤ・ポリャーナで生活できるようになった。だが、もうしあわせな幼年時代がもどってくるはずはなかった。

Ⅵ 信仰

i 一家の信仰

トルストイの子供時代の話を終わるにあたって、もう一つどうしても付け加えておかなければならないことがある。それはかれの信仰のことである。晩年信仰について語り、神を説いてやまなかったトルストイ。そのトルストイの信仰の根源を子供時代にまでたどることができるだろうか。単純に答えるとすれば、それは「否」である。ふつうのロシア人である以上、トルストイ家の人々もヴォルコンスキー家の人々も、当然ロシア正教会の信者だった。しかし、トルストイの祖先、家族、親類の間に、農民のように純真にキリスト教を信仰していた人は、すぐ後で触れる例外をのぞいて、見当たらない。トルストイ自身やその兄妹の子供時代にも、ロシア正教ばかりでなく、キリスト教の信仰が重要な役割をはたしていた形跡はない。妹のマリアは修道尼になったが、それはずっと後のことであり、しかも、それには特別な理由があった。母のマリアは敬虔《けいけん》なキリスト教の信者だったという感じがあり、トルストイの父がマリアの遺志で石造の教会を建てたと言われており、かの女が少なくとも時折教会に通っていたことは知られているが、敬虔な信者だったかどうかはわからない。かの女が自分の考えを書いた文章はかなりたくさん残っているが、そのなかには宗教的な言葉はなく、啓蒙主義的な理性的な言葉が目立っている。かの女の父ニコライ・ヴォルコンスキーはフリーメーソンだったとか、理神論者だったとか言われており、マリアはいろいろな面で父の影響を受けていた。かの女が信心深いキリスト教徒だったというのは、かの女をモデルにしたと考えられている『戦争と平和』の公爵令嬢マリアのイメージを、現実のマリアに安易に転移したものではないだろうか。ただ、おそらく唯一の例外はアレクサンドラおばさんで、かの女はトルストイたち兄妹の世話とお祈りに明け暮れていたと言われている。ただし、それについてもくわしいことはわからない。

ii 信仰不在

前のパラグラフで述べたことは不思議ではない。十八世紀以降のロシアでは、貴族や知識人の多くがもはやロシア正教を本気で信仰できなくなっていた。この信仰の空洞化もやはり貴族階級の危機を示す深刻な兆候の一つだった。もともと宗教の役割の大きくない社会なら、世間の約束のようなものが、あやふやながら一種の社会的道徳となって、共通の精神的安定感を形成することができることもある。しかし、ロシアのように宗教が長年にわたって、人々の共通の意識を形成していた国で、宗教の空洞化は深刻だった。

そのおかげで教会の束縛から解放され、自由な思想をもつことになったのだから、そのほうがよかった、と考える人もいるかもしれない。それは一般的に言っても、相当な議論を呼ぶ考えだが、個人が共同体から離れて生きることができる経済的・社会的な基盤が形成された西欧なら、一応そう考えることができるとしよう。しかし、ロシアの場合は、そう考えることは不可能だ。十九世紀でもロシアでは、貴族も農民も相互に依存し合って生きており、個人で生きる現実的な状況はまったくなかった。西欧的なブルジョアも、しっかりした商工階層も、ロシアでは未発達だったし、一八六一年までは自由労働者も基本的に存在しなかった。めいめい自分で考えて、自分にふさわしい生き方や、生きるための信条を発見しろと言われても、若いトルストイばかりでなく、ロシア人ならだれでも思想的・宗教的孤立におちいり、共通のモラルを失って、苦しむことになった。トルストイはまさにそういう苦しみのなかで、成長していかなければならなかったのである。

3 大学時代

I カザン移住

i アレクサンドラおばさんの死

一八四一年十一月、トルストイ一家は数台の橇《そり》をつらねて、モスクワから東へ八百キロほど離れたヴォルガ川沿岸の主要都市カザンに引っ越した。

父の死後、子供たちはみんな未成年だったので、トルストイ家に同居していたアレクサンドラ・オステン＝サッケンおばさんとその友人のヤズイコフが後見人になってくれた。アレクサンドラは誠実に一生懸命子供たちの世話と後見人の役割をはたし、父の生前に立て直されていたトルストイ家の財政をさらに好転させてくれたが、四一年八月末に四十五歳で亡くなった。後見人の重責がかの女の寿命を縮めたと言う人もいる。

その時、子供たちは長兄ニコライをのぞいて、相変わらず未成年だったので、父のもう一人の妹ペラゲーヤ・ユシコーヴァおばさんに後見人になってくれるようにたのんだ。ペラゲーヤは引き受けてくれたが、後見の責任をはたすために、子供たちがカザンに来ることを条件にした。かの女は父（トルストイの祖父）のカザン知事時代に、その土地の地主ウラジーミル・ユシコーフに嫁いで、そこで暮らしていたのだ。

ii　異境の町カザン

カザンは数多いロシアの都市のなかでも、もっとも重要な意味をもつ都市の一つである。その歴史は長く、しかも複雑だ。二〇〇五年に建都千年祭が行われたが、それはこの地に砦《とりで》が築かれた一〇〇五年を起点としたもので、町の形成は六、七世紀までさかのぼる。九世紀末～十世紀初頭にはヴォルガ・ブルガール国ができて、イスラム教が浸透し、その首都ヴォルガルは東西交易の要《かなめ》として栄えた。しかし、一二七八年にモンゴル軍の侵攻を受け、キプチャク・ハン国の一部となった。その後モンゴル帝国、キプチャク・ハン国が衰えると、一四四五年にイスラム教徒であるタタール人がカザンを占領し、この地域にカザン・ハン国を建てた。こうしてモンゴル大帝国の領域だったユーラシア大陸には、カザン・ハン国、クリミア・ハン国、ロシアが割拠することになった。

ロシアのイワン四世（雷帝）はロシアの領土拡大に熱心だったが、東方に進出するためには、どうしても強大な敵カザン・ハン国を倒さなければならなかった。かれは何度か失敗した後、ようやく一五五二年にカザン占領に成功した。この一五五二年はロシア史のなかでもっとも輝かしい年の一つである。十八世紀のロシア詩人ホミャコフはこの歴史的な勝利に叙事詩『ロシアーダ（ロシアの歌）』をささげた。これは民衆叙事詩をのぞくと、ロシア最初の叙事詩だった。モスクワ・クレムリン前の赤の広場に立つ、色あざやかなたくさんの尖塔《せんとう》で人目を惹《ひ》くポクロフスキー（通称ワーシーリー・ブラジェンヌイ）大聖堂はロシアでもっとも有名な聖堂の一つだが、これはカザン占領を記念して建設され、一五六一年に竣工した八つの聖堂の総合体であり、それぞれの聖堂がカザン攻略の時の八つの重要な戦闘に結びついている。ソ連時代に作られた、エイゼンシュテイン監督の映画『イワン雷帝』（一九四五、五三）でも、カザン攻略は大きな山場になっている。

カザン占領によってロシアの東方進出は速度を増し、まもなくウラル山脈を越え、シベリアを横断し、やがて日本海に達し、アラスカにまで及ぶようになった。ロシアはモンゴル帝国に勝るとも劣らないユーラシア大帝国の盟主になったのである。また、カザンを占領することで、ロシアはユーラシア最大の交通・輸送の幹線であるヴォルガ川を制圧することにもなり、飛躍的に発展した。だが一方、カザンはその後もずっとタタール人の首都でありつづけ、ソ連時代をつらぬいて、今もロ

モスクワ・クレムリン前、赤の広場にあるポクロフスキー聖堂。左に見えるのはクレムリンの時計塔（スパスカヤ塔）

シア連邦内のタタールスタン共和国の首都であることに変わりはない。この町の最大の特徴はロシアと東方の文化が混じり合っていることで、百万を超す住民も、ロシア人とタタール人その他がちょうど半々になっている。この問題はすぐ後で、もう一度触れることにしよう。

Ⅱ　受験勉強

i　ヴォルガ川とヤースナヤ・ポリャーナ

ペラゲーヤおばさんはアレクサンドラおばさんと実の姉妹なのに、いろいろな面で似ておらず、むしろ反対の性格だった。ペラゲーヤはトルストイたちの世話はほとんどしなかったし、財産管理はトルストイ家の領地から遠く離れて住んでいるので、できるはずもなかった。そういう面倒な仕事はピロゴーヴォにいるタチヤーナおばさんにまかせていた。二人はペラゲーヤが結婚するまで、同じ屋根の下で暮らした姉妹同様の間柄だったが、ペラゲーヤの夫ウラジーミルがタチヤーナに気があったとかで仲が悪く、ペラゲーヤおばさんはタチヤーナがカザンに来るのを拒否した。あるいは、タチヤーナおばさんがカザンに行くのをことわったのだった。

タチヤーナおばさんは一人さびしくピロゴーヴォに移り住んだが、夏になると子供たちはヤースナヤ・ポリャーナに帰って来た。毎年、片道ほとんど千キロ、一週間もかかる馬車旅行はさぞかし大変だっただろうと、現代のわれわれは思ってしまうが、トルストイたちは故郷に帰れるのも楽しみだったし、長い馬車の旅行も楽しんだ。後年トルストイはその旅行をこんなふうに回想している。「途中の生活は充実していたよ。時々野原や森に泊まったり、きのこを集めたり、水浴びをしたり、散歩をしたりしてね」

ii 人種差別

カザンに移住したのち、一八四一年に、長兄ニコライは三九年に入学していたモスクワ大学からカザン大学に編入した。実は、モスクワ大学で進級試験に失敗したためでもあったという。編入したのは、モスクワ大学の時と同じ哲学部第二学科（数学科）だった。四三年には、次男のセルゲイ、三男ドミトリーが同時に、ニコライと同じ数学科に入学した。昔のように貴族の国家勤務が義務であれば、法学などの実学を選ぶのがよかっただろうが、この時代の貴族は哲学、数学、文学など、抽象的な専門を選びたがる傾向が強くなっていた。このころカザン大学の学長は非ユークリッド幾何学の創始者として世界的に有名なニコライ・ロバチェフスキーだった。かれは二七年、三十五歳で学長になり、四六年までその職にあった。このことも若者には魅力だったのかもしれない。ところが、兄たちが相次いで数学科に入学したのに、トルストイだけは東洋学部を受験することにし、一年後の入学試験にそなえて勉強をはじめた。東洋学部の試験科目にはアラビア語、トルコ・タタール語がふくまれていて、その準備が必要だったし、カザン大学の東洋学部は世界屈指の水準なので、難関だった。

これまで述べたように、トルストイのしあわせな故郷ヤースナヤ・ポリャーナは社会的差別の塊《かたまり》でもあった。その差別をのぞき見ることで、かれの幼年時代が終わった。カザンに来た時、トルストイはもっと深刻な差別を目の当たりにしたはずである。異文化体験と言えばおだやかだが、実は、民族的差別と宗教的対立がそこにはあった。社会的差別だけなら、社会を改革すれば克服できるという理屈になる。事実、トルストイの時代と現代を比べると、社会的差別ははるかに縮小されている。しかし、民族的・宗教的対立は容易に解決されない。この点では、現代も百六十年前のトルストイの学生時代と、本質的に変わっていない。

ロシア軍のカザン占領は単に軍事的勝利ではなく、イスラムという「邪教徒」に対するロシア正教徒の勝利だったはずだ。打ち負かされたイスラムの人たちは、その後「ロシア人の国」にされた自分の国のなかで生活している。だが、勝負はそう簡単には決まらなかった。カザンの町に一歩でも足を踏み入れて、肩を並べて立っているキリスト教とイスラム教の建築物を見た者は、どちらが正教でどちらが邪教か、その決着はいまだについておらず、二つの宗教が両方とも絶対的真実として並立していることを認めないわけにはいかない。絶対的な真実である以上、二つを足して二で割ることはできない。たがいに譲り合うことも不可能だ。この町にいてそれを感じとらない人間がいるとは考えられない。

まして感受性の強いトルストイはこの町に来て、その異国情緒に強い印象を受け、異文化体験をし、民族的差別について考えたに違いない。しかも、トルストイは自分の祖先ピョートル・トルストイが十八世紀初頭にトルコ大使をつとめ、死地をくぐったことをもちろん知っていた。また、ロシア第一の東方通の外交官で、最高の知識人でもあり、戯曲『知恵の悲しみ』の作者でもあったグリボエードフがペルシャ公使としてテヘランで勤務中、一八二九年にイラン人の襲撃にあって惨殺されたことも知っていた。また、当時トルストイをふくめてロシア人が愛読していた作家マルリンスキー（本名ベストゥージェフ）が軍隊に入って、カフカースの少数民族と戦っているうちに、少数民族に同情するあまり、戦死をよそおってロシア軍から脱走し、敵側の指揮官の一人になった、という噂も知っていた。トルストイが東洋学部を選んだのも、こういうことに関連していたのではあるまいか。伝記作者のなかには、トルストイが東洋学部を選んだのは偶然だったように言っている人もいるが、賛成できない。

確かに、トルストイ自身この町での異文化体験について一言も語っていない。兄たちに連れられて娼《しょう》家《か》に行き、初体験をしたことまで回想していながら、異文化体験については沈黙している。だが、沈黙はしばしば雄弁に勝る意味をもっている。

iii 受験失敗

ともあれ、かれは一年間受験勉強をして、四四年五月入試にのぞんだ。トルストイは断片的な知識を暗記することがきらいで、決まった時間に決まった科目を一定の時間勉強することもきらいだった。しかし、語学は得意だったので、英語は（5点満点の）4、ドイツ語は5、新しく習いだしたアラビア語とトルコ・タタール語も5、フランス語にいたっては5プラスという最高点だった。

ただラテン語だけは2で、これは前から知り合いだったラテン語の教師が、生意気なトルストイをきらっていたせいだと、トルストイ自身は考えていたようだ。ロシア文学、作文、算術、代数も4だった。ところが、古代史、中世史、近代史、ロシア史、世界地理、ロシア地理、一般統計学、ロシア統計学はそろって落第点の1をつけられた。これも前から知り合いだった歴史の教師がトルストイに悪意をもっていたせいだ、とトルストイ自身は思っていた。しかし、暗記ものがきらいなトルストイにはあり得る成績だ。中くらいの評点の3が一つもなかったのも、トルストイらしい結果だった。この成績は平均点にすれば百点満点の六十点くらいだろうが、結果は落第だった。どこの大学でも、平均点はそこそこ取れていても、落第点の科目がいくつもあると、入れてくれない。

iv 逆転入学

だが、どうしたわけか、四四年九月の新学年に、トルストイの名はカザン大学東洋学部の学籍に入っていた。追試験に合格したと考えられているが、どうもはっきりしない。受験から退学まで、トルストイの大学生活の記録は全部カザン大学に保存されていたし、追試験を願い出たトルストイ自筆の願書も保存されていた。その願書には「追試験を許可すべし。一八四四年八月四日。学長ロバチェフスキー」と書きこまれているのだが、すぐその下に「トルストイを自費学生として、アラブ・トルコ文学科に入学させるべし」と書きそえられていた。追試験実施の記録や、追試験の成績は残っていない。追試験はおそらく一種の救済措置で形式的なものだったのだろう。

Ⅲ 大学生活

i 劣等生トルストイ

こうしてトルストイは四四年九月から四七年春、つまり、四四年度と四五年度の二年間と、四六年度前期、全部で二年半カザン大学に在学した。しかし、かれが大学で学んだ最大のことは、自分が学校教育に向かない人間だということだったかもしれない。

当時のカザン大学も今の日本の大学と同じように、一学年に前後期のある二期制だったが、日本よりきびしくて、前期末試験の結果が悪いと後期に進級できなかった。一八四五年一月の前期試験のトルストイの評価は次のとおりだった。

	教会・聖書史	アラビア語	フランス語	世界文学史
学　業	3	2	5	受験せず
勤勉度	2	2	3	

四科目中合格はフランス語だけだから、後期にはすすめなかった。トルストイは新学年にまた一年生からやり直すのがいやだったのか、東洋学部から法学部に転部してしまった。この時もトルストイは三人の兄と違って、実学を選んだ。法学部に入って、外交官になる意志を継続するつもりだったのだろう

か。しかし、カザン大学の法学部はひどく評判が悪かったそうなので、入りやすかったのかもしれない。

法学部に入って最初に受けた四六年一月の前期末試験の結果は、一年前の東洋学部より悪かった。

	ローマ法史	文学理論	世界史	ロシア史	神学
学　業	4	2	2	受験せず	受験せず
勤勉度	2	4	1		

これでは全科目落第のはずだし、試験に欠席した罰に懲罰房にまで入れられたほどだったが、なぜか後期に進級した。法学部は東洋学部ほどきびしくなかったのだろうか。ともかく、トルストイは学業をつづけ、春の進級試験では論理学と心理学は5、法律百科、ローマ法史、ラテン語は4、世界史、ロシア史、修辞史、ドイツ語は3という、かれの学生時代に例のない好成績（といっても、中の下の成績だが）をおさめて、二年生になった。

しかし、四七年一月に行われた二年生の前期試験の結果は逆戻りだった。

	ロシア国家法	法律百科	刑法理論	ロシア民法史	ローマ法
学　業	4	4	2	2	評点なし
勤勉度	2	2	2	2	（試験欠席?）

ドイツ語と歴史にも評点がなく、前者は「講義に出席せず」、後者は「実に怠惰」というコメントが書きこまれているだけで、全科目落第だった。これではまたしても、もう一年居残りの憂《う》き目を見るお

それが濃厚だった。

ⅱ　さよならレポート

トルストイに落第点をつけたロシア民法史のメイエル教授は、書きたい学生だけが書けばよいという条件で、「エカテリーナ二世の新法起草委員会の訓令とモンテスキューの著書『法の精神』」というテーマのレポートを二年生に課した。講義に関心の薄い学生でも、このような課題には反応するかも知れないと考えたらしい。そのような学生の一人として、トルストイのこともメイエルの念頭にあった、とトルストイの学生時代の友人の一人が回想している。ふだんなら、トルストイが素直にそれに反応したかどうか疑わしいが、ちょうどその時かれは病気で入院し、退屈しのぎのためか、このレポートを書く気になり、法学部に入って初めて法律の問題に取り組んだ。その結果書かれたレポートが今も保存されている。

エカテリーナ二世は一七六二年に即位した直後、ロシアを改革して法治国家に近づけようと、多分本気で考えた。そのためにかの女は新法制定委員会を作り、モンテスキューの『法の精神』を基本にした「訓令」を作成し、発表した。しかし、数年後エカテリーナはすっかりロシア的な専制君主になって、新法のことなど忘れてしまい、ただ「訓令」だけが「絵に描いたおいしそうな餅」として残った。この女王様の気まぐれで、とんだ被害を受けた者もいた。優秀な若者数人が新法作成の中核の法務官になるため、西欧に留学させられた。ところが、五年後にりっぱな法律家になって帰国してみると、かれらの活躍の場はなく、舶来の失業者になってしまった。その一人が痛烈な体制批判の書『ペテルブルクからモスクワへの旅』を書いて「ロシア最初の革命家」と呼ばれ、エカテリーナ二世その人に痛めつけられたラジーシチェフだった。

一方、トルストイはこのエカテリーナの遺産のおかげで、ロシアの法制の問題に取り組むことになり、初めて法律を勉強した。その上、ロシアでは法律と現実がとてつもなくかけ離れていることも学んだ。この勉強はトルストイに学ぶことの面白さを教えてくれたが、「勉強に本格的な興味をもつようになったら、大学がますますいやになった」と、晩年に告白している。トルストイはせまい枠におさまらない人で、学校が退屈でやりきれなかったらしいが、とくに一八四〇年代後半、ロシアの大学は活気を失って、つまらなくなっていた、という人もいる。しかし、反論もあって、退学の責任はトルストイの側にあったと考えるほう

カザン大学。現状もトルストイ在学時代とあまり変わらない

がよさそうだ。

この時、トルストイたち兄妹の身の上に決定的な変化が起こった。四六年の夏、四人の男の子が成年に達したので（妹マリアはまだ十七歳だった）、後見人預かりになっていたトルストイ家の財産を、いよいよ分割相続することが決まったのだ。最初その年の十二月を予定していたが、カフカースで軍務に服していた長兄ニコライの一時帰国が翌年春まで不可能だったので、その帰国を待って、四七年四月十一日に財産分与が行われた。これでトルストイ兄妹は領地と農奴を所有する地主になり、しっかりした社会的地位と物質的な生活基盤をもつことになった。トルストイもうあやふやな学生の立場にしがみついている必要はないし、落第の恥辱を受けることもない。遺産分割の翌日、四月十二日にかれは大学に退学届を提出した。

Ⅳ 学外のカザン生活

トルストイほどの能力があれば、大学の授業くらいは楽にこなせたはずだ。多くの学生が合格している期末試験や進級試験に、ほとんどいつも落第していたとは信じられない。それはかれが社交界の楽しみにのめりこんで、学校の勉強をおろそかにしていたからだ、と説明する人もあった。しかし、トルストイのカザン時代の生活についていろいろな資料が出てくるにつれ、この説明は説得力を失った。

カザンの社交界は派手で、冬場になると連日のようにダンスパーティ、仮面舞踏会、ディナーパーティ、貴族たち自身が演じる素人演劇などが催された。だれでも招待なしで自由に食事のできる「オープンテーブル」を常時用意している気前のいいお屋敷が二、三十軒もあって、お好み次第に選ぶことができたという。しかも、カザンの社交界は富豪であろうと、高級官僚であろうと、家系のよくない人間は寄せつけなかったので、トルストイのような名門貴族の坊ちゃんにはうってつけの町だった。

トルストイは人並みに社交界に出入りし、いろいろな催しに参加し、それなりに楽しんでいた。出席者が限定されている最高のパーティに特別招待されることさえあった。しかし、ほかのことを忘れるほど社交生活にのめりこんだことはなかった。トルストイは自意識や感受性が強く、融通のきかない性格だったので、あたりさわりのない雑談をして笑ったり、女性にお世辞を言ったりするのは苦手だった。それに美男ではなく、おしゃれも得意ではなかったので、女性にもてなかった。ダンスパーティでトルストイはいつもぼんやり寝ぼけた顔で、不細工に突っ立っていたと、複数の人が回想している。カザン社交界の中心の一人だったザゴースキン夫人にいたっては「あなたはまるで砂袋のようよ」と、遠慮なくトルストイをたしなめたという。かれは大学では落第生だったが、社交界ではせいぜい5点満点の3くらいの成績だった。

それに、社交生活に熱中して、学業がおろそかになるという考えそのものが間違っている。トルストイの小説『少年時代』や『青年時代』を見ればわかるように、社交界でうまく立ちまわれる如才のない若者なら、学校の授業も要領よく切り抜けて、社交と学業を両立させることくらい簡単だった。逆にトルストイは自分の考えや欲求が強すぎて、舞踏会にいても教室にいても、気楽にとけこめなかったのである。

4 自立

I 新しい生活へ

i 財産分与

カザン大学東洋学部に入って、一年生の前期でたちまち失敗し、法学部に転部して、一年目はなんとか乗り切ったものの、四七年一月に行われた二年生前期の試験はまたしてもひどい結果だった。その成績は学校にいることが無意味というより、間違いであることを、トルストイ本人に教えていた。退学は当然の筋道だった。しかも、かれは敗残者としてではなく、むしろ別世界への転進として、退学を選択することができた。

それはすぐ前で述べた遺産分割の結果、トルストイが約千四百ヘクタールの農地、百六十ヘクタールの山林、三百五十人の農奴を所有する地主になったからだった。三百五十人というのは成年男子だけだから、その家族をふくめれば少なくとも千人にはなる。当時のロシアの最上流地主のなかではようやく中どころだったが、そういう大地主はロシアでも地主全体のわずか一パーセントほどを占めるにすぎなかった。日本などでは考えられないほどの大地主だ。今の日本の貨幣に換算すれば、数億円の年収を約束する規模の遺産で、トルストイはこの結果、自分の足で立つことのできる物質的・社会的基盤を得た。

遺産分割が実現した翌日、かれは大学に退学届を出し、自分が希望して相続したヤースナヤ・ポリャーナに帰って、地主として新生活をはじめようと決断した。

ii　大学中退の負い目

遺産分割が行われることはあらかじめ決まっていたから、トルストイは財産が入ったら、さっそく大学などはやめて田舎に帰ればいいと横着な考えをして、大学の勉強をいい加減にやり、形式的に試験を受けていた、というわけではない。遺産分割が目前にせまっていた時期でも、かれはなんとか大学にとどまろうとして、毎日の勉強の日課を作るなど、遅まきながら努力をしていた。ヤースナヤ・ポリャーナには支配人もいれば、近くにタチヤーナおばさんもいて、今まで（支配人が私腹を肥やしていたにしても）大きな破綻《はたん》なしに領地が経営されてきた。必ずしもわざわざトルストイが帰る必要はない。それに、いくら特権階級の貴族とはいえ、大学卒業の免状が有ると無いとでは差ができる。トルストイもできれば大学を卒業したかったのである。

かれが大学から交付された退学証明書には「トルストイ君は大学の学業の全課程未修了のため、文官就職の際、正規学生に与えられる権利を有すること能わず、法典第三巻五九〇章（一八四二年発布）に基づき、昇進の特典において中等教育機関で教育を受けし者と同等とみなされ、文官資格第一級に属す」と明記されており、「以上の点を容認して、この証明書を交付する」と釘《くぎ》をさされていた。わかりやすく言えば「君は大学を卒業していないから、役所に勤めても万年ヒラだよ。それでいいのだね」という意味だった。この格差は文官職ばかりでなく、軍務にもおよんでいた。トルストイがのちに軍隊に入って、思うように昇進できなかったのは、大学を卒業していなかったことが一因だった。それはかれも知っていて、退学しても、大学卒業資格試験は受けるつもりでいた。

II 新しい決意

i 哲学的基盤

トルストイは退学に追いこまれる前から、「だらしのない学生」というレッテルをはがそうと、いろいろ努力していたが、退学が避けられなくなると、人生の新しい局面に前向きに対処しようとした。まもなく遺産分割が行われることがすでに決まっていた四七年三月十一日、トルストイは病気治療のために六日間大学病院に入院した。その病名は明らかになっていないので、いろいろな憶測も可能だが、ここではその問題には深入りしないことにしよう。いずれにしても、重体ではなかったから、この入院中にトルストイはメイエル教授から課されたレポートの準備をしたばかりでなく、三月十七日には日記を書きはじめた。それまでもかれは日記のようなものを書いていたが、はっきりした日記はこの日が最初である。この後六十数年間、死ぬ四日前まで、断続的だがトルストイは日記を書きつづけ、膨大な記録を残した。その記念すべき第一ページにかれはこう書いた。

「世間の多くの人が若さのせいと受けとっている乱れた生活は、若くして魂が堕落したせいだということを私は見てとった。理性を活動するままにさせておくがいい。それはお前にその使命を指し示し、それはお前に規範を与えてくれるであろう。その規範をもって大胆に社会に入っていくがいい。人間の最高の能力である理性と一致するものは、存在するものすべてと等しく一致するであろう。個人の理性は存在するもの全体の一部分であり、部分は全体の秩序を乱すことはできないが、全体は部分を滅ぼすことができる。そのために、部分、つまり、人間の社会とではなく、全体、つまり、すべてのものの根源と一致するように、お前の理性を形成せよ。そうすれば、お前の理性はその全体と融合するであろう。そして、そうすれば、部分である人間の社会はお前に影響をもたなくなるであろう」

これをただの言葉や抽象的な理屈にとどめず、この原理の上に立って、トルストイは地主として領地に行き、「大胆に社会に入って」行こうという意気ごみだった。今の日本の高校三年生の年ごろの若者としては、かなりしっかりした、レベルの高い決意だったと評価できる。また、このなかにその後一生を通じてトルストイが保ちつづけた特徴をいくつか指摘することもできる。

(1)世界の根源に全体的な秩序がある。
(2)人間はその全体的なものの一部なのだから、全体的なものに従わなければならない。
(3)理性は先天的に与えられているものだが、それを自分の意志によって補正することができる。
(4)社会は一時的な現象にすぎない。人間は社会ではなく、普遍的、絶対的なものに従わなければならない。
(5)このようなことを行わなければ、生活は乱れ、堕落する。

しかも、このような考えは即製《インスタント》のものでもなく、特定の人間や特定の思想傾向の模倣でもなく、二年ほどかけて一生懸命に考えた結果できた、トルストイ自身のオリジナルなまじめな考えだった。トルストイは東洋学部一年の前期試験で落第した後、四五年の夏をヤースナヤ・ポリャーナですごした。その時かれは多くの時間をついやして、思索にふけった。もともとかれは思索癖があって、家族から「哲学者」とあだ名をつけられたほどだったが、この夏は、すべてを根本から考え直そうという意気ごみだった。

かれの小説『青年時代』の主人公ニコーレンカ・イルテーニエフは夏の間、朝四時に起きて思索にふけり、「これまでの自分の印象、感情、思想を一つ一つとりあげ、検証し、比較し、そこから新しい結論を引き出し、この世界全体を自分流に造り変えようとした」と書かれている。もちろん、小説の人物と作者を混同してはならないが、おそらくこれはトルストイ自身の実生活に近いと考えてよいだろう。

しかも、かれは思索をしただけでなく、それを論理的な言葉でまとめようと試み、いくつかの論文を書いた。すべて、未完の断片だが、現在まで四つの文章が残っており、それは大全集の第一巻に掲載されている。その思索の経路も、内容も、表現も、十八歳の若者にしてはすぐれている。トルストイは哲学することが好きだが、悪い（あるいは、へたな）哲学者で、論理的にものを考えることも、表現することもできない、というのがほとんど定評になっている。これは執拗に自説を主張してやまない後期のかれの論文から受ける印象に基づいたものだろう。しかし、若いころの文章を見ると、トルストイは人並み以上の論理的思考・表現の能力を持っており、もしもう少し血の気が少なければ、りっぱな哲学者になることもできただろうと思える。かれの晩年の論文がしばしば難解と感じられるのは、著者の能力の問題ではない。

トルストイが若くしてかなり深い思索ができたのは、その基礎となる先人の思想があったからだと考えるのは当然のことだが、私の試みたかぎりでは、その影響の跡を確認することはできない。この時期に書かれた四つの論文のうち、一つはルソーの学芸論の批判なので、この時かれがルソーを読んでおり、相当な関心をもっていたことは疑いない。この四十年以上後に書いた「影響を受けた著作」のリストの「十四歳から二十歳まで」の欄に、ルソーの『告白』『エミール』『新エロイーズ』が挙げられている。トルストイの回想には勘違い、思いこみが多く、「私はルソー全集二十一巻を、音楽辞典もふくめて全部読破した」といったたぐいの誇張された「思い出」もある。しかし、一人の著者の作品を三つも並べている例はほかにないし、その他のさまざまなことから判断しても（たとえば、一六九〜一七四ページ参照）、トルストイにとってはルソーが特別の意味をもっていたことは確かである。だが、前掲のトルストイの最初の日記の言葉はあまりルソーに似ておらず、その影響と見ることはできない。

ルソーをのぞくと、トルストイがこのころ読んで、強い影響を受けた哲学者や思想家は確認できない。デカルトの言葉「われ思う、ゆえにわれ有り」をトルストイは引用しているが、これはだれでも知っていて、だれでも引用しそうな有名な文句なので、あまり意味がない。当時はロシアでもヘーゲルが大人気で、トルストイ自身の言葉によると「ヘーゲル哲学は空気のなかにただよっていて……ヘーゲルを知らない人間は口をきく資格がない」というほどだったが、かれ自身はヘーゲルが大の苦手で、「漢字のようにむつかしい」と言っていた。実際、ヘーゲルを読んだ跡や、その影響は見られない。前掲の最初の日記にある「人間の最高の能力である理性と一致するものは、存在するものすべてと等しく一致するであろう」という言葉はヘーゲルに似ているが、これだけではトルストイとヘーゲルの関係を論じることはできない。トルストイがショーペンハウアーに心酔したことはよく知られているが、それはこの約二十年後のことである（三二一〜三二四ページ参照）。また、すぐ後で触れるように、この時期にトルストイはカントも読んでいなかったと判断される。

ヤースナヤ・ポリャーナに残っている蔵書は精励な研究者たちによって全部調べられているが、哲学関係の本はヴォルコンスキー家の古くからの蔵書にはほとんどなく、トルストイの父ニコライの本のなかには、ルソーの二十一巻全集をのぞくと、カントの『純粋理性批判』、ヴォルテール全集の端本《はほん》二冊くらいしかない。もちろん、百六十年前にトルストイが読んだ本が今まで全部保存されているとは考えられないから、今本が残っていないからといって、トルストイが読まなかったということにはならない。しかし、若いトルストイはたくさんの本を読むより、自分の頭で考えるほうに多くの時間をついやした、と考えていいようだ。

その結果書かれて、現存している四つの未完の論文のうち、一つは、すぐ前で触れたように、ルソーの学芸論についての批判である。これもいろいろな意味で興味深いが、ここではとりあげないことにしよう。後は「哲学の目的について」という表題のついたものと無題のものが二つだが、三つとも大学中退ころの同じ時期に書かれたらしく、内容的にも結びつきがある。いろいろな側面をもつ論文をあまり単純化するのは危険だが、三つに共通のキーワードは「意欲」「願望」「意志」といった種類の語である。前掲の最初の日記の中核になっている「理性」という語は、これらの論文では二次的な語として扱われている。

若いトルストイは常に充足されない無限の意欲を自分のなかに感じていた。トルストイは中編小説『コサック』のなかで、主人公オレーニンが十八歳の時に経験していた精神的状況をこう書いている。

「十八歳のまだ学生にすぎなかった時から、オレーニンは自由だった。ロシアの人間でなければなれないように、自由だった。十八歳でかれには家族も、信仰も、祖国も、生活苦も、義務もなかった。あったのはただ、赤ん坊のころから自分に負わされているすべての束縛を喜び勇んで断ち切る大胆な理性と、愛することを求める熱いハートと、生きたい、活動したい、前進したい、開けてゆく人生のすべての道を一気に前進したいという、抑えられない欲求だけだった」

オレーニンは全体としてトルストイ自身によく似ているが、現実のトルストイよりもう少し軽薄で、欠点が強められている。十八歳のトルストイその人も、オレーニンと同じく、抑えられない欲求に苦しめられていた。だが、それだけではなく、苦しい思索を粘り強くつづけて、いろいろなことを考えた。

そのうちのいくつかを列挙してみよう。

(1)私のなかに充足されていない無限の欲求がある。
(2)私は自分を有限と感じる。
(3)この矛盾は行動、実践によって解決される。
(4)つまり、無限の欲求を有限な自分が行動によって実現する。
(5)無限と有限を調和させるためには、規則を課する必要がある。
(6)意志が知的能力に作用することによって、その能力は私が欲するものを特定する。その結果、その能力は理性になる。

このような思索の延長が最初の日記の言葉になっていると思われる。とすれば、そのなかの「理性」という語は、カントの言葉を借りれば、「思弁的理性」ではなくて、「実践理性」と読みかえられるだろう。

全体として、この時のトルストイの「哲学」はカントの『実践理性批判』と通じ合うところがある。カントはこの著作のなかで、実践理性は経験からは独立して意志を規定する普遍的な道徳法則をわれわれに与えることを説き、こう言っている。「君の意志の格律〔行動方針〕が、常に普遍的立法の原理として通用することができるように行為しなさい」（『カント全集』7、岩波書店、二〇〇〇年）。これはカント特有の難解な言い回しだが、トルストイと共通の思想が感じとられる。生地ケーニヒスベルクにあるカントの墓碑には「我が上なる星空と、我が内なる道徳法則、我はこの二つに畏敬の念を抱いてやまない」という銘が刻まれているとのことだが、それは若いトルストイも同感するはずの言葉だと思える。

このような印象をもとにして、トルストイの最初の日記の考えは、カントに影響されたものだろうと、私は推測したことがあった。しかし、トルストイが『実践理性批判』を初めて読んだのは、何とこの時期から四十年も後、ほとんど六十歳になろうとする時だった。そして、かれはそれを読んでいたく感動し、翻訳したいと思ったほどだった。すぐ前で触れたようにヤースナヤ・ポリャーナの古い蔵書には『純粋理性批判』しかなく、『実践理性批判』は一八六九年より古い版のものがない。これを裏返して考えれば、トルストイは若い時には『実践理性批判』を読んでいなかった可能性が強い。とすれば、かれの新しい出発点となる考えは、かれが独力で、孤独な思索の結果到達した可能性が大きい。まもなくこの考えはきびしい現実では通用しないことがわかったが、それにしても若者の考えとしては実にりっぱなものだと、青年トルストイをほめてあげたい気がする。

ii　膨大な計画

新生活のマニフェストとも言える言葉を日記に書いてから、ちょうど一か月後の四月十七日、やはり日記に、トルストイは今度は帰郷後二年間の活動プランを書きしるした。それは次のようなものだった。

(1)大学の最終試験に必要な法学の全課程の習得。
(2)基礎医学の一部と臨床医学の習得。
(3)言語の習得——フランス語、ロシア語、ドイツ語、英語、イタリア語、ラテン語。
(4)農業の理論と実地の習得。
(5)歴史、地理、統計学の習得。
(6)数学、特別中学課程の習得。
(7)学位論文執筆。
(8)音楽、絵の中級技能の達成〔これは書かれた後で消されている〕。
(9)規則を書く。
(10)自然科学のある程度の知識を得る。
(11)勉強するすべての科目をもとにレポートを作成。

これはだれが見ても、二年間のプランにしてはあまりにも膨大だ。一生かかってもできない分量である。出発点となる思想、原理はりっぱだったが、この計画は冷たくきびしい現実に向かって行くにしては、夢がありすぎる。あれだけ二年もかけて考えた人間が、具体的な行動をする段になって、「有限の我」も「意欲を律する規則」もどこへやら、無限の欲求をほとばしらせてしまったのか。だが、真剣に現実に立ち向かおうとする時にかぎって、途方もない夢を見る人間がいる。ロシア人は概してそうだ。とりわけ、トルストイは壮年になっても、老年になってもそうだった。しかも、夢見る人間を愛し、あまりにも現実的な人間をきらった。

これからトルストイの生涯と活動を見ていくにあたって、このトルストイの特質を頭においておかなければなるまい。

第二章　私と他者

1 領地経営の挫折

I 未知の壁

i 計画倒れ

一八四七年四月十二日、トルストイ家の遺産分割が行われ、その翌日トルストイは大学に退学届を出した。退学許可の書類を大学当局から受け取ると、かれはその日すぐにカザンを後にした。四月二十三日のことである。兄妹のだれよりも早い帰郷だった。ヤースナヤ・ポリャーナに帰り着いたのは、出発から一週間後の四月三十日、もう夜がふけていた。

前章で書いたように、カザンではトルストイはひどい学生だった。授業には出ない、試験を受ければ落ちる。だが一方では、何とか自分の悪い癖をあらためようと、いろいろ努力もしていた。この三年後に、かれは「フランクリン手帳」をつけるようになったが、この時期にすでにそれに似たものを書いていた。この手帳を創案したフランクリンはほかでもないベンジャミン・フランクリン。アメリカ独立の功労者の一人で、雷は「神鳴り」ではなくて、電気だということを証明した名高い科学者でもある。努力家のかれは前の晩に次の日の日課を立て、それを手帳に明記しておき、翌日その達成度をチェックして、「完遂」「半ば達成」などと書きこむことにしていた。これを現代風にアレンジしたのが、現在世界中で売られている「フランクリン・プランナー」で、二千百万人もの愛用者がいるそうだ。庶民の生まれで、刻苦精励《こっくせいれい》して社会の頂点にのぼりつめたフランクリンと、遊んでいるうちに広大な領地のもち主になった伯爵のトルストイとでは境遇が違う。それに、きちょうめんで禁欲的で「自他に益なきことに金銭をついやすなかれ。時間を空費するなかれ」など、いわゆる「十三の徳」を実践したフランクリンと、生きたいままに生きていた若きトルストイは気質の違う人間だった。むしろ、だからこそ、青年時代のトルストイはフランクリンのまねをしたかったのかもしれない。

領地にもどる時、トルストイは到着の翌日からすぐに農業経営の仕事をはじめようと決心していた。かれは夜ふけに家に着くと、さっそく予定表のノートをひろげ、こう書いた。

「五月一日　木曜日。五時、六時まで　農地見まわり。六時、八時まで　二通手紙を書く」

だが、これだけ書くと眠くなり、ベッドにころがりこんだ。翌日目がさめると、もう朝ではなく、昼になっていた。日課は起きたとたんに崩壊しているのだから、フランクリンもびっくりの結果だった。長旅の疲れもあっただろう。トルストイは五月二日は完全休養にして、その夜、明日の予定を書いた。

「五月三日　土曜日。五時、六時まで　農事の実践。六時、九時まで　手紙。九時〜十時　お茶を飲む……」

あくる日起きて見ると、もう日は高くのぼっていた。試験の恐怖や社交生活のわずらわしさから解放され、故郷のさわやかな空気のなかで眠ると、熟睡できすぎたらしい。トルストイは農地見まわりを六時にさげ、八時にさげ、十時にさげてみたが、いくらさげても、翌日のチェックはほとんど「なにもなし」「遂行せず」。例外はたったの一日だけだった。思いきって、農地見まわりの時間を午後にしてみたり、二回に分けたり、もう一度早朝にもどしてみたりしたが、結果は同じ。あげくの果て、六月七日を最後に予定表の作成は中断されてしまった。

ii 現実との対面

うまくいかなかったのも不思議ではない。この若い地主は何をどのような順序で、どのような点に注意して、農業の実態を見まわればいいのか、わからなかったからだ。トルストイは今では自分の持ち物になったヤースナヤ・ポリャーナで生まれ育った。父や叔母たちの領地経営の苦労や、農民たちの労働も見てきた。大学に入って、夏をヤースナヤ・ポリャーナですごすようになってからは、とくに農業に興味をもち、前年の四六年には「新しい機械を作り、いろいろな改良をした」と、カフカースにいる兄ニコライに得意そうに手紙で伝えたほどだった。

しかし、地主として実際に領地に立ってみると、わからないことばかりだった。ヤースナヤ・ポリャーナは広大な荘園だ。自宅の敷地内を一まわりするだけで一時間はかかるが、屋敷の土地は村の一部分にすぎない。おまけに、ヤースナヤ・ポリャーナ以外にまだ四つの村が自分の領地だ。一つの村をぐるっと見て歩けば、一日かかってしまう。トルストイは途方にくれ、あれほど意気ごんでいた領地経営の夢はたった一か月ほどで挫折してしまった。

予定表のほかに、普通の日記もつけていたが、ヤースナヤ・ポリャーナでは六月十四、十五、十六日の三日書いただけで中断された。日記や予定表が復活したのは、それからまる三年もたった五〇年六月十四日のことである。トルストイはよく手紙を書く、いわゆる筆まめな人で、たくさんの手紙が今も残っている。このころの予定表を見ても、手紙を書くことが日課の一つになっていた。しかし、かれの手紙が多少とも保存されるようになったのは、四八年秋からのことで、それ以前のものは大学に出した願書のたぐいしか残っておらず、私信はない。日記や手紙以外の資料で直接この時期に触れたものもない。というわけで、四七年夏から四八年秋までの一年以上、トルストイがどんな生活をしていたのか、よくわからない。

II 空白の時期

i 忘れられた一年

トルストイは自分の人生についてたくさんの思い出、回想を残している。一般に、本人の思い出ほど思い違いや記憶違い、それに、美化や自己弁護の多いものはないと言われているが、トルストイのように想像力の発達した芸術家の場合、その回想は事実と頭にうかぶイメージの入り交じった一種の創作で、客観的な資料になりにくい。だが、この時期はもっと極端で、トルストイ自身の記憶からすっぽり抜け落ちて、まるで存在しなかったようになっていた。かれは「一八四八年に私は学士候補試験（大学卒業資格試験）を受けた」と、十数年後に回想しているが、いくつもの資料で明らかなように、その受験はかれの記憶より丸一年遅い四九年五月のことだった。

もしトルストイが記憶していたように、学士候補試験が四八年春だったとすれば、次のようにすっきりした流れになる。

四七年春　帰郷。領地経営の試み。
同年　夏　領地経営挫折。
同年　秋　領地経営から、官庁勤務に転進することにし、そのために、大学卒業資格試験を受けることを決意。受験勉強をはじめる。
四八年春　同試験を受験。

しかし、事実はこれほど単純につながっておらず。次のようになっていた。

四七年春　帰郷。領地経営の試み。
同年　夏　領地経営挫折。
同年　秋　　　　？
同年　冬　　　　？
四八年春　　　　？
同年　夏　　　　？
同年　秋　モスクワへ出る。
四九年二月　ペテルブルクへ移り、官庁勤務を決意。
同年　五月　大学卒業資格試験を受験。

つまり、二年の生活のうち一年以上の空白があり、クエスチョンマークだらけのしまらない年表になってしまう。たよりになる資料がない以上、あやふやな推測をしないというのが、本の著者として節度ある態度に違いない。しかし、この時期はトルストイが大学と社交界を捨て、就職の道も閉ざし、意気ごんで新生活をはじめようとして、それが挫折した重要な時期である。それを「資料なし」という理由で、ほとんど無視してしまうのは残念だ。私は節度をわきまえるのをやめて、あえて資料に基づかない推測をしてみたい。

ii 苦闘の(?)一年

一つの推測は次のようなものである。
四七年春　帰郷。領地経営の試み。
同年　夏　領地経営挫折。
同年　秋、冬　挫折について思索、探求。苦闘の日々。
四八年春、夏　ふたたび領地経営に挑戦、失敗。
同年　秋　苦悩の末、別の道を求めて、モスクワへ出る。
四九年二月　モスクワより実生活の可能性のあるペテルブルクへ移る。ペテルブルクの実務的な雰囲気に触れ、これまでの自分の生活を反省。夢を見るのをやめて、実際的な勤務につこうと決意。
同年　五月　勤務に有利な大学卒業資格をとる試験を受ける。
もしこのような過程があったとすれば、この時期は内容がしっかりしており、挫折や失敗もふくめて、納得できる流れになる。しかし、この年表が事実に即している可能性はうすい。トルストイのことだから、もし思索や苦悩があったとすれば、カザンでの帰郷前の時期のように、何かを書きとめていたはずだ。ところが、この時期は日記帳さえ空白だった。しかも、この時期をトルストイ自身十数年後にはすっかり忘れていた。だれでも苦しかった時期、闘った時期は記憶に刻みこまれる。忘れるのは記憶に値しないか、記憶したくなかったほどダメな時期だったからだろう。人間の記憶のメカニズムはとてもよくできていて、都合の悪いことはすぐに忘れてしまう。

iii　しまらない一年

もう一つは次のような推測である。

四七年春　帰郷。領地経営の試み。
同年　夏　領地経営挫折。
同年　秋、冬　モスクワで都会生活を楽しみ、借金をこしらえる。
四八年春　ヤースナヤ・ポリャーナにもどる。
同年　夏　多少の農事などをする。
同年　秋　ふたたびモスクワへ出る。借金返済に苦しむ。
四九年二月　借金逃れのためか、ペテルブルクへ移る。
同年　五月　大学卒業資格試験を受験。あるいは受験したふりをする。

同年　六月ころ　夏を前にして、ヤースナヤ・ポリャーナへもどる。

この年表を少し展開して、解説調で語ってみよう。

一八四七年夏、領地経営をはじめるかはじめないうちに行きづまると、トルストイは秋にはモスクワへ出ることにした。当時多くの貴族が春夏は田舎でのんびりすごし、秋冬は都会に出て近代的で便利な生活と社交界の遊びを楽しむ習慣だった。トルストイもそれに従ったのだ。都会といっても隣のツーラはいささか退屈だし、領地に近すぎて羽が伸ばせない。ペテルブルクは遠いし、なじみがない。モスクワが当然の選択だった。モスクワでかれは新調の服を着て社交界に出入りし、貴族の若者たちと飲み食いをしたり、遊んだりした。遊びのなかには、当時の貴族としては当たり前のギャンブルも入っていた。トルストイは山勘や人の裏をかくことのへたな性格で、賭け事は弱かった。相当慣れた後でも負けが多かったが、この時はなおさら遊び仲間のカモになっていたらしい。結局、巨額のギャンブルの負けから、紳士服店やレストランのこまごました後払い《つけ》にいたるまで、相当な借金をこしらえてしまった。

翌四八年の春になると、トルストイはまたヤースナヤ・ポリャーナにもどった。借金はほとんど払わないままだった。夏は農事も少しはした。一年前の夏にかれは領地経営に幻滅してしまって、もう最初の熱気はなかったが、はっきりあきらめたわけでもなかったから、畑の見まわりや、農民との多少の接触はした。秋になると、またモスクワに遊びに出たが、大口小口あわせていくつもの借金の催促が来た。そのなかには千ルーブル以上（今の日本の二千万円くらい）の銀行手形の支払いもあった。ギャンブルに手を出せば、昔も今も数千万円や一億円くらいの儲けや損が出るのはあたり前だが、トルストイは払う金がないので大あわてだった。いちばんやさしいタチヤーナおばさん、兄のセルゲイ、収支を仕切っている支配人のアンドレイに手紙を出して助けを求めたが、色よい返事はなかった。

翌四九年の一月末ころに、かれはうるさいしがらみのないペテルブルクに移り、勤務のために必要な学士候補（大学卒業資格）試験の願書をペテルブルク大学に提出した。そして、二科目受験して合格したが、それ以外の科目は受験しなかったので、資格はとれなかった。

しかし、この受験のことはトルストイ自身の手紙や、記憶違いの多いかれ自身の言葉をもとにして作られた話が「定説」になったにすぎない。受験の願書は保存されているものの、受験した記録は見当らず、そのほかの客観的証拠もない。それに、トルストイ自身が別の手紙では一科目受験して合格した、とも書いている。また、トルストイが提出した受験の願書が、五月末にかれのもとに送り返されて今も残っている。当時のロシアの受験制度を私はよく知らないが、試験続行中に受験生に願書が送り返されることは、少なくとも現在では、日本にもロシアにもない。トルストイ自身が受験を取りやめたので、願書が送り返されたのではあるまいか。意地悪く考えれば、受験はただの見せかけで、実は願書を出しただけで、一科目も受験しなかったのかもしれない。

しかし、トルストイが願書を提出したことは確かだし、かれが国家勤務をして、社会に奉仕する選択肢を頭においていたことも、数々の事実から確かめられるので、受験を強く否定することはできない。いずれにしても、かれは大学卒業の資格をとれないまま、夏を前にしてヤースナヤ・ポリャーナに帰ってしまった。

この推測はトルストイに対しては非礼なものだが、実情はこれに近かったのではないかと私には思える。その理由を挙げてみよう。

(1)四八年の秋、モスクワに到着した直後に、トルストイは借金返済をせまられていることが、かれ自身の手紙からわかる。短期間にそれほど借金できるはずはなく、田舎のヤースナヤ・ポリャーナでは借金をする必要がない。催促された借金は前の年にこしらえたものだろう。また、借金のなかに二千ルーブルもの多額の銀行手形もあったが、手形の処理はそれほど早く催促されることはないはずで、これも以前の借金だと思われる。つまり、資料には残ってはいないが、トルストイは前年の四七年にモスクワに出て、四八年の春まで遊び、もってきた以上の金を使って、借金を作ってしまった、ということになる。

(2)四九年二月にトルストイがペテルブルクに移ったのは、大学卒業資格試験を受けるためと言う人もいるが、説得力がない。モスクワでも同じ試験が受けられたからである。ペテルブルク移転はむしろいろいろうるさいことのあるモスクワから逃れるためではあるまいか。

(3)ペテルブルクに来てから、トルストイは兄セルゲイあての手紙で、ペテルブルクの実際的な生活が気に入った、抽象的思弁や哲学では生きていけない、ここに永住して勤務をする、そのために試験を受ける、などと伝えていた。しかし、この心境変化は、好意的に解釈しても、一時的なものにすぎなかった。意地悪く考えれば、トルストイは実のところペテルブルクがきらいで、試験を受ける準備もできていなかった。ただ、兄に借金返済の手伝いをしてもらうために、兄の喜びそうなことを手紙に書いただけにすぎない。実際、その後まもなくトルストイは急に受験をやめてヤースナヤ・ポリャーナに帰ってしまっている。二科目も合格して、もう少しで資格が取れそうだったのなら、どうして何の理由もなく受験をやめて田舎に帰ったのだろうか。トルストイの突然の帰郷にはペトラシェフスキー事件という政治的な出来事がからんでいたと言う人もいるが、憶測の域を出ない。

と酷評していた。

⑷トルストイはその後ずっとペテルブルクがきらいで、「贅沢《ぜいたく》で、低劣、卑屈以外何の規準もない町」

iv 決意の空転

トルストイの大学中退→帰郷→領地経営という行為は、相当な決心の上に立ったもので、哲学的な裏づけまであった。人生をかけた行為といっても言いすぎでない。とすると、その失敗も巨大な敵に立ち向かって、壮烈な討ち死にをした、というドラマチックな筋を思いうかべたくなる。しかし、事実はもっと散文的だった。やせ馬にまたがり、風車に向かってなまくらな槍を振りまわしたものの、はじき飛ばされて野原に転がったドン・キホーテ的行為と言わないまでも、何かをしようともがいているうちに、エネルギーを消耗し、へなへなと座りこんでしまったみじめな挫折で、その後は貴族のどら息子たちといっしょにつまらない遊びをしていた、という顚末《てんまつ》だ。トルストイはプラス方向もマイナス方向も振幅の多い人だから、この時も極道無頼のかぎりを尽くしていたと思われがちだが、その跡がない（数千万円のギャンブルの負けは、当時のロシア貴族にとっては日常茶飯事で、とくにひどいものではなかった）。この時期のトルストイの生活はプラスでもマイナスでもないゼロ状態のまとまらないものだった。だから、トルストイ自身の記憶からも抜け落ちていたのではあるまいか。

もちろん、私はこう言ってトルストイを責めたり、冷笑したりしようとしているのではない。この時代のロシアで、トルストイのような状況におかれた若い貴族地主なら、正直な人間ほど、途方に暮れ、同じように挫折し、同じように迷走せざるをえなかった。そのような例はトルストイ以外にもたくさんあった。トルストイにいちばん近い境遇にいて、人格的にも近かった者といえば、かれの三人の兄だが、その兄たちが若き日にどんな人生を送ったかを見て、当時の実情の一端をうかがい知ることにしよう。

Ⅲ　兄たちの生活

トルストイの三人の兄というのは、四十一ページで書いたように、一八二三年生まれでトルストイより五歳年長の長兄ニコライ、二六年生まれの次兄セルゲイ、二七年生まれのドミトリーの三人である。

i　ニコライ

ニコライは温厚善良で、しかも、三人の弟たちは年子だったのに、ニコライだけは少し年が離れていたので、弟たちに勉強を教えたり、お話を聞かせたり、遊びのリーダーになったりしてくれた。トルストイはこの兄が好きだっただけでなく、尊敬もしていた。ニコライはモスクワ大学に入って数学を専攻し、一家のカザン移転でカザン大学に転校しても同じ専門をつづけた。まじめで控えめで、社交界のダンスパーティや催しにはあまり出たがらなかった。文才があり、繊細で、体もきゃしゃだった。勤務をするなら、落ち着いた文官職が適していたような気がするが、四四年カザン大学を卒業すると、すぐに軍隊に入った。そればかりか、二年後にはカフカースの実戦部隊に移って、戦闘に参加した。軍人としてのニコライは危険で重要だが地味な役割を黙々と沈着にはたすタイプだったという。大半の貴族将校たちは目立つ行動をして勲章をもらったり、昇進したりすることを目的にしていたが、ニコライはトルストイの小説『襲撃』のフローポフ、『戦争と平和』のトゥーシンなど、軍隊の真の中核になっている庶民出身のたたき上げの将校に似ていたそうだ。トルストイはニコライを尊敬していたので、休暇で一時帰郷した兄がカフカースの戦地にもどる時、それについて行き、自分も軍隊に入ってしまった。

ニコライは五三年にいったん退職したが、二年後復職してふたたびカフカースに行き、五七年秋（形式的には五八年）まで勤務した。通算十年以上軍務にあり、そのほとんどがカフカースの実戦部隊勤務だった。かれは退職後まもなく、六〇年秋に三十七歳で亡くなったので、軍務以外に何の経歴もない。恋愛もうまくいかず、結婚して家庭を

トルストイ兄弟。左から三男ドミトリー、長男ニコライ、次男セルゲイ、四男レフ（1854年撮影。ロシア国立トルストイ博物館所蔵、昭和女子大学トルストイ室協力）

築くこともなく、大人になってからの全人生をカフカースの少数民族との戦争にささげた、とさえ言える。

いったいこの人生をどう評価すればいいのだろうか。ニコライは名門伯爵の御曹司で、相当な財産があり、人格高潔で、一流大学を卒業した模範的な若者だった。士官学校などで職業軍人としての訓練を受けたわけでもなかったから、社会に出る時、かれの前には複数の選択肢があったはずだ。軍務につくにしても、ニコライのレベルの青年なら、将軍の副官、参謀本部、近衛部隊など、エリート的な死ぬ危険の少ない部署を選ぶのが常識で、それはたいしてむつかしいことではなかった。ところが、ニコライはあえて過酷な勤務を自ら選んだ。カフカース方面司令官のエルモーロフ将軍自身が「カフカースで十年勤めた者は飲んだくれて止めどがなくなるか、あばずれ女と結婚するかだ」と言ったほどの苦しい勤務だった。政府転覆を企ててデカブリストの乱に加わったマルリンスキー（本名ベストゥージェフ）、決闘で人を殺したレールモントフなどは、監獄に入るのと同じ意味でカフカースの軍隊に入った。一般にカフカースの実戦部隊には荒くれ者が多く、トルストイが初めて兄の周囲の友人たちを見た時、「なんという下品なやつらだ」とおどろいた。それに引きかえ、ニコライは喧嘩も、ギャンブルも、借金もしたことのない人だった。しかし、カフカース勤務が長引くにつれて、さすがのニコライも気性がすさんできて、弟のトルストイも兄には「実にがっかりする」と嘆きはじめ、次第に遠ざかるようになった。

ニコライが死んだ時、トルストイはその亡骸《なきがら》にとりすがって号泣した。それは愛する兄の死が悲しかっただけでなく、兄がそのりっぱな人間性にふさわしい跡も残さずに逝ってしまったことが、口惜しかったからである。だが、思慮深いニコライのことだから、この生き方を意識的に選んだのだろう。かれは貴族の社会的役割の空洞化に気づき、官職、地方地主の生活を避け、軍務を、それも実戦部隊のいちばんきびしい部署を選んだ。そして、黙々と任務をはたしたのだ。それが人々への奉仕だと考えたのだろうか。しかし、それは罪もない山岳民を苦しめる暴力行為でしかなかった。

ii セルゲイ

次兄セルゲイはトルストイ家の四人兄弟のなかでいちばん偏《かたよ》りのない人だった。『幼年時代』『少年時代』『青年時代』で、自分独特の生き方をしたがる主人公に対比して、世渡りがうまく、要領よく生きていく兄ヴォロージャが描かれている。もしこのモデルを現実の兄たちの間にさがすとすれば、セルゲイ以外当てはまる人がいない。トルストイ家の家庭教師をしていた神学生のポロンスキーは「セルゲイはやる気もあり、できる。ドミトリーはやる気はあるが、できない」と評していた（ちなみに、のちの文豪トルストイは「レフはやる気もなく、できもしない」と最低の評価だった）。住みこみの家庭教師サン・トマはセルゲイのことを「表面的で、とても忘れっぽいので、法学部に入るべきだ」と言っていた。法学部の人には失礼な発言だが、「実務的で、こだわりなく次々に別の問題に移っていける」という意味に解釈すればいいのだろう。セルゲイはニコライ、ドミトリーと同じく数学科に入ったが、大学の勉強も、社交界の付き合いも無難にこなし、何のトラブルもなく大学を卒業した。トルストイも現実的なセルゲイをたよりにし、実生活の面でたえず相談をもちかけていた。

しかし、現実的な感覚をもつこのセルゲイが四六年にカザン大学を卒業した後、勤務をせず領地で暮らしているうちに、五〇年ころからジプシー（最近ではロマと呼ぶことが多くなっている）との遊びにのめりこむようになった。ジプシーが経営し、ジプシーの芸人が歌い踊り、酒食を提供し、ジプシー女性との親密な付き合いもさせてくれる歓楽施設がロシアのあちこちにあった。ヤースナヤ・ポリャーナに隣接するツーラのジプシーはモスクワ、ペテルブルクに劣らぬものだったという。ジプシーの遊び場は虚栄や偽善が見え隠れする上流社会とは違い、人間の生《なま》の感情や欲望を噴出させることが許される場所だった。トルストイがそれに夢中になったのは不思議ではないが、常識人のセルゲイまでがそのとりこになり、美人で歌のうまいマーシャに入れあげて、同棲するまでになった。その時マーシャは十七歳の若さだったと言われているが、実は二十三歳だったという説もある。

だが、セルゲイは周囲の反対を押し切って、階級差の大きい女性との愛をつらぬいたというわけではなかった。たしかにセルゲイはマーシャが好きで、同棲の相手としては気に入っていたようだ。しかし、マーシャを正式の配偶者とは考えておらず、良家の令嬢との「正式な」結婚を期待していた。それが当時の通例だったのだ。しかし、三四〇～三四一ページで述べるようないきさつで、弟のトルストイなどに説得されて、結局マーシャと正式に結婚した、あるいはさせられた。これはセルゲイの人生の大きな事件だったが、それ以外、目立った出来事はかれの一生に見あたらない。実務的な性格でありながら、社会的活動はほとんどしなかった。五五年に形式的に軍隊に勤務したのと、八一年から八五年まで、自分の領地が所在している郡の貴族団長をしただけが、かれの社会的経歴のすべてだった。「前歴」のある夫人同伴では、上流の人たちとの社交もままならない。田舎地主としてひっそり過ごし、マーシャとの間に十一人の子供をもうけたことがセルゲイの人生だった。

これもまた人生と呼んでいいのだろうか?

iii ドミトリー

三番目の兄ドミトリーの性格をトルストイ自身は次のように回想している。「かれはいつも真剣で、考え深く、純粋で、思い切りがよく、熱しやすく、男らしく、やることは自分の力のかぎり、精一杯やる人間だった」。しかし、家庭教師のサン・トマやタチヤーナおばさんはドミトリーがむら気で、あまりにも熱しやすいのを心配していた。おばさんはドミトリーに手紙を書いて、「そのいやな欠点を直さなければ、世間でも、大学でも、勤め口でもだめで、出世もだいなしになりますよ」と、たしなめたほどだった。しかし、ドミトリーのむつかしい性格はひどくなるばかりで、人付き合いは悪く、社交界にはいっさい出ず、きたない服装をして悪臭を発するほどだったという。かれは宗教に関心をもつと、とことんのめりこんで、すべての戒律を文字どおりに守ろうとした。しかし、大学は落第もせず順調に卒業したのだから、弟のレフよりはましだったのかもしれない。

遺産をもらうと、かれは弟のレフと同じように、責任ある地主として領地経営をしようとした。しかも、弟より徹底していた。かれは官製の農奴《のうど》制の理念にのっとって、領地を管理しようとしたのだ。その理念とは「すべての土地は神のもので、地主も農民も神の僕《しもべ》である。自分が地主となっているのも、農民たちが自分に所有されているのも、神の意志によるもので、それにそむくことは許されない。したがって、神にえらばれた地主である私は、農民の生活の改善につくす義務がある」というものだった。この考えに賛成の地主は多かったが、これは事実に反した架空の理念で、現実に適用されたことはなく、適用できるはずもなかった。「土地は神のものだ（つまり、特定の人間のものではない）」ということはできるだろうが、地主と農民の差別は歴史的に形成された社会的・人為的な制度で、神様の知ったことではない。ところが、ドミトリーはこの理念というより、空虚な言葉をそのまま正直に実践しようとした。

その試みがうまくいくはずはなく、まもなくドミトリーは領地の管理をほうり出し、事業に手を出したり、勤務をしたりし、ついには反対の極に突っ走った。かつての宗教的な禁欲生活とはうって変わって、トランプ博打《ばくち》をし、マーシャという（兄セルゲイの妻と同名の）娼婦を身請けして同棲し、最後には結核になって、五六年一月、二十八歳の若さで亡くなった。兄セルゲイや妹マリアからの知らせでかけつけた時、数年ぶりに会ったドミトリーの変わりはてた姿に、トルストイは胸をつまらせた。のちにかれはドミトリーが死んだのは「病気のせいではなく、自分に満足できない心の苦しみのためだ」と書いた。ドミトリーはマーシャを同棲後しばらくして追い出したが、かれが病気で倒れたのを知ると、マーシャはもどってきてその最期をみとった。

トルストイの晩年の戯曲『生ける屍』の主人公フェージャはジプシーとの遊興に身を持ち崩し、「生きた屍」のようになって、ついに自殺してしまう。これはおそらく兄ドミトリーをモデルにして、それにトルストイ自身の体験などを加味したものと考えられる。また、『アンナ・カレーニナ』で、主人公レーヴィンの兄ニコライの死がすさまじい迫真力で描かれているが、これも実在のドミトリーの死をもとにしたものと言われている。生きる意味がわからなくなり、それと連動して死の意味もわからず、死をおそれ、死を否定しながら、死に捕えられる悲惨な死だった。『アンナ・カレーニナ』の章には題名はなく、番号がついているだけだが、ニコライが死ぬ第五編二十章だけには「死」という題がつけられている。ニコライが亡くなったその夜、弟レーヴィンの新妻キティが初めての妊娠の兆候を感じる。トルストイはとくに「転生」の思想をもっていたわけではないようだが、せめてこの挿話《そうわ》でもつけ加えなければ、ニコライの生を意味づけて、かれを救うことができなかったのだ。

トルストイの作品には、『戦争と平和』『アンナ・カレーニナ』と並んで、三大小説の一つである『復活』をはじめとして、たびたびネフリュードフという名の人物が登場する。これはトルストイの自画像だと言われているが、兄ドミトリーにも似ている。ちなみに、ネフリュードフ（またはネクリュードフ）という姓は「不細工、不器用な人間」「口べた、付き合いの悪い人間」を意味している。

こうして見ると、トルストイの兄たちはすべての点で恵まれた境遇にいたのに、その人生はみじめだった。人生と呼べるような人生が形作られていない。三人が三人ともこのような人生で終わったとすると、トルストイの挫折や迷走も不思議ではない。かれ自身も兄たちのような人生の失敗者、敗残者になる危険は十分にあったのだ。しかも、兄たちばかりでない。トルストイの周囲の貴族たちのなかには、こうした悲しい人生を送っている人がたくさんいた。たとえば、あのすばらしい作家で、トルストイの年上の友人だったツルゲーネフも個人生活はみじめだった。

多くの例があるとすれば、その基盤に全体的な共通の理由があったことは疑いない。それについては、前章でもすでに触れたが、次の節でその理由の一つを、すこし掘り下げて考えてみよう。

2 近くて遠い農民

I 農奴制の仕組み

トルストイは善良な地主として農民を助けるために、また、兄のドミトリーは「神に定められた地主の義務」をはたすために、遺産を受け取るとまもなく自分の領地に向かった。しかし、田舎の領地で生まれ、そこで生活し、農奴制の現実を見聞きしており、普通以上の教養もあったトルストイ兄弟も、農奴制について実情に即した具体的な認識をもっておらず、おどろくほど単純に考えていた。差別社会では、差別している側にも、差別されている側にも、現実が特別のプリズムをとおしてゆがんで見え、見ている者はそのゆがみに気がつかないのだ。農奴制は複雑な仕組みであり、地主自身がじかに農民と対話をして、その窮状《きゅうじょう》を救えるような単純な関係は現実に存在していなかった。

どこの国でもそうだが、ロシアでも公共の制度ができるずっと前から人間が生活しており、だれの所有物でもない土地があり、農業などの生業が自主的に行われていた。しかし、個人が何の束縛もなく、自由に生活していたとは考えにくい。とくに、ロシアのように森林を伐採《ばっさい》して開墾したり、焼き畑農業を行ったりする国では、相当な人数の共同作業なしにはやっていけない。当然、何らかの集団にまとまることが必要だ。昔、その集団は家族を核とする血縁的な共同体だった。それからやがて血縁を超えた地域的な村落共同体ができた。この村落共同体は農奴制のはるか以前からロシアに存在していたが、農奴制が確立してもそれは消滅しないどころか、農奴制のなかの農民側の組織として重要性が増した。個々の農民は頻繁《ひんぱん》に開かれる寄り合い（民会）に出席して意見を言うことができ、寄り合いを司会し、農民の意見をまとめるのはスターロスタ（村長《むらおさ》、農民代表）の役割だった。これは強い権力をもって命令を下達する昔の家長ではない。農民から選出され、農民の意志を反映するのがその役目だった。土地の分与、労役の割り当て、年貢の増減、兵隊の募集、人頭税の徴収など、地主と農民の交渉はすべて、スターロスタを通じて行われる。地主が直接農民に指示することはないと言ってよい。スターロスタが寄り合いを開いてもろもろの案件を相談し、決めるのだ。こういう場合、地主がスターロスタを呼んで依頼することもあるが、自分の使用人である支配人（差配）に命じて、スターロスタと交渉させるのが普通だった。トルストイ家のレベルの農業経営は年商数十億円、従業員約千人の「企業」だから、素人には毎日の出納簿をつけるだけでも煩雑《はんざつ》すぎる。外国人か農民あがりのプロの支配人をやとって、具体的なことはそれにまかせていた。

つまり、現実にあるのは「地主―農民」という単純な関係ではなく、「地主―支配人―スターロスタ―寄り合い―農民個人」という複雑な連鎖だ。兵隊募集や人頭税の場合は、地主の前に国家や地方自治体が入って「中央政府―地方自治体―地主―支配人―スターロスタ―寄り合い―農民個人」というつながりになる。国家部分、地主部分、農民部分の三つのパートがあり、そのなかにまた複数の環《わ》がある長い連鎖だ。ついでに言えば、国家的な地方自治体は県と郡までで、それより小さい郷と村は共同体に属するものだった。

II　農奴制のなかの貴族

i　伝動装置

地主はこうした複雑な制度の一つの環にすぎない。農奴制というと、地主が無法に農民を搾取《さくしゅ》し、気に入らなければ自分で鞭をとって農民の背中をひっぱたいたというような、マンガ的シーンを思いうかべがちだ。そういうことがなかったわけではないが、農奴制は社会的な制度だから、個人の残忍さが（逆に言えば、個人の善良さが）重要な要素にはならない。それに農奴制下では地主に法律的な裁判権が与えられていたから、特定な、あるいは閉鎖的な集団で起こるような私刑《リンチ》は原則的に行われない。地主は農奴制という制度のなかでできることはできるし、できることしかできない。

この仕組みのなかでの地主の役割とは何か？　その一つは、農民が行っている農業生産を管理し、国家へ接続するパイプになることだ。ロシアのような広大な国では、生産活動が、とくに労働力が拡散してしまい、国力として集中するのがむつかしい。ロシアでは農奴制が近世になって確立され、地主が自分の土地をしっかり守り、農民が逃げないように眼を光らせ、人頭税という国税を徴収して、国庫におさめる働きをした。これが十八世紀まで有効に機能したのである。これは西欧では農奴制が中世的な制度で、近世には消滅していったのとは大きく違っている。日本のような規制の届きやすい狭い国では、ロシアのような農奴制は必要なかったから、存在しなかった。

ロシアでは農奴制は長い間必要で有効だったし、地主は国家と農民を接続する部分として重要な役割をはたしていた。役割といっても、動的・機能的なものではない。若いトルストイや兄のドミトリーのように、自分がキーマンのつもりで動きまわると、はた迷惑だし、自分も苦しむ。中間に存在していて、黙ってパイプの役割をはたすのが地主というものだった。

ii 地主の「余計者」化

しかし、十九世紀の中ごろには、ロシアでもすでに国家機構、官僚機構がある程度整備されてきたし、一方、農奴制の強制労働より自由労働のほうがはるかに（一説では二倍も）生産性の高いことが明らかになってきた。その結果、パイプとしての地主の価値は減少、あるいは消滅した。現代の多くの国で行われているように、農民が自主的に効率よく生産・流通を自分で行い、中央政府、地方自治体が必要にしたがってそれを管理し、収入に応じて税金をとればすむ。中間に地主が介在することは非能率で出費も多い。しかも、近代思想は不平等を悪として指弾しはじめ、地主の農民支配が攻撃の的になった。

トルストイも兄ドミトリーも、農民との接触を試みて、自分の活動の可能性が極端にせばめられていることを実感した。トルストイが『少年時代』で書いているように、「知っていたのに、自覚していなかった」ことを、初めて認識したのだ。ドミトリーの生活についてくわしいことは知られていないが、かれが破滅的な生活に落ちこんだ大きな原因は、「地主の神聖な役割」が現実には存在しないのを知ったことだろうと思える。トルストイもやはり「善良な地主」の役割に幻滅して、迷走しはじめたことはすでに述べた。しかし、かれの場合は迷走から転落へという道筋を通らなかった。それは、かれが文学作品を書きはじめて、作品という特別の世界を創造し、複眼的にさまざまな問題を検証することができたからである。だが、このことは重要な問題なので、もう少し後であらためて述べることにしよう。

iii　善意の行方不明

トルストイは五六年に発表した『地主の朝』という中編小説で、若い地主ネフリュードフを登場させ、その善意の失敗を描いた。このネフリュードフは八年前のトルストイ自身より、むしろ兄のドミトリーに似ている。大学で落第し、退学に追いこまれ、少なくとも半分はネガティブな理由で田舎に帰ったトルストイとは違って、作品のなかのネフリュードフは、ドミトリーと同じように、「農村の生活に一身をささげよう」と決意し、「自分はよい地主になれる」と感じ、それが「高潔で、かがやかしく、もっとも身近な義務だ」と信じる。ただ現実のドミトリーは大学を卒業したが、作品のなかのネフリュードフは現実のトルストイと同じように、大学を中退して、農民の幸せのために生きようとする。一方、この純朴なネフリュードフに常識の声として、(現実のタチヤーナおばさんに似た)やさしい叔母が対置される。かの女は「あなたにはすばらしい心があります。私はそれを一度も疑ったことはありません。でも、よい気質は悪い気質以上に、現実では私たちに害をおよぼします」と、甥《おい》をさとす。それでも、ネフリュードフは自分の決心を変えずに領地に帰り、しかも、直接農民の家をおとずれて、その窮状を救おうとする。だが、ネフリュードフを迎えたのは農民の誠意でも感謝でもなく、無気力、不誠実、エゴイズムだった。若い地主のりっぱな決意はたった三軒の農家をまわっただけで、あっさり挫折してしまう。

世に出されたこの小説『地主の朝』は地主の善意と、それに対して心を開かない農民という二極対立にしぼられて、すっきりまとまっている。しかし、『地主の朝』の前段階の作品で、発表されなかった『ロシア地主の物語』では、主人公ネフリュードフは支配人が当てにならないのにしびれを切らして、自分自身が農民たちの寄り合いに出席する。ところが、農民たちは「ご主人様」の前では発言しない。そこで、ネフリュードフは農民にメモを提出させ（たった三人しか提出しなかった）、そのメモに従って農家に行く。すると、まるでかれを尾行するように、そのあたりを支配人がうろついていた。トルストイは発表された作品では、この部分をカットして、作品をすっきりさせたが、この時期にはすでに現実の農奴制の複雑な仕組みについて理解を深めていたのである。

Ⅲ　貴族の経済生活

ｉ　トルストイ家の収支

農奴制のなかで、地主のするべきもう一つのことは、そこから収入を得ることだった。これは社会のためではなく、自分たちのためだったが、もちろん、とても重要なことだった。一八三七年のトルストイ家の収支についてタチヤーナおばさんの古文書に次のような資料が残っている。

この資料を見ると、ヤースナヤ・ポリャーナは面積では他の村より大きいのに、収入は五つの村で上から四番目だ。ヤースナヤ・ポリャーナの生産性が低いことは、トルストイもあらかじめ承知していたが、生まれ故郷がなつかしくて、自分から望んで相続したのだった。支出の部の「後見会議への支払い」というのは、現代風に言えば、ローンの返済に当たる。後見会議という機関はいろいろな国のいろいろな時代にあったが、この場合の後見会議は、お金の必要な貴族たちに土地などを抵当に取って貸出をする機能をもっていた。その返済や利子の支払いが「後見会議への支払い」である。それにしてもローン

収入	(単位ルーブル)
ニコーリスコエ村から	12,682
ピロゴーヴォ村から	10,384
ネルチ村から	8,958
ヤースナヤ・ポリャーナ村から	6,710
シチェルバチョフカ村から	5,285
合計	44,019

支出	(単位ルーブル)
後見会議への支払い	26,384
邸内農奴（召使）の人頭税	400
支配人給与	1,700
出張費	400
旅行、贈り物	1,200
教師謝礼	8,304
家賃（モスクワの）	3,500
合計	41,888

の返済が収入の六十パーセントにも当たるのにはおどろくが、これは当時のロシアでは普通だった。

この資料は概算的なものらしく、各村からの収入総額は記載されているが、内訳がわからない。また、支出のほうも日常の生活費が入っていない。ほぼ同じころ、三五年のタチヤーナおばさんの家計簿によると、年間五千六百七十ルーブルの生活費が支出されたことになっている。自給自足の部分が多かったはずの食料品でも、月に百ルーブルから百二十五ルーブルくらいかかっていたという。しかし、右の収支計算では、約二千ルーブルの黒字しかなく、これでは家計はまかなえない。それに、三七年にピロゴーヴォを入手するまで、この村からの収入はなかったわけだから、収支は大幅赤字になってしまう。日常経費のためには別口の収入があったのだろうか。数字を見ても、およそのイメージがうかぶだけで、こまかい実情はわかりにくい。

右の表の収入に、多少別口の収入も加算すると、トルストイ家の年収は約五万ルーブル、これは今の日本の貨幣で五億から十億円くらいだと思われる。そこから固定的諸経費を払い、残りの五、六千ルーブルを日常経費に当てていたのだろう。これは五千万円から一億円くらいの額で、日本の平均的サラリーマンの二十倍くらいに当たる。購入する必要のない食料品なども多かったはずなので、それも考慮に入れると、トルストイ家の家計は私たちの五十倍にも百倍にもなっていた。庶民から見ればびっくりするような額だが、収入総額からすれば、生活費はその十パーセント程度だし、たくさんの居候《いそうろう》や召使もいたのだから、トルストイたち本人は倹約しているつもりだったのかもしれない。

ii　貴族の浪費

実生活の感覚からすると、地主の支出は大きすぎると思えるし、しかも、その収入の正当性に疑問がある。前にも言ったように、このような収入は元来貴族が国家勤務をした報酬だった。だから「ロシアには二種類の奴隷がいる。地主の奴隷と国家の奴隷だ」という言葉さえあった。「地主の奴隷」とは農民のことで、「国家の奴隷」とは貴族地主のことだ。貴族は国家に忠実に奉仕することで、土地と農奴を所有できる。一方、農奴と同じように一定の土地に縛りつけられ、伝動パイプとして、農業生産を国家経済に集約させる。また、土地と農民の労働によって得た収益を人頭税などとして、国家に提供しなければならない。しかし、すでに述べたように、歴史の流れとともに事情が変わってきた。トルストイ自身も、ニコライ以外の二人の兄も国家勤務をしたことがない。父も祖父も国家勤務をしていない期間がかなり長い。領地のマネージメントも、やはりすでに述べたように、地主自身はしないのが普通で、高給を払って支配人をやとっていた。前掲の収支表で、支配人の年俸が千七百ルーブルと計上されているが、これは今の日本の二千万〜三千万円くらいだろう。このほかに無料の宿舎が与えられ、食費なども実質的にかからない。ほとんど垂《た》れ流しと言える巨額の出費だった。

土地は地主の私有財産だから、それを利用して農業をしている農民から年貢《ねんぐ》をとったり、労役をさせたりするのはあたり前だと、地主たちは考えていた。しかし、多くの農民の考えでは、元来土地は自分たちのもので、地主は後から来て領有しただけだから、地主に金を払ういわれはなかった。農民は搾取されているだけのあわれな存在だったというイメージは現実的でなく、農民も自分の生活を守るために、いろいろな策略や詐術で地主に対抗し、損をしない算段をしていた。

iii 借金漬けの貴族

客観的に見て、十九世紀には地主が土地から収入を得る根拠はかなりあやふやになって、寄生的な性格をおびてきていた。寄生的収入に慣れると、多くの人は正常な金銭感覚を失い、浪費を恥じなくなる。実際、ロシア地主の多くがそうで、浪費をし、借金をすることをおそれなかった。良心的な地主と自認していたトルストイも実はその一人だった。九〇〜九四ページで書いたように、四八年十月以降、モスクワで暮らしていたトルストイは借金取りに苦しめられ、「早く金を送ってくれ」とヤースナヤ・ポリャーナに手紙をたてつづけに書き、矢の催促をした。とくに千百九十五ルーブルの銀行手形が不払いになるから、早く金を送れと、大騒ぎしていた。しかし、すぐ前で書いたように、トルストイ家の一年の家計費は五千ルーブルほどだから、千ルーブルの送金をおいそれとできるわけがない。はじめはいちばんやさしいタチヤーナおばさんにたのんだが、ろくに返事もくれない。次に、兄のセルゲイにたのんだが相手にされない。ついに、実際に収支を管理している支配人のアンドレイに手紙を書いたが、やっぱり断られた。

それでもトルストイは催促をやめず、金がないなら土地を売れ、馬を売れ、穀物を売れなどと指図までした。しかも、要求の金額は減るどころか、次第にふくれ上がり、翌年の五月には六千ルーブル以上の借金があると伝えてきた。これは伯爵家一家の一年分の生活費ではないか。トルストイは自分の言うことをきいてくれない支配人のアンドレイを「ろくでなし」と罵《ののし》ったが、アンドレイのほうはこの大変なご主人を何と呼べばよかったのだろうか。

これは多くの地主がしていたことで、トルストイも「だれでもがやっているのだから」と自らをなぐさめながら、この恥ずべき行為をくり返していた。こうして、かれは自分がどういう使命をもっているのか、何をすればよいのかわからぬまま、さらに二年ほど迷走することになる。

しかし、その迷走と模索について述べる前に、農民のことをもう一度少し視点を変えて、見ることにしよう。

Ⅳ　農民の「発見」

i　人間としての民衆

十九世紀のロシア文学は毎年のように名作、大作家、エポック・メーキングな事象を生み出した。その豊穣な十九世紀ロシア文学史のなかでも、トルストイが農民のために生きようとしていた一八四七、四八年は目立つ年だった。四八年には、やがて日本文学にも大きな影響を与えることになるツルゲーネフの『猟人日記』が世に出はじめ、その少し前には、グリゴローヴィチの『アントン・ゴレムイカ（かわいそうなアントン）』が発表された。この二つの作品は農民を人間として生き生きと描いたもので、大評判になった。トルストイも大きな感銘を受けた読者の一人だった。その後三十五年もたった一八九三年に、トルストイはグリゴローヴィチの文学活動五十周年記念を祝って手紙を送り、そのなかでこう書いた。「あなたは私にとって大切な方です……とくに、ツルゲーネフの『猟人日記』とともに、あなたの初期の小説が私におよぼした忘れられない印象のためにです。当時自分を信じることができなかった十六歳の少年に〔これは例によって、トルストイの記憶違い。実は十九歳の青年だった〕、『アントン・ゴレムイカ』が与えた感動と感激をおぼえています。あの作品は、私たちの養い手である――私たちの教師と言いたい――ロシアの農民を、馬鹿にすることなく、風景描写を引き立てるためでなく、等身大に、愛情ばかりか、尊敬や胸のときめきをこめて書くことができるし、書かなければならないことを、発見させてくれたのです」。これは決して美辞麗句をつらねた祝辞ではない。トルストイはグリゴローヴィチや『アントン・ゴレムイカ』を思い出すたびに、感謝の気持ちと昔の感動を感じていた。また、十四歳から二十歳の間に影響を受けた著作のリストにも、『猟人日記』とともに『アントン・ゴレムイカ』を入れていた。

ii 他者としての民衆

しかし、これらの作品がロシア文学で初めて農民を人間として登場させたというのは誇張か、あるいは単純化である。すでに半世紀以上も前、一七九一年に、作家でジャーナリストだった〔のちにロシア第一の歴史家になった〕ニコライ・カラムジンが『あわれなリーザ』という小説を発表した。美しい農民娘リーザが貴族の青年エラストと恋に落ち、やがて捨てられた後、池に身を投げて死ぬ。ソ連時代、この作品は「よわよわしいセンチメンタルな小説」と低く評価されたが、死をもって自分が人間であり、「農民の女も愛することができる」と主張したこのリーザの物語は、当時の人々に鮮烈な衝撃を与えた。そして、まさにこの作品が新しいロシア文学の先がけとなったのである。

グリゴローヴィチもツルゲーネフも、そしてトルストイもカラムジンを熟知していたし、自分がその系譜につながることも知っていた。しかし、『あわれなリーザ』と十九世紀半ばの農民を描いた作品は、次のような点で質的に違っていた。

カラムジンは貧しい農民の娘リーザが人間という普遍的な次元で、地主や特権階級の人々と同じだと主張した。ツルゲーネフやグリゴローヴィチは日常生活の具体的な言動のなかで農民を描き、次の二つのことを同時に示し、作者自身もそれを認識し、読者にも認識させた。

(1)農民も基本的にわれわれと同じ、思想、感情、理性をもった人間で、われわれの貴重な隣人である。

(2)農民はわれわれと異なる環境にあり、われわれと違うものの見方、感じ方をしている。農民はわれわれの隣人でありながら、他者である。われわれは今やこの他者と向き合うすべを知らなければならない。

ツルゲーネフやグリゴローヴィチの農民の発見は、単に人間の発見ではなく、「隣人であり他者である人間」の発見だった。トルストイが農民問題で苦しんでいたちょうど同じ時に、この発見が人々の注目を惹《ひ》いたのだ。もちろん、それは偶然ではなく、そういう大きな波が社会を覆《おお》っていたのである。

3　迷走と模索

I　迷走の軌跡

i　惰性的迷走

では、もう一度話を若いトルストイの迷走にもどして、その跡を年代的に追ってみよう。

一八四七年春　帰郷。領地経営の試み。
　夏　領地経営挫折。
　秋、冬　モスクワで都会生活を楽しむ。
四八年春　ヤースナヤ・ポリャーナにもどる。
　夏　多少の農事などをする。
　十～十二月　モスクワで生活。借金返済で苦しむ。
四九年一月　新年をツーラで（?）迎える。
二月　ペテルブルクへ。相変わらず借金返済に苦しむ。
四月末　ペテルブルク大学で学士候補（大学卒業資格）試験を受け、刑法関係の二科目に合格したが、ほかの科目の試験を受けず（あるいは、一科目だけ受験したか、または、全然受験せずに）、資格はとれなかった。

ここまではすでに跡づけた。その後、トルストイはセルゲイに近衛騎兵連隊に入るとか、八月にもう一度学士候補試験を受けて、落第したら、軍隊に入るとか、手紙で知らせていた。だが、一方、タチヤーナおばさんには、外務省に入るのはやめて、ツーラで受験勉強をするなどと、とりとめのないことを言っていた。そして、結局五月末か六月初め、夏のはじまるころにヤースナヤ・ポリャーナに帰ってきた。何となく気分が変わったのか、借金取りに責め立てられて居たたまれなくなったのか、故郷に帰って金策をする必要があったのか、夏は空気のいい田舎ですごしたかったのか、そのいくつかの理由が複合していたのかわからない。

ii　軸の不在

ヤースナヤ・ポリャーナにもどった後で、何をしていたのかもよくわからない。これから後の約二年間も迷走と模索の時期というほかはない。ただ、ペテルブルクからドイツ人の音楽家ルドルフを連れ帰っていたし、もともとトルストイは音楽好きだったので、この時期には趣味の域を超えて、音楽の勉強に相当な時間をついやしていたのだと考えられる。演奏家になるには年をとりすぎていたが、あわよくば作曲家になろうという下心をもっていたような節もある。悪くても、ちょっとした音楽研究者くらいにはなれると思っていたようで、音楽の理論的分析などを試みていた。しかし、音楽はそれほど簡単な相手ではなかった。

領地経営も前ほど真剣ではないが、少しはやっていた。トルストイ自身が四九年秋に農民のための学校を開いたと、のちに言っていたばかりでなく、その学校で勉強したという農民モローゾフの回想記もあるので、これは事実だろう。もっとも、十年後のかれの本格的な教育実践とは規模も熱心さも比較にならない小さなものだったに違いない。

四九年から五〇年にかけての冬を、トルストイはこれまでのようにモスクワやペテルブルクではなく、ヤースナヤ・ポリャーナに隣接する県庁所在地ツーラですごした。モスクワにも行ったかもしれないが、ごく短期間にすぎなかった。モスクワやペテルブルクを避けたのは、贅沢《ぜいたく》な大都市を敬遠して出費を節約するためか、借金取りから遠ざかるためか、その両方だろう。タチヤーナおばさんあてのツーラからの手紙で「ぼくは楽しんでいます」と書いているところを見ると、トルストイはここでもやはり社交界に出入りしたり、ジプシーの遊び場に通ったりしていたようで、ギャンブルもやめた様子はない。相変わらず出費は多く、「借金はあるが、金はない」とタチヤーナおばさんや兄セルゲイあての手紙で泣き言を言っていた。四九年十一月にはツーラ県貴族議会事務職に採用されたが、実際に勤務したわけではない。一言で言えば、四九年夏のヤースナヤ・ポリャーナでの生活にも、秋、冬、そして、年が明けた五〇年のはじめのツーラでの生活にもこれといった前向きの姿勢も、積極的な行動もなく、四七年の領地経営挫折後の無気力な迷走がつづいていた。

Ⅱ 自己規制

i 転落の瀬戸際

トルストイの迷走はさらにつづいた。五〇年から五一年にかけての冬には、モスクワに出て性懲《しょうこ》りもなく遊んでいた。「まったく畜生のような生活だ。堕落しきっているというのではないが、仕事や勉強はほうり出し、精神的にすっかり落ちこんでいる」と自分で日記に書いたほどだった。五一年二月にはタチヤーナおばさんが見かねて、「あなたがまた誘惑に負け、トランプの借金を払っていないのに、ギャンブルをはじめるのではないかと心配です。もう分別をもってもよいころではありませんか。あなたはつらい一年をすごしたのです。今年はあなたにとってもっとよい年になりますように」と、手紙でさとした。そのすぐ後でトルストイは自分の借金の計算をしてみて、去年から少しも減っていないのに気づいた。

一方、就職を試みたり、学士候補試験をまた受けようとしたり、郵便馬車の駅を買いとって、その経営に当たろうとして、契約まで結んだのに、すぐにそれを破棄したりして、相変わらず、トルストイの言動にはまとまりがなかった。迷走もこれだけ長期間つづくと、精神、性格、肉体を傷つけ、一生傷を残すことになる。タチヤーナおばさんが心配していたように、トルストイはその一歩手前まで来ていたのである。このころ、長兄ニコライはもうカフカースの戦場で苦闘しており、次兄セルゲイはちょうどトルストイがジプシーと遊んでいたのと同じ年に、マーシャにのめりこんでいた。ドミトリーも迷走していた。

ii　規則ラッシュ

しかし、もう少し注意深く見ると、危険がいっぱいの環境のなかで、五〇年中ごろから、いささかトルストイに変化が現れてきた。そのいちばん目立った現れは、五〇年六月十四日に、ふたたび日記をつけはじめたことである。一八四七年六月十六日を最後に、トルストイは三年間日記を書いていなかったのだった。日記の再開と同時に、三年前に熱中していた「規則」の作成もまたはじまった。過去の挫折を引きずって迷走していたこれまでの三年とは違って、先を見て次のステップに向かおうとするような感じが少し出てきたのである。トルストイは復活第一ページの日記に「私は自分がするすべてのことを前もって決めておくことがどうしても必要だと思うので、そのためにも日記がどうしても必要なのだ。自分の生活形態を一日だけでなく、一年、数年、さらには一生にわたって決めておく習慣をつけたい」とさえ書いていた。これは例によって気負いすぎだが、トルストイらしさがまた出てきたと、言うほうがいいだろう。

以前と同じように、日記は時々中断し、日課は二、三日をのぞいて実行されず、日課の立て方も三年前よりずさんだった。しかし、規則の作成は熱心で、次々に新しい「規則」を作った。三年前の規則は「人間の活動について」「意志の発達について」のように抽象的なものが主流だったが、今度の規則は、トルストイ自身の言葉によると「時間にも場所にも依存しない内面的な規則、絶対に変わることのない、私が特別に立てる規則ではなくて、一時的な、場所に限定された規則、どこにどれくらい居て、いつ何をするかという規則」だった。

こうして、トルストイは音楽、領地経営、体操、社交、ダンス、買い物などについて、次々に規則を作った。日記復活直後六月十七日に書いた規則は第一が音楽について、第二が領地経営についてだった。この順序はおそらくその時のトルストイの関心の優先順位に従ったものだろう。

音楽の規則は次のようなものだった。

「毎日〔ピアノを〕弾くこと――1．二十四の音階全部。2．二オクタープの和音とアルペジオ全部。3．転調すべて。4．半音階。一つの曲だけを練習し、止まるところがなくならないかぎり、先にはすすまないこと。カデンツァが出てくれば、すべての音程に転調して、練習する。毎日少なくとも四ページの音楽を反復練習し、正しい指使いが見つかるまでは、すすまないこと」

これは自分の練習についての規則だが、これと並行して、トルストイは音楽の教科書のようなものを書こうとしており、ごく短いものだが、その三つの草稿が残っている。

領地経営については、次のような規則をつくった。

「毎日自分で経営のすべての部分を見まわること。命令、叱責、処罰を急がないこと。経営では、ほかの場合より、忍耐が必要なことを忘れてはならない。出した命令はすべて、たとえ有害なものだとわかっても、自分の裁量によってのみ、また、絶対必要な場合にのみ撤回すること」

体操についても、トルストイはきちんとした規則を作った。これはなぜかフランス語で書かれている。

何かフランス語のものをもとにしたのかもしれない。ちょっとおどろくのは、五〇年十二月に「一月までのモスクワでのギャンブルの規則」が書かれていることだ。これは大まじめなもので、日本語に訳せば千五百字にもなるほど思慮深く（！）書かれている。ギャンブルの規則を作る前に、ギャンブルをやめたらどうかという気がするが、トルストイ自身は規則で自分をコントロールしようと（結果的には、それはできなかったのだが）考えたようだ。全部では長すぎるので、その一部だけを紹介しよう。

「1．私がポケットにもっている自分の金を一晩、または数晩の賭けに使ってよい。2．資産が私より多い者とだけ勝負をすること。3．一人でやること、ただし、逡巡しないこと。4．これだけは負けてもよいと自分に定めた金額は、その三倍以上になった時に、儲けと考えること。つまり、百ルーブル負けてよいと決めたら、三百ルーブル儲けた場合、百ルーブルを儲けと考えること……」

なるほど周到な規則ではある。

このほかにも単発的な規則もあり、トルストイの生活は規則ずくめになってしまった。

iii　規則の限界

規範や規範の言葉では日課のような外面生活はある程度規制できても、人間を支配することはむつかしい。親や教師がきびしいと、子供がかえって落ちこむように、トルストイも自分自身に叱咤激励された結果、自己嫌悪におちいった。五一年春には、日記が毎日のように「遅く起きた」「長いこと起きなかった」「いやいや起きた」「怠惰」「やる気なし」などという、自分を責める言葉ではじまるようになった。

挫折し、迷走し、自分を叱りつけて再起を試み、それが重荷になるという流れは、しばしば人を抑鬱《よくうつ》状態に追いこみ、最悪の結果にさえいたらせる。兄たちをはじめトルストイの周囲にも、そういう人たちがたくさんいた。トルストイ自身もその瀬戸際にいたのである。しかし、トルストイは救われた。かれを救ったのは規範でもなく、哲学でもない。トルストイを救ったのはかれ自身もまったく予期しなかったものだった。それは文学的創作——つまり、芸術だったのである。

4 創作活動のはじまり

I 文学との出会い

i 迷走の末

芸術は文化の最高峰だが、それと同時に多分に本能的なものでもある。歌の天才少女は朝から晩まで大声で歌をうたって、家族や近隣の人たちを悩ませ、絵の神童は壁にも家具にもクレヨンやパステルを塗りたくって、親に叱られる。モーツァルト、ピカソ、マリア・カラスなどは物心つく前から、自然の欲求に突き動かされて、したいことをし、気がつけば大芸術家になっていた。それほどの天才でなくても、芸術家の大半は、空腹の者が食物を求めるように、芸術の仕事に向かう。

トルストイは言うまでもなく稀有《けう》の文学的天才だった。そのイマジネーションははてしがなく、創作欲は春の木々から樹液がしたたるように止めどなくあふれ出た。しかし、二十歳をすぎるまで、トルストイ自身も身近にいる者も、かれの文学的天才に気づかなかった。かれは子供の時から思索癖があって「哲学者」とあだ名をつけられたり、自分の音楽的センスに自負を感じたりしたこともあった。しかし、少年時代にみごとな詩を作ったり、たくみな言葉遣いで大人をおどろかせたりすることはなかった。一般に「文学少年」と呼ばれるようなところは何もなかった。かれが二十歳すぎまでに書き残した文章のほとんどすべてが理屈っぽい哲学的なものである。

そのトルストイが小説のようなものに手を染めることになったのには、特別な原因があったわけではない。迷走と模索の時期に思索、理論的分析、官庁勤務、軍務、学士候補試験、領地経営、ビジネス、音楽、スポーツ、ギャンブル、結婚など、いろいろなことを試みた末、最後にやっと文学にも手を出してみたのだった。

ii ジプシーの小説

その最初の試みは、日記などで確かめられるかぎり、一八五〇年十二月八日、年齢二十二歳三か月以前にはさかのぼれない。これはかなり遅い出発である。その日の日記にトルストイは「《ジプシーの生活をテーマにした》小説の着想」と書いている。そして、その後三週間ほどにわたって「小説を書く」「書き物をする」などというメモ的な言葉が日記に散見される。

この小説がどのようなものだったかは、草稿が保存されていないのでわからない。常識的に考えれば、トルストイがそのころ通っていたジプシーの遊び場と、そこで働くジプシーのことを描いたものと思われる。そこに遊びに来るかれ自身のような客のことも描かれていただろう。巨大な文学創作の記念すべき第一歩に、トルストイがなぜジプシーを選んだのか、身近なものとして気軽に取り上げたのか、何か多少深い意味があったのか、それもわからない。しかし、この小説にかかわる日記の記述を見ると、思索や音楽はもちろん、領地経営どころか、ギャンブルについての記述に比べても、はるかに淡白な感じがする。トルストイの周囲には兄ニコライをはじめとして、文学的才能のある人や、作家がたくさんいたので、トルストイもちょっと小説らしきものを書いてみようと、特別な気負いもなく考えたのではあるまいか。しかし、トルストイをふくめて人間は大事なことにかぎって寡黙《かもく》になりがちなので、案外ひそかに期するところがあったのかもしれない。

この時期にトルストイが書いた草稿はたくさん保存されている。不出来なものも、日記や手紙で言及されていない小さな断片までも残っている。ところが、「ジプシーの小説」は、日記を見ると、少なくとも十ページくらい書かれたらしいのに、一枚の原稿も見つかっていない。トルストイはいったん書いてしまうと、自分の書いたものにあまり執着しないタイプで、わざわざ保存もしなければ、時々整理して、不必要と思うものを捨てることもしなかった。トルストイの原稿が多量に保存されているのは、結婚まではタチヤーナおばさん、結婚後はソフィア夫人が気配りのよい人で、しかも、トルストイの書いたものを貴重な、価値あるものと信じて、大切に保存した結果である。ソフィア夫人はトルストイのものを大切に思うあまり、日記のいかがわしい語句を自分の手で消したりもした。ジプシーの小説はいささか品位に欠けるものだったので、ソフィア夫人が捨ててしまったのではないかという気もするが、それは憶測にすぎない。

iii 「私の幼年時代」

ジプシーの生活を対象にした習作は三週間ほど試みられただけで中断され、ふたたびとりあげられることはなかった。だが、それはトルストイが文学の試みに失敗したとか、興味を感じなかったという意味にはならない。逆に、かれは初めて文学に接してみて、これなら自分にもできそうだと感じたに違いない。なぜなら、この後いくつものさまざまな種類の習作が着想されたり、書かれたりしているからである。それを一覧表にしてみよう。

一八五〇年十二月　「ジプシーの生活」
　同月末　「最初の手紙」（「ジプシーの生活」の一章か、のちの『幼年時代』の一章かもしれない）
五一年　一月　「私のＭ・Ｄ・の物語」
　三月　「タチヤーナおばさんについての本」
　同月　外国語のものの翻訳の企て
　同月　「きのうのこと」
　四月　「夢」
　日付不明　「二人の貴婦人の会話」

五一年一月の「私のＭ・Ｄ・の物語」は「私の幼年時代の物語」または「私の一日の物語」と読まれている。Ｍがロシア語の「私の」の頭文字、Ｄが「幼年時代」、または「日」の頭文字だからである。しかし、「私の一日」は『幼年時代』の前半のことを指していると思われるので、二通りの読み方のどちらをとっても、結局、「Ｍ・Ｄ・の物語」は「私の幼年時代の物語」、つまり、のちの『幼年時代』の前身ということになる。実際、まもなく三月になると、トルストイがしきりに何かを書いているのが日記の記述から知られるが、この時期に相当な時間をついやして書かれたものは「幼年時代の物語」、つまり、のちの『幼年時代』以外にない。また、やはり三月にトルストイは内務省の官僚だった友人フェルゼンに、「もし必要になったら、私の小説を検閲に提出してほしい」と、すでに作品の完成を前提として、かなり現実的な依頼をしており、前後の流れから見て、検閲に提出できる作品は、やはり『幼年時代』以外ない。このことから、トルストイの最初の作品となった『幼年時代』が一八五一年はじめに書きはじめられていたことは疑いない。

この後、五一年五月にトルストイはカフカースへ去り、そこで自分の文学的手法の質を高めるための勉強の一環として、六、七月に十八世紀イギリスの作家スターンの『センチメンタル・ジャーニー』の一部を翻訳し、出版を意識しながら「私の幼年時代の物語」を書きすすめ、五二年七月に完成する。つまり、トルストイが文学的創作を試みたのは二十二歳で、他の作家に比べて遅い時期だったが、いったんはじめると、その文学的な試みは挫折なしに継続、拡大していった。半年後には出版を目指す本格的な文学創作に発展し、さらに一年後（習作開始から一年半後）には、最初の作品『幼年時代』が完成した。その出来ばえは、当時ロシア最高の文学の目利きだったネクラーソフが一流作家におとらないと太鼓判を押し、ツルゲーネフやドストエフスキーも「この作家はいったい何者だ」と、目をむくほどだった。

思索、官庁勤務、学士候補試験、領地経営など、若いトルストイが試みたものはことごとく失敗したか、中途半端に終わった。ただ文学創作だけが例外的に順調に進捗《しんちょく》し、みごとに成功した。しかも、それに要した時間はわずか一年半。よほどの才能に恵まれた者でなければできない快挙だった。

Ⅱ トルストイ文学の基盤

i 芸術的天性

その成功の過程を客観的に跡づけることは、はっきりした資料がないので不可能である。しかし、(迷走の時期についても言ったことだが)、これから六十年におよぶトルストイの巨大な創作活動の出発点を、資料がないという理由で、「わかりません」と片付けてしまうのは残念だ。自分だけの勝手な推測もまじえながら、私なりのイメージをつくってみよう。

トルストイは多くの試みに失敗し、ほとんど最後のたのみの綱として、小説というものを書いてみようと思った。自分自身たいした期待はしておらず、自分に文学的才能があるとも感じていなかったが、書きはじめてみると、意外にも自分のなかにそれに反応する才能が出てきたのを感じた。小説なら、「哲学」のように、問題を整理し、論理的に筋道を立て、結論にみちびく必要はない。書くための目的や意義などをあらかじめ設定する必要もない。人生や人間を描けばいい、ということは、森羅万象《しんらばんしょう》何を書いてもいいわけだ。ジプシーのことを書くにしても、その故事来歴からはじめてもいいし、ジプシーの女性の容姿からでも、女性と客の会話からでも、陽気な遊びのクライマックスからはじめてもいい。要するに自分のなかにうかんでくるイメージを文字にして伝えればいいのだ。トルストイの場合、イメージを思いうかべるのに苦労はしなかった。むしろ、いろいろなイメージが出すぎて困るくらいだった。

イメージを文字に変換するのはそれほど容易ではなかったが、たいした修業もしていないのに、何の苦もなくやってのけた、という感じだった。

ii 「教条性《ドグマチズム》」

普通の詩人や作家の卵なら、このまま素直にすすんでいって、文学の世界に入っていったはずだ。だが、トルストイの場合は違っていた。ジプシーの生活やその他のものを描いていると、想像力、感覚、意識下、無意識の次元で、言葉を道具として何かを作り上げている文学という方法を、「何か」を作り上げるのに使うだけではあきたらなくなってきた。そして、自分がこの数年かかえつづけていた問題の解決に、文学の方法を適用できないかと感じるようになった。その問題とは「自分はこれまで何をしてきたのか、これから何をすべきか。第一、自分とはいったい何なのか。そして、人間とはそもそも何か?」というものだった。これまで、トルストイはそれを哲学的な、あるいは道徳的な「問題」として自分につきつけ、それに対する答えを、論理、真偽、善悪などの次元で、言いかえれば、理性、判断、道徳など、意識の次元で出そうとしていた。その結果、答えを出すことはできたし、その答えはそれなりにりっぱなものだった。だが、その答えは現実の検証に耐えられず、自分を救ってはくれなかった。小説の方法ならどうなるだろうか?

トルストイはこのように思って、人間の成長過程を主題にさだめ、「私の幼年時代の物語」を書きはじめ、それがかれの創作活動の出発点『幼年時代』になった。つまり、いくつかの断片的な習作を、かれは普通の芸術家と同じように、感覚、無意識、意識下、天性の次元で書き、芸術の神ミューズに奉仕していた。しかし、「私の幼年時代の物語」では、人生の問題に取り組み、解決するために、文学の方法を使おうとした。いささか悪い言い方をすれば、文学という手段を、自分の人生の問題のために利用しようとしたのである。たしかに、「私の幼年時代の物語」や『幼年時代』を書いた時期には、トルストイはまだ多分にミューズに奉仕していたものの、この出発点ですでに「不自然な詩人」、ミューズに奉仕しないで、それを利用しようとする「悪い詩人」になる萌芽をもっていた。

「私の幼年時代の物語」を書きはじめたのち、おそらくカフカース行き以前の五一年はじめに、トルストイは「人は何のために書くのか」という走り書きのメモのようなものを書いた。トルストイとしては人に読まれることを予想していなかったものだろうが、だれかが保存していて、大全集で公表された。トルストイにとっては迷惑かもしれないが、私もあえてその全訳をかかげることにしよう。

「人は何ために書くのか？　ある者は金を、ある者は名声を、ある者はその両方を得るために書く。また、一部の者は人に善を教えるために書いている、と言っている。何のために人は読むのか、何のために人は本の代償に金を出したり、名声を与えたりするのか？　人々は幸福になりたいと望んでいる。それこそがあらゆる行為の一般的な原因である。幸福になるための唯一の方法は善である。とすれば、理にかなっているのは、善を教えてくれる本だけを読み、金や名声を与えることである。いったいそれはどのような本なのか？　理性の原理に基づいた教条的《ドグマチック》な、思弁的なものである――他の本は良識が許さない。

しかし、善を美的に描き、例証を利用する本は有益ではないのだろうか？　善とは情欲を理性に服従させるという意味であることに、ほとんどの人が賛成するだろう。ところが詩人や小説家、歴史家や自然科学者は理性を発達させることで、人々を理性的な行為に向かわせることをせず、情欲を発達させて、理性に反した行為に向かわせている。自然科学は個人生活を快適にするもののために必要不可欠だと言われるだろう。しかし、はたして個人生活を快適にするものが善の発達を助長するだろうか？　まったくしない。逆に、それはわれわれをいっそう情欲に従属させるのだ。

もちろん、すべてのものにそれなりの効用がある。人間を咬《か》む蚤《のみ》の存在も人間の利益になるということが証明されている。しかし、有益な影響と呼ぶほうがいいような、客観的な効用があり、主観的な効用もある。まさにそれを私は言ったのである」

トルストイは哲学的な思索をし、論理や意識の次元で真理を発見しようと模索しているうちに、論理性、意識、問題、解答などからかなり解放されている文学に偶然突き当たり、何となく先が開けてきた。かれはせめてしばらくの間、あまり力まずにその流れに身をまかせておけばよかったのだろうが、すぐさま自分がかかえている問題に文学を引き寄せようとした。「人は何のために書くか」という小文は、そのような気分の強い時に走り書きされたものだろう。トルストイ自身迷いながら書いたものらしく、かれにしては不出来な蚤の比喩などを持ち出したあげく、結局、自分でも何を言うべきかわからなくなったらしく、中断してしまった。それだけにかえって、この断片から当時のトルストイの気分を生々しく知ることができる。

しかも、ここに書かれていることはかれの考えの一面にすぎないものだが、表面的なものでもなく、一時的なものでもなかった。意識的に問題を自分に提出し、それに解答を与える「教条的《ドグマチック》な」作品を書きたい、書かなければならないというのは、かれの文学のもっとも重要な原動力の一つだった。「ドグマチック」という語に対しては、「教条的」よりもっと穏やかな「教訓的」といった訳語もありうるだろうが、私はあえてこのいささか古風でどぎつい訳語にした。そのほうがトルストイの考えに近いと思うからである。トルストイはその後も「ドグマチック」という語を一度ならず使っているが（一七四～一七九ページ参照）、いつでも、それは「教条的」という強い意味だった。

晩年、七十歳近くになって、トルストイが『芸術とは何か』を書き、そのなかで「芸術とは作者自身が体験した善いものを、他の者に伝染させることだ」とか、「芸術は真理を意識から感情へ移すことだ」と力説した時、多くの人は啞然《あぜん》とした。トルストイほどの超一流の芸術家の言葉にしては、あまりにも単純だったからである。そして、これはトルストイの知的老化（もっとやさしい言葉を使えば、もうろく）の結果か、精神的転換、芸術放棄の結果だなどと考える人も少なくなかった。しかし、実は、第一作『幼年時代』からはじまって、かれの膨大な文学創作はたえず、こうした意識のなかで営まれていたのであり、それがもともとかれの文学の本質であり、力だったのだ。しかし、同時にそれはたえず天才的芸術家トルストイを悩ませた。

iii　感傷的な読者へ

「人は何のために書くか」ときわめて近い時期に、トルストイは一方では、ほとんど正反対のように思えることを書いた。それは『幼年時代』が実質的にできあがり、修正の第二稿が書かれている途中に、作品の前書きとして、発表を予定して執筆された「読者へ」という文章である。これは少し長いので、抄訳で紹介しよう。

「私の選ばれた読者のなかに入るために、私が要求するのは、ごくわずかなことである。あなたは感じやすくなければならない。つまり、あなたは自分が好きになった架空の人物のことを、時には心から憐れみ、涙を流し、その人物のことで心から喜び、それを恥ずかしがらないことである。あなたは思い出を愛さなければならない。あなたは宗教的な人でなければならない。……そして、重要なのは、あなたが『わかる人』であることだ。……『わかる人』たちには何も説明や解説をする必要がなく、表現の点ではこの上もなくあいまいな考えを、十分自信をもって伝えることができる。はっきりした表現はないのに、実にはっきりと理解されるような、微妙でとらえがたい感情の交流がある。わかる人たちが相手なら、そういう感情や関係については、ヒントを与えるだけで、自分たちだけにわかる言葉で大胆に語ることができる。……二通りの方法で、つまり、喉と胸で歌うことができる。喉声は胸声より柔軟だが、そのかわり心を動かさない、というのが本当ではあるまいか。逆に、胸声は荒削りだが、魂を揺るがす。……文学でも同じで、頭と心で書くことができる。頭で書けば、言葉は従順になり、整然と紙にのる。心で書くと、頭にはあまりにもたくさんの考えが、想像力にはあまりにもたくさんのイメージが、心にはあまりにもたくさんの思い出が湧き出て、表現が不十分になり、不足し、滑らかでなく、荒削りになる。もしかすると、私は間違っているかもしれないが、頭で書きはじめると、いつも自分を押しとどめ、ただ心から書くようにつとめた」

この文章では、トルストイははっきり、イメージ、無意識、感覚を優先させ、論理、意識、理性を片隅に追いやっている。

iv　トルストイ「文学」の出発

このように、トルストイの創作は出発の時点からすでに、生活者トルストイと芸術家トルストイとの矛盾や相克のなかでいとなまれていた。現実の生活のなかで「よく生きたい」と願う生活者トルストイに足を引っ張られて、実生活に必ずしも束縛されない別の世界を創造しようとする芸術家トルストイは人並み以上に苦労した。しかし、その口やかましい生活者がいたからこそ、トルストイの文学が並みの芸術を超えた高みと厚みに達したのだと言わなければならない。

芸術家は時として、あるいはたえず、理性的な意識から離れて、無意識や意識下の無明のなかをさまよわなければならない。無明のなかを彷徨《ほうこう》することを楽しんで、そこから光明のなかに出ようとしない芸術家も少なくない。トルストイはそれをおそれ、憎みさえし、早く実人生にもどろうとした。しかし、現実を超えた芸術家の心なしには、『幼年時代』も『戦争と平和』も、その他のどんな作品も書くことはできなかっただろう。かれは芸術家がかかわっている無意識の次元の行為は、人間を堕落させるのではないかと、不安を感じていた。しかし、五一〜五二年（二十三〜四歳）の若いトルストイは、論理的思索の束縛から抜け出て、小説を書くことによって、それまで出口のない迷路に入りこんでしまっていた自分の人生を前向きに展開し、迷走と模索の時期を終わらせることができた。トルストイ自身が心底から信じることのできなかった芸術にたずさわらなかったなら、また、かれ自身がおそれていた芸術的才能をかれが偶然もっていなかったなら、かれもまた兄たちと同じように、現実の奈落にすべり落ちて、人生の失敗者、敗残者になったのではあるまいか。

このようなトルストイの文学的出発にまつわるさまざまな二重性や逆説は、その前後のかれの一見不可解な行為となって現れる。かれは自分の前に文学的創作という道が開け、そこに光が差しこんでいるのが見えた時、書斎の机を拭き清め、椅子にすわり、紙に向かい、ペンをとって一心不乱に書く……のではなく、まったく予期できない行動をした。かれは書斎でペンをとるかわりに、山のなかで剣をとって戦うほかのないカフカースへ旅立ったのである。

しかし、このことについては、章をあらためて、見ていくことにしよう。

第三章　修羅と大自然

I　山岳の民との死闘

1　カフカースへ

i　新しい脱出

トルストイは五一年四月二十九日、ヤースナヤ・ポリャーナを出発して、カフカースへ旅立った。カフカースの軍隊から一時帰省していた兄ニコライが軍務にもどる時、いっしょについて行ったのだ。九七～九八ページで書いたように、当時カフカースに行くのは容易なことではなかった。行く以上相当な理由があったはずだ。この場合、まず考えられるのは、いっさいの過去のしがらみを断ち切り、現在の行きづまりを打開するための脱出ということである。トルストイは生涯で何度も過激な「脱出」を試みた。一八四七年四月の大学中退・帰郷の行為もそうだし、一九一〇年の死出の旅路となった家出もそうだった。カフカース行きは、借金で首がまわらなくなり、事業にも失敗した若者が「夜逃げ」をして、異境へ消えたのだ、とも言える。しかし、トルストイの場合、数度の「脱出」のうちマイナス要素しかなかったものは一つもない。また、いくつかの「脱出」がそれぞれ違う特徴をもっていて、同じものはない。カフカース行きをトルストイによくある「脱出」の行為と言って片付けずに、もう少しこまかく見る必要がありそうだ。

カフカース行きの前、トルストイは前章の最後で述べたように、すでに文学創作の道に踏みこんでおり、遅まきながら自分の文学的才能にも気づいていて、作家としてなんとか立っていけるのではないかという曙光を見ていた。それでいながら、書斎に入り、拭き清めた机の前にすわるかわりに、馬車に乗り、船に乗り、馬にまたがって遠くカフカースに行った。大学中退・帰郷の時も、たしかに「地主の義務をはたす」「自分をしっかり形成する」といった前向きの目的はあった。しかし、それは目的というよりむしろ理想で、まだはっきりした形はなかった。それにひきかえ、カフカース行きの時は、トルストイはもう出版を予定した「私の幼年時代」の原稿を、つまり、手で触れることのできる確実な「物」を旅行カバンに入れていた。とすれば、何のためにわざわざ遠くて、つらいカフカースまで行く必要があったのか。

ii　旅を楽しむ

ヤースナヤ・ポリャーナからカフカースまでは直線距離にしても約二千キロ。トルストイはヤースナヤ・ポリャーナからツーラに出、モスクワを経由してカザンに行き、そこに一週間滞在してから、サラトフに到着した。ここまでは馬車を使ったのだろう。モスクワ・ペテルブルク間に鉄道が開通したのがちょうどこの年（一八五一年）だから、モスクワより東にまだ汽車はなかった。サラトフからは船に、それも、大きな客船ではなく、わざわざやとった小舟に乗ってヴォルガ川をくだり、終着港であるカスピ海沿岸のアストラハンに着いた。その後はいよいよカフカース。悪路を馬で越えながら目的地のスタログラドコフスカヤにたどり着いたのは五月三十日。カザンに滞在した一週間を差し引いても、二十五日、距離にすれば二千五百キロにおよぶ旅程だった。現代のわれわれには耐えられない、長くてつらい旅行だが、六一～六二ページでも書いたように、当時の人にはこの程度の旅はおどろくに当たらない。まして、トルストイは旅行好きだ。途中いやなこともあったが、大体は長旅を大いに楽しんだ。

大学中退・帰郷の時は肩をいからせ、勢いこんでいたトルストイだが、今度はそのような気負いが見られない反面、しっぽを巻いた負け犬のうらぶれた姿もない。出発直後モスクワで兄ニコライといっしょに撮影した写真を見ると、兄のほうは背をかがめて、さびしそうな様子をしているのに、トルストイは胸を張って、いばった顔つきをしている。かれはカザンに一週間滞在したが、この予定外の長居の原因は、そこで偶然会った感じのいい若い女性ジナイーダ・モロストーヴァに一目惚《ぼ》れしたことだった。惚れっぽくて、思いこみの強いトルストイのことだから、いきなり愛を告白しようとまで考えたが、さすがにできなかった。五月三十日、スタログラドコフスカヤに到着す

トルストイ（左）と兄ニコライ（ロシア国立トルストイ博物館所蔵、昭和女子大学トルストイ室協力）

るとすぐ、かれはモロストーヴァ家と親しい（のちにジナイーダの妹と結婚した）友人のオゴーリンに、こんな戯《ざ》れ歌のような手紙を送った。

オゴーリンさん！
大急ぎで
手紙で知らせてね、
皆さんのことを、
カフカースあてに。
お嬢さんの
モロストーヴァのことも。
お願いします

レフ・トルストイ

そして、トルストイはジナイーダのことをその後何度も思い出したばかりか、この淡い想いを一生忘れなかった。

これも追いつめられて鬱《うつ》状態になり、蒸発しかけている人間の言動ではない。トルストイはカフカースへ気軽な旅行に行くつもりで、長期間そこで生活したり、勤務したりするつもりはなかったのだろうか？　確かにはじめは、カフカース周遊という気楽な考えもあったようだが、出発の時点では、カフカース行きを生活全体に変化をもたらすかもしれない重要なものと考えていたようだ。

iii 閃《ひらめ》きの結末

スタログラドコフスカヤに到着してからちょうど一か月後の六月三十日に、トルストイは日記にこう書いた。「どうして私はここへ来てしまったのか？　わからない。何のために？　答えは同じだ」

これを気楽な旅行者の言葉と考えることは不可能だ。何か一つのことをしてしまった者が、ふとわれに返って発した言葉と受け取れる。人間は重大な場合にかぎって、分析や判断より、直感で行動する。しかし、冷静になって、あらためて自分に問い直してみると、自分の行動の意味が自分にもよくわからなかったりする。トルストイのカフカース行きもそのたぐいのものだった。カフカースに来てから半年あまりたった十一月に、トルストイはタチヤーナおばさんにあてたフランス語の手紙で、この行為は「coup de tête（ぱっと頭にうかんだもの）」と書いていた。トルストイの記憶は半ば空想的で当てにならないが、これは到着直後の「どうして私はここへ来てしまったのか？　わからない」という言葉と符合しているので、真相を伝えているに違いない。しかも、トルストイは自分の行動を直感的で、衝動的だと認識しながら、その行動が間違っていなかったことも直感していた。coup de tête という語の前後もふくめると、タチヤーナおばさんあての手紙にはこう書かれていた。「いずれにしても、私はカフカースに来たことを決して後悔しないでしょう——それは coup de tête ですが、私のためになるものなのです」

実際、さんざん考え、理性と哲学を基盤にし、マニフェストまで用意して決行されたカザンから郷里への「脱出」はたちまち挫折したのに、「ぱっと頭にうかんで」即行された郷里からカフカースへの「脱出」は、トルストイ自身とその生活に根本的な変化を生じさせ、その後のトルストイを形成する重要なものになった。カフカースに来てからも、トルストイは相変わらず次の日の日課を作っては実行しなかったり、ギャンブルで負けて借金をこしらえたり、いかがわしい女たちと付き合ったりしていた。しかし、カフカース行きの前と後では、トルストイの生活に明らかな違いが生じていた。

しかし、それについて語る前に、カフカースで展開されていた血なまぐさい戦いと、そのなかでのトルストイの活動を見ることにしよう。

カフカース広域図、部分図

II 戦火の洗礼

i 未知の世界へ

五月三十日スタログラドコフスカヤに着いて、トルストイが最初にした行為は文章を書くことだった。かれは出発前から書いていた「きのうのこと」という短編小説かエッセーのようなもののつけたりとして、「もう一日」という題でサラトフからアストラハンまでの船旅の様子を書きはじめたのだ。この文章は一ページ足らずの断片で終わってしまったが、その内容を見ても、すでにトルストイのなかに作家の意識と習慣ができあがりかけているのが感じとれる。次にトルストイがしたのはへたなくせに大好きなギャンブルで、六月十三日には八百五十ルーブルもすってしまった。これは今の日本の一千万円以上にもあたる大金だ。

しかし、その直後トルストイはこれまで一度もしなかったこと、しかもカフカースでなければできないことを体験した。それはカフカースの少数民族チェチェン人との戦争である。トルストイは軍隊に入るためにカフカースに行ったと書いている伝記も少なくないが、かれが軍隊に入ったのは五一年末のことで、六月の時点ではまだ軍人ではなく、軍隊に入ることを決めてもいなかった。最初は正規の軍人ではなく、ボランティアとして戦闘に参加したのである。それから、二年七か月半、別の戦場（ドナウ地方からクリミア半島）に赴くためにカフカースを去るまで、トルストイは数度戦闘に参加し、死の危険までふくめて、さまざまな体験をした。だが、トルストイ個人の体験について語るのをもう一度先送りして、現在（二〇〇八年）までつづいているチェチェン戦争について説明しておかなければなるまい。

ii　カフカース問題

チェチェン戦争について説明するためには、カフカース全体の状況について説明しなければならず、そのためにはカフカースの歴史から説き起こさなければならない。それはとても私の手には負えないので、最近出た本『カフカース』（木村崇ほか編、彩流社、二〇〇六年）から引用させてもらうことにしよう。「カフカースの歴史についての文献をひもとけば、そこにはいつも巨大な国家が顔を覗《のぞ》かせる。古くはアケメネス朝、ローマ帝国、さらにセルジューク朝、モンゴル帝国、ティムール朝、サファヴィー朝、オスマン帝国、ロシア帝国、そして二〇世紀にはソヴィエト連邦。地理的に東のカスピ海、西の黒海に挟まれたこの地域は、南北をみれば、北ユーラシアと中東を結ぶ通路であり、また東西を見れば、二つの海を船で運ばれる物資の通り道であった。さらに、山がちな地形と複雑な住民構成は、この地にまとまった強い権力を生み出すことを妨げ、常に小国分立状態をもたらしてきた。地政学的にも通商上も重要であり、天然資源や人的資源も豊富で、しかも地元の強力な国家の存在しないこの地域に、先に挙げたような巨大な国々が支配を及ぼそうとしたのも当然の成り行きだった。そのためカフカースは絶えず周辺の大国の進出を受け、しばしば複数の大国の勢力争いの場となった」（この本は数人の共著。引用部分〔一八ページ〕の筆者は黛秋津《まゆずみあきつ》）。

ロシアのカフカース進出は十六世紀にさかのぼる。十六世紀にモスクワを盟主として中央集権を成立させたロシアはまもなく、かつてのモンゴル帝国に勝るとも劣らないユーラシア大帝国に発展し、海への出口として、黒海とカスピ海の間にある絶好の地、カフカースの制圧に乗り出した。最初はドン川、ヴォルガ川下流にすでに住みついていて、元来は反政府的だったコサック（カザキ）の力を利用した。十七世紀初頭の一六〇四年に、帝国の正規軍も最初のカフカース遠征を行ったが失敗に終わった。カフカースの住民の抵抗ばかりでなく、トルコ、ペルシャなどの大国の勢力も排除しなければならず、容易なことではなかったのだ。

その困難さを覚悟の上で、本格的にカフカース攻略をはじめたのはピョートル大帝だった。一七二〇年、かれもやはりこの地域のコサックを組織化して、ロシア帝国のカフカース進出のために利用することにし、その拠点として五つのスタニーツァを構成した。スタニーツァは露和辞典などでは「コサック村」と訳されているが、分散していたいくつものコサック居住地をまとめた総合組織で、大きなものは人口数万にもおよんでいた。この結果、一七二二年には、チェチェンの東に隣接するダゲスタン沿岸全体を占領するのに成功した。だが、ピョートル大帝死後ロシアの攻勢は弱まり、ダゲスタンはふたたびペルシャに奪還された。こうして、カフカースを舞台に、ロシア帝国と少数民族、そしてその背後の大国との果てしない戦争がつづくことになる。

ロシアはその後ふたたび攻撃を強化し、一八〇一～一〇年にグルジア、〇三～一三年にアゼルバイジャンを併合することに成功した。カフカースの多くの少数民族もロシアに帰順したり、生き残りのために妥協したりした。

iii チェチェン問題

このような状況のなかにあって、ダゲスタン族、チェチェン族は頑強に抵抗し、チェチェンでは一七八五〜八七年にシェイフ・マンスール（本名ウシュルマ）に率いられる組織的抵抗が起こった。これが十九世紀の抵抗のバックボーンになったミュリディズムの先駆である。ミュリディズムというのはチェチェン人、ダゲスタン人など、カフカース山岳諸民族中に広まったイスラム神秘主義の一派である。古典的なスーフィズムとむすびついているが、スーフィズムが人間の内面に訴えるのに対して、ミュリディズムは外向的、政治的であり、キリスト教徒への服従を忌みきらい、キリスト教徒との戦いを「聖戦《ジハード》」とみなす頑強な思想である。

十九世紀初頭、ナポレオン戦争終了後、ロシアはチェチェン、ダゲスタンに対する本格的攻撃を決意し、一八一六年アレクセイ・エルモーロフをカフカース独立兵団司令官に任命した。カフカースの戦争は数世紀にわたってつづいているが、とくにこの一八一七〜六四年の時期が数世紀にわたる抗争の山場の一つで、狭義の「カフカース戦争」はこの時期を指す。グローズナヤ（脅威の）、ヴネザープナヤ（急襲の）、ブールナヤ（嵐の）など、穏やかでない名前の拠点要塞が構築されたのもこの時期で、現在のチェチェンの首都グローズヌイはグローズナヤ要塞の名残である。「脅威市」という露骨な名前の都市は世界でもめずらしいだろう。また、トルストイの作品『森林伐採』の題名にもなった森林伐採作戦もこの時期にはじまった。森の木を切りはらって見通しをよくし、敵の奇襲を防ぐこと、軍隊の通過を容易にすることなどがその目的だったが、これが生活環境を破壊し、住民を山中に追いやった。ベトナム戦争の枯葉作戦を思い起こさせる。

このカフカース戦争のチェチェン側の指導者（イマム）はカジ・ムラ（ハジ・マホメド）からガムザト・ベクへ代わったが、その後を継いだシャミールの時代（三四〜五九）に抵抗は最高潮に達した。一方、ロシアも攻勢を強め、ヴォロンツォフ将軍を司令官に任命して、ついに五九年シャミールを降伏させ、チェチェンをロシアの領土にした。しかし、これでチェチェン族の抵抗が終わったわけではない。帝政ロシアからソ連邦へ、ソ連邦から資本主義国家へとロシアの政体は大きく変わっても、ロシアに対するチェチェンの抵抗はおさまらず、当然チェチェンに対するロシアの圧力政策も延々とつづき、今もつづいている。十九世紀末にチェチェンに油田が発見され、一八九三年に採油作業が開始されて、その利権をめぐる争いが民族闘争をますます激しく複雑なものにした。

第二次世界大戦たけなわの一九四二年には、スターリンがチェチェン族、ダゲスタン族の反政府活動を封じるため、約五十万人をシベリアへ強制移住させ、そのうちの多数を死なせるという悲劇が起こった。ペレストロイカ後、全チェチェン協議会はソ連邦からの離脱独立を満場一致で採択。ゴルバチョフ失脚後も、チェチェンはその方向を推し進め、ソ連邦離脱を国民投票によって採択し、独立チェチェン国初代大統領にドゥダエフ将軍を選出した。しかし、エリツィン大統領はこれを認めず、九四年にはチェチェンに軍隊を送り、独立運動を弾圧した。これが第一次チェチェン紛争である。翌年にはロシア軍がチェチェンの首都グローズヌイを制圧。エリツィンは勝利による休戦を宣言し、軍の撤退をはじめた。

その後、チェチェン側の攻撃はテロ化し、住宅、商店の爆破、特定人物の狙撃、一般市民、子供の誘拐などが頻発した。九九年十月エリツィンは「テロリズム撲滅のため」にふたたび軍をチェチェンに派遣し、第二次チェチェン紛争がはじまった。その直後大統領に就任したプーチンも前任者エリツィンの政策を継承し、国民の大半もこれを支持していた。プーチンの支持率が高かった理由の一つは、チェチェンに対するかれの強硬姿勢にあった。今後もロシアの対チェチェン政策が容易に変わるとは考えられない。この長期、複雑、悲惨な抗争について多少とも具体的に述べれば、数冊の本になる。トルストイ以外にも、グリボエードフ、プーシキン、レールモントフ、マルリンスキー（ベストゥージェフ）、チェルヌイシェフスキーなど、チェチェンにかかわったロシア作家は多く、「ロシア文学とチェチェン」というテーマでも優に一冊の本になってしまう。

チェチェンでのトルストイの実戦参加は、この一冊の分厚い本の数行にすぎない。しかし、この本の一行一行には複雑な人生が——場合によっては一人の人間の全人生がこめられている。トルストイの場合もその数行に喜怒哀楽の諸相をふくむ人生があった。

iv　戦火のなかで見た自分

カフカースで生活した二年七か月の間に、トルストイが実戦に参加したのは五一年六月後半、五二年一月後半から三月はじめまで、五三年一月末から三月下旬までの三度しかない。これに、五三年六月十三日、行軍中に本隊から離れて勝手に移動したため、突然チェチェン兵に襲われ、命からがら逃げのびた事件をふくめても四度である。しかし、一度の実戦参加の間に数回戦闘に参加したり、戦闘以外の「森林伐採」の作戦行動を行ったりしたこともあり、戦場で体験できるものは十分に体験した。トルストイがこのなかで体験し、認識したのは、要約して箇条書きにすれば、次のことだった。

(1)自分自身の精神力
(2)カフカース戦争の本質
(3)戦争一般の本質
(4)ロシア民衆の本質

一三六ページで書いたように、トルストイは自分の前途に文学創作という一つの可能性が開けはじめた時、それに集中せず、それに逆らうようなカフカースへの「脱出」を敢行した。しかし、これはむしろ新しい可能性が見えたからこそ、古い惰性的生活から脱し、自分を新しい環境に投じて、新しい可能性を自由に開かせようとしたのだとも考えられる。実際、カフカースに着いたその日から、トルストイはこれまでにない面を示しはじめた。その一つは抒情的に自然と向きあったこと、もう一つは素朴に神に祈りはじめたことである。

スタログラドコフスカヤ到着直後の五一年六月四日の日記で、かれは「カフカースの自然は期待はずれだった」と不満をもらしながら、そのすぐ後で次のような描写を書きはじめる。「明るい夜だ。さわやかなそよ風が幕舎を吹き抜け、ろうそくの残り火の明かりが揺れる。遠くで犬の吠える声、番兵たちの呼びかわす声が聞こえる」。トルストイが日記を書きはじめたのは一八四七年のことだが、これまでの日記でこのような自然描写や情景描写はただの一度もなかった。また六月十二日の日記にはこんな言葉が見られる。「きのう私はほとんど一晩中眠らなかった。日記を書いてから、神に祈りはじめた。祈っている間に私が味わったこころよい気持ちは――伝えることができない」。このような素朴な祈りもこれまでトルストイにはなかった。

トルストイがこういう言動をしはじめたのは、まだ新しい環境がかれに影響するひまもないころだから、この言動は今まですでにトルストイのなかに潜在していたものが、新しい環境のなかで活動しはじめた結果だと思われる。とすれば、トルストイのカフカース行きはさっそく効果を表したことになる。

トルストイが直感的に求めた環境変化には、転地療養のような癒しの面ばかりでなく、矯正院送りのようなきびしい面もあった。後年トルストイはこの数年を、自ら「追放の時期」と呼んだほどだった。死と隣り合わせの過酷な場に自分を投じて、自分の性根を自分の目で見すえ、できればそれをたたき直したかったのだ。実際、かれは一度ならず、死を目前にする場に立たされた。そういう極限状態では人間の生《なま》のままの本性が現れる。極限状態で人間のなかに現れるのは善性だとトルストイは期待していた。しかし、戦場の極限状態に置かれると、かれはうろたえ、自分を律することができず、善性を発揮するどころではなかった。人間は弱いものだから、それはあたり前だと言うことはできない。なぜなら、もともと人格のすぐれた兄ニコライばかりでなく、ロシア本国では農奴《のうど》で、卑屈な人間に見えていた最下級の兵卒が、極限状態で美しい人間性を発揮していたからである。トルストイはこのような農奴＝兵士の戦場での行為を見て、人間の根源的な本性が善性だという自分の期待が間違いでなかったことを確認した。だがそれと同時に、自分の人間性がまだ曇っていて、いざという時に善性ではなく、醜さがさらけ出されることも認識せざるをえなかった。

カフカース戦争の真相は一種の国家機密だったから、ロシア国民には正しい情報がまったく与えられていなかったし、実情をよく知っていた兄ニコライなども、軽々しく事実をロシア本国にいる人たちに語るはずがなかった。トルストイは当時最高の知識人だったし、大学入学時、東方問題専門の外交官になろうとしたくらいだから、カフカースについてある程度公正な認識はもっていただろう。だが、自分の目で現場を見、生活のなかで体験し、考え方が変わっていった。この時期のかれの発言をもとにして、「トルストイはロシア人と山岳民との戦争で、正義がロシア人の側にあると考えていた」と主張する人もいる。しかし、検閲のために発表できなかった作品の草稿にはこんな言葉もある。「だれの側に自衛の感情が、ひいては、正義があるだろうか？　ロシア兵がせまってくると聞いて、《罰当たり、くたばれ》と言いながら、壁にかけてあった古いライフル銃を取りはずす貧乏人の側にか、それとも、山岳民と敵対する理由も希望もまったくもたず、ただ自分の勇敢さを示すためにカフカースに来た士官や、ただなるべく早く大尉の位とぬくぬくとした地位をもらいたがっている将軍付きの副官の側になのか？」

しかも、トルストイはロシアに帰順したチェチェン人たちと親しく付き合うようになっていた。その人たちの異文化にとまどいながら、トルストイはチェチェン人がロシア人と同じ人間であることを理解し、チェチェン人のほうも、ロシア人の間では変人扱いされていたトルストイを好きになってくれた。とくにサドという若者は、一四四ページで書いたように、トルストイがギャンブルで同僚に大負けをし、懐かしいヤースナヤ・ポリャーナの家を売り払おうかとまで思っていた時、トルストイから習い覚えたばかりのトランプ博打《ばくち》でその同僚に挑戦し、なんと八百五十ルーブルの手形を取り返してくれた。また、トルストイが不注意のために突然チェチェン人に襲われた時、九死に一生を得たのもサドのおかげだった。このようなチェチェン人との交友はトルストイの一生にかかわるほどの大きな体験だった。

カフカース戦争という、一つの特殊な戦争体験は、戦争一般についてのトルストイの考えにも当然影響した。やはり、短編小説『襲撃』の発表されなかった草稿でトルストイはこう書いた。「戦争？　なんという理解しがたい現象だろうか。理性が理性そのものに向かって、この現象は正当なものか、それはなくてはならないものか、と問いを発すれば、内なる声は常に《否》と答える。ただこの不自然な現象がたえずくり返されているので、それが自然なものとされ、自衛の感情が正当なものとされるのだ」

この時期には戦争についてのトルストイの考えはまだ揺れ動いていたが、自衛戦争をふくめて、戦争の全面的否定の態度がすでに芽生えていたことは疑いない。

vi　民衆再発見

トルストイのカフカース体験のなかで、「ロシア民衆の再発見」も戦争否定に劣らず重要だった。ロシアでトルストイは民衆とじかに接触して、よい人間的関係をうち立てようとし、手痛い失敗をした。社会的な構造がそれを邪魔したばかりでなく、農民が心を開かなかったからである。数世紀にわたる隷属の結果、農民が地主に不信感をもち、反抗的だったというだけならトルストイも納得したかもしれない。しかし、トルストイの目には、農民たちは卑屈で、うそつきで、怠惰で、道徳的に堕落しているように見えた。ところが、戦場で見たロシア兵は実にりっぱだった。カフカース戦争に題材をとった短編『森林伐採』のなかで、トルストイはロシア兵をこまかく観察し、次のように分類して説明している。

「一 従順な者。a従順で冷静なもの。b従順で気配りのよい者。

二 指図をする者。a指図好きで厳格な者。b指図好きで処世にすぐれた者。

三 向こう見ずな者。a向こう見ずで陽気な者。b向こう見ずで素行のわるい者」。

この分類を見ると、よくないのは「三のb」だけで、しかも、それは「ロシア軍の名誉のために言っておかなければならないが、ごくまれにしかお目にかからないものだ」と、トルストイ自身が注釈をつけていた。

当時のロシアでは、兵卒のほとんど全部が「百姓の野良着を軍服に着替えた農民」だったのに、兵士たちはロシアの村にいる農民とはまるで別の人間だった。いったい、どちらが本当の姿なのか。人間の本性は惰性的に流れる日常生活より、死を目前にした極限状態で現れるものだろう。とすれば、卑屈な農奴ではなく、毅然《きぜん》とした兵士こそがロシア民衆の真の姿なのだ。この「民衆再発見」にトルストイはおどろいた。農民はわれわれ貴族と同じ人間どころか、われわれよりむしろすぐれているではないか。そして、このすばらしい本性をゆがめている責任は自分たちにあるのではないか?

このようにトルストイはカフカースでいくつもの貴重な体験をした。この節では、そのいくつかの体験を一つの表面に並べて一瞥《いちべつ》したにすぎない。次の節ではこれらの複数の体験を組み合わせながら、あらためて見ることにしよう。

2 戦争と文学

Ⅰ 文学へ

i ペンを右手に、剣も右手に

トルストイがカフカースで生活したのは、一四九〜一五〇ページで書いたように二年七か月半、その間にトルストイが実戦に参加したのは四度にすぎない。これを一つにまとめると三か月半かせいぜい四か月である。

戦場の体験は中身の濃い特別なものだから、単純に物理的な時間で測るわけにはいかないが、かりに長さだけで比較すれば、トルストイが戦争に参加したのはカフカース滞在期間全体の二十パーセントにとどまる。残りの八十パーセントの時間をトルストイは狩猟や、ギャンブルや、女性との付き合いにもついやしたが、ほとんどは文学創作と思索のために使った。かれは軍隊勤務の余暇に小説を書いたのではなく、戦争と文学の二つをどちらも重要な仕事として、並行して行っていたのである。思索も重要なことだったが、それについては次節で述べることにして、ここでは文学と戦闘参加の二つの活動をとりあげ、まずそれを年表の形でまとめてみよう（文学関係は普通の活字、戦争関係は傍線つき、その他の事項は〔 〕をつけて区別する）。

一八五一年五月末　（カフカースに到着）。

六　月　カフカースに来る前に書きはじめていた『幼年時代』の執筆を継続。戦闘に参加。

五二年一　月　戦闘に参加。

三　月　第二作『襲撃』を着想。

五　月　『襲撃』を書きはじめる。

六　月　『幼年時代』完成。

七　月　『幼年時代』を雑誌『同時代人』へ発送。

『ロシア地主の物語』着想。

九　月　『幼年時代』が『同時代人』誌に掲載される。

『ロシア地主の物語』を書きはじめる。

十　月　『カフカース概観』を書きはじめる。

十一月　『幼年時代』の続編『少年時代』を書きはじめる。

十二月　『襲撃』完成。『同時代人』編集長ネクラーソフに発送。

五三年一〜三月　戦闘に参加。

三　月　『襲撃』が『同時代人』誌に掲載される。

四　月　『クリスマスの夜』（のちに『愛はいかにしてほろびるか』と改題）執筆、未完に終わる。

六　月　チェチェン兵に襲われる。

『森林伐採』を書きはじめる。

八　月　『コサック』を書きはじめる。
九　月　『ゲーム取りの手記』を四日で書きあげ、すぐに『同時代人』誌に発送。
五四年一　月　〔カフカースを去る〕。

このように、トルストイはカフカースにいた二年半ほどの間に、『幼年時代』と『襲撃』の二つの作品を完成、発表し、『ゲーム取りの手記』を完成し、『少年時代』もほとんど完成した。それ以外にも数編の作品の構想を立てたり、書きはじめたりしている。現代の作家なら飢え死するほどの寡作《かさく》だが、当時としては十分に活発な活動だった。世界には無数の作家がいたし、今もいるが、従軍作家はたくさんいるものの、戦場で作家として立った例はめずらしい。しかも、トルストイの場合、戦場での体験と文学はただ物理的に同じ時間内で並走していたばかりでなく、たがいに深くかかわり合っていた。トルストイは戦場に行かなくても、りっぱな作家になったことは疑いない。しかし、カフカースでの生活体験と戦場での経験がなかったら、今われわれが知っているようなトルストイは存在しなかった。

ii　『幼年時代』の成り立ち

このことについて語る手はじめとして、最初の作品『幼年時代』の成り立ちを——少しこまかい話になるが——追ってみよう。

トルストイは大学中退・領地経営挫折後の迷走と模索の時期にいろいろなことをためしてみた。一二五〜一二六ページで述べたように、小説を書いたのもその数多い試みの一つにすぎなかった。だが、失敗つづきだったそれまでの試みとは違って、小説という方法が意外にうまくいきそうな感じがした。そこで、トルストイはこの方法を、最近数年自分を悩ませてきた問題――自分とはいったい何か？そもそも人間とは何か？　という問題に適用してみる気になった。こうして「私の幼年時代の物語」が書きはじめられた。それはトルストイの多くの作品と同じように写実的な（リアリズムの）方法で書かれた。リアリズムといってもいろいろな性格のものがあって、一概に定義することはむつかしいが、いちばん単純なリアリズムは「さまざまな出来事、事物、情景、人間の言動、感情、心の動き、あるいはそういうもののイメージを、自分から距離をおいて、外側から見ながら、現実と等身大に写生風に描写したもの」と言えるだろう。

「私の幼年時代の物語」もはじめはそのような素朴なリアリズムの作品だった。その最初の草稿はある人が友人に自分の子供時代のことを書いた手記を送るという形式になっていた。冒頭に「まえがき」として、作者が友人にあてた手紙が一ページほどあり、それから小説の本文がはじまる。だが、その冒頭では、プライバシーをさらけ出すことについての作者の一般論が展開され、それからようやく小説らしい部分がはじまる。その書き出しは次のようになっていた。「あなたは私の母とその経歴を知らなかった。かの女は結婚前までB公爵令嬢で、イワン・アンドレイチ・B公爵の娘だった……」。このように、事物や、人間の即物的な描写ではなく、主人公のバックグラウンドの説明が延々と五ページつづいた後で、ようやく主人公ニコーレンカが朝早く、住み込みのドイツ人家庭教師イワン・カルロヴィチに起こされる場面、つまり、世間に発表された『幼年時代』の第一ページに当たる部分が出てくる。だが、その書き出しは次のようなものだった。

「一八三三年八月十三日。いい日だった。イワン・カルロヴィチがいつもの通り七時半にわれわれを起こした。二階の子供部屋は、手すりに囲まれた空間で二つの部分に分けられており、削ってはあるが、色は塗っていないその手すりには、われわれのシャツとズボンとシャツの胸あてが三組、それぞれ別に小高く積み上げられていた……」

これは普通の小説によくある描写だから、このまま書きつづけても、一つの幼年時代の物語はできあがっただろう。しかし、この素朴な写実的、伝達的な書き方では、当時流行していた数多い自伝形式の小説と大同小異で、今われわれが読んでいる『幼年時代』のように、群小の作品から抜け出て、新鮮な印象を読者に与える作品にはならなかったに違いない。それに、もっと重要なことは、この方法では自分自身や人間を描くことはできても、トルストイが目ざしていた、人間の本質を追究することはできなかっただろう。人間を知るためには写実だけでなく、人間の内面をとらえ、表現しなければならない。トルストイ自身もそれを感じとっていた。

この時すでにトルストイは自分に写実の才能があることに気づいていたが、それよりむつかしい人間の内面の把握・表現には自信がなかったらしい。実は、人間心理の把握・表現にこそ、他の作家の追随を許さないトルストイの特徴があったのだが、若いトルストイは自分の未熟さを意識して、もっと勉強しなければならないと思った。五一年三月二十四日の日記に「記憶と文体を向上させるために、何か外国語からロシア語に翻訳しなければならない」と書いたのは、その意味である。この時点のロシアでは、ツルゲーネフもドストエフスキーもまだ大作を書いていなかったので、人間心理のとらえ方や表現の方法を勉強するには、西欧文学をお手本にするのが当然だった。この勉強のための翻訳はすぐには行われなかったが、その意図は一時の思いつきではなく、ロシアからカフカースまでもちつづけられた。

カフカースに着いてまもない五一年七月三日の日記に、トルストイは「あした翻訳をするつもり」と書いている。この時は例によって計画倒れで、次の日は何もしなかった。しかし、五二年四月には（おそらく三月にも）十八世紀イギリスの作家スターンの『センチメンタル・ジャーニー』の第一章を翻訳した。つまり、トルストイは環境の激変をはさんで同じ意図をたもちつづけ、ついに一年後にそれを実現したのだった。このような粘り強さは若いころのトルストイにはめずらしいことで、この勉強をかれがとくに重視していたことがわかる。

トルストイがそれほど大事に思っていた勉強の手本になった『センチメンタル・ジャーニー』の冒頭の数行を引用してみよう（原典は一九六八年、オクスフォード大学出版、著者訳）。

「『こういうことをフランスではもっとうまく処理していますよ』と私は言った。

『あなたはフランスにいらしたことがおありですか』私の相手の紳士は一介の市民なのに最高の凱旋《がいせん》勇士のように、私のほうに素早く振り向きながら言った。《おかしなことさ》私は自分自身を相手にこの問題を議論しながら、独りつぶやいた。《船で二十六マイル行っただけで、ほんのドーヴァーからカレーまでなのに、絶対に、この男にこんな資格を与えてくれるのかね……まあ、じっくり見させていただこう》。そこで私は議論をあきらめて、まっすぐ私の宿に行って、半ダースのシャツと黒い絹のズボンを一着片付けた。《おれが着ている上着は》私は袖を見ながら、言った。《まだ着られるだろう》」

スターンの作品ではこのように、人物の心理ばかりでなく、その言動、さらには事件や情景さえもが、外側からの描写ではなく、「私」やそのほかの当事者の現時点での感覚、意識の流れのなかで動きゆくものとしてとらえられ、表現される。スターン自身は十八世紀の人だが、その文学的手法は十九世紀をつらぬいて、二十世紀のジェイムス・ジョイスなどの「意識の流れ」やフロイトの精神分析に通じると考える人が多い。

　トルストイの『センチメンタル・ジャーニー』の翻訳は第一章だけで終わり、それ以上は進まなかった。例の怠け癖が出てほうり出したのではない。このころ（五二年五月）トルストイはすでにスターン的手法をかなりマスターしてしまっていて、もう学ぶ必要がなかったのだ。かれはその一年以上前の五一年三月、「何か外国語から翻訳しなければならない」と書いた翌日に、勉強を飛び越して、人間の内面をとらえるための習作にとりかかっていた。そして、かれは「生活の奥に秘められた部分をとらえようとして」、「きょうのこと」（のちに「きのうのこと」と改題）という題名で、一日のことを大小もらさず、時間と事象が流れるままに書いてみた。その手法はスターンと同じはずだったのに、若いトルストイのもとではうまく流れず、メモ的な記述の集積になってしまった。そこで、かれは習作の内容を変え、二人の女性の偶然的で、これといった意味のない日常会話を流れるままに書いてみることにしたが、それもうまくいかなかった。このほかにトルストイが勉強のために書いた習作は今では残っておらず、その勉強の過程を具体的に跡づけることはできないが、かれが「奥に秘められたもの」を表現しようと努力をつづけ、短期間で急速に進化したことは間違いない。五二年六月に完成し、九月に世に出された（現代のわれわれも読んでいる）『幼年時代』の決定版の冒頭を見よう。

「一八……年八月十二日。私が十歳になって、実にすてきな数々の贈り物をもらってからちょうど三日目のこと、朝の七時に、カルル・イワーヌイチが私の頭の上ではえたたきをふるって――それは棒に砂糖の包み紙をとりつけたものだった――はえを打ち、私の目をさましてしまった。……《かりに》と私は思った。《ぼくが小さいからといって、何のためにぼくの気にさわるようなことをするんだ?……》」

これを一五九ページで引用した「私の幼年時代の物語」の相応の部分と比較すると、その差は歴然としている。決定版の『幼年時代』のほうがはるかに生き生きしていて、読者はその場に居合わせるような気分になる。その感じだけで十分だが、あえて二つだけ理屈を言うことにしよう。

その理屈の一つは次のようなことである。「私の幼年時代の物語」に比べると、『幼年時代』では対象を見る目が複合的になり、そのために表現が立体的になっている。「私の幼年時代の物語」では、作者(トルストイ自身)は「まえがき」の部分が終わると引っこんでしまい、視点は成長した私(主人公)一つだけになる。一方、『幼年時代』では私(主人公)の視点が一つではなく、成長した今の私の視点と、幼年時代の視点と二つあり、さらに、それを整理統一する作者の視点がある。しかも、主人公は写実的に対象を見ると同時に、意識の流れに身をおいており、一人で二重の機能をはたしている。これらが組み合わされて、叙述の構成は四重になっている。それが生き生きとして厚みのある感じを読者に与えるばかりでなく、奥底にあるものを引き出してくれる。

もう一つ理屈がある。このように作品が進化したことは、視点がふえたといった量的なことだけではなく、それより重要な質的な変化が起こった結果である。若き作者トルストイは写実的に情景や人物の言動を描写・伝達するという意識の次元で進化しただけでなく、意識の流れに入りこむことで、意識下、無意識の次元でとらえがたいものをとらえるのに成功した。これはまさに革命的な進化であり、駆け出しの作家が一年ほどで、素朴なリアリズムからこのような文学的次元に駆けのぼったのはおどろくにあたいする。凡人ならほかの作家のものをたくさん読んで勉強したり、同人誌仲間にいじめられたり、出版社に原稿を提出して十五も年下の編集部員に乱暴に突っ返されたり、バーでご勉強中の先生の代作をしたりして、数年かかっても到達できない次元である。トルストイがそれをあっという間に通過したのは、もちろん、非凡な文学的才能によるものだ。しかし、人間を知りたいという思いが人並みはずれて熾烈《しれつ》だったことも、急速な文学開眼につながったのだと思われる。

iii 他者への目

『幼年時代』は前掲の表のように、五二年六月に完成、七月に当時のロシアでもっとも読まれていた雑誌『同時代人』の編集部に送られた。この雑誌の編集長ネクラーソフは有名な詩人だったが、同時に鋭いジャーナリストで、この無名の新人の作品を一読して、一流作家に劣らぬものと見抜き、すぐさま『同時代人』誌九月号に掲載した。読者も才能ある若い作家の登場を歓迎した。トルストイはこれに気をよくして、『幼年時代』の続編『少年時代』を書きはじめた。しかし、やはり年表を見れば明らかなように、『幼年時代』の次に書かれたトルストイの第二作は『少年時代』ではなく、『襲撃』だった。これは目の前の戦場に取材したもので、トルストイのいわゆる「戦争小説」の一つである。

戦場にいる作家が戦争を素材にして作品を書くのはごく自然なことだ。それが手近な材料だし、平凡な日常生活より、非日常的な戦争のほうが小説《ロマン》や劇《ドラマ》の題材になりやすい。しかし、トルストイの場合、戦争小説を書く重要な意義が別にあった。それは『幼年時代』などでの自己追究に対して、自己ばかりでなく、他者を追究することだった。他者を見るといっても、日常の生活なら、自分の世界のなかの他人を見るのがほとんどで、結局は自分に似た人間を見ているだけになりかねない。しかし、異境の戦場という特殊な状況のなかで、トルストイは一目でさまざまな種類の他者を見ることができた。自分と同じ世界のなかの自分以外の他人、たとえば、貴族の将校たち。自分と同じ世界のなかにいながら自分とは異質の他者、たとえば、兵士。自分とは別の世界にいる他者、たとえば、戦っている相手のチェチェン人。このほかに、貴族将校と兵士との中間にいる零細地主出身で、むしろ庶民的な将校、たとえば、『襲撃』のフローポフ大尉もいる。自分の世界と別世界の中間の者、たとえば、一般のロシア人より、むしろ、山岳の異民族に近いのではないかと思えるコサックたちもいる。その多種多様な人間たちを一気に見わたすことができて、トルストイの視野は飛躍的に広まった。とくに兵士を目の当たりにして、トルストイはおどろいた。それはすでに一五三〜一五四ページで書いたとおりである。

このように他者へ向かう作品の創作は、当然『幼年時代』のような自己追究の作品の創作にも跳ねかえった。『幼年時代』は書きすすめられるにつれて視点や表現が複合化し、立体化していった。だが、それに加えて、作者の他者を見る目が豊かになることによって、新しい人間観ができあがった。

人間は一つの独立した個性だというのが、近代西洋の基本的な考えで、その考えは今も根強く残っている。日本人もこの人間観をコピーしようとし、今もしている。トルストイも人間や社会について意識的に、真剣に考えるようになった十七、八歳のころには、やはり人間をそれぞれ独立した核のような個性と考えていた。しかし、その後さまざまな体験、思索、迷走をし、文学作品を書きはじめ、一人の人間の生活を幼年時代から追い、戦場で今まで知らなかった異郷を見、他者を認識し、民衆を再発見して、その人間観は変化し、次のような考えが固まってきた。人間は独立した核ではない。さまざまなエネルギーの交差する一点だ。植物の種子をただの粒としてテーブルの上に置いていても、何の命も生まれない。だが、それを土に埋め、水や肥料をやり、日光で温め、種子のなかにひそむ潜在力《ポテンシャリティ》がそれに反応することで、芽が出、花が咲き、実がみのる。その時「一粒の麦は、地に落ちて死ななければ、一粒のままである。だが、死ねば、多くの実をむすぶ」と言われているように、もとの種子はむしろ壊れ、なくなっている。人間もそうだ。静止した粒ではなく、自分、他者、環境のエネルギーが交差し、作用し合う動きのなかで生成する。それが命だ。

『幼年時代』は作者トルストイがこうした人間観に到達することで、最終的に書きあげられた。『幼年時代』で作られたこの人間観は、次第に複雑にはなっていったが、『戦争と平和』をはじめ、トルストイのすべての小説、著作、そして思想体系全体の基盤になっている。出発点ですでに、西欧的な「自我」とは違うこのような人間観に到達していたことは、トルストイの非凡さを示すものだが、この人間観はトルストイ特有のものではなく、多かれ少なかれロシア人に共通のものでもあった。日本人がロシア文学やトルストイに大きな影響を受けたのも、西欧的個我より、トルストイ的な人間観のほうがもともと日本人にはなじみやすかったからではあるまいか。

トルストイの創作はまず自己追究の『幼年時代』からはじまり、その系列の作品『少年時代』『青年時代』がつづく。一方、『幼年時代』の直後に、他者へも目を向けた戦争小説『襲撃』が書かれ、その系列の作品も、『森林伐採』『ロシアの兵士はどんな死に方をするか』、セヴァストーポリ三部作とつづく。こうして傾向の違う二つの系列の作品が並行していったのが、トルストイの創作活動の最初期（カフカース、クリミア時代）の基本的特徴である。もう少しこまかく言えば、やがてこれに第三の系列の作品群が加わるが、それは次節で述べることにかかわっている。

3　私の信仰告白

Ⅰ　思索の高みへ

ⅰ　内面的追究

トルストイはカフカースを去ってから五年後、五九年四月に、宮廷の高位の女官で、皇后の側近だったアレクサンドラ・トルスタヤおばさんに手紙でカフカース時代を回想しながら、こう書いた。「私はカフカースで暮らしていた時、孤独で不幸でした。私は人が一生に一度しか考える力をもっていないかのように考えはじめました。その当時のノートが私の手元にあります。そして、今それを読み返してみると、私があのころ到達したような段階の知的高揚に、人間が到達できたのが不思議です。それは苦しくて、よい時期でした。私は二年つづいたあの時期ほどの思想の高みに達したこと、かなたをのぞき見たことは一度も、その前にも、後にもありません……」

何度もくり返すが、トルストイの回想はあまり正確ではない。しかし、この回想には、すぐ後で見るように、それを裏付ける証拠があって、主観的な思いこみではなかった。カフカースで深刻な戦争体験をし、人間、人生、社会などを見つめる文学創作をしたことが、トルストイをふたたび真剣な思索に向かわせたのである。それはカフカースに来てから一年後、『幼年時代』の完成とほとんど同じころの五二年半ばのことだった。この時トルストイがとりあげた問題は「人間を超越していると同時に、すべての基盤であり、自分のなかにも内在する絶対的なものとは何か」ということだった。「神」という語を軽率に使うべきではないが、ここではそれを「神」という名で呼ぶことにしよう。この神の追究は学生時代からトルストイが何度もとりあげていたものだった。しかし、問題が表面的に同じでも、今ではトルストイ自身が二年前のトルストイではなかった。人間的な幅と厚み、視野の広さと重層性、立っている精神的境地——すべてが違っていた。

七四～七五ページで引用した最初の日記などを見ればわかるように、以前のトルストイは神、あるいは人間を超越したものを求めながら、それを自分の意識のなかにしか発見できず、自分の内部で堂々めぐりをして、自家中毒になってしまった。今のトルストイは自分、他人、周囲を複数の視点から見ることができるようになり、民衆、自然を新しい目で見、神に祈りさえしていた。宇宙の構造が見えてきたとまでは言えないが、何かすべてをつなぐ構図がつかめそうな感じになっていた。ここに自分がいて、その隣に自分の世界のなかの他人がいる。さらに離れてロシア民衆という他者ならぬ他者がいて、その向こうにカフカースの民族のような異郷の他者がいる。その先は悠久不変の大自然だ。もしかするとそのさらに奥に神がいて、しかも、その神は全体に遍在しているのではあるまいか。いささか単線的で、図式的だが、トルストイのなかにはこんな構図がうかんでいた。

ii　ルソーとの対話

神を理解し、認識するために、五年前のトルストイは自分の理性だけを武器にして思索をくり返した。しかし、今のトルストイは神を知るための方法でも違っていた。かれは自分だけを恃《たの》むのをやめて、たよりがいのありそうな人と対話をすることにした。その対話の相手はジャン・ジャック・ルソー。言うまでもなく、『新エロイーズ』『社会契約論』『エミール』『告白』などを書いた啓蒙思想時代のフランス・スイスの作家、思想家である。かれはトルストイが誕生する五十年前の一七七八年に亡くなって、もうこの世にいない。対話はルソーの著書を通じて行われた。

トルストイはのちになって、自分がルソーに心酔していたことをくり返し述べており、しかも、時がたつにつれてそれがだんだんエスカレートしていった。一八九一年には、十四歳から二十歳までに影響を受けた本のリストのなかで『告白』『エミール』『新エロイーズ』を挙げ、『告白』と『エミール』からは絶大な、『新エロイーズ』からはとても大きな影響を受けたと書いている。一九〇一年になると「私はルソーを全部読破しました。『音楽事典』までふくめて二十巻を全部」と言い、〇五年には「十五の年からルソーは私の師でした。ルソーと福音書が私の人生におよぼしたもっとも強くて、好ましい影響なのです」と、ルソーをキリストと並べるまでになった。〇六年には「十五の時私はルソーが好きになって、その肖像を入れたロケットをかけて歩いていたものだ」と、その傾倒ぶりを語っていた。

トルストイは天才の上に、我《が》の強い人だったから、あまり人の影響を受けなかったし、受けたがらなかった。それに『戦争と平和』や『アンナ・カレーニナ』を書いた人だから、ほかの人のものを読んでも、さぞかし退屈したことだろう。そのなかでルソーは別格だった。若いころのトルストイは相当な怠け者だったから、ルソー全集二十巻を読破したというのは、にわかに信じがたい。それに、十八歳の時に書いた論文でルソーの意見に全面的に賛成はしていないし、その後の苦しい思索の過程でも、ルソーがどの程度役割をはたしていたかはっきりしないので、十五の年から心酔しきっていたように言うのも首をかしげる。しかし、そういう枝葉末節を気にしなければ、ルソーはトルストイがくり返し読み、大きな影響を受け、その恩恵に謙虚に感謝していた、生涯でただ一人の人だった。トルストイが共感し、惹かれたのはルソーの思想ばかりでなく、かれが理論とともに感覚や創造力も駆使していたこと、失敗や低迷の苦しみのなかで思索をしていたことなどでもあったのだろう。

カフカースで神についてあらためて考えようとし、当然、かつての思索の失敗をくり返すまいとして、だれかの介添えを求めた時、トルストイは躊躇《ちゅうちょ》なくルソーを選んだ。それ以外の選択肢はトルストイにはなかった。かれは五二年六月から八月にかけて『告白』『エミール』『新エロイーズ』の順にルソーの著作を読んだ。そして、短いながら読後感を書き残したが、その感想はだいたい批判的なものだった。五二年六月二十四日の日記には「『告白』は、不幸なことに、批判せずにはいられない」と書き、さらに六月二十九日には、『エミール』のなかの「サヴォア助任司祭の信仰告白」を読んで、それに自分の考えを対決させた。それを要約して一覧表にしてみよう。

サヴォア助任司祭の考え
(1)霊魂は不滅である。
(2)良心は善悪について誤ることのない審判者である。
(3)善は神の必然的従属物である。
(4)善に対する愛は自分自身に対する愛と同様に自然なものである。
(5)人生の目的は善を行うことである。

トルストイの考え
不死でないことを確信する。
虚栄の声も良心の声と同じくらい強い。
何者が善を指示するのかわからない。
私が善を好むのは、それがこころよいからであり、有益だからである。
人生の目的は善である。

このように、五項目に要約すると、(5)をのぞく四項目で、トルストイはルソーに異議をとなえている。しかし、さらにルソーを読み、思索をつづけるにつれ、トルストイの考えは急速に変化した。五二年六月末にかれは「不死でないことを確信」し、「何者が善を指示するのかわからない」と書いていたのに、わずか半月後の七月十三日には「霊魂不滅を認めないわけにはいかない」と書き、同じ月の十八日には「神よ、私に善を与えたまえ」と書いて、神が善を与えてくれることを認めている。そして、十一月十四日には、次のような自分の信仰の要約を作り上げた。
「唯一の理解しがたい善なる神、霊魂不滅、われわれの行いに対する永遠の報いを信じる。三位一体や神の子誕生の神秘は理解できないが、自分の父祖の信仰は拒否しない」

そして、これを補足するように、一か月後には「良心の承認という幸福を、神が私に認識させてくれた」と書いている。この新しい考えをまとめて、やはり「サヴォア助任司祭の信仰告白」の内容と比較すると次のようになる。

サヴオア助任司祭の考え	トルストイの考え
(1)霊魂は不滅である。	霊魂は不滅である。
(2)神がわからなくなればなるほど、崇拝する。	神を理解しないが、それを信じる。
(3)現世の苦悩は来世でつぐなわれる。	永遠の報いを信じる。
(4)良心を承認する。	良心を承認する。

なんと、今度はトルストイの考えが「サヴォア助任司祭の信仰白」とほとんど同じになっている。批判的な対決をしてからわずか四か月半の短期間に、トルストイの考えはルソーに急接近するというよりむしろ、ルソー側に逆転しまったのだ。青年時代のトルストイはむら気で、言うことがよく変わった。しかし、この「信仰告白」はその後もずっと基本的に変わらなかった。一八八〇年代からトルストイは独特の宗教観を強く主張するようになった。それは三十年前の「信仰告白」とは一見別のものに思える。しかし、そのなかにこの「信仰告白」が基本的に変わらない形でとり入れられていた。（第七章3～第八

章全部参照）

とすると、はじめトルストイが「サヴォア助任司祭信仰告白」に対立する意見を出したのは、実はルソーに強く反対していたからではなく、ルソーの考えをもとにして、あえてそれに反対の考えを出し、異なった二つのものの間で対話をかわしながら、自分の考えを確定しようとしたのだ、と考えるほうが正しいようだ。それ以前の読書傾向や思索の跡から見ても、トルストイはかれ自身が無意識に誇張したように、はじめからルソーにどっぷり浸かっていたわけではないが、きびしく対立してもいなかった。「サヴォア助任司祭の信仰告白」に対比された最初のトルストイの反対意見は、実際のトルストイの考えより、当時ヨーロッパにも、ロシアにもとどめようもなく広まっていた唯物論、無神論、虚無主義に傾きすぎているようだ。かれはむしろこうした考えを、これより後ろへ下がれない歯止めの線として設定し、その反対側にあるルソーの考えを頭に置きながら、納得できる自分の思想的座標を確定しようとしたのだと考えられる。こうして歩み寄っているうちに、結局トルストイはルソーの線まで行きついてしまった。

しかも、あらためて思い出してみれば、十八歳のころから数年、トルストイが夢中に思索をしていた時にも、かれの思想の基本はこれと本質的にかけ離れていたわけではない。どちらの時期もトルストイの考えは大きな枠でくくれば啓蒙思想に属するものだが、はじめの時期はあまりにも哲学的・抽象的な思弁をしていたので、出口がふさがれてしまった。今度は文学的で、思想家にしてはだらしがなく、人間的欠陥もあり、挫折も経験したルソーと対話をすることで、出口を見つけることができた。晩年トルストイがルソーにいだいていた熱い想いには、「人間があれほどの知的な高みに達したとは信じられない」と自分で思うほど必死に思索していた時に、自分を助けてくれた人への感謝の念がこめられているような気がする。

しかし、ルソーだけがトルストイを救ったのではない。トルストイの場合にかぎらず、ロシアではいくら西欧的な思想を翻訳しても、人間も社会も救うことはできない。西欧の思想はそのままではロシアの思想にはならないのだ。ルソーの思想がトルストイの思想になるためには、それに何か「ロシア的な」要素が加わらなければならない。今ここでこのような難解な問題に取り組むのは無理だが、一六八ページで書いたトルストイの構図――「ここに自分がいて、その隣に自分の世界のなかの他人がいる。さらに離れてロシア民衆という他者ならぬ他者がいて、その向こうにカフカースの民族のような異郷の他者がいる。その先は悠久不変の大自然だ。もしかするとそのさらに奥に神がいて、しかも、その神は全体に遍在しているのではあるまいか」は、「ロシア的」、あるいは「トルストイ的な」構図と言えるかもしれない。基本的には数年前と変わらないトルストイの「信仰告白」を支えたのは、ルソーばかりでなく、この構図でもあったのだ。

iii　教条的《ドグマチック》な作品

この章の第二節（一五六～一五七ページ）で、カフカースにいた時期のトルストイの戦闘参加と文学創作を、ごく簡単な年表に要約してみた。ここでは、作品の場合はさらに絞りこんで、書きはじめられた時点だけにし、それを今度はトルストイの戦闘参加ではなく、思索の過程と組み合わせてみよう（思索の過程には傍線をつけて区別する）。

五一年一　月（?）『幼年時代』
五二年五　月　『襲撃』
六〜八月　ルソーの『告白』『エミール』『新エロイーズ』を読む。
六月末　最初の「信仰告白」を作る。
九　月　『ロシア地主の物語』
十一月　『少年時代』
年　末　ルソーの考えに近づく。
五三年四　月　『クリスマスの夜』
六　月　『森林伐採』
九　月　『ゲーム取りの手記』

右に挙げた七つの作品のうち、前に書いたように、おおまかに分ければ、『幼年時代』『少年時代』は自己追究の作品、『襲撃』『森林伐採』などの戦争小説は、自己ばかりでなく、他者へも目を向けた作品である。『ロシア地主の物語』『クリスマスの夜』『ゲーム取りの手記』も自己追究の作品に入れることもできるが、トルストイ自身はこの種類の作品と『幼年時代』『少年時代』などとを区別していた。『ロシア地主の物語』は五二年七月に着想されたが、七月十八日の日記にはこんな記述が見られる。「目的をもった『ロシア地主の物語』のプランを考えている」。そして、もう書きはじめた後の十一月三十日の日記には、さらにこう書いた。「生涯の四つの時期『幼年時代』『少年時代』『青年時代前期《ユーノスチ》』『青年《モー》時代後期《ロドスチ》』の四部」はチフリス［グルジアの首都。現トビリシ］到着までの私の小説になる。私はそれを書くことができる、なぜならそれは私から遠いものだからだ。それは教条的《ドグマチック》ではないが、教訓的なものになるだろう。『ロシア地主の物語』のほうは教条的《ドグマチック》なものになるだろう」

この「教条的《ドグマチック》な作品」という言葉はトルストイのもとで初めて出てきたものではない。一三一～一三三ページで書いたように、かれは「私の幼年時代の物語」を書きはじめたのち、おそらくカフカース行き以前の五一年はじめに、「人は何のために書くのか」というメモのようなものを書いた。そのなかにすでにこんな言葉があった。「幸福になるための唯一の方法は善である。とすれば、理にかなっているのは、善を教えてくれる本だけを読み、金や名声を与えることである。いったいそれはどのような本なのか？　理性の原理に基づいた教条的《ドグマチック》な、思弁的なものである」

一三五～一三六ページで述べたように、トルストイははっきり問題提起をしたり、それに解答を与えたりする理性的、意識的な思弁ではなく、森羅万象を自由に描き、感覚や無意識の次元にも入りこむ芸術によって救われ、『幼年時代』のようなみごとな成果を出した。しかし、トルストイの文学創作は最初から、すばらしい芸術品を創るだけでなく、「教条的《ドグマチック》」な作品を読者に提供すべきだという思いをかかえていた。「教条的《ドグマチック》」とは、単に教訓的というのではない。人間、生命、その他について問いを提出し、それをきびしく問いつめ、しっかりした答えを読者の与えるものだ。この想いをいだきながらも、トルストイ最初のうちはなるべくそれを抑制して、『幼年時代』や『襲撃』を書いていた。しかし、ルソーとの対話によって自分がかつてない思想の高みに達したと感じた時、かれは教条的《ドグマチック》な作品を解禁し、『地主の朝』『ゲーム取りの手記』などを書きはじめた。『地主の朝』は、すでに一〇七〜一〇八ページで取り上げたように、善良で世間知らずの若い地主ネフリュードフがよい領主になって、農民のために尽くそうとし、あえなく挫折する話。『ゲーム取りの手記』はやはり善良で世間知らずなネフリュードフがいかがわしい賭け玉突き《ビリヤード》に引きずりこまれ、負けがかさんで自殺してしまういきさつを、庶民のゲーム取りが語る、という作品である。

トルストイはこの二つの作品には大変な気合いを入れていた。兄セルゲイあての手紙で『地主の朝』について、「私は新しい、まじめな、自分の考えでは、有益な小説を書きはじめました、それに多くの時間とすべての能力を使うつもりです」と書き、日記には「私は『ロシア地主の物語』のようなすばらしいものに着手した」と書いた。そのついでに、熱中した時のトルストイによくある烈しさで、「私の短編のようなバカらしいものにかかわっていることが、実に恥ずかしい」と自分のほかの作品をこき下ろした。

『ゲーム取りの手記』は五三年九月十三日に着想され、火がついたように書きすすめられ、十六日に書きあげられてしまった。何度も書き直すのが習慣のトルストイにしては、異例の速さだった。しかも、日記にはこんな言葉が連日書き記された。

九月十三日「ゲーム取りの手記の構想がうかんだ。おどろくほどいい」「今やっと私はインスピレーションに従って書いており、それだからいいのだという気がする」。十四日「苦しいほど夢中になって書く。心臓が止まりそうだ。胸をときめかせてノートに向かう」。十五日「いい。ただ文体があまりにも整っていない」。十六日「えらいぞ、おれは。すばらしい仕事をした。終わった」。

しかも、書きあげた翌日の十七日には原稿を雑誌『同時代人』の編集部に送ってしまった。普通なら、完成してからも何度か手を入れるのがトルストイの通例だった。発送して、一か月半もたってトルストイは冷静になり、「急ぎすぎた。仕上げが十分入念にされていなかった」と悔やんだが、後の祭りだった。それほど勢いこんで原稿を送ったのに、『同時代人』編集長のネクラーソフから返事がない。四か月ほどして、しびれを切らせたトルストイが問い合わせてから、やっと返事が来た。ネクラーソフは「思想はとてもよく、その表出はとても貧弱です。その責任はあなたが選んだ形式にあります。ゲーム取りの言葉は特徴がまったくなく、類型的な言葉です」、だから、「作品は粗雑なものになってしまいました」と、きびしく、的確に評価し、トルストイのこれまでの作品が「大きな期待をもたせているのですから、その後で少しでも疑問のあるものを掲載することはできません」と本音をはっきり言った。しかし、練達のジャーナリストらしい妥協をして、「あなたがどうしても掲載してくれと言うなら、掲載しないわけではない」と言ってくれた。結局その一年後、『ゲーム取りの手記』は五五年一月の『同時代人』に掲載され、書評も悪くなかった。だが、この作品はトルストイの失敗作の一つだという評価もあった。

もう一つの「教条的《ドグマチック》」な作品である『ロシア地主の物語』はやっと五六年末に『地主の朝』という題名で発表された。しかし、改題、改造された作品では教条的《ドグマチック》な性格がかなり削り落されていた。トルストイは思想的成果を得たと思った時、舞い上がって教条的《ドグマチック》な作品を書いた。しかし、ドグマチックなものを文学的に表現するのがどれほどむつかしいかということも思い知った。そして、発表された『地主の朝』はもうドグマチックな作品ではなくなっていた。

しかし、トルストイはドグマチックな作品を書きたい、書くべきだという思いを捨てたわけではなかった。

そして、その思いは究極的にはトルストイの文学の見えざる肥料になっていたし、初期に書かれた『二人の軽騎兵』『アルベルト』『三つの死』などいくつもの作品に教条性《ドグマチズム》が多少ともふくまれていた。しかし、真っ向から教条的《ドグマチック》な作品は五七年六月に書かれた『ルツェルン』しかない（二一九〜二二二ページ参照）。かれはふたたび教条性を抑制し、晩年まで全面解放をしなかったのである。

4 帝国主義戦争

Ⅰ クリミア戦争

i 戦争嫌悪

この時期にトルストイは文学創作を通じて視野を広め、深め、戦場で今までにない体験をし、自分の信仰告白を作るほどの思索をした。そして、それがすべてかれを戦場から遠ざける引力となった。トルストイはカフカースに来てから一年後、正式に軍隊に入ってから数か月でもう軍務がいやになり、退職を考えるようになった。五二年四月の日記でかれは「退職したい」と漏《も》らし、十月八日の日記にその理由をはっきり自覚してこう書いた。「勤務は私がそれのみを自分に意識した二つの使命、とくに、最良で、もっとも高貴で、重要な使命、私がそのなかに平安と幸福を見いだすと確信している使命の妨げになっている」。この二つの使命とは農民の生活改善と文学の仕事だと解釈する人もあり、それ以外の解釈もあり得るだろうが、いずれにしても、軍隊勤務はトルストイのなかで三番目以下の順位になっていた。その三か月後の五三年一月六日には、もっと強い調子の言葉が書きつけられた。「戦争はまったく間違った、悪い行為だから、戦争をしている者たちは心のなかで良心の声を押し殺そうとつとめている。私のしていることはいいことなのか？」

二月十九日に兄ニコライが退職したこともトルストイの背中を押したのか、かれは五月三十日に退職届を提出してしまった。カフカースに来てから丸二年のことである。普通の状況なら、退職は認められ、かれはヤースナヤ・ポリャーナに帰り、その人生はいささか違うものになっただろう。しかし、ちょうどその時、すぐ後で述べるような事情で、ロシアがトルコに最後通牒《つうちょう》をつきつけ、トルコがそれをはねつけて、両国の関係が一触即発の状態になった。そのため、全将兵の退職届が受理されなくなり、当然、トルストイの退職届も無視された。

ii　大戦争勃発

六月になると、ロシアはトルコ支配下のドナウ諸公国（モルダヴィア、ワラキア、ベッサラビア）に進駐、九月にはトルコがロシアに宣戦を布告、またしてもロシア・トルコ（露土）戦争がはじまった。ロシアとトルコは数えきれないほど何回も戦争しており、十八〜十九世紀だけでも十回くらいになるので、これが何回目の戦争なのか、私などにはよくわからない。十一月、ロシア黒海艦隊がトルコ艦隊を全滅させ、戦況がロシアに有利に展開すると、フランス、イギリス軍が介入して黒海に進出、ロシアは五四年二月に両国に対して、三月には両国がロシアに対して宣戦布告し、戦争は拡大した。九月に英仏同盟軍がクリミア半島に上陸、五五年末にクリミア半島のロシア軍の拠点セヴァストーポリ要塞が陥落して、戦争はロシアの敗北で終結した。これは国際的な大戦争で、その範囲はカフカース、バルト海から極東にまでおよんだが、その最大の激戦地がクリミア半島だったので、この戦争全体がクリミア戦争と呼ばれている。その前哨戦である五四年六月から十一月までのロシア・トルコ両国の戦争も露土戦争と言わずに、クリミア戦争のなかにふくめるのが普通のようだ。

ところで、クリミア戦争とはいったいどんな戦争だったのか。相手がトルコばかりでなく、イギリスとフランスが加わっていたのだから、ロシアの南下政策に対する住民の抵抗ではなく、十字軍以来つづくキリスト教対イスラム教の宗教抗争でもない。ヨーロッパの歴史家はクリミア戦争をふくむ一連の抗争を「東方問題」と呼んでいるが、それよりずっと東にいる日本人には何が「東方」なのかわからない。この戦争は「西」とか「東」という特定地域の問題ではなく、ヨーロッパ諸国をはじめさまざまな国の抗争で、しまいには二つの世界大戦にまでつながっている。ありのままに言えば、それは今もつづいている正義なき戦争の最初、あるいは最初のものの一つだった。もともと戦争に正義などあるはずはないが、飢えからのがれるために、あるいは敵が攻めてきたので防ぐためにというのなら、正義はないにしても、戦争の理由は説明できる。しかし、このクリミア戦争は、第一次、第二次世界大戦、そして、今われわれが目の当たりにしている二十一世紀の戦争と同様、理解できる理由がない。ありあまった富がそのはけ口を求めて、あるいは、ありあまった富をもつ者たちがさらに無用な富を求めて作り出す正義なき、憎むべき、悲惨な戦争である。

ロシアではクリミア戦争の「理由」は次のように説明されていた。「フランスが聖地ベツレヘムのカトリック教徒に特権を与えることをトルコに要求し、トルコはそれに応じて教会の鍵をギリシャ正教徒からとりあげてカトリック教徒に渡した。ロシアはこれを不当とし、正教徒の保護を求めたが、ロシアの勢力拡大を抑えようとするフランス、イギリスの後ろ盾を得たトルコはこれを拒否した。その結果、ロシアは正教徒保護のためにドナウ地方に軍を送らざるをえなかった……」だが、もしこのような種類の問題を外交交渉ではなく、戦争で解決しようとすれば、絶え間なく戦争が起こることになる。そして、何度戦争をしても、事実が証明しているように、この種の問題は解消しない。

II　ドナウ方面軍勤務

戦場からの脱出を望みながら、それができなかったトルストイは、それならもう一度カフカース以上のきびしい戦場に自分の身を投じてやろうと思い、五三年十月六日、モルダヴィア、ワラキア方面軍前線部隊への転属願を提出し、五四年一月に転属が決定した。今度の戦争は世界の大国イギリス、フランス、トルコが相手だ。まさに決死の覚悟が必要だった。トルストイは一月十九日カフカースを出発し、途中吹雪におそわれて危うく凍死する危険までおかして、ようやく二月二日に故郷ヤースナヤ・ポリャーナに帰り着いた。死地へ赴く準備として、故郷へ帰る必要があったのだ。一か月の滞在中に、かれはなるべく多くの親戚知人に会って、それとなく最後の挨拶をした。兄弟四人でいっしょに写真もとった（九六ページ）。二月十日の日記には「食後遺言状を書き、おしゃべりをした」という言葉がある。死を覚悟して遺言状を書いた直後、その素振りも見せず、のんきそうな顔で雑談をしていたらしい。

三月三日、トルストイは新しい任地であるワラキア（現ルーマニア）の首都ブカレストへ向かった。ロシアはまだ雪におおわれていたが、もうきびしい寒さや烈しい吹雪のおそれはなく、ウクライナを通過するまでは快適な橇《そり》の旅だった。しかし、モルダヴィアのキシナウから南へくだると、雪解けの泥んこ道で橇は揺れに揺れ、旅行に強いさすがのトルストイも三月十二日にブカレストに着いた時には、へとへとに疲れていた。しかし、親族があらかじめ根回しをしてくれていたのか、ドナウ軍司令官ゴルチャコフ将軍の厚遇を受け、演劇やオペラまで楽しむことができて、ウィーンかパリにいるような気分になった。

配属先は参謀部で、戦闘に参加したのは一回だけ。その後すぐに休戦になってしまい、決死の覚悟で赴任したトルストイはむしろがっかりした。この恵まれた環境は名門貴族の子弟なら、軍隊に入ると同時に享受できるものだった。ところが、要領のいい世渡りができもしないし、するつもりもないトルストイはカフカースでさんざん苦労をし、ようやく今になって初めてエリート軍人の甘い生活を味わったのだった。だが、かれはそのぬくぬくとした雰囲気も、そこにいるだらけた貴族将校も好きになれなかったし、これでは自分を鍛えることにも、国や同胞のために尽くすことにもならないと思った。かれは戦争の中心地で戦闘に参加するほうを選び、七月に今度は激戦地クリミアの実戦部隊への転属を願い出た。

Ⅲ セヴァストーポリへ

i 勇敢な戦士トルストイ

トルストイの転属願は少し時間がかかったが、結局受理され、十一月七日、セヴァストーポリに着任した。翌年三月、攻撃に参加し、四月には、またしても自分で希望して、最激戦地第四堡塁《ほるい》に入り、文字どおり死闘を経験した。ロシア軍は頑強に抵抗し、攻防戦は意外に長引いたが、戦況は次第にロシア軍に不利になり、トルストイも参加した八月二十七日からの戦闘を最後として、九月十一日にセヴァストーポリは陥落した。これでクリミア戦争は事実上終結し、五六年三月パリで講和条約が結ばれた。ロシアは敗戦国になったが、イギリス、フランスにも戦勝国と言えるほどの成果がなかった。

ii　トルストイの愛国心

トルストイのセヴァストーポリ攻防戦参加には、愛国の熱情、ロシア軍讃美などが高い調子でちりばめられている。かれはクリミア赴任前の十月、タチヤーナおばさんあての手紙で、こう書いた。「きょう私たちはリプランディ〔ピョートル・ペトローヴィチ。一七九六〜一八六四。歩兵大将。多く

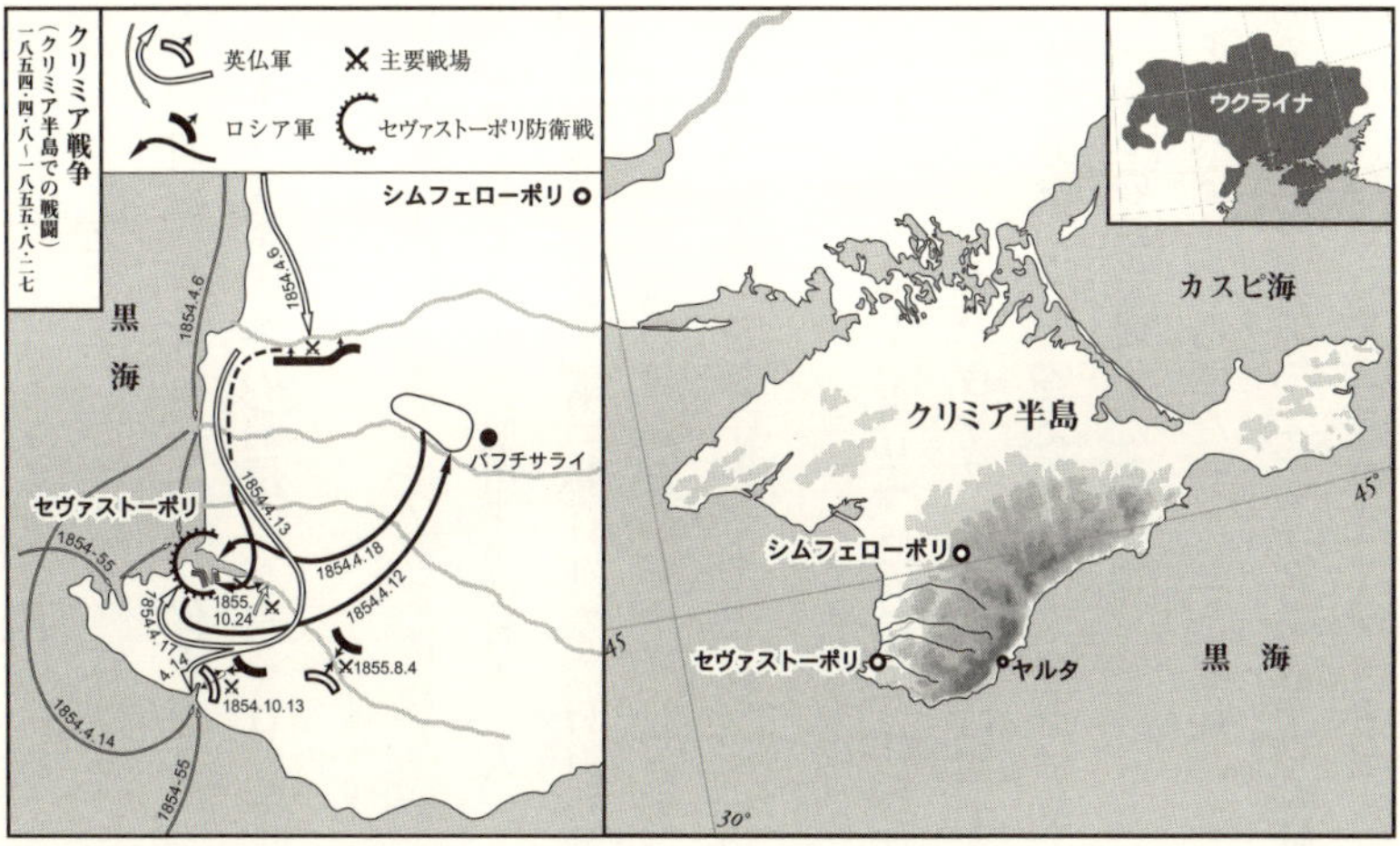

クリミア戦争広域図、部分図

の戦闘に参加。クリミア戦争でも活躍〕の勝利を知りました。かれはイギリス軍を破り、四つの堡塁を占領し、四門の大砲を奪ったのです。この報道は私の胸に羨望の念をかき立てました」

キシナウからクリミア半島に向かう途中のオデッサでは、日記にこう書いた。「偉大なり、ロシア国民の精神力。……ロシアの不幸から生じ、流れ出た燃えるような祖国への愛情は、永くロシアにその跡を残すだろう」

セヴァストーポリ到着後まもない十一月二十日には、兄セルゲイに手紙でこう書き送った。「コルニーロフ提督〔ウラジーミル・アレクセーヴィチ。一八〇六〜五四。セヴァストーポリ防衛軍指揮官の一人。五四年十月の戦闘で戦死〕が各部隊を見まわりながら、《諸君、元気か！》と言うかわりに、《死ななければならんぞ、諸君、死ぬか？》と言うと、各部隊が《死にます、閣下、万歳！》とさけんだのです。しかも、それは見せかけではなく、だれの顔にも、冗談ごとじゃない、本気だ、という様子が見てとれたのです。そして、もう二万二千人がその約束をはたしました」

この言葉は少し変えられただけで、文学作品の『十二月のセヴァストーポリ』にとり入れられた。「コルニーロフ提督が各部隊を見まわりながら《死のう、諸君、それでもセヴァストーポリは渡すまい》と言うと、美辞麗句の苦手なわがロシア兵たちは《死にます！　万歳！》と答えた。……ロシア民衆がヒーローだったこのセヴァストーポリの大叙事詩《エポペイ》はロシアに永くその跡を残すだろう」

これらの言葉はもともとプライベートな発言なので、トルストイの真情だったことは疑いない。それに、トルストイは一般の風潮におもねてものを言う人間ではない。だが、このような発言を捕らえて、晩年戦争絶対反対論者になったトルストイがこの時期は愛国者だったと言うのは、行きすぎた単純化である。第一に、トルストイは戦争がいやになって、退職しようとしていたのに、それができなかったので、新しい戦場に来たのだった。第二に、このような高いトーンの言葉はセヴァストーポリ着任前か、一年間のセヴァストーポリ戦参加の初期にほとんど集中している。セヴァストーポリの血なまぐさい戦闘を見てからは、そのトーンはさがっている。トルストイは五五年八月二十八日、奇しくも自分の誕生日にセヴァストーポリから撤退したが、その直後、九月三日タチヤーナおばさんにあてた手紙のトーンは、愛国の情を内に秘めていたにしても、はるかに沈潜したものになり、悲しみが主調になっている。

「炎に包まれている町と、わが軍の堡塁の上に立つフランスの旗を見た時、私は泣きました。全体として、いろいろな点でとても悲しい一日でした」

　このような抑えられた調子の言葉ばかりではない。セヴァストーポリ戦の間にも、トルストイは高い調子の愛国心とは明らかに食い違う言葉も語っていた。それについては、この章の最後に述べることにしよう。

Ⅳ　セヴァストーポリ三部作

　トルストイはクリミア戦争を題材にして『十二月のセヴァストーポリ』『五月のセヴァストーポリ』『八月のセヴァストーポリ』を書いた。いわゆるセヴァストーポリ三部作である。日本語の翻訳では三つをまとめて『セヴァストーポリ物語』と名づけられたりしている。『十二月』と『五月』はトルストイがセヴァストーポリにいる間に書かれ、本国で発表されたが、『八月』はセヴァストーポリ陥落直後現地で書きはじめられ、トルストイのロシア帰国後、五六年一月に発表された。

この三つの作品はそれぞれ違った内容のものだが、どれも戦争をあるがままに見つめた作品である。前掲のような愛国的な言葉はあるものの、全面的に愛国的な思想で書かれたものではない。とくに『十二月のセヴァストーポリ』はわずか十五ページの短編ながら、冷徹に、同時に熱い思いをこめて、戦争の実像を見すえた傑作である。この作品が五四年六月『同時代人』誌に発表されると、あらゆる傾向の雑誌、新聞、個人から絶賛を浴びるというまれに見る現象が生じた。『同時代人』の編集者パナーエフはそれをトルストイに手紙でこう伝えた。「この文章はこちらではみんなにむさぼり読まれました。みんなが感動しました。プレトニョフ〔一七九二〜一八六五。著名な文学者。当時ペテルブルク大学学長〕もその一人で、かれは二、三日前幸運にも抜刷《ぬきずり》を皇帝陛下に奉呈したのです」

この最後の部分に尾鰭《おひれ》がついて、「皇帝がこの作品を読んで涙を流した」とか、「トルストイを安全な場所に転属させるように命じた」などという風説が広まった。トルストイ自身がこれを信じて、「自分が第四堡塁から十キロほど離れたベルベック川まで転属になったのは、ニコライ一世の命令によるものだ」と言っていたが、これはトルストイによくある思い違いだった。転属が命じられたのは五四年五月十五日。プレトニョフが雑誌発行前に抜刷を皇帝に奉呈したのは五月下旬。つまり、皇帝が『十二月のセヴァストーポリ』を読む前に、トルストイの転属がすんでいた。しかし、こんな間違った噂が広まって、作者までがそれを信じたのは『十二月のセヴァストーポリ』がそれほど大きな衝撃を与えた証拠とも言える。エピソードはともかく、この作品の内容を、ほんの少しだけだが、覗いてみよう。

この作品では、作者とほぼかさなり合う「私」がセヴァストーポリに来て、読者を道連れにしながら、生々しい激戦の傷跡をライブの現場中継のかたちで伝え、時に自分の思いを訴える。この作品の「私」は観察者《オブザーバー》で、案内者《アテンダント》で、報告者《レポーター》で、意見提供者《コメンテーター》でもある。

「私」は読者をともなって、今では野戦病院に転用されている市議会大会議場に入っていく。「ドアをあけたとたんに、四十人か五十人の手足を切断されたり、ひどい重傷を負ったりしていて、ごく少数の者だけがベッドに、大半の者は床《ゆか》に寝ている負傷兵の姿と臭いが、いきなりあなたを打ちのめす」

ここで案内者は二、三の負傷兵と言葉をかわし、さらにすすんで別の部屋に入る。「その部屋では包帯の処置と手術が行われている。そこであなたは両手が肘《ひじ》まで血まみれになり、青ざめ、陰鬱な形相《ぎょうそう》をして、ベッドのそばで何かをしている医者を見るだろう。ベッドの上にはクロロホルム麻酔をかけられた負傷兵が目を見開き、うわ言のように無意味な、時には単純で胸を打つような言葉を発しながら横たわっている。医師たちはいやだけれども、尊い切断の仕事をしているのだ。あなたは鋭利な湾曲したメスが白い頑丈な体に入っていくのを見る。胸をかきむしられるようなおそろしいさけび声と呪いの言葉を口走りながら、負傷兵が急に意識をとりもどすのを見るだろう。看護助手が切り取られた腕を部屋の隅に投げ捨てるのを見るだろう。同じ部屋の担架の上に別の負傷兵が寝ていたが、同僚の手術を見ながら、体をよじらせ、肉体的な痛みというより、次はわが身だという精神的な苦痛のためにうめき声をあげるのを見る。心を揺さぶる光景を見るのだ」

そして、自分の作品が戦争をありのままに見つめたものであることに自負をもって、作者はこう言う。「軍楽隊の演奏や太鼓の音がひびき、軍旗がなびき、将軍たちが颯爽《さっそう》と振舞っている整然とした、美しい、きらめくばかりの隊列のなかで戦争を見るのではなく、本当の姿が現れたなかで、血のなかで、苦しみのなかで、死のなかで戦争を見るのだ」

このつらい情景にみちた作品を魅力ある芸術品にしたのは、その冒頭と末尾に置かれた静かな自然描写である。この短編は『十二月のセヴァストーポリ』と名づけられてはいるが、実は、作者トルストイが五四年十一月にセヴァストーポリに来てから三〜四か月間の戦闘体験を集めた作品だった。だが、小説ではそのすべてが十二月のある一日の出来事に凝縮され、静かな日の出からはじまり、静かな日没で終わる。冒頭の数行を引用しよう。

「朝焼けがちょうど今サプン山上の空の裾《すそ》を染めはじめようとしている。藍色の海の表面がもう夜の闇を振り落とし、楽しい光をきらめかせようと、最初の日の光を待ち受けている。入江からは冷たさと霧がただよってくる。雪はなく——すべてが黒い。しかし、朝の鋭い冷気が顔をとらえ、霜と

黒海にのぞむセヴァストーポリ湾

なって足もとでさくさくと鳴っている。そして、朝の静寂を破るのは、時折とどろくセヴァストーポリの砲声にさえぎられながらも、止むことのない遠い海鳴りだけだ」

締めくくりは同じ日の日没である。

「もう日が暮れる。太陽は沈もうとする前に、空を被っている灰色の雲のかげから出て、不意に紫色の雲、大小の艦船に覆われてなだらかな幅広い細波《さざなみ》にかすかに揺れている緑色を帯びた海、白い町の家並み、通りを行き来する人々を、まっ赤な光で包んだ。並木道で軍楽隊が演奏している何か古いワルツの響きと、それに奇妙に呼応している堡塁からの砲声が水の上を広がっていく」

文芸学者が「枠づけ」と呼ぶこの手法を、トルストイはほかの作品でも使っているが、ここではそれがとくに効果的で、深い印象を与える。『十二月のセヴァストーポリ』が人々に感動を与えた最大の理由は、それが戦争の実態をきびしく見つめ、伝えていたことであろう。しかし、冒頭と結末のこの静かで美しい自然描写が感動を増幅する。耐えがたく醜い戦場の情景が、自然によって芸術の次元に高められるのだ。しかも、この悲惨な流血によって打ちひしがれた人間に、卑小愚劣な人事を超えた自然が安らぎを与え、さらにその奥に絶対的な不動の救いがあるのではないかという、一筋の光明を与えるのである。

V　愛国心の裏側

i　戦争への懐疑

前節で引用した『十二月のセヴァストーポリ』の部分のほかにも、セヴァストーポリ三部作には戦争への懐疑を超えて、戦争否定と見られるものがたくさんあった。たとえば、『五月のセヴァストーポリ』で作者は、殺し合うイギリス、フランス、ロシアの兵士たちにこう疑問を投げかけている。「この人たちが――愛と自己犠牲の同じ偉大な掟《おきて》を信奉しているキリスト教徒たちが、自分たちのしたことを見て後悔の気持ちにかられ、自分たちに命を与えてくれ、すべての者の心に死の恐怖とともに、善と美への愛を注ぎこんでくれた者の前に不意にひざまずき、喜びと幸せの涙を流して、兄弟として抱き合うことはないのだろうか？」

すぐ前の一八〇～一八一ページで書いたように、トルストイはカフカースで二年間軍隊に勤務し、戦争に参加して、それがいやになった。かれが自分の意思に反して退職しなかったのは、国際情勢が緊迫したからである。セヴァストーポリ赴任前と赴任直後、トルストイは闘志にみち、愛国心の高まりを感じていたし、セヴァストーポリ戦が終わるまでずっと勇敢な軍人として戦った。しかし、一方では、あまりにも悲惨なセヴァストーポリの現実を見て、ふたたび戦争嫌悪の気持ちが高まってきた。そればかりではない。かれはセヴァストーポリに来て、ロシア軍が強国の暴力をほしいままにしているカフカースとはうって変わり、優勢な敵に圧倒され、窮地《きゅうち》に追いこまれているのを見て、その弱点を痛感するようになった。セヴァストーポリに着いてからまもなく、トルストイは一方ではロシア軍の士気とみごとな戦いぶりに感動しながら、他方ではロシア軍の劣悪な環境が兵士たちの「誇りの最後の火を消し、敵に対してあまりにも高いイメージをいだかせてさえいる」と心配し、「ロシアは滅びるか、完全に改革されるかに違いない」とまで書いた。

ii　軍隊改革案

この不安と危機感がトルストイに「軍隊改革案」を書かせることになった。これは上層部に提出する上申書として、おそらく一八五四年末から五五年はじめころに書かれたらしいが、草稿にとどまって、人目に触れることはなかった。初めて発表されたのは、「ロシア将兵の否定面についての覚書」という題名で、一九三五年出版のトルストイ記念大全集第四巻においてである。つまり、書かれてから、八十年後のことだった。その痛烈きわまる軍隊批判、軍人批判の内容を、手短にまとめて紹介しよう。

「ロシアの軍隊は退廃し、士気は衰え、泥棒どもに支配された奴隷の群れになっていて、軍隊と呼べるものではない。ロシア兵には抑圧された者、抑圧する者、向こう見ずな者の三種類しかなく、将校は無知で道徳心に欠け、将軍たちは才能がなく、皇帝に目をかけられただけの野心家にすぎない。ロシア軍の主な欠陥は――貧弱な待遇、無教養、能力のあるものが昇進しにくい年功序列、見せかけの勇士気取りである。その解決策は待遇改善で自分の仕事に誇りをもたせること、教養を向上させること、指揮官には才能と試験による昇進を可能にすることである」

この覚書が書かれたのと同じ時期に、トルストイはコルニーロフの「死ぬか？」という問いかけに、素朴なロシア兵たちが「死にます、万歳！」と答えたことを、感激しながら語っていた。また、これと同じ時期に書かれた短編『森林伐採』では、「軍隊改革案」とはまったく違った形でロシア兵を分類し、そのほとんどがよい人間たちだとたたえていた（一五四ページ参照）。トルストイの発言に矛盾や食い違いはめずらしくないが、この時期はあまりにも極端だ。完全に対立する言葉が同時に同じ人間の口から出ている。これほどの食い違いをトルストイのむら気や熱しやすさだけでは説明できない。また、トルストイは何かに迎合して、心にもないことを言ったことのない人だから、相反する発言の両方が本心だったと考えるほかはない。『森林伐採』と「軍隊改革案」を比べると、前者は世間に公表されたものだから、草稿に終わった後者より比重が大きいだろう。しかし、草稿やプライベートな言葉も本心の表出という点では無視できない。トルストイは伝統的な戦争の行われているカフカースから、新しい戦争が展開されているクリミアに来て、理解できない現代的戦争と、そのなかで理性が麻痺している人々を見て、矛盾した考えに苦しんでいたのである。

ちょうどこの混迷の最中、五五年三月四日にトルストイはこんな途方もないことを日記に書いた。「きのう神や信仰について会話をしているうちに、私は偉大な、巨大な考えに到達した。それを実現するために私は一生をささげることができると感じている。その考えとは人類の発達にふさわしい新しい宗教、キリストの宗教だが、信仰や神秘を拭い去ったもの、実際的で、来世の幸福を約束するのではなく、この世の幸福を与える宗教の創設である。この考えの実現は、私にはわかっているが、数世代がこの目的に向かって活動して初めて可能なのだ。一つの世代が次の世代にこの考えを伝え継がせる。そして、熱狂的信念か、あるいは理性がそれを実現させる。人間を宗教と結びつけるために意識的に行動すること——それこそが私を夢中にさせる、と期待している、考えの基盤なのだ」

これは悲惨な誇大妄想か、傲慢《ごうまん》な思い上がりのように思える。しかし、これはむしろ、目の前に残忍な殺し合いを見、既存の宗教がそれを押しとどめるどころか、むしろあおり立てていることを意識して苦悩している人間の絶叫なのだ。

クリミア戦争の時、その惨状を憂えたイギリスのフローレンス・ナイチンゲールが看護婦隊を率いて、敵味方のへだてなく救助活動をし、「クリミアの天使」と呼ばれたこと、かの女が「天使は美しい花をまき散らすのではなく、苦悩する者のために戦うのです」と言ったことは有名だ。また、かの女の活躍が、赤十字社の創立者デュナンのソルフェリーノ戦の救護活動に連動していることもよく知られている。しかし、未来の絶対平和主義者トルストイがクリミア戦争に参加し、自分のなかに沸き起こる矛盾に苦悩していたことを知る人は意外に少ない。

＊

セヴァストーポリ陥落後まもなく、トルストイは公用急使の名目でクリミアを離れ、ヤースナヤ・ポリャーナに（モスクワにも？）寄って、十一月十九日ペテルブルクに到着し、ツルゲーネフ、ネクラーソフらに会い、大歓迎を受けた。正式退職はもっと後のことだが、実質的にかれはこれで軍務を終え、軍服を脱いだのである。

この時トルストイはすでに有名作家で、セヴァストーポリ防衛の勇士だった。四年半前逃げるようにカフカースに「脱出」した時でさえ、かれは胸を張っていたが、今度はもっと自信にみちていた。ロシアで自分がしなければならないことも胸の内にあった。

しかし、トルストイを迎えたロシアはかれが予期したものとはまったく違っていた。それについては、章をあらためて述べることにしよう。

第四章　進歩と不変

I　ロシアよ、どこへ

1　トルストイを迎えたロシア

i　首都の知識人

前の章の最後で述べたように、トルストイはクリミアからロシアに胸を張って凱旋《がいせん》した。かれは今や有名作家になっていたし、セヴァストーポリ防衛の勇士でもあった。星雲状態とはいえ、自分なりの世界図も見え、「新宗教」の創設まで考えていた。四年半前祖国を後にして、カフカースに「脱出」した時は、決死の賭《か》けだったが、今は前途が大きく開けているように思えた。かれがなつかしいヤースナヤ・ポリャーナをほとんど素通りするようにして、ペテルブルクへ向かったのは、当時そこがロシアの花の都だったし、そこに『同時代人』誌の編集部があったからだった。この雑誌は当時のロシアの社会の思想・言論のリーダー的存在であり、しかも、トルストイ個人にとっては、一躍自分を人気作家にしてくれた「恩人」だった。かれはその言論活動の中心で華々しく自分の活動を展開しようとし、活動できると思ったのだろう。

五五年十一月十九日ペテルブルクに着くと、さっそくもっとも尊敬する作家ツルゲーネフを訪れ、ネクラーソフその他、一流の作家、ジャーナリストに会い、握手、抱擁《ハグ》、キス、歓迎の言葉、宴席など、温かいもてなしを受けた。ツルゲーネフは自宅の一室をトルストイに提供すると申し出、トルストイもホテルを引き払ってツルゲーネフの家に移った。これ以上ない歓待だった。トルストイも満足して、ペテルブルクの生活を楽しんでいるように見えた。しかし、久しぶりに見る祖国は、次第にかれには白々しく、冷たく感じられてきた。

外国で長く暮らした者は帰国すると、母の胸にいだかれたようにほっとする。その反面、何か違和感をおぼえて、「こんなはずではなかったのに」と、とまどうことがある。トルストイの違和感にもこうした環境の差から来る感覚のずれもあっただろう。それに、ペテルブルクでかれを迎えた知識人仲間と、トルストイの肌合いの違いもあった。トルストイ自身がロシアの知識層の頂点にいたのだが、かれはいわゆる知識人、文化人というたぐいの人間ではなかった。知的な言動、上品な趣味、さわやかな弁舌、如才のなさ、どれもトルストイ

トルストイと文人たち。前列左から、ゴンチャロフ、ツルゲーネフ、ドルジーニン、オストロフスキー。後列左から、トルストイ、グリゴローヴィチ（ロシア国立トルストイ博物館所蔵、昭和女子大学トルストイ室協力）

には縁がなかった。グループで群れることも、仲間褒めもきらいだった。

　二か月ほどは何とか無難に付き合っていたが、だんだん口論をするようになり、決闘騒ぎまで起こしたり、尊敬する先輩ツルゲーネフとも不仲になったりした。トルストイは「知識人」たちを、自分の言説に命を賭ける腹のない薄っぺらな連中と見て、内心軽蔑するようになっていた。五六年二月、ペテルブルクでトルストイが錚々《そうそう》たる人たち――ツルゲーネフ、ゴンチャロフ、グリゴローヴィチ、オストロフスキー、ドルジーニンと撮影した有名な写真がある（前ページ）。ほかの五人はリラックスしたポーズをしているのに、トルストイは軍服姿で腕を組み、肩をいからせて隅に突っ立っている。これを見て、まるでのんきな文人たちを監視している警官のようだと言う人もいる。

ii　西欧の時計

　だが、トルストイにとって最大の違和感はロシアの雰囲気だった。ロシアはすでに西欧の時計の針に合わせて動いていた。トルストイはカフカース、ドナウ地方、クリミアに通算四年七か月もいて、出かける時と同じロシアの時間感覚で帰国した。そのため、トルストイ自身は気づかなかったのだが、帰国の時にいだいていたかれの考えは、クリミア戦争後のロシアの知識人たちがもっていた問題からずれてしまっていた。見方や方法論が違うというのではなく、次元が違っていたのだ。ロシアはクリミア戦争でイギリス、フランスとの帝国主義競争に負けた。この負けがつづけば、ロシアは破滅だ。早く農奴制《のうど》を廃止し、社会を整備し、生産を向上して、ヨーロッパの強国に対抗するため、ロシア自身が西欧的な強国にならなければならない。それがトルストイを迎えたロシアの風潮だった。

iii　プログレス

トルストイは農奴制がもはやその役割を終え、廃止されるのが必然的な流れだということはわかっていた。また、その問題には道徳的・精神的な面もあるが、それを社会的・経済的な面からとらえて、現実的な方策を講じなければならないことも意識していた。セヴァストーポリの戦場で、もはやロシア軍の敗色が濃厚になった時、かれは日記にこう書いていた。「農奴制があっては、良識ある現代のまともな地主が生きることは不可能だ。その貧困がすべて明らかにされ、その対策が示されなければならない」。実際、まもなくかれは農奴制廃止の社会的・経済的側面を客観的に検討し、自分の領地で個人的な農奴解放を試みたのだった。

しかし、農奴制廃止という大変革の結果、ロシアは、そして、自分自身はどこへ行くのか？　それがトルストイにはよくわからなかった。「農奴制を廃止すれば、生産が能率的になって、富国強兵ができ、西欧の大国に追いつけるではないか」と言われても、トルストイにはピンとこなかった。「進歩」とは「よいほうに向かって進む」という意味だが、トルストイには物質的な富や、軍備の増強がよいこととは思えなかった。第一、ロシア語には「伸び広がる」とか「うまくいく」とかいう単語はあっても、「進歩」に当てはまる語がない。だから仕方なく「プログレス」という外来語を使っていた。およそ二十五年後に書いた自己批判の書『懺悔《ざんげ》』で、トルストイはこう皮肉った。「プログレスとは、船に乗って波と風のままに流されている人間が、《どこへ向かっているのだ》という問いに、《どこかに流されているのさ》と言うようなものだった」。

II 独自の農奴解放

i 上からの改革

その混沌のなかで、ともかく農奴制廃止の動きは確実に進行していた。皇帝アレクサンドル二世も農奴制廃止を決意していたし、政府官僚は具体的な改革案を作成していた。権力者や支配階級は現状を保守しようとし、改革者、新興階級がそれを倒して社会が改革されるという古典的な歴史観があるが、現実にはそういう例は少ない。権力者は権力を維持するためなら、現状の変更や改革をためらわない。前にも書いたように、ロシアの最高権力者は農奴制を見捨て、貴族階級を犠牲にしても、生き残ろうとした。当然、貴族階級は犠牲になることに抵抗し、犠牲を農民に押しつけようとした。ロシアの農奴制改革がてこずったのは、そういう利害をめぐる抗争もあったからで、保守と進歩、旧体制と新体制の対立だけによるものではない。

五六年三月三十日、アレクサンドル二世はモスクワ県・郡貴族団長らの集会で、次のようなスピーチをした。「私が農民に自由を与えようと望んでいるという噂がひろがっている。これは正しくないので、そのことを諸君は左右のすべての者に言ってよい。しかし、不幸なことに、農民と領主との間には敵対的な感情が存在しており、そのために領主への不服従事件がいくつか起こっている。われわれは遅かれ早かれこういうことにいたらざるをえないと私は確信する。諸君も私と同じ意見だと思う。したがって、これが下からより、上から生じるほうがはるかによい」

これは歴史上有名なスピーチである。名スピーチだからではなくて、農奴制廃止を認めているのか、認めていないのか、意味不明ということで有名なのだ。しかし、このスピーチは次のように解釈すれば、とても筋が通っている。「すでに国策として農奴制廃止は決まっている。だが、まだ貴族諸君が納得しない段階で、皇帝の責任において廃止を実行するつもりはない。とは言え、地主と農民の関係は悪化しているので、早く対処しなければ、農民暴動、農民反乱などが起こり、損をするのは諸君たち貴族だ。君たちが自分で方法を考えてくれ」

つまり、農奴制廃止は決まっているのだが、皇帝は直接責任をとろうとせず、貴族の利益を考慮する用意があるから、その方向で動いてくれ、というのだった。貴族地主たちは、実際、これで農奴制廃止は事実上決まりだと考え、反対するより、自分の損にならない改革を考えるようになった。気の早い者はどうせやるなら、政府の実施令が出る前に、自分で自分の農民を解放するほうがいいと考え、その実行にとりかかった。

ii　トルストイ個人の改革

トルストイは経済的な試算や、社会的な力関係の判断などは不得意だったし、現時点で農民解放についてどんな法律があるのかさえ知らなかった。だが、ともかく「農奴制があってはまともな地主は生きられない」という気持ちだったので、自分の領地独自の農奴解放を決意した。皇帝がスピーチをした直後、まず四月二十二日と二十四日に、農奴解放案作成の中心人物カヴェーリンと会って農奴制廃止の「いろは」から教えてもらった。それからトルストイ特有のエネルギーで、いくつもの複雑な問題点を研究し、政府の改革案を作成しているトップ官僚のミチューリンなどに会って、具体的なポイントを指摘してもらい、実施手続きの法的問題もチェックした。そして、自分の改革案を何度か書き直して、成案を得た。

その最終案をたずさえて、かれは五月十七日解放実行のため、首都ペテルブルクから領地のヤースナヤ・ポリャーナに向かった。途中モスクワで保守派の人たちにも会って、農奴制廃止に対する不賛成意見も聞いた。つまり、トルストイは自分としては考えられるかぎりの手を尽くし、もっとも妥当と信じる具体案を用意して、五月二十八日ヤースナヤ・ポリャーナに乗りこんだのだった。

iii 農奴制廃止の問題点

確かにトルストイは自分の立場からすれば、できるだけのことをしたし、その案は地主の目から見れば妥当なものだった。農奴解放にはいろいろむつかしい問題があったが、できるだけ問題点を絞りこむと、次の二つだった。

(1) 農奴を解放する時、土地なしにするか、土地つきにするか。
(2) 土地つきなら、無償か、有償か。

それに対する地主の常識的な答えは次のようになる。
(1)土地なしの解放は多数の貧民を生じさせるから、土地つきのほうがリスクが少ない。
(2)土地を無償で与えるのは、多くの地主から唯一の経済的基盤を奪うからむつかしい。農民が土地の所有者になるのだから、それなりの代金は払うのが当然だ。長期の分割払いでかまわない。
トルストイの案もこの考えに従ったものだった。このほかに、トルストイは農民に与える土地の無償部分と有償部分の割合、有償部分の代金の額、土地分割の方法など、具体的な点の原案も用意した。かれはこれなら農民も賛成するだろうと思っていた。しかも、ヤースナヤ・ポリャーナに着いてからも慎重な態度を崩さず、まず二人の農民代表に自分の考えを説明して打診した。代表たちは不賛成のようだったが、トルストイは直接農民に話せば納得してもらえるだろうと思い、五月二十八日夜に開かれた農民共同体の寄り合いに出席した。

ロシアの農繁期は短い。休む間もない昼間のつらい農作業を終えて一息ついた農民たちが、総勢二百人以上集まった。いずれも一家を代表する屈強の壮年の男たちだ。トルストイはあらかじめスピーチの原稿を用意していて、「主なる神がお前たちを自由の身に解放しようという考えを、私の心に注ぎこみ給うたのである」という格調高い言葉ではじめるはずだった。しかし、きびしい四百の目に見つめられると、自信のあったはずのトルストイが一瞬ひるんで、美しい言葉が言えなくなった。そして、自分でも思いがけず、「今晩は」といちばんありふれた言葉で農民たちに語りかけ、次のような提案をした。
(1)自分の領地の農民を解放し、自由を与える。
(2)土地なしの解放はかえって状態を悪化させるおそれがあるので、土地つきにする。

(3)しかし、今のところ土地が後見会議（貴族に融資してくれる機関）の抵当に入っているので、今すぐ解放はできない。抵当が抜けるまで約三十年かかるので、その期間は農民が土地代を払い、抵当が抜けてから、土地は完全に農民のものになる。

(4)地主である私は農民に対する裁判権を放棄し、今後裁判は共同体で行う。老人、孤児は共同体で扶養する。

この最初の会合で、農民たちは好意的な反応を見せたようにトルストイには感じられた。しかし、家に帰って一晩考えると雰囲気が変わり、トルストイの案を拒否しようとする態度が強まった。こまかいことで異論を出したり、買い取り額の変更を求めたりして、まとまりがつかなくなった。トルストイはいろいろ粘ってみたが、秋にもう一度話し合いをするという条件で、六月十日に交渉は打ち切られてしまった。

トルストイはショックを受けた。自分の解放案は十分な準備をした妥当なものなのだから、農民たちに受け入れられるはずだと期待していた。それに、今の自分は大学を中退して故郷にもどってきた時のような子供ではない。四年も農民問題で苦労し、それから戦場で農民の本質も見てきたのだ、という思いもあった。だが、自分の誠意をこめた提案が結局、農民に拒否されてしまった。トルストイ自身はそのもっとも大きな理由は、自分に対する農民の不信だと思った。つまり、農民たちが反対したのは、近く行われるアレクサンドル二世の戴冠式を祝って、有利な条件の農奴解放が実施されるという噂を農民たちが信じ、地主様がその先まわりをして、自分の得になる改革を押しつけようとしているのだと勘ぐったためだと、トルストイは考えたのである。確かに、分与地の大きさや質、買戻金の額や支払期間の長短など、具体的なことは見方の違いで判断も違ってしまい、水かけ論になりやすい。契約を成功させる根本は具体的条件の内容や、法律の規制ではなく、契約する双方の信頼関係だ。トルストイと農民の間にはそれが欠けていた。トルストイは農民が主人の誠実な言葉を疑い、根拠のない風説を信じた、と思って悲しみ、傷ついた。

しかし、そればかりではなかった。トルストイは自分の出した条件は公平で妥当なものだと信じていたが、実は無意識のうちにかれは地主の目で問題を見ていた。ロシア在住のトルストイ研究者で、二〇〇八年に第一巻が出版された『トルストイ事典』の執筆メンバーの一人でもある佐藤雄亮のこまかい試算によると、トルストイの出した条件は農民の立場から見れば、簡単に納得できるほどのものではなく、政府案に先んじて急いで契約しなければならないほどのものではなかった。農民のほうも自分たちの生活がかかっているのだから、拒否がむしろ当然だったのである。

それにトルストイの失敗には、もう一つ重要な原因があった。農民の胸には、無意識の部分もふくめて、農民流の考えというより、感じ方があり、それを捨てることができなかったのだ。農民は土地を耕し、種をまき、作物を育て、それを収穫している自分たちこそ土地の主人だと感じていた。農民は「自分たちは地主様のものだが、土地はわしらのものだ」と実感していたのだ。トルストイの案はいささか地主に有利なものだが、それしか現実にありえない、やむをえないものだとも考えられた。しかし、トルストイの説得は農民の実感を突き崩すことはできず、逆にかれらの感覚を逆なでした。

トルストイは失敗にショックを受けながらも頑張って、共同体相手から、農民個人相手の交渉に切り替え、政府の解放令が出るまでに、ある程度自分の農民を解放した。トルストイの考えでは、これまで農奴制維持に実質的に責任を負っていたのは貴族階級にほかならない。農奴制廃止に自己の命運を賭けて努力したのも貴族階級だ。皇帝、政府、官僚はその貴族たちの功績を軽視して、自分たちが主導しているかのようにふるまい、しかも、貴族個人の案よりよいとは言えない解放案を公布しようとしている（結局、それを公布、実施した）。トルストイはこうした政府のやり方に批判的で、全国実施に先駆け、自分の責任で自分の農奴を解放しようとした。しかし、自分一人でできることには限りがあり、政府案と大同小異のことしかできなかった上に、農民から信用してもらえなかった。政府の解放令が実施される過程で、トルストイも結局は全体の法令に従い、土地代金も受け取ることになったのである。

こう書けば単純だが、農奴制廃止をめぐるトルストイの言動は実に複雑で、矛盾もたくさんあり、時には貴族的な独善や、地主のエゴイズムもにじみ出ている。それをかれ自身意識し、苦しんだのだった。

Ⅲ 吹雪のなか

このように、ロシア全体でも、トルストイ個人にとっても、農奴制廃止が緊急の課題になった五六年前半に、トルストイは二つの作品を発表した。一つは一月から二月にかけて書かれた短編『吹雪』、もう一つは三月から四月に書かれた中編『二人の軽騎兵』である。

『二人の軽騎兵』は、十九世紀はじめに軽騎兵だったフョードル・トゥルビンと十九世紀半ばにやはり軽騎兵になった息子のトゥルビンの話である。父はトルストイの言葉によれば、「鉄道も、舗装道路も、ガス灯も、ステアリン合成ろうそくも、スプリングつきの低いソファも、漆を塗らない家具も、夢を失った鼻めがねの若者も、自由思想の女性哲学者も、現代に実にたくさんはびこっている、いとしき椿姫《あそびめ》たちもまだ存在しなかった時代」に生きていた。一方、息子のトゥルビン伯爵は「顔は父親に生き写しだったが、精神的にはまったく父に似ていなかった。かれのなかには旧時代の向こう見ずで、情熱的で、ありのままに言えば、ふしだらな傾向は少しもなかった。知性と、教養と、親から受け継いだ天性の才能に加えて、折り目正しさや生活の快適さを好む気持ち、人間や周囲の状況に対する実際的な見方、分別、慎重さがかれの特徴だった」

この二人を対比しているトルストイは、古い父のほうに好感をもっていることを隠そうとしない。トルストイは晩年自分はこの時期に「プログレス」の風潮にかぶれていたと、告白しているが、実はこの時点でかれは大勢に遅れまいとしながらも、よい意味もふくめて「後ろ向き」だった。いわゆる先進国にならって、物質的富や国家の強大化を目ざして進むことに、かれが同調したことははじめからなかったのである。

トルストイは、一八三ページで書いたように、クリミア戦争参加を前にして、カフカースから橇《そり》でロシアにもどる途中、五四年一月二十四日夜に猛吹雪に見舞われ、道を見失って、橇は一晩じゅう迷走し、トルストイたちは危うく凍死しそうになった。すぐさまかれは日記に「吹雪という短編を書こうという考えがうかんだ」と書きつけた。それが二年以上たって実現したのが『吹雪』だった。この作品はツルゲーネフをはじめ多くの人から歓迎されたというより、激賞された。たしかに、『吹雪』は一晩の雪中の彷徨《ほうこう》を語っただけの小編だが、緻密《ちみつ》でずっしりした重量感のある珠玉の作品である。芸術的に初期作品の筆頭といってよいだろう。しかも、この上質の芸術品が、この時期のトルストイの立場を凝縮して示しており、意味深い暗示になっている。ここでこの作品についてくわしく述べる紙数はないが、作中の私は御者（民衆）、橇（時勢）、馬（自然）、吹雪（運命）に翻弄《ほんろう》され、絶望の淵に立たされながら、馬（自然）の本能的感覚によって道を発見し、生還するのである。

2 文明の素顔

Ⅰ 第一回西欧旅行

ⅰ 二つの挫折

トルストイは自分の領地での解放に失敗した後も、政府より先に自分の手で自分の農民を解放しようと努力していた。だが、一方では、自分個人の幸福も考えて、結婚しようと思い、具体的な相手まで頭にうかべた。両親を早く亡くしたトルストイはいつも幸福な家庭生活にあこがれていたが、戦地にいたので結婚どころではなかった。幸いなことに、いい相手が近くにいた。それは隣の（といっても八キロも離れた）地主アルセーニエフ家の令嬢ワレーリアだった。その父ウラジーミルが亡くなった後、トルストイはかの女の後見人をしていたので、その素直でおとなしい性格を知っていた。しかし、二人の結婚は実現しなかった。その原因はどうやらトルストイのほうにあったようだが、このことについては、時期が少しずれてしまうけれども、この章の3のⅢ「さまざまな愛」であらためてとりあげることにしよう。

ii 旅行の目的

農民解放も結婚も期待はずれの結果に終わってからまもなく、五七年一月に、トルストイは第一回の西欧旅行に出かけた。六〇年から六一年にかけて、かれは二度目の西欧旅行をしているが、その時にはいくつも具体的な目的があったのに、第一回の旅行にははっきりした目的が見当たらない。農奴解放の挫折やワレーリアとの愛の失敗の傷をいやすために、外国に行ったと説明する人もいるが、そうではない。トルストイはセヴァストーポリからロシアにもどる時に、すでに七か月ほどかけてヨーロッパに行く希望をもっていて、それを軍にも届け出ていた。

第一に考えられる理由は、ロシアを打ち負かしたイギリスやフランスの実情を自分の目で見て確かめることだ。敗戦後ロシアにもどって、トルストイはプログレス信奉の波におぼれかけた。イギリスやフランスはロシアより発達した武器でロシアを負かしただけでなく、ロシアの未来像となるお手本だという風潮のなかに立たされたのである。それなら、西欧へ行って、十年後、二十年後のロシアの姿をぜひ見なければなるまい。トルストイにそのような気持ちはあっただろうが、ただ四年半もの戦場生活の垢《あか》を洗い流すための、保養旅行という意味もあったようだ。少なくとも旅行中のかれの行動を見ると、視察旅行、見学旅行、西欧諸国駆けめぐりといった緊張や忙しさはなく、惜しげもなく時間を浪費していた。それに、トルストイは腹の底では、西欧をお手本と思っておらず、西欧の生活をロシアの未来像とも思っていなかった。クリミア戦争で見たイギリス人やフランス人は、ロシア人に劣らず残忍な人殺しをして、しかも、それを誇っていた。そんな人間たちを手本にする気にはなれない。トルストイは西欧に出かける時、冷静、客観的に西欧を見ようというより、むしろ西欧がロシアの手本になれない証拠を見つけてやろうという気持ちのほうが強かったのではないかとさえ思える。

Ⅱ　パリの死刑

ⅰ　朝寝と雑談のパリ

トルストイは五七年一月二十九日、新型の快速郵便馬車で国境を越え、二月九日（ヨーロッパのカレンダー、つまり、現在日本でも使われているグレゴリウス暦では二十一日）パリに着いた。パリこそが第一の目的地だったらしく、途中のワルシャワやベルリンなどはあっさり通過してしまった。到着するとすぐ、多分かなり高価なマンション（アパルトマン）を借り、三月二十七日まで約一か月半パリに滞在した。旅行者としてはかなりの長居である。

この間にトルストイは「かれ特有のあくなき好奇心で、目新しい生活環境をじっくり見つめることに、大半の時間をついやした」と言い、かれがルーヴル美術館、ヴェルサイユ宮殿、ノートルダム大聖堂、アカデミー、パリ大学の講義などに行ったことを列挙している人もいる。しかし、この程度の見学は、現代の観光客なら一日でしてしまう。しかも、いちばん関心をもって三度訪れたルーヴル美術館についていて、トルストイは晩年「古い彫刻以外、何の印象も残っていない」と冷ややかな感想を漏らしていた。また、トルストイがいろいろな名士、文人などと会ったことも知られているが、それはサロンで挨拶を交わした程度にすぎず、内容のある話をしたことは伝えられていない。

パリでのトルストイの日課はその時の日記によると、朝は起きたい時までゆっくり寝て（午前中ずっと寝ていることもめずらしくなかった）、午後には外出し、当時パリで生活していたツルゲーネフにほとんど毎日会い、食事をいっしょにしたりする。たまにツルゲーネフ以外の人に会っても、ほとんどがロシア人だった。夕方になると、たいていは芝居を見たり、音楽を聴いたりするために劇場やホールに行った。時には社交的な場に出ることもあって、そういう場所ではフランス人とも交際した。しかし、パリ市内のあちこちを歩いたこともなく、フランス語を自由に操れたのに、フランスの作家や芸術家とまとまった会話をした痕跡もなく、まして、一般市民と会って雑談したこともない。体調もよくなくて、あまり元気がなかった。やや誇張して、意地悪な言い方をすれば、「朝寝、ロシア人との雑談、漫然とした劇場通い」がトルストイのパリ滞在中の日課の基本パターンだった。日記も「◯時起床。◯時外出、ツルゲーネフと◯◯で食事。◯◯劇場で◯◯を見た」といったメモ的なものにすぎず、スイスでは二日だけ紀行文を書いたりしたが、それ以外は旅行中も帰国後も旅行記を書いていない。

この数年後、六二年にドストエフスキーも西欧旅行をした。かれは二か月半でベルリン、ドレスデン、ケルン、パリ、ロンドン、ルツェルン、ジュネーヴ、フィレンツェ、ミラノ、ウィーン、その他を駆けめぐった。帰国後「私には読者のみなさんにとくにお話しすることもなく、まして秩序立てて書き記すこともない」とことわりながら、『冬に記す夏の印象』（日本では『夏象冬記』という題名で知られている）という旅行記を書き、自分の西欧観をはっきり示した。これに比べると、トルストイの旅行はずいぶん見劣りする。まして、旅行記の名作『ロシア人旅行者の手紙』の基礎になったニコライ・カラムジンの周到に準備された、内容豊富な西欧旅行などとは比べようもない。それればかりではない。トルストイ自身がこの直後、六〇年六月から翌六一年四月まで、第二回西欧旅行をした時には、教育研究という具体的なテーマがあり、精力的に西欧諸国の実情を調査研究し、その成果をいくつもの論文で発表した。第一回の旅行の時にかぎって、トルストイは反応が鈍く、行動力に欠けていた。

ii　ギロチンの悪夢

そのトルストイがパリ滞在の四十六日間に、活動的になり、興奮した日が一日だけあった。それは三月二十五日のことである。

その朝トルストイは七時に起きた。パリにいた間、かれは八時より早く起きたことがなく、十時から十二時の間が普通だった。この日は例外で、おまけに、前夜は怪しげな「マジック劇場」に行って、その後どこかで（どうやら、やはり怪しげな所で）食事をし、帰宅は深夜の二時、床に入ったのは三時だった。しかも、いつもなら起きても、昼すぎまで家でぐずぐずしているのだが、この日は二日酔いか何かで病気のような感じだったのに、すぐに外出した。行く先はなんと刑務所前の広場。トルストイはこの日の朝、そこで死刑執行が公開されることを人から聞いたか、新聞で読んだらしく、それを見に出かけたのだ。なぜわざわざ苦手な早起きまでして、体調も悪いのにそんな所に出かけたのか、その理由をトルストイ自身一度も語ったことがない。

当時の新聞記事によると、一万二千人から一万五千人もの群衆が集まり、そのなかには女性や子供も相当いた。松明《たいまつ》がそこかしこにあかあかと燃え、食べ物や酒を売る大道商人たちの声が聞こえて、祭礼か定期市のような活気だ。人々は二件の強盗殺人を犯した凶悪犯人の首切り器《ギロチン》による公開死刑を見るために集まったのだった。死刑がよく見えるいい場所は早く取られてしまうので、熱心な者は前の晩から来て徹夜だ。トルストイはギロチンのまん前のいちばんいい場所に陣取った。もしかすると、前の晩からだれかを場所取りに行かせていたのかもしれない。

やがて死刑囚が引き出され、死刑が執行された。生きた人間の首がギロチンの穴に突っ込まれ、上から頑丈で鋭い鋼鉄の刃が落下して、一瞬のうちに首が切り落とされ、箱のなかにゴロンと落ちるのを、トルストイは目の前で見た。かれは戦場でたくさんの凄惨《せいさん》な死を見、その地獄のような光景を『十二月のセヴァストーポリ』などの作品でリアルに描き出し、世間に発表もしていた。しかし、このほとんど血も流れない、たった一人の人間の死が、戦場の集団的な惨死以上の衝撃をトルストイに与えた。それを見た瞬間、かれは文字どおり身の毛がよだった。その夜はよく眠れず、眠ったと思うと夢にギロチンが出てきた。

かれはその日すぐに友人のボートキンへ手紙でこの死刑目撃を伝え、自分の思いをこう書いた。「だれも強制せずに前へ進ませてくれる道徳的な掟なら、ぼくは理解できるし、いつも幸福を与えてくれる芸術の掟なら、感じとってもいる。しかし、政治的な掟はぼくにとっては、あまりにもおそろしい虚偽なので、そのほうがいいとか、悪いとか判断することもできない」。しかも、この日の恐怖は深く記憶にきざまれ、二十五年後に書かれた『懺悔』のなかで、この体験をきのうのことのように生々しく描き出し、首が切り落とされたのを見た瞬間、自分は「何がよいことで、何が必要なことかを判断するのは、人間が言っていることや、していることではなく、プログレスでもなく、自分の心をもった私なのだ……ということを、頭ではなく、全身全霊でさとった」と書いている。

戦争は暴力だし、狂気だ。そのなかで血が流れ、人が死ぬのは当然と思うほかはないかもしれない。しかし、ここはヨーロッパ文化の粋《すい》を集めた花の都パリだ。しかも、幸福で秩序正しい生活のなかで、まさにその幸福と秩序を守るために、法と理性によって殺人が行われている。そして、その殺人を正義の行為として、誇らしげに公衆に見せつけ、公衆もそれを見て、少なくともその何分の一かの人間は、悪者が「当然の報いを受けたのさ」と溜飲をさげているに違いない。平和で幸福な文明国家も結局は、戦争と同じ殺人と暴力で「公序良俗」と呼ばれる自分たちの利益を守っているではないか。それがトルストイには非人間性をむき出しにした戦争よりおそろしかった。西欧こそ自分たちのゴールだと多くのロシア人が言う。しかし、むしろ、「進歩」の結果、社会や秩序が肥大して、一人の人間の生や、心情、美意識、愛などが踏みにじられるおそれは強まっている。そのことをこの死刑が示している、とトルストイは信じたのである。

死刑の二日後、トルストイは突然パリを去って、ジュネーヴに行ってしまった。まるで、残忍な死刑を見て、進歩のお手本と言われてはいるが、実は悪魔であるフランスのしっぽをつかまえた以上、もうパリに用はない、と言わんばかりだった。そして、ジュネーヴからツルゲーネフに、これまで自由な空気をのんきに享受させてくれたパリについて、「あんなソドム〔罪深い町〕を出てよかった」と捨てぜりふを書いてよこした。

このときのトルストイの行動は、まるで、猛獣が偶然出てきた獲物に襲いかかると、それをくわえてすばやく、しかも意気揚々とその場を去っていったようだった。とすれば、その猛獣が一か月半もパリにいたのは、獲物が出てくるのを待ち伏せするためだったのだろうか。そして、トルストイのパリ滞在の最大の成果は、死刑を見て、それを文明の裏の素顔だと断定したことだったのだろうか。

Ⅲ ふたたび、文明の素顔

i スイス旅行

トルストイは三月二十八日ジュネーヴに到着した。パリでは「朝寝、雑談、劇場通い」が日課だったが、スイスではライフスタイルががらりと変わった。まず早起きになって、いちばん遅いのが八時、四時に起きることさえあった。劇場にはほとんど行かず、ロシアの知人たちとは楽しく交際したが、社交生活はなかった。散歩やピクニックのような小旅行はよくした。文筆の仕事もし、読書には相当な時間をついやした。お祈りをしたり、聖書を読んだり、神について考えたりもした。しかし、全体として、ゆとりのある富豪の外国保養という感じで、視察、研究旅行という性格のものではなかった。

はじめトルストイは大体ジュネーヴとクラランを中心に、比較的定住的な生活をしていた。しかし、五月十二日、トルストイはそれを切り替え、スイス各地を旅行しはじめた。船や鉄道も使ったが、主として徒歩旅行だった。ジュネーヴから八十キロほど離れた、レマン（ジュネーヴ）湖北東岸にあって、ルソーの小説『新エロイーズ』の舞台にもなったクラランがトルストイのお気に入りで、そこではケテレールという人のペンションを定宿にしていた。同宿のロシア人たちと親しく付き合っていたが、その大半が帰国してしまったので、さびしくなり、トルストイはかねて計画していたアルプス周遊をはじめたのだ。最初のうちはクラランにいたロシア家族、ポリヴァーノフ家の十一歳の少年サーシャを借りて、いっしょに旅していた。六月下旬かれはベルンに足を伸ばし、二十四日には美しい風光で名高いアルプスのフィーアヴァルトシュテッテ湖畔の町ルツェルンに到着した。そこで、トルストイの表現では「歴史家が消し去ることのできない炎の文字で書き記すべき」事件が起こった。

ii　ルツェルンの芸人

トルストイはルツェルンに着くと、最高級ホテルスイス館《シュヴァイツァーホフ》に泊まった。宿泊客はイギリスをはじめ、豊かな国の金持ちや上流階級の人たちである。豪華なディナーが上品で、いささか堅苦しい雰囲気で終わると、トルストイは息抜きに夜の散歩に出かけた。その帰り道ホテルの近くに人が群がっているのが見えた。深まっていく夕闇のなかで、流しの芸人がギターを弾きながら歌をうたっている。うらぶれた貧相な男だが、芸はなかなかのものだ。ホテルの窓やバルコニーにはその芸を楽しんでいる泊まり客の姿も見える。しかし、歌い終わって芸人が帽子を差し出すと、だれも金を与えようとしない。群衆たちはせせら笑って、芸人をからかったりしている。トルストイは腹を立て、芸人に金を与えたばかりか、尻ごみするかれをホテルのレストランに招き入れて、その労をねぎらおうとした。しかし、当時の高級ホテルでは普段着の者でさえ玄関番に追い返される。大道芸人を入れてくれるわけがない。二人は庶民の入るバーに入れられ、そこで酒を飲むはめになった。無礼なボーイたちはにやにや笑いながらこの珍妙な二人連れを眺めている。客の前では立っていなければならないドアボーイも座りこんで眺めている。トルストイはかんしゃくを爆発させて、わめきちらし、ボーイたちをふるえあがらせた。

二日後の六月二十七日、トルストイはこの事実を題材にして、短編『ネフリュードフのノートから。ルツェルン』を書きはじめ、二十九日にはもう書きあげた。その後多少手直しをしたが、この作品を書くのに要した日数は実質的に三日間だった。トルストイは時間をかけ、何回も書き直して作品を完成するタイプの作家だった。これほど興奮して、一気に書いた作品は、一七七〜一七八ページで触れた『ゲーム取りの手記』以外にない。し

トルストイが宿泊したころのホテル・シュヴァイツァーホフ（右手前）。建物は今も当時のままだが、周囲の状況はかなり変わって、雑然としている（ロシア国立トルストイ博物館所蔵、昭和女子大学トルストイ室協力）

かも、ロシア語のトルストイ大全集で二十三ページしかないこの作品の最後の四ページは、小説でも物語でもなく、次のような現代文明を弾劾する作者の生《なま》の言葉だった。

「これこそ現代の歴史家が消すことのできない炎の文字で書きしるさなければならない事件である。これは新聞や歴史に書かれている事実より重要で深刻で、深い意味をもっている」。「七月七日〔グレゴリウス暦〕ルツェルンで生じた事件は、私にはまったく新しい、奇妙なものに思えるし、人間の本性の常に変わらぬ悪い面ではなく、社会の発展の一定の時代に関係するものである」。

このような現代文明批判は、しかし、大道芸人蔑視の事件を体験して、その結果としてトルストイのなかに生じたものではない。作中の「私」はルツェルンに到着した時にすでに文明に反感をもち、その代表者であるイギリス人をきらっていて、作品の冒頭の四ページ半は文明とイギリス人の批判についやされている。その一部だけを引用してみよう。かれはまず十年ほど前に建てられたばかりの〔現在まで残っている〕先端的なホテルの建物に嚙《か》みつく。

「スイス館《シュヴァイツァーホフ》の豪壮な五階建ての建物は湖岸通りに、間近に湖を見おろすように建っている。ちょうどそこに、昔は木造で雨除けつきの曲がりくねった橋があって、四隅には祠《ほこら》があり、垂木《たるき》には聖像がついていた。今ではイギリス人がどっと押し寄せてきて、その要求と、その好みと、そのお金のおかげで古い橋は壊され、その代わりに、土台石のついた棒のようにまっすぐな湖岸通りがつくられた。湖岸通りには直線的な四角の五階建てが建てられた。建物の前には二列に小さなボダイジュが植えられ、支柱が立てられ、ボダイジュの間には、お定まりの緑のベンチがおかれた。もしかすると、この湖岸通りも、建物も、ボダイジュも、イギリス人も、どこかではとてもいいのかもしれない。しかし、ここにかぎっては、この不思議なほど壮大で、同時に、言いようもなく調和した、柔らかみのある自然のなかではだめなのだ」

「七時半にディナーの席に招《よば》れた。一階にある、みごとな飾り付けの大きな部屋に、少なくとも百人分はある二つの長いテーブルが食事のためにととのえられている。……スイスでは大体そうだが、客の大半はイギリス人で、そのために、全体の食卓の一番の特徴は、いかめしい、規則で認められた礼儀正しさ、プライドではなく、近づき合いたいという欲求が欠けているために生じたよそよそしさ、自分の欲求を都合よく、快適に満たしているだけの満足感だった」

三か月前、トルストイはパリで、公開死刑を文明の華《はな》フランスの裏側がさらけ出されたものと見た。今度は一人の流しの歌手の出来事を、プログレスの先導者イギリス紳士の裏側を示す証拠として、「炎の文字で」書きつけた。すでに書いたように、トルストイは最初の西欧旅行についてまとまったものをほとんど書かなかった。この『ネフリュードフのノートから。ルツェルン』がただ一つのかれの「旅行記」だった。

トルストイはスイスの後でイギリスに行く予定だったと言われているが、ルツェルンの事件の二週間後には、チューリヒを経由してドイツに出、帰国の途についた。パリで死刑を見ると、もうこれでここには用はないと言わんばかりに、トルストイはパリから出ていった。ちょうどそれと同じように、スイスでイギリス人の正体を見てしまった以上、もうイギリスまで行く必要はないと言わんばかりの帰国だった。トルストイがイギリス旅行をやめたのは、妹マリア離婚の報を受けたので、急ぎ帰国するためだったという人もいるが、それは正しくない。マリア離婚の知らせをトルストイが受け取ったのは、ドイツの有名な温泉地バーデン・バーデンで、すでに帰国の途上だった。ルツェルンの事件によって、トルストイは早く帰国する気になったのである。

十八世紀以来、ルソーなどをはじめとして、西欧の人たちの間に「アルプス体験」というものがあった。二一五ページで触れたカラムジンの西欧旅行の目的の一つは、自分もその「アルプス体験」をしてみることだったと思われる。かれはアルプスの山頂に達した時の貴重な体験を次のように書いている。

「疲れは消え、力がふたたびよみがえり、呼吸が楽に、自由にできるようになり、めったにない安らぎと喜びが心に満ちあふれた。私はひざまずき、目を空に向けて、これほどはっきり自分の力と、偉大さと、永遠性をこの花崗岩《かこうがん》と雪のなかに刻みこんだ者に対して、心からの祈りを供物としてささげた！……友よ！　私は人間が至高の者にひれ伏すために達しうる最大の高みに立っていたのだ！　……私の舌は一語も発することができなかったが、私はこの時ほど熱心に祈ったことはかつてなかった」

「アルプス体験」は人によってさまざまなニュアンスの違いがあるが、基本的には高山にのぼることで、人工的な生活を超越し、自然、さらには絶対者に近づけるということだった。トルストイのルツェルンでの体験も、アルプスの大自然と反自然的な人工に執着する文明人の間で起こったことなので、一種のアルプス体験だと言える。しかし、トルストイはアルプス体験をすでに、カフカースの自然のなかで通過し、自然対反自然の初歩段階を卒業していた。ルツェルンの事件はそれよりすこし複雑で、文明が単に反自然ではなく「虚偽、悪」と規定され、それに対立する自然は「真理、善」とされた。そして、人は「美、芸術」を媒介として、虚偽から真理に導かれる。つまり、「文明（反自然）＝虚偽、悪――自然＝真理、善」という図式になる。

「自然――反自然」という大枠でくくると、文明を拒否して「自然に帰れ」といった単純化におちいりやすい。実は、ルソーもトルストイも一度もそのような単純化をしたことはなかった。トルストイが『ルツェルン』で主張しようとしたのは、「文明（反自然）＝虚偽、悪」が冷淡、沈滞、死へつながり、「自然＝真理、善」が愛、活動、生へつながるということだった。だから、「自然＝真理、善」は社会生活に背を向けるのではなく、真の社会生活へつながることにもなる。『ルツェルン』の主人公ネフリュードフは食卓でとりすました紳士淑女たちの顔を見ていると、自分が死んでしまうように気がめいった。だが、ホテルの部屋の窓を開け、湖や山の美しさを見ていると、生活を超越するというのではなく、だれかをしっかり抱きしめて、その人間にも、自分にも何か並みはずれたことをしたい気持ちになるのだった。そして、流しの芸人の美しい歌声とギターの音《ね》を聴くと、生気をかき立てられ、さらにそれが自然の風景の美しさと相まって、愛、希望、生の喜びを感じさせるのだった。

トルストイは事件後三日で書きあげた『ルツェルン』の原稿を持ち帰り、『同時代人』誌の編集者ネクラーソフとパナーエフ夫妻の前で朗読し、九月に同誌に掲載してもらった。読者、批評家の間には激賞する声もあったが、だいたいは不評で、「取るに足らない事件に深い意味や深刻な意義を見ている」とか、「道徳的・政治的説教」などと批判され、「子供みたいに舞い上がっている」「病的な気分」などと言う者もあった。「大げさなことを言い立てる救いようのない人間、物のわからない観念論者がこれほど滑稽《こっけい》で、みじめな形で登場したことはいまだかってない」という酷評さえあった。トルストイ自身発表後にこの作品を読み返して「感じの悪いもの」と言ったりもした。だが、『ルツェルン』は世評はどうであれ、トルストイ自身が大好きな「教条的《ドグマチック》」な作品で、かれとしては芸術品としての出来ばえを気にせず、思い切り真情をぶっつけたものだった。これがトルストイの第一回の西欧旅行の集約された「旅行記」であり、そこには明確に、あまりにも明確にかれの西欧観がほとばしり出ていた。

パリでフランスの、ルツェルンでイギリスの素顔を見、西欧文明の本質を知ったと信じたことは、トルストイに新しい実際的な仕事をする勇気を与えた。かれは帰国後もう一度自分の領地で農民解放を試みようと、ひそかに考えていたが、それにもう一つ重要な計画が加わった。ロシアへの帰途、七月十一日シュトゥットガルトで、かれは日記にこう書いた。「重要なことは——自分の村に近隣一帯のための学校を開くという考えが、それにそういった種類の一大事業が、強く、はっきり私の頭にうかんだことだ」

ギロチンと大道芸人がトルストイにロシアの将来にとって重要なのは物質的な富ではなく、心の糧だということを教えた。そのために役立つことといえば教育にまさるものはない。こうした計画を頭にうかべ、胸には大きな期待をいだいて、トルストイはイギリス行きをやめて、帰国を急ぎ、七月三十日ペテルブルクにもどり、八月八日にはヤースナヤ・ポリャーナに帰った。

3 民衆のなかへ（ヴ・ナロート）

I 村での仕事

i 水面下の教育計画

すぐ前で述べたように、トルストイは五七年夏ロシアに帰ってきた。その時かれがいだいていた新しくて魅力的な構想は、近隣の農民の子供たちが集まる学校を自宅に開くことだった。しかし、学校が実際に開かれたのは五九年の農繁期が終わった秋のことで、帰国後二年以上たっていた。それまでの二年間、トルストイは学校開設のプランをほとんど人に話さず、日記やノートにも書き残さなかった。トルストイはあまり例がないほど、自分について多くのことを語った人だった。作品と日記や手紙を見れば、その生活はかなりこまかい点まで知ることができる。また、不穏なことを文章にして発表したり、人前で公言したりするのをはばからない人でもあった。しかし、当時のロシアのことだから、人に言うばかりでなく、日記のようなプライベートな形にせよ、文字にして書き残してはならないことはたくさんあった。さすがのトルストイもいちばん重要なことにかぎって、慎重に沈黙を守っていた場合が何度かある。

学校開設の場合もそうだった。教育は国家事業だから、私人がみだりに介入することは許されない。かれが学校を開いた時、親しい友人たちまでが予期していなかったので、びっくりした。トルストイを批判する人たちは「素人が思いつきで学校を開いて、何ができる」と冷ややかだった。しかし、実は二年の間トルストイは学校を開くことを考えつづけており、かなり具体的なことまで検討していた。ただ、それをほとんど口外しなかったのである。

そのため、この二年間表面に表れていたのは、「文学、家庭、農事」の三つだった。これは五七年八月八日、西欧旅行後ヤースナヤ・ポリャーナにもどったその日に、トルストイ自身がこれからの仕事として日記に書きつけていたことだった。かれは「文学、家庭、農事」という順序で書いていたが、時間とエネルギーの量で順位をつければ、第一が農事、第二が文学、第三が家庭だった。

ii　ロシアの現実

二〇三～二〇八ページで述べたように、トルストイは五六年五、六月に自分の領地で農奴解放を試み、農民の不信の壁に突き当たって失敗した。それは大きなショックだったが、かれはあきらめず、再挑戦を期していたらしい。帰国後まっさきにしたのは、その仕事だった。かれはパリとルツェルンで文明やプログレスの裏側を見、それを猛烈に批判した。しかし、だからといって、文明開化の西欧より古きロシアを無批判によいと思っていたわけではない。八月八日、ヤースナヤ・ポリャーナに帰り着いたその日の日記に、かれはこう書いた。「ヤースナヤはすばらしい。よくて、わびしい。だが、ロシアはいやで、この品性のない、うそいつわりの生活が四方から私をとり囲んでいるのを感じる」。その十日後にはアレクサンドラおばさんあての手紙で、もっと烈しい言葉を書いた。「ロシアはいやで、いやで、いやです。

ペテルブルク、モスクワではみんながわめき、怒り、何かを期待していますが、片田舎では前と同じ家父長制的な野蛮さと無法がまかり通っています。実のところ、ロシアに帰ってきてから、私は母国がきらいだという気持ちと長い間闘いつづけた末、わが国の相も変わらぬ状況を作り上げているすべてのおそろしいものに、今ようやく慣れはじめたところです」

iii 再び、農民解放

外国帰りの人間は自分の国を外からの目で見る。すると、その美点も欠点もひときわ強調されて見える。トルストイも帰国して、ロシアのおそるべき状況をひとしお身にしみて感じた。それを改善するといっても気の遠くなるような話だが、ともかくできることから手をつけなければならない。まずできること、そして、しなければならないことは、旅行前に失敗した自分の農奴の解放だ。トルストイは失敗をくり返さないために、交渉の相手を共同体から個々の農民に変え、しかも、農業労働に従事している一般の農民ばかりではなく、身分は農奴だが、トルストイ家の屋敷内に勤めている召使の解放もはじめた。土にまみれている農民と違って、お屋敷勤めの者たちは地主の心理をよく知っている。それに土地に縛られていないので、選択肢がいろいろあって解放が楽だった。解放後別の場所に行くことも、賃金労働者として召使の仕事をつづけることも、土地をもらって農民共同体に入ることもできたのである。

農業労働をしている一般の農民に対しては、農奴の身分からの解放を持ち出すことをやめ、夫役《ぶやく》（義務労働）を年貢払いに変えることを提案した。つまり、分与地（農民が地主から預かって、農耕などに使用している土地）の代償を、これまで一部分、夫役で払っていたのを、全部金品で支払う方式にしよう、と提案したのだった。これは「善良な」地主が農民の負担を軽くしようする時に、昔からよく使った方法だった。トルストイより一世代前のプーシキンもその韻文小説『エヴゲニー・オネーギン』で、「昔ながらの夫役の軛《くびき》を、軽い年貢にとり換えた」と書いている。トルストイは前例のあるこの方法なら、農民との摩擦は少ないはずだと判断したのだろう。それに、近く全国的な農奴解放が実施された場合、おそらく、農民は有償で土地を買い取らなければならず、長期のローンを背負うことになるので、法的には解放されても、経済的には不自由で、地代を払いながら地主から借りた土地で農業をしている小作人と実質的にほとんど同じになる、という読みがトルストイにあったのだろう。とすれば、義務労働をやめて、土地代を払う年貢方式にしておけば、国家的な農奴解放があった時、農民の法的身分が変わるだけで、大きな問題は生じないことになる。

このトルストイの思惑は一面では相変わらず甘かった。農民は一年前と同じように、地主であるトルストイをやはり不信の目で見ていたし、まもなく皇帝が解放してくれるのだから、あわてて現状を変える必要はないと用心していた。それに、意外に夫役のほうが地代を払うより得だと考える農民も少なくなかった。金を払うとなると、一定の金額が決められて、ごまかしはきかないが、夫役なら手抜きができるからだ。だが、甘さのあった反面、トルストイの思惑はかなりきびしいものだった。農奴制廃止がもう現実のことになり、善意による農奴解放や、農民の救済などというきれいごとではすまなくなっていた。トルストイも自分の現実的な立場と利害を意識して、地主の土地所有権を主張し、土地を手に入れることで利益を得る農民は代償を払うべきだと考え、それを実践しようとしていた。年貢への移行も、今までのような弱腰ではなく、農民の抵抗と戦いながら強行した。このころトルストイはアレクサンドラおばさんあての手紙でこう書いている。「たえ間ない不安、労苦、闘い、困窮――それが不可欠な条件です。……誠実に生きるためには、もがき、迷い、のたうち、間違いをし、はじめたかと思うと投げ出し、またはじめて、また投げ出し、たえ間なく闘い、失わなければなりません。平安は心の卑しさです」。おかげで、年貢移行は秋までにだいたいできあがった。かれは友人のツルゲーネフとボートキンに手紙で、誇らしげにこう伝えたほどだった。「村で私は三か月ほど懸命に働きました。おかげで、今では村の状態はいい。一言で言えば、あした解放があっても、私は村にはもどらないし、村で変わるものは何もないでしょう。農民たちは私に地代を払っているし、自分の土地を私は自由労働で耕作してもらっています」

こうして、トルストイは帰国後最初（五七年）の夏の領地での成果に満足して、十月半ば、離婚して孤独な妹マリアをともなって、ひと冬をすごすためにモスクワに出た。

翌五八年春、トルストイはヤースナヤ・ポリャーナにもどってきた。前の年に年貢への移行が行われたのは、農繁期が終わってからのことだったから、「地主に対する農民の義務労働を全面的に廃止し、分与地の使用料を金品で支払う。地主の土地は自由労働で耕作する」という新体制の農業が行われるのはこの年が初めてだった。トルストイはおそらく期待をこめて、毎日のように徒歩や馬で畑を見てまわった。しかし、喜べるような現実はなく、「どうにかこうにか」という状態で、「どうにかこうにかだという状態に慣れなければならない」と、あきらめ半分に日記に書かざるをえなかった。

どんな改革でも必ずマイナス面があり、痛みをともなう。新旧の切り替えには多少とも時間がかかるので、その間は能率が低下したり、生産量が落ちたりする。その日暮らしの者に、来年はよくなると約束しても、今年が悪ければ、食うに困ってしまう。トルストイの村の農民たちも、これまでの生活様式を変えるのをおそれて、旦那様の言うことを聞いたふりをして、実際は今までどおりのことをしていたらしい。また、新体制で「地主の土地は自由労働で耕作する」ことになっていたが、自由労働の経験どころか、その概念さえないロシアの農民に、どんな自由労働ができただろうか。ヤースナヤ・ポリャーナに帰って、さっそくばあやのアガーフィアに「仕事をする者はいるかね」とたずねると、ばあやはこう答えた。「いるようですがね、みんなこぼしていますよ。兵隊だ、言うことをきかない、と言っていますよ。自由になった連中を、どうやって手なづけられますか」

このような事態を打開するために、トルストイは必死に努力した。かれは一生のうちに膨大な時間とエネルギーを農事に注いだが、この年の夏ほど熱心だったことはなかった。全体的な管理ばかりでなく、農民といっしょに耕作もし、牧草刈りもした。これは二メートルもある大鎌を振るう重労働で、素人にはできないと思われていたが、トルストイはあえてそれを農民といっしょにやった。友人のツルゲーネフが「トルストイは民衆に惚れて、農業にどっぷり浸かっている」とあきれたほどだった。

この夏トルストイは協同組合方式の農業をはじめ、それに出資するだけでなく、一組合員として農民といっしょに働き、その体験を『アンナ・カレーニナ』のレーヴィンをとおして描いた、と言う人もいる。だが、これは逆に小説のなかのレーヴィンの行為から、現実のトルストイの行為を類推したものだろう。確かに、トルストイはいろいろな生産・技術革新を試みて、農民の抵抗にあい、「今や戦いの最中だ」とまで感じたが、協同組合方式をふくめて、まとまった成果はあげられなかったようだ。夏の終わりに友人チチェーリンにあてた手紙で、トルストイが「周囲に根強い卑劣さ、虚偽がはびこっているなかで、自分の誠実な小世界を築くことは、何らかの価値がある」と書いたのをとらえて、かれが農民たちの抵抗を押し切って、満足できるような成果をあげた、という解釈もある。しかし、この文は「まわりはうそだらけだが、個人生活の範囲では、私は正直に生きている」という意味にすぎず、農業的成果にまで拡張することはできない。逆に、秋のはじめモスクワに出てきた直後には、かれは日記にこう書いている。「この夏、私はおそろしく老けこみ、生きるのに疲れた。おそろしいことに、たびたび《おれは何を愛しているのだ?》と自問する。何ひとつない。まったく何ひとつないのだ」

この陰気な気分は翌年の五九年もつづいた。日記やアレクサンドラおばさんあての手紙などに、こんな言葉が散見される。「農事の進行状態は悪く、うんざりする。今年私の心はすべてに対して沈黙している。悲しみさえない」「私の生活の秩序は壊れてしまった」「今では村にいるといやで、わびしい。心のなかは冷たく、干からびていて、おそろしくなるほどだ」「夏中、農事、憂鬱な気分、だらしなさ、いらいら、怠慢のなかにいた」「農事は圧迫するような、悪臭のする重荷となって、私の首にのしかかっている」。一言でいえば、五九年の夏も村ですごしながら、農業面での改善、進歩ははかばかしくなかったのである。

トルストイは結局、個人では自分の農民を完全に解放することができず、六一年以降の政府による全面的な農奴制廃止に沿って解放をし、農民の買いもどし金を受け取り、法律どおり地主の特権も保存した。しかし、だからといって、この数年のトルストイの農奴解放や農業改革の試みが無意味だったとか、失敗だったと結論することはできない。トルストイの試みはほかの地主たちを敵にまわすほど先端的なもので、数年後に施行された改革を先取りしていた。そして、何よりもこの試みと苦闘を通じて、トルストイは農民との距離を大幅に縮めることができた。不信の目で地主を見ていた農民たちが「うちの旦那様は案外いいぞ」と思いはじめたのである。

Ⅱ 文学

i 『同時代人』との契約解除

五七年から五九年の三年間に、トルストイを悩ませた最大の問題は今述べた農業・農民問題だった。トルストイはこのために文字どおり心身をすりへらした。だが、文学の問題は体力的にはともかく、精神的には農民問題に勝るとも劣らないむつかしいものになってきた。トルストイはなぜか「保守的」というイメージをもたれるので、この時の文学をめぐるかれの動向を次のように解釈する人がいる。「これまでトルストイを育ててくれた『同時代人』誌は《進歩的》だったので、《保守的》なトルストイとの間に亀裂が生じ、それが次第に大きくなって、かれは『同時代人』との専属契約を破棄し、《保守的な》『ロシア報知』誌などに作品を発表するようになった」。しかし、このような単純な二分法はまったく事実に合致しない。『同時代人』とトルストイの契約が破棄されたのは、『同時代人』が専属契約は雑誌側にメリットが少ないと判断して、全面的に廃止したためだった。編集者のネクラーソフもパナーエフもトルストイの作家としての才能を高く評価していたばかりでなく、文学が時流に乗りすぎるのを好ましく思っていなかった。

ii 新しい環境でのトルストイの文学的位置

トルストイの文学的立場がむつかしくなったのは、要約すれば二つの原因によるものだった。一つは、ロシア文学全体の状況が変化したこと。もう一つは、トルストイ自身の作家としての形成期が終わりに近づいて、最盛期に移る節目にさしかかって、さまざまな緊張した問題が生じたことである。

ロシア文学からは社会的関心を切り離そうとしても、切り離すことはできない。社会的問題を背負いこまざるをえないのは、ロシア文学の不可欠な特徴である。十七世紀まではもちろんのこと、十八世紀に入ってもフェオファン・プロコポーヴィチはピョートル大帝の代弁者であり、ロモノーソフの主要ジャンルは国家的祝祭、戦勝を褒《ほ》め讃える頌歌《オード》であり、デルジャーヴィンはエカテリーナ二世の宮廷詩人だった。逆に、ノヴィコフは社会的風刺をめぐってエカテリーナ二世と論争して勝ち、ラジーシチェフは体制告発の書『ペテルブルクからモスクワへの旅』を死を賭《と》して出版した。十九世紀になってからも、プーシキンはすばらしい抒情詩人であると同時に、社会問題や歴史の問題と取り組んだ。ゴーゴリの『外套』『検察官』『死せる魂』は、本人は否定したものの、痛烈なロシア社会批判だった。カラムジン、ネクラーソフ、ドストエフスキーのようにジャーナリストとして、時々刻々変わる生《なま》の社会問題に取り組んだ詩人、作家も少なくない。

クリミア戦争後、農奴制廃止という大改革を目前にして、ロシア文学には社会的問題を取り上げる、いわゆる「暴露的な」傾向がいっそう強まり、読者もそのような作品を喜んで読んだ。トルストイは現時点の問題にとらわれて、永遠の問題をなおざりにし、特定のテーマにとらわれて、人生の多種多様な面をおろそかにするのは、文学にとってよくないと考えた。

iii　純文学

そう考えると、トルストイのことだからじっとしていられず、「暴露文学」に反対するために「純文学」の雑誌を出す計画を立て、五七年春に自分の友人であり、自分と似たような考えをもつ詩人、作家のフェート、ドルジーニン、ボートキン、アンネンコフなどに相談をもちかけた。友人たちもその原則に賛同したが、動こうとしなかったので、雑誌発行の案はすぐに立ち消えになってしまった。資金も人手もないから無理だというのが表面的な理由だったが、フェートたちはまさに「純文学」にたずさわる人たちで、トルストイのように活動したり、議論したりするのはきらいだった。時流に左右されることに反対して、時流に敏感に反応する雑誌を発行するという矛盾した発想や行動ができるのはトルストイだけだった。トルストイとフェートは親友だったが

ぼくが君のところにお早ようを言いに来たのは、
太陽が昇ったよ、と告げるため、
太陽が燃える光で
木の葉をそよがせはじめたよ、と告げるため

と優しく歌っていたフェートたちは、よい文学を守りたいなら、黙々とよい文学を作るのが最善の方法だという、文人的姿勢だったのだ。

しかし、雑誌の計画がだめになってもトルストイはあきらめなかった。翌々年の五九年一月に、ツルゲーネフとともにロシア文学愛好者協会の会員に推挙され、二月の会合で入会記念講演を求められた時、トルストイは文学を「暴露（または政治的）文学」と「美的文学（文学のための文学）」に分け、暴露文学も必要だが、文学は全面的なものでなければならないという、自説を展開した。

これを受けて会長である詩人で、スラブ派の理論家ホミャコフがスピーチをし、「文学を二つに分けるのは無理である。すべての芸術は一時的なものを取り入れながら、さまざまなものを融合させた全体を作る。あなた自身の『三つの死』がそのよい例ではないか」とトルストイに反論した。この二つのスピーチを比べてみると、ホミャコフの主張のほうがはるかにわかりやすく、トルストイの言っていることはよくわからない。ホミャコフの言うとおり、文学を「暴露文学」と「美的文学」の二つに分けるのは粗雑すぎる。文学の大半はそのどちらにも入らないか、両方にまたがっているかだ。第一、「トルストイよ、君はどちらに入るのだ。まさか、美的文学のほうではないだろうね？」と言われてしまう。しかし、トルストイには常識とは違う考えがあり、それこそがかれの文学の本質だった。

これまで一度ならず書いたように、トルストイは生来の芸術的才能に自然に動かされたり、美や調和に憧れたりして、文学作品を書きはじめたのではない。人間、世界、絶対者などについて抽象的思弁をくり返し、自家中毒におちいった末、ほかの方法を模索しているうちに、文学に突き当たったのだった。だから、かれの文学はもともと問題提起、問題追究、解答を目指す姿勢、かれ自身の言う「教条的《ドグマチック》」な要素を内包していた。だから、かれの文学は「政治的」ではないが、道徳的・人生的要素をふくむもので、「暴露的」になる可能性をもっていた。また普通に考えられている「美的文学」「純文学」「文学のための文学」の枠にはおさまらないものだった。

しかし、トルストイの考えはこうだった。「よい文学は当然真実や善を求めるものだ。だから、人生や道徳的なものを追求するのが当然で、そういう文学こそが純文学なのだ。実践からも、人生からも切り離された芸術は純粋芸術ではなくて、無力な言葉にすぎない。確かに私は美を作品のなかで最優先させはしない。しかし、真実や善を表現するものがもっともよい美なのだから、真の美的文学は私の求めている文学にほかならない。逆に、当面の時流にかかずらわっている文学は、真実や善から遠く、真の美にもつながらない」。トルストイは晩年の『芸術とは何か』で「美しいものがよいのではない、よ（善）いものこそが美しいのだ」と主張したが、四十年前からその芸術観は本質的に晩年と違ってはいなかったのである。

だから、トルストイは自ら「教条的《ドグマチック》」と称した『ゲーム取りの手記』『ルツェルン』などの作品が好きで、熱をこめ、誇りをもって書いていた。「教条的」な作品の世評があまりよくないことはトルストイにもわかっていたので、『ルツェルン』以後それを抑制していたが、それでも、五八年発表の『アルベルト』や五九年発表の（ホミャコフがスピーチで指摘した）『三つの死』などには「教条性《ドグマチズム》」が見え隠れしている。

五〇年代末に書いた『ルツェルン』『アルベルト』などの評判はかんばしくなく、トルストイは自分が言いたいことを言うと、世間の人は理解してくれないという気持ちになった。それがくやしく、情けなくて、日記にこんなことを書いた。「私の評判は落ちたか、いささかきしんでいる。だが、今のほうが私は落ち着いている。私は自分には語るべきことがあり、強く語る力があることを知っている。世間の人にはその辺で言いたいことを言わせておけばいい。ともかく良心的に仕事をし、自分の全力を傾けなければならない。そうすれば勝手に祭壇に唾を吐かせておけばいいのだ」

最後の一句は、言うまでもなく、プーシキンの詩「詩人へ」からとったものだった。

汝は帝王。独り生きよ。自由の道をすすめ、
自由な英知の導くところへ。
愛する思想の果実をみのらせながら、
気高い功績に報いを求めずに。

……………………

満足か？　ならば愚衆には詩人をののしらせておけ。

そして、お前の火がともる祭壇に唾を吐かせておけ。

こうしたなかで、トルストイは芸術がわずらわしくなって、実践に大きく傾斜したこともあった。農事に熱中した時には文学を忘れかけたり、学校開設の際には文学を放棄するとまで言ったりした。しかし、例によってトルストイは簡単にはひるまなかった。やがて『戦争と平和』で結実したような総合的で豊穣で、自分も納得し、読者も満足させる作品をかれはひそかに目ざしていた。六二年に発表された前期最大の作品で、トルストイの名作の一つ『コサック』はそれに連なる作品だった。この作品はすでに五三年に構想され、十回も題名を変えて書き継がれていたが、かれが文学の問題で悩んでいたこの時期にはかなり書きすすめられていたのである。この作品については、二七〇～二七四ページで、もう少

しくわしく書くことにしよう。

Ⅲ　さまざまな愛

i　良妻賢母

前の節（二一一ページ）で触れたように、トルストイは幸福な家庭を築くことを人一倍望んでいた。そして、セヴァストーポリの戦場から帰ってまもなく、結婚相手として、自分が後見人をしていた、近隣の地主アルセーニエフ家の令嬢ワレーリアに白羽の矢を立てた。トルストイは足しげくアルセーニエフ家を訪れたり、ワレーリアと文通したりするようになった。これは現代なら、二人でお茶を飲み、携帯メールを交換するといった程度の交際である。ワレーリアはおとなしくて、受け身な女性だったようで、とくにトルストイに惹《ひ》かれていた様子もないが、交際を拒みもしなかった。トルストイは例によって、一方的にワレーリアを未来の妻と決めこんで、猛烈に良妻賢母教育をはじめた。

現在、五六年八月から五七年二月までの約半年の間に、トルストイがワレーリアにあてた十八通の手紙が残っている。普通なら恋文《ラブレター》のはずだが、トルストイの手紙は愛の言葉ではなく、結婚の意義、女性の品位、人間の生き方などについての教訓とお説教にみちている。これを一週間に一通ずつ読まされた二十歳の平凡な女性がうんざりしないはずはない。ところがトルストイはいかめしい顔で説教をしながら、一人で熱を上げて二か月後にはもう愛を打ち明け、それからは、お説教にますます拍車がかかった。

ワレーリアのほうはこんな独りよがりで気のきかない男には反応のしようがない。トルストイはそれが不満で「こんな俗っぽい女と結婚はできない」と、またしても独り相撲をとり、「われわれは人生観が違う」と言って、ワレーリアとの交際をやめてしまった。半年の間に、わけもわからず恋愛、結婚、絶縁の対象にされて、ワレーリアはさぞかしびっくりしただろう。

ii　知的な女性

ワレーリアとの結婚がだめになった後、トルストイは第一回西欧旅行に出かけたが、帰国後自分の農民を年貢制に移行させると、五七年十月半ばモスクワに出て（ペテルブルクにも十日ほど行った）、ひと冬をすごした。当時の習慣に従って、都会の歓楽や貴族的な社交をたのしむためでもあったが、結婚相手をさがすのも目的の一つだった。

そこでトルストイは何人もの適齢期の女性に会ったが、そのなかで結婚の対象としていちばん関心をもったのは、有名な詩人で外交官のチュッチェフの娘エカテリーナだった。かの女はとくに美人というほどではなかったが、ワレーリアとは違い、抽象的な問題についてトルストイと論じ合えるほど知的で、気性のはっきりした女性だった。トルストイはそこに惹かれたらしい。トルストイがエカテリーナに特別の関心をもっていることは周囲の者たちもすぐに気づき、噂になった。ツルゲーネフはそれを聞いてよろこび、エカテリーナの姉のダリアは妹にトルストイと結婚するようにすすめた。しかし、エカテリーナはその忠告に従わなかった。トルストイは野暮で村夫子然《いなかものてき》だったので、知的でシャープな女性に魅力を感じさせなかったのだろう。トルストイ自身何度も日記に「チュッチェワは冷たい」と落胆の言葉を書きつけていた。

iii　農民女性

五八年の春、夏をトルストイは例年どおりヤースナヤ・ポリャーナですごしたが、その間に一人の女性に「恋」をしてしまった。相手はヤースナヤ・ポリャーナから十キロほど離れたグレッォフカ村のアクシーニア・バズイキナという農民女性で、二十三歳の人妻だった。当時のロシアでは上流の独身男性が「健康のために」、納得づくで身分の低い女性と付き合うのはあたり前のことで、トルストイもそのようなことをこれまでもしていたものと思われる。そのほかに、都会や戦地では、不特定多数の女性とその場限りの関係をもつことも、当時の習慣として当然だった。そういう女性は数が多すぎて、トルストイもいちいちおぼえてはいないだろう。ただ一人アクシーニアは例外だった。

五八年五月十三日の日記にトルストイは「私は恋をした、生まれてから一度もなかったほど」と書いた。これほど率直で真剣な恋の告白は、結婚したソフィア夫人の場合をふくめて、トルストイの生涯に一度もない。「女」としてトルストイがいちばん好きになり、のめりこんだのは、アクシーニアだったような感じがする。そのため、その場かぎりのはずの関係が翌五九年も、次の六〇年も、トルストイが村にもどってくるたびにくり返された。六〇年五月二十五日の日記には「おそろしくなるほどだ、かの女は私に身近すぎる」、翌二十六日には「もう動物ではなくて、妻に対する夫の気持ちだ」と書かれている。こんな関係がどうやら六二年にトルストイが結婚するまでつづいたようだ。アクシーニアが産んだ子供の一人は、実はトルストイの子だという噂が農民の間にあり、その男のあだ名は「伯爵」で、確かにトルストイに顔が似ていた。アクシーニアとの関係でトルストイは相当悩んだようだが、多くを語ろうとしなかったし、語ることもできなかった。噂の「息子」のことはむしろ忘れようとさえしていた。

トルストイがアクシーニアをどれほど好きだったにしろ、それは結婚や家庭の形成とは別の次元のことだったので、五八年九月にモスクワに数日行った時、トルストイはまたチュッチェワに会い、日記にこう書いた。「私は愛なしで冷静にかの女と結婚する気にほとんどなった。しかし、かの女は努めて私に冷ややかな態度をとった」。その後もトルストイはチュッチェワに多少の未練を残し、五年間もそれがつづいたが、二人の関係は表面的なもの以上には発展しなかった。

こうして、トルストイは本当に好きになれる女性を自分の階層に見つけることができず、一方、健康維持の道具だったはずの農民女性に本気で惚れこんでしまった。男女の愛、結婚、家庭の問題も、農業、農民、文学の問題と同じように、トルストイの身辺に出没して、かれを悩ませた。この時期にトルストイはこの問題に決着をつけることができず、結婚、家庭の形成が現実のものとなったのは、数年後の六二年のことだった。だが、このような問題は、まさにそれをテーマとした『アンナ・カレーニナ』について述べる第六章で、あらためて考えることにしよう。

4　教育の仕事

Ⅰ　学校を開く

i　開校

一八五九年秋、短いロシアの農繁期が終わった。農民との間にはまだいろいろな問題が残っており、トルストイ自身の農業経営はむしろ悪化していた。トルストイはこの一、二年の間に、農民に夫役（義務労働）を課するのをやめ、自分の土地を自由労働で耕させることにした。長い目で見れば、これは自分にも農民にもプラスになると、トルストイは考えていたし、おそらくその判断は間違っていなかった。しかし、新しい方式が効果を発揮するには時間がかかる。一時的な停滞や減速は避けられない。文学創作の仕事も「きしみ」はじめ、男女のことでも難問があった。

もともと矛盾だらけの性格のトルストイが、もともと矛盾から成り立っている人生と、大改革直前の矛盾にみちた社会情勢に真っ向から取り組もうとしたのだから、その言動が支離滅裂に見えたのは当然だった。友人ボートキンはトルストイのことを、ツルゲーネフに手紙でこう書いた。「私はかれにかなり頻繁《ひんぱん》に会っていますが、以前と同じようにあの男のことがよくわかりません。烈しくて、変人で、むら気な性格です。おまけに他人との生活にまったく適しません」ツルゲーネフはその返事にもっとひどいことを書いた。「私はトルストイとの付き合いはもう終わりにしました。私にとってかれはもう人間として存在しません。……私たちは生まれつき両極にあるのです」。トルストイ自身「一日ごとに精神状態がだんだん悪くなる」と自分で認めていた。

しかし、この時トルストイはこの苦境を脱出する強力な隠し玉をもっていた。それは二年あまり前のルツェルンの事件のあとで心に決めた、農民の子供たちのための学校開設だった。だれにも言わず、日記にさえ書かなかったが、二年間かれは「最後の救いはこれしかない」と思い決めて、着々と学校開設の想を練り、具体的な準備もしていた。そして、五九年には、はやる気持ちを抑えて、村が雪に覆われ、死んだように静まりかえる日を、夏から待っていた。農繁期が終わるまで農家の子供たちは忙しい。それぞれの体力に応じて、子供としてではなく、小さな大人として農作業に参加しなければならず、学校どころではないのだ。

日付ははっきりわからないが、五九年十月末か十一月はじめのある日。午前八時。ロシアでは、まだ日は昇らず、あたりは暗い。トルストイは召使に命じて、屋敷の前につるした鐘を打ち鳴らさせた。それは今にして思えば意味深い、トルストイ学校の開校を村の子供たちに告げる合図の鐘だった。この日学校が開かれることは口伝えで村中に知らせ、村のまとめ役のバズイキンにも言っておいた。しかし、はたして何人集まるだろうか。五人か十人か、いや、一人も来ないかもしれない。トルストイは不安と期待で胸がいっぱいだった。

しかし、かれの予想をはるかに超えて、二十人ほどの子供が学校の前にやってきた。学校といってもトルストイ家の屋敷の翼屋《ウイング》の一つで、その一部屋を教室に使おうというのだった。当時は上流階級でも女性教育には不熱心だったので、トルストイは女の子が来るとは思っていなかったが、集まった子供たちのなかには二、三人だが、女の子もいた。

トルストイ「先生」は集まった子供たちを、教室に案内した。何人かの生徒は机の前にすわって静かにしていたが、床にしゃがんでいる者、立ったままおしゃべりをしている者、いたずらをしている者もいた。熱しやすいトルストイは「落ち着くんだ」と自分に言いきかせながら、生徒たちの前に立って、平凡に「おはよう」と呼びかけた。三年半前、農奴解放案を伝えるために農民の前に立って、「今晩は」と呼びかけたのに、どことなく似ていた。開校一日目は出席をとって、「あしたから勉強をはじめよう」と言っただけで、子供たちを家に帰らせた。「家で何を勉強しておけばいいんですか」とたずねた子供がいた。「勉強は学校でするんだ。家ではよくお父さんやお母さんの手伝いをしなさい。そして、またあした元気に学校に来るんだよ」とトルストイは答えた。

二日目、きのう来た子供たちはみんな顔をそろえた。そのほかに新顔もまじっている。トルストイは熱をこめて、しかし、つとめて冷静になろうとしながら、文字をアルファベット順に教え、その発音もやらせてみた。子供たちは目をかがやかせて、未知の世界に入ってきた。夢中で教え、学んでいるうちに昼になった。子供たちは昼飯を食べに家に帰り、三時間ほどして、またにぎやかにもどってきた。トルストイは三十年あまりの生涯で経験したことのない手応えのようなものを感じた。「とうとうやったぞ」、かれは誇らしい気持ちになった。その半面、「これは本物なのだろうか、それともまたおれの勝手な思いこみなのだろうか」と、半信半疑な気持ちにもなった。

しかし、ともかくトルストイは開校から数か月の間、夢中になって学校の仕事に打ちこんだ。子供たちもぐんぐん進歩して、トルストイをおどろかせた。何世紀も読み書きに無縁だったロシアの農村で、子供たちが貴族の子供たちをしのぐすばらしい能力を発揮した。トルストイはすべての人間の脳に、人類が何万年もの間に通過してきた知的遺産の蓄積が潜在している、と考えていた。いささか神秘的な考えに思えるが、それは本当だった。もし知的能力が遺伝で伝えられるのなら、数世代にわたって教育を受けているトルストイたちの階層の人間のほうが、何千年もの間文字も習ったことのない階層の人間より、はるかに大きな知的潜在力を受け継いでいるはずだ。しかし、教えてみると農民の子供は貴族の子供に比べて、まったく見劣りしないばかりか、むしろすぐれていた。表に出る知的成果は教育によって決まるが、知的潜在能力は人類全体に平等に遍在しているのだ。トルストイは自分の信念が事実で確証されて、教育の仕事にいっそう自信を深めた。

ii 教師トルストイ

生徒も熱心だったが、教師のトルストイも必死だった。しなければならないことはいくらでもあった。何よりも大変だったのは授業そのものと授業の準備だった。授業は熱をこめて、体当たりでやったので、終わるとくたくただったが、すぐに翌日の準備をしなければならない。このころのロシアには出来合いの教科書がない。文字の教え方一つでも、生徒が受け入れてくれて、効果のあがる方法を自分で考え出さなければならない。覚えたばかりの三つか四つの文字だけを使って、日常的で使いやすい単語を考え出すのも容易ではない。そのかぎられた数の単語を使って、響きとリズムがよくて、生活に密着した例文を作るのはもっと大変だった。

しかし、トルストイはそれに時間をかけるのを惜しまなかったし、それが楽しかった。かれは自分の言葉の天才をすでに実感していたので、こういう仕事を自分以上にできる人間はいないと、無意識に自負していた。トルストイは朝から晩まで休みなく働いた。かれはすでに有名作家だったが、小説を書くどころではなくなった。

Ⅱ　トルストイ学校の基盤

i　教育方針

このトルストイの熱中ぶりを見て、友人知人はあきれ、教育の専門家たちは冷笑した。トルストイが急に思いついて、教育事業をはじめたような印象をもったからである。しかし、すでに述べたように、かれは二年くらい前から学校の仕事について考えを練り、その基本方針を固めていた。

トルストイ学校の第一の基本原理は、人間はだれでもすばらしい素質を生まれもっており、正しい方法を使えば、その素質は必ずかがやき出てくる。そして、よい人間になりたいという思いは、飢えた動物が食物を求めるのと同じように、基本的で自然な人間の欲求だ、という信念だった。これは抽象的・観念的なものではなく、かれの人間観察、とくに戦場の極限状態での、兵士＝庶民の観察という実体験に基づいていた。

第二の原理は教育の自由である。これは第一の原理から必然的に生じるものだった。人間は本来すばらしいものを内に秘めており、それを生かしたいと望んでいる。とすれば、教育とはそのすばらしいものが胎内から出産されるのを手伝うことだ。産み出すのは生徒自身なのだから、教育の主体は生徒だ。教師はそれを助ける助産婦にすぎない。子供は半人前の人間で、大人が何かを詰めこんでやって、初めて一人前になるという考えを、トルストイはきびしく排除した。

この自由教育は理念だけでなく、現場で実践された。先生が教室に入ってきた時、生徒は騒いでいても、寝ていても、外で遊んでいてもかまわない。勉強したい者だけが勉強する。トルストイは生徒に「勉強したい者?」とたずね、「はーい」と答えた生徒だけに手製の教材をわたす。しかし、授業がはじまると、遊んでいた子も次第に授業に参加し、結局は全員が教材をもらい、目をかがやかせて勉強した、とトルストイは誇らしげに述べている。一応時間割はあったが、算数がいつの間にか幾何《きか》に変わってしまうのはまだいいとしても、歴史が途中でなぜか文法に変わったりした。一時間の予定が二時間どころか、三時間に延びることもあった。午前は九時ごろから四時間というのが原則だったが、三時間か二時間で終わってしまうこともあった。午後の最初の授業は教会史かロシア史だったが、その後は唱歌のほか、科目外の読書やお話になることも多く、堅苦しい授業ではなく、課外授業か、サークル活動のような感じだった。帰る時間も自由で、時には全員が早めに帰ってしまうこともあったが、晩の八時か九時まで「授業」がつづくのが普通だった。その後も残って学校に泊まりこむ生徒が毎晩いた。

トルストイは試験も点数制も取り入れない予定だったが、点数をつけると生徒が張り切ることがわかり、五段階方式で点数をつけることにした。体罰は厳禁で、一般に罰則はなかった。しかし、盗癖のある子が一人いて、問題を起こした。トルストイはその子を責めることを他の生徒に禁じ、自分が長い目でこの子を見守るほかはないと覚悟を固めた。

トルストイのことだから、道徳教育に熱心だっただろうと思う人が多いが、道徳の指導や精神教育のたぐいはいっさいなかった。「神の掟」「キリスト教史」という授業があったが、学校開設の許可を得るために、これらの教科が必要だったので、教会の聖職者を招いて授業を担当してもらったのだった。

ii　国民教育協会

こうした現場教育の自由が日常的に保障されるためには、学校や教育制度全体が自由でなければならない。トルストイはこの点についても早い時期からはっきりした考えをもっていた。かれは学校を開いてからまもなく、「これならやれる」と確信して、本格的に学校事業を展開する決心をし、六〇年三月、軍隊時代の友人エゴール・コワレフスキーに手紙を書いた。かれを通じて、その実兄である文部大臣エウグラフ・コワレフスキーに自分の考えを知ってもらうためだった。

その手紙でトルストイは国民教育の重要性と緊急性を訴え、その有効な実現のために、「国民教育協会」を設置する必要があると述べ、その役割を次のように規定した。

(1)教育雑誌の発行
(2)学校の設置
(3)カリキュラム作成、教員任命、経理、学校経営

(4)設置者が希望する学校での教育監督

古今東西、このような仕事は国家や地方自治体が行っている。トルストイはそれを国家権力から切り離し、自主的な民間の機関にゆだねるべきだと考えた。財政的にも国家に依存してはいけないから、その財源を会員の会費、生徒の授業料の一部、出版物販売の利益、寄付金に求める。「会員」についてトルストイは具体的な説明をしていなかったが、生徒の親たちやこの協会の趣旨に賛同する人たちが入会し、百ルーブル（今の日本の約二百万円）程度か、あるいは収入に相応した年会費を払う方式を想定していたようだ。こうして、教育の自由を理念や言葉の範囲にとどめず、現実的に保障されるものにしようとした。言いかえれば、教育を立法、行政、司法と並ぶ独立のカテゴリーにし、三権分立ではなく、四権分立を実現しようと考えたのだった。

しかし、教育は国家維持の根幹だ。政府がその管理をやめるわけはない。コワレフスキーあてのトルストイの手紙に対する返事は来なかった。おそらく弟のコワレフスキーはトルストイの手紙を兄には見せず、握りつぶしたのだろう。今の日本でもトルストイに似た教育管理のアイデアをもっている人はいる。しかし、どんな民主的な政府も教育の根元を自分の手に握って、放さないだろう。

Ⅲ 第二回西欧旅行

i 兄と妹

トルストイ学校の最初のシーズンはあっというまに過ぎた。六〇年の農繁期が終わり、その秋からはじまるトルストイ学校の第二シーズンは、さらなる発展が予想された。しかし、授業のほかにトルストイにはもう一つ、相当な費用と時間はかかるけれども、するべきことがあった。それはイギリス、フランス、ドイツなど、西欧先進国の教育の実情を自分の目で見て、確かめることだった。二一一ページ以降で書いたように、トルストイは五七年一月末から八月はじめにかけて、第一回の西欧旅行をしたが、その時は教育に目を向けることはなかった。今度は学校を見るために西欧に行かなければならない。トルストイは西欧の教育はよくないと思っていたが、かれの性格からして、他人の書いた本を読んだり、また聞きをしたりして、それでわかった気になることはできなかった。

こうして、六〇年六月末、トルストイは妹マリアといっしょに西欧に旅立った。離婚で心身ともに疲れた妹を、ドイツの保養地バード・ゾーデンに連れていくつもりだったが、トルストイがベルリンで教育施設見学などに夢中になっているうちに、マリアは召使たちにともなわれて自分で保養地に行ってしまった。トルストイは外国で結核の治療をしていた兄ニコライを見舞うことも計画していたが、教育の仕事に夢中になっているうちに、病気の兄のほうが先にトルストイに会いに来た。トルストイは兄妹をとても愛しており、妹の離婚をわがことのように悩んでいたし、やつれきった病気の兄ニコライが訪ねてきた時には、自分の勝手さを恥じて、その後はできるかぎり兄の面倒を見た。まもなく、この年の九月に、兄は文字どおりトルストイの腕に抱かれて亡くなった。しかし、その兄妹のことさえ忘れるほど、かれは教育に夢中だったのだ。

ii 教育視察

約九か月の西欧旅行中、トルストイは何もしていないように見える時もあったが、実はその時は教育論文を構想したり、書いたり、買いこんだ教育関係の本を読んだりしていたらしい。もちろん自分の学校のことは気になったが、留守居役の教師モロゾフらを信頼して、自分は「現在のためではなく、将来のための仕事」をしていた。この結果トルストイはドイツ、フランス、スイス、イタリア、イギリス、ベルギー、そして、ふたたびドイツをまわって、数十の学校、教育施設を見学し、現場の先生たちと話し合い、アウエルバッハや有名な教育者フレーベルの甥《おい》など、教育関係者に面会し、教育関係の本や教材を買ったり、注文したりし、ドイツ人の青年科学者ケーレルを教師としてやとい入れ、ロシアに連れて帰ったりもした。

一方、トルストイはこの旅行中にロシアの改革運動の中心人物の一人で、ロンドンで反体制活動をしていたゲルツェン（ヘルツェン）や、フランスの社会改革論者プルードンに会って、その考えに直接触れたりもした。かれの教育事業はロシア改革の志向と切り離しがたく結びついていたのである。

Ⅳ　トルストイ学校の発展と閉鎖

ⅰ　トルストイ学校の第三シーズン

六一年四月半ば故郷にもどると、トルストイは秋からはじまる自分の学校の第三シーズンに向けて、準備を開始した。何より大変だったのは教室のリフォームだったが、秋までには終わり、新学年は新装なった教室で授業がはじまった。教室は上級用と下級用と二つあり、落ち着いたブルーの色調だった。三つ目の部屋は明るいピンクの色調の標本室で、周囲には棚がつけられ、トルストイが主として外国で買い集めた人体模型、蝶、石、植物などの標本、視覚教材、物理の道具、実験用具などが並べられた。

トルストイはこの標本室を誇らしげに「博物館」と呼んで、日曜には一般公開し、ドイツ人青年ケーレルが入館者に理科の実験をして見せた。ヤースナヤ・ポリャーナ学校は一種の文化センターの役割もすることになったのである。このほかに教師用の部屋が二つあった。先生は近隣の教会関係者以外、全員住み込みだったから、この二部屋は職員室兼教員宿舎だった。トルストイの教育の本質からして、校舎や設備は二の次で、いちばん大事なのは生徒と教師の意欲だったが、リフォーム後のヤースナヤ・ポリャーナ学校の施設・設備は、当時のロシアではめったにないほどととのっていた。

ii トルストイ学校の拡大

教室はととのえられたが、逆に生徒数は減った。開校時の生徒は二十人くらいだったのに、その後学校の評判がよくて、生徒がふえすぎたので、トルストイはあちこちの村に学校を開設し、ヤースナヤ・ポリャーナ以外の子供たちは、自分の村の学校に通うようにしたのである。

先生は「四人」とトルストイ自身が伝えているが、このなかにはオーナー・校長・平教員を兼任するトルストイ自身はふくまれていない。普通の先生のほかに、近くの教会の僧がキリスト教の授業をしてくれていたので、第三シーズンの教師数は少なくとも六人になる。三十〜四十人の生徒にしては十分な数だった。トルストイが近隣に作った二十あまりの学校の先生も、トルストイが集めた。新任教員はみんな教歴のない若者ばかりだったから、ヤースナヤ・ポリャーナ学校で教え方の基本を習い、多少の実習をして、各地の学校に赴任した。その数は延べ二十人を超える。はじめのうちは教会の僧から教師を選んでいた。農村で読み書きのできる者は僧侶以外にいなかったからである。だが、学校が急激に増えて、僧侶だけでは足りなくなったので、トルストイは反体制の学生運動をして、退学になった元学生から教師を採用した。六一年秋にペテルブルク、モスクワ、カザン大学などで学生騒動が激化して、何百人もの学生が退学になったのである。

この元学生たちは常識からすれば政治的不穏分子で、実際、後にナロードニキ（二八〇ページ参照）の革命家になった者もいた。トルストイは暴力革命やテロは大きらいだったが、あらかじめ「革命家」「テロリスト」などとレッテルを貼って人間を見ることはしなかった。かれは直接教師候補者たちに会って、しっかりした人間で、民衆教育に意欲のある者なら、ためらわずに採用した。この元学生の教師たちは生徒ばかりでなく、跳ね上がりのインテリがきらいな親たちにも、概して評判がよかった。こうして、トルストイ学校はますます充実発展する勢いを見せていた。

iii　教育雑誌の発行

西欧旅行からもどって、すぐにトルストイが取りかかったことの一つは、教育雑誌の発行だった。二四九～二五〇ページで書いたように、かれは自主独立の組織「国民教育協会」を構想し、その任務の一つに雑誌発行をふくめていたが、雑誌発行どころか教育協会の設置さえ絶望的だったので、自力で雑誌を出すことにした。当時のロシアは初等教育の情報があまりにも少なかったので、雑誌に自分たちの経験と考えを発表し、第三者の反応を集めることがどうしても必要だったのだ。だが、スポンサー、編集者、発行責任者、営業担当者、すべてトルストイ一人で、執筆者もほとんどかれ一人だった。しかも雑誌のほかに、生徒たちが自分で読めるやさしい読み物「クニーシカ（小さな本）」を付録でつけることにした。雑誌を独力で出すだけでも殺人的な仕事だったのに、毎月雑誌と読み物の二冊を出すことにしたのだ。雑誌は六一年七月から発行される予定だったが、さすがに間に合わず、半年遅れの六二年二月に創刊（一月）号が出された。毎月二百、三百ページの大部のものを希望していたが、実際はいちばん厚い創刊号が百ページ、平均して六十ページくらいだった。トルストイ以外原稿を書いてくれる人がほとんどなく、期待していた投書もあまり集まらなかったからだ。

しかし、授業の内容も次第に整い、施設は整備され、分校はふえ、教育雑誌まで出るようになり、そこにトルストイの教育論文が十編も発表されて、理論的裏付けもできてきた。かれの教育活動は自分が描いていた理想の構図に近づいていったのである。

iv 学校の壊滅

だが、これだけの仕事を独りでこなすのは不可能だ。さすがのトルストイも疲れきって、六二年五月、学校の第三シーズンが終わるころに、バシキール地方に馬乳療法《クミス》に出かけた。クミスというのは野生の馬の乳を発酵させた飲み物で、すべての栄養素やビタミン、ミネラルをふくんでおり、これさえ飲んでいれば、ほかに何も食べる必要がないというほどの理想食品だ。今でもバシキールやモンゴルなどでは愛飲されている。日本でも少量ながら生産されており、飲むことができる。

そのトルストイの留守中、七月六日中央から来た憲兵隊とツーラ県の警察がヤースナヤ・ポリャーナ、その他二か所を襲い、翌七日にかけて二日にわたり家宅捜索をした。七日、八日には別の領地ニコーリスコエも捜索を受けた。政治的に「不穏な」連中が集まって頻繁に「謀議」をしていること、トルストイが外国で「革命家」のゲルツェン、プルードンと会い、「密議」をし、その後も連絡をし合っているらしいことなどが家宅捜索の理由だった。捜索の結果、嫌疑を裏付ける証拠は発見されなかったが、この家宅捜索の真の狙いはトルストイの教育活動を妨害することだったから、その点では成功だった。生徒も、親も、教師たちも学校の継続を希望していたが、トルストイはこれまでの形で学校を続けることは危険だと判断し、学校をやめることを決断した。つづければ、教師や生徒の親たちを逮捕するような圧力が加えられたかもしれない。

トルストイの学校は貴族の自己満足や慈善授業ではなかった。十年以上の苦心と模索の末たどり着いた「生きる道」だったのだ。そのためにかれは結婚と家庭の幸福を先送りし、自分の天才に背を向けて、文学の仕事もほうり出した。その大切な仕事が暴力によってたたき壊され、トルストイは自分で命を絶ちたくなるほどの衝撃を受けた。実際、教育事業はかれの命だったのだ。

しかし、トルストイはこの絶望的な状況からまたしても脱出した。

それも、結婚・『戦争と平和』の執筆という想像を超えた目くるめく脱出だった。

第五章　歴史と人間

I 『戦争と平和』が書かれるまで

I 結婚

i 暗転

一八六二年七月初め、ヤースナヤ・ポリャーナなどの領地が官憲の家宅捜査を受け、トルストイの学校は壊滅的な打撃を受けた。家宅捜索が行われるしばらく前から、トルストイの身辺やトルストイの学校には、憲兵、警察の捜査の手がおよんでいた。トルストイの親戚友人には、アレクサンドラおばさんをはじめ、宮廷関係者や政府の高官が多数いて、トルストイが危険人物視されていることは本人に伝えられ、軽率な行動をつつしむようにという忠告も聞かされていた。家宅捜索も突然のことではなく、数日前にトルストイ家にその情報がもたらされていた。一方、近隣の地主たちのほとんどは、農民に同情的なトルストイの態度に強い反感をもち、貴族にあるまじきかれの行為を、その筋に密告する者さえいた。トルストイの教育事業はそのような緊張状態のなかで行われていたのであり、トルストイもいろいろなことを予感し、覚悟を固めていただろう。

現代なら家宅捜索のことは一瞬にして、バシキールで馬乳酒《クミス》療法中のトルストイ自身に伝えられたはずだ。しかし、今から百五十年も前のことだから、かれがそれを知ったのは療養地からの帰途、モスクワで近親者からの手紙を受け取った七月二十日、つまり家宅捜索後二週間もたってからだったという。トルストイはもちろん悲しみ、怒った。その直後、アレクサンドラおばさんあての手紙に、こんな言葉を書いている。

「学校を開いて以来、それは私にとって生活のすべてでした。それは私が人生のあらゆる不安、懐疑、誘惑から救われようとし、救われた修道院、教会だったのです。……私が幸せと安らぎを見いだしていた活動がすべて台無しになってしまいました」

「農民たちはもう私を誠実な人間ではなく——それは私が何年もかけてかちとった評価なのですが——犯罪者、放火犯人か贋金作りと見ています。……私は一瞬先に何が起こるかわからないロシアから出ていくために、領地を売り払うつもりだと、声を大にして公言します」

ii　ベルス家の人々

トルストイは家宅捜索の報を知って、すぐに最終的な決心をしたわけではないが、こうした状況では、今までのような形で教育活動をつづけるのは不可能なばかりか、危険だと判断していたようだ。このすこし後に生徒、親、教員たちが学校の存続を願い出た時、トルストイは「家庭生活や文学の仕事が忙しいので、学校は閉鎖する」と言って、みんなにあやまった。しかし、これは他人や周囲の状況に責任を転嫁したり、言い訳をしたりすることのきらいなトルストイが、すべてを自分個人のせいにしたにすぎない。客観的な情勢はきわめてきびしく、これ以上つづければ、教師たちや親である農民に累がおよぶおそれがあった。おばさんあての手紙で、かれは「妹も、妻も、母も手枷《てかせ》足枷《あしかせ》をはめられ、鞭打ちの刑を受けないように」と書いていたほどだった。

トルストイの言葉を額面どおりに受け取って、家宅捜索後まもなく、結婚もしたし、文学活動も再開した結果、教育活動をやめたと解釈する人もいるが、それは話が逆だ。トルストイのなかでは教育が家庭の幸福や文学より優先していた。その優先順位第一の教育活動が封鎖された結果、結婚を決意し、文学へ復帰したのである。

バシキールからの帰途、七月下旬にモスクワに十日ほど滞在した時すでに、トルストイはモスクワ郊外のカントリー・ハウスで夏をすごしていたベルス家を何度か訪問した。ベルス家の当主アンドレイは薬屋の息子で、医学を勉強し、若くして宮内庁付きの医師にまでのぼりつめ、貴族の身分を取得した。特権貴族のトルストイ家に比べれば、はるかに格下の家系で、資産も乏しかった。しかし、夫人のリュボーフィの実家イスレーニエフ家の屋敷が、ヤースナヤ・ポリャーナに近いイーヴィツイという村にあり、トルストイ家とは昔から親しく付き合っていた。トルストイはリュボーフィと幼馴染《おさななじみ》で、子供のころ、かの女が好きだったというエピソードさえある。その流れでトルストイはかの女の結婚後、その家族とも交際するようになった。ただ、この夏ベルス家に通うトルストイには特別な思いがあった。家宅捜索で受けた傷を癒すには、とりすました貴族社会より、ベルス家の庶民的な家庭の雰囲気のほうがよかった。それればかりか、学校崩壊が目前にせまって、十年もずるずると先送りしてきた結婚が現実のものとなった時、トルストイはベルス家の娘たちを、結婚相手として真剣に考えるようになったのである。

六年ほど前、五六年の秋から冬にかけて、トルストイが近くの地主令嬢ワレーリアと結婚しようと思ったこと、その後、五七年の冬にモスクワの社交界で結婚相手を探した時には、エリート外交官で有名な詩人チュッチェフの令嬢エカテリーナにいちばん関心をもち、それが五年近くもつづいたこと、一方で、五八年の初夏から、農民の人妻アクシーニアと親しくなり、のめりこんでしまったことは二三九〜二四二ページですでに述べた。こうした失敗を体験していたので、トルストイは今度こそと、相当真剣になり、真剣になりすぎて焦ってもいたようだ。

ベルス家には五人の男の子と、エリザヴェータ、ソフィア、タチヤーナの三姉妹がいた。トルストイが何度も来るようになったので、ベルス家の人々はかれの意図を感じ取り、それに積極的に反応した。トルストイが七月末ヤースナヤ・ポリャーナに帰ると、ベルス家も近くのイーヴィツイに来て交際し、八月半ばにトルストイはベルス家といっしょにモスクワにもどって、その家に泊まるほどになった。

iii　あわただしい決意

九月半ばトルストイは結婚を決意し、申しこみをした。ベルス家では、トルストイの目当ては長女のエリザヴェータだと思っていた。かの女は長女だし、もう十九歳で当時としては結婚適齢期だった。ところが、トルストイが選んだのは次女のソフィアだった。申し込みを受けた時かの女は十八歳で、当時としては結婚に早すぎる年ではなかったが、トルストイより十六歳年下だったし、姉をさしおいてというのも世間の常識からはずれていた。この意外な結果に両親はおどろき、当のソフィアは泣きだし、エリザヴェータはまっ赤になって怒ったという。

姉の頭越しに妹に結婚を申しこんだことばかりでなく、この結婚にはいろいろ常識はずれなところがあった。第一、かれが家宅捜索を知って、学校継続は不可能だと判断し、結婚を真剣に考えるようになってから、結婚申しこみまで二か月もたっていない。しかも、手間のかからない紹介結婚ではなく、熱烈な恋愛結婚だった。トルストイは五十日くらいの間にソフィアを真剣に愛してしまい、結婚まで突きすすんだということになる。しかも、はっきり結婚を申しこんだのは九月十六日、モスクワ・クレムリン内の教会で結婚式を挙げたのは、そのたった一週間後の九月二十三日だった。このあわただしい結婚式はトルストイ自身の希望によるものだったが、やはり常識はずれだった。小説の『アンナ・カレーニナ』のなかで、トルストイに似た人物レーヴィンも結婚式を急ぎ、その婚約者キティの母との間でこんな会話がかわされた。

「結婚式はいつにしましょう?」

「いつですって?」レーヴィンは赤くなりながら言った。「あしたです。もしぼくにおたずねくださるのでしたら。ぼくの考えでは、きょう祝福していただいて、あす結婚式です」

「まあ、いい加減になさい、あなた、ばかなことを!」

「じゃ、一週間後です」

「この人はまるで頭がおかしいのね」

トルストイ家とベルス家の縁組も常識的ではなかった。トルストイ家は由緒ある名門貴族。ベルス家は十年前に貴族の身分を取得したにわか貴族。それにベルス家は資産もなく、ソフィア夫人には自分個人の財産がなかった。当時は結婚の時に多少の財産（いわゆる持参金）をもって行かなければ、肩身がせまかった。ただ、この不釣り合いがトルストイにプラスになったか、マイナスになったかは判断がむつかしい。ソフィア夫人はエカテリーナ・チュッチェワほど気位も高くなく、ワレーリア・アルセーニエワほど世間にうとくもなかった。一方、アクシーニアのようなまったくの庶民でもなかった。教養も知性もあり、庶民的な素朴さもあり、しかも健康で、家庭的で、トルストイにとって最良の伴侶だったような気もする。だが、この夫妻の複雑な愛憎について、ここで述べるのはまだ早すぎる。

ともあれ、二人は結婚式をすませると、即日モスクワを離れ、翌九月二十四日ヤースナヤ・ポリャーナに到着した。多くの地主たちが冬をすごすために、田舎から都会に移る時期だったのに、トルストイは農村を自分の生活の本拠にするつもりで、新妻のソフィアもそれに従ったのだった。トルストイがあわただしく結婚して、田舎に引っこんだのを見て、「国内亡命だ」と言う人もいたほどだった。

トルストイ夫人〔ソフィア・アンドレーヴナ〕（1863年撮影。ロシア国立トルストイ博物館所蔵、昭和女子大学トルストイ室協力）

Ⅱ 文学の仕事

i 農民小説

学校の事業が官憲によって大打撃を受けたのち、結婚の次にトルストイが重要視したのは文学の仕事だった。

かれは自分を作家とか、地主とか、限定された枠にはめるのがきらいで、「人間」という不定の状態にいて、何でもしたいこと、するべきことをしようとしていた。農業、文学、教育、社会活動、軍務ばかりでなく、社交、狩猟、ギャンブル、恋愛、情事、借金――なんでもやった。文学的天才があり、書きたい意欲がほとばしり出ることもあったが、結局は架空《フィクション》のことにすぎない文学に、トルストイはいつも不安を感じており、一度ならず、文学放棄や絶縁を口にしたが、生涯文学を捨てなかったし、捨てることはできなかった。

学校の仕事に情熱をそそぎだすと、トルストイは「文学の仕事は、どうやら、きっぱり捨てたようです」とか、「仕事は山ほどあります。しかも、すばらしい仕事で、小説を書くのとは違います」などと友人たちあての手紙で書いていた。しかし、寸暇もなかった教育活動の間でさえ、トルストイは文学の仕事をしていた。たしかにこの時期は多産ではなかったが、文学的に見のがせないこともいろいろ生じていた。

重要な問題の一つは、この時期に農奴《のうど》農民の生活を描いたいくつかの作品が書かれたことである。しかし、そのうち完成され、発表されたのは『ポリクーシカ』一つにすぎない。これは地主の金を届ける途中でその金を盗まれてしまい、首をくくるポリクーシカという貧しい農民の話である。ほかに『牧歌』『チーホンとマラーニア』などと題された作品も書かれたが、未完に終わり、作者の生前には発表されなかった。ほかにも同種の作品がいくつか試みられたようだが、題名もない断片にすぎない。これでは人が注目しないのは当然である。

これまで述べてきたように、トルストイの創作は自己を見るものからはじまって、他者を見るものがつづき、さらに作者自身の思想的・道徳的主張をする、トルストイ自身の言う「教条的な《ドグマティック》」ものが加わって、充実し、複合的になった。それにさらに、他者の目でものを見ようとする試みもトルストイはしており、それはすでに五三年九月に『ゲーム取りの手記』ではじめられていた。しかし、この作品が本当に他者の目でものを見ているのか、ただ形式的に視点を庶民のゲーム取りに置いているだけで、実は作者の視点で見ているのか疑わしい。五九年には、トルストイ自身の結婚の試みを、相手の女性が語る形式で『家庭の幸福』が書かれた。しかし、この作品は、実際のところ作者自身の視点から、しかも、かなり自分に都合のいい角度から、すべてが見られているようだ。

六〇〜六二年、つまり学校事業たけなわの時に試みられた『ポリクーシカ』その他の、いわば、農民小説は、他人の視点からものを見ようとするもので、一見『ゲーム取りの手記』『家庭の幸福』の延長線上にある。しかし、農民小説の場合は、トルストイが実際に他者の視点に移ろうとする試みで、作者の考え方と生き方までも変えかねない冒険的なものになっていた。普通、文学作品の視点の性質、位置、数などは、文学的テクニックとして設定される。トルストイの場合も、農民小説の前の時期でも、後の時期でも、視点は文学的手法の範囲だった。ところが、農民小説の場合は、小説の作者として農民の視点からものを見るために、現実の人間であるトルストイその人が農民の位置に移ろうとした。あるいは逆に、現実の人間であるトルストイが農民的な生活に移行したくて、小説のなかで農民の視点からものを見ようと試みた。そうなると、これは文学的テクニックの問題ではなく、生き方の問題になり、いわば、命を懸けた「生の跳躍《エランヴィタール》」が必要になる。

このようなトルストイの文学創作を見ると、かれが農民のための学校を開いて、必死で働いていたのは、ただ民衆のために役立つことをしたいとか、観念的に民衆に接近しようとしていたのではなく、民衆と同じ次元で生きようという一つの試みだったのだと考えられる。また、同じ時期に農民女性のアクシーニアを「妻のように」愛してしまったのも、ただ貴族女性にない野性的な肉体におぼれたのではなく、農民の女性と結婚して、ともに生きたいという願望の表れだったのかもしれない。しかし、この時期の農民小説はほとんどすべて形もなさないまま失敗した。トルストイばかりでなく、どんな人であれ、生まれ落ちた時にすでに、変えることが困難か不可能なものをたくさん背負いこんでいる。自分の決心だけでそれから逃れることはできない。のちに書かれた『アンナ・カレーニナ』に次のような印象的な場面がある。もちろんこれはフィクションで、こんな劇的な偶然がトルストイの身に起こったわけではないが、かれの思いを映像として、わかりやすく示している。

『アンナ・カレーニナ』の主要人物の一人で、農民とともに農村で生きる決意をしたレーヴィンは、素人にはできない牧草刈りの重労働にまで参加し（これは現実のトルストイと同じだ）、その夜は農民にまじって草堆《くさやま》の上で野宿する。かれは農民たちの健康な明るさがうらやましくなり、その喜びの表現に加わりたくなる。だが、どうすれば生活の完全な転換が可能なのか？　領地を捨てるべきか、農民共同体に入るべきか、農民女性と結婚すべきか。レーヴィンの考えは堂々めぐりして、一点にまとまらない。

一晩中眠れぬうちに夜が明けた。草場の近くの道を四頭立ての馬車が近づいてくる。そのなかで若くて清楚《せいそ》な感じのお嬢さんが朝焼けを見つめている。それはレーヴィンが愛していて、想いをとげられずにいたシチェルバツキー公爵家の令嬢キティだった。かの女を見た瞬間、レーヴィンのなかで、生活を変えようという決心はたちまち消え、農民女性と結婚するという考えは忌《いま》わしいものに思えた。

「いや」かれは心のなかで言った。「どんなにあの人生が、素朴な労働の人生がすばらしくても、おれはあちらにはもどれない。おれはあちらを愛しているのだ」

レーヴィンは意識的に生活を変革しようとしていた。しかし、生活の変革というのは、未来の生活を現在とは違うものにすることにすぎず、過去を変えることはできない。過去に背を向けたり、無視したりしても過去から逃れることはできない。あるがままの過去を見つめ、それに束縛されている自分の今の位置と状態を確認し、そこからはじめることによって、過去の束縛をいくらかでも弱め、宿命から脱することができる。前方の変革だけを意識していたレーヴィンを、意識を超えたもの、そして、意識以前のものが捕らえ、かれのいるべき場所、いないわけにはいかない場所に連れもどしたのである。

トルストイ自身も学校活動、アクシーニアとの関係、農民小説の試みを通じて、過去から容易に逃れられないというきびしい現実を思い知った。結婚後トルストイは『戦争と平和』をはじめ、たくさんの文学作品を書いた。その視点もさまざまだった。しかし、まったく他人の、まして、農民の視点に移る試みはふたたびしなかった。文学的手法の次元でさまざまな試みをすることはできも、実際に農民の視点に移るのは不可能なことを、思い知っていたからである。

ii 『コサック』

この時期の文学創作のもう一つ重要な点は、かなり前から書かれていた小説『コサック』がこの時期に書き継がれ、完成、発表されたことである。ここでこの作品そのものを論じる余裕はとうていないが、外面的に見るだけでも、その重要さはすぐにわかる。

トルストイの創作活動はふつう前期（一八五一〜六二年）、中期（六三〜七八年）、後期（七九〜一九一〇年）に分けられるが、『コサック』は前期最後の、そして、最大・最高の作品である。しかも、五三年から六二年まで、ほとんど前期全体を通じて長い間書かれていた。一つの作品が長期間にわたって執筆されると、トルストイの場合ばかりでなく、一般に、相当な中断・空白の期間があったり、いったんいや気がさして放棄し、ふたたび取りかかったりしていることが多い。しかし、『コサック』の場合はあまり長い中断期間もなく、ほとんど倦怠期もなく書きつづけられた。その結果、この作品はさまざまな時期のさまざまな特徴をもったいくつかの部分、というより、おそらく別々の作品として構想された複数のものが集められて、作られている。それも、いろいろな特徴のものを平板につなぎ合わせただけではない。いくつかの要素が複合されることで、作品全体の次元が高められている。『コサック』はそれまでの前期のどの作品より一段格上のものとなり、次の大長編『戦争と平和』の前段階の作品となった。ほかの前期のどの作品から、どれほど飛躍しても、『戦争と平和』は書けない。しかし、『コサック』は『戦争と平和』に比べれば、わずか十分の一ほどの中編にすぎないが、そこからジャンプすれば、『戦争と平和』に届くものになっていたのである。

トルストイはカフカースに到着後まもなく、『襲撃』のような戦争小説を書いたが、もっと広くカフカースやそこにいる人間のことを書きたいと考えた。かれは若いロシア人将校とコサック娘の恋物語を書きはじめ、ほとんど同時にカフカースの生活を客観的、叙事的に描く作品も試みた。五七年は『コサック』創作のクライマックスの時期だが、そのころトルストイは友人で有力な文芸評論家のアンネンコフに、こんなことを手紙で書いていた。「いつだったか、あなたに話したまじめな作品を、四つの別々のトーンで書きはじめました。……私はまず、目の前に現れた対象というか、むしろ、面というべきものがあまりにも豊富なので、ぼうぜんとしました」

結局、トルストイはこうしたいくつもの対象＝面を結びつけて、一つの作品『コサック』をまとめあげた。

(1)ロシア人将校とコサック娘の恋愛。
(2)カフカースの自然と環境、そのなかの人間の生活。
(3)カフカースに昔から住みついて、半ばカフカースの住民と同化しているコサックたちと、まったくの外来者であるロシア人の関係。
(4)ロシアの生活とカフカースの生活の対比。
(5)それらすべてに対する自分のかかわり。

このようなさまざまな要素をつなぎ合わせた場合、つなぎ目にひずみやずれができて、ざらざらした、あるいは、でこぼこした感じになるのが普通だが、トルストイは自分に似た主人公オレーニンを軸にして、何の違和感もない、すんなりまとまった作品を作り上げた。それはかれの非凡な文学的手腕ばかりでなく、人間的な変化にもよるものだった。

完成され、発表された『コサック』は次のような情景描写ではじまる。

「モスクワではすべてが静まりかえっていた。時たま、ほんの時たま、どこかで冬の街路を通る車輪の音がきこえる。窓にはもう灯《あかり》はなく、街灯も消えた。

今、カフカースへ出かけるオレーニンの送別パーティがおわって、高級レストラン『シュヴァリエ』の玄関先には、かれを運ぶ三頭立て《トロイカ》が待っている」

オレーニンは大学を中退し、二十四歳の今まで何の職業についたこともなく、財産の半分を浪費してしまった貴族の青年だ。これはまさに作者トルストイの自画像である。そして、作者と二重写しになるオレーニンの回顧的な視点で作品が展開されるのかと思われる。だが、そうではない。オレーニンがカフカースに到着するまでの話が第三章で終わると、第四章ではオレーニンは消え、一転して、次のように書きはじめられる。

「テレク川防衛線は、それに沿って山上のコサック村がいくつか散在しており、長さ約八十キロ、全域が地形も住民も同じような性格をもっている」

そして、第九章まで、作品の約四分の一にわたって、コサックたちの生活がコサック青年ルカーシカ、その恋人マリヤンカ、一匹狼的なユニークな老コサックのエローシカなどを中心にして、客観的に描かれる。オレーニンがふたたび登場するのは、ようやく第十章になってからである。だが、オレーニンがここで登場するのに何の違和感もない。なぜなら、かれが惹かれているコサック娘マリヤンカは、あらかじめコサックの青年ルカーシカの恋人と設定されており、オレーニンの筋が自然にコサック生活の筋と結びつくからである。

オレーニンは前述のように作者トルストイに似ており、また、その考え方、言動には、これまでのトルストイの自伝的主人公と共通の特徴がはっきり現れている。そのため、『コサック』は『幼年時代』『少年時代』『青年時代』『地主の朝』の延長線上にある自伝的作品だと思えるし、たしかに、オレーニンのなかにはトルストイ自身のカフカース体験がぎっしり詰まっている。しかし、オレーニンの筋のいちばん肝心な点は、コサック娘マリヤンカに対するかれの実らぬ恋であり、このような体験はトルストイ自身の実生活にはなかった。これはプーシキンの物語詩『ジプシー』『カフカースの捕虜』、レールモントフの『カフカースの捕虜』（プーシキンの作品と同名）などにつながる、古今東西に数多くあり、ロシア文学にとってとくに切実な、異民族、異文化の男女の恋物語である。トルストイ自身も後にプーシキン、レールモントフと同名の『カフカースの捕虜』という作品を書いた。この三つの同名の作品の主人公は作者から離れた第三者だった。だが、『コサック』ではトルストイは主人公を自伝的と思えるオレーニンにした。それによって、自伝的な筋を客観的な筋に結びつけ、しかも、自伝的な主人公に異文化の恋を体験させることで、トルストイはこの問題を「お前ならどうするか」という問いとして、自分自身に突きつけた。憶測にすぎないが、マリヤンカはこの時期にトルストイの悩みの対象だったアクシーニアに似ていると言う人もいる。ここでその真偽は問わないけれども、オレーニンは回顧的な自画像にとどまらず、現在的、予見的なものとなったのである。

トルストイはこうした前期のさまざまな作品にあったいくつもの要素や視点を『コサック』のなかで総合し、しかも、すっきりまとまった作品にすることに成功した。しかし、トルストイは複合的なものをバランスよくまとめるためのことで満足したのではない。また、後（二八九ページ）で述べるように、トルストイはドストエフスキーのように多声的《ポリフォニック》な作品世界を創る作家でもなかった。さまざまな視点を使うようになった時、その背後にあって、一段高い次元で全体を見わたす叙事詩的視点、いわゆる全知全能《オムニポテント》な視点を作ろうとした。それは単に文学的手法の問題ではなく、多くの面をもつ人生をただ一つの真の立場から俯瞰《ふかん》したい、あるいは一つの統一した視点から全体を俯瞰することによって、統一的な一つの真理に到達したという考えの表れだった。だからそれは作者の人格、生き方の問題でもあった。『コサック』でそういう視点を作る試みが初めてなされたのである。『コサック』がそれまでの作品から一頭地を抜く作品になったのには複数の理由があるが、最大の理由は今指摘した点にある。しかし、それはもちろん容易なことではなく、次の大長編『戦争と平和』に一つの課題としてゆだねられる。『コサック』はそれ自体価値ある作品だが、前期の創作の総集でもあり、次の大作『戦争と平和』への跳躍板《スプリングボード》ともなったのである。

2 『戦争と平和』の執筆

Ⅰ 学校の閉鎖と『戦争と平和』

i 民衆とともに

大作『戦争と平和』が書かれ、今も世界の無数の読者に読まれているのは、奇妙な言い方をすれば、トルストイの教育活動を弾圧し、学校を閉鎖してくれた憲兵や警察のおかげである。もしトルストイが学校の仕事をつづけていたら、殺人的な忙しさで、大きな小説を書くことは肉体的に不可能だっただろう。単純化して言えば、学校がつぶされたので、学校の仕事を通じてしようとしていたことが、現実の行動のなかでできなくなってしまった。そこでトルストイは、それを『戦争と平和』を書くことによって、フィクションの世界で試みようとしたのである。

学校開設の目的の一つは、もちろん、教養の高いトルストイが字も知らない農民を啓蒙し、農奴解放の新時代に備えるためだった。しかし、すでに述べたように、トルストイの教育活動は上から下へ授け与える慈善・博愛事業的なものではなかった。農奴制廃止はロシア社会の大変革だ。解放される農民もどうなるか行く先が不安だが、貴族階層は間違いなく崩壊の運命に立たされる。貴族が特権的な地位と富を捨てて、ほかの階層の人々、とくにロシア国民の圧倒的多数を占める農民とともに生きるにはどうすればよいのか？　トルストイはそのために学校開設までにもいろいろなことをした。農民生活の改善、自分の領地の農奴解放、農民に交じっての農作業などだ。しかし、どれもうまくいかなかった。農民はトルストイを地主、つまり自分たちから一方的に利益をむさぼる者と見て、一人の人間として接してくれなかった。次第に農民の態度も変化していったものの、学校を開き、体当たりで子供たちにぶつかっている姿を見て、親たちもはじめて本当にトルストイに心を開いてくれたのだった。

トルストイその人ばかりではない。生徒がふえすぎて、かれが二十もの学校を近辺の村に開いて、そこに若い教師たちを送りこんだ時、農民たちは温かく迎え、協力してくれた。例外は一つもなかった。教師のほとんどは政治運動で大学を中退になった元学生で、農民のきらいなインテリの学士様だった。おまけに、お上に盾突いたけしからぬ連中だ。その若者たちが民衆に受け入れられたのは、トルストイに対する信頼があったからこそである。トルストイの教育雑誌に掲載された一教師の文章を、長いので縮約して紹介し、教師と農民の関係ばかりでなく、トルストイ教育の一端を見ていただくことにしよう。

ii　ある教師の体験

「近隣の村々に学校ができるようになり、A村でも学校開設を相談する共同体の集会が開かれ、開校が決定した。村長《むらおさ》と数人の有力者はすぐにヤースナヤ・ポリャーナに来て、トルストイ伯に教員派遣をたのんだ。その結果、白羽の矢が立ったのはほかでもない私だった。トルストイ教育の手伝いをするためにヤースナヤ・ポリャーナに来た以上、ただ独り見知らぬ寒村に送られるのは覚悟の上だったはずだ。

しかし、モスクワの中級官吏の家に育った私は田舎の生活をしたことがない。「民衆のため」という言葉はいつも使っていたのに、現実の農民に接したこともない。

それに、人にものを教えた経験がまったくない。政治改革を求める学生運動に参加して、モスクワ大学を退学になる半年前までは、自分が教えられる立場だった。ヤースナヤ・ポリャーナに来て、学校の授業を見、多少の実習をし、研究もしたが、たった三か月のことだ。子供のころから私はあまり学校が好きでなかった。それは算数や宗教の授業がいやだったからだ。授業そのものが苦手だったのではなく、担当の先生がきらいだったのだ。教師や親は案外気がつかないが、私自身の経験では、子供たちの科目の好ききらいは、ほとんど先生によって決まる。ところが、今度は自分が先生になってしまった。私が生徒にきらわれたら、子供たちが学校ぎらいになってしまう。子供たちに好かれるような人間性が私にあるだろうか。

トルストイ伯は《君なら大丈夫だ。心配せず思い切ってやれ》と言ってくれた。《たしかに君には教師としての経験はない。しかし、ぼくもまったく経験のないまま、この学校を開いたのだよ。ぼくたちがやろうとしている教育は、今までにロシアはもちろん、世界中でだれも経験したことのない、新しいものだ。ぼくを批判している教育者や批評家がもっている古い経験や観念はむしろ害になる。ぼくたちは生徒といっしょに新しい教育を生み出すために、毎時間闘っていかなければならない。そのために必要なのは情熱と子供たちを愛する心だよ。情熱と愛さえあれば、教育の技術や経験は必要ないと言っているんじゃない。あと二年もすれば、ぼくは自分の教育法どころか、教育理論も作ってみんなに伝えるつもりだ。でも、今は何もない。ないからと言って、何もしなければ、いつまでたっても何も生まれないだろう。ともかく、自分のなかにあるよい意欲を信じ、子供たちの神のような心を信じて、行動することだ。まず生きることからはじめようじゃないか》とも言ってくれた。私はそのとおりだと思った。しかし、トルストイ伯のものすごい精神力と体力を目の当たりにすると、この人と自分は格が違うと感じて、逆に萎縮してしまう。私は緊張と不安でいっぱいだった。

ついに赴任の日が来た。幸い私の荷物は数枚の着替えと数冊の本しかない。小さなカバン一つを片手に、九月十五日早朝、私はヤースナヤ・ポリャーナを出て、五十キロ離れたA村に向かった。着いた時にはもう日が暮れていた。私の勤務する「学校」の前まで来ると、村長《むらおさ》とそのほか二人の村の有力者が道に出て私を待っていた。その態度は丁重で、しかも親しみがあり、私はほっとした。「学校」のなかに入ると、女主人がにこやかに迎えてくれた。それが私をすっかり安心させた。学校といっても、ヤースナヤ・ポリャーナ学校のように、設備のととのったものではない。ヤースナヤ・ポリャーナ以外の学校は、空き家の農家一軒を借りるのがいちばんいいほうで、たいていは農家の一部屋を借りていた。私の場合もそうだった。その一部屋が教室にもなり、教師の宿舎にもなる。教師は各学校に一人ずつだ。農家の女主人が学校の管理者にもなり、私の住居の大家さんにもなる。この人との人間関係でつまずいたら、すべてがおしまいだ。その心配は女主人に会った瞬間に消えた。私の学校兼宿舎はふだん使っていない部屋で、暗くて湿っぽく、床もない文字どおりの土間だったが、そんなことを気にする余裕もない。家の主人も出てきて、《うちのむすこ二人もお世話になりますのでよろしく》と言った。村長たちは《子供たちもお迎えに出るべきでしたが、もう暗いので》と言い訳をし、《みんな学校がはじまるのを心待ちにしているので、さっそくあしたから授業をはじめてください》と言った。

翌朝九時に七人の子供たちがやってきた。大家の子供二人と合わせて九人が全校生徒だ。私はまず子供たちとしばらく雑談をし、両親や兄弟姉妹のことをたずねたりしながら気持ちをほぐした。それから部屋の板壁に蝋石《ろうせき》でアルファベットを活字体の大文字で書き、その文字の名前を教え、その文字の基本的な音を私の後について発音させた。生徒たちは元気よく反応し、すべてをどんどんこなしていった。授業は予想よりはるかにうまくいき、私の心配は吹っ飛んだ。数人の父親が参観に来て、授業の後で私に《なぜ民間書体を先に教えるのですか。教会スラブ語の書体を先にすればよいのに》と質問した。全体に、農民たちが教育と宗教を強く結びつけている感じがした。私はトルストイ伯に教えられたとおりに、《心配いらないよ。この学校はキリスト様の教えにそむくものではないからね》と答えた。

親たちがみんな口をそろえて、《できるだけきびしくやってください。遠慮なくひっぱたいてくださいよ》と言ったのにもおどろいた。私はやはりトルストイ伯に教えられたとおりに、《うちの学校では、どんなことがあっても子供をたたくことはないよ。子供は神様の賜物《たまもの》だからね。たたくわけにはいかない》と説明した。親たちは納得したような、しないような微妙な表情をしていたが、私の教え方を見ているうちに、次第に安心したようだった。

自分でも信じられなかったが、私の授業は大好評で、生徒たちは日に日にふえ、まもなく二十七人にもなった。部屋は満員だ。私は画一的な授業は避け、できるだけ各生徒の進度に合わせて対応したので、とても大変だった。しかし、私も張り切って全力を振りしぼった。その時私はいつも全身全霊をかたむけた、熱気のこもったトルストイ伯の授業を頭にうかべていた。授業の成果も予想よりはるかによく、子供たちはすばらしい意欲と能力を発揮して、新しいことをぐんぐん吸収していった。トルストイ伯が

《子供は神様だ》と言うのを聞いて、私は内心あきれていたが、その言葉は正しかった。ある日授業を覗き見たわが家の主人は、自分のむすこのすばらしい進歩に感動して、涙をこぼしたほどだった。そして《これで、私が死んだ後、お棺の前でむすこに詩編を読んでもらえます》と言った」

トルストイ学校の十年ほど後に、民衆派《ナロードニキ》と呼ばれる革命グループが、知識階層と農民の融合のために、教師、医師などになって民衆のなかへ入ろうとした。その運動は日本でもロシア語そのままで「民衆の《ヴ・ナロ》中へ《ート》」と呼ばれている。とくに一八七四年夏にはその動きが活発になり、「狂った夏」とまで言われた。しかし民衆は協力せず、運動は失敗に終わり、ナロードニキの一部はテロ活動に走った。トルストイは十年以上前に「民衆の中へ《ヴ・ナロート》」を成功させていたが、それは「民衆体験」の乏しいナロードニキとは違って、長い間の積み上げがあったからである。

iii 私は貴族

家宅捜索で実質的に学校の継続が不可能になった時、トルストイは、前に引用したように、「学校が私の全生活だった」と言って怒り、悲しんだ。それに、学校の成功はトルストイ自身にとっても、一般的に言っても稀有《けう》の例だったから、ことさら大切なものだった。学校を閉鎖しても、その中身は何らかの形でつづけたかったし、つづけずにはいられなかった。狭い意味での教育活動は、やがて教科書の作成・出版となって継続される。それなら穏健で、学校のように攻撃の対象になることは少なかったからである。しかし、教育活動の中核だった民衆との融合を目指す姿勢は、次元の違う文学作品『戦争と平和』で継続された。トルストイの教育活動と『戦争と平和』の結びつきについては、ほとんど語られることがないが、この二つは太い絆《きずな》で結びつけられており、それを見落すことはできない。

二六七〜二七〇ページで書いたように、トルストイは解放問題や土地分配についての農民との交渉、農業労働への参加、農民女性との恋愛、農民の視点から書く小説の試みなどを通じて、貴族と庶民がたやすく融合できないことを悟っていた。貴族である自分は現実の貴族の立場こそが出発点であり、それから目をそむけることはできない。それに貴族であることは負い目ばかりではない、誇るべきところさえある。トルストイはそういう考えを正面から受けとめることにした。

五八年かれは「貴族についての覚書」の草稿を書き、そのなかで農民の解放を実現した主役は貴族だと主張した。「ただ貴族階級のみがエカテリーナの時代からこの問題〔農奴制廃止〕を文学でも、秘密の、また秘密でない結社でも、言葉によっても、行為によっても準備したのである。ただ貴族階級のみが一八二五年〔二八三〜二八四ページで述べるデカブリスト事件〕でも、四八年〔ドストエフスキーたちが逮捕されたペトラシェフスキー事件〕でも、またニコライの治世全体を通じても、この思想の実現のために、自分たちの受難者を流刑地や絞首台に送り、政府のありとあらゆる反対にもかかわらず、その思想を社会に保持しつづけ、現在の無力な政府がもはやそれを抑えこむことができないほどに、熟成させたのである」

『戦争と平和』の草稿では、トルストイはさらに進んで「私は貴族である。なぜなら祖先を、私の父や、祖父や、曾祖父を思い出すことが後ろめたくないばかりか、とてもうれしいからだ」とまで書いたが、さすがにこのような文章は破棄され、発表されなかった。それは時代錯誤の独善だと思われるおそれがあったばかりでなく、無用だったからである。文学作品を通じて父や祖父の生きた姿を描くほうが、どんな雄弁や強弁より説得力がある。

こうして、『戦争と平和』の大きな課題の一つは、トルストイの階層のルーツを示すこと、つまり、その父や祖父の時代の貴族生活を描くことになった。

Ⅱ 自分のルーツ

i 『幼年時代』

しかし、トルストイのルーツ探しはただ過去の生活を見る歴史的なものにとどまらない。まして懐古的なものではなくて、その奥があった。『戦争と平和』を構想する十年以上前、トルストイは混迷と模索の末に、幼年時代という人間の原点にたどり着いた。それは時間的にうしろにあるものだから、一度すぎればもどってこない。「しあわせな、しあわせな、二度とかえらぬ幼年時代!」と作者は詠嘆《えいたん》している。だが、それは必ずしも時間的にうしろにある原点ではなく、時間を超越した人間の原点であり、原像でもある。時間的な原点である過去の幼年時代にもどることはできないけれども、未来で人間の原点をよみがえらせることはできる。だから、すぐ前で引用した「二度とかえらぬ幼年時代」という言葉は「幼年時代に人がもっている清らかさと、無心と、愛の欲求と、信仰の力は、いつの日かよみがえるのだろうか?」という作者の問いかけと矛盾しない。人間の原点、幸福の原像は未来においてうち建てることが可能だし、必要なのだ。

『戦争と平和』のルーツ探しも、このような時系列のなかにある歴史的なものと、時系列を超越した絶対的なものがあることを、頭に入れておかなければなるまい。

ii　デカブリスト

ルーツ探しより、もう一まわり大きい『戦争と平和』の課題は、調和の世界の探求だった。すべての人、すべての階層がともに生き、ともに憂え、ともに喜んだ状況がこのロシアにあっただろうか？　その問いに答えるべく、トルストイはまずデカブリストに目を向けた。デカブリストというのは、一八二五年にクーデターを試みた貴族青年のグループのことである。その決行が十二月十四日だったので（「デカーブリ」はロシア語で「十二月」の意味）、事件後「デカブリスト」という名がつけられた。かれら自身がデカブリストと称したわけではない。

デカブリストたちは農奴制を廃止し、憲法を制定して皇帝の専制をなくし、ロシアを改革しようとして、結社を作り、クーデターの準備をした。農奴制と専制がなくなれば、貴族階級も崩壊する。デカブリストたちは改革の刃を自分の胸に突きつけたのである。支配階級が現存の支配体制を転覆させようとする、世にもまれな改革だった。しかし、理想はよかったにせよ、組織力、行動計画、同志間の連繫など、すべてが稚拙《ちせつ》で、蜂起の試みも数時間で鎮圧され、五人の死刑囚と多数の流刑囚を出して終わりになってしまった。普通なら観念的で現実を知らない者と批判されたり、冷笑されたりするところだが、トルストイはデカブリストの意義を高く評価していた。しかも、何よりもデカブリストたちの「神秘主義的な」ところに惹かれた。貴族はまず精神的な貴族となって、高い理念をもつべきだと、トルストイは考えたのである。

しかし、デカブリストの小説は少し書かれただけで、中断された。かれらの情熱や理想を見つめていると、その背後に一八一二年、ロシアがナポレオンをうち破った栄光の時期がかがやき出てきたからだった。そして、まさにその時に、金銀宝石で飾られた皇帝からはだしの農民まで、ロシアのすべての階層、すべての人々が一つに融け合い、まとまったのだ。それこそがトルストイが求めていた題材だった。ただ、トルストイ自身の言葉によると「われわれの失敗とわれわれの恥辱を書かずに、われわれの勝利について書くのがうしろめたくて」、一八〇五年のアウステルリッツの敗戦から書きはじめることになった。

Ⅲ　作品の素材

ｉ　過去の個人生活

こうして一八〇五年のことを書こうとした時、まずトルストイの脳裏にうかんだのは、歴史のページではなく、当時生きていた無数の人物たちだった。われわれ普通の人間なら、戦国時代や幕末のことはもちろん、日露戦争のことを書こうとしても、何からどのように手をつければよいかわからず、途方に暮れてしまうだろう。しかし、トルストイでなくても、作家と呼ばれるほどの人なら、何かを書こうとすると、ひとりでに想像のなかにいろいろなイメージが湧いてきて、案外苦労しないものらしい。トルストイの場合は、一八〇五年に照準をさだめると、たちまち当時の人たちが続々と脳裏に現れて、勝手に動きだし、しゃべりだして、その交通整理に苦労するほどだった。

この小説を書くことを決めると、トルストイはソフィア夫人の身内など、親しい人たちに当時の生活の資料を集めてくれるようにたのんだ。いくつかの手紙などが見つかって、トルストイはそれを作品に取り入れたが、役に立つ資料は意外に少なかった。たのまれた者たちは成果の乏しいのを申し訳なく思い、これでは小説は書けないのではないかと心配した。しかし、トルストイ本人は「なければ、なくてもいい」と言わんばかりに、涼しい顔をしていた。

やがて『戦争と平和』に発展する小説『一八〇五年』が着手されたのは、六三年二月ころのようだ。六二年七月家宅捜索、同年九月結婚、田舎での新生活開始という多事多忙な時間の流れを考えると、この小説の本格的な構想が組み立てられはじめたのは、六二年末より前ではあるまい。だが、六三年はじめに執筆がはじまった時にはすでに、のちの『戦争と平和』の主要人物たち（その数は三十人にもなる）の風貌、性格、社会的地位、言動の癖などが、トルストイのなかでほぼ固まっていた。その多くがトルストイの親族をモデルにしていたが、両親についてさえ、トルストイはあまり記憶がなく、資料というほどのものもなかった。しかも、もっとも重要な人物であるアンドレイ・ボルコンスキーとピエール・ベズーホフのモデルは現実のなかに見つからない。アンドレイはトルストイ自身の知的な面、ピエールは情熱的な面をもとにした自画像だという人もいたが、説得力も客観的な裏付けもない。第一、アンドレイを知的、ピエールを情熱的と分けることにそもそも問題がある。女性のなかでいちばん目立つナターーシャ・ロストワのモデルは「あたしです」とソフィア夫人の妹タチヤーナ（結婚後の姓はクズミンスカヤ）が名乗り出たが、今でも若い女性の読者のなかには、「ナターシャはあたしよ」という人が何人もいる。一般に、フィクションの人物のモデル探しはおもしろいが、あまり意味がない。言うまでもなく、どの人物も作者の人間観察・分析、創造力が生み出した作品世界の唯一独自の人物なのだ。

作者トルストイは架空《フィクション》の作品世界で自分の主人公たちと共存していたばかりではない。かれは一八〇五年の生活に現実的な身近さを感じていた。発表されなかった草稿にこんな言葉がある。「まだ生き生きした記憶の鎖で現代と結びついていて、その匂いや音がまだわれわれに感じられる時代のことを書いているのだ」。歴史小説とは何か？　はっきりした定義はないが、二、三十年前のことを書いても歴史小説にはならない。その題材が作者や読者の生活体験の一部で、過去の歴史ではないからである。一方、百年前のことを書けば現代小説にはならない。その生活を作者や読者が体験していないばかりでなく、もう記憶にさえないか、少なくとも生き生きした記憶はないからである。『戦争と平和』の場合は一八〇五年が執筆時期の六十年前、作者誕生の二十三年前であり、一八一二年はもっと時間的に近い。それに、いやな記憶は早く消えてしまうが、楽しい記憶は長く生きる。一八一二年の勝利の記憶はトルストイの時代にまだ実感できるものだったのだろう。

もう一つ、時間の速度にはさまざまなものがあることも考える必要がある。社会は家庭や個人生活より急速に変化し、科学技術の変化はもっと速い。ナポレオンの先進的な戦術が四十年後のクリミア戦争で使われることはありえなかった。しかし、一八〇五年のロストフ家の誕生祝いの盛り上がりや楽しさは、六〇年後のトルストイ家のお祝いと似たりよったりだったろう。トルストイはたくましい想像力を駆使するまでもなく、『戦争と平和』の主人公たちの生活、考え、感情を実感できたのだ。すべての歴史小説は現代のために書かれると言われるが、『戦争と平和』の場合は、歴史的な事件が題材ではあっても、過去の歴史を書いたという意味での歴史小説ではない。『戦争と平和』執筆の初期、トルストイは自分の作品を『三つの時期』と呼んでいたことがある。三つの時期というのは一八一二年（ナポレオン戦争）、二五年（デカブリスト事件）、五六年（農奴解放直前＝現代）のことである。トルストイのなかではこの三時期が一つにつながっていた。

こうして、トルストイは自分が実感できた個人や家庭から描きはじめて、第一巻で次から次に人物を登場させる。読者のほうがその応対に追われるほどだ。それから、やや自分から距離の遠い歴史的事件に移っていく。この順序は、トルストイのイメージのなかにうかんできた順序に従っているが、それと同時に、まず一人ひとりの人間の生活がいとなまれ、その微細な生活の総和が歴史になる、というかれの思想の順序とも一致している。

ii　歴史的史料

歴史的な出来事を書く時、トルストイはもちろん史料を研究し、利用した。個人生活の資料と違い、歴史的な史料は多すぎて「まったくまとまらなくなり、何も書けない」と、弱音を吐くほどだった。かれは史料からあえて逸脱しようとは考えていなかったが、「一八一二年九月二日にナポレオンはモスクワに入った」というような史料が、歴史的事実の反映だとは思わなかった。トルストイの時代から二十世紀の半ばまで、このような史料こそが主観や潤色をまじえない客観的なもので、それを集積し分析することで、客観的な歴史が書けると信じられていたし、実際に、そのようにして無数の「客観的・科学的」歴史が書かれた。だが、トルストイの考えでは、歴史は人間の生活の跡なのだから、筋だけに抽象化された史料は言葉であって、歴史の断片ではなく、それをいくら集め、分析しても、歴史にはならない。人間の顔も、声も、動きも、天候も、風の冷たさや暖かさも伝えられていないものが歴史になるわけはない。命のない史料に人間の息吹を吹きこみ、自然の動きもつけ加えなければならない。トルストイは自分なりの歴史の再構成を『戦争と平和』でした。それがフィクションであることをもちろん承知していたが、それは史料が示している「歴史的事実」なるものに、「芸術的潤色」を施したものではなく、過去について自分の視点から語った一つの物語でもなく、まさに自分がとらえた歴史なのだと、トルストイは考えた。トルストイから見れば、歴史家たちが史料を集積して、フィクションの入りこむ余地を与えずに、作り上げた「科学的」と称される歴史こそが、貧弱な言葉の虚構にすぎなかったのだ。

iii 叙事詩的視点

『コサック』の節（二七〇～二七四ページ）で述べたように、トルストイは自分の作品の内容がますます複合的なものになり、さまざまな視点を駆使するようになると、さまざまな視点の背後にあって、一段高い次元から全体を見わたす本格的な叙事詩的視点、いわゆる全知全能《オムニポテント》な視点をもつことが必要だ、と考えるようになった。ドストエフスキーや現代文学なら、複数の視点をむしろそれぞれ独立させ、多声的《ポリフォニック》な作品にするほうを選ぶ。しかし、トルストイは複数の視点を一元的に集約することを望んだ。それはもともとトルストイがさまざまな価値の競合やバランスのなかで生きようとする人でなく、唯一絶対の真理を求める人だったからだ。逆に言えば、かれは一つにまとめられた視点からすべてを見ることで、唯一独自の真理に到達しようとしたのだった。

まだこの作品を書いておらず、構想段階だった六三年一月三日の日記に、トルストイは「叙事的な種類だけが私には自然なものになってきている」と書いており、『戦争と平和』が『一八〇五年』という題で執筆されていた六五年九月末には、それをホメロスの『イリアス』『オデュッセイア』と同列に並べて、「歴史的事件をもとに作られた生態図」とみなしていた。

ドストエフスキーの作品は悲劇的、トルストイは叙事詩的といった図式を持ち出し、トルストイがあたかも常にオムニポテントな視点からすべてを睥睨《へいげい》していたかのように言う人もいるが、これは極端な単純化というより、明らかな間違いである。これまで述べてきたように、『戦争と平和』以前の作品は叙事的ではないし、かれ自身も叙事的にものを見ていたわけではない。『復活』をはじめ後期の作品にも叙事的なものはない。『アンナ・カレーニナ』を叙事的作品と言うのも無理だ。ただ、『戦争と平和』では、かれは叙事的になろうとして最大限の努力をし、それによって真理に到達しようとしていたのである。

3　権力と英雄

Ⅰ　ナポレオン現象

i　新しい世界の開幕

『戦争と平和』ではピエールやアンドレイ、ナターシャやマリアなど、無名の人間たちがそれぞれ精いっぱい生きた姿が描かれる。それがナポレオン時代という激動の時代にかかわり、その人生を創造することによって、その時代の歴史の創造に加わる。

しかし、一転して、二十世紀半ばに書かれた歴史小説『ドクトル・ジバゴ』を見ると、思わず慄然《りつぜん》とする。ジバゴやララなどの作中人物もピエールやナターシャに劣らず必死に生き、ロシア革命という激動の時代にかかわる。しかし、かれらはその時代の創造に参加することはない。自分の人生さえ創造できないまま、時代の激流に押し流されて消えてしまう。この作品の作者はボリス・パステルナーク。父レオニードは著名な画家で、『戦争と平和』をふくめて、トルストイの作品の挿絵を描いた。とくに『復活』の挿絵は名作の誉れが高い（四九六ページ挿絵参照）。パステルナーク家はトルストイの領地の近くに別荘をもち、両家の間には個人的な関係があった。パステルナークは本来詩人で、散文小説はあまり書かなかった。『ドクトル・ジバゴ』は『戦争と平和』の影響を受けて書かれたのだという。

だが、この二つの作品の世界はまったく違う。『戦争と平和』の人物たちが時代の荒波のなかでもみくちゃにされ、苦しみながらも、強く生き、鍛えられて、自分の人生を築いていく。ところが、『ドクトル・ジバゴ』の人物たちは時代の圧力につぶれてしまう。評伝『パステルナーク』（清水書院、一九九八年）の著者、前木祥子の言葉によれば、『ドクトル・ジバゴ』は「滅びの物語」である。「ジバゴたちが滅びたのは、かれらが革命に積極的に参加しなかった弱い人間だったからだ」と言う人たちがいて、その人たちは「そんな弱い無意味な人間を描いて何になる」と作者を叱りつけた。パステルナークはこの作品でノーベル文学賞に選ばれたが、「こんな作品に賞を与えるべきでない」という「強い人」たちによって辞退させられてしまった。しかし、革命反革命を問わず、十八世紀や十九世紀初頭の人間にはできても、二十世紀や二十一世紀の人間には不可能なことはいくらでもある。またその逆もいくらでもある。どんな作家が書こうと『ドクトル・ジバゴ』は滅びを語らざるをえないのだ。

すぐ後で述べるように十八世紀は、人間の世紀だった。十八世紀末のフランス革命やナポレオンの時代も非情ではあったが、トルストイの前向きの歴史観、生命観を単に楽観主義的《オプティミスティック》なものにとどめず、力強い、現実性《リアリティ》のあるものにする性格をもっていた。その性格をナポレオン個人が凝縮して表現していたのである。だが、二十世紀の戦争や変革は人間を吹き飛ばし、滅ぼすものだ。

ii　ナポレオン熱

あまりにも有名なナポレオンについて多言をついやす必要はないだろうが、貴族とは名ばかりのありふれた家に生まれ、小男で、訛《なま》りだらけのフランス語しかしゃべれないコルシカ島出身の田舎者、何の係累もなく、友人さえあまりいない二十代半ばの若者が、突如頭角を現し、革命の混乱を収拾して、フランスを救った。これは

(1)家系や係累ではなく、自分の力。
(2)思いつきや我欲ではなく、理知と全体的な視野。
(3)政治と戦争だけでなく、人間の生活。

といった特徴をもつ新しい帝王の出現だった。その目くるめく成功をロシア人も讃嘆し、憧憬した。ナポレオン出現後、ロシアがかれの力と策謀に振りまわされ、一八〇五年のアウステルリッツの戦いで惨敗したのには、いくつもの原因があったが、ロシアの支配層や知識層がナポレオンを敵として憎むより、むしろ英雄として畏敬し、憧れていたからでもあった。こうしたナポレオン現象は長く尾を引いた。『戦争と平和』とほぼ同じころに書かれたドストエフスキーの『罪と罰』の主人公ラスコーリニコフが「人間を一人殺せば罪人だが、数万人殺せば英雄になる」という超人思想に取りつかれたのも、「ナポレオン現象」の一つだとみなされている。

ピエールやアンドレイなど、後になってナポレオンを否定した『戦争と平和』の主人公たちも、はじめはナポレオン熱にうかされていた。第一巻冒頭の夜会の場面に、いささか皮肉な調子を交えながら、当時のロシア上流階級の気分が生々しく描かれている。とくにアンドレイはただ功名をあげ、第二のナポレオンになりたいというエゴイスティックな野心を、人々のための献身と取り違え、妻の束縛さえも煩《わずら》わしく思い、妊娠中のかの女に何の思いやりもかけずに、戦場に赴く。

iii ナポレオンの変質

ナポレオンは人間として想像もできない成功をおさめ、ヒーローとなり、民衆の喝采《かっさい》を浴びた時、絶大な権力を手中にした。そして、その時から、自分でも気づかずに、自由な一個の人間から、社会の歯車の一つである権力者に転化していく。アウステルリッツ戦はその転化の過程が進行していく時だった。ヨーロッパの十八世紀は運命や神の束縛から脱した人間の世紀だったが、人間の理性はどこかで神につながっていた。ところが、フランス革命の渦から出てきたナポレオンは、形こそキリスト教徒だったが、心底ではもはや運命や神から自由であり、畏《おそ》れることなく自分を神格化することができた。それは空の高みを目ざすすばらしい飛翔《ひしょう》に見えたが、やがて糸の切れた凧《たこ》のようになってきた。かれの耳には神の声も、民衆の声も次第に聞こえにくくなっていったのだ。ベートーベンに批判的だったトルストイは、ベートーベンが難聴になったのち、その音楽は観念的になってしまったと言っている。ナポレオンの場合、権力が肥大するのに比例して、生きた現実に反応するのではなく、自分自身の観念を追うようになっていく。

トルストイは『戦争と平和』で、百六十ページ以上にわたって、長大な歴史論を展開しているが、そのなかで歴史を動かしているように見えるヒーローについて、こう書いている。

「その幕はおわる。最後の役割が演じおえられる。役者は衣装を脱ぎ、眉墨《まゆずみ》や紅《べに》を洗い落とすように命じられる――かれはもう必要ではないのだ。……すべてを仕切っていた者が芝居をおわりにし、役者の衣装を脱がせて、我々に見せる。『見てごらん、あなたたちの信じていたものを！　これですよ！　わかるでしょう今になって、この男ではなくて、私があなたたちを動かしていたことが？』

ナポレオンもシナリオライター兼舞台監督の声が聞こえなくなり、アドリブで自分勝手な演技をするようになって、ついにヒーローの衣装を脱がされる。

Ⅱ　アウステルリッツの空

i　野望の崩壊

第二のナポレオンを夢見たアンドレイは、人々の声を代弁していたナポレオンばかりでなく、自分の声しか発しなくなっていたナポレオンの姿にも影響されていた。すぐ前で書いたように、アンドレイは戦争に参加したのを、自分では、人々のために英雄的行為をするためだと思っていた。アウステルリッツ戦で、英雄幻想が消え失せて、それからしばらくたった後でさえ、かれは親友のピエールに向かって、「ぼくは名誉のために生きてきた。名誉ってなんだい？　やっぱり他人への愛じゃないか。他人に何かしたいという気持ち、他人にほめられたいという気持ちじゃないか」と言っていた。だが、それはただ功名をあげたいというエゴイスティックな野心にすぎなかった。ナポレオンは「自分の個人の」力で国を救った。しかし、幸運や偶然の助けがなければあれほどの成功はありえない。それに何より民衆の共感という支えがなければ不可能だ。ナポレオンはオルレアンの少女ジャンヌ・ダルクを、フランスを救った英雄として讃えていたが、かの女の奇跡は「神の声」の加護を得て初めて成し遂げられた。そして、神の声は同時に民衆の声でもあったのだ。

アンドレイにはそれがなかった。自分が自由な個人なら、それと同じ無数の自由な他者がいるという意識もなかった。トルストイが『戦争と平和』でくり返しているキーワードを使えば、アンドレイには「愛」が欠けていた。その状態でかれはアウステルリッツ会戦に参加する。ナポレオンはトゥーロンの戦いで一躍英雄になったが、アンドレイはアウステルリッツを自分のトゥーロンと予感していた。自分の部隊が壊滅状態になった時、かれは軍旗を引っつかんで、弾雨に向かって突撃する。しかし、そこにはアンドレイのトゥーロンはなかった。あっというまに弾丸が命中し、かれはその場に仰向けに倒れる。真上に向けられたかれの目には人間も、人間同士の戦いも瞬時に見えなくなり、見えるのはただ灰色の雲が静かに流れている高い空だけだった。アンドレイはそれを見ながら思う。

「どうしておれは今までこの高い空が見えなかったのだろう？　そして、おれはなんて幸せなんだろう、やっとこれに気づいて。そうだ！　すべて空虚だ、すべていつわりだ、この果てしない空以外は。何も、何もないんだ、この空以外は。いや、それさえもない、何もないんだ、静寂、平安以外は。ありがたいことに！……」

ii　英雄への幻滅

やがて、アンドレイが倒れているところへ、ナポレオンが馬に乗って近づいてくる。かれは戦闘が終わると、必ず自分の目で戦場を見てまわることにしていたのだ。アンドレイは出血のために薄れていく意識のなかで、憧れの英雄を見た時、「ナポレオンをとらえているすべての関心が、実に取るに足りないものに思え、この自分の英雄その人も、こんな小さな虚栄と勝利の喜びにとらわれていて、自分が見、理解した、あの高く、正しく、善良な空にくらべると、実にちっぽけに思えた……それに、出血して力がおとろえ、苦しみ、死を間近に覚悟したために、かれの中に呼び覚まされた、あのきびしく、壮大に組み立てられた考えにくらべれば、すべてが無益で、取るに足りないように思えた。ナポレオンの顔をまともに見つめながら、アンドレイは偉大さというものの小ささについて、だれも意義のわからない生というものの小ささについて、そしてまた、生きているものはだれひとりその意味がわからず、説明もできない死というものの、生以上の小ささについて考えていた」

アンドレイが人間から離れて高い大空を見た時、人間の偉大さについての錯覚が一瞬にして消えた。しかし、それにかわってかれのなかに現れた人間の卑小さ、人間の無意味さについてのかれの思いも、また錯覚だった。

Ⅲ 空へ飛ぶ少女

i 枯れた老木

アンドレイの傷は重く、フランス軍の病院にかつぎこまれたが、医師は死を予告した。ロシアには未確認情報ながら、アンドレイ戦死の報が伝えられた。しかし、かれは奇跡的に回復し、帰郷する。ちょうどかれが家にもどった日、妻のリーザは出産し、難産のために死ぬ。「あなたたちはあたしをなんという目にあわせたの」と、なじるような妻の顔を見て、「アンドレイは自分の心の中で何かが裂けた感じがし、自分には罪があり、それを償《つぐな》うことも、忘れることもできないのだと感じた」。かれはふたたび軍務にもどらず、領地に引きこもって、世間にかかわらずに生きることにする。

一八〇九年春、アンドレイは息子ニコーレンカの所有になっている領地を見まわるために、遠出をする。あたりはすっかり春めいているのに、道の端に枯れた一本のナラの老木が立っていた。「林をつくっているシラカバより、おそらく十倍は年をとっているだろう。その木はどのシラカバより十倍も太くて、二倍も背が高かった。それはふたかかえもある巨大なナラの木で、ずっと前に折れてしまったらしい大枝や、はがれ落ちて、古い瘤《こぶ》になってしまった皮もあった。その巨大なごつごつした手と指を不格好に、不揃いに広げて、その木は年とった、怒りっぽい、人を見くだしている醜い人間のように、ほほえんでいるシラカバのあいだに立っていた。ただかれ一人だけが春の魅惑に身をまかそうとせず、春も、太陽も見ようとしなかった」「春だの、愛だの、幸福だの！」。そのナラの木は言っているようだった。「よくも飽きないもんだよ、おまえたちは、いつもおんなじ、馬鹿げた、意味のないまやかしが！　春も、太陽も、幸福もあるもんか！　……おまえたちの希望やまやかしなんか信じるもんか」。生の小ささを思い知っていたアンドレイはこの老木に共感する。

ii　生の原型

アンドレイは領地の管理のことで、郡の貴族団長ロストフ伯爵を訪れ、その末娘である無邪気で、やせっぽちの、かわいい少女ナターシャを見る。その夜、アンドレイは無理に引きとめられて、ロストフ家に泊まることになった。夜中に上の部屋で、眠れずにいる若い女性の声がする。

「見てごらんなさいってば、すばらしいお月さまよ！　ああ、ほんとにすてき！」

それはあの無邪気な少女ナターシャで、仲良しのソーニャに話しかけているのだった。かの女は明るい月夜に興奮して、窓から空に飛び出したくなったらしい。

「こんなふうにしゃがんで、ほらこんなふうに、自分の膝を抱いて、もっときつく、できるだけきつく、力を入れなきゃだめよ。そして飛んでみたいな。こうやって！」

そこには素朴で、「無意味な」生の原型があった。アンドレイは自分の考えが混乱してくるのを感じて、急いで寝てしまう。

iii　芽吹く老木

翌日、アンドレイはロストフ家を去って家路につく。途中、自分が共感したあのナラの木を探したが、見つからない。それもそのはずだ。

「年老いたナラの木は、すっかり姿が変わって、しっとりした、濃い緑の葉を天蓋《てんがい》のように広げ、夕日の光の中でかすかに揺らめきながら、うっとりと喜びに浸っていた。ひん曲がった指も、瘤も、老いの悲しみと懐疑も――何ひとつ見えなかった。百年を経た堅い樹皮から、枝もないところに、水気の多い若葉がじかにのぞいていた。それはこの年寄りが生み出したものとは信じられないほどだった」

アンドレイはふいに理由もない喜びと新生の春の感情にとらえられ、「いや、人生は三十一歳でおわりはしない」ときっぱり結論するのだった。

枯れた老木、無邪気な少女、芽吹いた老木――この三つがひとつづきになって、アンドレイを生に連れもどした。かれはアウステルリッツではてしない高い空を見て、際限のない人間の偉大さという考えが錯覚だったことを直感する。しかし、今度は老木と少女によって、人生が無であり、無意味だという考えも錯覚だったことを直感する。生は何ものかによって与えられ、何ものかによって動かされている否定しようのない実態だ。しかも、それはたとえ小さくても、春の暖かさも、高い空も包みこむ生命全体に参加している。それが無意味に思えたのは、ただ自分がその意味を理解していなかっただけにすぎない。アンドレイはそのことを直感した。アンドレイがアウステルリッツの空→枯れた老木→無邪気な少女→芽吹いた老木という経路を経ることによって、小さな人間の生は復権された。

『戦争と平和』はいわゆる大河小説である。しかし、そのゆたかな水をたたえた大河も、一滴一滴の水のしずくから成り立っているのである。

4 水滴の地球儀

Ⅰ 平和と世界

ⅰ ナポレオンの誤算

前節ではアンドレイのことを書いたが、ピエール、ナターシャ、ニコライ、マリアなど『戦争と平和』のほかの人物たちも、小説開幕の一八〇五年から数年間、それぞれの人生を生きる。残念ながら、ここではそれに触れる余裕がほとんどないが、主人公たちが味わったのはしあわせ、喜び、安らぎばかりではない。不幸、悲しみ、憎しみも、そして、死や破滅も、いつわりや悪もあった。そして、ついに、かれらすべてが一八一二年の危機を迎える。ナポレオンが全ヨーロッパ征服を目ざして、ロシアに侵入したのだ。

この時ナポレオンはすでに民衆の声に支えられた真の英雄ではなくなっていた。かれのロシア攻略には、腹心の将軍たちでさえ不安をいだいていたという。ロシア人たちの間でも、ナポレオン熱はさめ、憧れの気持ちは退潮し、ナポレオンをおそるべき敵と意識する気分が高まってきた。そして、ついに官民、貴卑、上下、主従が一丸となってナポレオンと戦った。これまでも、ロシアはモンゴルをはじめ、強大な敵の侵略に何度も苦しめられた。しかし、この一八一二年ほど、みんなが心を一つにしたことはなかった。ナポレオンは自分がロシアに入りこみ、農奴制下の農民を甘言で誘えば、各地で混乱や反乱が起こると考えていたようだ。確かに、そのような例も少数だがあった。『戦争と平和』にも、その一つの例が描かれている。

アンドレイの妹マリアは父である老公爵とともに、領地ルイスイエ・ゴールイで暮らしていた。この村はモスクワ南方二百キロほどにあるトルストイの領地ヤースナヤ・ポリャーナをモデルにしたと言われている。だが、小説ではこの村を戦渦のなかに投ずるために、その位置が数百キロ北に引き上げられ、ちょうど、ナポレオンの大軍がモスクワに向かってまっすぐ東進するスモレンスク街道のそばに設定された。ナポレオン軍の接近につれて危険がせまってきたので、マリアは脳出血で倒れた父を連れて、別の領地ボグチャーロヴォへ移動したが、老公爵はそこで亡くなってしまう。マリアはそこからさらにモスクワへ避難を試みたものの、一部の農民たちはナポレオンが来れば、農民に恩恵を与えてくれるという虚報を信じて、動こうとせず、マリアの出発を妨害する。しかし、新しい馬の試し乗りと飼葉《かいば》の干草探しに出かけたニコライが、偶然ボグチャーロヴォの付近を通りかかり、農民たちの不穏な動きを知る。

かれが不服従の首謀者一人をなぐりつけ、一喝すると、それだけで、農民たちはおとなしくなり、マリアの出発を許してしまう。これはステンカ・ラージンの乱（一六七〇～七一年）、プガチョフの乱（一七七三～七五年）など、コサックを中心とする反乱の時に、多くの農民が反乱者に同調し、合流したのとはまったく違う。日露戦争や第一次世界大戦の時には、兵士たちの間に厭戦《えんせん》気分が蔓延し、まともな戦争ができなかったのとも違う。この時期のロシア民衆の基本的な気分は、自分たちの生活を守り、故郷の大地を守るために、たがいに助け合おうということであり、地主に対する反感は小さかった。

ii 混然一体

このパラグラフの題名を見て、読者は「あれっ、これは誤字だ。混然一体ではなく、渾然一体でなければ」と思うかもしれない。しかし、これは誤字ではない。「渾然」も「混然」も同じような意味なのだろうが、『戦争と平和』の場合は、「混然」のほうが実感が出る。

常識では、首都が占領されれば戦争は終わりだ。ナポレオンもモスクワを制圧した時、ロシアの降伏か和平交渉の軍使が来ると確信して、モスクワの西の郊外にあるポクロンナヤ丘で待ちうけていた。ところが、ロシア人は常識を破って、モスクワ占領後に本当の力を出した。それをトルストイは比喩を使って、こう説明している。

ボロジノ戦の遺跡にはたくさんの碑が建てられている。写真はその一つ

「フェンシングのすべての規則にしたがって、剣を持って一騎打ちに出て来た二人の人間を思いうかべてみよう。フェンシングはかなり長いあいだつづいた。不意に剣士の一人が自分が傷を受けたのを

感じ、これは笑い事ではなくて、自分の命にかかわることだと悟って、剣を投げ捨て、すぐそこにあった棍棒を取り上げ、それを振り回しはじめた」

　実際、一八一二年戦争の後半、ロシア側では正規軍ばかりでなく、半正規のコサック軍、自分の意思で参加した義勇兵、徴兵の枠外で徴集され、主として労働に従事していた民兵、だれにも命令されず、思い思いに鎌や棍棒をもってフランス軍を追いたてた、まったく不正規な民衆などがいっしょになって戦った。軍人でないピエールもボロジノの死闘の最中に、平服で戦場をうろつき、砲弾を運んだりする。このような団結はロシアではまれにしか起こらないが、起こった時には、ロシアの力、真のロシアが現れ出る。トルストイはそう考えた。

iii 『戦争と平和』の題名

「戦争と平和」という題名はよく知られ、すでに定着したものになっている。だが、これは実は誤解で、「戦争と人々」「戦争と共同体」「戦争と世界」などと訳すのが正しいという説がある。現在のロシア語では、「平和」も「世界」もまったく同じミール（mir）という語である。しかし、一九一八年、ロシア大革命後に文字改革が行われるまでは、「平和」と「世界」は発音は同じだが、綴りが違っていた。昔の日本語には「い」と「ゐ」の二つの文字があって、「人がゐる」なら「居る」、「人がいる」なら「要る」などだった。ロシア語にも同じようにiの音を表すのに、二つの文字があって、「平和」と「世界」は「イ」の文字が違っていた。ところが、トルストイ自身の筆跡らしい文字で書かれたこの長編の題名は『戦争と平和』ではなく『戦争と世界』になっていたのである。トルストイは小さなことを気にしない人だったので、書き違いとも考えられるが、そうでない可能性もある。しかし、世界の正常で健康な状態は平和であり、戦争は一時的な病気の状態だ。人々はたがいに結びついて輪を作り、和を生みだし、「世界」を構成する。だから「人々」と「世界」と「平和」は結局同じだと言う人も多い。トルストイ自身、この題名をだれがどう書こうと素知らぬ顔をしていた。私も今さら題名について議論をする必要はないと思う。『戦争と平和』は歴史上まれな時期である一八一二年をとりあげ、ロシアが「平和」な「人々」の「世界」のために戦ったありさまを描く作品だったからだ。

Ⅱ 愛

i マクロの愛

「平和」も「世界」も人々が結びつくことによって、言い換えれば、愛によって成り立つ。『戦争と平和』のもっとも重要なキーワードは「愛」である。一八一二年、死の淵に立たされた危機のなかで、ロシアの人々は緊張し、「死なばもろとも」と戦いの言葉を発したばかりでなく、また、「団結」とか「結集」という知の言葉で表現される行動をしたばかりでなく、周囲にいる自分と同じような人々といたわり合い、心を通わせ合おうとした。つまり、「愛」という情の言葉で表現される行動をしたのである。『戦争と平和』の主人公たちの多くが、自分の身に危険がせまる戦争のなかで、ふだんよりいっそう心やさしくなっている。

一八一二年八月二十六日、モスクワ西方約百二十五キロのボロジノでの会戦は、一日で両軍合わせて約七万の死傷者を出す大激戦となり、双方とも勝利を得られなかった。ロシアは最後の決戦にうって出るのを避け、モスクワ明け渡しという意表をついた捨て身技に出た。市民はその予想外の決定を冷静に受けとめ、撤退をはじめる。モスクワ都心の豪邸に住むロストフ家もできるかぎりたくさんの馬車を集め、家財道具を山積みにして避難しようとする。だがボロジノの負傷兵が続々と市内に入り、馬車もなく苦しんでいる。それを見てナターシャは母に向かってこう叫ぶ。

「これはいやらしいことよ！　これは汚いことよ！　考えられないわ、ママが命令したなんて。ママ、こんなことといけないわ。見てごらんなさい、庭を！　あの人たちは置いて行かれるのよ！」

結局、母も自分たちの荷物を捨てて、馬車を負傷兵のために使うのを許し、召使たちも喜んでその作業にたずさわる。

一方、非戦闘員としてボロジノ戦に参加したピエールはモスクワにもどり、自分にはナポレオン殺害の使命が負わされているという神秘的な観念に取りつかれて、その機会を求めながら市中を徘徊《はいかい》する。その時失火か放火か、モスクワは大火の炎に包まれており、燃えさかる一軒の家の前で、一人の女が家のなかに娘が残っていると泣き叫んでいる。ピエールは炎のなかに飛びこみ、自分の身を焦がしながら小さな女の子を救う。こうして万能の権力者ナポレオン殺害というピエールの大きな野望は、泣きわめき、鼻汁だらけの顔でかれの手にかみついている、かわいくもない、たった一人の女の子を救う愛の行為で終わるのである。

ii　ミクロの愛

ロストフ家が自分たちの馬車を提供して、死地から救い出した負傷者のなかに、ボロジノ戦で瀕死の重傷を負ったアンドレイ公爵がいた。数年前、かれは衝動のままに自然に生きている素朴なナターシャに惹かれ、大きな年齢差を超えて、結婚を申しこんだ。だが、父ボルコンスキー老公爵はこの縁組が気に入らず、二人に結婚まで一年の猶予期間をおいて、愛を確かめるように求める。その一年の間に、素朴なナターシャは愛の渇望に耐えきれず、女たらしの無頼漢アナトーリに迷い、駆け落ちの誘いに乗って、アンドレイに絶縁状を送る。誇り高いアンドレイが無分別なナターシャと卑劣なアナトーリによって、恥ずべき裏切りの辱めを受けたのだ。アンドレイは決闘をするためにアナトーリを追い求め、ナターシャを赦さなかった。しかし、かの女は瀕死のアンドレイが近くにいるのを知ると、自分の恥を忘れ、自分の罪の大きさをあらためて感じとり、無我夢中でかれのもとに行って、つきっきりで看病し、その死をみとる。こうして、国難のなかで負傷兵すべてに向けられたかの女の大きな愛が、自分個人の小さいけれども深い愛と結びつく。

一方、ピエールはボロジノの決戦やモスクワ明け渡しの前に、アナトーリとナターシャの駆け落ちの計画をソーニャから知らされ、ナターシャのもとに行く。しかも、それを恥じて自殺をはかり、生きる希望を失ったナターシャを赦し、自分が前からかの女を愛していたことを、自分でもはっきり確かめ、ナターシャにもそれを告白する。弱さをさらけ出し、恥辱にまみれたナターシャをこそ、ピエールは愛さずにいられなかったのだ。その告白の後、家に帰る途中、かれは凍てつく夜空を見上げながら、自分個人の愛が、まだ何かははっきりわからないが、もっと大きな行為につながることを予感する。それをトルストイは次のような印象深い描写で表現している。

「暗い星空の巨大な空間がピエールの眼前に開けた。その空のほぼ真ん中あたり、プレチスチンスキー並木通りの上の方に、ちりばめられた星に四方から取り巻かれて、地上への近さと、白い光と、長い、上に突き立つ尾とで、どの星よりひときわ目立つ、巨大な、光まばゆい一八一二年の彗星《すいせい》が――あらん限りの恐ろしいことと、この世の終わりを予言していると言われた彗星がかかっていた。しかし、ピエールのなかにはその長い、きらめく尾を持った、明るい星が少しも恐ろしい感じを呼び覚まさなかった。逆に、ピエールはうれしい気持で、涙に濡れた目で、その明るい星を見つめていた。それはまるで、言いようもない速さで、はかりしれない大きさのいくつもの空間を、放物線を描いて飛び過ぎ、不意に、地面に突き刺さった矢のように、自らが選んだあの黒い空の一点に食い込み、またたいているほかの無数の星のあいだで光り、白い尾をきらめかせながら、力強くその尾を上にあげて、立っているようだった。ピエールには、この星が新しい生命《いのち》に向かって花開き、やわらぎ、奮い立った自分の心のなかにあるものに、まったく一致しているように思えた」

Ⅲ　無限小と無限大

ピエールは女の子を救った直後、フランス軍の巡視隊に逮捕される。フランス軍はモスクワの大火災で窮地におちいって、その原因はロシア側の意図的な放火にあると考え、放火犯の探索をはじめた。ピエールはその容疑者の一人とみなされて逮捕されたのだった。かれは捕虜となったロシア兵たちといっしょに、撤退するフランス軍の隊列に入れられ、長く苦しい行軍を強いられる。やっと味方のコサックとパルチザンに救出される前夜、昔スイスでかれに地理を教えてくれた温厚な老教師が夢のなかに現れて、ピエールに一つの地球儀を見せる。

「その地球儀は大きさのはっきりしない、生きた、揺れ動く玉だった。その玉の表面は全部、しっかりとくっつき合った滴《しずく》からできていた。そして、その滴がみんな動き、移動し、いくつかが一つに融け合ったり、一つがたくさんに分かれたりした。一つ一つの滴が広がり、できるだけ多くの空間を占めようと懸命になっていたが、別のも同じことを望んで、その滴を圧迫し、時にはつぶしたり、

モスクワ大火（ロシア国立トルストイ博物館所蔵、昭和女子大学トルストイ室協力）

それと一つに融け合ったりしていた。

『ほら、これが生きるということだ』老人の先生が言った。《なんて単純で明快なんだ》ピエールは思った。《どうしておれはこれまで、こんなことがわからなかったのか》」。

「真ん中に神がいて、どの滴も精一杯の大きさで神を映し出すために、広がろうとしている。そして、大きくなり、融け合い、押し合い、表面でつぶれて、奥に入り込み、また浮かび上がる。……《わかったか、わが子（モン・ナンファン）よ》と老教師は言った」

取るに足りない小さな泡《あぶく》。しかし、それは無でもなければ、無意味でもない。その微細な泡が人々の和をつくり、世界を構成し、歴史を創る。この前向きで、明るく、力強い生命哲学は、『戦争と平和』のなかでトルストイが主張したもっとも重要なことである。

しかし、ここでトルストイはそのすばらしい生命哲学を、逆撫《さかな》でするようなエピソードを自分自身で付け加える。パルチザンに参加していたロストフ家の末っ子（ニコライやナターシャの弟）ペーチャが、ピエールも入っていたロシア兵捕虜を救出する攻撃で戦死する。たった一発の弾丸で頭を撃ち抜かれ、十代の若さで即死したのだ。この一瞬ではじけた小さな泡は無意味ではなかったのか？　このエピソードは作品の筋には何の関係もなく、ここでわざわざ持ち出す理由もないように思える。それをトルストイはあえて読者に見せつけた。もし無限小の意味ある生という作者の考えを認めるとすれば、この無意味に見える残酷さも、われわれには計り知れない意味の一部として受け入れることを、作者は読者に強いる。同時に、それを受動的に受け入れるだけでなく、能動的に乗り越えることを、作者は暗に読者に要求するのである。

Ⅳ　歴史とは何か

i　無人運転車

トルストイは『戦争と平和』について、「これは長編小説ではない、まして叙事詩ではない。まして や歴史的な編年記ではない。『戦争と平和』は著者が表現しようと思い、それが現に表現されている形式で、表現することのできたものにほかならない」と言っていた。もっと乱暴な形に言いかえれば、「『戦争と平和』で、私は自分の言いたいことを、伝統的な形式など無視して、勝手に言わしてもらいました。これが案外うまくいきました」となる。勝手な形式のなかでも、いちばん強引なのは、人生を描く芸術のはずの文学作品で、トルストイが真っ向から歴史論を展開したことである。それは全部で十か所、総ページ数は私が訳した岩波文庫版で百六十八ページもある。とくにエピローグの第二編はまるごと歴史論にささげられている。

キリスト教の普及したヨーロッパでは中世まで、神が天地を創造し、人間も、動物も、草木も創《つく》ったと信じるのがあたり前だった。森羅万象《しんらばんしょう》を神が創ったとすれば、その変化、つまり、生活や歴史にも、何らかの形で神がかかわっているはずである。そして、神がかかわっているとすれば、人生や歴史が無意味だったり、愚劣だったりするわけはない。しかし、それを信じることのできるキリスト教徒は、ナポレオンの時代には少なくなっていたし、トルストイの時代にはさらに減っていた。創造神はキリスト教の「物語」の主人公になってしまった。それと同時に、人生も歴史も支えを失って、わけがわからなくなった。ドライバーのいない車は動かなくなるからいいが、人生や歴史は操縦する者がいないのに相変わらず動いている。ドライバーのいない車が走りつづけるとすれば、それはおそるべき凶器だ。トルストイがその歴史論のなかでまず提出したのは、神なきあとの歴史を操縦する者はだれか、ということだった。

ii　歴史の主人公

トルストイの言うところによれば、神に代わって歴史の操縦者と考えられたのは、第一に、帝王、支配者など、たとえば、ナポレオンのような歴史のヒーローだった。ナポレオン自身は神に代わって人間が歴史を動かすことができるし、そうすべきだと考え、自分こそがその歴史の操縦者だと信じた。しかし、帝王のような権力者はさまざまな社会的・歴史的条件の頂点にいて、それに束縛されているので、実はもっとも自由の少ない者だと、トルストイは考えた。かれは「動かしていると思っているお前が動かされている」というゲーテの有名な言葉が好きだった。

第二は、歴史の操縦者は一人ではなく、複数いるという考えである。ナポレオンの時代なら、ナポレオン以外に、ロシア皇帝のアレクサンドル一世や、その他の支配者、タレイランやメッテルニヒなどの有力な政治家、さらには、フィヒテやスタール夫人のような哲学者や文人も運転席にいたと考える。しかし、運転席にいた顔ぶれも人数もわからず、いっしょにハンドルを握っていたのか、交代だったのかもわからない。もしかすると、運転席に複数のハンドルがあったのかもしれない。これでは話が複雑になるだけで、説明にならない。車は動いていても、迷走して事故につながる。

第三は、いっそ運転席を無人にし、人間より当てになるコンピュータ頭脳を設置するか、無線で遠隔操作することだ。つまり、歴史は人間でなく、観念で動かされると考える。フランス革命は啓蒙主義、アメリカ独立はフリーメーソン、ロシア大革命はマルクス主義の思想によって生じたというのである。トルストイはヘーゲルが大の苦手で、「まるで漢字のようで、さっぱりわからない」と敬遠していたが、ヘーゲルは「歴史とは絶対精神発現の過程だ」と考えた。一八〇六年ナポレオンがイェーナを占領した時、イェーナ大学で哲学を講義していたヘーゲルはその姿を見て、「世界精神が馬に乗って通る」と言ったそうだ。

トルストイはよく知らなかったが、その当時すでにマルクスは過去と現在の歴史叙述をきびしく批判し、史的唯物論（唯物史観）を主張していた。これは個人、政治、権力、観念などを根本的な歴史の動力とは見ず、客観的な実在である経済的関係を土台に据え、その土台とそこから生ずるさまざまな上部構造との相互作用で、歴史が動くと考えた。これによって、歴史は科学的に説明され、未来を予見することもできると主張した。史的唯物論は歴史研究の進歩発展に大きな影響をおよぼした。しかし、これによって歴史が科学的に解明されたと言うのは誇張である。この歴史観によっても、結局、運転席には生きた人間がおらず、車の運行は遠隔操作されている。そして、その操作を行っているのは意思のないメカニズムなのだ。しかも、この歴史観の非科学性は事実によって証明された。史的唯物論によれば、資本主義が破滅し、それに社会主義が取って代わるはずだったのに、現実では、社会主義諸国が先に崩壊し、資本主義のほうが生き延びている。

二十一世紀のわれわれは今、トルストイの時代以上に、歴史の無明のなかに立たされているのである。

iii 無限小の総和

前節の末尾で、ピエールが水滴の地球儀を見た夢の話をした。トルストイは同じ考えを、歴史論の一部として、論文の言葉でも述べている。

「無限小の数と、そこから発して十分の一まで至る級数を考え、その等比級数の和を求めることによってはじめて、我々は問題（運動の絶対的連続性）の解決に到達する。新しい数学の分野は、無限小の数量を取り扱う方法を会得して、……かつては解決不可能に思えた問いに、今では答えを与えている。この新しい、古代人の知らなかった数学の分野は、運動の問題を検討する際に、無限小の数量、つまり、運動の重要な条件（絶対的連続性）が復元されるような数量を認め、それによって、人間の理性が連続的な運動ではなくて、運動の個々の部分を追求する際に、必ずしてしまう必然的な誤りを正している。

……

観察のために無限小の単位――歴史の微分、つまり、人間たちの同質の欲求を認め、積分の（この無限小の総和をとる）方法を会得した時にはじめて、我々は歴史の法則を把握する期待が持てるのだ。

……

歴史の法則を研究するために、我々は観察の対象をまったく変え、皇帝、大臣、将軍などは放置して、大衆を動かす同質の、無限小の要素を研究しなければならない」

しかし、トルストイは自分がそれをしたとも、まして、それに成功したとも言っていない。かれは次のようにつけ加えて、新しい歴史の作成を今後の課題として残すのである。

「この方法で歴史法則の理解に到達することが、どの程度人間に可能なのか、だれも言うことはできない。しかし、歴史法則をとらえる可能性はこの方法にしかないこと、この方法に、人間の理性はまだ、さまざまな皇帝、指揮官、大臣の事跡の描出や、その事跡に基づく自分の見解の叙述に注《そそ》がれた努力の百万分の一も、注いでいないことは明らかである」

＊

こうして、大作『戦争と平和』は前置きもなく、序曲もなく、いきなり夜会の途中からはじめられたように、大団円《フィナーレ》も結末もなく終わる。最後の場面は一八一九年であり、それは一八二五年のデカブリスト事件に連続するように思えるが、それもはっきりはわからない。『戦争と平和』を書き終えたトルストイにとっても、読み終えた読者にとっても、その終結はむしろ新しい局面への出発点となるのである。

第六章　愛と慈悲

I 『戦争と平和』完成後

1 栄光の内側

i 栄光の頂点

『戦争と平和』は最終第六巻が一八六九年十月に書きあげられ、十二月に発表された。最初の部分が『一八〇五年』という題名で六五年二月に『ロシア報知』に掲載されはじめてから四年半がたっていた。『戦争と平和』はちょうど毎日連載する日本の新聞小説くらいのスピードで書かれた。焦らず弛《たゆ》まず、理想的なペースだった。この間に結婚直後の家庭生活をはじめ、トルストイの身辺にはいろいろなことがあった。家庭の外でも、ツーラ地方の飢饉、上官をなぐった兵士シャブーニンの裁判などがあった。シャブーニンは、トルストイが同情して法廷で有利な証言をしたにもかかわらず、殴打しただけの軽い罪で死刑になった。社会的には六六年四月に、カラコーゾフという二十六歳の元学生が皇帝アレクサンドル二世をピストルで撃つというショッキングな事件が起き、トルストイは「ロシア全体がなんだか喜びながら、得意になって愚行を行っている」とテロリズムの蔓延を心配して、嘆声を発した。弾丸ははずれ、皇帝は無事だったが、カラコーゾフの銃声によって、五六年のクリミア戦争敗北から、六一年の農奴《のうど》制廃止令公布をはさんで、十年ほどつづいたロシアの改革の時期は幕を閉じたという人もいる。この後さらに十年ほどして、ロシアでは狂乱のテロリズム時代がはじまった。八一年、アレクサンドル二世はテロリストに爆弾を投げつけられて、今度こそ命を落としてしまうのである。

しかし、全体としてこの四年あまり、トルストイはかなり集中して順調に『戦争と平和』の執筆をつづけた。創作力は充実し、ほとんど停滞やスランプはなかった。

この大長編の評判は上々で、友人知人は絶賛といっていい反応を示した。いわゆる玄人《くろうと》筋には辛口の批評もあったが、次第に好意的な評価になった。ツルゲーネフはきびしい批評をまじえながらも、トルストイを象になぞらえたり、バルザックよりはるかに上だと言ったりした。ドストエフスキーは「トルストイが語ったのは新しい言葉ではなく、貴族の言葉の最後のものだ」と評したが、二十世紀、あるいは二十一世紀的な感覚、視点でものを見、予言的な言葉を創造したドストエフスキーならではの批評だったし、『戦争と平和』に最高の評価を与えた友人ストラーホフの意見に全面的に賛成し、自分でもこの作品を高く評価した上で、前掲の言葉を付け加えたのだった。

トルストイ自身『戦争と平和』を書いたことで、自分が世界の超一流作家と肩を並べる文豪になったと感じた。かれはもともと家系と富に恵まれていたのに、それにさらに高い名声が加わって、栄光の絶頂に立つことになった。しかも、『戦争と平和』は読む人に生きる力を与える作品だ。栄光ばかりでなく、力強い生命力を主張する高い境地に作者は到達したのである。栄光と高い精神的達成。これに満足しない者があるだろうか。しかし、『戦争と平和』の執筆が終わりに近づいたころのトルストイは満足と安らぎどころか、逆に、不安と悩みにさいなまれはじめていた。

ii 眠れぬ夜

『戦争と平和』がほぼ完成した六九年夏、トルストイは名門ゴリーツィン公爵家のペンザ地方の領地が売りに出されているのを知った。晩年と違い、まだ所有欲のあったトルストイはあちこちに土地を買っていた。かれはゴリーツィン家の売地にも関心をもち、現地まで行って、自分の目で確かめることにした。ヤースナヤ・ポリャーナからペンザまでは直線距離で東へ約五百キロ。そのころロシアでも鉄道網が拡大していたが、途中からは汽車がなく、馬車を乗り継いで、到着までに五日もかかる旅だった。

その旅の途中、一泊したアルザマスという町の旅館で、トルストイはそれまで一度もなかった奇妙な体験をした。その時のことを、ソフィア夫人あての九月四日付の手紙で、こう伝えている。「夜中の二時でした。私はひどく疲れていて、眠かったし、痛いところはどこもありませんでした。ところが一度も味わったことのないようなわびしさ、恐怖、おそろしさに不意に襲われたのです。この気分のくわしいことは後で話しますが、こんな苦しい気持ちは一度も味わったことがないし、だれにも味わわせたくありません」

ロシアでは夜中に気圧が下がり、とくに雨や、風、雷鳴などをともなうと、胸が苦しくなって、目がさめ、その後なかなか寝つけないことがある。チェーホフの小説『退屈な話』の主人公ニコライ・ステパーノヴィチ教授もそれに悩まされている。チェーホフの説明によると「雷鳴、稲妻、雨、風をともなう恐ろしい夜があり、民衆のなかではそれを《雀の夜》と呼んでいる」。日本にいて低気圧で胸が苦しくなることはないが、ロシアに行くと、日本人でもなぜかそれを体験することがある。ロシアの気象の専門家は、日本でそれが感じられないほうが不思議だと、首をかしげている。トルストイのアルザマスでの夜も、低気圧の影響があったと思えるが、本人の側に病気かストレスでもなければ、一生で一度というほど深刻な体験にはならなかったはずだ。

トルストイは「アルザマスの夜」の十五年後、八四年に書いた未完の小説『狂人日記』で、主人公に同じような体験をさせている。その主人公もやはりペンザ地方に土地を見に行くのだが、目的地に近づくにつれて、自分の旅行の意味に疑問をもつようになる。それが次第に高じて、ある町の旅館で不安のために眠れなくなり、「何のためにおれはこんなところまで来たのか？　……ペンザの土地も、どこの土地も、おれには何の得にも損にもなりはしない」と、自分に向かって言う。そして、いずれは死がやってきて、すべてが消滅するのに、こんなことをしていていいのかとおそろしくなり、思わず十字を切って、神に祈るのである。

このころトルストイがいちばん親しく付き合っていた友人は、ロシア最大の詩人の一人アファナーシー・フェートだった。トルストイはフェートの詩が好きだったが、とくにこの時期に作られたささやかな詩「五月の夜」が気に入り、暗誦してたびたび口ずさんでいたという。

五月の夜
残りの雲が空を飛ぶ
最後の群れだ。

透き通った雲の片《ひら》が消える
　月の鎌のかたわらで。
妙《たえ》なる春の力があたりに満ちる
　頭《こうべ》に星をいただいて。
やさしいお前！　お前は私に幸せを約束してくれた、
　この甲斐なき地上で。

だが幸せはどこに？　ここ、貧しい胸でなく、
　ほら、あそこだ、煙のように。
あれを追いかけ、追いかけて！　虚空の道を
　永遠《とわ》へ向かって飛んでゆこう！

フェートは、三四三〜三四四ページで述べるように、薄幸の人で、このような詩情がかれには自然だった。しかし、『戦争と平和』完成直後のトルストイがこのような詩を口ずさんでいたとは！『戦争と平和』ほどの大仕事をすれば、だれでも満足すると同時に虚脱して、しばらくはやる気を失うものだ、と思うかもしれない。しかし、トルストイのこの気分は『戦争と平和』が終わってから、その後に生じたものではなく、『戦争と平和』の創作に直結していて、そこから出てきたものだった。

iii　意志と表象としての世界

『戦争と平和』ではさまざまな不幸、失敗、破滅が描かれているものの、究極的には生が力強く肯定された。しかし、トルストイはそれが現実ではなく、フィクションであり、白昼夢にすぎないという考えにつきまとわれていた。この場合の「夢と現実」というのは、哲学的なむつかしい意味ではなく、もっと人生的な意味である。

『戦争と平和』が完成に近づいて、そのエピローグで独自の歴史哲学を主張しようとしていたころ、トルストイは人間の自由と必然性の関係を考えるために哲学を熱心に勉強し、とくにショーペンハウアーに惹《ひ》かれて、かれを「最大の思想家、最高の天才」と呼ぶほどだった。このショーペンハウアーの主著『意志と表象としての世界』にこんな部分がある（『ショーペンハウアー全集』第二巻、第三巻一九七二、七三年。白水社刊、茅野良男訳）。

「プラトンはしばしば人びとはただ夢のなかで暮らし、哲学者だけが目ざめる努力をすると語っている。ピンダロスは『人間は影の夢』と言い、ソポクレスは、

げに、生きとし生けるわれらみな、
夢幻にしてはかなき影にほかならずと、われらは見る。

と言っている。このソポクレスとならんでいちばんみごとなのはシェークスピアである。

われら夢をつくる材料のごときもの、

この短き生を仕上げるは眠りなり。

これら多くの詩人たちの章句をあげたあとで、いまやわたしも思うことを比喩的に表現するのを許していただきたい。生と夢は同じひとつの書物の頁である。連関をつけながら読むと、これが現実の人生ということになる」

トルストイもこのような哲学的な意味での「夢と現実」の関係をいろいろと考えていた。その一つの例が『戦争と平和』第四巻第一篇にある。そこでトルストイは重傷のアンドレイが死に近づいた時の気持ちを次のように伝えている。

「自分が〔夢のなかで〕死んでしまったその瞬間に、アンドレイは自分が眠っているのを思い起こし、自分が死んだ瞬間に、自分を無理に励まして、目を覚ました。

《そうだ、あれは死だったのだ。おれは死んで――おれは目覚めたのだ。そうだ、死は――覚醒だ！》ふいに彼の心の中でひらめいた。そして、いままでは知ることのできなかったものを覆い隠していた幕が、彼の心の目の前にちょっと上げられた。彼は今まで自分のなかで縛りつけられていた力が解放されたように感じ、奇妙な安堵を感じて、それがその時以来彼の心を離れなかった。

………

その日からアンドレイにとっては、眠りからの目覚めと同時に、生からの目覚めが生じた。そして、生きていた長さにくらべて、その生からの目覚めは、夢を見ていた長さに比べた眠りからの目覚めより、遅いとは思えなかった」

この最後の数行は難解で、日本でも議論の対象になったことがある。おそらく、この『戦争と平和』

の一コマはショーペンハウアーの考えと関連があるか、少なくとも、共通性がある。前掲のショーペンハウアーの文章を念頭において読むと、この難解な数行も比較的容易に理解できるだろう。トルストイは「人間は眠っている間によく夢を見る、しかし、やがて目が覚め、自分が見ていたものが夢であることを知る。人生もまた一つの夢だ。やがて、人間は死に臨み、生から目覚めて、それが夢だったことに気づく。一夜の眠りから目覚めるのに七、八時間もかかることを思えば、生からの目覚めに七、八十年かかっても、決して目覚めるのが遅すぎたと悔やむことはない」と言っているのだと思う。

世界は表象（イメージ）、さらには仮象（イリュージョン）にすぎず、生は夢であり、死こそ夢から解放される覚醒であるという考えは有力に存在しつづけている。しかし、ショーペンハウアーはそこで止まらず、次のように言う。「われわれが問うのは、この世界は表象にすぎないかどうかということである。もしそうであるとすれば、世界は実体のない夢もしくは妖怪じみた幻影のようにわれわれのそばを通りすぎるはずであり、顧慮するに値しないであろう」

そして、この言葉にすぐつづけてショーペンハウアーは「世界はなお別の或るもの、なおそれ以外の或るものであるかどうか。そうであるとすればこの或るものとは何であろうか。この問いに求められているものはその本質全体からいって表象とはまったく根本的に異なる或るものにちがいない」と言い、その「根本的に異なる或るもの」として、「意志」を提出し、世界が「実体のない夢もしくは妖怪じみた幻影のようにわれわれのそばを通りすぎる、顧慮するに値しない」ものであることを否定する。そして「すべての表象つまりすべての客観は現象である。しかるに意志だけが物自体である。……意志はあらゆる全体的なものと同様に個別的なものの最も内的なものであり核である。それは盲目的に作用するすべての自然力において現象する。また人間の思慮深い行為においても現象する」と言って、生の不安を哲学的に克服する。

ここでショーペンハウアーの哲学について語ることは場違いだし、それとトルストイの関係に深入りするのも適当ではあるまい。しかし、次のことは指摘しておいたほうがよいと思う。トルストイはショーペンハウアーと同じように、「人生は夢か?」と問い、「もしそうだとすれば、人生は生きるに値しない」とおそれ、その克服を考えた。そして、ショーペンハウアーが証明不可能で、証明不要な物自体であり、公理である「意志」を核にして、人間の生を可能にしたことにも、納得した。かれはまだショーペンハウアーを読んでいなかった十八歳の青年の時から、仮象ではなく、実在と感じられる「意志」を生きる基盤にするのがよいと考え、デカルトの「われ思う、ゆえにわれ有り」という有名な言葉に代えて、「われ欲す、ゆえにわれ有り」と言うべきだと考えていたからである。こういう自分との基本的な共通点を発見したからこそ、トルストイはショーペンハウアーに共感し、かれを「最大の思想家」と呼んだのだろう。

『戦争と平和』完成期のトルストイの不安と悩みを、ショーペンハウアーの悲観主義《ペシミズム》の影響と考える人がいるが、今述べたようにそれは間違いである。逆に、トルストイはショーペンハウアーの助けを借りて、生の不安を哲学的には解決した。もしトルストイが哲学者であれば、ショーペンハウアーと同じように、自分のみごとな哲学的解決に満足し、実生活ではかたわらに若い美女をはべらせて、悠々自適の日々を送ったことだろう。しかし、トルストイは哲学の専門家ではなく、「表象の世界」に頭から突っこまずにはいられない小説家だった。それればかりではない。トルストイは「色即是空《しきそくぜくう》」である表象の世界のなかで、もがき闘わなければならない「生活人」であることを自ら望んでいた。だから、『戦争と平和』完成期のトルストイの不安と悩みは哲学的、思想的なものよりも、いわば生活的、人生的なものだった。それは、哲学的なものより単純素朴であり、哲学的なものより複雑深刻だった。

iv　夢と現実

『戦争と平和』を書き終わろうとしていた時のトルストイの不安と悩みはある意味では単純なものだった。それは、自分がこの大作で創造した世界はすばらしいものかもしれないが、フィクションであり、白昼夢にすぎない。それは実生活と、とくに自分が今生きている生活とどう結びつくのか、という不安だった。

たいていの芸術家は自分に強いられている現実の世界と、自分が創作するフィクションの世界を、別のものとして区別する。芸術家ばかりではない。普通の人間でも、現実の世界と、希望という名の幻想にすぎない世界と、思い出というほとんど幻想的な世界をもっている。その観念の世界と現実の世界はうまく結びついていない場合が多く、たいていはその危ういバランスのなかで、あるいはその両方を時に応じて出し入れしながら生きている。しかし、トルストイは夢と現実の二つ世界の距離をせばめ、その境界線を取り払おうとさえした。

とくに『戦争と平和』の場合は、二六一ページで書いたように、自分が命のように思っていた学校事業が暴力で窒息させられ、そこで目ざしていたものを、架空の世界で追求したといういきさつがあった。

トルストイとしてはそれを現実の次元に引きもどさなければ、教育事業という現実的行為の埋め合わせはできない。かれは『戦争と平和』執筆の時期にも、教育事業を忘れたことはなく、すぐ後で述べるように、『戦争と平和』完結後まもなく、初等教科書作成という形で教育事業を再開した。しかし、それは以前の学校での実践のような熱気や、肌で感じられる手応えを与えるものではなかった。その足りない部分は創作活動か、ほかの活動で補わなければならない。そういう流れで、自分が『戦争と平和』を書いて、結局「どうなったのか?」という問いがトルストイ自身に突きつけられたのである。

II　ふたたびルーツを求めて

i　ピョートル大帝時代の小説

この問いに対するもっとも適切な答えは、生活のなかで何か行動をすることだったが、トルストイはそれと同時に、あらためて自分たちロシア人のルーツをたずねる試みをはじめた。二八二～二八四ページで書いたように、『戦争と平和』でも、トルストイはロシアの誇るべきルーツをたずねて歴史をかえりみた。そして、一八二五年のデカブリストに突き当り、そのルーツである一二年のナポレオン戦争にさかのぼり、さらに〇五年のアウステルリッツ戦にたどり着いた。『戦争と平和』が完成した今、そのつづきは以前に予定していたように、歴史から現代に近づいて、ナポレオン戦争後のデカブリストになるはずだった。ところが、トルストイは逆に過去へ、それも一気に百年以上さかのぼって、十七世紀末

〜十八世紀初頭、つまり、ピョートル大帝の改革時代をとりあげた。かれはルーツをさらに深くたずねるために、ロシア史最大の転換点の一つであり、近代ロシアの原点とみなされるピョートル時代にもどったのである。

ピョートルの改革は西欧追従で、ロシア固有のよいものを喪失させ、ロシアを間違った方向に導いたし、改革は支配階級に有利なもので、庶民を置き去りにした、という考えは昔も今も根強くある。トルストイは西欧に批判的で、ロシアの根底によいものがあると考える人だったが、ピョートル改革を全面的に否定したことはない。その時代の小説を着想した時には、改革を肯定しようとする姿勢だった。もし次のようなことが考えられたと仮定してみよう。「ピョートルは過激なところはあるにしても、視野が広く、洞察力に富む英明な君主で、ロシアを飛躍的に発展させた。一方、民衆は声なき大衆だったが、ひそかに改革を歓迎し、未開地に進出してロシアの農業生産を高め、戦場に赴いてロシアの国土を広げた。この改革期には官民、貴賤、上下、主従が一致協力してロシアの生活は活気にみちていた」。もしこのような全体像がつかめたとすれば、それは『戦争と平和』を再現する、いや、それを上まわる大河歴史小説になったはずである。しかし、そうはならなかった。

トルストイがピョートル時代の小説を書こうと思い立ったのは、『戦争と平和』完成直後の七〇年二月だった。その後かれは次のパラグラフで述べる初等教科書の作成・普及に相当の時間とエネルギーをついやしたが、歴史の本を読み、抜き書きも作った。読んだ本は三十冊を超え、抜書きは普通の本に印刷すれば百数十ページになるほどの分量だった。そして、七三年三月『アンナ・カレーニナ』の執筆のために、ピョートル時代の小説が中断されるまでの三年間に、少なくとも二十五の断片が書かれた。これは相当な量だが、三年といえば、優に一つの作品を書ける時間だ。それを考えると、ピョートル時代の小説の試みは労多くして、成果の乏しいものだったと言わざるをえない。

「ピョートル時代の小説はなぜ書かれなかったか」と、トルストイ伝記研究の第一人者グーセフは設問して、次の二つを理由に挙げている。

(1)ピョートル時代はトルストイから遠いものだった。

(2)トルストイははじめピョートル大帝その人にも、その時代にも、好感をもっていたが、研究をすすめるうちに、どちらにも共感できなくなった。

(1)は私には理解できない。「遠いもの」が書けないというのであれば、一般に歴史や歴史小説が成り立たないことになってしまう。

(2)の場合は、確かに、この説明を裏付けるようなトルストイ自身の言葉もあるけれども、どうもすっきり納得できない。トルストイはピョートル時代の小説をうち切って、現代小説である『アンナ・カレーニナ』の執筆に向かったが、それが完成すると、後に三九六〜三九七ページで触れるように、ふたたびピョートル時代の小説を書こうとしているからである。その時トルストイはアレクサンドラおばさんに手紙で「ピョートル時代は面白くない、残酷だと、おばさんはおっしゃいます。あの時代がどんなものだったにしても、あのなかにすべての起点があります。糸玉をほどいているうちに、私はいつのまにかピョートル時代にたどり着いてしまいました——そこが終点だったのです」と、書いている。

起点であり、終点でもあるピョートル時代を、トルストイは簡単に見かぎったわけではない。しかし、この二度目の場合も、結局ピョートル時代の小説は書かれなかった。これは、ピョートルやその時代に対するトルストイ個人の好悪の感情といった、個別的なものではなく、一般に時系列の歴史のなかでルーツをたずねることはむつかしくて、時間のかかる仕事であり、とくにピョートル時代はあまりにも多種多様な面があって、その全体像をつかむのはむつかしいし、国民総結集というイメージをつかむことはさらにむつかしいという、ごくあたり前のだれにでも当てはまる理由によるのかもしれない。

プーシキンもピョートル時代の小説『ピョートル大帝のアラブ人』を書こうとした。書かれた最初の数章を見ると、これは大変な名作である。しかし、なぜか完成しなかった。かれは長編詩『ポルタワ』を完成させたが、これはピョートル時代全体ではなく、ポルタワの戦いの勝利を歌ったものにすぎない。トルストイ一族の一人であるアレクセイ・トルストイは畢生の大作『ピョートル一世』（一九二九～四五）を書いたが、膨大な愚作だった。現在かれの名が日本でも広く知られているのは大長編『ピョートル一世』ではなく、二ページのかわいい民話「大きなカブ」の再話のおかげである。

トルストイはピョートル時代の小説を放棄したのではなく、手間のかかる歴史の方法によるルーツの追求を後まわしにして、もっと直接的ですぐにできる形で、自分と人間のルーツをたずねはじめたのだ。その人間のルーツをたずねるためにかれは「愛」をとりあげ、それを『アンナ・カレーニナ』で問うたのである。

しかし、その問題に入る前にかれの教科書作成の仕事を見ておこう。

ii 初等教科書

六二年七月、官憲の家宅捜索によってトルストイの学校は続行不可能になった。教育雑誌『ヤースナヤ・ポリャーナ』の出版はその後も少しつづいたが、それも六三年三月に廃刊になった。しかし、トルストイは自分の命より大事に思っていた教育の仕事を簡単にあきらめたわけではない。雑誌『ヤースナヤ・ポリャーナ』の廃刊の辞でかれはこう書いていた。「私はこの雑誌の内容になっていたことをやめようとしているのではないし、やめるつもりもない」。だが、学校を再開して積極的に活動すれば、また弾圧されてしまう。そこでトルストイはもっとおだやかで、しかも、社会的影響力は地方の村での学校より大きいはずの『初等教科書《アーズブカ》』の出版を考えた。

「アーズブカ」というロシア語はもともと「アルファベット」という意味で、小学一年生が最初に手にする読み書きの入門書の意味にもなる。トルストイの教科書のように、少し算数などもふくまれることもある。五九〜六二年の学校の仕事で、トルストイは教科書のようなものはある程度作っていたが、『戦争と平和』完成以前の六八年に、本格的教科書の構想を立てた。そして、『戦争と平和』の最後の部分が六九年十二月に発表されて、五年近く続いた大作の仕事から解放されると、さっそく具体的な教科書作りにとりかかった。ソフィア夫人の日記に、六九年夏トルストイが哲学を勉強し、その後昔話とロシアの民衆叙事詩《ブィリーナ》を読みだしたことが記されているが、これは民間伝承のなかから、教科書に使うテキストを探すためだった。また、かれが七〇年十二月に古代ギリシャ語の勉強をはじめ、非凡な才能を発揮して、数か月でマスターしたという有名なエピソードがあるが、これは古代ギリシャの作品、ことにイソップ寓話を原文で読み、教科書に使うためだった。イソップなどをもとにしたラ・フォンテーヌのフランス語の寓話詩や、クルイロフのロシア語のものなどではなく、「本物」をトルストイは使いたかったのだ。クルイロフの寓話はロシアでは広く親しまれていたが、トルストイはそれを「民衆的に見せかけた偽物」と言って、相手にせず、原典に向かって直進した。

　この時も、いつもながらトルストイらしい猛烈な仕事ぶりで、七一年はじめにはすでに『初等教科書』の執筆がはじまり、十二月にはもう原稿が印刷にまわされた。その熱中ぶりを伝える言葉が、アレクサンドラおばさんあての手紙に見られる。「この『初等教科書』について、ぼくはこんな思い上がった夢をいだいています。皇帝から百姓の子供にいたるまで、二世代のロシアの子供たちみんなが、この『初等教科書』だけを使って勉強し、最初の詩的な感銘をこの『初等教科書』から受けるのです。ですから、この『初等教科書』を書きあげれば、ぼくは安心して死ねます」

『アンナ・カレーニナ』が着想された時期ははっきりしないが、七〇年二月にはすでにその構想が生まれていたのに、この長編大作を押しのけて『初等教科書』の仕事が優先されたために、『アンナ・カレーニナ』の執筆はそれから三年後にずれこんだと、考えられなくもない。七二年一月から農繁期までの数か月、ヤースナヤ・ポリャーナ学校が再開され、ソフィア夫人もそれに協力してくれたが、この学校の第一の目的は、『初等教科書』で使われている文字教育法を実験することだった。

　こうして七二年十一月、全四冊の『初等教科書』が出版された。初版は三千六百部で、トルストイや身内の者のもくろ見では、飛ぶように売れて、あっというまに重版、また重版となるはずだった。ところが、意外やまったくの不評で、三か月たっても千部しか売れず、在庫品の処理に困った。書評も「主流の音声法に比べて、文字の教え方が劣っている」「テキストの内容がかたよっている」「値段が高い」など、批判的なものが多かった。内容については、いろいろ反論のしようもあるだろうが、値段が高いことは否定できなかった。四冊全部で二ルーブル、一冊五十コペイカ、今の日本の貨幣で一冊一万円にもなる。トルストイは「皇帝から百姓の子供までが自分の教科書だけを使うようになる」と豪語していたが、この値段では、皇帝はいざ知らず、農民が買うのは無理だ。当時は本が高価な貴重品だったとはいえ、教科書となれば話は別だ。トルストイは庶民のことをずいぶん勉強していたはずだが、その金銭感覚は庶民からはなれていた。出版後一年たった七三年十一月には、十二分冊、一冊十〜二十五コペイカ、つまり半額以下に下げて販売しはじめたが効果はなかった。

トルストイはくやしくてたまらず、粘りに粘って、何とか自分の教科書を普及させようとした。かれは官職や役職がきらいで、それに向いてもいなかったのに、七三年十二月アカデミーの言語・文学部門準会員に推薦されると、これを受け、七四年五月にはクラピヴェンスキー郡（ヤースナヤ・ポリャーナ村のある郡）の教育委員にまでなった。こういう地位にいれば、公的な教科書認可や援助に有利だからである。同じころ、教育論文「民衆教育論」（一八六二年に同名の論文が書かれており、これは別の二番目のもの）を書きはじめ、九月に発表した。トルストイは十篇ほどの教育論文を書いたが、そのほとんどは五九〜六三年に、自分の教育雑誌『ヤースナヤ・ポリャーナ』のために書かれた。この「民衆教育論」だけが自分の文字教育法を正当化するために、特別に書かれたのである。

それに加えて、トルストイは自分の教授法の正しさを証明するために公開授業を行い、反対派も自分

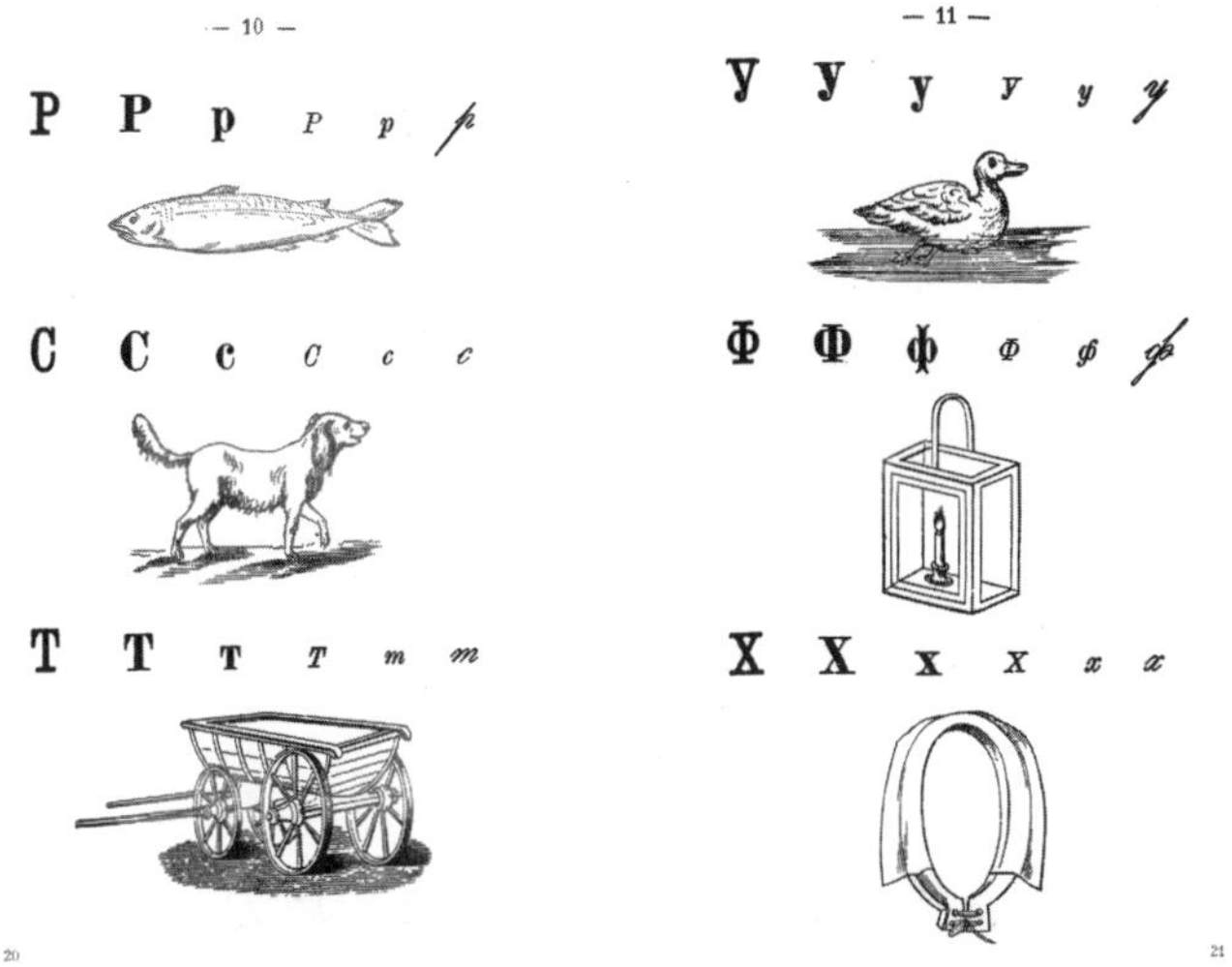

『初等教科書《アーズブカ》』
それぞれの文字ではじまる名称の物、動物の絵が添えられている

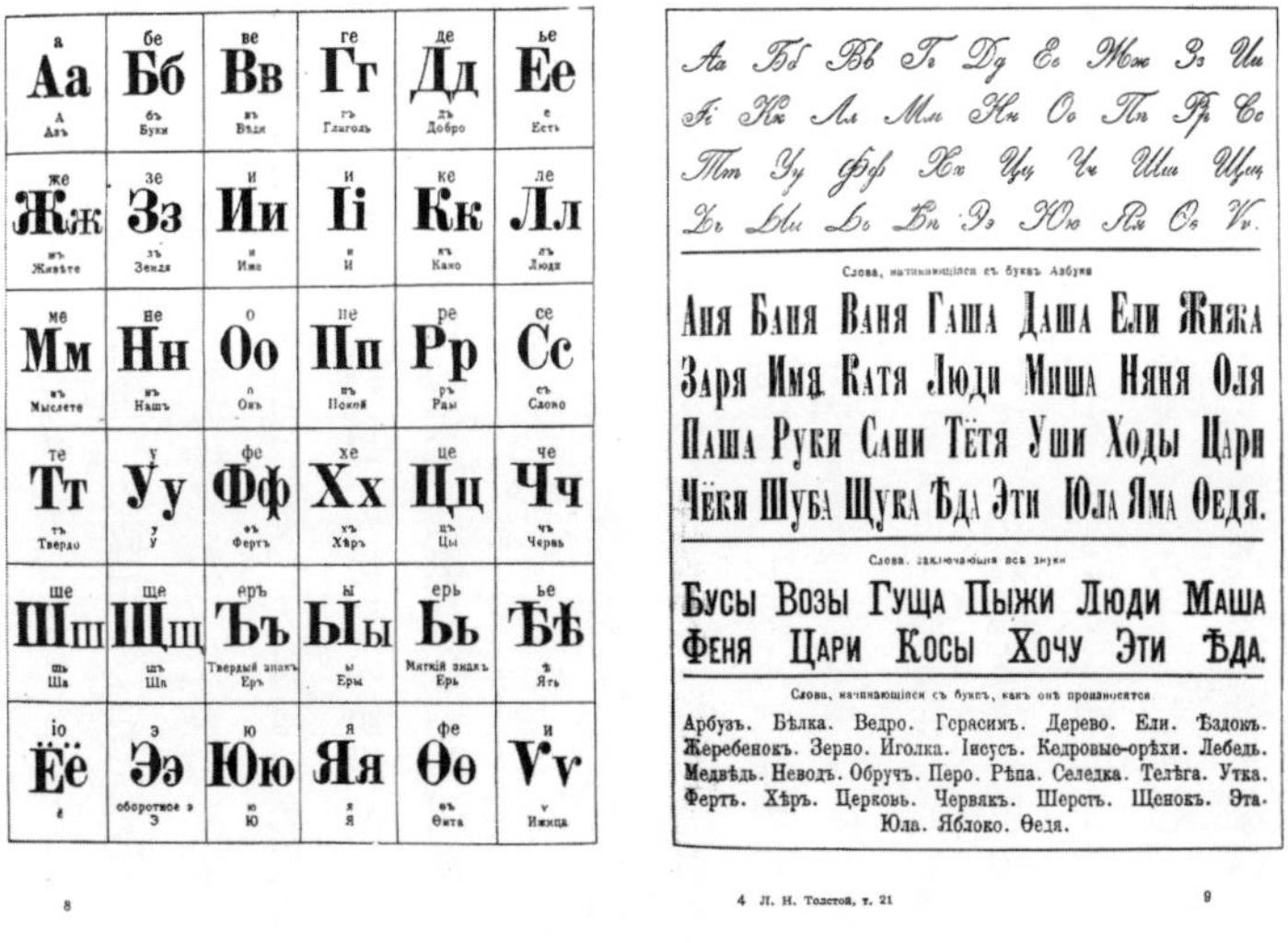

а Аа А Азъ	бе Бб бъ Буки	ве Вв въ Вѣди	ге Гг гъ Глаголь	де Дд дъ Добро	ье Ее е Есть
же Жж жъ Живѣте	зе Зз зъ Земля	и Ии и Иже	и Іі і І	ке Кк къ Како	ле Лл лъ Люди
ме Мм мъ Мыслете	не Нн нъ Нашъ	о Оо о Онъ	пе Пп пъ Покой	ре Рр ръ Рцы	се Сс съ Слово
те Тт тъ Твердо	у Уу у У	фе Фф фъ Фертъ	хе Хх хъ Хѣръ	це Цц цъ Цы	че Чч чъ Червь
ше Шш шъ Ша	ще Щщ щъ Ща	еръ Ъъ Твердый знакъ Еръ	ы Ыы ы Еры	ерь Ьь Мягкій знакъ Ерь	ье Ѣѣ ѣ Ять
іо Ёё ё	э Ээ оборотное э Э	ю Юю ю Ю	я Яя я Я	фе Ѳѳ ѳъ Ѳита	и Ѵѵ ѵ Ижица

Аа Бб Вв Гг Дд Ее Жж Зз Ии
Іі Кк Лл Мм Нн Оо Пп Рр Сс
Тт Уу Фф Хх Цц Чч Шш Щщ
Ъъ Ыы Ьь Ѣѣ Ээ Юю Яя Ѳѳ Ѵѵ

Слова, начинающіяся съ буквъ Азбуки

Аня Баня Ваня Гаша Даша Ели Жижа
Заря Имя Катя Люди Миша Няня Оля
Паша Руки Сани Тётя Уши Ходы Цари
Чёки Шуба Щука Ѣда Эти Юла Яма Ѳедя.

Слова, заключающія всѣ звуки

Бусы Возы Гуща Пыжи Люди Маша
Феня Цари Косы Хочу Эти Ѣда.

Слова, начинающіяся съ буквъ, какъ онѣ произносятся

Арбузъ. Бѣлка. Ведро. Герасимъ. Дерево. Ели. Ѣздокъ. Жеребенокъ. Зерно. Иголка. Іисусъ. Кедровые-орѣхи. Лебедь. Медвѣдь. Неводъ. Обручъ. Перо. Рѣпа. Селедка. Телѣга. Утка. Фертъ. Хѣръ. Церковь. Червякъ. Шерсть. Щенокъ. Эта. Юла. Яблоко. Ѳедя.

8　　4 Л. Н. Толстой, т. 21　　9

『新初等教科書』
文字に注意を集中させるため絵をつけないことにした

たちの方法で授業をし、モスクワの識字委員会が四月に両方のクラスに試験をして、二つの方法の優劣を判定しようとした。しかし、その結果、はっきりした差はみとめられなかった。

強情なトルストイもさすがに軟化して、この年の十一月には『初等教科書』の修正をはじめたが、いっそ全面的に改訂したほうがいいと考え、『新初等教科書』を書くことに踏み切った。仕事のエネルギーは相変わらず猛烈で、ソフィア夫人も協力してくれ、半年後には書き上げられて、六月はじめに世に出された。今度も四冊編成だったが、値段は各冊十四カペイカで『初等教科書』の最初の値段の約四分の一になっていた。初版は『初等教科書』を上回る五千部を出した。最初の失敗に懲《こ》りない強引なやり方だったが、今度は大成功で、あっというまに売れてしまった。

その後トルストイの『新初等教科書』の評価は確定し、一九一七年の社会主義革命まで売れつづけた。革命後トルストイの教育法は乗り越えられ、すでに過去のものとなったとみなされて、採用されなかったが、その教科書のテキストの多くがソ連の国語教科書でも使われつづけた。ペレストロイカ以後、トルストイの『初等教科書《アーズブカ》』をもとにした教科書が二種類ロシアで出版されており、その一つレーミゾフ編のものは日本でも縮約・翻訳されて、出版されている（一九九七年、日本トルストイ協会発行、八島雅彦訳）。

教育の仕事はトルストイの活動のなかで、とても重要な意味をもっていて、かれの文学や思想にも深くかかわっている。これまで述べたことから、少なくとも『初等教科書』と『アンナ・カレーニナ』がトルストイのなかで、同時に存在し、入り組んでいたことは容易に推察できるだろう。しかし、かれの教育関係の仕事には、その重要さに釣り合うだけの関心が向けられているとはとうてい言えない。

ソ連時代はトルストイの教育はすでに乗り越えられたものとみなされて、深く追究されず、ペレストロイカ以後ようやく本格的な研究が行われるようになった。だが、それに関係なく、一般にトルストイの文学や思想について述べている人の大半は、その教育活動には関心を示さない。一方、教育研究者がトルストイの教育活動をテーマにした労作は日本にも一つならずあるが、そのなかで文学との関係が本格的に追究されたことは、私の知るかぎりでは、ない。私も長年にわたって何度か『トルストイの教育』という本を書こうと試みたが、うまくいかなかった。その第一の理由は教育が軽々には論じられない重い事柄であることだが、今のところ文学と教育活動を一体のものとしてとらえ、解明する方法が存在していないことも、大きな障害となっている。ここでは次のような平面的なことを述べて、この節を閉じることにしよう。

『初等教科書』を制作することは、トルストイにとって、いくつかの意味でルーツを探ることでもあった。仕事のルーツ、生活のルーツ、文化のルーツ、モラルのルーツ。それらが、子供の教科書を作る作業のなかでも見えてきた。たとえば、トルストイはテキストに「民衆のなかから出てきた、民衆的なもの」を選ぼうとしていた。この時、トルストイは当然まず「ロシアの民衆的なもの」を考えていた。しかし、結果的には、もっともたくさん使ったのは、イソップの寓話で、そのためにかれは古代ギリシャ語まで勉強したのだった。本当に民衆的なものは、民族的であると同時に、国境を越えたグローバルなものだという逆説的な真理を、トルストイは実感として認識したのだ。このほか、ここでは深入りしないが、『初等教科書』制作からトルストイが得たものはあまりにも多い。

2 愛憎の渦中で

I 身内の人々

i 妹マリア

トルストイは『アンナ・カレーニナ』で「愛」を追求した。それはかれの創作活動、精神的探求の必然的な流れだったのだが、周囲の実生活のなかにも、多くの、あまりにも多くの愛の問題が渦巻いていた。

前にもちょっと触れたように、トルストイの二つ年下の妹マリアは十七歳で遠縁の親戚（タチヤーナおばさんの甥《おい》）ワレリアン・トルストイと結婚し、四人の子供をもうけたが、一八五七年に別居してしまった。その原因は素行の悪い夫が次々に愛人を作ったこととされていたが、容赦ない研究者たちは、別居前のマリアが有名作家ツルゲーネフと親密すぎる交際をしていたことを、資料をもって突きとめた。今では離婚の真因は不明と言うほかはない。

トルストイは妹の実質的な離婚の知らせを外国で受けとった。帰国後すぐに、かれは妹の離婚を正式に成立させようとしたが、うまくいかなかった。おそらく、ワレリアンも離婚に消極的だったのだろうが、当時のロシアでは、一般に離婚はとてもむつかしかった。婚姻は教会で神に誓って行われる神聖な秘儀だったから、いったん成立すると、容易に解消できなかった。そのため、実際には夫婦生活をしていない男女が法律的には離婚を認めてもらえず、さまざまな実際的障害に遭い、不幸を増幅させた。

マリアの場合はまだ離婚が成立しないうちに、外国の保養先でスウェーデンの子爵ヘクトル・ド・クレンと同棲していたらしく、六三年にその子供を産んでしまった。この「不祥事」は、現在のわれわれには理解しにくいほどの衝撃を、トルストイ一族に与えた。名門貴族出身で、法律的にはまだ夫のある女性が子供を産むというのは一門の恥であり、神に対する罪であり、生まれた子供は非嫡出子になってしまう。一族の者はこのできごとをなんとか内密に処理しようと苦心した。その先頭に立って奔走したのは、ほかでもない、トルストイ自身だった。かれは、信じにくいことだが、前夫ワレリアンの立場、マリアの責任などはもちろん、生まれた子供の運命までそっちのけにして、ともかく世間体をつくろうために努力した。離婚の知らせを受けた直後、六三年十月に、トルストイはマリアに手紙で、はっきりと、こう書いている。「今、するべきことは何か？　第一は、ヘクトルと結婚すること、第二は、赤ん坊を自分で引き取らず、ぼくに渡すこと、第三は、これがいちばん肝心なことだが、〔マリアとワレリアンの間にできた〕子供たちを世間に隠しておくことだ」

だが、ヘクトルと結婚するためには、ワレリアンと離婚しなければならない。そこで、トルストイはワレリアンに働きかけ、「(1)離婚してくれること、(2)二人の間にできた子供はマリア側に残すこと、(3)子供の養育費を払うこと」という提案をした。ワレリアンの立場や気持ちをたずねることはまったくしない虫のいい提案だった。だが、この離婚問題は予測もしないかたちで、急転直下解決した。六五年一月はじめにワレリアンが急死したからである。この知らせを聞いて、トルストイはマリアのお産の知らせを聞いた時に劣らず、強いショックを受けた。「死のなかでいちばんよくないのは、ある人が死んでしまうと、その人に対して悪いことをしたのを、あるいはよいことをしなかったのを、もはや改められないということです」と、トルストイは叔母に手紙で告白している。マリアの別居が、仮にワレリアンの責任だったとしても、トルストイの態度は公正を欠いていた。かれ自身もワレリアンに対する自分の行為は、悪に対して悪で報いるものではなかったかと、後悔したのである。

亡くなった時、ワレリアンは五十一歳だったから、ロシアの男性としては早死にとは言えないが、離婚のトラブルが死の原因の一つだったかもしれないし、自殺説もある。小説『アンナ・カレーニナ』のなかで、アンナの兄オブロンスキーが妹の離婚のために奔走する様子が、身勝手で浅はかな行為として戯画的に描かれている。だが、実は、それは十年前のトルストイ自身の姿だった。

マリアは小説のアンナ・カレーニナのように、自殺の悲劇にまではいたらなかった。しかし、新しい夫へクトルとの家庭生活も、くわしいことはわからないが、幸せではなかったらしい。へクトルは子爵だが資産も収入もない男で、マリアを食い物にしていたという説もあるが、経済問題だけでは、男女は別れないとも言われている。いずれにしても、七六年にかの女はへクトルと別れ、借金を背負って故国にもどった。そして、八八年には有名なオープチナ修道院付属のシャモルディノー女子修道院に入り、三年後に修道尼となって、一九一二年に亡くなるまで孤庵で余生を送った。孤庵といっても、小さいながら自分専用の普通の一戸建てだが、そのためにかえって孤独だったかもしれない。

修道院に去ってからも、トルストイは妹のことを気にかけ、時にはヤースナヤ・ポリャーナに招待したりしていた。一九一〇年に家出を決行した時、かれは自分でもどこに行くべきかわからず、ともかくまず、シャモルディノーにいる妹をたずねることにした。最後の対面をした時、二人がどんな話をしたかは知るよしもないが、五十年前の思い出が、年老いた兄妹の胸のなかを去来したのではあるまいか（六〇〇～六〇二ページ参照）。

ロシアへもどる時、マリアはヘクトルとの間に生まれた娘のエレーナをヨーロッパに残した。もう十三歳になっていて、ロシア語もできなかったので、ロシアに連れていくのはかわいそうだと思ったからではない。小説のアンナと同じように、マリアは自分の罪の証《あかし》であるこの子を愛することができず、その重荷から逃れたかったのだ。しかし、親に放置された少女が無事安穏に暮らせるわけはない。マリアは娘の教育にさんざん苦労した末、七九年にもう十六歳の美しい娘に成長したエレーナを、ロシアに連れてきた。その時、かの女は一言もロシア語が話せなかったという。母との関係は相変わらずうまくいかず、つらい日々だったが、裁判官のデニセンコと結婚し、家庭を築いた。トルストイはこの夫妻と親しく付き合っており、自分の家出の後には、デニセンコの勤務先である南ロシアのノヴォチェルカッスクまで行こうとした。トルストイが病に倒れて息を引きとった小駅アスターポヴォは、その途中にあったのだ。

一九〇一年かれは母親の責任を、なんと皇帝の重大な責任と比較しながら次のように書いた。

「もしも皇帝が自分の背負っている責任を十分に感じているなら、自分の立場を退くか、その立場の受難者として犠牲になるかである。母親もほとんどそれと同じで、違いはただ、母親はやめることができないという点だけである。だから、母親がもし母親になろうとするなら、受難者になるのを恐れてはならない。自分の責任を理解せずに皇帝として支配すること、また同じように、自分の責任を理解せずに母親となることのないよう、神のご加護あれ」

これはデニセンコ夫人、ほかでもない、妹マリアの娘エレーナに贈った言葉だった。

ii 兄セルゲイ

トルストイの身内で生じた、愛をめぐるもう一つのできごとは、トルストイの二番目の兄セルゲイと、ソフィア夫人の妹タチヤーナの恋愛だった。二人はトルストイの結婚を機縁に知り合い、二十ほど年が離れていたのに、真剣に愛し合うようになって、トルストイの結婚後一年ほどたった六三年秋には、義理の兄妹の結婚が予想されるようになった。これはマリアがヘクトルの子供を産んだのとちょうど同じ時期で、トルストイ一族は二つの恋愛にふりまわされる羽目になった。トルストイはこの恋愛にあいまいな態度をとっていたが、ソフィア夫人などは二人の結婚を望んでいた。

セルゲイは一八二六年生まれで、この頃もう四十に近かった。おまけに、九八〜九九ページで書いたように、十五年も同棲している内妻マーシャとその子供たちがいた。これも前に書いたように、当時、貴族の女性が内縁のまま、子供でも産もうものなら大変だったが、上流階級の男が下層の女と内縁関係をもつのは、何の問題にもならなかったし、子供が生まれても致命的なできごとではなかった。

セルゲイの内妻はジプシーの女性だった。ジプシーは定住をきらって、近代社会に溶けこまず、家畜番、日雇い労働者、占い師、芸人、娼婦などをしている者が多く、今も差別の対象になっている。マーシャの素性はよくわからないが、セルゲイとかの女は酒場のようなところで知り合ったのだろう。

ソフィア夫人などは当時の常識に従って、セルゲイに内妻がいても、タチヤーナとの結婚の障害にならないと考えていた。セルゲイ自身もいずれは「普通の、正式な」結婚をしようと思っていたらしく、タチヤーナが現れると、本気で好きになってしまった。しかし、二年ほど曲折があったのち、タチヤーナが結婚を断る手紙をセルゲイに送り、二人は結ばれずに終わった。ソフィア夫人はとても残念がったが、トルストイはこの時はもうあいまいな態度を捨て、二人が別れることにはっきり賛成した。タチヤーナがセルゲイに別れの手紙を書いたのは、六五年半ばで、妹マリアの前夫ワレリアンが急死し、トルストイがショックを受けた直後に当たる。このことを考えると、トルストイが積極的に働きかけて、タチヤーナにセルゲイをあきらめさせたのかもしれない。少なくとも、トルストイが二人の関係の清算に協力的で、二人が別れた後、セルゲイとマーシャを正式に結婚させるために尽力したのは事実である。実は、トルストイはタチヤーナが好きで、一種の嫉妬で兄の邪魔をしたと言う人もいるが、これはうがちすぎではあるまいか。

妹マリアの場合、トルストイは肉親かわいさのあまり、モラルを見失っていたが、兄セルゲイとタチヤーナの場合には、はっきり夫婦のモラルのほうを選択し、情熱的な恋を追い払った。しかも、セルゲイの内妻は、当時の常識では、対等のモラルの対象にならないような女性だったから、トルストイがこの場合モラルをとくに重視し、恋愛にきびしい態度をとったことがわかる。

Ⅱ　友人たち

ⅰ　ツルゲーネフ

ツルゲーネフはロシア文学を代表する知識人で、すばらしい作家で、富豪で、名門貴族で、しかも、美男で、上品だった。しかし、その個人生活、とくに愛情面は不幸で、ゆがんでいた。かれは生涯独身だったのに、娘が一人いた。若いころ農奴身分のお針子に産ませた子だと言われている。一八四三年、ツルゲーネフはロシアに来演したスペインのジプシー系ソプラノ歌手ポリーヌ・ヴィアルドのペテルブルク公演を聴き、たちまちその虜《とりこ》になった。今の「追っかけファン」などの域ではなく、八三年パリで亡くなるまで一生涯、かれはヴィアルド夫人の後を追って、ヨーロッパ中を旅するのをいとわず、パリではかの女の家に滞在し、二人だけで時をすごすこともしばしばだった。ポリーヌより二十歳年上の夫ルイ・ヴィアルドはイタリア・オペラの支配人で、多少の男女関係などは気にしない芸人肌の人だった。

ヴィアルド夫人のほうはもっと奔放な芸人で、名門貴族で有名作家のツルゲーネフをかしずかせていい気持ちになりながら、ほかの男たちとも自由に付き合っていた。二人の間に男女関係があったかどうか、論争が交わされたこともあったが、二人はそんなことを超越していたようだ。トルストイはそれを見て「影のようにヴィアルドの後をついて歩いているあわれな男」と嘆いていた。

ii　フェート

三一九〜三二〇ページで触れたが、この時期にトルストイがいちばん親しく付き合っていた友人は詩人のフェートだった。かれは名門貴族シンシン家の御曹司のはずだったが、十三歳の時、シンシンの苗字と貴族の称号ばかりか、ロシアの国籍まで剝奪されてしまった。かれは一八二〇年に生まれ、シンシン家の嫡出子として出生届が出された。しかし、その届出は虚偽だという密告があり、それが受け入れられたのだ。父シンシンはドイツで病気療養中に知り合ったカロリーナ・シャルロッテ・フョートというドイツ人女性を連れて帰国した。帰国後一か月してカロリーナは男子を出産した。それが未来の詩人アファナージである。母がカロリーナであることは明白だが、密告によれば、父親はシンシンではなく、カロリーナの前夫で、ドイツ人のフョートだというのだった。フェートという苗字はドイツ名のフョートをロシア人に発音しやすくしたものである。

フェートの本当の父親はシンシンだったかもしれない。しかし、シンシンとカロリーナが正式に結婚したのは帰国の約一年後だから、フェートは生まれた時点では非嫡出子ということになり、少なくとも、法律的にはシンシンの子供でない可能性をふくんでいた。シンシン家は相当な名家だから、相続権のある子供は法律的に完全にクリーンでなければならない。フェートは権利を回復するのに四十年もかかり、長い間日陰の身にあって、多くの辛酸をなめた。フェートは父の情熱の犠牲者だったとも言える。

初期のフェートの詩は二三五ページで引用したように、明るく澄んでいた。しかし、次第にかれの実生活にも、詩にも愁《うれ》いの影が濃くなった。その例の一つが三一九〜三二〇ページで引用した「五月の夜」である。トルストイはフェートが九二年に亡くなるまで親友として交際したが、あれほど好きだったかれの詩を、晩年は暗くて、悲観的なものとしてきらうようになり、「かれの詩の多くをとても満足しながら読んだのを後悔する」とさえ言っていた。

フェートは生涯独身だった。長年付き合っていた女性がいたのだが、かれは家庭を築く意志がまったくなく、結局別れてしまった。相手の女性はその後まもなく、自分で擦ったマッチの火が不注意のために服に燃えうつり、死んでしまった。しかし、そんなことが実際に起こったかどうか疑わしく、焼身自殺だったのではないか、と多くの人が考えているし、私もそうだと思う。

フェートが結婚を避けたのは詩人的な気質からだと解釈する人もいる。しかし、ここで述べたさまざまな例を考えると、フェートの態度も詩人などに特有のものではなく、当時のロシアの貴族社会に一般的な「愛の不在」によるものだと思える。

Ⅲ 自分

トルストイはソフィア夫人と結婚してからは、不倫も浮気もいっさいしなかった。二人の夫婦関係は愛憎の交錯する複雑なものだったが、その主な原因は男女問題ではなかった。トルストイが結婚したのは三十四歳だったので、それまではもちろんいろいろな女性と交渉があった。しかし、当時のロシアの特権階級の人間としては、単純なものだった。トルストイは女性にもてなかったので、当時よくあったように、年上の上流夫人の寵愛を受けることもなく、令嬢たちとのロマンスもまったくなかった。前に名を挙げたモロストーヴァやチュッチェワの場合も、トルストイがちょっと好きになったというだけで、二人だけで話をしたこともなかった。ワレーリア・アルセーニエワの場合は、トルストイが勝手にかの女を結婚相手に決め、良妻賢母教育をはじめただけで、おそらく恋愛の範囲に入らないだろう。ソフィア夫人の場合でさえ、結婚するために恋愛をしたような感じで、その恋愛期間は二か月にもならない。

結婚するまで、かれは金銭などで処理できるその場かぎりの女性を相手にするのが普通で、こみ入った問題は起こさなかった。唯一の例外は二四一～二四二ページで触れたアクシーニアだけである。結婚後もかれはアクシーニアに未練を残していて、かの女のことを思い出していたようだ。八九年にかれは『悪魔』という小説を書いて、結婚前に付き合っていた農民女を忘れることができず、その魅力から逃れるために自殺をした（別のヴァリエーションでは、相手の女性を殺した）地主の悲劇を描いた。創作と事実を混同するのはよくないが、この主人公とトルストイ自身の姿が二重写しになるのは否定できない。

アクシーニアの息子の一人チモフェイはトルストイによく似ていて、農民の間では「伯爵様のおとし子」と噂され、「伯爵」というあだ名までつけられていた。だが、トルストイ自身は晩年にただ一度チモフェイのことに触れただけで、後はいっさい口をつぐんでいた。しかも、チモフェイの名前を忘れ、アクシーニアの夫と混同して、エルミールと言っていた。自分に対して実にきびしくて、時にはありもしない罪で自分を責め立てたトルストイも、アクシーニアとの関係は記憶にとどめたくない、苦い過去だったのだ。

3 『アンナ・カレーニナ』作品の性格

I 構造

i 悲恋の構造

『アンナ・カレーニナ』の思想についてはじつにさまざまな意見が述べられてきた。私もそれにさらにもう一つ私見を付け加えたいが、まず、「悲恋の構造」という面から、この作品を一瞥《いちべつ》してみよう。

文学作品のもっとも大きなテーマは愛情、とくに恋愛で、しかも、その多くは悲恋である。おとぎ話にはハッピーエンドがつきものだが、なぜか幸福な恋愛は文学のテーマとしてはつまらない。仮に文学作品のうち七十パーセントが恋愛もので、そのうち七十パーセントが悲恋だとすると、文学作品の半分は悲恋物語だということになる。この計算はいささか我田引水のようだが、文学に悲恋物語があふれていることは事実である。しかも、そのなかには名作が少なくない。日本文学だけを見ても、『源氏物語』のいくつかの恋愛、『蜻蛉日記《かげろう》』『平家物語』の「祇王、祇女」「小督」などからはじまって、近代文学では、紅葉の『金色夜叉』、鷗外の『舞姫』、漱石の『それから』、蘆花の『不如帰《ほととぎす》』、左千夫の『野菊の墓』、康成の『雪国』など、枚挙にいとまがない。しかも、狭い意味での文学に入らない民話の「夕鶴」、説話の「道成寺」、伝説の「真間の手児《てこ》（古）奈《な》」、文楽浄瑠璃や歌舞伎の「曾根崎心中」「大経師《だいきょうじ》昔暦《むかしごよみ》」

など近松門左衛門の作品をはじめとする心中ものその他、その他となる。
世界文学の名作にも、悲恋がひしめいている。『トリスタンとイゾルデ』『アベラールとエロイーズ』『ロメオとジュリエット』『長恨歌』『マノン・レスコー』『クレーヴの奥方』『若きウェルテルの悩み』『嵐が丘』『ジェーン・エア』『楡の木の下で』などだ。とくに歌劇では悲恋が圧倒的な人気で、『椿姫』『カルメン』『蝶々夫人』『ラ・ボエーム』とつづく。プーシキンの小説『スペードの女王』もチャイコフスキーの歌劇では悲恋物語だ。

悲恋ものの最大の、ユニークな特徴は、民話、芝居、歌劇、小説、すべてのジャンルにわたって、その基本構造が共通で、ただ一つしかなく、しかも、きわめて単純なことである。このような特徴は他のジャンルには見られない。悲劇や頌詩《オード》などには、およその共通構造があるように思われているが、実際に個々の作品を見ると、その構造は種々雑多で、共通のものを抽出することはできない。悲劇のジャンル全体でなく、たとえば、シェークスピア一人だけの悲劇を取り上げても、『ハムレット』『マクベス』『リア王』の構造はそれぞれまったく違っていて、共通のものは見つからない。

これにひきかえ、悲恋の作品の構造はおどろくほど似ていて、いつの時代の、どこの地域の作品も、一見複雑なものでも、素朴なものでも、究極的には次の基本構造に集約される。

(1)恋の発端、(2)恋の発展、(3)恋の成就を妨げる障害の顕現、(4)葛藤《かっとう》の増大、(5)恋の破局、(6)悲劇的結末

(1)恋の発端はごく単純である。ほとんどの場合、二人の出会いは突然であり、偶然で、一目で恋に落ちる。なぜ二人が愛し合ったかということは重要なモメントではないか、あるいはまったく問題にならない。

(2)恋は急速に発展する。多くの場合抜き差しならない状態になる。子供が生まれてしまうことも多い。
(3)しかし、ここで二人の愛を邪魔する障害が出てくる。あるいはあらかじめあったのだが、それが現実的なものとして二人の前に立ちはだかる。
(4)二人は障害を克服するために何かをしようとする。ある場合には、一人は何もせず、片方だけが必死になっていることもある。二人とも何もしないで泣いてばかりいることもある。近松の心中物などでは、解決のためにプラスになることはせず、マイナスになることばかりして、破滅になだれこんでいくことが多い。
後でも述べるが、この(3)と(4)が悲恋もののクライマックスである。テレビドラマなどの場合はここをできるだけ引っ張って、一年も続けたりする。単一の構造しかもたない悲恋ものが無数に存在できるのは、この部分の種が尽きないからだし、仮に似たものをくり返しても、人を泣かせる力があるからである。
(5)結局、障害は克服できず、二人の愛は成就しない。
(6)その結果、二人の、あるいは、二人のうちのどちらかの人生が破滅する。つまり、死んだり、殺人をしたり、発狂したり、重病になったり、修道院やお寺でその後の生涯をすごしたりする。
類型の分類・整理では、プロップなどの昔話の分類が成功したものとしてよく知られている。しかし、昔話は単純なのに、その類型の数があまりにも多く、しかも、一つの類型の内部にもさまざまなバリエーションがあったり、二つの基本的な類型の中間的なものもあったりして、すっきりしない。だから、昔話よりはるかに多種多様であるはずの悲恋文学が、たった一つの構造にまとめられるはずがないと思われるかもしれない。しかし、作品を分析して見ればたちどころにわかるように、一分で語り終えられる真間の手児奈の伝説も、エンドレスのようにつづいた菊田一夫の『君の名は』も同じ基本構造の上に立てられている。

さらに、この悲恋の構造をよく見ると、⑴恋の発端、⑵恋の発展、それに⑸恋の破局、⑹悲劇的結末は、どの作品でも大きく違うはずはなく、大同小異で、それぞれの作品特有なものはない。個々の作品の特徴を決定するのは、⑶恋の成就を妨げる障害の顕現、⑷葛藤の増大、の二つの環である。この部分をくわしく分析することで、それぞれの悲恋物語の特徴が明らかになるし、その作品の価値が決定される。

この障害と葛藤は実にさまざまだが、大別すれば三種類あり、そのなかにいくつかのバリエーションがふくまれる。

A社会的なもの。a貧富の差、b身分の差、c民族・人種の差、d宗教の差、e社会・国家的義務の束縛など。

B道徳的なもの。f禁忌《きんき》と情熱の対立、g配偶者の存在、h三角関係、i恋人の一方、または双方の不誠実など。

C運命的なもの。j敵と味方、k病気や死、l戦争・災害、m遠隔地への移転など。

この「悲劇の構造」を森鷗外の名作で、今でも夏目漱石の『こころ』と並んで、日本人にいちばんよく読まれているという『舞姫』に当てはめてみよう。

⑴恋の発端　ドイツ留学中のエリート官僚太田豊太郎は、散歩中に父の葬式代もなくて悩んでいる美少女エリスに会い、一目で心を奪われる。

⑵恋の発展　豊太郎はエリスに葬儀代を援助してやり、エリスはそれに感謝して、二人は交際するよ

うになる。エリスが場末の劇場のしがないダンサーだったため、豊太郎は免職になるが、そのためかえって二人の愛情は深まって、同棲するようなり、やがてエリスは妊娠する。

(3)恋の成就を妨げる障害の顕現　折から友人相沢の紹介で、豊太郎は日本の大臣のロシア訪問に随行し、その能力がみとめられて、かれの心に出世の野望が再燃する。

(4)葛藤の増大　出世のためには、外国人であり、貧しい下層の女であるエリスは障害以外の何ものでもなかった。

(5)恋の破局　苦悩の末、豊太郎は出世の道を選び、エリスを捨てて帰国する。

(6)悲劇的結末　豊太郎の子を産んだエリスは悲しみのあまり発狂する。

まさに不思議なほど「悲劇の構造」にぴったり当てはまる。ついでに言えば、この作品の葛藤は二人の貧富、身分、民族の差と、豊太郎の国家的義務であり、基本的に社会的なものである。結局エリスを捨てた豊太郎の側には、道徳的な問題があったことは否めないが、作者森鷗外はそれに踏みこもうとしていない。

ii『アンナ・カレーニナ』の構造

トルストイの『アンナ・カレーニナ』はアンナとウロンスキーの恋愛だけでなく、さまざまな内容をふくむ複合的な長編小説で、一概に恋愛小説とは言えない。男女の愛情だけを見ても、アンナとウロンスキー以外に、アンナと夫カレーニン、レーヴィンとキティ、オブロンスキーとドリー、その他さまざまな愛の形がとりあげられている。しかも、一見悲恋と思えるアンナ・ウロンスキーの筋だけにしぼってみても、これが単なる悲恋でないことがわかる。

(1)恋の発端　政府の高官カレーニンの夫人、アンナは兄の不倫から生じた夫婦の危機を救うため、汽車でペテルブルクからモスクワに向かう。同じ車室に偶然ウロンスキー伯爵夫人が乗り合わせ、母を迎えにモスクワの駅に来た、若くてエネルギッシュな騎兵将校ウロンスキーに遭う。ウロンスキーは一目でアンナに惹かれ、アンナもかれのことが気にかかる。

(2)恋の発展　アンナがペテルブルクにもどる時、その後を追って同じ汽車に乗りこんだウロンスキーは強引にアンナに愛を告白する。上流夫人の地位と、高官の夫と、かわいい息子のあるアンナはそれを拒もうとするが、夫が多忙で満たされていなかった女性としての幸せの願望が目ざめて、ウロンスキーの情熱に負け、やがてその子を身ごもる。

(3)恋の成就を妨げる障害の顕現　だが、夫はアンナの不倫を許さず、ロシア正教の掟も離婚を認めない。

(4)葛藤の増大　男女間のモラルの乱れた上流社会も、アンナとウロンスキーの情熱的な恋愛を憎んで排斥し、アンナの立場はますます悪くなる。アンナの兄オブロンスキーは妹の離婚を成立させようとするが、成功しない。そのうちにアンナはウロンスキーの子を出産する。

ここまで(1)から(4)まで)はアンナの筋も、「悲恋の構造」にぴったりあてはまる。『アンナ・カレーニナ』は説話の「真間の手児奈」はもちろん、鷗外の『舞姫』に比べてもはるかに複雑だが、(4)までの構造は基本的原型にまったく一致している。ところが(5)以降は基本構造からずれてしまう。それは『アンナ・カレーニナ』が特別な悲恋の構造をもっているからではなく、悲恋とは違う別の内容をもっているからである。

(5)以降の筋を見ると、「アンナは難産のため危篤におちいる。かけつけたカレーニンは妻を憐れんで、寛大な気持ちになり、かの女を赦す。ウロンスキーは自分を恥じてピストル自殺をはかるが、一命をとりとめる。アンナも健康を回復し、二人は同棲して、正式な結婚ではなかったが、夢に見た家庭生活を実現する。ところが、その生活はうまくいかず、二人の夫婦生活は崩壊する。その結果、アンナは列車が走ってくる線路に身を投げて死ぬ」という展開と結末になっている。

もし普通の悲恋の筋をつづけるとすれば、(5)以降はいくつかのバリエーションが考えられる。たとえば、

(5)恋の破局　アンナは難産のために自分の罪を悔いながら死ぬ。

(6)悲劇的結末　ウロンスキーは自分を恥じてピストル自殺をする。

といった筋である。しかし、そうはならない。アンナは難産後の重体を脱して、実質的に夫と離婚し、ウロンスキーは自殺未遂の傷から癒え、二人は子供といっしょに新しい家庭生活をはじめる。これは悲恋ではなく、一種の「めでたしめでたし《ハッピーエンド》」である。

しかし、それにもかかわらず、アンナは間もなく鉄道自殺をし、ウロンスキーは生きる望みを失って、死ぬつもりでロシア・トルコ戦争の前線に赴く。これがアンナ・ウロンスキーの筋の締めくくりであり、結局はハッピー・エンドではなく、悲劇的結末で終わっている。そのため、うっかりすると、『アンナ・カレーニナ』も「悲恋の構造」そのままのように思える。だが、『アンナ・カレーニナ』の構造は「(5)恋の破局、(6)悲劇的結末」ではなく、「(5)恋の成就、(6)愛（「恋」ではなく「愛」である）の破局、(7)悲劇的結末」となっている。

言い換えれば、アンナとウロンスキーの破局と悲劇的結末は、二人の愛の外にある障害から生じたものではない。逆に、アンナとウロンスキーの恋が成就し、幸せであるべきはずの結婚生活がはじまった後で、「愛」それ自体の内部から出てきたもののために、二人の「愛」が崩壊し、アンナは鉄道自殺をするのである。(1)から(4)までの普通の悲恋と同じ過程も、もちろん『アンナ・カレーニナ』の重要な内容である。しかし、(4)の次に「(5)恋の破局」ではなく「(5)恋の成就」が入っていることで、『アンナ・カレーニナ』の構造は悲恋の構造と根本的に異なったものになる。そして、「恋の成就」の後に一般の悲劇の構造と同じように破局と悲劇的結末がつづくのだが、その意味は、悲恋とは質的に違うものになる。トルストイはアンナとウロンスキーの愛が、外にある障害によって打ち壊された悲劇を描こうとしたのではない。『アンナ・カレーニナ』のもっとも重要な点は、愛の挫折ではなく、愛の成就の結果、愛そのものの内部から生じた悲劇である。二人の愛の羽毛の褥《しとね》は柔らかく温かいはずだったが、そのなかに針が隠されていたのだ。それを暴くことによって、作者は愛の問題の深奥に一歩踏みこんだ。

いったい、「愛」とは何か？　人を幸せにするべき「愛」がなぜ人を苦しめ、不幸にするのか？

Ⅱ 巻頭の語《エピグラフ》

ⅰ 聖書に従った解釈

『アンナ・カレーニナ』の冒頭には、エピグラフとして、聖書の言葉がかかげられている。かつては「復讐は我にあり、我これに酬いん」という文語体で親しまれてきたが、今の口語訳（日本聖書協会、新共同訳）では、「復讐は私のすること、私が報復する」となっている。これは新約聖書の「ローマの信徒への手紙」十二章十九節からとったもので、十九節を全部引用すれば、「愛する人たち、自分で復讐せず、神の怒りにまかせなさい。『復讐は私のすること、私が報復する』と主は言われる」となっている。

この言葉は旧約聖書の「申命記」三十二章三十五節の「私が報復し、報いをする。彼らの足がよろめく時まで。彼らの災いの日は近い。彼らの終わりは速やかにくる」に基づいたものである。「申命記」は民に律法を与え、神と律法への従順、神とイスラエルの契約の確認、従順なものへの報い、従順でないものへの罰に言及した書で、三十二章だけを見ても、次のようなきびしい言葉にみちている。「わたしのほかに神はない。わたしは殺し、また生かす。わたしは傷つけ、またいやす。わが手を逃れ得る者は、一人もいない」（三十九節）、「わたしの永遠の命にかけて、きらめく剣を研ぎ、手に裁きを握る時、わたしは苦しめる者に報復し、私を憎む者に報いる」（四十一節）。「詩篇」九十四章にも、これに関連する言葉がある。「主よ、報復の神として、報復の神として顕現し、全地の裁き手として立ち上がり、誇る者を罰してください」（一〜二節）、「彼らの悪に報い、苦難をもたらす彼らを滅ぼし尽くしてください。わたしたちの神、主よ、彼らを滅ぼし尽くしてください」（二十三節）。

これを旧約の神特有のきびしさと説明することはできない。新約聖書の「ヘブライ人への手紙」十章二十八〜二十九節には次のような言葉がある。「モーセの立法を破る者は、二、三人の証言に基づいて、情け容赦なく死刑に処せられます。まして、神の子を足げにし、自分が聖なる者とされた契約の血を汚れたものと見なし、その上、恵みの霊を侮辱する者は、どれほど重い刑罰に値すると思いますか。『復讐は私のすること、私が報復する』と言い、また、『主はその民を裁かれる』と言われた方を、私たちは知っています。生ける神の手に落ちるのは、恐ろしいことです」

このような聖書のコンテキストに従って、エピグラフの意味を「罪を犯し、夫、息子を苦しめ、最後には自殺によって、意識的にウロンスキーを不幸におとしいれたアンナを、神はきびしく罰するのだ」と解釈することは可能だろう。しかし、次に述べるように、強力な反論がある。

ii　ショーペンハウアーによる解釈

革命前から一九五九年に亡くなるまで、文学研究者、文芸批評家として影響力のあったボリス・エイヘンバウムは『アンナ・カレーニナ』のエピグラフについて「これは社会道徳の掟を犯したアンナが、神に罰せられることを暗示したものであろうか？　だが、それは、あまりにも粗野な、野蛮な解し方と思われ、小説の中に現されている魅力的な、その本質においては全く清らかなアンナという形象とは相合わない」(『トルストイとその芸術』一九三六年、ナウカ社刊、八住利雄訳)と述べて、すぐ前で示した、アンナを神が罰するという解釈を否定している。そして、かれは博覧強記と巧みな論法で、トルストイがこのエピグラフを聖書から直接ではなく、ショーペンハウアーの『意志と表象としての世界』を介してとりあげたのであり、トルストイの解釈はショーペンハウアーの解釈の枠から出るものではないと主張する。

『意志と表象としての世界』では、第四巻にこの聖書の言葉が二度出されている。最初は六十二節で、次のように書かれている。

「どんな人にも、あつかましく純粋に道徳でもってひとを裁き報復する役をかって出たり、他人のもろもろの悪業に対して、自分でその人に苦痛を加えることによって罰を下したり、それゆえ彼の悪業に対する贖罪を課したりする資格はまったくないのである。そんなことをすれば、むしろまるで身のほど知らずの思い上がりというものである。だからこそ聖書の言葉にもある。『復讐はわがことと主は言い給う。われ報いせん』」

二度目は六十四節で、次のように述べられている。

「キリスト教の倫理は、悪をもってする悪への報復をすべて絶対に禁止し、現象とはちがった物自体の領域の管轄をゆだねたのである(『主は言い給う。報復はわがことなり。われ報いせん』)」

ショーペンハウアーは確かにこの聖書の言葉を「人間は人を裁くべきでない。神に裁きをゆだねるべきだ」という意味に解釈している。しかし、ショーペンハウアーを介してこの言葉を引用したトルストイの解釈もその範囲内に入るはずであり、『アンナ・カレーニナ』のエピグラフは「裁くなかれ」という意味なのだ、というエイヘンバウムの主張は正しいだろうか。エイヘンバウムの論証は延々十ページもつづいているので、読者はついそのなかに引きこまれてしまう。しかし、単純な常識にかえれば、この解釈には無理がある。

エイヘンバウムはこの聖書の言葉を文字どおり「復讐」の意味にとるのは「粗雑」だと考えているが、トルストイはこれをショーペンハウアーやエイヘンバウムのように長い論文のなかで、長い説明をつけて引用しているのでなく、極限にまで凝縮した、「復讐は我にあり、我これに酬いん」とたった五語のエピグラフとして使っている。もし復讐でなく、赦すことの大切さや裁く権利のないことを、エピグラフで表したいのなら、「復讐は我にあり」という言葉ではなく、その前の「悪をもって、悪に報いるな」という部分を引用すべきだっただろう。あるいはマタイによる福音書七章や、ルカによる福音書六章の「人を裁くな」という明快で紛れがなく、人に広く知られている言葉を選ぶべきだっただろう。「罪深い女を赦せ」という意味なら、ヨハネによる福音書の七章六節に「あなたたちの中で罪を犯したことのない者が、まず、この女に石を投げなさい」という、まさにおあつらえ向きの有名な言葉もある。解釈に紛れが生じるような語句を、あえて出す必要はまったくなかったはずだ。

また、トルストイは聖書からではなく、ショーペンハウアーからこの言葉を引用したのだから、ショーペンハウアーの解釈を踏襲していたというのも理解できない。引用者が引用した典拠の意見に束縛されるということは一般にない。

iii 七つの解釈

アメリカのある一流大学大学院のロシア・スラブ学科の入学試験に、「『アンナ・カレーニナ』のエピグラフには七通りの解釈がある。それをすべて列記し、そのなかから妥当と考えられるものを選び、妥当である根拠を述べよ」という設問があったと聞いたことがある。この話が事実かどうかわからないが、七つの解釈とはいったいどのようなものなのだろうか。私は正解を知らないので、自分なりに七つの解釈を並べてみよう。

(1)神がアンナやその他の罪を犯した者を正しく、きびしく罰してくれる。
(2)われわれ人間は裁いたり、罰したり、報復する権利はない。
(3)アンナが自分を不幸にした夫、社会、とくにウロンスキーに報復を誓った。
(4)アンナが罪を犯した自分を自殺によって罰した。
(5)作者はアンナの罪を許そうとしたが、結局作品のなかで罰することを決意した。
(6)読者自身が罪ある者を認識して、それに心のなかで罰を下すのだ。それによって自分は同じ罪を犯さずにすむ。
(7)読者の皆さん、この聖書の言葉の意味を考えながら、この作品を読んでください。きっと、読みが深まると思いますよ。

このうちどれが妥当だろうか。

(1)はこの節のパラグラフ・iですでにとりあげた。これは有力な解釈だが、エイヘンバウムの言うように、アンナをきびしく罰するのはかわいそうな気もする。悪を行う者、神にそむく者を、神がきびしく罰するのは当然だ。しかし、アンナは「罪」を犯したけれども、それは「悪」を行ったというのとは違うのではあるまいか。

(2)はすぐ前のパラグラフiiでとりあげた。そこで書いたように、この解釈は焦点をはずれているようだ。

(3)もかなり有力な解釈である。アンナは罪を犯したが、悪い女ではない、と同情するにしても、夫、息子を不幸にし、自殺によってウロンスキーも苦しめてしまった。かの女が人に報復すべき立場にはないだろう。確かに、アンナは結局のところ被害者であり、冷淡な夫、身勝手なウロンスキー、いじめ体質の上流社会こそ報復を受けるべきだ、という考えは読者に人気がある。しかし、アンナ自身が他の者を罰したのでは、かえって罪をかさねることになってしまう。

アンナは線路に飛び込んで列車にひかれる時、枕木のあたりを見つめながら思う。「あそこに、ちょうどまんなかに、そうすればあたしはあの人〔ウロンスキー〕を罰して、救われるのだ、みんなと自分から」。しかし、車輪の下に倒れた最後の瞬間に、かの女の報復の憎しみは消えて、こう心のなかで叫ぶ。「どこにいるの、あたしは。何をしているの。何のためなの。神様わたくしにすべてをお許しください！」

(4)アンナの自殺が自分を罰する自裁と言うべきものだったと考えるのも、すぐ前で引用したアンナの心のさけび声を聞くと、根拠が薄いようだ。

(5)トルストイは不倫をした女性を赦すつもりでこの作品を書きはじめたというのは定説になっている。『アンナ・カレーニナ』が執筆されはじめたのは七三年三月だが、その着想はすでにその三年前にあったと考えられている。七〇年二月にソフィア夫人が日記に「ゆうべかれが、人妻なのに間違いをしてしまった上流階級の女性の人物像が思いうかんだと、私に言った」と書いているからだ。しかも夫人はその後にこう書き添えている。「自分の課題はこの女性をただかわいそうで、罪のない人間にすることだ、とかれは言った」。これに比べると、作品の終末で、作者トルストイはアンナにそれほど甘い態度をとっていない。しかし、報復をすると言えるほどの強い態度でもない。第一、作者が作中の人物に神にかわって報復するというような不遜なことは一般にない。

⑹このエピグラフの「われ」は旧約の神であり、それに代置するなら、何か超越的な存在がふさわしい。この項ばかりでなく、⑶以下のすべての項に当てはまることだが、エピグラフの「われ」をアンナ、作者、読者など、普通の人間に置き換えるのは無理がある。とくに読者は自分がエピグラフの主体になろうとは望まないだろう。

⑺確かに、このエピグラフをつけたことで、この作品が冒頭から引き締まったことは確かだ。しかし、エピグラフは作品全体に対する作者の考えの端的な表現と考えるべきだ。『アンナ・カレーニナ』は推理小説ではないから、作者がエピグラフで読者に謎解きを要求するのは変な話だ。

このように見てくると、エピグラフそのものだけをとりあげて議論をしても、不毛な水かけ論の域を出ないような気がする。作品の本意について考えることが何よりも重要である。

4 『アンナ・カレーニナ』その愛

I 自然の愛

i アンナへの同情

すぐ前で書いたように、ソフィア夫人が伝えているところによると、トルストイは『アンナ・カレーニナ』を着想した時、不倫をおかしたヒロインを「ただかわいそうで、罪のない人間にする」ことが自分の課題だと語ったそうだ。やはりすぐ前で引用したエイヘンバウムも、アンナは「その本質においては全く清らかな女性だ」と、すこぶる同情的な意見を述べている。読者のなかにも、アンナはむしろ被害者だったと感じる人が多いようだ。アンナに対するこうした同情の根底には、次のような考え方がある。恋愛は本来人間に与えられている自然な感情で、それを抑えることはむつかしいし、抑えるべきではない。恋愛にあれこれ文句をつける道徳だの宗教だののほうが悪いのだ。まして不義密通、姦通罪などという法律まで作る社会は、人間より自分たちの都合で決めた公序良俗のほうを大切にしているにすぎない。

これは素朴な常識だが、もっと複雑な理論もある。前の節でショーペンハウアーの考えを紹介したので、ここでもかれの言葉を借りることにしよう。

ii ショーペンハウアーの考え

ショーペンハウアーはあまりにも雄弁で、しばしば饒舌《じょうぜつ》になり、何を言いたいのかわからないことがあるが、次の引用文は、性愛が元来もっとも強い生の肯定で、生きようとする自然の意志であったことを端的、的確に述べていて、説得力があるように私には思える。

「性欲が生の決定的で最も強い肯定であるということは、それが動物にとってと同じように自然状態の人間にとってもおのれの生の窮極の目的であり、最高の目標であることからも確かめられる。彼が最初に努力するのは自己保存である。この心配をすませるとすぐにひたすら種の繁殖に努める。たんに自然的な存在としては、それ以上のことを得ようと努めることはできない。自然もまた、その内的な本質は生そのものへの意志であり、その全力をあげ、人間を動物と同じように繁殖へと駆りたてる。そのあと自然は、個体によっておのれの目的を達成してしまったので、個体の没落にはまったく無関心となってしまう。生への意志である自然にとっては、種の存在だけが重要なのであり、個体などは眼中にないからである。――性欲のなかには、自然の内的な本質すなわち生への意志が最も力強く表明されているので、古代の詩人と哲学者――ヘシオドスとパルメニデス――は、きわめて意味深長なことを語った。愛は最初のもの、創造するもの、原理であって、万物はそれから生じた、と」

Ⅱ　我《エゴ》の愛

i　自然を離れた愛

しかし、すでに自然から遠く離れてしまった『アンナ・カレーニナ』の人物や、われわれ現代人の恋愛は、右の引用文で述べられている自然状態の性愛とは本質的に異なっている。ショーペンハウアーの考えを要約して援用すれば、「自然の状態では性愛は個体のためでなく、種の保存継続のためにある。生殖が終わると多くの生物がその役目をはたし終えて、死んでしまう。だが自然から離れた個体の意志は、性愛もふくめて、全体のためでなく、個体そのもののために働く。自愛は他愛と同じように重要であり、必要である。だが、それは自分のために、あらゆる他のものを犠牲にすることをいとわない自己《エゴ》中心主義《イズム》をはらんでいる」。恋する者は、そうしようと思わないうちに、自分以外の者を傷つけ、その「愛」はしばしば愛の対象にまで攻撃的に働く。アンナの場合、かの女は無意識に、あるいは傷つけまいと意識しつつ、夫、息子、ウロンスキーの母などを傷つけたばかりでなく、ついには自分の「愛」で、ウロンスキーを苦しめる。アンナとウロンスキーの愛は破滅せず、二人はとうてい実現できないと思っていた家庭生活をいとなむことになった。しかし、夢に見たその生活が現実のものになった時、それは愛の破滅に劣らぬ苦しみになる。「愛」そのものが二人の愛を傷つけはじめたのである。

ii　愛の肥大

愛の破滅ではなく、愛そのものの深層から発する苦しみについて、トルストイはこう書いている。

「二人の間を引き離していたいら立ちには、何ひとつ外面的な原因がなかった。そして、話し合おうとするこころみはすべて、そのいら立ちをとりのぞかないばかりか、大きくしてしまうのだった。

（中略）

かの女にとってはかれのすべてが、その習慣や、考えや、願望をふくめて、また、精神的、肉体的な構造をふくめて、ただひとつのもの――女への愛にすぎなかった。そして、その愛が、かの女の気持からすれば、すべて自分ひとりに集中されなければならないはずのその愛がよわまっていた。とすると、かの女の判断からすれば、かれは愛情の一部をほかの何人かの、あるいは、ほかのひとりの女にうつしたのにちがいない」

これは何かの事情で実現をはばまれた悲恋、つまり悲劇的な愛ではない。愛が充足された幸福の後に、我《エゴ》の愛に内在する本質から生じた、愛の悲劇的な現れである。その我《エゴ》の愛の肥大が愛の破滅と同じように苦しみをもたらした。アンナは強烈な「愛」によって、愛の敗北者と同じように、死に追いやられるのである。

Ⅲ　罪としての愛

i　進化した愛

アンナの時代や現代の人間にも、性愛は存在しており、それがおそらく現在も恋愛の根底になっている。恋愛をしている者はその逆らいがたい圧倒的な力を感じて、自分の恋愛はまったく自然な、絶対的なものだと信じ、恋愛のために自殺や殺人までする。しかし、個体の愛そのものには絶対的な力はない。自然状態で、種の保存のために絶対に必要だった性愛がいまだに残存していて、現代の恋愛にも働きかけ、絶対的な感じを生み出しているにすぎない。進化論を素朴、粗放に適用すれば、高度に進化した人類のなかでは、自然な性愛は次第に退化し——現代の先進国ではすでにその傾向が見えている——ついに消滅する。そして、その結果、恋愛も消失し、人間は生殖に無関心になって、食欲だけ旺盛なパンダとともに絶滅する。

しかし、おそらくそうはならない。性愛は、尻尾《しっぽ》が退化し、尾骶骨《びていこつ》となったように消滅してしまうことはなく、短いながら尻尾として残りつづけ、恋愛や生殖意欲を維持するだろう。性愛が消滅すれば、人類は一つの大きな苦しみから解放され、そして絶滅にいたる。性愛が残存すれば、人類は一つの大きな喜びを味わいつづけ、そして苦しみから解放されない。

ii　おそるべき愛

個体の愛、エゴイスチックな愛は、人を傷つけ、攻撃的・暴力的にさえなる。しかも、自然状態で強い生の肯定であり、生きようとする自然の意志であり、絶対的なものだった性愛が、すでに自然から離れた新しい人間の恋愛の深奥に残存していて、もはや絶対的なものでない恋愛に、絶対であるかのような錯覚を生み出す。そして、それがエゴイスチックな個の愛の攻撃性、暴力を増幅させる。それが自分の制御の範囲にない深奥から突き上げてくるものなので、それを体験する者は自分の愛をおそれるばかりでなく、奥深い罪として意識する。アンナは若くしてエリート官僚カレーニンと愛なき結婚をした。そして、十年もたってからウロンスキーに出会い、喜びと、情熱的な愛を知った。かの女はその幸せと、すさまじい力を体

クラムスコイ「見知らぬ人」(1883)この名画はアンナ・カレーニナをイメージしたものと言われている(ロシア国立トレチャコフ美術館所蔵)

験すると同時に、その罪深さを感じる。トルストイはかの女の罪の意識を、かれ一流の迫力でこう表現している。

「ほとんどまる一年ウロンスキーには、それまでのあらゆる願望にとってかわって、人生のただひとつの願望になっていたもの、アンナには不可能な、恐ろしい、だからこそひとしお魅力のある幸福の夢だったもの――その願望がかなえられた。青ざめ、下あごをふるわせて、かれはかの女を見おろしながら立って、自分でも何を、どういうふうにしてかわからぬまま、安心してくれとかきくどいていた。《アンナ！　アンナ！》かれはふるえる声で言った。《アンナ、お願いだ！　……》しかし、かれが声を高めれば高めるほど、かの女はますます低く、かつては誇り高く、陽気だったのに、今では恥ずかしい自分の頭を垂れていった。そして、かの女は体をすっかりかがめて、すわっていたソファーから、床の上へ、男の足もとへくずれ落ちそうになった。もしかれがささえなかったら、かの女はじゅうたんの上に倒れ落ちてしまうところであった。

《神さま！　お赦しください》すすり泣きながら、かの女は自分の胸に男の両手をおしあてて言った。かの女は自分を本当にあやまちを犯した、罪深い女と感じていたので、ただただへりくだって、ゆるしをもとめるほかはなかった。だが、この世に今では、かれ以外、かの女にはだれひとりいなかった、そこでかの女はゆるしてほしいという祈りを、やはりかれに向かって言うのであった」

このような自然から離れた愛の罪深さ、危険さは、アンナの時代や現代ばかりか、人間が人間になった時点ですでに現れていた。その解決困難な苦悩を説明するために、旧約聖書は神に創造されて純潔だった最初の人間アダムとイヴが、禁断の木の実を食べて罪を知り、地上に堕《お》とされるという物語を作った。この物語が作られた意味はわかるが、旧約聖書を尊重する人たちをふくめて、この物語が現代人を納得させることはまったく不可能である。

罪なき愛もある。しかし、それはしばしば無力なものだ。『戦争と平和』からの例だが、ボロジノ戦で重傷を負ったアンドレイはこんな気持ちを経験する。

「彼は負傷のあとで過ごした苦しい孤独と、なかば昏睡状態の時に、自分に開き示された、新しい永遠の愛の原理に思いを深めれば深めるほど、ますますこの世の生を拒否していった。すべてのもの、すべての人間を愛すること、常に愛のために自分を犠牲にすることは、だれも愛さないことを意味していた。この現世の生を生きないことを意味していた」

別の例をもう一つ、やはり『戦争と平和』からとりあげよう。不幸な孤児のソーニャは養われていたロストフ家の長男ニコライと愛し合い、結婚を誓う。しかし、ロストフ家の財政危機を救うため、自分は身を引いて、資産家ボルコンスキー家の令嬢マリアとの結婚をニコライに許す。ところが、ニコライのほうはこんな無慈悲な気持ちになる。

「彼はソーニャがあまりにも完全すぎること、何ひとつ非難するところがないことを、まるで心の中で咎《とが》めているようだった。彼女の中には人の価値とされるものがすべてであった。しかし、彼に彼女を愛させるようにするものが乏しかった。そして、彼は彼女の価値を認めれば認めるほど、ますます愛さなくなっていくのを感じていた」

ニコライの妹で、ソーニャの親友であるナターシャは、今では自分の兄嫁となったマリアと、こんな会話を交わす。

「『あなたは福音書をずいぶん読んでいるじゃない。あの中にソーニャにぴったりのところが一つあるわ』

『どこ？』不思議そうにマリアは聞いた。

『「持てる者には与えられ、持たざる者からは奪われるであろう」よ、覚えているでしょ？　あの人は持たざる者なのよ――どうしてかはわからない。あの人にはエゴイズムがないのかもしれない。あたしにはわからないけれど、あの人は奪われるのよ。そして何もかも奪われてしまっている。……あの人はむだ花なのよ、知ってるでしょ？　イチゴにあるような。時々あたしはあの人がかわいそうになるけれど、時には思うの。あの人はあたしたちが感じるほどには、こういうことを感じてないんじゃないかって』

マリアはナターシャに、福音書のそのことばは違った意味に解釈しなければならないと説明したが、それでもやはりソーニャを見ていると、ナターシャがした説明に同感だった。たしかに、ソーニャは自分の立場を苦にせず、むだ花の役割にすっかり甘んじているように見えた」

このような部分を、作者は主観的な感情をこめずに、ありのまま、さりげない筆致で述べるだけである。しかし、ニコライ、マリア、ナターシャたちが味わっている、甘い果実を実らせた美しい花には、罪の香りがしているのではないか、という問いがトルストイの胸にひそんでいた。

兄弟より身近で大好きなソーニャに対して、これほど残酷なことをのん気に言ってのけたナターシャ自身はどうだったのか？　かの女はおてんばで、軽はずみで、惚れっぽく、遠縁のボリス、自分の歌の先生などに次々に「愛」を感じ、男たちのだれからも好かれる少女だった。かの女はついにアンドレイ・ボルコンスキー公爵というすばらしい相手を射止めるが、父ボルコンスキー老公爵に命じられた一年間の冷却期間中に、美男で、女たらしで、品性低劣なアナトーリに迷い、アンドレイを裏切る。さすがのナターシャもこのひどい愚行を恥じて自殺をはかるが、一命をとりとめる。

この浅はかな女の子が救われて、誠実なソーニャが薄幸の人生を送ったのはなぜか。一つは、ナターシャのそばにはいつも心やさしいピエールがいて、自分の裏切りで愛する人を失ったあわれなかの女を赦し、結婚してくれたからである。もう一つは、結婚後かの女が恋多き少女から、太ったおばさんになり、作者の表現によれば、「多産な雌」に変身したからである。だが、もう一つ、ナターシャがソーニャと違って、自己中心的《エゴイスティック》な性格で自分の幸福に強い関心をもっていたからでもある。かの女の最大の魅力はこのわがままさにある。確かにナターシャの身勝手さをきらう人もいるが、大半の読者はそれを生命力の発現として歓迎する。ナターシャがロシア文学の代表的な女性像となったのは、かの女が太った雌になったからではなく、奔放《ほんぽう》な少女だったからである。アメリカ映画の『戦争と平和』はナターシャの魅力を遺憾《いかん》なく発揮するために、世界のアイドルだったオードリー・ヘプバーンを起用したほどだった。

『戦争と平和』執筆時期の作者トルストイは明らかに好意をこめてナターシャを描いており、その欠点をふくめて全体を究極的に肯定し、その罪も赦している。一方、アンナの場合、トルストイは「かわいそうなだけで、罪のない女にする」ことが、最初の意図だったのかもしれないが、実際には、かの女を愛の迷路に入りこませ、破滅させた。作品のなかでアンナを救う筋を作ることは、作者にとってそれほど困難ではなかっただろう。しかし、トルストイはあえてきびしい結末をアンナに背負わせた。そして、そのきびしい末路が、ナターシャの幸福な変身より、緊張したリアリティをもって読者にせまるのである。

Ⅳ　愛の根源

i　『戦争と平和』と『アンナ・カレーニナ』

この章の前半で述べたことを、ここで、もう一度まとめて思い出してみよう。『戦争と平和』はさまざまな挫折、不運、失敗、破滅を描きながらも、究極的にはスケールの大きい「人間讃歌」であり、力強い「生の讃歌」である。「愛は生であり、生は愛である」と言われ、「生は神であり、神は生である」とも言われていた。愛と、生と、神の融合――なんというすばらしい境地だろうか。そして、それは国民が一つに結集し、融合した祖国戦争の時代にまさにふさわしい。しかし、作者トルストイはそのみごとな世界を創造した後、自己満足と平安を感じないで、逆に、悩みと不安を感じた。作品のフィクション世界を白昼夢に終わらせず、現実の世界や自分の実生活と結びつけようとし、『戦争と平和』が作品のなかで出した答えを、問いとして現実の自分に突きつけたからである。かれはその問いを追究するためにいくつかの試みをしたが、結局、『戦争と平和』が出した答えの重さに拮抗《きっこう》する重さで現代の愛を追究することになった。それが『アンナ・カレーニナ』にほかならない。

その追究の結果、『戦争と平和』の「愛は生なり」は、ヒロインが自殺に追いこまれる『アンナ・カレーニナ』では、「愛は死なり」に変わってしまったのではないか？　そうではない。アンナは本当の意味の愛によって破滅したのではない、かの女が「愛」と思いこんでいながら、実は愛でないもの、我《エゴ》の「愛」によって破滅したのである。アンナは自分の「愛」について、不安を感じながら、そのいつわりの部分から逃れることができず、その有無を言わせない強烈な力に引きずられてしまう。アンナがいつわりの「愛」から救われるためには、かの女一人のあがきや、常識的な道徳や説教ではなく、かの女の「愛」の力に拮抗する強い力が必要なはずだ。もしそれが道徳であれば、徳目としてではなくて、生活の雰囲気として周囲に充満し、人々の体内に吸いこまれていなければならない。もしそれが宗教的なものであれば、教条ではなく、真理を根拠にしていなければならない。アンナの周囲にはそういうものがなかった。

ii 復讐される者

それがなかったばかりでなく、かの女の周囲はその反対のものにみちていた。物質的満足を優先させる生の原理、それを美化し宣伝する世間。それに強く反対せず、なんとなく妥協している思想的指導者。自分たちの権力と、富と、儀式と、人間を救うことのできない教条にしがみつく宗教……。聖書からとられた『アンナ・カレーニナ』のエピグラフ「復讐は我にあり、我これに酬いん」を、ことさらむつかしく解釈する必要はない。文字どおり素直に理解すればよい。罰する主体はもちろん神である。作者でも、アンナでもなく、まして、読者ではない。そして、神が罰するのは悪をなすものであり、その罰はきわめてきびしい。ただ、悪をなしたのはアンナでも、ウロンスキーでも、カレーニンでもない。かれらを誤らせ、不幸にしたもの、つまり、すぐ前であげた生の原理や、精神的指導者、宗教者、教会である。だがアンナやウロンスキーも、そして、われわれも被害者然として、責任を免れることはできない。それを黙視し、そのなかで生きることで、結局はそれに加担しているからである。

トルストイはアンナや自分たちの時代を黄金時代ではなく、銀やブロンズの時代でもなく、鉄の時代と感じていた。それは鍬《くわ》や剣の鉄器時代ではなく、鉄道と機関車に象徴される、強力で、無慈悲で、冷たい鉄の時代だ。アンナとウロンスキーの恋は鉄道の駅ではじまり、汽車のなかで燃え上がり、アンナの鉄道自殺で終わる。しかも、アンナの夢にも、ウロンスキーの夢にも、同じ奇妙な男が出てくる。それはあご髭のもつれた年配の農民風の男で、鉄の上にかがみこんで何か仕事をしながら、「鉄を打って、砕いて、こねなきゃいかん」とつぶやいている。それもパリ風のフランス語だ。これはかつて多くの神話で、火を作り、雷を支配し、鉄を溶かし、継ぎ合わせて、人間の男女の結合や愛もつかさどっていた主神が、文明の地上に落とされて、しがない村の鍛冶屋か機関車の罐焚《かまた》きになり下がった姿だ。見かけはロシアの農民風だのに、しゃれたフランス語をしゃべっている。この支離滅裂な姿では、もはや愛をつかさどるどころではない。人間は愛の神が不在の混乱のなかに投げ出され、迷い、苦しみ、破滅にさらされるのである。

『アンナ・カレーニナ』は八編から成り立っているが、アンナの物語そのものは第七編の最後で、アンナが自殺することで終わっている。第八編は本編が終わった後のエピローグであり、愛するアンナを失った傷心のウロンスキーが死を望んで戦場に赴く。普通の小説ならこれ以上書くことはない。しかし、『アンナ・カレーニナ』はこの後まだ第六章から最後の第十九章まで十四章もつづく。そこでは副主人公レーヴィンの思想的探究、神の探求が語られる。『アンナ・カレーニナ』の愛の追究が、生きる意味の追究となり、愛や生の根底となる神の探求という全体的な次元に広がったのだ。複合的な長編『アンナ・カレーニナ』の結末は、自分の人生の転換を意識したレーヴィンの心のなかの独白である。

「あいかわらずなぜ自分が祈るのか理性ではわからずに、祈るだろう——しかし、おれの人生が今では、おれの人生全体が、おれの身に起こるかもしれないあらゆることにかかわりなく、おれの人生の一瞬一瞬が——今までのように無意味でないばかりか、おれが意のままにその人生のなかにそそぎこめる、善という疑いのない意味をもっているのだ！」

この終章《エピローグ》は『アンナ・カレーニナ』のエピローグだったと同時に、次の章で述べる新しい事件と物語の序章《プロローグ》となるのである。この本でも次の第七章では、『アンナ・カレーニナ』から生じたトルストイの探求と闘いがとりあげられる。

第七章　権力と心の決闘

I 危機の時期

I 危機のはじまり

i 名作の裏側

第六章で書いたように、『戦争と平和』を完成した直後、トルストイに奇妙なことが起こった。世界文学でもまれな、力強い大作を書きあげた満足と誇りではなく、苦悩と不安がトルストイをおそったのだ。『アンナ・カレーニナ』の場合はもっと複雑だった。

『戦争と平和』の場合も、発表された当初から読者の反応はよかった。いわゆる玄人《くろうと》筋の間には辛口の評価もあったが、書きすすむにつれて次第に評判が高まり、完成した時には、長くて難解な歴史哲学や、トルストイ独特の戦争観などをのぞくと、好評を超えて、讃嘆の声が高まった。一方、『アンナ・カレーニナ』のほうは発表されると、たちまち讃嘆の声が四方に起こり、ついには「近代文学の手本」「一点の非の打ちどころもない名作」などと言われるまでになった。普通の作者なら、その声援にますます気をよくして、筆も大いにすすむところだが、トルストイの場合はまったく違っていた。

『アンナ・カレーニナ』が書きはじめられたのは七三年三月。最初の一年足らず、つまり、作品がまだよく固まっておらず、発表もされていないうちは、順調に仕事がはかどった。その年の十一月にトルストイは友人のストラーホフに手紙で、「仕事はこれまでうまくいっています、とてもよいと言えるほどです」と書き送っていた。七四年四月、第一編を書きあげ、推敲《すいこう》も終えて、印刷所に原稿を送った時もまだ、トルストイはこの作品が「私には気に入っています」とアレクサンドラおばさんに伝えていた。ところが同じ年の中ごろになると、かれはこの作品の印刷中止を考えたり、アレクサンドラおばさんに「印刷のはじまった作品は私には気に入りません」とこぼし、ストラーホフには「おそろしくいやで、汚《けが》らわしい」と、これから世間に発表されようとする自分の作品を、口をきわめてけなしたりしていた。この作品が『ロシア報知』誌に掲載されはじめたのは七五年一月だが、書きはじめてから発表開始までの半年の間に、トルストイは少なくとも四回「仕事がすすまない」「この作品はいやだ」とストラーホフに訴え、夫人も夫の仕事が難航していることに気づいていた。

『アンナ・カレーニナ』が世に出はじめ、賞讃の声が直接間接にトルストイの耳に入っても、自分の作品に対するかれの態度は変わらなかった。仕事が峠を越して、完成の見込みが出てきた七六年末になって、やっと仕事が比較的順調にすすむようになったが、それまでの二年間は、世間で名作とほめそやされている『アンナ・カレーニナ』に、作者は不服、苦情の言いどおしだった。かれの言行を詳細に記録したグーセフの『トルストイ年譜』を見ると、そうした否定的な言葉が二年間に十回は出てくる。そのうち三つだけを挙げてみよう。

七五年二月　自分の成功に、私ほど冷淡な作家はいまだかつてたぶんいなかったでしょう。

同年十一月　だれか私のかわりに『アンナ・カレーニナ』を書き終わらせてくれたらなあ！　いやでたまらない。

七六年四月　全部最低、全部やり直しだ。

ものを書く仕事は骨身を削るようなもので、インクのかわりに血で書く、などと言われる。『アンナ・カレーニナ』ほど完成度の高い作品を書くには、作者は相当な苦労をしたに違いない。しかし、トルストイの苦しみはそういう喜びにつながる苦労ではなく、ただいやなだけだった。まわりの期待があまりに大きいために、その重圧に苦しんだのでもない。この時期のトルストイの言動を調べても、そういう種類のものはまったく見られない。とすれば、なぜトルストイは苦しみながら、強いられた苦役をはたすような思いで、『アンナ・カレーニナ』を書いていたのだろうか。

ii　死の影

その理由の一つは、トルストイが文学創作の仕事をしている時に、いつも生じるものだった。この本でもすでに何度も書いたように、かれは芸術の仕事が架空のもので、実生活に直接かかわっておらず、無意識の次元に深入りしすぎていて、問題の意識的な解決にいたらないことに、たえず不安を感じていた。『アンナ・カレーニナ』と並行して『新初等教科書』の仕事が進行していたが、トルストイ自身はこの仕事のほうが好きで、『アンナ・カレーニナ』より重要なものと考えていた。

しかし、トルストイの苦しみのいちばん大きな理由は、このようないつも生じていた種類のものではなく、この時期特有のものだった。すぐ前の第六章前半で述べたことを、ここで、もう一度（三度目になるが）確認してみよう。

「『戦争と平和』は究極的には『人間賛歌』『生の賛歌』であり、『愛は生であり、生は愛である』『生は神であり、神は生である』とも言われていた。愛、生、神が融合したのだ。しかし、作者トルストイはこの作品のフィクション世界を白昼夢に終わらせず、現実の世界や自分の実生活と結びつけようとし、『戦争と平和』が作品のなかで出した答えを、問いとして現実の自分に突きつけた。かれはその問いを追究するためにいくつかの試みをした末、『戦争と平和』に拮抗する重さで現代の愛を追究することになった。それが『アンナ・カレーニナ』である」

その追究は苛烈だった。『戦争と平和』では、愛する人を裏切ったナターシャが赦され、軽はずみな女の子から「多産な雌」に変身して、幸福な人生を送った。だが、『アンナ・カレーニナ』では、夫のある身で別の男を愛したアンナは死に追いやられる。『戦争と平和』の愛の追究が甘かったというのではない。ナターシャの愛や変身をはじめとして、『戦争と平和』でも愛の諸相は十分にリアリティをもって描かれている。だが、『アンナ・カレーニナ』の追究はそれを超えていた。この長編でトルストイは愛の内部の組織構造を、まるでCTか超音波を使ったように精査し、その映像を自分でも確認し、読者にも示した。その映像には疑わしい影がいくつも映っており、そのなかには致命的な病巣かと思われるものもあった。アンナの愛の底には生ではなく、死が見えたのである。生の根源であるはずの愛が今ではいつわりの「愛」になっており、その底には死が見えるとすれば、現代の生全体が死の上にただよっているのではないか？

Ⅱ 生の停止

i 『懺悔』の場合

トルストイは『アンナ・カレーニナ』を書き終わった後、八〇〜八二年に『懺悔』という著作を書いた。これは不信の環境のなかで生まれた「私」が目的もなく生きているうちに、人生の意味がわからなくなり、自殺の危機にさらされた末、信仰に到達し、その結果ロシア正教会という巨大な相手との闘いを決意することが書かれたものである。この作品はトルストイの実生活の貴重な資料には違いないが、「告白」という文学のジャンルに属する作品で、作中の「私」はトルストイ自身そのままではなく、そこに書かれていることも事実そのままではない。不信から信仰にいたる過程を、雑然とした現実よりはるかに整理した形にまとめ、トルストイ一人ではなく、他の多くの人にも当てはまるような形にしたものである。この作品全体についてはこの章のもう少し後（四〇五〜四一二ページ）で述べることにし、ここでは「私」の生への懐疑と、生の停止の危機についてだけ触れることにしよう。

「私」は信仰の基盤が揺らいでしまった環境のなかに生まれ、全体的な成長とか、社会的進歩などというあやふやなものにたよって生きてきた。やがて結婚してからは、自分と自分の家族だけのために生きるというエゴイスティックな生活をしていた。しかし、それだけでは意味がないという不安が時折心にうかぶようになり、それが次第に高じて、巨大な土地を所有しようと、シェークスピアやプーシキンにも劣らない作家として、名声を得ようと、「それが何になる」という思いにとりつかれ、ついにその問題を解決しなければ生きていけない状態にまでなってしまう。

「私の生活は停止した。私は呼吸し、食べ、飲み、眠ることはできたし、呼吸し、食べ、飲み、眠らずにはいられなかった。しかし、生はなかった、なぜなら、それを満足させることが理にかなっていると私が思えるような欲求がなかったからである。かりに私が何か望んだとしても、それを満足させようと、満足させまいと、その結果何も生じないことを、私はあらかじめ知っていた。……真理を知ることさえ、私は望むことができなかった。なぜなら、私はその真理とはどういうものかを、察していたからだった。真理とは生は無意味だということだった。……そして、まさにその時、健康な人間である私が、戸棚と戸棚の間の横木で首をくくらないために、毎晩着替えをする自分の部屋から紐《ひも》を持ち出してしまい、あまりにも手軽な方法で自分を生から救い出す誘惑に駆られないために、銃をもって猟に行くのをやめてしまった」

『懺悔』にはこう書かれているが、このような状態がトルストイの身に生じたのは『懺悔』を書く五年前、つまり、一八七〇年代半ばのことだったという。

ii　レーヴィン（『アンナ・カレーニナ』の中心人物の一人）の場合

『アンナ・カレーニナ』の男性の主人公は言うまでもなくアンナの恋人ウロンスキーだが、それに次ぐ副主人公は、トルストイ自身に似たところの多いレーヴィンである。かれは理想の女性として憧れていたキティと(実は、かの女がウロンスキーに振られたために)結婚することができ、田舎の領地で幸せな家庭生活を築き、土に親しみながら健康な生活をしている。ところが、そのレーヴィンも死の恐怖にとりつかれる。「この春ずっと、かれは自分でも自分がわからなくなって、恐ろしい時をすごした。《おれはいったい何者なのか、なんのためにここにいるのかを知らずに、生きるわけにはいかない。だが、それを知ることはできない、とすれば、生きているわけにはいかない》とレーヴィンは心に言った。《無限の時間、物質の無限性、無限の空間のなかに、ひとつのあぶくとして肉体があらわれ出る、そして、そのあぶくはちょっとつづいて、パチンと割れてしまう、そのあぶくが——おれだ》

これは人を苦しめるうそだった、しかし、これがこの方向における人間の思惟の、幾世紀にもわたる労苦の唯一の、最終的な成果なのであった。……

しかし、それはうそというだけではなかった、それは何か邪悪な力の邪悪で、いまわしくて、屈してはならない力の残忍な嘲笑であった。

その力からわが身を救わなければならなかった。そして、救いはそれぞれの人の手にあった。こんな悪の支配をたち切らなければならなかった。そして、ただひとつの手段は——死であった。

こうして、幸福な家庭にめぐまれ、健康な人間であるレーヴィンが、首をくくらないために紐をかくし、自分をうち殺さないために、銃を持って歩くのをおそれるほど、自殺に近づいたことが何度もあった」

『戦争と平和』に「水滴の地球儀」という印象的な挿話がある。それはこの本の三〇八〜三〇九ページでもとりあげた。主人公ピエールが夢のなかで、水滴でできた地球儀を見る。「その地球儀は大きさのはっきりしない、生きた、揺れ動く玉だった。その玉の表面は全部、しっかりとくっつき合った滴《しずく》からできていた。そして、その滴がみんな動き、移動し、いくつかが一つに融け合ったり、一つがたくさんに分かれたりした。一つ一つの滴が広がり、できるだけ多くの空間を占めようと懸命になっていたが、別のも同じことを望んで、その滴を圧迫し、時にはつぶしたり、それと一つに融け合ったりしていた」

取るに足りない小さな泡《あぶく》。しかし、それは無でもなければ、無意味でもない。その微細な泡が人々の和をつくり、世界を構成し、歴史を創る。『戦争と平和』ではこうした前向きで、明るく、力強い生命哲学が主張されていた。ところが、『アンナ・カレーニナ』のレーヴィンは「無限の時間、物質の無限性、無限の空間のなかに、ひとつのあぶくとして肉体があらわれ出る、そして、そのあぶくはちょっとつづいて、パチンと割れてしまう、そのあぶくが――おれだ」と言って、同じ比喩を人生の無価値、無意味を示すものとして使っている。

iii　現実のトルストイの場合

『懺悔』は三八〇ページで書いたように、筆者の生活の実録《ドキュメント》と思われがちだが、そうではなくて「告白文学」というジャンルの文学作品である。そこに書かれていることは、確かに、作者の実生活から発しており、小説などよりはるかに事実に近い。しかし、事実をそのまま記録したものではない。だが、この「生の停止」の場合は、『懺悔』で書かれていることがかなりの程度まで、トルストイの現実の体験とかさなり合っていた。

トルストイの実人生を調べてみると、たしかに『懺悔』に書かれている「生の停止」の痕跡が見つかる。

七五年八月、かれは兄セルゲイあての手紙で「もう死んでもいいころ」と書き、同じ年の十一月にふたたび同じ言葉を、やはりセルゲイあての手紙で書いた。七六年二月には、その言葉はもっと深刻な調子を帯び、やはりセルゲイにあてて次のように書き送られた。「もう死ぬこと以外、何も残されていません。それを私はたえず感じています。書くことにも、家庭にも何の楽しみもありません」

これはすでに文人的厭世などというものでもなく、『戦争と平和』完成後の生の不安にとどまるものでもない。それはもはや、哲学的な思弁でも、人生的な努力でも解決できる種類のものではない。トルストイの三十年以上にわたる人間、世界、一口で言えば、生の追求の過程で、何度も生の根源を保証するもの（多くの場合トルストイはそれを「神」と呼んだ）に思いをいたした。トルストイは青年時代から生の意味の追求や、神の探求をつづけてきた。この時期の追求も一面ではそれと同じ種類のものだった。しかし、この時点では、もうその先はありえない、今何らかの解決をしなければ、残るのは死だけだという究極の次元にまで来てしまったのだ。

このように、告白録である『懺悔』、小説『アンナ・カレーニナ』、トルストイの実人生で、少しずつのずれはあるものの、七五年（早めに考えれば七四年半ば）から二年ほどは、トルストイにとってもっとも深刻な危機＝生の停止（死の淵）の時期だった。

iv「生の停止」の意味

『懺悔』でも『アンナ・カレーニナ』でも、この「生の停止」は「私」やレーヴィンがしっかりした目的もなく生きているうちに、次第に不安が高じて生じたように述べられている。そのためか、トルストイ自身の場合も、「生の停止」の危機は小説の『アンナ・カレーニナ』執筆、つまり、文学創作とは別の次元の、思想的探究の範囲で起こったと考える人がいる。しかし、当然ながら、この二つを分離することはできない。実際、トルストイの実生活を調べると、「生の停止」が『アンナ・カレーニナ』の創作と深く結びついていたことがわかる。

トルストイが歴史的なルーツの探求から転じて、生そのもののルーツである愛の問題を追究しようとした時、かれはこれが容易ではないことを承知していたに違いない。かれはすでに『戦争と平和』をはじめとして、これまでの作品でさまざまな愛を描いてきたし、三三六〜三四五ページで述べたように、周囲の現実にもむつかしい愛の問題が充満していたからである。しかし、トルストイは愛の問題をあまり複雑化せず、その本質を的確・簡潔にとらえ、それに一つの解決を与えることができると、比較的楽観していたようだ。ソフィア・アンドレーヴナ夫人の言葉によると、トルストイは七〇年に不倫をおかした女性をヒロインにした作品を着想した時、そのヒロインを「ただかわいそうな女」として描くことが自分の任務だと考えていた、という。三年後のトルストイは不倫の女性にもう少しきびしくなっていたが、それでも、罪をおかした女性が自殺するという結末にすれば、愛の錯誤を示し、誤った愛が幸福につながらないことを明らかにできると考えていたように思える。トルストイはこの作品に着手した直後の七三年三月二十五日付のストラーホフあての手紙では、この作品をわずか「二週間で書ける」と伝えていた。その後まもなく、それほど簡単にはことが終わらないのに気づいたが、それでも冬までにはこの作品が完成すると見通して、気分よく仕事をすすめていき、七四年春にはまだその気分がつづいていた。

ところが意外にも、三七六〜三七八ページで書いたように、その年の中ごろになると『アンナ・カレーニナ』の仕事が苦痛になってきた。そして、その苦痛が完成の間際まで、二年くらいつづいた。作品が発表される前、もう原稿が印刷所に送られていたのに、トルストイは印刷を差し止めようとまでした。もちろん、それはもはや不可能だったが、書くのがいやならば、なるべく作品の内容を簡単にし、早く「片付けて」しまえばよかったはずだ。しかし、実際は逆で、内容は次第に複雑化し、執筆には予想よりはるかに長い時間がかかってしまった。最初の構想ではアンナとウロンスキーの不倫の愛だけの話だったのに、それにレーヴィンとキティの筋が加わった。そのため、モスクワ・ペテルブルクの上流社会だけを描けばすむはずだった小説に、レーヴィンの田舎での農村生活が加わった。こうして、作品はどんどんふくれ上がり、多面的になった。これは作者が作品を書く過程で生じてきた問題を解決しようとして作品の内容を掘り下げたり、広げたりした結果だと考えるほかはない。

しかも、最初のうちトルストイは分別の乏しい女性の軽はずみな愛を書こうとしていたようだが、次第にアンナはりっぱな女性になり、完成された作品では、夫以外の男性を愛してしまったということをのぞけば欠点のない、すばらしい女性として描かれている。しかも、かの女のウロンスキーに対する愛は不倫ではあっても、真剣で純粋であり、「こんな恋なら自分もしてみたい」と女性に思わせるように描かれている。私の知るかぎりでは大半の女性はアンナに同情的で、その恋を責めない。このすばらしい女性のひたむきな愛を書きながら、なぜ作者はいやになり、苦しんだのだろうか。この問いに客観的な答えを出すことはむつかしいので、私は自分なりの答えを主張してみよう。

(1)アンナの愛は真剣だった。しかし、どれほど真剣にしても自我《エゴ》の愛は真の愛ではなく、それは幸福・

生にはつながらず、不幸と死につながる。トルストイは常識に逆らうこの真実を確認し、アンナの「愛」のなかにある死をあばき、それを一般の読者に示さなければならなくなったことが苦しかったし、いやだった。

(2)このようなアンナの愛の性格をはっきりさせるために、かの女の周囲にあって、かの女よりはるかに俗悪な人間たちや、その軽蔑すべき「愛」を風俗小説的に描く必要があった。それもトルストイにとってはいやな仕事だった。

(3)このようないつわりの「愛」をはびこらせている社会、識者、宗教、宗教人を描くのも苦痛だった。

(4)こうしたいつわりの愛から救われるためには、人智を超えた信仰が必要だ。そのためにはいつわりの信仰や宗教と対決し、破折しなければならない。それはいやではないが、あまりにも苦しくつらく、命まで懸けなければならないものだった。

こうした苦しみにもかかわらず、トルストイはそれを引き受ける覚悟をし、『アンナ・カレーニナ』を苦痛に耐えながら書きすすめ、それによって思索を深め、真の愛の不在→死という危機を克服しようとした。

Ⅲ　死からの脱出

i　『懺悔』の場合

すでに危機の時期が去り、信仰を根本にした新しい生活の段階に入って、しかも、自分の新しい考えを人々に知らせるために書かれた『懺悔』では、その主人公「私」がこの危機＝生の停止から脱出した過程が、整理された形で、わかりやすく説明されている。『懺悔』については四〇五～四一二ページでもう少しくわしく述べるが、ここで、死からの脱出についての部分を、かいつまんで要約してみよう。「私」はまずその脱出口を知識の分野に求めようとした。最初に、自然科学に向かったが、それは「無限に大きい空間のなか、無限に長い時間のなかで、無限に小さい粒子が、無限に複雑に変化する。そして、この変化の法則を理解した時に、お前は何のために生きているかを理解するのだ」という答えしか与えてくれなかった。

思弁哲学は「私と全世界は何か？」、「すべてであり、無である」。「何のために世界は存在しているのか、また、私は何のために存在しているのか」、「わからない」としか答えてくれなかった。究極的な問題では、自然科学（客観性）も、哲学（理性）も無力だと知って、私は信仰による救いを探しはじめる。

だが私の属する上流階級のキリスト教はその場限りのものにすぎないことを見てとった。次に庶民の、労働大衆の信仰と生活を観察した。その中には迷信もたくさんあったが、私はこの人たちが好きになり、民衆の信仰と合体するために、教会の儀式がきらいだったのに、民衆とともに儀式に参加した。その儀式の三分の二は私には意味がわからなかった。教会の教えを純朴に信じている民衆を私はうらやんだが、民衆とともに教会の儀式に参加することはすぐにやめてしまった。

その結果、私はロシア正教を研究しはじめたが、そのなかにたくさんの誤りや虚偽があるのを知り、正教会と闘い、自分の信仰を主張することで、死から脱出したのだった。

このように『懺悔』では、「生の停止→脱出の試み→科学・哲学の無力の確認→信仰・宗教へ→正教会の誤り、いつわりの発見↓教会との対決」という筋道が単線的にまとめられて、明快に示されている。

ii　レーヴィンの場合

小説の人物レーヴィンの場合は、『懺悔』よりもっと複雑な過程をたどって、死からの脱出が行われる。かれは「何のために生きるか」という素朴な問いに答えることができず、苦悩しているうちに、一人の農民フョードルがさりげなく言った言葉に、強く心を惹かれる。

「『フォカーヌイチはまっとうなじいさんだ。あの人は魂のために生きている。神様を忘れてねえ』『どういうことだい、神様を忘れていないって？　どういうことだい、魂のために生きるって？』『どういうことかわかりきってますよ、まっとうに、神さまにしたがってだよ。何しろ人間はいろいろだ。ま、たとえばだんなさまにしたって、やっぱり人間をふみつけにはなさらねえ……』『そうさ、そうだよ、さよなら！』レーヴィンは興奮に息をはずませながら、口走ると、背をむけて、自分のステッキをにぎり、足早に屋敷の方へ歩き去った。フォカーヌイチじいさんは魂のために、まっとうに、神さまにしたがって生きているという、百姓のことばをきくと、はっきりしないが、重大な考えが群れをなして、どこか閉じこめられていたところから、ほとばしり出たようであった。そして、すべてがただひとつの目標をめざして、その光でかれを目くるめかせながら、その頭のなかでうずまきはじめた」

レーヴィンはこの考えが、理性の束縛や因果律の外にある、絶対的なものでなければならないと感じる。しかし、それがどのようなものかわからない。教会の教えとの関係もわからない。ただ、レーヴィンは今自分が死から脱したことを感じ、人生を意味あるものとして生きることができると感じる。しかし、小説が終わるまで、レーヴィンの死からの脱出はまだ完全にはなしとげられていない。『アンナ・カレーニナ』はこのレーヴィンの心の星雲状態を述べることで終わる。だから、三七四ページで書いたように、この『アンナ・カレーニナ』の末尾は一つの作品の終章《エピローグ》でもあり、次につづくトルストイの活動の序章《プロローグ》でもあるのだ。

iii 現実のトルストイの場合

トルストイの危機脱出、新しい活動の開始は、実生活では『懺悔』に書かれているより、また、農民の短い素朴な言葉から一種のひらめきを得て、光明を見いだした小説の主人公レーヴィンの劇的な場合より、はるかに複雑、というより、明快でない、ジグザグな経路を通っていった。

トルストイが『アンナ・カレーニナ』を書いて、愛の深層を見つめ、そこに死の影を見て、自分も死の恐怖と死の誘惑にさいなまれはじめたのは、すぐ前で挙げた兄あての手紙を見ると、七五年夏ころだったと思われる。その状態から本当に脱出できるまでには、相当な年月が必要だったが、自殺の淵に立たされるほどの深刻な危機は一年足らずしかつづかず、七六年春にはトルストイはやや落ち着きをとりもどし、少し距離をおいて死を見ている。この年の四月、フェートへあてた手紙にはこんな言葉がある。「貴兄は病気で、死について考えているとのことですが、私は健康でやはり同じことを考えるのをやめず、死の準備をしています。だれが先になるか、見ていましょう」と、死を覚悟していることを伝えた後、フランスのシャンソン作者ベランジェの詩句を引用している。

死はひとりでにやってくる。
人の思い煩うことでなし。
よく生きることこそ我らのつとめ、
この世でそれを果たさねば……

トルストイは芸術をあいまいで、感覚的で、絵空事にすぎないものとして軽蔑したり、憎んだりした。しかし、第一作『幼年時代』からはじまって、幾度となくその「いい加減な」芸術に救われた。この場合も、ベランジェの詩は気分的な、いわば、文人的人生観にすぎず、それほど深刻なものではない。しかも、このシャンソンはトルストイが二十年も前から知っている古いものだった。五八年十月の日記にすでにこの詩が記されているのである。だから、この時期のトルストイはもはやこんな小唄で救われる次元にはいなかったはずだと思える。しかし、実生活のトルストイはこの歌を古い記憶から引っぱり出して、死を意識しながらも、それを口ずさんで、小康をたもつことができた。そして、その後——長編が峠を越して、麓《ふもと》が見えてきた安堵感もあっただろうが——少し苦しみが減って、仕事がすすむようになった。

現実のトルストイは『懺悔』に書かれているように、ひたすら思索に没頭し、信仰というゴールに一筋道で近づいていったわけではない。トルストイは思想家であると同時に生活者だったから、『アンナ・カレーニナ』とほとんど同時に教育の仕事もし、『新初等教科書』を書いて、出版した。これはトルストイが何をおいても、ともかくしなければならないと感じている仕事だったのだ。その仕事が終わっても、出版者との契約をはたし、今か今かと続編を待っている読者の期待に応えるために、『アンナ・カレーニナ』の執筆を怠ることはできなかった。そのために一年がついやされた。トルストイが『アンナ・カレーニナ』の仕事から解放されたのは七七年四月のことである。この期間のトルストイの思想的探究はそれに専心するのではなく、『アンナ・カレーニナ』の執筆と並行して、思索、思想的著作の読書、メモ的な思想的文章の執筆が行われる一方、『アンナ・カレーニナ』の執筆の内部で、レーヴィンの思想探究を描くことで行われた。文学のほかに、トルストイは農業、家庭、その他もろもろの生活の重大事、雑事、瑣事《さじ》にも取り組まなければならなかった。とはいえ、かれは生活にかまけて、のっぴきならない大事なことに目をつぶっていたわけではない。生活人として生きるために必要なことをこなしながら、ジグザグ、じわじわとゴールにせまっていったのである。

Ⅳ 真の信仰を求めて

i オープチナ修道院

苦しかった長編の仕事から解放されてからも、トルストイの探求は『懺悔』のように整然とすすんだのではない。オープチナ修道院を訪問して、世評の高いアンヴローシー長老と話をしたり、民衆にまじって教会に通ったり、街道に出て巡礼たちと話したり、子供にもわかるように平易にキリスト教の教えを問答形式で書いた「教理問答」を、自分自身で書いてみようとしたり、もっと本格的な宗教論を試みたりした。直線的な追究ではなくて、いつものとおり、あちこちに頭をぶっつけながら、模索が行われていたのである。

トルストイが数ある修道院のなかで、七七年七月、まっさきにオープチナ修道院を訪れたことは重要である。ここでくわしく述べる余裕はないが、この修道院はヤースナヤ・ポリャーナの西方約百二十キロ（モスクワの南西約三百キロ）の草深い所にある昔ながらの質素な修道院で、修道僧たちは自分の労働で生活し、一人ひとりが自主的に修行をする修道院だった。長老のアンヴローシーはドストエフスキーの『カラマーゾフの兄弟』のゾシマ長老のモデルにもなったと言われる有徳のほまれ高い修道士だった。

トルストイのオープチナ修道院訪問の理由などについて、チェトヴェーリコフ著『オープチナ修道院』（新生社、一九九六年）の翻訳の解説で、安村仁志はこう述べている。「オープチナ修道院のうちに教条的《ドグマティック》でないもの、民衆的なものがあるのではないかという思いがあったのではないかと考えられる。しかし、アンヴローシー長老と面会して聖書のある部分について議論したが、満足はえられなかったようである」。正教会のなかにどっぷり浸かっていないオープチナ修道院にトルストイは関心をもち、おそらく期待をいだいていた。しかし、じかに接してみて、この修道院も、当然ながら、ロシア正教会の枠を出るものではないことをその目と耳で確認したようだ。それでも、かれはこの修道院に関心をもちつづけ、その後二回訪問し、妹マリアをこの修道院付属のシャモルディノー女子修道院に入れている。しかも、一九一〇年家出を決行した時には、まずこの修道院に立ち寄っている。

ii ソロヴェツキー修道院

同じころ、トルストイは十七世紀に教会儀式の改変に反対して、ロシア正教会の体制から追い出され、中心人物のアヴァクームなどは火あぶりの極刑に処せられた、古儀式派（古教徒、分離派とも呼ばれる）にも関心をもった。かれはこの人たちのことを調べ、古儀式派の司祭が何十年も禁固されているのを知って、皇帝に直接手紙を送り、恩赦を願い出たりした。トルストイは正統教会ではなく、古儀式派にこそロシア民衆の純粋な信仰があるとも言っていたが、結局のところ、迫害されたこの人たちに同情したり、アヴァクームの不屈の人格に惹かれたりしたものの、古儀式派のなかに現代に生きる信仰を発見することはできなかった。それでも、かれは白海にある古儀式派の拠点で、政府軍に八年も抵抗したソロヴェツキー修道院を、「生の停止」から脱したのち、七九年に訪れようとした。しかし、理由はよくわからないが、その計画は実現しなかった。また、八五年に書かれた民話的短編の、海の上を走る、無知ながら、純粋な信仰の持ち主である「三人の隠者」は、古儀式派の僧のようである。

この二つのユニークな修道院にトルストイが注目したのは、ロシア大衆の素朴な信仰と教会の接点を見いだそうとしたからであろう。

iii 実生活のなかで

こうした純粋に宗教的な探求のほかに、トルストイはこの時期に国家、政治についても大きな関心を向けていた。『アンナ・カレーニナ』の次の作品として、またしても歴史小説を書こうとし、以前にも試みたデカブリストや十八世紀のことを調べ直し、新しくニコライ一世時代の研究もした。この時期に書かれた草稿に『百年』と題されたものがあるが、トルストイの視野のなかに十八世紀はじめのピョートル時代から、一八二五年デカブリストまでの百余年が、一続きのものとしてとらえられていた。しかも、トルストイは『戦争と平和』よりもっと複合的にロシア人の生き方をとらえるために、農民の生活を描く試みもしていた。また、国家権力と政治の構造も研究の対象にしようとしていた。この時期、トルストイは実生活でも郡や県の自治体委員になるなど、もともときらいな政治・社会活動にも直接かかわった。トルストイのいわゆる「宗教的・思想的・道徳的」探求は、実は正しい社会的・日常的生活の探求でもあったのだ。

実人生ではこうしたさまざまな、『懺悔』の叙述よりはるかに入り組んだ探求をしている間に、さらに二年が過ぎた。

iv「危機＝生の停止の時期」の終了

そして、ついにトルストイはすべての根源が知識でも、哲学でも、理性でも、生活の知恵でもなく、宗教であり、信仰であることを確信した。それと同時に、ロシアには人を救うことのできる正しい宗教が存在していないことを認めざるをえなかった。とすれば、そのことにもっとも大きな責任を負わなければならないのはロシア正教会にほかならない。こうしてトルストイはロシア正教会という強大な相手と、真っ向から対決しなければならなくなってしまった。それは七九年秋のことである。生の停止の危機からすでに四、五年がたっていた。

v 小説の構想と放棄

トルストイは『アンナ・カレーニナ』を書きあげたあと、新しい長編小説を書くつもりでいた。しかし、七九年春デカブリストの小説を書くのをあきらめた。デカブリストのテーマは十五年もかれが温めつづけてきたものだったが、ついに実現せずに終わった。十八世紀のテーマもほとんど同じころに放棄されてしまった。非業の最期をとげた皇太子アレクセイ、自分の祖先で、ピョートル大帝の重臣だったピョートル・トルストイのことも調べたし、これらの人たちの人生は一編の力作を書くに値するものだったが、断片さえ書かれなかった。その反面、宗教に対する関心は次第に強まった。やがて、いささか誇張されて、芸術から宗教への「転回」とさえ呼ばれるような変化が起こった。それを決定づける目印となるできごとは、すぐ後で述べるように、ロシア正教の二大修道院（仏教でいえば大本山）をトルストイが訪問したことである。

このできごとを境にして、「危機の時期」は終わり、新しい、「トルストイ独自の信仰形成の時期」と呼べる時期がはじまる。それを一覧表で示しておこう。

(1)危機の時期

①生の停止　　七五（七四）年〜七六年中ごろ

②死からの脱出　　　　七六年中ごろ～七九年秋

⑵信仰確立の時期

①教会との対決　　　　七九年秋～八〇年末

②独自の信仰形成　　　八一年初～八四年秋

ここで注目しなければならないのは次の二点である。

1　いわゆる「危機の時期」がはじまったのは七〇年代末や八〇年ではなく、七〇年代半ば以前である。通説のように（トルストイ自身もそれに類することを言ったりしているが）、『戦争と平和』『アンナ・カレーニナ』執筆の時期、つまり、トルストイの活動の中期が七〇年代末に終わり、その後で危機が生じ、後期に入る、という考えは間違いである。

2　七〇年代半ばからの約十年全体を「危機の時代」と呼ぶことは可能だが、それを右の年表のように、いくつかに細分してとらえなければならない。

2 権力宗教との対決

I 正教本山にせまる

i キエフ・ペチェルスキー大修道院

トルストイは七九年六月半ばキエフ・ペチェルスキー大修道院を訪問した。ちょっとこみ入った話だが、ロシアの国家もキリスト教も、そのルーツはロシアではなく、ウクライナのキエフにある。トルストイはいつものやり方で、読書やまた聞きではなく、自分の目でロシア正教会の総本山を見、そこの高僧に会って、自分の耳でその話を聞こうと思い、キエフに行って、大修道院を見学した。その結果を、トルストイは即日、この上もないほど簡潔、断定的に、夫人に手紙で知らせた。「きょう、六月十四日午前八時に、とても疲れてキエフに着きました。午前中を通して三時まで、いくつもの聖堂、洞窟、修道僧たちのもとをまわって歩き、この旅行にひどく不満を感じました。来る価値がありませんでした。……七時にまた修道院に行き、アントーニー最高修道僧に会いましたが、教えられることはあまりありませんでした」

トルストイはあらかじめ教会否定の態度でここを訪れたのだが、それにしてもたった一日見学し、一人の修道僧と短時間話しただけで、ロシア正教会の総本山を、あっさり一刀両断に切り捨ててしまった。

十世紀末にルーシ（古きロシア）にキリスト教が導入されてから半世紀ほどして、アントーニーという人がキエフ南端の洞窟に独りこもって、ひたすら修行した。その徳をしたって多くの修道士が集まるようになり、洞窟の上に修道院が建てられ、キエフ公の庇護《ひご》を受けて隆盛をきわめた。ペチェルスキー大修道院という名は洞窟（ペチェーラ）という語からできたものである。社会主義革命後の一九一八年に、修道院長が殺害され、一九二六年には修道院、洞窟などすべてが博物館になり、過去の遺物を見学するだけの施設になってしまった。洞窟の見学者の出口の上には、「宗教は民衆のアヘンなり」というマルクスの言葉が大書された横断幕がつるされた。私がソ連時代に訪れた時、かつての大修道院はかなりさびれていたが、それでも宗教的雰囲気は残っており、むしろ横断幕の断言的なスローガンが空虚か、あるいは滑稽に思えるほどだった。トルストイの時代はもっとはるかに重々しく荘厳な威風があったはずである。だが、トルストイはそれを権力的な威圧と感じ、宗教的なものは感じなかったようだ。

この修道院の開祖は孤独で誠実な洞窟の求道者だった。トルストイは権力と結びついた修道院ではなく、ひたすら真理を求めた純朴な修道者に思いを馳せることもなかった。前掲の短い手紙にはそういう感傷は一片すらない。かれは自分たち現代の人間を救ってくれる力があるかどうかという一点から、ペチェルスキー大修道院を見ていたようで、その力がないと直感すると、正教会の総本山に未練なく背を向けてしまった。

ii　三位一体セルギー大修道院

これから半年もたたない同じ年の十月はじめ、トルストイは今度は三位一体セルギー大修道院を訪れた。これはペチェルスキー大修道院と並ぶ、ロシア正教会の二大修道院の一つである。ウクライナにルーツを発したルーシは十三世紀のモンゴルの侵攻、その他さまざまな事情のために、その中心が東北に移動し、モスクワ大公国によって中央集権国家が形成され、十六世紀にはそれがロシア帝国に発展した。三位一体セルギー大修道院はその新しいロシアの信仰の中心である。モスクワの北東七十キロにあり、そこはセルギエフ・ポサード（「セルギーの町」の意味）と呼ばれている。森の隠者として尊敬されたセルギーが一三四五年にここに庵を作り、修行に励んだという。一三八〇年ロシア軍がはじめてモンゴル軍に勝利したクリコヴォの戦いの折、ロシアの総帥、モスクワ大公ドミトリー・ドンスコイがセルギーを訪れ、戦勝のお祈りをしてもらい、陣中司祭を派遣してもらったという（事実ではないが）伝説がある。ロシア正教は十世紀末キエフのウラジーミル公によって国教として導入されて以来、国家権力と一体だったが、新しいロシアでは政教一体化が一段とすすんだ。三位一体セルギー大修道院はまさにその中核なのである。

七九年九月二十七日、トルストイはヤースナヤ・ポリャーナからモスクワに出てきた。この時トルストイはまだ歴史小説をあきらめていなかったので、その資料集めのためだった。しかし、ロシア正教会の最高幹部に会って、教義について質問し、さらに、戦争反対か容認か、死刑に反対か賛成か、異端や異教の人々をどのように扱うのかなど、現実的な問題について教会の判断をただすためでもあった。かれは九月末、モスクワ府主教マカーリー、副府主教アレクセイとも会って話をした。しかし、それでは飽き足らず、例の強引さで、本山を直撃したのである。

十月一日にトルストイは三位一体セルギー大修道院に赴いた。かれは賓客《ひんきゃく》なので、まず修道院の建物、衣装・宝物殿などを、修道僧が案内して見せてくれた。トルストイは豪華な祭典用の衣装には興味を示さず、重い鎖を四六時中体に巻きつけて修行をしている独行の苦行者のことを、案内の僧に質問したという。見学が終わると、副修道院長レオニードがトルストイを僧庵での会食に招待した。これは賓客を歓迎する意味だったが、トルストイはそれを断って、巡礼受け入れ所で庶民といっしょに食事をした。食後かれはレオニード副院長と面会し、二人きりでかなり長時間懇談した。

セルギエフ・ポサードにある三位一体セルギー大修道院

この時のトルストイの三位一体セルギー大修道院訪問については、案内役をつとめた修道僧、のちの主教ニコンがトルストイの死の直後、一九一一年に回想録を発表した。その回想によると、懇談後レオニードは嘆息して、こう漏らしたという。「めったに見たことのない大変な傲慢さに蝕《むしば》まれている。心配だ、最後はよくないことになる」。

豪華な高僧の衣装を見せてもらっている最中に、鎖の上にぼろをまとった苦行者のことを質問したり、高僧の招待を断って、ホームレスのような者も交じっている巡礼と食事をしたり、トルストイは神聖であるはずの総本山で常識はずれの非礼を、おそらく意識的にくり返した。レオニードとの対話の内容はわからないが、おそらくトルストイは歯に衣着《きぬ》せずに、ずけずけ意見を言い、質問したのだろう。高僧たちから見れば、トルストイは道に迷ったあわれな人間だった。しかし、かれは高僧たちとの対話の後、その確信と決意をストラーホフに手紙でこう伝えた。「貴兄の忠告に従って……モスクワと三位一体修道院に行き、副府主教アレクセイ、府主教マカーリー、レオニード・カヴェーリンと話し合いました。三人ともみんなすばらしい人たちで、頭がいいです。しかし、私はいっそう自分の確信を強めました。興奮し、のたうち、精神的に闘い、苦しんでいますが、この状態を与えてくださったことを、神に感謝しています」

II 宗教的著作の執筆

このようにして、トルストイは「のたうち、闘い、苦しみ」ながらも、教会が正しいキリスト教から離れていることを明らかにし、正しいキリスト教がどういうものなのか説くことを決意し、正教会という強大な相手との危険な闘いを決意した。そして、その課題を文学、農業経営、教育、社会的事業など、すべての仕事に優先させることにし、宗教的な著作に没頭しはじめた。七九年十月二十一日、ソフィア夫人は妹タチヤーナに手紙でこう伝えた。「夫が書いているのは福音書や全体的に神についてです。これは残念なことです」

こうして、七四年半ばの「生の停止」からはじまった危機の克服・脱出は七九年秋に終わり、同時に教会との対決、真の宗教確立のための宗教的著作に専念する時期（三九七ページの年表に示した「独自の信仰形成」の時期）がはじまる。この後八二年末に短編小説を試みるまで三年以上、トルストイは普通の意味での文学の仕事を封印し、もっぱら宗教的著作を書きつづけたのである。八一年前半に民話風の文学作品「人は何で生きるか」を書いているが、これも宗教的著作の一つとみなすことができる。

トルストイの熱中ぶりは例によって猛烈で、七九年末にはソフィア夫人が日記に、夫が「書いているのは宗教について、福音書解説、教会とキリスト教の分離についてだ。毎日、一日中、本を読んでいる……会話はキリストの教えのことばかり。『デカブリスト』や以前の傾向の仕事はうしろに押しのけられてしまった」と書くようなありさまだった。この二年ほど前には、十七年前に大喧嘩をして、ずっと絶交状態だったツルゲーネフと、宗教的な気分になって和解をした。ところが一方、ちょうどこの時期に、ヤースナヤ・ポリャーナに遊びに来たいと、都合を問い合わせてきた親友フェートからの手紙を、宗教的探究に熱中していたトルストイは無視して、返事を出さなかった。それどころか、その手紙をずたずたに裂いて本の栞《しおり》がわりに使っていた。ふだんトルストイは手紙を大切にし、忙しくてもすぐに返事を書く人だったから、これは異常な行為だったと言わなければなるまい。

現在、モスクワの都心のそのまた中心に、ロシア最高の詩人プーシキンの銅像が立っていて、そのまわりの広場はプーシキン広場と呼ばれている。モスクワ第一の目抜き通り、トヴェルスカヤ沿いのこの場所は都心でもあり、都塵の中心でもあるのだが、市民や観光客の待ち合わせや憩《いこ》いの場として人気が高い。ここに銅像が建てられたのは一八八〇年、除幕式が六月はじめに行われ、ツルゲーネフ、ドストエフスキーら一流作家が参列した。トルストイももちろん招待されたが、「こういうセレモニーは何だか不自然だ。虚偽とまでは言わないが、私の精神的欲求に合わない」と考えて、出席を断った。そのこともあって、トルストイは発狂しかけている、いや、もう完全に頭が変だという噂が立ったほどだった。

たしかに、教会の誤りを正すとか、真の宗教を示すなどということは、個人の独力では不可能だ。しかも、当時のロシア正教会はロシア人の宗教をほとんど独占し、国家権力の組織に組みこまれており、絶大な力をもっていた。それに逆らうことは、一九四五年以前の日本で軍部を敵にまわすことや、ソ連時代のロシアで、共産主義を批判するようなものだ。逮捕投獄はもちろん、死も覚悟しなければならない。若いころからトルストイの言動は常識の枠から大きくはみ出していたが、七九年半ばから死までの三十年以上、トルストイは常識を絶した世界で生きることになる。

i 『懺悔』

七九年秋からトルストイは猛烈に宗教的な著作を書きはじめたが、そのなかには二つの種類のものがあった。一つは教会や教会の教えを批判したもので、のちに『教義神学研究』（または『教義神学批判』）『教会と国家』の題名で発表された著作。もう一つは真のキリスト教を示そうとするもので、『四福音書の統一と翻訳』『要約福音書』などだった。こうして、トルストイは死の危機が去った後、今度は自ら死を賭して、巨大な敵との闘いをはじめたのだった。一方、これとは違った性質のものとして『懺悔』も書かれた。これは必ずしも一番はじめに書かれたものではないが、トルストイはさまざまな宗教的著作を出版する前に、『懺悔』を世に出して、自分の姿勢を明らかにし、なぜ宗教的な著作を書くにいたったのかを説明する必要を感じた。それを抜きにしていきなり、『教義神学研究』や『要約福音書』など、常識はずれの著作を発表しても、読者はトルストイが本当に発狂したと思って、読まなかっただろう。

『懺悔』はすでに述べたように、「私」という一人称で書かれており、トルストイの実体験とかさなる部分も多い。しかし、これは「告白文学」のジャンルに属する文学作品で、現実で起きる偶然的、無意味な現象は排除され、整理され、潤色もされてまとめられている。また、「私」の物語でありながら、一般性、普遍性を帯びており、読者が自分のことかと感じるように書かれている。それはトルストイの告白であると同時に、十九世紀半ばのロシアの上流知識人の一般的な精神状態を描いたものでもある。『懺悔』は内容もやさしいとは言えず、量的にもかなり大きくて、この本の二つの章に匹敵するくらいの分量がある。しかし、トルストイを知るために、とくに、後期の宗教的、思想的、社会的活動の本質を知るためには、ほかの宗教的・思想的著作に先んじて、第一に『懺悔』の内容を、少なくともそのいくつかのポイントを知っておくことが不可欠である。簡略すぎるきらいはあるけれども、その内容を拾ってみよう。

a 不信の生い立ち

「私(トルストイ)は正教キリスト教の信仰のなかで洗礼を受け、教育された。私は子供時代から少年時代、青年時代を通じて、その信仰を教えられた。しかし、十八歳のころ、大学二年で中退した時、私はもう自分が教えこまれたものを、何ひとつ信じていなかった」

『懺悔』はこのような書き出しではじまる。ロシアだけでなく、ほかのキリスト教国でも、日本のような非キリスト教国でも、近代世界にはびこっていた形式的な信仰と、本質的な不信の状況がここに的確に示されている。誠実な若者が信じるものもなしに、生きることを強いられ、しかも、それが宗教を乗り越えた、進歩した状態であるかのように思いこまされていたのだった。そのなかで「私」を動かしていたのは動物的本能と自己完成の意欲しかなかった。こうして、大学中退からクリミア戦争に参加して帰国するまでの十年間、「私」は戦争で人を殺し、ありとあらゆる罪をおかした。「私がしなかった犯罪はなかった」とまでトルストイは書いている。

b プログレス

このころ私は小説を書きはじめ、人に何を教えればいいのか知らないまま、人を教えるようになった。そして、それまでの自己完成にかわって、すべてのものの「進歩《プログレス》」が私の新しい意欲になった。しかし、何がどう進歩するのかは私にはわからなかった。それは小舟に乗って波と風のまにまに流されている人間が、「どこへ向かっているのですか」とたずねられて、「どこかへ流されているのさ」と答えるようなものだった。

c　自分の幸福

それから一年、私は調停判事をしたり、学校の仕事をしたり、雑誌を出したりしたあげく、疲れきってしまい、バシキールに馬乳酒《クミス》療法に出かけ、そこから帰ってきて、結婚をした。「幸せな家庭生活の状況がもう完全に私を、人生の全般的な意味の追究すべてから引き離してしまった。自己完成の意欲は、すでに以前に全体の完成への意欲に変えられてしまっていたが、今度はそれがもう私と家族ができるだけよくなるようにという意欲に、露骨に取りかえられてしまった。こうしてさらに十五年がすぎた」。

これはトルストイの実生活とはかなり違っており、その否定面が誇張されている。しかし、話の筋としては、このほうがわかりやすい。

この間に私は『戦争と平和』を書いて、ゴーゴリ、プーシキン、シェークスピア、モリエールより有名になり、数千ヘクタールの土地を次々に買った。しかし、「それが何のためになる？　それから先は？」という問いが湧いてきて、それに答えることができなかった。

d　生きる目的

その結果、私の生活は停止し、幸せで健康な人間が自殺まで考えるようになった。

私はこの危機からの脱出を知識の分野に求めようとした。しかし、自然科学は次のような答えしか与えることができなかった。「無限に大きい空間のなか、無限に長い時間のなかで、無限に小さい粒子が、無限に複雑に変化する。そして、この変化の法則を理解した時に、お前は何のために生きているかを理解するのだ」

また、思弁哲学は次のような答えしか与えることができなかった。問「私と全世界は何か?」、答「すべてであり、無である」。問「何のために世界は存在しているのか、また、私は何のために存在しているのか」、答「わからない」

しかし、人間はこの世に存在している以上、正しい答えを知らなくても、ともかくなんとか生きなければならない。私のまわりの人たちを見ると、生きるための四つの抜け穴があった。

(1)無知によるもの。生が悪で無意味だということを知らず、理解しない生き方である。しかし、いったん生の無意味さを知ってしまうと、それをかき消すことはできない。

(2)享楽主義によるもの。生が絶望的だということを知りながら、ともかく今のところは、そこにあるしあわせを享受する。

(3)力によるもの。生が悪で無意味だと知って、それを自分の力で断ち切ってしまう。つまり自殺である。私もこれがいちばん手軽な方法だと思い、それを使おうとした。

(4)弱さによるもの。生が悪で無意味だと思いつつ、自殺もできず、ずるずると生きつづける。私も結局はこの部類に入っていた。

e 信仰

しかし、このように考えたのは私の誤りだった。私が生まれる前から、人間は生きつづけてきた。生が本当に悪で無意味なら、幾世紀にもわたって人間が生きつづけられるだろうか? 私が合理的だと考えていたことが、どこかで間違っていたのではあるまいか。こう考え直してみて、私は生きている人類全体には、合理的な知識とは別に、何かほかの合理的ではない知識、理性だけでなく、感情も、魂も、夢も、すべてをふくんだ知識――信仰があり、それが生きる可能性を与えてきたことを認めざるをえなくなった。信仰のみが生についての問いに対する答えを人間に与え、生きることができるようにしてくれていたのだった。私はこのことを理解したが、それで楽になったわけではなかった。

こうして、私はいろいろな宗教――仏教、イスラム教、とくにキリスト教を、本や生きている人間を通じて研究しはじめた。私はどんな宗教でも受け入れるつもりだったが、ただ理性を否定するような宗教はいやだった。理性には限界があるにしても、それを否定するのは虚偽である。

私はまず自分の階層のキリスト教信者の信仰と生活を観察した。そして、その信仰が迷妄であり、その生活は私と変わりのない、その場かぎりのものであることを見てとった。よくない生活からはよくない信仰しか生じないのだ。次に私は庶民の、労働大衆の信仰と生活を観察した。そのなかには迷信もたくさんあったが、それがかれらにとっては必要なものだった。その生活は勤倹誠実で、私はこの人たちが好きになり、なるべくそれに近づこうとした。

それでも私は信仰を理解したわけではなかったが、理性を超えた心が、ハートが神を求めていた。神を求めて生きている時にだけ、私は生きていると実感することができた。私は小舟に乗ってただよっていた。神は岸だった。私は岸に向かった――神に結びつくために舟を漕ぎはじめた。すると生の力が私のなかに再生し、私はふたたび生きはじめた。信仰の知識は神秘的な根源である神から生じる。神こそ人間の肉体、人間の理性の根源なのだ。

f　教会の儀式

民衆の信仰と合体するために、教会の儀式がきらいだった私が民衆とともに儀式に参加した。その儀式には私が理解できないおかしなものがたくさんあった。そして、それを正当化しているのは教会の教えであり、教会の無謬《むびゅう》性、絶対性だった。私はそれに従順に従おうとしたが、儀式への疑問をかくしておくにも限界があった。その三分の二は私には意味がわからなかったのである。いちばんありふれた儀式である洗礼、聖餐《せいさん》（聖体拝受、ギリシャ正教の用語では、領聖式）がその典型的な例だった。私は聖餐に参加して、キリストの血であるワインと肉であるパンをのみこんだ時、心臓が断ち切られたような感じがし、これは信仰が何であるかを知らない人の残酷な要求だと感じた。私は無知な民衆をうらやんだ。だが、そのまま正教にとどまって三年がすぎた。

g　ロシア正教研究

私（トルストイ）はもう一歩すすんで正教を研究したが、具体的な問題に対する教会の態度が、さらに私の疑問をつのらせた。たとえば、カトリックやプロテスタントに対して、協調できる部分はたくさんあるのに、まず敵意が先行していた。ちょうどその時ロシア・トルコ戦争が起こったが、殺人を否定しなければならない教会がそれを容認していた。私はぞっとした。

私（トルストイ）は信仰が全面的に間違っていると言うのではない。ロシア正教にも真理はある。しかし、虚偽もある。私は真理と虚偽を発見し、その二つを区別しなければならないと思い、それにとりかかった。この教義のなかに私がどんな虚偽を発見し、どんな真理を発見し、どんな結論に到達したかが、この著作の続編を構成することになる。それが発表に値し、だれかに必要であれば、おそらく、いつかどこかで印刷されるであろう。

h　決闘状

近代の世界が不信に満ちていること、そのなかで生きるための基盤が発見できずに苦しんでいる者がたくさんいることを訴えた人は多い。ロシア正教のなかに多くの虚偽があることを知っていた人も多い。しかし、それを指摘する勇気のある人は少なかった。まして、その誤りを正して、真の宗教を示そうとする者はまれだった。トルストイはあえてそれをした。『懺悔』はその題名のように、自分の過去の間違った生活を反省するものでもあったが、その最重要な点は、間違っているロシア正教会を批判すること、つまりロシア正教会に決闘状をたたきつけることだったのである。

トルストイはロシア正教批判を決意したが、その立場は容易なものではなかった。信仰そのものを否定する人や唯物論者なら、宗教そのものを否定すればよい。非キリスト教徒ならキリスト教を真っ向から否定すればいい。それは比較的簡単なことだった。しかし、トルストイは神を信じようとしていたし、宗教は人間の生活に不可欠だと考えていた。また、トルストイはカトリックをロシア正教以上にきらっていた。トルストイの宗教は清教徒《ピューリタン》に似たところもあるが、トルストイは概してプロテスタントはきらいだった。マックス・ウェーバーは『プロテスタンティズムの倫理と資本主義の「精神」』で、近代の資本主義はプロテスタントの精神と結びついていると論じた。トルストイはこの本を読んでいたわけではないが、大きらいな資本主義とプロテスタントの近似性を嗅ぎとっていた。

トルストイはロシア正教徒として生まれ育ち、自分の周囲のロシア大衆のほとんどがロシア正教を信じていた。それを切り捨てることは心理的にも簡単ではなかった。最初はなんとかそのなかに入りこもうとしたが、できなかった。

ii「人は何で生きるか」

トルストイは合理的宗教の主張者で、理屈に合わないものをすべて宗教から追い出そうとしたと考える人もいるが、これはまったくの間違いである。かれは民衆の迷信を必要なものとして平気で認めていたし、神秘や奇跡も否定していなかった。かれは『初等教科書』『新初等教科書』などのテクストとして、また単に子供のための読み物として、無数の童話、民話風作品、小編を書いた。そのなかでとくによく出版され、読まれているのは「子供のための短編」(日本では多くの場合「トルストイの民話」)と銘打たれている二十の作品群である。そのうちのほとんどは一八八六年に書かれたが、どの作品も超自然的なできごとや、天使の出現、悪魔の跳梁《ちょうりょう》などにみちている。

これらの作品のなかでいちばん有名なのはロシアの昔話をもとにした「イワンのばか」だが、このなかでは悪魔がひっきりなしに出てきて大活躍する。木の葉を金貨に変えたり、草束を兵隊に変えたりしてみせるのだ。「三人の隠者」では字も読めない無知な修行僧が、海の上を船より早く走って、高僧を驚嘆させる。トルストイはこれをまるで現実のことのようにリアリスチックに描いている。「小さなろうそく」では信心深く勤勉なピョートルが、労働を禁じられている復活祭に犂《すき》を押して畑を耕している。暗いなかで働いているので、犂の先に小さなろうそくをともしている。犂を押して行けばろうそくはすぐに消えるはずだが、小さな炎は燃えつづけている。この小編を読むと、これは比喩やシンボルではなくて、トルストイが見た実際の情景だと感じるほどだ。

これらの作品のなかで「人は何で生きるか」だけはほかのものより少し早く、ちょうどこの章で取りあげている時期に当たる八一年に書かれ、その年の末に発表された。これは古くからある民衆的な天使伝説をもとにしたもので、内容はすべて超自然的な話だと言ってよい。

若い死の天使が人間を憐れんで神の命令に背き、魂を抜きとるのをやめたため、罰を受けて地上に落とされる。靴屋のセミョーンがこの天使をただの浮浪者だと思って、家に連れ帰り靴屋の手伝いをさせる。ミハイルという名のその男、実は天使は経験もないのに、靴作りに異常な才能を発揮し、セミョーンの商売は大繁盛する。ミハイルは長靴を注文に来た地主の背後に同僚の死の天使を見て、長靴の代わりに、死んだ人に履かせる突っ掛け靴のような履物をあらかじめ作っておく。すると、地主はその日に死んでしまうなど、次々に不思議なことをやってのける。そして、ついに神の赦しが与えられ、天使ミハイル（ミカエル）はロケットが発射されるように、屋根を突き破って一瞬のうちに天に戻っていく。

これは狭い日常性や自然科学的事実を超えて、感情と、夢と、無限の想像力とともに生きている人々の心を知り、それに応えようとした人の作品である。トルストイのロシア正教批判は自然科学、実証主義、唯物論、合理主義の立場からなされたものではなく、信仰の根源と本質を問うものであり、理性にも感情にも背反しない真の信仰を求めるものだったのである。

Ⅲ　ロシア正教批判

ｉ『教義神学研究』

すでに述べたように、トルストイは八一年九月、モスクワ府主教マカーリーと会って話を聞き、さらに三位一体セルギー大修道院に行って、副院長レオニードと話し合った。その結果、かれはロシア正教会と対決しなければならないという決意をいっそう強くし、さっそく宗教についての著作を集中して書きはじめた。さらにそれに加えて、自分の地元であるツーラの主教ニカンドルに会い、その勧めでツーラの司祭イワノフにも会った。高僧ばかりでは話が抽象的になるので、この二人から民衆の信仰について情報を得ようとしたのだろう。

イワノフはトルストイが求める情報を与えたばかりでなく、ロシア正教神学の最新最良の本として、モスクワ府主教マカーリー著『ロシア正教教義神学』とチェルニーゴフのフィラレート著『教義神学』を挙げ、この二冊の本で正教神学をくわしく知るように勧めた。トルストイは「わかりました。やってみます」と答え、実際に数日後、膨大難解なマカーリーの本を読みはじめたばかりでなく、その反論まで書きはじめた。そのトルストイの反論が『教義神学研究』（または『教義神学批判』）と呼ばれている論文である。この論文も長大で、私のこの本の三分の二以上の分量があり、しかも、キリスト教の知識の乏しい多くの日本人には手ごわすぎる内容である。しかし、少なくともそのいくつかのポイントを知っておかなければ、トルストイとロシア正教会の闘争も、トルストイ独自の信仰も理解することはできない。紙数から考えると無理だが、それを承知の上で、いくつかのポイントを指摘しよう。

a　神とは何か

この問いに教会は次のように答える。「神はすべての根源であり、われわれの理性で完全に理解することはできない。理性による思考の道をひたすらすすむと、理性の極限に到達し、理性はもはや理解を停止する。その極限のところで、神の観念を見いだすことができる。神は人間に理解されないと考えるのも、完全に理解できると考えるのも異端である。神の意識は各人のなかにあり、預言者、使徒、福音書筆者を通じて、神から伝えられている」

これに対して、トルストイはこう反論する。「神を伝えた人はたくさんいた。預言者、使徒、福音書筆者は、多くの人たちのなかから、教会が教会に好ましい者として選んだ特定の人たちにほかならない。したがって、これらの人の言い伝えを信じよというのは、教会の判断を信じよ、というのと同じことである。これは方法論としても間違っているし、不信の者を説得することはできない」

b　三位一体

三位一体は父なる神、キリスト、聖霊の三つが、個々別々のものではなく、単一の神の三つの相であるという理論で、周知のように、キリスト教神学の難問の一つである。これによって、キリストが神とは別の人格神であるとか、まして、すぐれた人間であって、神ではないという考えは否定され、神の一つの形相《けいそう》とされる。また、個人が自分のなかに意識する神も、個人の自意識ではなく、単一の神の一つの相である聖霊であり、それは絶えず人々のなかで働き、人間の霊魂を照らし清め、強める、と説明される。

トルストイはこの三位一体論を全面的に否定する。「この理屈は普通の頭脳の者にはむつかしくて理解できないし、民衆はこんな理論を知らない。キリストは神を《父》と呼んでいるが、自分を《子》と呼んではいない」。トルストイはこのような疑問をいくつも提出し、こう結論する。「私は明快な信仰の裏付けを得たいのであり、神を愛し、畏れるからこそ、あいまい不可解なものは信じたくない。この著者たちは天国へ入る鍵をもっていながら、自分は入ろうとせず、他人にも天国への扉を閉ざしている」

c　原罪

人間は生まれながらにして罪人だという考えについて、教会は次のように言う。「神は最初の人間アダムとイヴを純潔なものとして創造したが、同時に二人に自由を与えた。アダムとイヴはその自由を行使したため、蛇の誘惑にそそのかされて禁断の木の実を食べ、罪人となって、地上に堕《おと》された。その罪はわれわれに伝わり、我々は罪を負って生まれ出る。労苦、悲哀、病気、出産、死はその罪の結果であり、原罪そのものではない。人間はだれ一人原罪から免れることはできず、神の裁きに従順でなければならない」

トルストイはこれに対しても疑問を呈する。「信仰は善の勝利を保証すべきだのに、教会は論証や歴史によって、人間が悪の素質を持っていることを証明している。人間は自力では悪からのがれることはできず、祈り、秘儀、恩寵——つまり、教会の助けによって初めて救われる。これは教会に都合のいい考えではないか」

d　キリストによる贖罪

教会の教えでは、キリストはわれわれと同じ神の子の一人ではない。神そのものであり、父、子、聖霊という神の三つの形相の一つである。キリストは神によって地上に使わされた者ではなく、神が人の形をとったのである。その神が救世主として目ざましい活躍をした。そのため、キリストは世を惑わすものとして、磔《はりつけ》の刑にされた。しかし、これは死ではなく、われわれの罪と苦しみをキリストが自分の血で贖《あがな》ったものだった。

トルストイはこれに納得しない。かれの考えによれば、これは宗教的寓話であり、常識では理解できないものである。第一、三位一体を理解できない者には、「キリスト＝神」という等式が理解できていないのだ。素朴な一般信者のなかでは、神とキリストの概念は混ざり合っている。よく言えば融合しているのだが、悪く言えばゴチャゴチャになっている。天使による聖母マリアの受胎告知、処女出産から、死刑の三日後の肉体をもった復活にいたるまで、奇跡にみちたキリストの生涯を、かつては多くの信者が丸ごとそのまま信じていた。十五世紀には、すでに科学的思考をしていたレオナルド・ダ・ヴィンチでさえ、その名作絵画「受胎告知」には（注文された仕事だったのに）透明で神聖な緊迫感がみちている。そこには一点の懐疑の影もない。そのような純潔さを近代人に求めることはむつかしい。今では処女懐胎も信じにくいし、復活はそれ以上に信じがたい。純粋な信仰は十八世紀以降の人間がもつことのできない感覚である。トルストイは現代の常識人も信じやすい説明を教会に期待していた。しかし、教義神学は相変わらず聖書からの引用を「証拠」にしているだけで、現代に反応していない、と判断せずにはいられなかった。

確かに、トルストイの言うとおり、十九世紀には平凡な知識人でも、多くの聖書伝説を文字どおり信じられなくなっていた。
一方、ちょうどこのころアルネスト・ルナンの『キリスト伝』が欧米で評判になっていて、トルストイもそれを読んだ。しかし、かれはその実証主義的な説明が気に入らず、「パリの並木道みたいな感じで」キリストのことを語るのはいやだ、と言っていた。トルストイにとってキリストは普通の人間では到達できない高みに達した「奇跡の人」「神秘の人」であり、それを疑わなかった。だが、教会の説明はあまりにも古くて、現代では通用しない。

e　教会とは何か

ロシア正教会についての教会自身の主張は次のようなものだ、とトルストイは理解した。
(1)教会はキリスト自身が建てたものである。キリストは人々が個々別々に信仰するのではなく、一つにまとまることを望んだ。
(2)正教信者はすべて教会に属する。
(3)教会は信仰を保存している。
(4)教会は人々のための聖礼を行う。
(5)神のうち建てた支配を保ち、それを行使する。
(6)以上のことから、真の信仰を保ち、救いを得るためには、教会が必要である。
これに対して、トルストイは次のように考えた。信徒は家畜の群れであり、支配機構である教会に従わされる。教義の解釈、戒律、秘儀など、すべてにおいて教会に従わなければならない。教会の教えがキリストの教えと違っている場合でも、教会に従わなければならない。教会はキリストが教会を建て、その権限を後継者に委譲したのだから、教会は正しいと言っているが、今では教会は支配機構になり、位階秩序の組織になっている。信徒はそれに従わされるのだ。

以上のように、トルストイの考えはあらゆる点で、教会と根本的に対立していたというより、最初から噛み合っていなかった。トルストイの考えからすれば、真の宗教は実生活の指針を与えるものでなければならなかった。だが、教会は日常的実生活で苦労している人たちに、非日常的な癒しの時間と空間を与えることに努めていた。身も心も疲れた人たちが教会で非日常的な「宗教的」感覚を体験し、洗われた気持ちで教会を出て行けば、ロシア正教会の役割ははたされたのである。しかし、トルストイはそれをまやかしと考えた。

また、トルストイは論証と歴史的資料による証明という教会の方法を使わず、堂々めぐりになりやすい「神学論争」の土俵に入ろうともしなかった。かれはあえて、素朴な生活人の常識的な疑問を提出し、教会に実際的で具体的な答えを求めることに終始した。たとえば、「ロシア正教会は戦争に賛成なのか、反対なのか」といった種類の問いである。これは教会人から見れば、幼稚で、議論以前のたわ言であり、まともに相手にできないものだった。

しかし、それでもやはり教会はトルストイの論文がロシア人の目に触れるのをおそれ、宗教的な検閲で（この当時ロシアには国家の検閲と宗教の検閲と二つの検閲があった）発売禁止処分にした。

ii 『教会と国家』

この比較的短い論文は次の書き出しではじまる。

「信仰とは生きることに与えられる意味である、生きる力と方向を与えるものである。生きている人間はだれでもその意味を発見し、その意味を基盤にして生きる。もし発見できなければ、人間は死んでしまう。その探究のなかで人間は全人類が作り出したすべてのものを利用する。このすべて、つまり人類によって作り出されたものは啓示と呼ばれる。啓示とは人間が生の意味を理解するのを助けるものである。これが信仰に対する人間のかかわり方である」

そして、トルストイは次のように自分の考えを展開する。

ところが驚くべきことに、人がこの世に生まれ出ると、ほかの人たちがあらかじめ用いている形の啓示を使わなければならない。それを受け入れないかぎり、その人間はほかの人間たちに受け入れてもらえない。その形はバラモン教、キリスト教、仏教、イスラム教などさまざまだが、ある形の啓示を利用している人たちは、別の形の啓示を使っている人たちを呪い、死刑にし、殺している。そして、数百の異なった考えの人たちの間で、呪い合い、殺し合いが無限につづいている。とすれば、この人たちの奉ずる啓示は、少なくともその大半はいつわり、信仰のまがい物だということになる。しかし、数千年にわたり何百万、何億の人たちがいつわりの教えを信じてきたとは思えない。その底には何か真の教えがあるにちがいない。こう考えて、私は自分が知っているキリスト教について検討してみた。これは一般的な考え方から生じたものである。

一方、個人的な考えからすれば、真の信仰は生の意味であり、真実のなかの真実であって、人間のハートである。だれかが他人に信仰を強制するとすれば、それはその人のハートを引き抜くことになる。引き抜けるような信仰なら、それはただの言葉であり、皮膚の上にくっついた瘤《こぶ》のようなもので、ハートではない。それは信仰ではなくて、信仰の偽物である。

キリスト教の場合、偽の信仰は教会の根拠のない幻想によってつくられている。教会という観念ほど、神を冒瀆《ぼうとく》する観念はない。福音書で使われている「エクレシア」という言葉は「集会」「祈禱場」という意味でしかない。教会の名のもとに「私の言うことはすべて真理だ、それに従わない者は呪いにかけられ、火あぶりにされる」と言えると考える者は、庶民にも知識人にもいない。教会は真の信者の集まりだと教会自身は言うが、その根拠がない。それは教会という組織と教会の組織のなかにいる人たちのための言い分にすぎない。

もともとキリスト教の初期には、外面的な神の崇拝は排除されていた。それが次第に崩れてきて、憎しみ、傲慢などを基礎にした教会のための教会という組織ができ、しかも、これが権力と結びついた。この権力との結びつきはローマ皇帝コンスタンチヌス一世（大帝。在位三二四〜三三七）の時からはじまり、キリスト教は権力によって唯一の正しい信仰とされた。それと同時に、多くのキリスト教徒が信仰を捨て、キリスト教という名で邪教の道をすすむようになり、今にいたっている。国家的キリスト教による権力の神聖化ほど、神を汚すものはなく、これはキリスト教の破滅である。「キリスト教国家」という言葉は「熱い氷」というように矛盾したものである。

悪の巣窟がローマにでき、それは暴力、殺人、略奪で肥え太り、民衆を支配した。かれらは福音書を読めば真のキリスト教が理解されてしまうのを恐れて、いつわりの儀式を作り、聖餐《せいさん》、塗油などを発明し、位階秩序を作った。そして、千五百年もこの「キリスト教」がつづき、暴力と悪によって、従順、自己否定、貧困を教えてきた。真の信仰はどこにでもあり得る。しかし、国家的な信仰のなかにはなく、いわゆる異端や分離派のなかにある。正教、カトリック、プロテスタントは権力と結びついた国家的宗教であり、いつわりの信仰にほかならない。

キリスト教をよく観察すれば、まったく違う二つのものに分類されることがわかる。一つは三位一体からはじまって、キリストの体であるパンにいたるまで、いつわりの教義の教えである。もう一つは、温順、無欲、肉体的純潔、束縛からの自由、平和などの道徳的な教えである。教会はこの二つを混ぜ合わせようとしているが、それは水と油のように、混じり合わない。この二つの違いはだれにも明らかである。独断的教条を否定した福音書を知っているわれわれに迷いはない。その教えの正しさは歴史がありのままに検証してくれている。

このようにトルストイはロシア正教会の間違いを指摘したばかりでなく、その国家権力との癒着を神への冒瀆として徹底的に攻撃した。これがトルストイの正教会批判のもっとも重要な点である。

古今東西、宗教が隆盛するためには国家権力との協力が必要である。東方キリスト教の場合は、ことに聖俗両権力の協同の傾向が強く、ロシアではさらにきわだって強かった。とくにピョートル一世（大帝）はカトリックの法王に当たるロシア正教会の総主教座を空席にし、国家機関の宗務院を創設して教会を管理し、教会を国家組織の一部に取りこんだ。トルストイはこのような国家的権力宗教を激しく攻撃したのである。

また、ロシアでも信教の自由は形式的に存在しており、キリスト教以外の宗教も存在し、ロシア正教会以外のキリスト教諸派も禁止されていたわけではなかった。しかし、ロシア人はロシア正教会の信徒になるのがあたり前のことで、選択の余地は実質的になかった。トルストイが教会の教えが暴力的に強制されていると感じたのは、実感だった。トルストイのロシア正教会批判はこのようにして、信仰論ばかりでなく、社会批判の傾向を色濃くもっていたのである。

ちなみに、『教会と国家』もロシアで発表することは許されず、九一年にベルリンで発表された。ロシアで初めて印刷されたのは一九〇六年のことである。

3　トルストイ自身の信仰

I　福音書の解釈

i　『四福音書の統一と翻訳』

すでに一度ならず書いたように、七四年半ば以降、トルストイは「生の停止」と言えるような危機を体験し、それを脱出するためには信仰しかないと結論した。そして、真の信仰を求めているうちに、ロシア正教会との対決というとてつもない闘争がはじまり、七九年末～八〇年には『教義神学研究』『教会と国家』などの宗教論文を書くことになった。その否定の結果として、八〇年代初めには自分の信仰を説明し、主張する著作を書いた。そのなかで最大でもっとも重要なものは『四福音書の統一と翻訳（または、統一と研究）』である。はじめ自分のためのメモのようなつもりで、七九年ころから書いていたが、八〇年春に本格的に書きはじめ、八一年夏にほぼ書き終わった。しかし、不完全ながらも出版されたのは執筆後二十年もたった一九〇一年のことだった。

この著作は長さにすると、私のこの本の二倍以上にもなる。内容もむつかしい。いろいろな意味でわれわれには歯が立ちそうにもない。

ii 『要約福音書』

ちょうどこのころトルストイの長男セルゲイの住み込み家庭教師をしていたペテルブルク大学卒業生アレクセーエフが、役目がすんで、トルストイ家を去るにあたって、『四福音書の統一と翻訳』の筆写を許してほしいとトルストイに願い出た。トルストイは快諾してくれたが、全部を書き写すためには膨大な時間と労力が必要なので、抜粋の形で書きとった。トルストイがそれに目を通し、修正したのが、元の著作を五、六分の一、新書一冊くらいの分量に縮約した『要約福音書』である。本書では『四福音書の統一と翻訳』をとりあげることはあきらめ、『要約福音書』について、それも、ごく手短かに、述べることにしよう。

『四福音書の統一と翻訳』はただの統一や翻訳ではなく、トルストイの主観的な視点が濃厚に反映しており、それをもとにした『要約福音書』にも当然トルストイの主観（もし、言いたければ、「独断と偏見」と言ってもよい）が色濃く主張されている。

『要約福音書』は「前書き」「序章」、十二章の本文、「結び」から成り立っている。「序章」の題名は「生の理解」、副題は「イエス・キリストの教えは外面的な神への信仰を生の理解に換えた」となっている。その内容は「福音書はすべての根源が外面的な神ではなく、その外面的な神に仕えるための掟でもなく、生の意味を理解することだと教えている。生の根源が生の理解でなく、肉〔物質的なもの〕だと考える者は生を失う」というものである。

これにつづく本文は十二章に分かれており、各章に題名と副題がつけられている。そして、副題はキリスト教のもっとも有名なお祈りの言葉である「主の祈り」〔天におられるわたしたちの父よ、み名が聖とされますように。み国が来ますように。みこころが天に行われるとおり地にも行われますように。わたしたちの日ごとの糧を今日もお与えください。わたしたちの罪をおゆるしください。わたしたちも人をゆるします。わたしたちを誘惑におちいらせず、悪からお救いください。国と力と栄光は、永遠にあなたのものです。アーメン〕の言葉に相応させられている。

たとえば、第一章の題は「神の子」。副題は「人間は神の子であり、肉においては無力、霊によって自由」となっている。この副題に相応する「主の祈り」の言葉は「わたしたちの父よ」である。

第二章の題は「神は霊」、副題は「それゆえ人間は霊ではなく、霊に仕えなければならない」。それに相応する「主の祈り」の言葉は「天におられる」である。

第三章は題名は「理解の根源」、副題は「父の霊からすべての人間の生命が生じた」であり、それに相応する「主の祈り」の言葉は「み名が聖とされますように」である。

本文の十二章全体を一言で表現すれば、「すべての根源は肉〔物質的なもの〕ではなく、霊〔精神的なもの〕である」ということで、各章で、それがさまざまな側面から語られる。

その一例として、第三章の内容を紹介してみよう。もともと『要約福音書』なのだが、ここで紹介するのはそれをさらに私が要約したものである。

「弟子たちがキリストに《あなたが説いておられる神の王国とは何ですか》とたずねた。キリストは、《すべての人間が肉体的にどんなに不幸であっても、幸福になれるという点に王国がある》と答えられた。

人々はまた《神の王国はいつできるのですか》とたずねた。キリストはそれに対して、《始めも終わりも汝らのうちにある》と言われた。ユダヤ人たちは外面的な神を信じていたので、キリストやヨハネの言う《神の国は汝らのうちにある》ということがわからなかった。

人は自分のなかに肉から自由で正しい霊をもっている。それを人間のなかに送りこんだ方は、人間を欺くためにそういうことをなさったのではない。人間が無限の霊なら、人間は無限の生を得ることができるはずだ」。

このような内容が本文の全十二章を通じて、さまざまな観点からくり返し説かれる。もともと『四福音書の統一と翻訳』に聖母マリアの処女懐胎、海上走行、死者蘇生などのキリストの奇跡、死後の復活などはいっさいとりあげられていなかったので、当然『要約福音書』にも、そのようなものはない。こうして見ると『要約福音書』の内容は複雑難解どころか、むしろ単純すぎるくらいである。『四福音書の統一と翻訳』が難解だったのは、微細に四福音書を点検し、ギリシャ語ばかりか、古代ヘブライ語にまでさかのぼって、翻訳の正誤などをふくめて、微細に調べたためである。だが、その内容が決して複雑難解でなかったことは、『要約福音書』を見るとわかる。

もちろん、トルストイの福音書解釈を精細に知るためには、『四福音書の統一と翻訳』をないがしろにすることはできないが、以上のような『要約福音書』の概観だけでも、トルストイの福音書解釈を正しくとらえることは可能である。

Ⅱ 独自の信仰形成

ⅰ 『私の信仰はどういう点にあるか』

トルストイはロシア正教会との対決を覚悟した七九年秋から、『教義神学研究』『教会と国家』『懺悔』『要約福音書』など、重要な、しかも、ロシアでかつて例を見ない著作を次々に書いた。そして、それらの締めくくりとして、八三年一月に『私の信仰はどういう点にあるか』(以下『私の信仰』と略記)を書きはじめ、一年後に完成した。この論文もロシア国内で発表することは許されなかったが、地下出版や手書きで広まったという。相当長大な論文で、この私の本の半分くらいになるが、やはりこの著作を知らずにトルストイの信仰について語ることはできないので、極限まで要約して紹介することにしよう。

a 不信の半生

トルストイはまず『懺悔』でも述べた自分の不信の過去を、次のように告白する。五十五年の生涯のうち十四~五年をのぞけば、私は信仰をもたないニヒリストとして生きてきた。子供時代から福音書を読み、漠然とした信仰心をいだいていたが、やがて不信におちいり、それに苦しむようになった。そのうち労働大衆の生活こそ正しいと思うようになり、かれらが信じているロシア正教に近づくようになった。しかし、私は教会の教えを理解することができず、教会に正しい生活の指針を発見することはできなかった。そのため、教会で祈ることもできなかった。

そして、トルストイは自分の信仰の中核が福音書にあることを次のように述べる。

b　福音書

私が真理と感じたのは教会の教えではなく、福音書に記されているキリストの教え、ことにマタイによる福音書五章三節～七章二十七節の「山上の説教〔垂訓〕」だった。私は何度か試行錯誤をくり返したのち、そのキーフレーズが次の言葉であることを知った。「『目には目を、歯には歯を』と命じられている。しかし、わたしは言っておく、悪人に手向かってはならない。だれかがあなたの右の頰を打つなら、左の頰をも向けなさい。あなたを訴えて下着をとろうとする者には、上着をもとらせなさい」。この言葉を素直に理解した時に、私は今までわからなかったことがわかった。キリストの教えは神の教えで、実行不可能だと、それまで考えていたが、この教えは実行できるし、キリストの教えの核心なのだ。これが実行不可能なら、キリスト教の教え全体が崩壊する。

キリストの教えは空想ではなく、単純であり、そのなかに神の掟が示されている。キリストの教えが尊いのは、キリストが三位一体の神の一つの形相だからでもなく、死後に肉体をもって復活し、われわれの罪を償ってくれたからでもない。キリストの教えのなかには神の掟があり、それは人々の生活についての教えだからである。怒るな、姦淫するな、離縁するな、誓うな、復讐するな、敵を愛せ、などの戒律を遂行すれば、地上に平和な神の王国を建てることができるのだ。何もせず、神の救いを待つのではなく、自分で自分を助けるべきなのだ。

c　真の生活へ

しかし、人々は言う。「キリストの教えに従って生きるのなら、教会に従うべきだ。自分一人で、みんなに逆らっても、投獄されたり、死刑になったりするだけだ」。だが、真の生活とは生を継続し、生の幸福を助長するものだ。キリストが示したのは肉体の復活ではなく、真の生活の復活である。キリストは個人的・一時的生ではなく、真の永遠の生を説いたのであり、真の永遠の生、全人類の過去と未来に結びついた生を説いたのである。個人の生は結局幻影にすぎないが、それを人類の生に結びつけることで、不死が得られる。やがて消滅する個人の生を信じるか、キリストを信じて不死を得るかと言われれば、その答えは明らかではないか。キリストの教えは光である。これを理解した者は裏付けも説明も抜きで救われる。

d 実践

キリストの教えを行うのはむつかしいと人々は言うが、それは個人の生に執着しているからにすぎない。キリスト教の修道僧は何もしない隠遁に救いを見いだしているが、キリストの教えは禁欲や苦行ではなく、破滅からの救いであり、この世の喜びをふやし、苦しみを減らす生活をすることである。

e 幸福の条件

幸福の必須条件は自然との融合、労働、家庭、人々との交わり、健康、苦しみのない死である。だが、いわゆるこの世の幸福のなかには、こういうものが乏しい。人々があこがれている都会の生活を見ると、それがわかる。人々はキリストの教えに従おうとせず、個人の生を保証するために、闘争を肯定したりしている。しかし、死によってのみ尽くされる生を保証することはできない。それに反して、キリストによる生は不死なのである。

真の生を保証するのは奪い合いではなく、労働、他人への奉仕、無為徒食の否定である。人間は他人が自分のために働いてくれるのを求めて生きているのではない。自分が人のために働くように生きるのである。労働する者が飢えることはない。

f　地上の王国

キリストの教えは地上に王国を建てることである。この教えの実行は困難でないばかりか、それを知った者にとっては必然的なものになる。それは苦痛ではなく、救いである。

私がそれを行わなかったのは、それを知らなかったからである。いや、むしろそれが私から隠されていたからだ。私ははじめてその真理を知った時、それが教会の教えと矛盾するとは思わなかったが、この真理のために教会を否定せざるをえないことが、次第にわかってきた。たとえば、教会の文書は戦争を肯定し、殺人や闘争を是認していた。これは闇である。キリストはそれと闘い、弟子たちにも闘うように命じたのではなかったか。

g　教会の形骸化

キリスト教もその他の宗教も二つの面をもつ。一つは人間の生活についての教え、つまり、道徳である。もう一つはその教えの理由の説明、つまり、抽象的な哲学である。キリスト教でも、その他の宗教の場合と同じことが生じた。神学、哲学の面が独り歩きし、儀礼化して、教会は「人はいかに生きるべきか」を教えるより、儀式を行うことに熱心になった。信者も自分では何もせず、教会に行って、儀式に参加していれば救われると考えるようになった。

今の教会は舵《かじ》のない船のように、ただ漂流しているだけだ。このような教会を信じているのは純朴だが無知な者だけで、知識のある者は教会を信じず、ほかに信じられる宗教もなく、ただ自分個人のことを一般論にすりかえ、こういうふうに生きなければ、今の社会や国家は成り立たないなどと言っている。

宗教や神学が説得力をもたないので、宗教を信じないという者がいるが、それは間違いだ。理性ある生活をしている人なら、その基礎に信仰があるはずである。幸い現代の最良の人々は現状に満足せず、権力に服従することなく、多少とも信仰をもっている。

教会はキリスト教の機関の一つだが、もはやその使命は終わった。しかし、教会から離れさえすればいいというわけではない。胎児はへその緒から栄養を吸収していた。胎外に生まれ出れば、母乳を吸って栄養を吸収しないと死んでしまう。今のヨーロッパはまさにこのような母乳欠乏の状態にある。意識的、積極的な栄養摂取の方法をもたなければならない。今まで無意識に教会から何かを得ていたのをやめ、意識的にキリストの生きるための教えを摂取するのだ。キリストはあなたの神なのだから、それを信じればよい。キリストの教えは必ずあなたの力になるはずだ。

h 結論

私はキリストの教えを信じる。これが私の信仰である。私の幸福がこの地上で可能になるのは、すべての人がキリストの教えをはたす時だけだと、私は信じている。この教えの実行は可能で、容易で、喜ばしいものだと、私は信じる。

世間の教えによって生きるのは苦しく、ただキリストの教えによる生活だけが、この世界で私にしあわせを与えてくれる。その教えは全人類にしあわせを与え、避けられない破滅から私を救ってくれ、この地上で最大のしあわせを与えてくれる、と私は信じる。

「神よ、神よ」と言いながら、実際に悪を行っている人々ではなく、実際に善を行っている人々からなる教会は以前もあったし、永久にあるだろう。今ではそういう人たちが多いにせよ、少ないにせよ、やがてすべての人たちがこの教会に集まるようになるだろう。「小さな群れよ、恐れるな。あなたがたの父は喜んで神の国をくださる」（ルカによる福音書十二章三十二節）

＊

以上が『私の信仰』の内容である。この著作は『懺悔』に比べると、一般読者に読まれることは少ないが、内容からすれば、『懺悔』に劣らない重要なものである。『懺悔』と『私の信仰』を一対の著作としてあわせて読むことで、トルストイの「危機→危機からの脱出→独自の信仰への到達」の過程とその意味をよく理解することができる。この節の冒頭ですでに書いたように、『私の信仰』が八四年初めに完成することで、七九年秋のキエフ・ペチェルスキー大修道院、モスクワ近くの三位一体セルギー大修道院訪問からはじまった、トルストイの教会との対決、独自の信仰確立の時期が終わった。四年あまりの狂瀾怒濤の時期だった。

『私の信仰』を書きあげて、トルストイはごく短い期間にすぎなかったが、この前にも後にもなかったような、ほっとした安堵の気持ちを感じた。八四年一月末、かれは夫人に「書く機械だという気持ちがなくなって、ほっとしている」と手紙で伝え、十月には、やはり夫人に「この七年は内面的な生の営み、解明、熱狂、破壊にみちていました。今ではそれがすぎて、肉と血のなかにそれが入った感じがしています。そして、私はこの方向で活動をさがしています。私にいちばん身近で、惹かれるのは、もちろん、作家の仕事です」と伝えた。「七年」という数字は、教会との対決、独自の信仰の確立の時期の四年に、その前の死から脱出の時期を加えたものである（四三五ページ年表参照）。

トルストイの先輩で親友であり、ライバルでもあったツルゲーネフが八三年に亡くなった。かれは死の床からトルストイに向かって「わが友よ、文学活動に戻れ。わが友、ロシアの国の偉大な作家よ！」と切々と呼びかけた。しかし、ちょうどそのころ、トルストイは宗教的著作に専心しなければならなかった時期を終わろうとしており、すでに『イワン・イリイッチの死』などを構想して、ふたたび文学的創作もしようとしていたのだった。

ii　信仰の実践

しかし、トルストイの安堵は長くつづかず、この後、死までの二十五年の間、さらにきびしいいばらの道がつづくことになる。まず『私の信仰』が完成した八四年はじめから、八七年の『生命論』(『人生論』)執筆にいたるまでの数年は、自分が見いだした正しい信仰と正しい生活を、自分自身の実生活で実践しようとし、それにともなう苦悩と葛藤や闘争を経験する時期になった。かれはこの時期に禁酒禁煙をし、肉食を菜食に変え、お茶も減らし、狩猟をやめ、服装を単純にし、ピアノ、家具類、馬車を売り払おうとさえした。農民とともに労働し、自分のことは召使の手を借りずに自分でするようにし、長靴まで自分で作った。弟子のチェルトコフの勧めで、大衆のための廉価本の出版社ポスレードニクの設立に協力し、そのために作品を書いた。

それだけならまだしも、今の日本の貨幣で毎年数億円にもなる著作の印税を、不労所得として拒否しようとしたり、アメリカの社会改革論者ヘンリー・ジョージの考えに感心して、土地の貸料を全部公共のために使おうとしたりした。このために夫人はもちろん、子供たちもパニックにおちいった。トルストイは家庭内で孤立し、八四年六月十七日には家出を試みたほどだった。しかし、夫人のお産がせまっていることを思い出し、途中で引き返した。危機の時期の終了は苦闘の時代を乗り切った末の大団円《フィナーレ》ではなく、一九一〇年の家出・死までつづく苦悩と闘いにみちた晩年の序章だった。

ここで危機のはじまりからの時期区分を、念のためにもう一度示し、それにさらに少し補足をしておこう。そして、四三七ページで説明するようにこの時期全体を「危機から決意への時期」と呼ぶことにしよう。

(1)危機の時期
①生の停止　七五（七四）年～七六年中ごろ
②死からの脱出　七六年中ごろ～七九年秋　二大修道院訪問
(2)信仰確立の時期
①教会との対決　七九年末～八〇年末　『教義神学研究』『教会と国家』執筆
②独自の信仰形成　八一年初～八四年初　『懺悔』『要約福音書』『私の信仰』執筆
(3)信仰実践の時期　八四年六月～八六年　家出未遂～八六年出版社ポスレードニクの活動
文学的活動の多少の復活

Ⅲ「危機から決意へ」の時期

トルストイが一八八〇年ころに危機、転回の時期を経験し、世界最高の作家が宗教・思想的追求を中心とする活動に移ったということは、あまりにもよく知られている。トルストイという名前を知っている人なら、このことを知らない者はない、と言って過言ではない。

しかし、トルストイ自身がこの時期について『懺悔』でくわしく述べているために、多くの人はその叙述と、トルストイの実際の経験を混同してしまう。すでに何度も指摘したように、『懺悔』は告白文学というジャンルの作品である。しかも、その主眼はトルストイがロシア正教会との対決という恐るべき行為に出たいきさつを説明することだった。それをわかりやすくするために、一筋道の物語を作り、実生活のなかにあった種々雑多のものは整理されている。たとえば、トルストイは自分が結婚から十五年間、自分と家族のことしか考えないエゴイスティックな生活をしていた、と書いている。結婚後かれが自分や家族のことしか考えなかったということがすでに、実際とはまったく違う単純化だが、今それは問わないことにしよう。しかし、六二年の結婚から十五年間同じ性質の生活がつづいたとすると、それが終わったのは七七年、つまり『アンナ・カレーニナ』の執筆が終わった後ということになる。実際、トルストイについて語っているほとんどの人が、トルストイのいわゆる「危機」は『アンナ・カレーニナ』を書きあげた後のように言っている。しかし、すぐ前で掲げた年表を見れば一目でわかるはずだし、それればかりでなく、『アンナ・カレーニナ』の内容、とくにレーヴィンの言動の描写（たとえば三八二〜三八三ページ、三八九ページの引用部分）を見れば、容易にわかるように、「危機」は『アンナ・カレーニナ』の執筆の途中で、もしかすると、『アンナ・カレーニナ』を書きはじめた時点ですでに起こっている。裏返して言えば、『アンナ・カレーニナ』は危機以後の作品ではなく、危機の時期に書かれ、当然危機と関連しながら書かれた作品なのである。

このように最初のボタンをかけ違えると、その後も連動して混乱が生じる。前掲の表が示すように、危機の時期は狭く考えれば、七六年中ごろには終わる。長く考えても、七九年秋にはトルストイは危機を脱出して、教会との対決、独自の信仰の形成、その実践へとすすんでいく。こうして、トルストイの実体験の順序に従って考察していけば、後期のトルストイの解明ははるかに容易になるはずである。

この七〇年代半ばの深刻な危機からはじまる八六年ころまでの時期は、「危機から転回へ」の時期などと呼ばれることが多く、そう呼ぶことも可能だろう。これまでの過程の結果とはいえ、危機を経て、質的な変化が生じているからである。しかし、これまでの過程の結果、「転回」と言うより、権力と対決する「不退転の決意」にいたったと言うほうが正確だと、私には思える。そこで、この本ではこの十数年の期間、つまりトルストイの後期の第一期を「危機から決意へ」の時期と呼ぶことにしよう。

このトルストイの危機の時代はロシアの、さらには世界の危機の時代でもあった。

トルストイに「生の停止」が起こった七四年には、ナロードニキ（民衆派）の運動が高潮し、「ヴ・ナロート（民衆のなかへ）」という合言葉のもとに、インテリたちが農民大衆との一体化を求めて農村に入った。しかし、この運動はあえなく失敗し、ナロードニキの運動は次第にテロ化し、政府もこれに権力テロと呼ぶべき実力行使で反撃し、ロシアではテロ行動が日常化した。その極として、八一年三月、皇帝アレクサンドル二世が暗殺された。その流れによって、ロシア帝国は一九〇五年の第一革命、一四年からの第一次世界大戦、一七年の二月革命と十月社会主義大革命へと、崩壊の道をたどることになった。

一八八一年にはドストエフスキー、八三年にはツルゲーネフが亡くなり、ロシア文学の黄金時代も終わった。トルストイは次第に孤立に追いこまれながら、必死に闘いつづけるのである。

トルストイ後期年表

（多少先回りになる部分もあるが、ここでトルストイ後期全体の年表を示しておこう）

危機から決意へ	危機	1874年	『新初等教科書《アーズブカ》』執筆
		75（74）	「生の停止」、自殺願望
		75	『アンナ・カレーニナ』連載開始
	脱出	76	「生の停止」から脱出の努力
		79	「生の停止」・危機からの脱出
	信仰へ到達	79 秋	ペチェルスキー大修道院、三位一体セルギー大修道院訪問
			『教会と国家』執筆
		80 末	『懺悔』『四福音書の統一と翻訳』
		81	『要約福音書』「人は何で生きるか」執筆
		82	『懺悔』完成
		83	『私の信仰はどういう点にあるか』執筆
	信仰実践	84	家出未遂、日常生活の改革（単純化、労働）
		86	出版社ポスレードニクの活動。『教義神学研究』執筆
トルストイ主義構築	生命	86 6月	『生命論』着想
		87 末	同上　完成
	性	87	『クロイツェル・ソナタ』執筆
		90	『セルギー神父』執筆
	非暴力	90 夏	『神の国はあなたのなかにある』執筆
		93	同上　完成
	芸術	96 末	『芸術とは何か』執筆
		98 初	同上　完成
最晩年		99	『復活』発表
		1900	『殺すなかれ』
		01	宗務院による教会からの破門決定
		02	『ハジ・ハラード』執筆
		04	日露戦争反対の『悔い改めよ』執筆
		07	ストイルピンに弾圧中止と土地私有制廃止を要求する手紙を送る
		08	『黙ってはいられない（黙すあたわず）』執筆
		10	ガンディーと文通
			家出。死去

第八章　支配と奉仕

トルストイ主義構築の時期

前章で書き、年表の形でも示したように（四三五・四三八ページ）、七四年の「生の停止」から八四年の『私の信仰』の完成まで、トルストイは深刻な危機を体験し、真の信仰を求めることで、それを克服した。その後八四年中ごろから八六年中ごろまでの約二年間は、自分の新しい思想を実践しようとした時期である。かれはそれまでの誤った生活を変えようと努力したばかりでなく、ひと思いにすべてを断ち切ろうとして、八四年六月には家出を企てたほどだった。その後、八五～八六年には、民衆のための出版社ポスレードニクの活動に積極的に参加し、そのための作品も書いた。この実践の時期もふくめて七四年から八六年中ごろまでは「危機＝生の停止」からはじまった一つの時期である。この時期を私は「危機から決意への時期」と呼ぶことにした。

そして、八六年中ごろに一つの境界線が引かれ、その後は質的に新しい時期になる。すぐ後でもかさねて述べるように、トルストイの後期については、あまりにも雑然としたイメージが一般に広まっているが、八六年ごろにかなりはっきりした一つの境界線があることは、ぜひとも頭に入れておかなければならない。

この新しい時期のはじまりは、八六年夏に着想され、八七年二月に執筆されはじめた『生命論』（『人生論』）の仕事であり、その時期の終結は、九八年に書きあげられた『芸術とは何か』である。この時期の内容は、七〇年代半ばから八〇年代半ばまでの時期に作られた自分の信仰を基盤にして、自分の思想を構築し、しかも、それを一つの体系にまとめようとしたことである。このトルストイの思想体系は日本語では普通「トルストイ主義」と呼ばれている。「主義」というのは社会主義、資本主義などのように、社会・政治的な現実的体系とその教説を意味することが多いので、トルストイの体系を「主義（イズム）」と呼ぶのが適当かどうか、問題がある。ロシア語ではトルストイズム（tolstoism）ではなく、もっと漠然と「傾向、潮流」を意味するトルストフストヴォ（tolstovstvo）という語が使われている。トルストイ自身はこの二つの語のどちらも使ったことがない。だが、トルストイ主義という用語はこれまで広く使われてきたので、あえて新しい用語を作ることはやめよう。そして、この時期、つまり八〇年代半ばから九〇年代末までの十年以上を「トルストイ主義構築の時期」と名づけることにしよう。

この時期をさらに細分すれば、次に示すように、四つのテーマを究明した時期に分かれる。その四つのテーマはそれぞれ独立していながら、たがいに密接にむすびついて、一つの全体を構成している。トルストイの後期の思想は比較的整然と組み立てられて、一つの体系をなしているのである。

トルストイ主義構築の時期――八六年六月～九八年初

(1)生の根本――八六年六月『生命論』着想～八七年末『生命論』完成
(2)性と暴力――八七年『クロイツェル・ソナタ』執筆～九〇年『神父セルギー』執筆
(3)国家と権力―九〇年夏～九三年『神の国はあなたのなかにある』執筆
(4)芸術と美――九六年末～九八年初『芸術とは何か』執筆

後期のトルストイの思想と著作は雑然としているばかりか、難解で、晦渋《かいじゅう》だとさえ思われたりする。たしかに難解だが、それは読み方の悪さによることも多い。これは読者や訳者の責任ではなく、帝政時代、ソ連時代、現在を通じて、トルストイの後期の作品が正常公平に出版されていないことが根本的な原因になっている。かれの宗教的、道徳的、社会的著作はロシアではほとんどすべて発売禁止になり、外国で出版されたり、国内では手書きや地下出版で広まったり、ずたずたに切り刻まれて出版されたりした。

この時代のトルストイを、思想界の巨人という高みと恵まれた環境のなかで、人々に向かって悠々と、抽象的な道徳的説教を垂《た》れていた、などと考える人もいるが、これはまったくの間違いである。かれは危険な反体制の人間として、たえず官憲の監視とさまざまな迫害のなかにあり、その声はなかなか人々に届かなかった。トルストイの著作が国内でいくらか出版できるようになったのは、ようやく一九〇五年のロシア第一革命後のことである。ソ連時代になっても、出版する側の主観的な判断で著作が取捨選択されて世に出された。たとえば、三十万部という膨大な量で出版され、多くの人々に読まれた一九六〇〜六五年の二十巻選集には、『要約福音書』『神の国はあなたのなかにある』ばかりか、『生命論』(『人生論』)さえふくまれていなかった。専門家相手の九十巻記念大全集の場合でさえも、制約なしに、自由で客観的な編集・出版ができたわけではない。

このような事情のために、一般読者がトルストイの後期の著作の全貌を把握すること、ましてやそれを正しく把握することは不可能だった。その結果、多くの読者はトルストイの後期の著作を、ただ行き当たりばったりに読み、混乱したイメージを作り上げ、それをトルストイの思想と思いこんだ。

たとえば、まず『生命論』を読み、次に『懺悔』を、それから『クロイツェル・ソナタ』を読み、『教義神学研究』は読んだことがないというような、一定の方向も順序もない読み方をするのが普通だったし、今もそうである。一般読者ばかりでなく、トルストイを論じている人たちのなかにも、かれのいわゆる「危機」の時期やその克服の過程、その後の思考の進行過程や思想体系の形成過程について、正確な認識をもっていない人が少なくない。これは他の作家や思想家の場合にはない惨状である。たとえば、ドストエフスキーの場合、『死の家の記録』『罪と罰』『白痴』『カラマーゾフの兄弟』を書かれた年代順に並べよと言われたら、普通の読者でも、間違える人はほとんどいないだろう。ところが、トルストイの場合、すぐ前であげた四つの著作『懺悔』『クロイツェル・ソナタ』『生命論』『教義神学研究』を年代順に並べることのできる人は、ロシア文学専攻の学生のなかにも、おそらく一人もいない。

こうした混乱の震源地はもちろんロシアだが、その余波は日本などの外国にもおよんでおり、読者はトルストイを理解するために、大きな労力と時間の浪費を強いられる。トルストイの危機の時期や後期の思想を効率よく知るためには、次のような形でその著作を読むべきなのである。

まず、七四～八六年の危機とその克服の時期に書かれたものと、八六～九八年のトルストイ主義構築の時期に書かれたものを区別する必要がある。危機とその克服の時期の著作は、真の宗教を求めてロシア正教会に対して問いかけることが第一であり、それに失望した後、自分の信仰を確認することが第二である。そのため、内容はきわめて宗教的で、その文体や調子《トーン》は追究的である。それに比べると、トルストイ主義構築の時期は自分の思想の説明と主張が主眼であり、宗教的な内容は減少し、文体や調子《トーン》には読者への呼びかけと、説得的なものが加わる。この二つの時期の著作はもちろん密接に結びついているが、質的に違うものなので、分けてとらえなければならない。

このような大別をした上で、さらに、本書で細分した時期に従って、それぞれの時期の著作を、順序立てて読むことが必要である。そのために、本章の「トルストイ主義構築の時期」の場合は、細分された四つの時期に相応する四つのテーマのなかから一つずつ著作を選び、『生命論』(生の根本)、『クロイツェル・ソナタ』(生と暴力)、『神の国はあなたたちのなかにある』(国家と権力)、『芸術とは何か』(芸術と美)の順序で読めば十分である。このような読み方をすれば、後期のトルストイの著作は予想よりはるかにわかりやすいと感じるに違いない。逆に、すぐ前に挙げたような無原則な読み方をすれば、トルストイの思想がまったくの混沌《カオス》に見えてしまう。仮にさまざまな事情で、年代順ではなく、手元にあるものから読まなければならない場合でも、自分が今読んでいるものが八六年以前の危機の時期のものか、八六年以降のトルストイ主義構築の時期のものかを意識し、しかも、そのうちのどの年代やグループに属するものかを確認しながら読むことが必要である。そうすれば、少ない労力で、確かな成果が得られるはずである。と言っても、それを一人ひとりの読者に要求するのは酷で、訳者や解説者がそれぞれの著作を読者に提供する時点で、その著作がトルストイの活動全体のなかでどのような位置を占め、どのような意義をもつかを説明しておかなければなるまい。それをしないのは訳者や解説者の怠慢というものである。

以上の前置きをした上で、トルストイ主義構築の時期の著作を検討することにしよう。

本書はいわゆる「評伝」的な性格のもので、トルストイの伝記と著作についての説明が混じり合っている。しかし、この章は(第七章の後半もすでにそうなっていたが)今説明した目的をはたすために、ほとんど全章が「作品解説」になる。

1　生きるということ

I　『生命論』

トルストイ主義構築の基礎となったこの論文には、たくさんの日本語訳があるが、その題名の訳は『人生論』が普通だった。しかし、この訳は最善とは言えない。トルストイの論文は生命の根源を説いたものなのに、「人生」という語は、現実の生活という意味が濃厚だからである。この作品を従来どおり『人生論』（新潮文庫）という題名で翻訳出版した原卓也が「『生命論』とするほうが内容を正しく伝えられるのだが、従来の伝統があるのでね」と語っていたのを、私自身聞いたことがある。一九九三年に出版された八島雅彦の翻訳（集英社文庫）では、それまでの習慣を破って『生命について』という訳がつけられた。私も『生命について』、あるいは『生について』という題名がよいと思う。ただ、題名として、少し座りをよくするためと、従来の訳から離れすぎないために、本書では『生命論』という題名を使うことにした。

この論文は自分の思想の根本であり、しかも、常識とは違う考えなので、読者にわかってもらおうとして、トルストイは最大限の努力をし、何度も念を押したり、一つの問題を四方八方から見たり、さまざまな比喩を使ったり、予想される読者の疑問にあらかじめ答えておこうとしたりして、舐《な》めるようにじわじわと論をすすめていく。その執拗さに辟易《へきえき》する読者もいるだろうが、それをしちくどさと考えずに、親切さと解釈しながら読んでくだされぱと思う。その内容は以下に要約して示すように、それほどわかりにくい難解なものではない。

a 生物の生と人間の生

科学者は細胞や原形質にも生命があり、それが生命の根源だと言い、それを解明すれば、人間の生命の解明に役立つかのように考えている。しかし、これは水車で粉を挽《ひ》いている粉屋が、水車の動きを研究し、その源泉が堤防と川にあることを突き止め、川の研究に没頭しているようなものだ。この粉屋は臼や、滑車や、伝動ベルトのことを忘れ、その調整もしなくなったので、粉の質はすっかり落ちてしまった。それと同じように、細胞や原形質や、一般に生物を研究しても、人間の生の解明には役立たない。

人間の生は細胞ばかりでなく、動物の生と比べてもまったく違う。人間の生命は人間が自分のなかに感じる意識であり、しかも幸福になりたいという願いなのである。

b 個人の生命

人間はその生命を自分個人のなかに感じる。幸福になりたいという願いは「自分が」幸福になりたいという思いにほかならない。それを実現するのが生きるということなのだ。そのためには他人の生は忘れられてしまう。しかし、他の人間もみな同じように、自分の幸福を願って生きている。その無数の人間たちがひたすら自分の幸福を求めて、争い、闘い、食い合い、殺し合っている。だが、これは幸福でもなく、よいことでもなく、大きな悪ではないか。しかも、自分の生命は年とともに次第に衰え、ついに消滅する。ところが、他人は次々に消えては、次々に新しいのが現れ、いつまでも消滅しない。とすれば、私個人の生命はただのまやかしにすぎず、他人の生命こそが真実になってしまう。

この矛盾に突き当たって悩む人間に向かって、いつわりの教師たちが来世や前世について、さまざまな作り話をし、儀式を行わせる。また別の教師、いわゆる学者たちは、この世には欲望満足の動物的な生しかないのだと言い聞かせる。そして、個人の生と生存競争を肯定する。

c　社会の掟

ことあらためて「生とは何か」と問う必要はないと、いつわりの教えを説く人たちは言う。「もう長い間われわれは生きてきた。そのまま生きていればよい。もうわかりきったことなのだ」。しかし、これは方向も定まらない波にただよっているのと同じだ。子供や若者たちは生きる道を教えてもらえないから、ただまわりの人たちを見習って、個人の生のために生きる。貧しい者は富の獲得のために生き、恵まれた者は快適な生活の維持のために生きる。生きるためには、それぞれの人間がたくさんの生き方の選択肢から、一つを選ばなければならないのだが、選ぶための指針がないので、それぞれの社会で有力な外面的な指針に従うほかはない。それが社会の約束、慣習、義務、たいていは神聖化された義務になる。それは合理的に説明されていないのだが、みんなが惰性的にそれを行っている。電気、顕微鏡、電話、戦争、議会、慈善、政争、大学、学会、博物館、商業、道路鉄道、芸術――こういった空騒《から》ぎが生きることなのだ。

d　理性的な意識

しかし、目ざめの時がせまっている。自分個人のために生きるのは悪である。自分の家族、共同体、祖国のために生きるのも同じだ。いわゆる義務は生ではない。幸福、生命、合理的な意味を人は求める。理性的な意識が誤った教えを超える時が来つつある。理性的な意識が目ざめた時、人ははじめて生きるのだ。成熟して体調に異変が起こった時、純潔な娘は病気になったのだと思って、動揺する。それと同じように、目ざめた人も不安になり動揺する。しかし、その変化は当然起こるべき自然なことなのだ。

e 真の生

この世には他人がいて、それが自分と同じ人間であることを意識した時、真の生がはじまる。理性的な意識が目ざめると、人はその法則に動物的生を従わせる。理性的意識をわれわれはよく知らないので、知るのがむつかしいように思えるが、理性的な法に従えば、その内容がひとりでに見えてくる。

真の生は時間や空間に束縛されない。それは動物的な生より高いところにあるので、そこから動物的生の真相が見える。動物的な個我は次第に衰え、滅び、死にいたる。これを拒否するのが真の生であり、幸福である。真の生は人に奉仕する時に初めて生じ、その生はわれわれに確かな幸福を与えてくれる。そして、個人の生にしがみついていた時に感じていた死の恐怖は消える。

いつわりの生を生きてきた者はこう言う。「他人への奉仕は生ではない。それは自己否定であり、自殺行為だ。私は自分の幸福と楽しみを求め、苦しみを避けるために生きる。そのために他人と闘わなければならない。そうしなければ、私がつぶされてしまう」。しかし、個人がすべての人々に奉仕し、すべての人々が各人に奉仕することこそが生であり、それ以外の生はありえない。不思議なことに、理性を鍛えたことのない労働大衆がこの奉仕の生をすぐに理解し、裕福で理性の発達した人がそれを理解しない。

f 愛こそ生

個人の生に従えば、破滅と死にいたる。しかし、個人の生を否定すれば、生の欲求が消えるのではあるまいか？　そうではない。愛の感情は生が消滅する恐怖をなくしてくれるだけでなく、他人の幸福のために自分の動物的生存を犠牲にすることへわれわれを導いてくれる。だが、自分の生の意味を理解しない人には愛の感情は現れない。

「愛とは何だ。愛してどうなる。愛は一時的なもので、やがてすぎ去ってしまう」という人がいる。この人たちは自分の子供、家族、友人、国を、他人の子供、家族、友人、国より大切に思うことを「愛」とみなしているのだ。しかし、それは真の愛ではない。真の愛のためには、まず個人の愛や幸福を捨てなければならない。自分を愛してくれる者を愛するのではなく、自分の敵を愛さなければならない。個人の生に執着せず、愛に生きることこそが救いなのだ。

g　死の消滅

個人の生しか知らない者は、特別な存在である自分が死にいたり着き、消滅することを意識して、それを恐れる。自分の生が闇であり、空虚だから恐れるのだ。真の生に目ざめた者は死を恐れない。生ははじめも終わりもなく、時間や空間に規定されず、この世で生じたものでもない。肉体の死はこの生を滅ぼすことはないから、恐れるに値しない。私は今存在している世界との関係のなかで存在している。私の肉体はたえず変化し、私の意識も一連のものの系列である。生は絶えず動き、世界との新しい関係に入る。死は一つの世界に対する関係から別の関係に入ることである。これを理解した者に死はない。それを理解せず、生のかぎられた一定の部分を生と考えている者に、生の停止、つまり、死があるのだ。

死者の生は断絶しない。兄弟姉妹や友人が死んだ。しかし、肉体的な生は終わっても、その思い出は残る。そして、その思い出は生前以上の力をもって作用する。キリストやソクラテスは肉体的な死後も、精神的には生きている。真の生に入った者は生の幻影が消えても生きつづける。

h 苦しみの意味

人生の半分は苦しみである。列車が突然転覆して自分の子供が死ぬ、地震で家が倒れ、その下敷きになって死ぬ。こういうことには何の法則もない。ただの偶然である。「何のためにこんな苦しみを味わうのか？」と人は嘆き苦しむ。確かに、その原因はわれわれの目には見えない。しかし、これは自分ばかりでなく、他人をふくめてのわれわれの原罪と過去の罪や迷いが原因なのだ。それを今われわれが償っているのである。そして、今われわれがそれを償うことで、将来は苦しみが少なくなり、幸福が増す。このような過去、現在、未来の系列、いわば、因果の連鎖のなかで考えれば、苦しみの意味がわかってくる。苦しみを苦しいと感じるのは、自分の生の限界のなかにいるからだ。それを超え、人への愛に生きている者にとって、苦しみに遭うことは、罪を償い、未来の幸福に寄与することであり、愛の行為である。愛を知ることが深ければ深いほど、苦しみを苦しみと感じることが少なくなる。

痛みがなければ、人は自分の体を死ぬほど傷つけてしまうかもしれない。苦しみがなければ、われわれは自分の生活をさらに悪くしてしまうかもしれない。苦しみによって、われわれは自分の罪深さと迷いに気づき、それを償い、それから救われようとする。仮に理性的な意識がなくても、苦しみがあれば、人間はそれによって、真の生の道に立つだろう。

このように、トルストイは自分の思想体系を構築する基礎として、生、生命についての自分の考えを、微に入り細をうがって説明し、主張した。あえてこれを数行に要約すれば「欲望充足の動物的生は格闘であり、しかも、やがて死で断ち切られる不幸である。人のために生きる真の生は喜びであり、無限の幸福である」となる。この著作を読んだある読者がこれは『人生論』というより、『生命と愛』という題名がふさわしいという意見をウェブ上に出しているのを見たことがある。まさにそのとおりで、トルストイの『生命論』（『人生論』）はかれ独特の「生命と愛」の書であり、それがかれの後期の思想の根底になっている。

Ⅱ　『イワン・イリイッチの死』

トルストイは八六年三月に、中編小説『イワン・イリイッチの死』を書きあげ、四月に発表した。その前年の八五年にかれは「イワンのばか」、「人間にはどれだけの土地が必要か」など、二十編近い民話風の作品を書き、八一年にはやはり民話風の「人は何で生きるか」を書いていていたが、七七年『アンナ・カレーニナ』完成以後、普通の文学作品は発表していなかった。『イワン・イリイッチの死』は実に九年ぶりに文豪トルストイが世に出した現代小説だった。

水面下をたどると、トルストイは完成こそしなかったが、七九年春まで『デカブリスト』を書いており、八二年末にはすでに『イワン・イリイッチの死』を書きはじめていた。つまり、民話的なもの以外の文学作品を書かなかったのは、わずか三年あまりにすぎず、「トルストイは文学を見捨てた」というのは誇張だった。しかし、読者がトルストイの新しい小説を九年も読めなかったのは事実で、これは作家の休筆期間としてはあまり例のない長さだった。

『イワン・イリイッチの死』はその休眠期間を破った最初の作品として、特別な意味をもっている。しかも、その描写、物語の展開はみごとであり、トルストイが一流作家の力量を失っていないことをはっきり示した。それに、この小説の内容はかれの思想の絵解き《イラストレーション》だったのに、何の無理も感じさせない芸術的完成度の高い作品になっていた。

イワン・イリイッチという名はロシアではごくありふれたもので、「佐藤健二」といった感じである。かれは高級官僚の次男で、自分も法務官僚、検事、裁判官として勤務し、上流階級に属していた。その一生は「もっとも単純な普通のものであり、そしてもっともおそろしいものだった」。かれは勉強のよくできる子で、法学部を卒業し、法曹界で多少の浮き沈みはあったものの、まあ相当な出世をし、よいポストを得る。器量よしの良家のお嬢さんと結婚し、一男一女に恵まれて、家庭生活も幸せだった。しかし、新しい任地で、理想的と思えるようなすばらしいマンションに引っ越して、カーテンの取り付けをしていたとき、自分の気に入るような取り付け方を職人に見せようとして、脚立《きゃたつ》にのぼり、足を踏みはずして床に倒れる。イワン・イリイッチはスポーツマンだったので、とくに怪我もせずにすんだが、腎臓などの内臓に影響があったらしく、次第に体調が悪くなり、死の床に伏してしまう。

妻も、娘も、息子も自分の生活に忙しくて、病気のイワン・イリイッチは厄介な重荷にすぎない。かれは幸福に思えた自分の四十五年の生涯が、無意味な幻影にすぎなかったことを思い知る。その悲しいイワン・イリイッチを救ってくれた人間は、夜も寝ずにかれの痛みを和らげるために尽くしてくれた、下男のゲラーシムただ一人だった。

イワン・イリイッチは苦しんだあげく、ついにうめきながら死んでいく。かれが人のためにした唯一のことは、自分が死んで他の者を重荷から解放するという、もっとも消極的な善だった。かれが死んだとき、同僚たちの話題はだれがその後任になるかということで、イワン・イリイッチという人間がいたことは忘れられていた。

この作品は『生命論』の前に書かれ、発表されていたが、『生命論』の趣旨をもっともわかりやすく小説の形式で示している。やはり『生命論』の趣旨を小説の形式で示したものとして、九五年に発表された『主人と下男』がある。これは吹雪のなかを橇《そり》で走っているうちに道に迷い、凍死した主人と下男の話である。死体が発見された時、主人は下男の体の上に覆いかぶさっていた。かれは自分が凍えても、下男を救おうとしたのだった。これは『生命論』の内容を正面から、肯定的な内容で表現したものである。『イワン・イリイッチの死』は逆に『生命論』の趣旨を裏から否定的《ネガティヴ》な人物と、その誤った生活をとおして描き出した。肯定的な方法で表現するより、否定的な方法で表現するほうが迫力があり、説得力があることが芸術ではめずらしくない。『イワン・イリイッチの死』はそれ自体で価値のあるすぐれた文学作品だが、『生命論』の理解を助けるために、もっとも有効な作品でもある。

2 性と暴力

Ⅰ 『クロイツェル・ソナタ』『悪魔』『神父セルギー』

i エロスを問う

トルストイは『生命論』を書き終わるころ、八七年秋に小説『クロイツェル・ソナタ』に着手した。他人への「愛」、つまり慈悲《アガペー》を説いた『生命論』につづいて、それとは違う「愛」、つまり、男女間の性愛《エロス》に取り組むことにしたのである。『クロイツェル・ソナタ』を書きあげるとほとんど同時の八九年秋には、やはりエロスをテーマにした『悪魔』（未完）を、翌九〇年にも同じ主題の『神父セルギー』（未完）を書きはじめた。長編『復活』が書きはじめられたのも、この時期の八九年だった。この小説は結果的に多面的、総合的な長編になって、エロスというテーマを超えてしまったが、若い時代の主人公ネフリュードフのエロスの暴発が、物語全体の発端になっている。

第五、六、七章で述べたように、トルストイは『戦争と平和』、その他の作品で愛の諸相を描き、とくに『アンナ・カレーニナ』ではエロスをふくめて、愛を広く、深く追究した。今この章でとりあげている時期にはエロスに焦点を絞って、それをこれまで以上にきびしく追究することにした。しかも、今度はそれをトルストイ主義という思想体系の一つの要素としてとりあげたのである。

トルストイがロシア正教批判をし、自分の信仰について述べた時、その表現形態はほとんど論文だった。問題を整理し、論理的に述べるほうがわかりやすいと考えたのであろう。自分の思想体系を構築しようとした時も、論文形式が大半だった。しかし、エロスの問題にかぎっては『クロイツェル・ソナタ』をはじめとして、小説形式が主だった。後述する「『クロイツェル・ソナタ』あとがき」だけが唯一の例外である。エロスの問題は複雑微妙で、しかも公開の場で、直接的な言葉を使って表現するのはむつかしいので、文学的手法が使われたのだと思われる。

ii『クロイツェル・ソナタ』

『クロイツェル・ソナタ』の主人公はポズドヌイシェフという名の中年男である。この苗字は日本語にすれば「遅井」という感じになる。かれはりっぱな地位も、富も、教養もある身でありながら、妻殺しの大罪をおかし、自分の人生も台無しにして、初めて自分と世間の誤りに気づく。それではもう「遅い」のだった。

『アンナ・カレーニナ』を扱った第六章で書いたように、性欲は動物にとって、種の継続のために絶対に必要であり、生の原動力である。しかし、人類にとって性欲は種という全体的なものに必要な原初的な意味を失っており、純粋に自然なものではなくなっている。今ではそれはむしろ大部分「我《エゴ》」の欲求なのだ。だが、それは本来の意味を失っていながら、本来の生命の根源としての絶対的な力をいまだに保っており、いったんそれが発現すれば、原初の力で人間を強力に支配する。このような矛盾をもつようになった性欲は、フロイトなどが指摘したように、もはや自然ではなく、さまざまな歪みをともなって現れ、病理学や精神分析の対象になり、しばしば自殺などの悲劇になり、殺人などの犯罪にさえなる。

このような状況がある以上、性欲について正しい知識を与える科学、それを制御する道徳、それにしっかりした基礎を与える宗教が必要なはずである。しかし、現代（トルストイの時代も二十一世紀もふくめて）の文明国にはそのようなものが存在しない。性欲の問題は一方ではいかがわしいもの、低劣なものとして隠され、タブーとなる。他方では、それが美化され、誇張され、絶対化され、幸福の幻影としてばらまかれ、真の生の欲求にすりかえられる。さらには、それは生産や商業の利益の対象となり、コマーシャリズムのなかで重要な位置を占める。衣服、化粧、娯楽、芸術など、多くのものが性愛を商品化することによって、安易で莫大な利益を得る。人々はこの問題でたよるべきものがなく、孤独のなかでこの難問に対処しなければならず、無数の誤りをし、しかも、それをくり返す。ポズドヌイシェフはまさにこのような環境で生まれ育ち、取り返しのつかない誤りを犯してしまった。

『クロイツェル・ソナタ』の物語は長旅の列車のなかで、ポズドヌイシェフが語った実話として読者に伝えられる。

二日も続く列車の旅で、乗客たちはすっかり退屈し、ありとあらゆる話題で雑談をしながら、時間をつぶしていた。乗客の一人である弁護士が、最近は離婚が増加していると言ったことから、結婚、夫婦生活、愛などに話題が移る。弁護士の連れの女性は新しがり屋らしく、愛を基礎にすることで、結婚は神聖なものになると言い、年をとった商人は女房なんか夫に服従させればいいのだと、威勢はいいが時代遅れなことを言う。乗客は駅ごとに入れかわっていたが、そのなかで二昼夜の長旅をつづけ、他の乗客を避けるようにしていた陰気な男が急に話に割りこんで、弁護士の連れの婦人にいきなり「愛って何ですか？　それはどれだけつづけばいいのですか？　一か月ですか、二日ですか、それとも三十分ですか？」と露骨な質問をし、男女の精神的融合などはない。仮にあったにしても、だからといって、その男女がいっしょに寝る必要があるのですか、と無遠慮に切りこんできた。皆が眉をひそめはじめた時、この乗客は「私はポズドヌイシェフという者です」と名乗った。それは世間に大きな衝撃を与えた事件の張本人の名で、乗客たちの記憶に刻みこまれていた。弁護士と連れの婦人はいやがって別の車両に移ってしまい、ポズドヌイシェフは（『クロイツェル・ソナタ』の語り手となった）一人の乗客を相手に、自分の身の上話と、妻殺しの一部始終を語る。長い物語を終えると、かれは「プロスチーチェ」と言って、列車を降りていった。このロシア語は日本語の「ご免なさい」に当たるもので、古風な別れの挨拶でもあり、赦しを乞う言葉でもあった。

かれの物語はおよそ次のようなものだった。

「私（ポズドヌイシェフ）は性欲を抑制することを教えられておらず、周囲の人たちからその解消方法だけを見習いました。それは金銭を介して、人間ではなく、道具になっている女性を通じて行うものでした。結婚すべき年齢に達すると、私は生涯の伴侶としてふさわしい女性ではなく、もっとも美しくて、幸せな『愛』を与えてくれそうな女性を選びました。それは肉体的な魅力のもっとも強い女性を選ぶことを意味していたのです。環境がそれを奨励していたばかりでなく、女性自身が積極的に自分の肉体的魅力を誇示して、男性を虜《とりこ》にしようとしていました。こうして、私は愛や性について何一つ正しい考えをもたないまま、結婚してしまったのです。これは私ばかりではなく、ほかの男たちも皆同じです。

結婚後も私は結婚前と同じ『愛』で妻に接していました。それ以外の愛を知らなかったのです。性愛の高まりと低下がくり返され、それにつれて妻への『愛』が強まったり、弱まったりする日常のなかで、夫婦関係は風化し、四年ほどたつと、表面的には恵まれたように見える私たちの夫婦生活は、実際には荒廃しきっていました。妻はまもなくちょっとした病気がもとで、子供を産むことを医者に禁じられてしまいました。その結果、妻はますます美しく、魅力的になりました。妻のその魅力が『愛』の幻影しかもたない男たちに、その『愛』をかき立てることを、私は自分の経験でよく知っていました。そして、私は不安と嫉妬にさいなまれるようになりました。

妻はピアノが趣味で、じょうずでした。近くのトゥハチェフスキーという地主に、若い美男の息子がいましたが、この男はパリ音楽院で勉強したセミプロのバイオリニストでした。妻はあるパーティでこのトゥハチェフスキーとベートーヴェンの有名なバイオリン奏鳴曲『クロイツェル・ソナタ』を演奏し、大好評でした。二人は実は合奏者として意気投合しただけだったようですが、私はこの合奏が二人を興奮させ、『愛』を呼びさましたものと疑い、ついには、そうに違いないと信じるようになりました。

パーティの二日後、私は地方出張を命じられました。しかし、旅先で受け取った妻からの手紙で、トゥハチェフスキーがかの女に楽譜をとどけてくれたと知って、私は不安を抑えることができず、急いで帰宅しました。家に着いたのはもう夜でしたが、妻はトゥハチェフスキーと二人きりで夜食をしていました。私はこれこそ妻とトゥハチェフスキーの『愛』の証拠だと思って錯乱し、壁にかかっていた装飾用の短剣をもって妻を追いつめ、その腹を刺して致命傷を負わせました。妻は半日ほど苦しんだ末、私を呪いながら死んでしまいました。その時初めて、私は自分が妻を人間として見ていなかったことに気づき、深く悔いましたが、もう遅かったのです」

アンナ・カレーニナの不倫はきびしい悲劇だったが、現実によくあることだった。トルストイ自身も妹のマリアが同じような不幸を体験し、苦しんでいるのを目の当たりにしていたのである。ポズドヌイシェフの悲劇もその本質ではアンナの悲劇に通じているが、現実にはあまり起こらない極端なものだ。トルストイはあえて悲劇を極限まで突きつめることで、深刻な状態にある病巣をえぐり出して見せた。しかも、事件が極端なだけでなく、そこから引き出されたポズドヌイシェフの考えも極端だった。『クロイツェル・ソナタ』の語り手とポズドヌイシェフの間にこんな会話が交わされている。

語り手「もしみんながそれ（性欲否定）を掟と認めたら、人類は断絶してしまうでしょう」

ポズドヌイシェフ「あなたは人類がどうやって存続するだろうかとおっしゃるのですか？……何のために存続しなければならないのですか、人類ってものが？」

「何のためですって？　そうでなければわれわれが存在しなくなるでしょう」

「いったいなんのためにわれわれが存在しなければならないのです？」

「何のためですって？　そりゃ、生きるためですよ」

「じゃ、生きるのは何のためです？　もし目的が何もなくて、生きるために人生が与えられているとすれば、生きる理由がないじゃありませんか……」

これを読むと、多くの読者はおどろくに違いない。

iii 『クロイツェル・ソナタ』あとがき

性欲否定の結果、人類が滅亡してもかまわないという、このポズドヌイシェフの言葉は、あまりにも極端なものだった。しかし、フィクションのなかの人物だから、こんな極端なことを言えるのだ。まさか、トルストイ自身がこんなことを主張しているわけではあるまい、とも考えられた。しかし、こうしたあいまいさを残さないために、トルストイは「『クロイツェル・ソナタ』あとがき」を書いて、自分の考えを明らかにした。この「あとがき」の冒頭で、トルストイは次のように書いている。「私は未知の人たちからたくさんの手紙を受け取った。その人たちは『クロイツェル・ソナタ』という題名で私が書いた物語の主題について、私が考えていることを、単純明快な言葉で説明してほしいと求めていた」。

しかし、この「あとがき」が書きはじめられたのは、まだ作品が発表されないうちだった。エロスを主題にする時、トルストイは前述のように、小説形式を使っていた。しかし、この時だけは、読者からの要求があろうとあるまいと、紛れのない形で自分の考えを述べることを、あらかじめ決めていたのである。そのトルストイ自身の考えを箇条書きにまとめると、次のようになる。

(1)性の充足は健康のために必要で、結婚していない男性にも許されるというのは誤りだ。独身者は禁欲すべきで、そのために禁酒、節食、労働などが必要だ。

(2)恋愛は詩的で崇高なものであり、結婚後の不貞さえ許されるというのは誤りで、結婚前も結婚後も恋愛や性愛は低劣なものだ。

(3)子供は夫婦生活の目的でないというのは誤りで、妊娠、授乳中の夫婦関係は有害だ。だから、結婚後も、結婚前と同様、禁欲が重要である。

(4)人間を動物のように健康に育てるのがいいというのは誤りで、それは子供たちに早くから無用な欲望をかき立てさせる。子供には健康で美しい肉体以外の目的をもたせなければいけない。

(5)すばらしい相手を見つけて恋愛し、結婚するのが人生の最大の目的だというのは誤りで、それは人類、祖国、学芸、神などへの奉仕という人生の目的に何の関係もない。

これを見ると、ポズドヌイシェフの極論はトルストイの考えの代弁だったことがわかる。私の箇条書きは徳目化されていて、興ざめだが、トルストイもポズドヌイシェフもこうした言葉を、迫力たっぷりに、あえぐように語るのである。

iv　エゴイズム↓エロス↑暴力

トルストイは『クロイツェル・ソナタ』を書いて、性について考えたが、その直前に『生命論』を書いて、個人のための生を否定し、他人のために奉仕する生を不滅の生として、その生を生きなければならないと説いた。また『クロイツェル・ソナタ』その他で性の問題をとりあげた直後には、『神の国はあなたのなかにある』を書いて、現在の国家が人々のためのものではなく、権力者自身のための暴力的支配機構であることを指摘し、批判した。性の問題を追究した時期はこの二つの時期、つまり、他人のために生きることこそが真の生だと説いた時期と、われわれの環境は暴力に充満していることを指摘した時期にはさまれており、その両者との関連のなかで追究されている。男女の愛もエゴイスティックな欲望充足ではなく、相手のために奉仕するものでなければならない。また男女の関係は愛の名のもとに、欲望を暴力的に相手に向けるものや、相手を支配するものであってはならないというコンテキストのなかで、この問題がとりあげられている。こうして、性愛《エロス》の問題は生命や権力の問題と並んで、トルストイの思想体系の重要な一要素としてとらえられている。男女の寝室は他人には閉ざされた密室ではなく、われわれが生きている世界の一部であり、その縮図だとトルストイは考えたのである。

トルストイはポズドヌイシェフとともに、性欲を否定した結果、人類が滅亡してもかまわないと言いきっている。しかし、トルストイは「人類など滅びてしまえ」と暴論を吐いているのではない。意義も、使命も、よい目的ももたない存在なら生き延びるに値しない、と言っているのである。トルストイの思想体系は生を意味あるものにすることを第一の目的にしている。性愛《エロス》が美化され、誇張されなくなり、抑制されたものとして、一定の合理的な機能をはたすなら、それは必要なものとして存続するはずであり、それとともに人類も存続するはずである。

V 『悪魔』

トルストイはこの時期にやはり性をテーマにした小説『悪魔』を書いた。

主人公エヴゲーニー・イルテーネフは上流の家庭に生まれ、ペテルブルク大学を優秀な成績で卒業し、官界に入って、その前途は洋々たるものだった。ところが、父が死んで遺産を相続してみると、意外にも借財があったので、かれは公務を退職し、母といっしょに田舎に定住して、領地の維持に専念することにした。

イルテーネフは当時の未婚男性の通例で、「健康のために」、金で処理できる女性を相手にして、欲望を解消していた。それは都会では容易なことで、十六歳の時から日常的につづけられていた。しかし、農村ではそれほど手軽な方法はない。イルテーネフは困ったが、やはり多くの地主やその息子たちがしているように、農民の女性に納得づくで処理してもらうことにした。かれは森の番人ダニーロにたのんで、夫が町に出稼ぎに行っている農婦のステパニーダを世話してもらい、森の番小屋で密会をかさねる。かの女は美人で感じもよく、イルテーネフはかの女がすっかり気に入った。

一方、かれは一人前の男として正式な結婚もしなければならない。母は家計を立て直すために、資産家の令嬢との縁組を望んだが、イルテーネフ自身は恋愛結婚を夢見ており、自分でアンネンスキー家の令嬢リーザをえらんで結婚した。かの女は資産もあまりなく、器量も十人並みだったが、イルテーネフがちょうど結婚したいと思っていた時に出会ったので、「愛」を感じてしまったのだった。

結婚後ステパニーダとの関係は切れてしまった。しかし、しばらくたってから、祝日の前に大掃除の手伝いにかの女が屋敷に来た。久しぶりにかの女を見て、イルテーネフのなかに消えていた感情がよみがえった。妻が出産したり、病気になったりしたこともあって、イルテーネフの気持ちは次第に高まり、かの女を求めて番小屋まで行ったり、その家の前をうろつくほどになる。そして、抑えようとすればするほど、その気持ちに追い回されるようになり、かれはそれから逃れるために、ついにピストル自殺をしてしまう（もう一つのバリエーションでは、イルテーネフが自殺するのではなく、ステパニーダをピストルで射殺する）。まわりの者たちはなぜかれが自殺（殺人）をしたのか理解することができなかった。『クロイツェル・ソナタ』は異常な事件の物語だが、『悪魔』は当時の農村でよくあった地主と農民女性の関係をもとにして作られている。しかも、この小説はトルストイが知人から聞いた実話をもとに作られたと言われているが、その物語の内容は、二四一〜二四二ページで書いたトルストイと農民の人妻アクシーニアとの関係に酷似している。異常で極端に見えた『クロイツェル・ソナタ』の物語が、実はトルストイ自身に身近なものだったのである。この『悪魔』はトルストイの生前には発表されず、かれはこの小説を書いていることを夫人にも隠していた。それはこの作品の内容がトルストイ自身の実生活にあまりにも密着していたからかもしれない。

vi 『神父セルギー』

この作品も『クロイツェル・ソナタ』『悪魔』につづいて、八九年末か九〇年はじめに書きはじめられ、いったん中断されて、九八年にふたたび書かれたが、結局、トルストイの生前には発表されなかった。一八四〇年代、ニコライ一世の治世に、公爵の称号をもち、美男で、有能で、皇帝にも目をかけられているステパン・カサーツキーという近衛騎兵将校が、結婚式の一か月前に美人の女官との婚約を突然破棄し、領地を姉妹に譲って退職し、修道院に入ってしまった。それはみんなを驚かせる異常な出来事だった。本人たち以外に知る者がなかったが、その奇行の原因は、婚約者が皇帝の囲い者だったことを、かの女自身に告白されたカサーツキーが、俗世間に絶望したことだった。かれはほとんど非の打ちどころのない人間だったが、直情径行で、熱しやすく、極端な行動に出るのが唯一の欠点だったのだ。

カサーツキーは修道院でも能力を発揮し、そこでも出世の道が開けてきたが、かれはそれをきらい、禁欲清貧の修道生活を選ぶ。しかし、かれの才能と人柄に惹かれる者は多く、そのなかには魅力的な女性たちもいた。とくにマコーフキナという女性は今ではセルギー神父となったカサーツキーに夢中になり、かれを欺いて夜中にその僧庵に入りこみ、誘惑しようとする。セルギーはその誘惑に負けそうになるが、薪を割るための斧で自分の指をたたき切り、欲望の高まりを抑える。この事件をセルギー自身は隠していたが、人々に知れわたり、マコーフキナが自分の行為を恥じて修道尼になったことも人の知るところとなって、神父セルギーの名声はさらに高まった。

その徳をしたって人々がかれのもとに集まるようになり、遠くから来て、病気の治療を願う者もいた。徳のある修道士が病人や病気の子の母親に手を当てれば、奇跡的な治癒の効果を発揮すると信じる者がおり、そういう治療を売り物にしている修道僧もいた。セルギーはそんなことはきらいだったが、執拗に懇願されて、ある日「手当て」をしてみると、なぜかそれが成功した。このことで神父セルギーの評判はますます高まった。

しかし、一人の商人が連れてきた若い娘の治療をしようとした時、これまで数々の肉欲や名声の誘惑にうち勝ってきた神父セルギーが過ちをおかしてしまう。少女は美人でもなく、頭も弱く、何の魅力もない娘で、ただふとって成熟した肉体をもっているだけだった。しかも、その時セルギーは五十半ばをすぎていた。ところが、この少女よりはるかに大きな誘惑に耐えてきたセルギーが隠れていた落とし穴に落ちるように、一瞬の肉欲のほとばしりに負けてしまったのだった。その翌朝かれは農民の服に着替え、僧庵を出て放浪の旅に出る。まもなくかれは子供のころにいっしょに遊んだ庶民の少女パーシェンカを夢に見て、数百キロの道を歩きとおして、数十年ぶりにかの女に会いに行く。貧しいパーシェンカは人生の苦しみをなめながら、今も働きつづけてその日暮らしの生活をしていた。セルギーは軍人や修道僧として輝かしい経歴をもつ自分より、このパーシェンカのほうが真の生活をしてきたのだと思う。

かれは放浪の旅をしているうちに、逮捕されシベリアに送られた（ロシアでは今でも国内パスポートを携帯していないと、法律違反者として逮捕される）。今かれはシベリアの野菜畑で働き、子供たちに勉強を教え、病人の世話をしている。

この作品にはさまざまな問題が盛りこまれており、後期のトルストイの思想がもっともよく表現されている。だが、その中核にあるのは性の問題である。将来を期待された若い軍人カサーツキーは婚約者が皇帝の性の相手だったことを知って俗世を捨て、さらに有徳の高僧セルギーは肉の塊にすぎない女体にあまりにももろく屈してしまって、修道の庵を捨てる。四六〇〜四六一ページで書いたように、トルストイは「『クロイツェル・ソナタ』あとがき」で、禁欲を説き、そのために禁酒、節食、労働が必要だと言った。神父セルギーにとって、そんな教えはわかりきったことで、それを完全に実行してもいた。しかし、それでも肉欲は一瞬でかれを打ち倒した。この作品でトルストイはエロスの恐ろしさを示すとともに、性の問題には一般論では処理しきれない秘奥があることも示したのである。

3　国家と権力

I　非暴力

i　トルストイの非暴力主義とアナーキズム

いわゆるトルストイ主義の構築は本章で述べてきたように、まず人間の生命の根源を説くことからはじまり、それから性の問題に移った。この二つの問題をつらぬいているのは愛の主張と暴力否定だった。トルストイが極端なまでに性にきびしい態度をとった理由の一つは、かれが現代の性愛のなかに自然なものではなく、暴力肯定の環境のなかではじめて許される暴力的なものを見たからだった。

トルストイの愛の主張と暴力否定にとって、最大の敵は戦争と国家権力だった。戦争は人類の歴史を通じて、地球上のどこかでたえず行われているものの、それはやはり非常事態、異常事態であり、人間の正常な生活は平和な状態だと考えられる。それに引き換え、国家は正常な生活状態に不可欠なものとされ、昔から存在し、今も存在しなければならないものと思われている。文明生活が国家の支えなしに存在したことはかつてなく、今もない。国家がない状態は文明以前のものと言われても、反駁《はんばく》のしようがない。

しかし、トルストイは国家を暴力と体刑を基盤とする圧政的な支配機構だと考え、国家体制に強く反発した。ロシアには何度も農民反乱という規模を超えて、庶民が国の正規軍相手に対等に、時には対等以上に戦った「農民戦争」をはじめとして、たくさんの力による反体制運動が生じた。トルストイが国家権力を批判していたまさにこの時期にも、皇帝暗殺にまでいたるテロリズムが横行し、それがついに武力革命となってロシア帝国を崩壊させた。トルストイはこの暴力による反抗を一種の狂気として批判した。しかし、それ以上に国家による支配を暴力的で恐ろしいものとして、反対したのである。

トルストイはすべての国家機構を否定したのだから、無政府主義者《アナーキスト》のカテゴリーに入れることはできる。しかし、トルストイの無政府主義《アナーキズム》は典型的なものとは違う特徴をもっていた。

第一に、アナーキズムは一般に直接的、積極的な活動をする社会運動であるのに対して、トルストイのアナーキズムは「愛」の原理に基づく道徳的・精神的なものである。

第二に、トルストイのアナーキズムは「私は暴力を使わない、国家は暴力機関である、だから、私は国家体制を認めない」という三段論法から成り立っている。トルストイの場合、非暴力主義が先で、アナーキズムはそこから派生したものである。

この特徴のために、トルストイのアナーキズムは理想主義的・観念的なもので、現実的な力はない。そんなものは言葉だけの反対に終わって、結局権力と妥協したり、権力にたたきつぶされたりしてしまう。トルストイは「だれかがあなたの右の頬を打つなら、左の頬も向けなさい。あなたを訴えて下着を取ろうとする者には、上着をも取らせなさい」というキリストの教えを信奉しているようだが、そんな消極的な態度は現代では通用しない、と批判された

この問題について議論をすれば長々とつづいて結論は容易に出ないだろう。しかし、現実を見ると、

大半のアナーキズムは二十一世紀の今では消滅してしまっているのに、暴力を使わないトルストイ的なアナーキズムは今も生き残っている。現在、反権力運動の大半は暴力を使っておらず、非暴力主義がますます広まり、強まっている。これは議論の余地のない事実である。

しかし、このことについてはすぐ後でもう少し具体的に述べることにして、まずトルストイの国家権力批判の著作のうちでもっとも重要な『神の国はあなたのなかにある』（以下必要に応じて『神の国』と略記することもある）について、二、三の点を検討することにしよう。

ii『神の国はあなたのなかにある』

これは一八九〇年からほとんど三年もかけて書かれた苦心の力作で、トルストイの後期の著作のなかで、とくに重要なものの一つとして、かなり多くの読者を得ている。量的にも長大で、私のこの本とほぼ同じ長さである。

a 権力否定の系譜

トルストイ自身の言うところによると、かれが『私の信仰』を書いて、「悪に暴力によって抵抗するな」というキリストの教えに教会が背いていることを指摘したところ、この著作は検閲によって国内では発売禁止になったものの、写本や国外出版で読んだ人々からさまざまな反響があった。そのおかげで、トルストイは非暴力主義が自分以外の相当多くの人たちによっても主張されており、世間に広く知られてはいないが、一つの系譜をなしていることを知った。

それは十五世紀のチェコ人で「信仰の網」を書いたヘルヴィツキー、十七世紀以降のクエーカー教徒、一八二四年に「戦争論」を書いたイギリスのジョナサン・ダイモンド、一八三九年に非暴力の宣言書を書いたアメリカのウィリアム・ハリソン、五十年間非暴力運動を続け、一八九〇年に亡くなった、やはりアメリカのアディン・バルー、一八六四年に「非暴力論」を書いたダニエル・ムッサーなどである。ただ、これらの人々はほとんど無名で、その非暴力主義は黙殺され、身内の人さえ知らないありさまだった。

トルストイがここで示しているのは宗教的な信念に基づいて非暴力を説いた人々の系譜であり、普通のアナーキストの系譜ではない。一般にアナーキストとしてよく知られているのは次のような人たちである。ウィリアム・ゴドウィン（イギリス。一七五三〜一八三六年、主著『政治的正義の研究』）、マックス・シュティルナー（ドイツ。一八〇六〜四五年、『唯一者とその所有』）、ピエール・ジュゼフ・プルードン（フランス。一八〇九〜六五年、『経済的矛盾の体系、あるいは貧困の哲学』）、ミハイル・バクーニン（ロシア。一八一四〜七六年、『国家制度とアナーキー』）、ピョートル・クロポトキン（ロシア。一八四二〜一九二一年、『相互扶助論』）。このなかでプルードンは一八六〇年外国旅行の際に、トルストイが直接会って話を聞いたほど関心をもった思想家だったが、トルストイが考えた非暴力主義者の系譜には入っていない。トルストイの頭のなかでは、アナーキストと非暴力主義者は一線を画されていたのである。これを裏返して、もう一度念を押すと、トルストイをアナーキストとみなすことは間違いではないが、トルストイはまず非暴力主義者であり、その結果、国家機関の無用を主張するようになったのである。

トルストイと同時代の、またかれ以後の非暴力主義者の系譜はあまりにも膨大で、この本では扱いきれない。そのうちごく少数だがドゥホボール教徒を四九四〜四九六ページで、マハトマ・ガンディーを六一四〜六二一ページで、ランキン夫人を六二二〜六二六ページで、キング牧師を六二七〜六三一ページでとりあげるのみである。

iii　レーニン

『神の国』の説明というこの節の本題から脇道にそれるが、ここであえて、ロシア革命の指導者レーニンについて、一言触れておこう。

一九一七年の十月社会主義大革命の中心人物レーニンをトルストイは知らなかった。トルストイが亡くなった一九一〇年には、レーニンはまだそれほど有名ではなかったからである。レーニンのほうはトルストイに大きな関心をもち、とくに『アンナ・カレーニナ』は本がすり切れるまで読んだと言われている。かれは単なる読者ではなく、トルストイについて七つも論文を書いた。なかでも「ロシア革命の鏡としてのトルストイ」は一九六〇年代ころまで、ソ連のトルストイ学習・研究の基本文献だった。

大革命の直前一九一七年八〜九月にレーニンは「国家と革命」という論文を書き、そのなかで次のような考えを展開している。国家とは、その社会で経済的に支配的な階級が、自分の利害のために政治的支配をおしひろげる機関であり、警察、監獄、軍隊などの暴力装置が、国家権力の本質的な機能をはたしている。発達した資本主義のもとで、国家権力の暴力装置は肥大化し、官僚的・軍事的統治機構が発達し、国家権力の暴力的寄生的性格はかつてなかったほどに強化される。

このレーニンの考えはトルストイの考えにきわめて似ている。

現存の国家が暴力的であるために、革命も暴力を行使しなければならないし、革命後プロレタリアの独裁が行われ、民主主義などというまやかしの制度は排除される、と主張した点で、レーニンは非暴力主義のトルストイはもちろん、一般の無政府主義者《アナーキスト》ともはっきり違っていた。

しかし、国家崩壊後の社会のイメージでは、トルストイとレーニンはまたしてもかさなり合う。レーニンは次のように考えた。初期共産主義の低次の段階では、生産と分配を管理し、統制するための社会的機構は存在するだろう。だが、それは階級支配の道具ではないから、厳密な意味で「国家」と呼ぶことはできない。共産主義の高度の段階は、各人が能力に応じて働き、欲望に応じてとる社会であり、労働と分配の一切の価値基準は消滅し、国家も完全に死滅する。

トルストイは国家消滅後の社会について、ここまで踏みこんだ予測をもっていなかったが、かれのユートピア的な無政府社会のイメージは、レーニンの未来図に似ていたようだ。ここでトルストイとレーニンの対比に、これ以上深入りはしないが、根本的にまったく違っていた両者に、これほどの類似があったことを指摘しておくのは無駄ではあるまい。

iv 非暴力主義の批判と曲解

トルストイ自身が見るところでは、非暴力主義は世俗的な観点ばかりでなく、宗教的な観点からも批判され、冷笑されてきた。世俗的な批判についてはすでに述べた。宗教的な批判としては、聖書では（旧約でも新約でも）暴力は否定されていないとか、暴力が自分に向けられている時は抵抗しなくても、隣人に向けられている時には、抵抗して、その隣人を救わなければならないとか、無抵抗の教えに短期間背いても、キリスト教全体を忠実に信じていればかまわないなどというものがあった。なかには、「山上の説教」の単純な教えを、人生全体の教えとすることはできないというのもあった。これらはどれも事実に反した詭弁だったが、いちばん強引なのは、この問題はすでに解決ずみで、今さらとりあげる必要はないという強圧的な反対、あるいは無視だった。

非暴力主義はロシアでは検閲の壁によって世間の目からへだてられ、言論が自由なはずの国でも、それが広まる機会は乏しかった。一方、暴力肯定や戦争肯定はいつでも、どこでも大手を振って横行しているので、それを否定するのはむつかしい。

V　キリストの教えの実践

トルストイの言うところによれば、キリストの教えはキリスト自身によって体現された内的完成、真理、愛の模範であるからこそ、実行がせまられる。人々はこの教えを実行しようとし、たとえ実行できなくても、それに近づこうとし、神の国を自分のなかに建てようとする。しかし、教会は自分たちの行う祈禱、精進、儀式のほうを重要視し、「山上の説教」は教会の福音書朗読から除外されているほどである。

世俗の知識人学者は、宗教は古い源泉から出たものだから、キリストの教えも現実では実行できない。

それを神秘の鎖から解放し、人間的なものにする必要があると主張している。たとえば、「神への愛」をもっとわかりやすく、「人類への愛、人類への奉仕」と言い方に変えるべきだ、と言っている。しかし、これは間違っている。「人類への愛」というのは個我《エゴ》の愛を家族――同国人――人類と拡大したものにすぎない。もちろん、人類への愛を否定するのではない。人類への愛をエゴの愛の延長にしてはならないと言うのである。人類への愛は、まず自分のなかにある神性を愛し、自分の魂の本質が愛であることを認識し、すべての根源である神を愛するからこそ、すべての人間、すべての者を愛する精神でなければならない。

vi 正しい宗教

「殺すな」「裁くな」「敵を愛せ」「悪に逆らうな」「姦淫するな」というキリストの教えは単純で非現実的なのではなく、簡潔明快で、断定的であり、だからこそ真理なのである。「殺すな」という一言こそが真理であり、それを行うのが生活である。それ以外に何をすればいいのか？　この真理を行わなければ、実際の生活と正しい人生理解の分離はますます大きくなっていく。実際、われわれの目の前でその分離が拡大し、人間は堕落している。そして、国家や教会はその分離を助長している。われわれが従うべき権力は神の権力だけであり、それ以外のものではない。

宗教は古いもので、現代に対応できないと言う人がいる。しかし、正しい宗教は変化する人類の新しい状況に応じて、新しい人生理解を展開できるはずであり、できなければならない。

以上が『神の国はあなたのなかにある』でトルストイが主張したことの要点である。ちなみに、読者は見落としがちだが、この著作の副題が「神秘的な教えではなく、新しい人生理解としてのキリスト教」となっていることを言い添えておこう。トルストイは『神の国はあなたのなかにある』を新しい言葉として語ったのである。

Ⅱ「イワンのばか」

『神の国はあなたのなかにある』はトルストイの苦心の力作だったが、ロシア国内では一九〇六年まで発表されなかった。トルストイ自身が述べているように、国内では写本で広まり、ドイツでは完成の翌年すでに出版されたとはいえ、一般読者がそのような出版物を手にすることはむつかしく、危険でもあった。しかし、トルストイの後期のもっとも重要な部分である非暴力思想は、意外な形で効果的に、広い範囲に、しかも、『神の国』が書かれる前にすでに、ロシアの一般読者に伝わっていた。それを伝えたのは日本でも広く知られている民話風の作品「イワンのばか」だった。この作品は一八八四年に創設された大衆的出版社ポスレードニクのために、翌八五年に書かれた一連の民話、童話風の短編の一つだった。この作品はトルストイの創作には違いないが、イワンという名の農民を主人公にした民話は、ロシアには昔から数えきれないほどたくさんある。トルストイはロシアでは子供でもみんな知っているこのイワンの話をもとにして、かれ独特の「イワンのばか」を書いたのだった。日本でも、イワンのお話と言えば、このトルストイの作品を意味するほど広く知られ、読まれている。

トルストイの創作したイワンは働き者で、正直で、お人よしだが、何の才覚もなく、男前も悪く、貧乏で、頭も弱い農民にすぎない。そのイワンが奇妙なめぐり合わせで王様になってしまう。王様がぼんやりしているので、国民もみんなぼんやりしている。隣の国の軍隊が攻め入ってきても、抵抗するすべを知らない。第一、軍隊がないのだから、防衛のしようがない。敵の兵隊が家に火をつけたり、略奪したり、乱暴のかぎりを尽くしても、王様のイワンも国民もどうしていいかわからない。ただオイオイ泣いているばかりだ。敵兵はそれを見て薄気味悪くなり、抵抗もされないのに逃げ帰ってしまう。

これを読んだ読者はまず腹をかかえて笑うだろう。しかし、笑った後で、このなかに侮りがたい深い思想がこめられていることに気づく。

深い「思想」の第一は、何もしないで泣いていることである。イワンとその国民は怒ることも、力を振るうことも知らない。これは理をもって非暴力を説いているトルストイ自身より、さらに頑強である。武力という物の力ではなく、無抵抗という心の力で敵を撃退したのだ。これは心の奥底から出る真の非暴力の思想である。

深い「思想」の第二は、イワンも国民もうすのろなことである。かれらは純粋な直感と日ごろの節制労働の生活をとおして、真理を知っている。イワンたちは愚鈍な者として、嘲笑されつづけてきた。しかし、十九世紀、二十世紀を通じて、聡明敏感な人たちは何をしてきたのだろうか。そして二十一世紀の今も何をしているだろうか。非暴力は心の深奥から出てくるものだから、聡明であるより、まず愚直でなければならない。

Ⅲ『では、われわれは何をするべきか』

i　都市貧民

八一年九月半ば、これまで主としてヤースナヤ・ポリャーナに住んでいたトルストイ家がモスクワに引っ越した。上の息子たちが大学に入る年齢になったからだ。一年ほど仮住まいをした後、八二年七月、モスクワの都心から少し外れたハモーヴニキという所に土地つきの古家を買い、増築補修して、十月に一家で引っ越し、一九〇一年まで約二十年、そこを生活の本拠にした。その時期は前の章でとりあげた「決意」の時期と、この章でとりあげているトルストイ主義構築の時期に、ほぼ相当する重要な時期だった。現在もこの家は保存されており、「トルストイ邸宅博物館」として、モスクワの名所の一つになっている。

モスクワ（ハモーヴニキ）の家。現在、邸宅博物館。メトロ駅「パールク・クリトゥールイ」から徒歩10分

（ちなみに、モスクワには、メトロ駅「クロポトキンスカヤ」から徒歩五分のところに、別のトルストイ博物館がある。ここにはトルストイの生涯と活動を示す展示物が公開されており、トルストイの研究・資料保存の拠点があり、整備された図書室がある。もう一つ、メトロ駅「トレチヤコフスカヤ（ノヴォクズネツカヤ）」から徒歩七分のところに小規模な博物館がある。）

トルストイは都市の労働者がみじめな生活をしていることは知っていたが、モスクワに腰をすえて生活するようになると、それが肌身でわかるようになって、予想以上のひどさにびっくりした。かれはもっと踏み込んでその実情を知ろうとして、わざわざ貧民の住む地区に行って見たりしたが、それでもやはり表面しか見られない。そこで、かれは八二年はじめの国勢調査に調査員として参加し、都市労働者の生活をつぶさに観察することにした。名門貴族の世界的作家が国勢調査の調査員になった例が他にあるかどうか知らないが、おそらくきわめてめずらしいことだろう。

トルストイが自分の目で見、自分の耳で聞きとった実情はおそるべきものだった。かれはそれを悲しみ、憤って、自分の見聞を世に知らせるために、『では、われわれは何をするべきか』を書きはじめた。その仕事は八四年までつづき、論文は普通の本一冊分ほどの長大のものになった。その内容が貧民の惨状を知らせ、そのような状態を生み出している社会を攻撃したものだったので、この論文はずたずたに切り縮められた形で発表されたり、手書きで広められたりしたが、かなり多数の人に読まれ、ロシア国内ばかりでなく、国外でも注目された。

この章では、トルストイが「トルストイ主義」と呼ばれる自分の思想の整理・体系化を目ざして書いた著作をとりあげている。『では、われわれは何をするべきか』は都市貧民の惨状という目の前の社会事象に、直接反応して書かれたもので、トルストイ主義構築のための著作とは、もともと違う性質のものである。しかし、トルストイはこの社会事象をとりあげ、その政治、経済、法制的原因を追究しているうちに、それが結局は暴力を基礎としている社会が生み出したものだという考えに到達した。そして、この問題は究極的には人々の心を改めないかぎり、解決しないという結論になった。

八十九歳で今もまだロシア文学の研究をつづけている佐藤清郎は、二〇〇八年夏に書いた『では、われわれは何をするべきか』についての未発表の論文の締めくくりに、こう書いている。

「一国の俊秀を集めて建てた精密な『ゴスプラン〔ソ連の国家的経済計画〕』も、ついに行き詰まり、ソ連国は歴史から消えた。〈見えざる神の手に導かれた〉市場原理主義の米国も今や混迷のなかにあえいでいる。新しい社会システムが必要である。それはトルストイがこの論文のなかで何度か強調しているように、『理性と良心』に基づいて構築されねばならない。そうでないかぎりいつかまた滅びるだろう。うそや偽装の上に構築された建物は必ず崩れる。

主柱なきモラルは弱い。主柱に何をもってきたらいいのか？

ヒューマニズムか？　神か？　体面か？　協調か？　妥協か？　法か？

選ぶのは、結局、人間である。自覚ある、『理性と良心』のある個人なしには、社会は永久によくならないだろう」

このように佐藤清郎が書いているとおり、元来この章のテーマからはずれるはずの『では、われわれは何をするべきか』が、まさにこの章のこの節に接続することになった。

ii 「現代の奴隷制」

トルストイは国勢調査に参加してから二十年後の一九〇二年に、「現代の奴隷制」という論文を発表した。その冒頭を要約して紹介しよう。

「私がモスクワの人口調査に参加して、その時に感じ、考えたことを『では、われわれは何をするべきか』という論文で書いてから、十五年ほどたつ。昨年一八九九年に同じ問題を考え直してみて、やはり同じ考えにたどり着いた。ただ、新しい学説などに関連して、この問題をこまかく考えることができ、新しい論拠を見いだしたので、それを書くことにする。しかし、この論文も『では、われわれは何をするべきか』と同様、暴力否定を根本思想としている。私は人々を救う真理の源泉を示したいのである」

一つの社会・経済・政治評論として出発した『では、われわれは何をするべきか』がトルストイの後期思想全体を示す著作になり、『神の国はあなたのなかにある』とかさなり合い、しかも、二十年後に別の論文でふたたびくり返されたのである。

4 芸術と美

I 『芸術とは何か』

八七年の『生命論』執筆からはじまったトルストイ思想の体系化は
(1)生の根本的意義の解明
(2)暴力的性愛の否定
(3)国家権力の否定
によって、九三年にほぼできあがった。しかし、トルストイは自分が四十年以上たずさわってきて、人間の生活に少なからぬ影響力をもつ芸術を、自分の思想体系のなかで位置づけることを必要と考えた。こうして、トルストイ思想構築のために書かれた諸著作から少し遅れて、九六年末から九八年はじめに書かれたのが『芸術とは何か』である。

古今東西に無数の芸術論があり、トルストイの『芸術とは何か』もその一つだが、その内容はさまざまな芸術論のなかで、一方の極限にあると言ってよい。

a 芸術と大衆

普通の芸術論は芸術を特定の分野のものとして、他の分野から独立させ、固有の本質や特徴を論じることからはじまる。一般に専門家たちは自分の分野を独立したものとして扱い、他の分野と関連させせたり、まして従属させるたりするのを好まない。だが、トルストイはまず芸術の社会的側面から話をはじめる。かれは毎日たくさんの演劇、音楽会、展覧会が行われ、毎日新しい小説や詩が出版されていることを述べてから、こう指摘する。「全国民に教育手段を提供するために必要なもののわずか百分の一だけしか、国民教育についやされていないロシアで、アカデミー、音楽学校、劇場に、数百万の補助金が政府から出されている。……数十万の労働者——大工、石工、塗装屋、指物師、壁紙貼り、裁縫師、美容師、宝石職人、ブロンズ細工師、植字工が芸術の要求を満たすために、一生つらい労働の中ですごす。これほどの力を消耗させている分野は、軍事的なものを除くと、ほとんどほかにない」

しかも、トルストイはこのような多大な労苦をついやして行われている歌劇などが、常識的な目で見ると実に奇妙で、滑稽なものであることを、実例を挙げて説明し、こう問いかける。「ここで行われているのは何か、そして、何のため、だれのためなのか?」

b 芸術の定義

この問いを発してから、ようやくトルストイは芸術それ自体をとりあげ、次のような論を展開する。芸術は美に奉仕すると言われるが、美には大別して二つの種類がある。一つは、美をそれ自体で存在するものと見、絶対的に完全なもの——イデー、精神、意志、神——の現れだとする考えである。もう一つは、美は個人的な利益にかかわらない一種の満足だ、という考えである。この定義では結局、美は自分の気に入るものだということになってしまう。この二つの定義を見ると、現在の芸術論は結局、現存の芸術を正当化するものにすぎない。

芸術を正しく定義するためには、それを快楽の手段と見ず、人間生活の一つの条件と見なければならない。その観点から芸術をもっとも端的に定義すれば、次のようになるはずである。

「芸術とは自分が感じた感情を動作、線、色、音、言葉によって、ほかの人間に感染させる働きである」

このトルストイの定義は一見簡単だが、次の三つのポイントから成り立っている。

(1)芸術を創造する者は表現すべき感情を、まず自分自身が体験していなければならない。

(2)それを各ジャンルの手段をもって（ダンスなら動き、音楽なら音、文学なら言葉で）表現する。

(3)受け手（ダンスなら観衆、音楽なら聴衆、文学なら読者）が作者の伝える感情に感染する（二次的に体験する）ように表現しなければならない。

c　芸術の堕落

人間が生の意味を理解しなくなって、言い換えれば、正しい宗教を失ってから、芸術は快楽を目的とするようになり、その真の意味を失った。美的快楽は芸術の本来の目的ではない。真善美の一体と言われるが、これは意味をなさない。美のなかには善と一致しないものがたくさんある。だが、美に奉仕するいつわりの芸術に満足してきたのは、人類のごく一部にすぎない。ヘブライ、ギリシャ、エジプト、さらには、中国、日本、インドなどに、それぞれ固有の芸術があった。ヨーロッパではルネッサンス、宗教改革以後、芸術が支配階級の芸術と民衆芸術に分裂した。一般大衆が現在の芸術を理解しないのは教養がないからだというのは間違いで、支配階級の芸術は真の感情に欠けているので、一般の人には理解できないのだ。このような芸術の分離の結果、芸術の堕落がはじまった。

芸術の堕落の第一は、芸術の内容の喪失である。支配階級の芸術の内容はうぬぼれ、性欲、生の哀愁だけになってしまった。労働していない人間は感情の幅が狭いからである。

芸術の堕落の第二は、形式の劣化である。堕落した芸術では形式がこみいった、はっきりしないものになる。慰みの対象は時間がたてば飽きられるので、絶えず形式は変えられ、複雑化する。すぐれた芸術なら、大衆に理解されるはずなのだ。

芸術の堕落の第三は、純真さの喪失である。芸術が芸術家の内的欲求から出たものではなく、富裕階級の快楽のために生産される時、芸術の偽物が生まれる。剽窃《ひょうせつ》、模倣、はったり、興味本位などによって、偽物が生産される。

その偽物の生産を助長するものとして、莫大すぎる報酬、芸術批評、芸術学校がある。芸術が報酬目当ての職業になると、芸術家の誠意は弱まったり、消滅したりする。芸術批評は芸術の内的基準である宗教的自覚が失われた時に出現した。批評の多くは無原則、無責任で、正しくない見解を広めてしまう。学校では、芸術の真髄、つまり、自分が経験した感情の伝達を教えることはできない。学校は真の芸術を生む能力を殺し、まがいものの芸術を生み出させるので、むしろ有害である。

ｄ よい芸術と悪い芸術

現代の芸術のほとんどは偽物だ。芸術の真偽の見分け方の基準はその感染性にある。感染性の大小を決めるのは

(1)伝えられる感情の特殊性
(2)感情の伝え方の明晰さ
(3)創作者の誠実さ

以上の三つのポイントであり、そのうちの一つが欠けても芸術は生まれない。

よい芸術と悪い芸術を分ける基準は内容の宗教性である。よい芸術は万人を結びつけるものでなければならない。そのような種類の感情は二つある。一つは、自分たちはみな神の子であり、同胞だという自覚から流れ出る感情。もう一つは、歓び、感動、活気、安心のような、日常的で、万人に受け入れられる感情である。前者は宗教的芸術を生み、後者は民衆的・世界的芸術を生む。

前者の例はシラーの『群盗』、ユゴーの『レ・ミゼラブル』、ディケンズの『二都物語』『鐘声《チャイムズ》』、ハリエット・ストーの『トムおじさんの小屋』、ドストエフスキーの『死の家の記録』、ジョージ・エリオットの『アダム・ビード』など。後者の例はモリエールの喜劇、ディケンズの『デヴィッド・カパーフィールド』『ピクウイック・クラブ遺文集《ペーパーズ》』、プーシキン、ゴーゴリの短編小説、モーパッサンのいくつかの作品、大デュマの長編小説などである。

e　芸術の使命

人類を進歩させる手段は二つある。一つは、言語を通じての思想の交流。もう一つは芸術である。現代の芸術は人類を進歩させる機能をはたしていないどころか、逆に有害な働きをしている。労力の浪費、芸術家の奇形化、目的のないいつわりの生活の美化、思想の混乱、善と美の位置の逆転、悪い感情を伝染させて、人々を堕落させることなどである。

現代の生活の目的は人々を結合させることにある。これが実現されれば、支配階級と大衆の芸術の分離はなくなる。そして、芸術は本来の力を取りもどし、愛の力を強め、人間の結合と幸福をおしすすめる手段になるだろう。その芸術は明晰で美しく、簡潔だから、どんな人でもかかわることができる。職業的芸術家ではなく、普通の人間、実生活をしている人間が芸術にたずさわることができるようになるのである。
以上がトルストイの芸術論の骨組である。

Ⅱ　トルストイの芸術論の具体的適用

ｉ　モーパッサン論

トルストイの芸術論はその極端さで人を驚かせたが、『芸術とは何か』で主張された原則と、実際的な場でのかれ自身の文学についての発言は、どのような関係にあっただろうか。トルストイは『芸術とは何か』で芸術批評は有害だとさえ言った人だから、文芸批評を積極的にしたことはかった。しかし、大作家になってから、著作集の序文などを依頼されることもあり、そのなかで自分の文学観を述べたり、多少の批評をしたりすることもあった。そのうちでとくに興味を惹くのはモーパッサン作品集の序文である。

トルストイは自分より二十歳も若いモーパッサンに興味をもち、その作品のロシアでの出版に尽力したばかりでなく、自分で翻訳までしたほどだった。この序文は九三～九四年、つまり『芸術とは何か』が完成する数年前に書かれて、トルストイが深くかかわっていた出版所ポスレードニクから出されたモーパッサン著作集（全五巻）の第五巻（九四年出版）に掲載された。そのなかでトルストイはよい作家の基準として、次の三点を挙げている

(1)対象に対する正しい道徳的態度
(2)叙述の明晰さ（＝美しさ）
(3)誠実、つまり、対象に対する愛

トルストイはフランス文学にくわしいツルゲーネフに勧められて、八一年に初めて若い作家モーパッサンの作品を読み、その非凡な才能に感心した。しかし、モーパッサンは前記の三つの条件に欠けており、フランスの醜悪面だけを描いた作品もあり、好きにはなれなかった。その後『女の一生』を読んで、トルストイのモーパッサン評価は一変し、ユゴーの『レ・ミゼラブル』以来の秀作とさえ思った。『シモンのパパ』もよい作品だと評価した。これらの作品には才能ばかりでなく、先ほどの三条件がふくまれている。しかし、モーパッサンは有名作家になってから、世評や収入にとらわれるようになり、文学の職人になって堕落した。幸いかれはたくさんの短編を書き、そのなかにはよいものが相当にある、とトルストイは考えたのである。

ここに見られる芸術観は『芸術とは何か』の内容とほとんど重複しており、『芸術とは何か』が書かれる数年前に、トルストイ独特の芸術観はほぼ固まっていたことがわかる。

ii　シェークスピア論、その他

トルストイは一九〇三〜〇四年に「シェークスピアとドラマ」という論文を書いた。モーパッサン論からちょうど十年後である。数字的には、いささか不正確になるが、十九世紀の最末端に書かれた『芸術とは何か』をはさんで、モーパッサン論はその五年前、シェークスピア論は五年後と考えれば、頭におさまりやすい。

トルストイのシェークスピアぎらいはベートーヴェンぎらい、ワグナーぎらいと並んで有名である。かれは原文で『リア王』『ロメオとジュリエット』『ハムレット』『マクベス』などを読んだが、全部きらいで、その後ロシア語、ドイツ語でも読んでみたが、やはり好きになれなかった。シェークスピアは芸術の三要件

(1)内容のよさ

(2)形式美

(3)作者の誠実さ

を持っていないと言って、トルストイは酷評した。トルストイのシェークスピア観の当否についてはここでは触れないが、ここで挙げられている芸術の三要件は、モーパッサン論のものとも、『芸術とは何か』のものとも、基本的に同じだと考えてよいだろう。この三要件は少し表現の違いはあるが他の論文でもくり返されている。

これを見ると、この三要件は、晩年トルストイが実際に作品の評価をする時に、いつも使っていた確定した基準であると判断できる。『芸術とは何か』の原則は抽象的な理論として主張されたものではなく、かれが具体的な芸術作品に接する時にも使う実際的な基準だったのである。

Ⅲ　トルストイの芸術論とかれ自身の作品

トルストイは『芸術とは何か』で示した原則を、他人ばかりでなく、自分の作品の評価にも使った。その結果、『戦争と平和』も『アンナ・カレーニナ』もよい作品のなかには入らず、かれは「私の作品で私の評価に耐えるのは『カフカースの捕虜』だ」と公言した。たしかにこの小品はトルストイが挙げた三原則に当てはまっている。また、『芸術とは何か』の後に書かれ、トルストイ主義を総合的に表現した最後の長編『復活』も、トルストイ自身がそう言ったわけではないが、芸術論の三原則に当てはまっていると考えてよいだろう。さらに、やはり『芸術とは何か』の発表後、一九〇二年に執筆され、死後に出版されて、後期最高の作品と称讃する人も多い中編小説『ハジ・ムラート』も、トルストイの三原則に当てはまっていると思える。

トルストイは自分の思想体系を構築した時、自分が四十年以上も深くかかわってきた芸術について考え、その意義をはっきりさせ、自分のこれまでの仕事に評価を下さずにはいられなかったのである。

しかし、窮屈な芸術論に比べると、トルストイの作品はよくないと断じられた『戦争と平和』や『アンナ・カレーニナ』も、よい作品と評価された『カフカースの捕虜』も、あるいはかれ自身の原則に照らしてよい作品だろうと思われる『復活』や『ハジ・ムラート』も、その芸術論よりはるかに大きく、自由で、豊富である。

トルストイが自分の文学創作に対してあまりにも苛烈な評価を下したのは、かれが過去の文学的創作を乗り越えてしまったからではなく、その芸術論が『戦争と平和』『アンナ・カレーニナ』のような自分の文学作品をとらえきれていなかったからではあるまいか。

これまでに一度ならず指摘したように、トルストイの「文学活動」は生活者トルストイの厳格な要請と、芸術家トルストイの自由な創作という、二つのものの矛盾・相克、競合・交錯のなかで実現された。厳格な道徳的要請が芸術家を叱咤する権威をもっていたわけでもなく、自由な芸術的飛翔が道徳家を見下す絶対性をもっていたわけでもない。中期までのトルストイが芸術家、後期のトルストイが説教者、と時代的に区分する通説も事実に反している。実はその総合にこそトルストイの芸術の真の姿があり、真の価値がある。ただ、その真の姿と価値をわかりやすく解き明かした人はこれまでにいない。私もその答えを提出できないまま、この節を終わらざるをえない。

次の章で述べる最晩年は、すでにできあがった自分の信仰、思想を広める時期で、創造的なものは前の二つ時期より減少しているが、その信念はますます強固になっている。文体は単純化され、必要なことだけを表現しようとするものになっていく。この最晩年には、トルストイの三番目で最後の長編小説『復活』の完成、発表、日露戦争反対論『悔い改めよ』の発表、教会からの破門、家出と死など重要なことがいくつも生じている。

第九章　破滅と新生

1　人間の復活は可能か

Ⅰ　最後の長編小説『復活』

i　執筆過程

一八九九年、トルストイの長編小説『復活』が発表され、まさに十九世紀最後の年一九〇〇年に世界的な反響をまき起こした。この作品は『戦争と平和』『アンナ・カレーニナ』に次ぐトルストイの三番目の、そして、最後の長編小説になった。

『復活』は実際にあった刑事事件をもとに書かれた。

若い貴族地主におかされた貧しい娘が身を持ち崩し、殺人犯にまでなってしまう。その法廷に陪審員として出席した地主が、かつて自分の犠牲になった女被告と再会したのだ。検事だったコーニと有名弁護士のカラブチェフスキーが、本人たちの回想によると、トルストイにこの話をしたとのことで、トルストイも『復活』を最初のころ、「コーニの小説」と呼んでいた。のちにトルストイが『復活』は自分自身の若いころの体験に基づいていると語ったこともあるが、これはトルストイによくある思い違いのようで、それを裏付ける証拠も状況も見当たらない。

トルストイがコーニからこの話を聞いたのは八七年のことだった。コーニは職務のかたわら文筆業もしていたので、トルストイはこの素材で、コーニ自身が小説を書くようにすすめた。しかし、八九年末にコーニの了承を得て、トルストイのほうがこの材料を使って小説を書きはじめた。四五四ページで書いたように、トルストイは八七年に『クロイツェル・ソナタ』、八八年に『悪魔』、九〇年に『神父セルギー』を書き、数年にわたって性の問題に関心を集中していた。若い貴族が下層の女性を自分の欲望の犠牲にし、それによって女性の一生を台無しにして、自分も深く傷ついたという「コーニの小説」も、この作品群の一環として書きはじめられたものと考えられる。

しかし、書きはじめると、作品の内容は深まり広がって、複合的になった。トルストイはこの作品のために、裁判のことを調べ、裁判所にも行ってみた。その結果、「姦淫するな」というテーマに、「人を裁くな」という教えが加わった。トルストイは監獄も見学したが、そこで罪人を法律や刑罰で救うことができるか、という問題にも突き当たった。こうして作品の内容は次第に複雑になり、その結果、九〇年十二月には、「コーニの小説」が『復活』という名で呼ばれるようになった。

作品が複雑になるにつれて、書く苦労も大きくなり、トルストイは苦心しながら筆をすすめた。出版された『復活』の分量は『戦争と平和』の四十パーセント、『アンナ・カレーニナ』の六十パーセント程度だが、書き捨てられた草稿もすべてふくめた分量では、『復活』は『戦争と平和』を上まわると言われている。しかも、この時期のトルストイはさまざまな著作の執筆や社会的活動にも力と時間をさかなければならなかったので、『復活』が書きあげられたのは十年も後の九九年のことだった。こうして、トルストイ思想構築の初期に書きはじめられた『復活』は、その時期全体を通じて断続的に書き継がれ、その時期が終わった後に完成した。その結果、『復活』はトルストイ思想を総合的に文学の形で表現する長編となった。晩年に『復活』以外これほど総合的な内容をもつ文学作品も、論文的な著作もない。『復活』より分量の多い著作は後期にもいくつかあるが、内容的に見て、後期最大の作品は『復活』にほかならない。

ii ドゥホボール教徒

『復活』の執筆には長い時間がかかったが、この時一つの思いがけない事情のために、この作品の出版を急ぐ必要が生じた。もしこうした事情がなければ、この大作の完成はもっと遅れていたか、あるいは未完のまま終わったかもしれない。その思いがけない事情とは、ロシアのキリスト教の異端の一つドゥホボール教徒のカナダ移住の資金援助だった。

ドゥホボールは十八世紀にすでにロシアに存在していた異端で、イギリスで生まれたクエーカー教徒の影響を受けたとも言われ、確かに、両者には多くの共通点がある。ドゥホボールは個人のなかに神＝聖霊があると信じ、その指図にのみ従って、教会の教義、儀式、形式には原則として従わない。教会はこの一派の考えを三位一体の教義に基づく聖霊を否定するものとみなし、「ドゥホボール」と呼んだ。ドゥーフはロシア語で「聖霊」を意味し、ボールは「戦い」を意味する。教会は「聖霊反抗者、聖霊否定者」の意味でこの呼び名を使ったのだが、ドゥホボール自身もこの名称を受け入れた。かれらはそれを「聖霊のために戦う者」という意味で使ったのである。ドゥホボール教徒は教会に言わせれば「聖霊否定派」、ドゥホボール教徒自身に言わせれば、「聖霊主張派」だった。

十九世紀はじめに在位した皇帝アレクサンドル一世はドゥホボール教徒に好意的で、クリミアに数千人を移住させ、コロニーを作らせた。しかし、一八二五年以降のニコライ一世の治世になると弾圧が復活し、ドゥホボール教徒はグルジアに移住させられた。十九世紀末にグルジアにも徴兵制が適用されると、ドゥホボール教徒は九五年に、ピョートル・ヴェリーギンを先頭に反対運動を起こし、自分たちのもつ武器を集めて焼き捨てた。当然この行動は犯罪行為とみなされ、政府の大弾圧を受け、多くの者が逮捕投獄された。

ところが、教会反対、国家否定、徴兵・納税拒否というトルストイの教えに近い信念をもつドゥホボールの援助に、トルストイが乗り出し、弟子のチェルトコフ、ビリュコフらとともに国際世論に訴えて、信教の自由を許さないロシア政府を攻撃した。政府もこの大規模な反対には困惑した。これを抑えなければ、徴兵拒否、納税拒否は広がるに違いない。抑えれば、世界からロシアは信仰の自由も認めない野蛮国だと侮《あなど》られる。政府は苦肉の策として、コロニーのための土地を国外に用意し、ドゥホボール教徒をまとめてそこへ移住させ、体《てい》よく厄介払いしようとした。いくつかの候補地から最終的にカナダが選ばれ、九八〜九九年に移住が行われた。その渡航費用のために募金をしたが、必要額に達しなかった。そこでトルストイが急いで『復活』を書きあげて出版し、その収入で費用を補うことにしたのである。

この企てを知っていくつかの出版社が名乗り出たが、結局、九八年十月に、週刊誌『ニーワ（耕地）』が未完成の作品に一万二千ルーブルの前金を払って、トルストイと出版契約を結んだ。『ニーワ』は一八七〇年に創刊された「挿絵入り家族の読み物」という副題のついた大衆誌で、当時としては異例に多い二十万の出版部数を誇っていた。一万二千ルーブルと言えば、今の日本の二億円くらいになる。しかし、これだけ巨額の前渡し金を払っても、トルストイの新しい長編小説なら元がとれると出版社は計算した。そして、その結果は計算もできないほどの黒字になった。

ドゥホボール教徒の子孫は今もカナダに五万人もいて、数千人の者が昔の信仰を守ってコロニー生活をつづけている。日本人の中村喜和、すでに故人となった左近毅などは比較的最近そのコロニーを訪れ、探訪記を残している。

ちなみに、『ニーワ』は挿絵《さしえ》入り雑誌なので、『復活』の挿絵にも特別の配慮がされ、画家はトルストイ自身の希望でレオニード・パステルナークが選ばれた。パステルナークも全力を注いで仕事をし、リアリズム絵画の挿絵として世界最高の名作を生み出した。この画家パステルナークの息子が『ドクトル・ジバゴ』を書いたボリス・パステルナークである（二九〇ページ参照）。

レオニード・パステルナーク作『復活』の挿絵　復活祭の礼拝式。中央がカチューシャ
（ロシア国立トルストイ博物館所蔵、昭和女子大学トルストイ室協力）

iii　『復活』という作品

トルストイの最初の長編小説『戦争と平和』はいくつもの筋が入り組んだ複雑な構成になっている。一方にはナポレオン、アレクサンドル一世、クトゥーゾフなどが登場する歴史の流れがある。他方では個人生活があり、そのなかでボルコンスキー家、ロストフ家、ベズーホフ家など、多彩な家庭生活が展開し、一つの筋をたどることは不可能である。二番目の長編小説『アンナ・カレーニナ』の場合も大別して、アンナ・ウロンスキーの筋と、レーヴィン・キティの二つの筋があり、それにウロンスキーの軍隊生活やアンナの兄オブロンスキーとその妻ドリーの家庭生活がからむ。

それにひきかえ、『復活』の場合、作品全体は多面的・複合的だが、物語の軸は主人公ネフリュードフと女主人公カチューシャの筋一つに絞られており、その周囲にさまざまな社会的事象がからみつくことで、複雑な総合体ができあがっている。

ネフリュードフは名門公爵の御曹司《おんぞうし》で純情な青年だった。かれは大学の卒業論文を落ち着いた環境で書くために、夏休みに叔母二人が所有する田舎の領地に来た。その家にカチューシャという清純なかわいい小間使いがいた。かの女は貧しい家畜番の女と行きずりのジプシーの芸人の間に生まれた子で、あまりにもかわいかったので、叔母が引き取り、半ば養女のように育てた。おかげで、カチューシャは読み書きもでき、多少の教養もある魅力的な娘に成長した。ネフリュードフは一目でかの女に惹かれ、カチューシャもネフリュードフに憧れ、恋に落ちる。

二年後ネフリュードフはふたたび叔母の領地を訪れる。大学卒業後かれは軍隊に入り、戦地に向かう途中に、叔母のもとに立ち寄ったのだ。この時かれはもう情欲を肯定する思想に染まり、女性を道具として使うことを自分に許していた。かれはまさに神聖であるべき復活祭の日に、そうした情欲をカチューシャにも注ぎかけてしまう。カチューシャもネフリュードフに抱かれた時、抗《あらが》いながらもその胸にすがりつく。翌日ネフリュードフはカチューシャに百ルーブルを握らせて去ってしまう。やがて、カチューシャは自分がネフリュードフの子を身ごもったことに気づく。

ネフリュードフは戦場からもどる時、叔母の家に寄ると約束していたが、急な用事ができて立ち寄れないと電報で知らせてきた。強い風雨の闇夜に、カチューシャは必死で遠く離れた列車の駅に駆けつける。だが、暖かい車室で談笑しながらトランプをしているネフリュードフの姿が窓越しに見えただけで、列車は出発してしまう。カチューシャは車輪の下に飛びこもうとしたが、おなかのなかの子どもが動いたのを感じて、死ぬのを思いとどまる。

その夜からカチューシャの生活は一変した。かの女はすべてに意欲を失い、やさしさを失った。叔母は身重で働かない小間使いを追い出した。ほかの働き口では、カチューシャはもっと無慈悲な扱いを受けた。生まれた子は足手まといになるので、子育て屋に引き取ってもらったが、すぐに死んでしまった。その当時は世界のほとんどどこでも、働き口のない女性に残された道は一つしかない。カチューシャは娼婦になり、売れっ妓《こ》になった。しかし、悪い同僚にだまされて、殺人のぬれ衣を着せられてしまう。しつこい客から逃れるために、睡眠薬といって同僚がくれた薬を飲ませたのだが、実はそれが致死量の毒薬だった。

カチューシャが殺人犯として引き出された法廷に、陪審員としてネフリュードフが出廷していた。カチューシャは記憶からかれの思い出を消し去っていたが、ネフリュードフは十五年ぶりの変わりはてた姿のなかに、カチューシャの面影を見てとった。かの女の無実は明らかだったが、陪審員たちは不慣れと、長い審理の疲れで、軽率な間違いをしてしまった。裁判長に提出する回答書に「有罪である。ただし金品を奪い、殺人をする意図はなかった」と書くべきところを、「有罪である。ただし、金品を奪う意図はなかった」としか書かなかったのだ。金品をとる意思がないとすれば、まして殺人の意思はないと考えるのは常識にすぎない。この文章では、法律的には殺人の意図を排除していないことになる。裁判長は常識に従おうとしたが、裁判官の一人が出勤前に夫婦喧嘩をして機嫌が悪かったので、「法は厳正に守るべきだ」と主張し、無実とわかっていながら、カチューシャは四年の懲役を言いわたされ、シベリア送りになる。

自分の罪で不幸になったカチューシャの姿に、思わずむせび泣きそうになったネフリュードフは、またしても自分たちの過ちのためにかの女が苦しむのを知って、自分の生活を賭けてかの女を救うことを決意する。かれは優秀な弁護士をやとい、ペテルブルクに行って官界、法曹界の有力な友人知人に働きかけ、現代の最高裁判所のような役割をしていた元老院での上告審で、一審判決をくつがえそうとする。一方、かれは監獄を訪れて、カチューシャに希望をもたせるようにし、「結婚してもいい」とまで言う。だが、ネフリュードフの努力によっても法の壁は崩せず、上告は棄却され、カチューシャはシベリアへ送られる。シベリア移送は懲役よりも過酷な死の行進だ。ネフリュードフは公爵令嬢の婚約者とも、親族とも別れ、家を売り、土地を農民にゆずり、カチューシャの後を追ってシベリアへ向かう。ネフリュードフの計らいで、かの女は刑事犯より待遇のいい政治犯のグループに入れてもらえた。それはナロードニキ革命家の群れだった。

ネフリュードフの必死の振る舞いは、すさみきったカチューシャの心を少しずつよみがえらせた。かの女は生活態度を改めたし、ネフリュードフは過去の罪から逃れるために、自分を救うふりをしているだけだ、と思う疑いの心もほぐれていった。

ネフリュードフはカチューシャの無罪を勝ちとる最後の手段として、名門貴族である自分の地位を利用して皇帝に直接手紙を書き、超法規的な勅命を出していただきたいと懇願した。囚人の群れが流刑地に近づいた時、カチューシャを無罪にする勅命の発令を皇帝が認可した書類が、友人を通じてネフリュードフのもとに届き、かの女は自由の身になった。しかし、カチューシャは政治犯の流刑囚シモンソンと結婚し、流刑地で生活する決心をしており、すでにそれをネフリュードフに伝えていた。かの女は特赦になってもその決意を変えず、ネフリュードフと結婚することはもちろん、シベリアからロシア本国に帰国することも望まない。小説では、勅命が出ることをネフリュードフが移送中の監獄でカチューシャに伝え、カチューシャが自分の決意が変わらないことをかれに伝えて、二人は永久に別れてしまう。しかし、映画などでは、カチューシャを交えた流刑囚の列が雪の荒野を歩き去っていくのを、ネフリュードフが広漠としたシベリアの空の下に立ちつくして見送るというシーンで、幕切れになることが多い。

このネフリュードフとカチューシャの筋の展開につれて、作者はありとあらゆる社会的事象を風刺、批判、さらには弾劾の域さえ超えて、痛烈に断罪する。裁判、法律、刑罰の制度と施設、官僚制、公娼施設、性欲讃美、農村の疲弊、現代の思想と科学、コマーシャリズム、暴力、非人間性、そして、教会とその教義や儀式……。トルストイの痛烈なペンを免れるものはない。『復活』はこうしてまれに見る容赦のない現代社会断罪の書になった。それを長所と見る人も、短所と見る人もいるだろうが、この作品の最大の特徴はこの点にある。

iv『復活』の結末

a　ネフリュードフとカチューシャの愛

ネフリュードフとカチューシャは最初に出会った時、純粋に愛し合っていた、あるいは純粋な愛に発展するような気持ちをいだいていたように思われる。ネフリュードフが暴力的な「愛」を肯定する思想に染まって、それを行使した時、二人は肉体的に結ばれて、愛を喪失し、不幸におちいった。

しかし、十五年後まさに劇的な再会をした後の二人の関係は何だったのか。ネフリュードフが赦しを乞い、罪を償おうとし、カチューシャを本当に愛し直そうとした時、かれが誠実だったことは疑いないと思う。しかし、これは一方的な愛の押し売りだったのではあるまいか。自分をおかして捨て、一生を台無しにした男の愛を、女性がふたたび受け入れられるのだろうか。ネフリュードフは結婚さえ申し込んだが、それは女性にとって生理的にも耐えられないことではないのだろうか。もしそうだとすれば、カチューシャが自分の過去の不幸とともに、ネフリュードフを捨て、シモンソンとの静かな愛を選んだのは当然だったことになる。

ネフリュードフ自身は「カチューシャはシモンソンを好きになって、おれがささげているように思っている犠牲を、まったく望んでいなかったか。それとも、相変わらずおれを愛していて、おれの幸せのために、おれをはねつけ、自分の運命をシモンソンと結びつけて、永久に後もどりできないようにするつもりなのか、この二つのうちのどちらかだ」と考え、「正しいのは二番目のほうだ。かの女はおれを愛している。そして、おれの一生を台無しにしないために、シモンソンとともに去るのだ」と考える。だが、これはネフリュードフらしい一方的な思いこみで、作者の考えではあるまい。もしネフリュードフの考えるとおりだとすれば、シモンソンに対するカチューシャの「愛」は何なのか。かの女は実はシモンソンを愛しておらず、本気で自分を愛してくれているかれを、ただ自分のために利用している、身勝手な女ということになってしまう。

カチューシャは昔のような愛でネフリュードフを愛することはできなかった。しかし、ネフリュードフの独りよがりだが、ひたむきな様子を見ているうちに、憎しみはもちろん、煩わしいという思いも消えて、かれを赦す気持ちになった。それは広い意味でのいとしさでもあった。シモンソンへの気持ちは男女の感情もふくむ普通の愛だったが、ネフリュードフへの気持ちは普通の意味の愛を超越して、慈悲に近づいていた、と解釈することもできる。この解釈は確かに晩年のトルストイの教えに合致するが、理に落ちていて、興ざめな感じもする。

ネフリュードフとカチューシャの最後の別れに感動する読者は少なくない。その人たちの多くは次のように考えているのではあるまいか。「二人はおたがいに、この人は一生に一人しか会えない大切な人だということを知っていた。どんな過去があったにしてもそれはかけがえのない愛だ。二人は今もそれを胸の奥底に秘めていた。しかし、復活するためには、一切の過去を捨てて、新しい一歩を踏み出さなければならない。だから、カチューシャは万感を秘めて去っていく。ネフリュードフも抑えられない想いを抑えて、その後を追うのをあきらめる。これは普通『愛』と呼ばれているものに対する逆説的な愛であり、肉体的に結びつくことで愛を破滅させた二人が、今度は別れることで新しい愛を成就させたのだ」。

文学や芸術は問いを発しても、明快な答えを押し付けるものではない。トルストイはその常識を踏みにじって、芸術でも答えを出そうとし、しばしば自分は答えを出したと考えた。しかし、このネフリュードフとカチューシャの愛の結末は、割り切れた答えではなく、むしろ、問いであるような気がする。ネフリュードフとカチューシャ自身にとっても、その決意は答えであると同時に、自分に対する新しい問いでもあったのではあるまいか。

b　福音書の教え

カチューシャと別れたあと、ネフリュードフは監獄を訪れ、囚人に新約聖書や福音書を配っているイギリス人の手伝いをして、ホテルの部屋にもどる。かれは自分がカチューシャに不必要になったことが悲しく、恥ずかしかった。それに、いまだに悪が勝ち誇っているのを監獄で見たのに、それを打ち倒すどころか、打ち倒す方法さえ見つけられないことが口惜しかった。かれはイギリス人からもらって、テーブルの上に放り出してあった福音書を無意識に開き、偶然出たページを読んだ。それはマタイによる福音書の十八章だった。かれはそのページを読み、さらにいつも感動する「山上の説教」に目を向けた。そこには何度もくり返し読んだ、「殺すな」「姦淫するな」「誓うな」「悪に逆らうな」「敵を愛せ」という戒律があった。ネフリュードフは昔から知っていた戒律を、今初めてすみずみまで理解した。かれは

「神の国と義を求めよ、その他のものはつけたりとして与えられる」ことを悟り、「これこそがおれの仕事だ」と確信する。

そして、作者トルストイは次の数行で、このきびしい長編を締めくくるのである。「この夜からネフリュードフにとってまったく新しい生活がはじまった。それはかれが新しい生活条件に入ったからというよりむしろ、あの時以来かれの身に生じたすべてのことが、かれにとって以前とまったく別の意味を得ようとしていたからであった。ネフリュードフの人生のこの新しい時期が、どのような形で終わるか、それは未来が示してくれる」

これを読んで、読者は拍子抜けするかもしれない。「これは完結ではなくて、新しい生活の開始であり、答えではなくて、未知の問いの連鎖のはじまりではあるまいか？」

ドストエフスキーは『復活』の三十五年以上も前に『罪と罰』を書いたが、この小説の結末は、『復活』の結末に酷似している。誤った「超人」思想に駆られて殺人を犯し、シベリアに流刑されたラスコーリニコフは、かれと共に流刑地まで来た、かつての娼婦ソーニャの純粋な愛によってよみがえり、自分の罪を認めて復活する。この苦しく、長い物語を、ドストエフスキーは次のように締めくくる。

「かれら〔ラスコーリニコフとソーニャ〕は二人とも青白くやせていた。しかし、その病んだ青白い顔には、新生への復活にみちた、新しい未来の曙光がすでにかがやいていた。かれは新しい生活が無償では自分の手に入らないこと、それをこれから高い値で買い取らなければならないこと、未来の大きなりっぱな行為で、その支払いをしなければならないことを、知りもしなかった。

しかし、ここでまさに新しい過程、かれが次第に生まれ変わり、一つの世界から別の世界に次第に移り、新しい、これまでまったく未知だった現実と接する過程がはじまるのだ。それは新しい物語のテーマになるかもしれない。しかし、今のこの物語は終わりである」

Ⅱ「復活」の意味

「復活」という言葉は日本語では特別の意味を感じさせない。「古い習慣が復活した」「政府の補助金はいったん打ち切られると、復活がむつかしい」といった具合である。しかし、英語やロシア語では、日常的に使われる「復活」と、「死者の復活」「キリストの復活」の場合に使われる語は同じではなく、後者の場合は、死からの復活という特別の意味をもつ。とりわけキリスト教の場合は、十字架にかけられて死刑になったキリストが三日後に肉体をもってよみがえり、人々の罪をあがなって昇天したことが信仰のもっとも重要な核心の一つになっている。これを信じなければキリスト教徒とは言えないし、復活祭という最大のお祭りさえできなくなってしまう。

だが、トルストイはこのキリストの復活を信じなかった。トルストイの言う復活とは、死の充満している今の世界で、真の命を失った者がよみがえり、生きた命を取り返すことである。小説『復活』でトルストイは「キリストの復活」という場合と同じ意味の語を題名に使いながら、現代の人間の復活を描こうとした。しかし、それにしてはすぐ前で引用したこの作品の結末は（ドストエフスキーの『罪と罰』の結末も同じように）、次の点で、いささか単純すぎるのではあるまいか。

(1)復活の意識が理由のわからぬまま突然起こる。

(2)変化は主人公たちの主観のなかだけで起こり、それが実生活の条件にささえられていない。
(3)復活の決意も主観的で、その先の見通しが主人公たちにない。
(4)作者は主人公たちに復活の決意が生じたことを伝えるだけで、物語を終わりにしてしまう。
(5)作者はこれから先のことは未来の話だと言っているが、その未来の話をドストエフスキーもトルストイも書いていない。

この疑問に対して次のような答えを出してみよう。

(1)復活の原理はたいていだれでも知っている。しかし、それは苦しみをかさね、時には血を流さなければ成就しない。容器に徐々にガスが蓄積され、限界点に達したときに、蓋を吹き飛ばして一気に爆発が起こるように、復活は一見突如として起こる。だが、それは長い過程の結末であり、偶然の暴発ではない。

(2)復活はあくまで精神的なものでなければならない。トルストイが指摘しているように、新しい生活条件に左右されて起こるものではない。復活は物質的裏付けをもたなくてもいいのではなくて、肉体や物質に左右されてはならない、心の問題なのだ。

(3)復活はまず過去を捨てることではじまり、原点にもどって、精神的な決意をすることである。それは決意から出発して、未来に向かうのであって、未来を予測することによって決意が支えられるのではない。

(4)復活は決意をした時点で成就する。その先に具体的に何をするかは別の話である。

(5)復活を決意した後、ラスコーリニコフとソーニャも、カチューシャも流刑地で労働生活をし、そこで骨をうずめたのであろう。トルストイは『復活』の続編を書く試みを何度かしており、それによると、ネフリュードフは神父セルギーのように放浪の人となるか、農民のなかに紛れこんで労働生活をするという結末になったのだろうと思われる。しかし、それは個我を捨てた普遍的な生活であり、とりたてて人に物語るようなものではないし、声を大にして語ってはならない。

だが、こうした答えは仮に正しいにしても、わざとらしい感じがする。『復活』は答えを出そうとした作品でありながら、その結びが答えになっておらず、無理な感じがするかもしれない。トルストイ自身、『復活』以後も、問いに次ぐ問いの連鎖のなかにいた。そして、われわれもまた問いの連鎖に耐えさせられるのである。

『復活』のネフリュードフとカチューシャの愛も、小説全体の結末もわざとらしく、無理があると感じるばかりでなく、主人公のネフリュードフの人物像にも無理があって、蒼白く、影が薄く、ほかの小説の主人公、たとえば、『戦争と平和』のピエールやアンドレイ、『アンナ・カレーニナ』のウロンスキーやレーヴィンのような実在感がないという人は少なくない。しかし、それは『復活』の欠陥ではなく、特徴とみなすべきだろう。トルストイを写実的という意味で、リアリズムの作家と考えるとすれば、そもそもそこに無理があるだろうが、『戦争と平和』や『アンナ・カレーニナ』の場合は一応リアリズムの作品だとしよう。しかし、『復活』は相当な程度でリアリズムの作品だとしても、破滅した人間の復活をテーマにすること自体、リアリスティックというより、むしろ観念的である。「観念的」という語が否定的な意味に感じられるとすれば、『復活』は全面的にリアリズムの作品ではなく、現実を超越しようとする「賭け」をテーマにしている作品だと言いかえてもよい。ネリュードフはそのために作者によって創られた作中の人物なのだ。『復活』を読む時、トルストイに完璧なリアリズムを期待してはなるまい。『戦争と平和』や『アンナ・カレーニナ』が模範的な十九世紀小説だとすれば、二十世紀に入る敷居の前で書いた『復活』で、トルストイは脱十九世紀小説に挑戦していたのだった。

2 正教会からの破門

I 宗務院決定

i 検閲テロ

現在でも出版、放送などに対して、相当きびしい検閲制度のある国は少なくないが、十九世紀ロシアの検閲はきびしい上に、二重になっていた。普通の検閲と宗務院の検閲があったのだ。宗務院というのは宗教、教会を管理する政府機関で、その検閲はロシア正教や教会に不都合な内容がないかどうかを調べるものだった。この両方で挟み撃ちにされると、まさかと思うような削除や変更まで要求される。第一作『幼年時代』からはじまって、トルストイの作品で修正、削除なしに世に出たものはない、と言えるほどである。

『懺悔』以後のトルストイの著作は、国家と教会の批判をふくんでいるか、それを主調にしているかだったので、もちろん、書いても書いても、次々に検閲に引っかかり、まともに出版できなかった。政府や教会はトルストイの思想的・宗教的著作を幼稚で、まともに相手にする価値がないとして、無視するポーズをとっていた。だが、実は、トルストイの思想が世間に広がるのをおそれ、すでに八〇年代初めから出版の禁止・制限という実力行使で妨害していた。しかし、その著作は国内でも、手書きや石版印刷《リトグラフ》で広まり、国外では、トルストイが何か書くと、ほとんど間をおかずに翻訳・出版され、外国人ばかりでなく、外国語に通じていた当時のロシアの知識人もそれを入手して読むことができた。弟子のチェルトコフやビリュコフは危険をおかして、外国でトルストイの著作を出版するための組織活動をしていた。

そのような出版物が一般読者の手に入ることはあまりなかったし、第一、当時のロシアの庶民は字もろくに読めなかったが、「トルストイ伯が皇帝や教会を相手に、何かすごいことを言ったり、したりしているらしい」という噂は大衆の間にも広まった。それは人々の間に反感も呼び起こしたが、共感のほうが圧倒的に多かった。政府・教会は「トルストイは思想的に迷って、常軌を逸した言動をしている」「トルストイは発狂した」「トルストイは秘密印刷所を作って、不穏な文書を広めている」といったデマゴーグで対抗したが、トルストイへの共感や尊敬は逆に高まった。

ii トルストイ包囲網

政府・教会はトルストイの主張をまともに取り合わないふりをして、黙殺する姿勢だったが、トルストイの人気が高まるのを見て、ついにそれに対抗する言論戦に乗り出した。九〇年に、宗務院大監察のポベドノースツェフがロシア正教会の現状を述べた公式文書で、さまざまな危険の一つとしてトルストイの名を挙げた。そして、この指摘に呼応するように、『教会報知』をはじめとする教会関係の出版物や一般の出版物に、トルストイ批判の発言が次々に出るようになった。その批判者たちは異口同音に、トルストイを国家と社会秩序の破壊を目的とする者として攻撃した。そのほとんどは、トルストイを迷いにおちいった人間として攻撃するだけで、中身に乏しかったが、理論派の長司祭ヨアン・ポスペーロフの「トルストイの信仰および人生の規範についての教説分析」のように、トルストイの思想そのものを批判しようとするものもあった。

また、この反トルストイ・キャンペーンに聖職者の声ばかりでなく、「民衆の声」も加えるため、一九〇〇年夏、『ツーラ主教管区通報』が「トルストイ伯の教えの成果」という題名で、「悔い改めたトルストイ主義者の手紙」なるものを掲載しはじめた。それはトルストイの教えに従った結果、苦しみをなめた庶民がその誤りに気づき、悔い改めて教会の教えにもどるという内容のものだった。

しかし、この言論攻勢も効果が少なかった。九二年にすでにポベドノースツェフが「トルストイの影響で信仰、教会、政府と社会について、奇妙な、ゆがめられた考えが広まるおそれがある」と、皇帝に警告していたが、その傾向がますます強まってきた。教会人の間には、トルストイを逮捕投獄、修道院幽閉、破門などの刑罰に処すべきだと考える者がいたが、それが現実のこととなり、何らかの実際的な措置をとらなければならなくなってきた。

しかも、トルストイは九九年に『復活』を発表して、いっそう政府、教会を刺激した。この作品でトルストイは国家、社会、教会をほとんどあらゆる点にわたって、痛烈に批判したばかりでなく、キリスト教の信仰のもっとも重要な基礎の一つであるキリストの復活を否定し、それを人間の魂の復活に置きかえた。それに加えて、『復活』のなかでトルストイは、当時のロシア人なら、すぐにポベドノースツェフの戯画《カリカチュア》だと察しのつく、政府の高官トポロフを登場させ、それを「鈍感で道徳的感情の欠けた人間」「知識の光に浴したのに、その光を当然使うべき方向に、つまり、無知の闇からもがき出ようとしている民衆を助けるためではなく、ただただ民衆を無知のなかに押さえつけておくためだけに使っている人間」とこき下ろした。おまけにトポロフという苗字は実在の苗字だが、元来「トポール（斧）」というロシア語から作られたもので、日本語なら、さしずめ「斧田」などとなるところだから、トルストイはこの苗字で、残酷無情な人間を暗示したのだった。

政府や教会から罰せられれば、トルストイは受難者として、ますます民衆の支持を得、国際世論もトルストイ擁護を強めることは予測できたが、宗務院はやむをえず一つの決断をした。

iii 苦渋の決断

その決断は教会からの破門で、その第一段階として、次のような宗務院決定が公布された。あまり長くないのでその全訳を紹介しよう。

「至聖なる宗務院決定、一九〇一年二月二十二〜二十三日付

原初よりキリスト教会は、教会をくつがえし、生ける神の子、キリストへの信仰をもとに確立されている教会の基本的根底を揺るがそうと望む、数多《あまた》の異端、偽説教師の非難攻撃をこうむってきた。しかし、地獄のすべての力をもってしても、主が約束されたように、教会を打ち倒すことはできず、聖なる教会は永久《とこしえ》に生き続ける。今の時にあっても、神の目を逃れて、新しい偽説教師レフ・トルストイ伯が出現した。世界に知られた作家であり、生まれはロシア人、洗礼と教育によって正教徒でありながら、トルストイ伯はその高慢な知恵にたぶらかされ、不遜にも主と、キリストと、その神聖な財《たから》に反抗し、キリ

ストを養い育てた聖母、正教会を万人の前であからさまに否定し、民人《たみびと》のなかにキリストと教会にそむく教えを広め、宇宙の基礎となり、われらの祖先の生きる因《よすが》となり、救いとなって、今にいたるまで聖なるロシアを支え、堅固たらしめている父祖伝来の信仰、正教の信仰を、人々の頭と心のなかで根絶やしにするために、その文学活動と神から与えられた才能をささげた。かれとその弟子たちによって全世界に、ことに尊きわが祖国の外において、多量に流布されている著作と手紙のなかで、かれは(a)正教会のすべての教条の否定と、(b)キリスト教信仰の真髄の否定を、狂信者の熱情をもって宣べ伝えている。

(1)三位一体における生ける人格神、宇宙の創造者、支配者を否定する。
(2)主なるイエス・キリスト――神人を否定する。
(3)われわれ人間のため、われわれの救済のために苦難を負いし贖罪者としてのイエス・キリストを否定する。
(4)世界の救済者としてのイエス・キリストを否定する。
(5)イエス・キリストの死者からの復活を否定する。
(6)人間による精なき主キリストの受胎を否定する。
(7)至清なる聖母、永遠の処女マリアの出産前の処女性を否定する。
(8)至清なる聖母、永遠の処女マリアの出産後の処女性を否定する。
(9)死後の生を認めない。
(10)神の報復を認めない。
(11)教会のすべての秘儀とそのなかにある恵み深き聖霊の作用を否定する。

⑿正教の民の信仰のもっとも神聖なものを誹謗《ひぼう》して、秘儀のうちのもっとも大いなる聖体拝受を嘲笑してはばからない。

これらすべてをトルストイ伯はたえ間なく、言葉と文書によって宣べ伝えて誘惑し、正教世界を脅かし、それによって、隠すことなく万人の前で公然と自らを、正教会とのあらゆる結びつきから引き離した。かれを正道に導こうとした試みは成功しなかった。

このゆえに、教会はかれをその成員と認めず、かれが悔い改め、教会との結びつきを回復しないかぎり、その成員と認めることはできない。

今このことを全教会に対して証言し、正道に立つ人々に確信を与え、トルストイ伯を正道に導こうとするものである。信仰を保有する多くのかれに近しい者は、かれがその生涯の終わりに、教会の祝福と祈りから、また教会との結びつきから離れ落ちて、神とわれらの救い主たる主をもたぬ者となることを思い、深く悲しんでいる。このゆえに、かれが教会から離れ落ちたことを証言し、同時に、主がかれに悔悛《かいしゅん》の情と真理を悟る分別を与え給うように祈る。恵み深き主よ、罪ある者に死を望まず、聞き、憐れみ、聖なる御身の教会にかれをもどしたまえ。アーメン」

この宗務院決定は『教会報知』で公表され、その他の新聞、雑誌にも転載された。

Ⅱ　破門への反応

ⅰ　トルストイ自身の反応

宗務院の決定が出たのは、トルストイが教会との闘いをはじめてから二十年もたってからだった。その決定で教会は「お前を教会のメンバーとは認めない」と言っていたが、トルストイはすでに自分のほうから、教会と縁を切ったと考えていた。それに、いろいろなことから、自分を支持してくれる数千万のロシア人と、数億の世界の人たちがいることを実感していたので、宗務院の決定はトルストイにとってあまり意味のないことだった。

トルストイ自身はこの決定について、「奇妙な教会からの破門があった」と日記に書いただけだった。ソフィア夫人の回想によると、新聞でこの決定を読むと、トルストイは無言で帽子をかぶり、散歩に出かけてしまった。また、一九〇三年にトルストイを訪問した『ニューヨーク・ヘラルド』紙の記者ジェイムス・クリルマンが「教会からの破門をどうお感じになりましたか」と質問すると、トルストイは「何とも」と答えたという。しかし、トルストイ自身にとってはどうでもいいことにしても、国内、国外にさまざまな反響があったので、かれは宗務院決定に対する自分の考えを明らかにする必要を感じ、〇一年三月末に「二月二十～二十二日付宗務院決定と、それを契機に私が受け取った手紙への回答」（トルストイは日付などをよく間違える人で、この題名の日付も不正確である）を書きはじめ、四月初旬に書き終えた。

間もなくそれがロンドンの『自由言論小紙』に発表された。その後ペテルブルクの教会誌『伝道概観』に転載されたが、かなりの部分が削除されており、〇五年まで国内では完全な形で発表されることはなかった。

この「回答」は宗務院決定よりはるかに長く、全訳すると十ページ以上になってしまうので、かなり縮約して紹介しよう。

「私は宗務院決定に答えるつもりはなかったが、これについて寄せられた手紙は激励、非難のいずれの側にも誤解があるので、宗務院決定とこれらの手紙の両方に答える小文を書くことにした。

宗務院決定は正式のものではなく、意図的に両義的《あいまい》にされており、自分に都合のよいもので、根拠をもたず、正しくなく、中傷的である。

正式でなく、あいまいだというのは、破門なら教会の規則にのっとるべきだのに、それがなされていないからである。教会の教条に従わない者は教会に属さないという宣言なら、あらためて言う必要もない。自分に都合のよいものだというのは、私だけを非難しているが、教養あるロシア人は私と同じような不信をいだいているからである。根拠がないというのは、私がいつわりの教えを広めたと責めているが、検閲のおかげで、私の考えはほとんど知られていないからである。正しくないというのは、「決定」は私を説得しようとしたと言っているが、そのような事実がないからである。中傷的だというのは、私を故意に傷つけようとするものがふくまれているからである。

宗務院は私が教会と神にそむいたというが、私は教会にそむいただけで、神には奉仕しており、そむいていない。また、私が有害な説を広めたというが、私は自分の著作を自分で出版したことはない。私の考えを知りたいと望む人に本を贈っただけだ。

私が三位一体、救世主、処女出産などを否定したというが、無意味な言い伝えを否定するのは当然のことだ。私が来世を否定し、報いを否定したというが、来世が神の再来、地獄、極楽などを意味するなら、私はそれらを否定する。私は神の意思の実践を生と考えるからだ。私がすべての秘儀を否定したというのは正しい。洗礼、結婚の神聖化、懺悔、塗油は神の概念に反する無意味なものであり、私はそれを認めることができない。

私が信じるのは、霊としての、愛としての、すべての根源としての神であり、神のなかに私がおり、私のなかに神がいること、人間キリストの教えのなかに、神の意志がこの上もなくはっきり現れていること、人間の真の幸福は神の意志の実践であること、愛し合い、自分が他人にしてもらいたいと思うことを他人にするべきだということ、各人の生の意義は愛の拡大だということ、愛の成功の唯一の手段は祈り――キリストが禁じた人前での祈りではなく、孤独な祈りだということである。

非難、中傷、妨害を受けても、私は自分の信仰を変えることはできない。それが永遠唯一の信仰だと言うのではない。ただ、これ以上単純明快で、私の理性と心の要求にふさわしいものはないのだ。私はすでに捨ててしまったものに、もどることはもはやできない」

トルストイが言うように、宗務院決定は歯切れが悪かったが、かれ自身の回答はこれまで一貫してきた自分の主張をそのまま率直に述べたものだった。

ii 内外の反応

宗務院決定が公表されてから数日後、トルストイは「宗務院指令について、あらゆる方面から同情の言葉をもらっている」と弟子のチェルトコフに手紙で知らせた。三月はじめには、やはりチェルトコフあての手紙で、「私に向けられる同情の言葉が怖くなります。それをへたに利用したり、まったく利用しなかったりするといけないと思います」と書いた。実際、宗務院決定発表後、連日トルストイのもとに、励ましの手紙、電報、メッセージ、花などが届けられ、直接訪れる人たちもいた。モスクワの広場や街路に集まって気勢を上げる者もおり、とくに二月二十四日には、ソフィア夫人の日記によると、都心のルビャンカ広場に数千の学生、労働者が集まって、「トルストイ万歳と叫んだ」という。モスクワ以外の各地でも、ペテルブルクをはじめとして、トルストイを支持する動きが起こった。トルストイを非難する声もあったが、共感のほうが比較にならないほど多かった。

国外でもトルストイを応援する者は多く、日本でも破門がトルストイへの関心を高めた。たとえば『アンナ・カレーニナ』の翻訳者だったロシア文学者瀬沼夏葉は、直接トルストイに手紙で激励と慰めの言葉を送ったほどだった。

教会側がひそかに危惧していたように、宗務院決定がトルストイの人気を高めてしまったのである。

iii　教会の反応

トルストイは宗務院決定が「意図的にあいまいにされている」と指摘したが、それは本当だった。公表された「決定」の表現があいまいだっただけでなく、教会側は決定が引き起こす影響を見きわめて、それに応じた処理ができるように、あらかじめ手のこんだ方法をとっていた。宗務院決定の反応を見ると、ほとんどすべての人がこの決定を「教会によるトルストイ破門の公表」と受けとったが、実は、そうではなかった。トルストイが「回答」のなかで書いているように、正式の破門なら、正式の手続きをとらなければならないのに、宗務院と教会は正式の手続きをとらなかったばかりでなく、とれないようにしていた。

破門の問題はあらかじめ宗務院で審議され、破門が適切と判定されると、それが公表される。トルストイの場合も、ここまでは普通のとおりである。しかし、宗務院は政府機関であり、教会本体ではないから、宗務院決定は教会の最終決定にはならない。宗務院決定発表後、破門決定に従って教会で破門の儀式が行われなければならない。主要な教会で高僧が破門を宣言し、呪詛《じゅそ》が反復して唱えられ、その儀式が行われたことで、破門が正式に成立する。ところが、トルストイの場合はその儀式が行われなかった。破門の儀式は正教会のしきたりによって、一年に一回だけ、大精進節の最初の日曜に行われることになっていた。一九〇一年ではその日は二月十八日だったのに、宗務院決定はその前ではなく、破門の儀式が行われる所定日の数日後に出された。もしトルストイの破門を急ぐのであれば、たった五日早く決定を出せばよかったはずである。しかし、宗務院決定が出された時には、儀式をする日はもう過ぎており、翌年まで待たなければならなかった。それまで約一年も空白がある。宗務院決定はまさにこういう時点で出され、それは教会や宗務院にとって都合のいいことだった。一年間周囲の状況を観察し、それに応じて事態を処理できるからである。それを見越していたからこそ、決定の表現もあらかじめ玉虫色にされていた。

宗務院決定の反響はすでに書いたとおり、概してトルストイに同情的だったので、ロシア正教会はトルストイの破門を正式なものにすることを避け、主要教会で破門の儀式を行わず、呪詛もしなかった。今でも「ロシア正教会はトルストイを破門したことはない」と主張する人がいるが、それは正式な手続きが存在していないという「事実」を根拠にしている。佐藤雄亮の伝えるところによると、ヤースナヤ・ポリャーナのトルストイ博物館長で、トルストイの直系の子孫であるウラジーミル・トルストイが正教会に対して、「もういいかげん破門を見直しては」と呼びかけたところ、正教会は「われわれはただトルストイが教会を離れた事実を確認しただけだ」と答えたそうだ。もし宗務院決定の文章が明快断定的で、「トルストイを破門する」と言っていれば、破門の儀式を行わない以上、その決定は無効になってしまうところだった。しかし、「トルストイが悔い改めるまで、かれを教会の成員と認めない」というあいまいな文言だったので、「破門ではない。一時的にかれの態度変更を待っているのだ」と説明ができる結果になった。

しかし、これは言い訳、あるいは言葉の綾《あや》にすぎない。トルストイ自身をふくめて、ほとんどすべての人が宗務院決定を破門と受け取っていた。教会側も個々の教会がトルストイを呪詛したり、トルストイが地獄で苦しむ絵を壁に掛けたりするのを、見て見ぬふりをし、トルストイを過ちをおかして破門された人間と印象づけるのを黙認していた。その一方で、ソ連時代のトルストイ研究では「教会はラージン、プガチョフのような大逆賊と同等の悪人として、トルストイを破門した」というのが定説だった。私自身も、宗務院決定の表現は両義的だし、正式な儀式はされなかったが、それにもかかわらず、トルストイは要するに教会から破門されたというのが「事実」だと考える。

ロシア正教会はトルストイを教会に復帰させようとして、あらゆる手段を使い、その努力はトルストイの死までつづいた。しかも、トルストイは結局悔い改めて、教会に詫びを入れたとか、さらには、かれの家出の原因は教会に反対したことを悔いたためだという説まで流され、それは今もつづいている。だが、このことについては、家出をテーマとする次の第十章で、もう少しくわしくとりあげることにしよう。

3 日露戦争

Ⅰ 日露戦争とは

i その本質

一九〇四年（明治三十七年）二月はじめ、日本とロシアの間に戦争が起こった。一八九四年にはじまった日清戦争から一九四五年に終わった第二次世界大戦までの半世紀、日本はほとんどたえ間なく戦争をしていた。日露戦争もその長く大きな戦争の連鎖の一つの環である。だから、日露戦争それ自体の具体的な原因を探してもよくわからない。日本が戦争という最後の手段をとらざるをえなかったのは、満州・朝鮮半島をめぐる、日本・ロシア間の外交交渉が行き詰まったからであり、交渉が行き詰まったのは、十年前の三国干渉以来ロシアが強硬姿勢をとりつづけたからであり、三国干渉が行われたのは、ロシアが日本の満州進出を許すまいとしたからであり、日本の満州進出が可能になったのは、日本が日清戦争に勝ったからであり、日清戦争は……と、次々に過去へさかのぼってしまう。戦争に突入する時はだいたい似たようなものだが、当時の日本人は「なぜ戦争までするのか？」とたずねられても、明快な理由を挙げることはできず、「われわれはやむにやまれず武器をとったのだ。それ以外どうしようもなかった」と答えるほかはない気分だった。

日本が明治維新以後、欧米諸国にならって近代国家になろうとし、植民地争奪・再分割の争いに参入した以上、日露戦争は確かにその必然の流れであり、歴史家のなかにも、「日本は好戦的ではなく、日本政府は戦争を避けるために努力し、戦争に突入したのはやむをえない結果だった」と言う人は少なくない。庶民さえも当時は戦争を止めようのないものと意識していた。日本が行った一連の戦争を、欧米による植民地化の暴力に、小国日本が敢然と立ち上がった一種の自衛戦争と考える人や、植民化されているアジア解放の戦いだと言う人もいる。そのような要素があったことは否定できないかもしれない。しかし、そういうことを踏まえても、日本がした一連の戦争はすべて悲惨で、愚かな帝国主義戦争だったと定義せざるをえない。

ii 日本の世論

「こうするほかはない」という気分のなかでは、戦争賛成の世論が容易に形成される。識者も、ジャーナリストも、国民もほとんどが日露戦争を支持し、決死の覚悟で戦争に参加した。多くのメディアはもともと戦争賛成だったが、はじめ反戦的だった『報知新聞』『毎日新聞』『時事新報』なども戦争賛成に転じ、最後に『萬朝報《よろずちょうほう》』も主戦論に転向して、強硬な反戦論者の幸徳秋水、堺利彦（枯川）、内村鑑三を退社させた。キリスト教徒や仏教徒も次第に戦争を容認し、日本のロシア正教会の頂点に立つニコライ大主教までが、日本人信徒が日本の戦勝を祈願するのは当然だと言うほどだった。反戦をつらぬいたのは前記の幸徳秋水、堺利彦などのアナーキストや戦闘的な社会主義者、それに安部磯雄などのキリスト教社会主義者、前記の内村鑑三のような篤信のキリスト教徒、その他少数の者だけだった（このことについては五三〇～五三五ページでもう一度とりあげる）。このように反戦の声がかすれていく状況のなかで、意外な方面から日露戦争反対の声が届いた。その声の主はトルストイだった。

Ⅱ『悔い改めよ』

i 執筆のいきさつ

トルストイは一九〇三年十二月、つまり日露戦争がはじまる二か月ほど前に、「要《かなめ》の石」という題名で新しい宗教論を書きはじめた。「要の石」「隅石《すみいし》」などは、今の日本人ならキーストーンという片仮名語を使うところだろう。この論文は暴力の最大の現象である戦争を否定し、その反戦思想を宗教に結びつけようとするものだった。その内容はそれまでの、またその後のトルストイの非暴力論と同じだったが、トルストイとしてはめずらしく新しい形式で、多面的に読者に訴えようとしていた。その新しい方法とは、古今東西の作家、学者などの発言を活用することだった。その発言は原書から直接とったものもあるが、ほかの本に引用されているものを二次的に引用した、いわゆる孫引きのものも少なくない。とくに六章までの引用の多くは、一九〇二年パリで出た、アナーキストとして有名なジャン・グラーヴ編集の『戦争——軍国主義。近代の記録』からとられている。これは古今の著名人の反戦発言を数百も満載した百ページほどのユニークな本だった。トルストイはこれらの引用と自分の意見を織りまぜながら、四方八方から戦争を批判しようとしたのだった。

ちょうどその時、日露戦争が勃発した。トルストイはこれこそ愚劣な戦争のうってつけの例証と見て、書きはじめたばかりの宗教論を日露戦争反対に合体させて、新しい論文を書くことにした。これが日本にも届いたトルストイの声、つまり『悔い改めよ』にほかならない。この論文は日露開戦を知って、トルストイが〇四年一月三十日（現行のグレゴリウス暦で二月十二日）に書きはじめたと言われているが、厳密に言えば、それはすでに書かれていた宗教論に、日露戦争弾劾が結びつけられた日付である。この論文は五月半ばに書きあげられたが、ロシアでは発表できないので、イギリスのクライストチャーチでトルストイの弟子チェルトコフが発行していた雑誌『自由な言葉』に、〇四年六月二十六日（グレゴリウス暦）に発表され、イギリス、ドイツ、フランスのメディアにも翻訳で掲載された。

ちなみに、『悔い改めよ』以前に書かれていた宗教論「要の石」は『悔い改めよ』完成後、別の論文として書き直され、「求められる唯一のこと」という題名で、〇五年八月にやはり『自由な言葉』に発表された。その冒頭の一行は「もう足かけ二年極東で戦争がつづいている。その戦争でもう数万の人が死んだ」となっており、その内容がやはり日露戦争に結びついていた。

ii　『悔い改めよ』の内容

トルストイはたくさんの反戦の言葉を書き、その内容は一貫して同じだった。『悔い改めよ』も根本的に同じ内容だが、すぐ前で書いたように、古今東西の人たちの言葉が多いことで、ほかの著作には見られない特徴をもっている。引用の数は（トルストイ自身のもの一つをふくめて）四十五。その分量は論文全体の三分の一にもなる。トルストイ自身の著作ばかりでなく、一般に引用が全体の三分の一を占める文章は少ない。しかも、トルストイはこの引用を本文のなかで行わず、三つか四つずつ各章の前にエピグラフ（題詞、題辞）の形で配置した。エピグラフはなるべく端的に作品や章の内容を表現するもので、本文の数十分の一にもならないのが普通である。有名な『アンナ・カレーニナ』のエピグラフ「復讐はわたしのすること、わたしが報復する」などだと、作品全体の二万分の一くらいにしかならない。この時期にトルストイの著作の編集をしていたチェルトコフはトルストイに「これでは著者の論述の糸が切れてしまって、論文の思想の発展を読者が追う邪魔になります」と言い、引用部分を論文の前半にまとめ、トルストイ自身の発言を後半にまとめるように進言した。しかし、チェルトコフの意見を比較的よく聞き入れていたトルストイが、この場合は、「このままにしておこう」と、自分のやり方をつらぬいた。確かに、エピグラフと本文の分量が同じくらいの章もあり、違和感をもつ読者も少なくないだろう。しかし、引用部分をアクセサリーのように見ずに、本文と同じ比重のものとして、トルストイの発言とあわせて読みこんでいくのがよい。そうすると、四十五の声が作者トルストイの声と融合して、重層的で多面的な音が構成される。これはトルストイ作というより、トルストイ作曲・指揮の一つの交響曲である。この論文をいち早く『平民新聞』に発表した日本の訳者は、もとにした『ロンドン・タイムス』掲載のテキストに従って、さまざまな人たちからの引用四十五を全部カットし、トルストイの文章だけを翻訳したが、それでも十分な迫力があり、翻訳の前書きでこの論文を「真に近時の大作雄編にして……」と評している。私も『悔い改めよ』は数あるトルストイの反戦論のなかで最大の力作だと思う。

次にかかげる要約ではとうてい原文の迫力を表すことはできず、かえって読者を幻滅させるかもしれないが、ともかく、内容の一端を伝えることにする。

まず引用（エピグラフ）を紹介しよう。四十五もある引用のほとんどはずっしり重い深刻なものだが、そのなかからあえて皮肉なものを選んで紹介しよう。はじめの二つは全訳、三つ目は部分訳、四つ目は抄訳である。

(1)フランスの思想家パスカル

川の向こう岸に住んでいる人間が、その男の主人と私の主人がけんかをしたという理由で、その男は私とけんかをしたことがないのに、私を殺す権利をもつ。これ以上ばかげたことがありうるだろうか。

(2)プロイセン国王フリードリヒ二世

もし私の兵士がものを考えはじめたら、一人として軍隊には残らないだろう。

(3)フランスの文学者チリエ

お前が戦争に勝って帰国したら、わしは軍服を着てお前の面前に出て言ってやる。「兵士たち。余は汝らに満足じゃ」。もしお前が戦場から帰らぬ身になったら、それは大いにありそうなことだが、わしはお前の死を家族に知らせてやる。家族がお前のために涙を流し、お前の例にならってくれるためにだ。お前が手か足を失くしたら、その分の値段は払ってやる。もしお前が生き残って、もう用ずみになれば、退職させてやる。後は好きな所に行って、くたばるがいい。それはわしにはかかわりのないことだ。

(4)フランスの作家カール

若者が撃たれる。戦友がそれをまたいで行き、撃たれた者はまだ息があるうちに埋められる。親類もかれを忘れ、かれが命をささげた人はかれの存在さえ知らない。やがて掘り起こされたかれの骨から靴墨が作られ、かれの将軍の靴をみがく。

第一章から十一章まで、こうした引用がエピグラフ形式で冒頭に掲げられた後に、トルストイ自身の発言がつづく。そして、最後の第十二章では、エピグラフなしでトルストイの結論が述べられる。その一〜十一章の内容をそれぞれ数行で紹介し、最後の十二章は少し長めにまとめてみよう。

(1)また戦争だ。だれにも必要のない戦争、動物の殺生さえ禁じている仏教徒と、友愛を説くキリスト教徒の戦争。しかも無知でない文明人たちの戦争だ。

(2)平和を説く皇帝や天皇が戦争を命じる。学者、歴史家、法律家が戦争を肯定し、あざむかれた若者が戦場に行って命を落とす。国に残った者も味方より敵の死者が多いと言ってよろこんでいる。

(3)戦争の愚劣さ、悲惨さを説いたたくさんの賢人たち、とくに同胞愛、神への愛を説いたキリストが存在していなかったかのようだ。人間の理性が弱まっているのではないかと思うとおそろしい。

(4)年老いた親、妻子を捨てて、若者が見知らぬ人を殺しに行く。「何のために」とたずねると、若者たちはびっくりする。戦争をするのが兵士の義務と考えているからだ。戦争に参加する者は切実な人間の命のことではなく、国家の利害といった一般論を優先させる。

(5)今のキリスト教徒は正しい道をはずれ、行けば行くほど、目的地から遠ざかり、やがて取り返しがつかなくなる。

(6)考え直して、自分のしていることを見よ。これは千九百年も前にキリストの言った言葉だ。それに返れ。

(7)今人間を苦しめている悪の一つは宗教がないこと、つまり、英知をもって人間を導くものがないことだ。
(8)いつわりの宗教ではなく、愛と奉仕の宗教が必要だ。
(9)「戦争がはじまっているのだ。攻めてくる敵に立ち向かわなければ殺される」と人は言う。だが、生きるとはどういうことか？　滅びるのがおそろしいのなら、愛と奉仕こそが生きることだと知るべきだ。
(10)敵をどう扱うべきか？　敵を愛することが唯一の方法だ。
(11)救いはただ神の意志をはたすことのみにある。
(12)この論文を書き終わろうとしている時、まだ戦争が、殺し合いがつづいている。戦況不利なロシアは艦隊を送って、日本の町々を艦砲射撃で焼き払おうとしている。日本はロシア以上に殺人に熱心だ。日本の高僧釋宗演は「仏陀は殺傷を禁じているが、万有が一つの永遠不滅の愛の霊魂に融合するまでは心を安らかにすることはないであろう。それゆえ、混沌状態にある事物に秩序を与えるために戦争と殺人は必要なのだ」と説いている。（藤沼注。この引用は釋宗演の言葉そのものではないようだが、かれが戦争を鼓《こ》吹《すい》していたことは、その著作『無我即ち大我』〔釋宗演全集、第一巻、一一三ページ。平凡社、一九二九年〕などを見ると明白である）

こんなことがいつになったら終わるのか？　私は極東に送られる者に直接会ったり、手紙をもらったりした。庶民は戦争に参加するのをおそれている。上官に人殺しを強制されても、それを疑う気持ちがあれば、それはキリストが地上にもたらした小さな火種なのだ。それが燃え上がりはじめている。それを知り、感じるのは大きな喜びである。
以上が『悔い改めよ』の内容である。

iii 日本での反響

この論文の日本での反響については、柳富子の著書『トルストイと日本』(早稲田大学出版部、一九九八年)と、やはり同じ筆者の論文「トルストイの日露戦争論——その日本における反響」(二〇〇六年、日本トルストイ協会報『緑の杖』、第三号)にくわしく書かれているので、ここでは、著者の了承を得て、その所論に基づいて話をすすめていこう。

五二三ページで書いたように、幸徳秋水、堺利彦は勤務先の『萬朝報』が主戦論に転じると、退社して反戦をつらぬいた。トルストイの『悔い改めよ』が『自由な言葉』をはじめ、いくつかの新聞雑誌に発表されると、二人は『ロンドン・タイムス』に六月二十七日掲載されたテキストをもとに、いちはやくそれを全訳し、八月七日に自分たちが発行する『平民新聞』(三十九号)に掲載した。『東京朝日新聞』はこれより早く八月二日にこの論文の翻訳を掲載したが、分割連載だったので完結は八月二十日になり、『平民新聞』のほうが最初の全訳として長く記憶にとどめられることになった。長大で、しかも世論の大勢に反する論文を一挙に掲載するのは冒険だったが、『悔い改めよ』を掲載した『平民新聞』はたちまち売り切れ、再版を出したがそれも売り切れた。九月初旬にはこの論文だけが小冊子になって出版され、それも三週間で完売されて、再版される勢いだった。しかし、その勢いさえも、国を挙げての戦意高揚のなかでは小さな声だったし、反響も共感より、批判、反発のほうが多かった。

トルストイの論文を翻訳した幸徳秋水、堺枯川など政治的に急進的な人々は、トルストイの非戦論に賛成だったが、トルストイが基本的に宗教的・道徳的な基盤に立って戦争を否定したのに対し、かれらは社会的・政治的見地から戦争に反対しており、トルストイとは一線を画していた。キリスト教徒のなかでもっとも強硬に戦争に反対したのは内村鑑三だった。かれは敬虔《けいけん》なキリスト教徒だったので、異端的なトルストイの宗教観には賛成しなかったが、反戦思想では両者はほとんど一致していた。安部磯雄などのキリスト教的社会主義の人々も強硬に戦争に反対し、トルストイの声を歓迎した。しかし、トルストイに直接手紙を出した安部は、トルストイから「私は社会主義に賛成しない。それは人間の性情のもっとも卑しい部分である物質的満足を目的としているからである」という返事をもらって、がっかりした。しかし、五七七～五七八ページで述べるように、これは安部の思いすごしで、トルストイは唯物的な社会主義に反対だったにすぎない。もし安部が直接トルストイに会って説明すれば、トルストイは安部の姿勢を十分に理解してくれただろう。

これ以外の宗教者はキリスト教徒も仏教徒も、たいていは戦争賛成だった。その他のジャーナリスト、学者、作家など大半はむしろ戦争協力者だった。この人たちは〇四年九月の『六合雑誌《りくごう》』に載った「トルストイ翁の日露戦争論に対する反響」という論文の総括によると、

(1)トルストイはロシアの預言者かもしれないが、日本の預言者ではない。
(2)戦争には不義残酷でないものもある。
(3)トルストイは日本を誤解している。

という理由で、トルストイの戦争否定を受け入れなかった。しかし、それでも日本人は、「殺すな」という絶対的な原理を委細かまわず説き教えてひるまないトルストイの精神と実践に脱帽し、畏敬の念をいだいた。柳富子は次のように述べている。「明治期のトルストイ受容のなかで、ひときわ精彩を放つ部分は、何といっても、この作家の非戦論をめぐる局面であろう。その波紋は全国的な規模のものであり、明治の心ある日本人を激しく衝き動かさずにおかぬていのものであった」。

日露戦争がはじまる三年前に歌集『みだれ髪』を発表し、「やわ肌のあつき血汐にふれも見でさびしからずや道を説く君」「春みじかし何に不滅の命ぞとちからある乳を手にさぐらせぬ」など、大胆奔放な作品で人々に衝撃を与えた与謝野晶子は、戦争より命の大切さをうたった詩「君死にたまふことなかれ」を、雑誌『明星』の〇四年九月号に発表した。その扉《とびら》のページには「明治三十七年八月二十九日印刷」と明記されている。八月七日に『平民新聞』、または、八月二日以降に『東京朝日新聞』に掲載された『悔い改めよ』を晶子が読んで、一気呵成《かせい》に『君死にたまふことなかれ』を書いたという感動的なシーンが私の想像にうかんでくる。赤塚行雄はその著書『与謝野晶子研究——明治、大正そして昭和へ』（学芸書林、一九九四年）のなかで、「君死にたまふことなかれ」の詩句がトルストイの論文の語句に相応すると、具体例を示して、述べている。私にはその当否を判断する能力がないが、いずれにしても、この二つの作品は阿吽《あうん》の呼吸のように、心が通い合っている（引用は『明星』一九〇四年九月号による）。

あゝをとうとよ君を泣く
君死にたまふことなかれ

末に生れし君なれば
親のなさけはまさりしも
親は刃《やいば》をにぎらせて
人を殺せとをしへしや
人を殺して死ねよとて
二十四までをそだてしや

堺の街のあきびとの
舊家《きうか》をほこるあるじにて
親の名を継ぐ君なれば
君死にたまふことなかれ
旅順の城はほろぶとも
ほろびずとても何事ぞ
君知るべきやあきびとの
家のおきてに無かりけり

君死にたまふことなかれ
すめらみことは戦ひに

おほみづからは出でまさね
かたみに人の血を流し
獣《けもの》の道に死ねよとは
死ぬるを人のほまれとは
大みこゝろの深ければ
もとよりいかで思《おぼ》されむ

あゝをとうとよ戦ひに
君死にたまふことなかれ
すぎにし秋を父ぎみに
おくれたまへる母ぎみは
なげきの中にいたましく
わが子を召され家を守《も》り
安しと聞ける大御代も
母のしら髪はまさりぬる

暖簾《のれん》のかげに伏して泣く
あえかにわかき新妻《にいづま》を

君わするるや思へるや
十月《とつき》も添はでわかれたる
少女ごころを思ひみよ
この世ひとりの君ならで
あゝまた誰をたのむべき
君死にたまふことなかれ

当然ながら、この詩に対しては猛然と反対・攻撃が起こった。それに対して晶子は『明星』の同年十一月号に「ひらきぶみ」という小文を書いてこう答えた。「歌は歌に候。歌よみならひ候からには、私どうぞ後《のち》の人に笑はれぬ、まことの心を歌ひおきたく候。……私はまことの心をまことの声に出《い》だし候、とより外《ほか》に歌のよみかた心得ず候」（振り仮名は藤沼）

晶子を「反戦の人」と言うのは当たらない。かの女はただこの時の心を、真情をうたったのである。

4 『復活』と日本のこころ

I トルストイ思想の浸透

トルストイが日本に紹介されたのは、『戦争と平和』の一部分が英語訳から重訳され、「泣花怨柳北欧血戦余塵」という、西洋文学にしてはあまりも東洋的な題名で出版された一八八六年（明治十九年）のこととされている。しかし、日本の知識人たちは英語その他の外国語を通じて、外国の情報を得ることに熱心だったので、これは一つの目安にすぎない。いずれにしても、明治二十年ころから、日本でトルストイの紹介がはじまり、次第に盛んになった。植村正久、徳富蘇峰（猪一郎）などキリスト教系の人たちがその先駆者で、たとえば、蘇峰は自分の主宰する平民主義の雑誌『国民之友』に、トルストイを紹介する論文「露国文学の泰斗トルストイ」上中下を、九〇年九月から十月にかけて掲載した。それは蘇峰が実弟の健次郎（蘆花）に命じて、アメリカの『スクリブラース』誌掲載の論文を翻訳させたものだった。蘆花が有名になったのは九八年に小説『不如帰《ほととぎす》』を書いてからのことで、当時はまだこれといった仕事もしておらず、無名だった。蘆花はトルストイのことはまったく知らなかったが、この翻訳をきっかけに熱心に勉強し、まもなく日本最初のトルストイの伝記『トルストイ』を書き、九七年に発表した。かれはこうした仕事をりっぱにやり抜いたばかりでなく、トルストイの心酔者になってしまった。それについてこの本で深入りすることはできないが、トルストイと蘆花のかかわりは阿部軍治著『徳冨蘆花と

トルストイ　日露文学交流の足跡』(彩流社、一九八九年、増補改訂版二〇〇八年）にくわしく述べられている。一九五年蘇峰は秘書兼通訳で、のちに日銀総裁になった深井英五をともなって、トルストイをヤースナヤ・ポリャーナに訪問した。トルストイに最初に会った日本人はロシアに留学していた小西増太郎だが、日本からわざわざ出かけて行ったのはこの二人が初めてだった。前節で述べたように日露戦争時の反戦論『悔い改めよ』で、トルストイへの関心はさらに高まり、一九〇五年には内田魯庵による『復活』のロシア語からの翻訳が出版された。こうして日本の「トルストイ熱」はほかの国に見られないほどの高まりを見せた。その最高峰が一九一六年（大正五年）九月から一九年一月まで刊行された雑誌『トルストイ研究』である。水準の高い論文が必ずしもトルストイ研究者でない人たちもふくめた筆者たちによって書かれ、その論集が月刊誌の形で三年にもわたって、二十九冊も出された例はロシアをふくめて、日本以外に例がないのではないかと思う。このようなことについても、法橋和彦、前記の柳富子、阿部軍治などのくわしい研究がある。

ここではただ次の二つのことだけをとりあげることにしよう。

Ⅱ『復活』の舞台上演

i 抱月と須磨子

その二つのうちの一つは、トルストイの小説『復活』の舞台上演である。きびしい生の意味の追究と社会批判にあふれた長編小説を、ネフリュードフとカチューシャの波瀾にみちた愛の物語を中心に、舞台劇に脚色し、それを広い範囲の観衆の前で上演し、大人気を博したのである。この劇を上演したのは島村抱月が率いる新興劇団芸術座、脚本の作者は抱月自身、女主人公カチューシャを演じた主演女優は松井須磨子。初演は一九一四年（大正三年）三月二十六日、場所は帝国劇場だった。

島村抱月は東京専門学校（早稲田大学）で学んだ英文学者で、文芸評論家でもあった。かれは〇二～〇五年（明治三十五～三十八年）ヨーロッパに留学して帰国すると、早稲田大学教授となり、日本自然主義の論客としても活躍する一方、〇六年政界の重鎮で早稲田大学の創立者大隈重信を会頭に、文芸協会を設立した。これは文学、演劇、美術などを活性化し、広い層の人々に定着させる野心的な目的をもった芸術集団で、とくに、人々に直接訴えやすい演劇に力を入れた。抱月の師である坪内逍遙の新作歌舞伎『桐一葉《きりひとは》』、やはり逍遙の翻訳した『ハムレット』『ベニスの商人』などを上演し、一応好評を得た。

しかし、抱月たちは水準の低いその活動に飽き足らず、〇九年逍遙を会長にして、文芸協会を演劇団体に改組し、演劇研究所を逍遙の自邸内に開設して、俳優の養成という基本からはじめることにした。一一年、その年に開場した帝国劇場で、演劇研究所第一回研究生によって、『ハムレット』が日本で初めて完全上演された。この時オフィーリアを演じたのが松井須磨子である。須磨子は抱月訳のイプセンの戯曲『人形の家』でも、ノラを演じて大当たりをとった。ちょうどこの年に創刊された日本最初のフェミニズムの雑誌『青鞜《せいとう》』とともに、ノラは「新しい女」の象徴になった。

しかし、二年後の一三年、妻子ある抱月と松井須磨子の愛情関係が明らかになり、恩師の逍遙が説得したが、抱月も須磨子も愛情をつらぬく決意を変えなかった。その結果、抱月は大学と協会を辞任し、須磨子は協会から退会させられた。同じ年、シェークスピア作逍遙訳『ジュリアス・シーザー』が文芸協会最後の上演となり、その直後協会は解散した。

その年すぐに、抱月は松井須磨子、相馬御風、水谷竹紫、澤田正二郎らとともに劇団「芸術座」(第一次芸術座)を結成、メーテルリンクの『モンナ・ヴァンナ』と『内部』で旗揚げ公演をし、活発な革新的演劇活動を目ざした。第二回公演はやはり革新的なイプセンの『海の夫人』とチェーホフの『熊』だった。

ところが第三回目公演として、一四年にトルストイ作、島村抱月脚色の劇『復活』が上演された。芸術座がメーテルリンク、イプセン、チェーホフの作品を上演したのは、当然のこととして納得できる。芸術座は革新的な活動を目ざしており、イプセン、メーテルリンク、チェーホフは当時の先進的な劇作家だったからである。シェークスピアの上演も、日本にヨーロッパ演劇を紹介するために必要なものとして納得できる。それに比べると、なぜ抱月たちがトルストイの『復活』を上演したのか(通説では、経営悪化のため、芸術一元主義から、芸術と事業の二元主義に移らざるをえなかったためと言われているが)わかりにくい。『復活』の劇は小説を脚色したもので、劇作としてすぐれているわけでもなく、新しい試みでもない。その内容も究極的には道徳的なもので、革新性を求めるものではなかった。

抱月はヨーロッパ留学中の一九〇三年にイギリスで、当時人気のあったフランスの劇作家アンリ・バタイユ(抱月の表記ではヘンリー・バーテーユ)の脚本の英訳による劇『レサレクション』、つまり『復活』を見た。ネフリュードフ役は英国トップクラスの俳優ビアボム・ツリー、カチューシャ役はリリー・ブレイトンだった。抱月はその劇の筋、内容、演出、俳優の演技、その他すべてにわたってことこまかに記述し、コメントをつけ加えて、全集本で三十ページにもなる観劇記を書いた。その質量からして、観劇記の域を超えた劇評と言うべきだろう。留学中抱月はいくつも芝居を見たはずだが、これほど詳細で長大な観劇記も劇評も書いてはいない。『レサレクション』評の内容はきわめて冷静、客観的で、興奮も感動も表現されておらず、全体として、その言葉はきびしく、長所よりも短所が指摘されている。しかし、これだけ力のこもった文章を書いたところを見ると、抱月はやはりこの劇にかなり興味を感じたのに違いない。

この数年後、〇九年六月に抱月は小説の『復活』について語ったことがある。そのなかでかれは「あの作品はそう大したものとは思われない」「末の三分の二くらいは、あっても無くてもよいくらいのもの」「問題は書き出しなのである。……いかにも幼稚な、古い書き出しであって、その哲理が平凡極まるもの」（『抱月全集』第七巻、日本図書センター、一九九七年）と、手きびしい批判をし、ほめ言葉はまったく口にしていなかった。

ii　抱月のトルストイ再評価

ところが、一四年（大正三年）になると、抱月は数年前には「大したものとは思われない」と言っていた『復活』を舞台上演することに決めた。脚本は抱月自身の執筆だったが、その多くを、かつて自分があまり高く評価していなかったバタイユの脚本に負っており、「盗作」と悪口を言われるほどだった。しかも、かれは『復活』ばかりでなく、それに引きつづいて『生ける屍』『闇の力』『アンナ・カレーニナ』など、トルストイの別の作品も上演した。『アンナ・カレーニナ』は小説の脚色だが、ほかの二つはトルストイがはじめから戯曲として書いたものだった。さらに加えて、抱月はほかのロシア作家にも興味をもち、ツルゲーネフの小説『その前夜』を脚色した同名の劇を上演した。これを見ると『復活』に否定的な意見を述べた〇九年以後数年の間に、トルストイやロシア文学に対する抱月の評価が肯定の方向に変わったのだと考えられる。

この時期日本も世界も大きな危機を経験していた。巨視的に見れば、抱月の変化はそれに結びついていたのだろう。一方、微視的に見れば、この数年の間に、抱月には個人的にも大きな変化が生じていた。その一つは大学、文壇という塔のなかから出て、公衆と直接向き合う芸術座の活動にのめりこんだこと。もう一つは、松井須磨子という女性を知って、妻子ばかりか、大学と恩師坪内逍遙からも去ったことだった。『復活』上演と抱月・須磨子の恋愛との間に、関係があるかどうかといった問題は、微妙なプライバシーにかかわることであり、結局、憶測の域を出ることはできない。だが、地位も、名誉も、財産もなげうち、カチューシャの後を追ってシベリアまで行ったネフリュードフと、芸術と須磨子に打ちこんだこの時期の抱月とはかさなり合う部分がある。こうした流れのなかで、抱月は人生追究、社会批判の性格の強いトルストイやロシア文学全体に、以前より理解を示すようになったと考えられる。抱月の死後二年ほどして、日本最初のロシア文学科（当時の呼び名で露文科）が早稲田大学に創設された。これはロシア文学の研究を、英米、フランス、ドイツの文学研究と同じ水準に高めようとしたものだったが、同時に革命後ロシアに生まれた新しい社会への関心とも結びついていた。その早稲田大学露文科の初代の主任教授は、抱月の弟子片上伸（天弦）だった。このようなことは六三二ページで触れる吉田精一の著書などでも掘り下げて論じられている。通説の解釈はあまりにも表面的である。

iii 「カチューシャかわいや」

『復活』の上演は玄人《くろうと》筋にはあまり評判がよくなかったが、観客からは歓迎された。最初の公演はそのころ「今日は帝劇、明日は三越」と言われてステイタス・シンボルだった帝劇で行われ、観客層は経済的にも知的にも、中流より上の人々だったと思われる。だが、その後大好評に応えて、日本全国ばかりでなく、中国、満州、ロシアのウラジオストクにいたるまで、合計四百四十四回上演され、いたるところで歓迎された。この場合は、帝劇と違い、国民の広い層の人々の支持を受けたと考えなければなるまい。

この大成功の第一の原因は「カチューシャの唄」だという説がある。「万人のための芸術」という芸術座の目的の一つを実現するために、抱月が劇中で須磨子に歌を歌わせるという新機軸を発案し、作詞は抱月自身と相馬御風、作曲は当時新人だった中山晋平で、「カチューシャの唄」を作った。その第一小節は次のようなものだった。

カチューシャかわいや　わかれのつらさ
せめて淡雪《あわゆき》　とけぬ間と
神に願いをララかけましょか

現在の日本人の音楽的センスからすれば、歌詞もメロディーも単純すぎて、とても鑑賞に耐えられるものではないし、今もＣＤなどで聴ける須磨子の歌唱は素人以下と感じられるだろう。しかし、当時は歌詞も旋律も新鮮で、舞台で生の声で歌う須磨子もとても魅力的に感じられ、大喝采を博した。この歌はレコードになって売り出され、数千枚売れればヒットという時代に、二万枚の売り上げを記録した。実はもっと売れたという説もある。今ならミリオンセラーというところで、その収入で芸術座はクラブハウスを建てたと言われるほどだった。

また、芸術座は翌一五年には、ツルゲーネフの『その前夜』でも、劇中歌の「ゴンドラの唄」（「いのち短し恋せよ少女《おとめ》、朱《あか》き唇褪《あ》せぬ間に、熱き血潮の冷えぬ間に、明日の月日はないものを」）、一七年上演のトルストイの『生ける屍』では、「さすらひの唄」（「行こか戻ろか北極光《オーロラ》の下を、露霊《ろしゃ》は北国はて知らず、西は夕焼東は夜明け、鐘が鳴ります中空に」）を使って成功した。一九年の須磨子最後の舞台『カルメン』でも、「カルメンの歌」（「煙草《たばこ》のめのめ空までけぶせ、どうせこの世は癪《しゃく》のたね、煙よ煙よ、ただ煙、一切合切みな煙」）が歌われた。しかし、一つの歌の魅力だけで芝居のロングランが支えられるとは思えない。やはり『復活』の人気の最大の理由はネフリュードフ・カチューシャの愛の物語の魅力だったと考えるべきだろう。

前節で述べたように、この愛はただの恋物語ではなく、二人は結局別れる。それでいて、ありふれた悲恋でもない。かつて、肉体的に結びつくことで、愛を喪失した二人が、今度は別れることで、愛を成就させた逆説的とも言える屈折した愛だ。大衆はそれをメロドラマとして歓迎したにすぎない、という見方もできるだろうが、当時の日本では、広い層の人たちが屈折した愛を理解し、感動する感性と心をもっていたのだと思いたい。

iv 抱月と須磨子の死

演劇集団には離合集散がつきものだが、芸術座も一七年からは内紛がつづき、脱退者が相次いだ。しかも、一八年十一月には、大流行したスペイン風邪（インフルエンザ）で、総帥の抱月が四十六歳で急逝。二か月後に須磨子も抱月の後を追って三十二歳の若さで自殺し、芸術座は崩壊した。

須磨子の自殺についてはさまざまな憶測があり、現代顔負けの悪質な雑誌が、ここで引用できないような低劣な中傷を、若い女性の屍に投げつけたりした。いちばん有力な説は、身勝手で傲慢な須磨子が抱月の死後孤立し、命を賭けた演劇活動がつづけられなくなって、死に追いこまれたというものである。だが、それだけで、若い傲慢な女性が自殺するだろうか？　須磨子が抱月との二人三脚で目ざしていた理想の芸術の実現が、抱月の死によって不可能になった。須磨子は小林正子という一人の女性として、愛する島村滝太郎の後を追ったばかりでなく、女優松井須磨子として、芸術の師であり、同志だった抱月に殉じ、二人で目ざした理想に殉じたのではあるまいか。

松井須磨子は一般にひどく評判の悪い女性で、かの女と抱月の関係もスキャンダルと見られがちだ。しかし、女性としての評判はともかく、須磨子は古い型の芸人ではなく、新しいタイプの女優だった。かの女は生前周囲の者に、「演劇は私の命だ。舞台がなくなったら私は死ぬ」と語っていたそうだ。それは芸に命を懸けるといった芸人魂ではなく、現実を超えた理想にあたりかまわず突きすすむといったすさまじさだったらしい。この須磨子がトルストイの『復活』のカチューシャを演じることで、ますます肉体的な生を超えたものへの志向を強めていったのではあるまいか。かの女の自殺もいわゆる情死にとどまらず、芸術的追究の生涯の結末として見るべきだと思う。

この私の意見は『復活』の上演や須磨子の死を、トルストイというプリズムをとおして見た結果のゆがみだと言われるかもしれない。しかし、トルストイの作品の伝達に情熱をそそいだ抱月・須磨子の行為が、トルストイをまったく離れた低い次元で話題にされるのは残念でならない。私は須磨子の死は一種の殉死であり、それは次節で述べることにつながっていると思う。

Ⅲ　漱石の『こころ』

i　漱石の『こころ』とトルストイの『復活』

『復活』の劇は前述のように、一四年三月二十六日帝劇で初演された。それから一か月もたたない四月二十日に、夏目漱石の小説『こころ』が『朝日新聞』に連載されはじめた。この時間的な近さから、漱石は『こころ』を執筆する前に『復活』の上演を見ていたのかどうかという問いがうかんでくる。漱石は芝居好きで、帝劇にもよく通っていたし、同じ英文学者で作家活動もしていた坪内逍遙や島村抱月の仕事には無関心ではなかっただろうから、『復活』の舞台上演を見ていた可能性はかなり高い。漱石は英文学者としても、作家としても、抱月よりはるかに格上だったので、その仕事を内心ばかにしており、『復活』などは見ていなかったと言う人もいるが、これはうがちすぎというより、間違いである。また、エネルギッシュで強引なトルストイは、内向的で抑制のきいた漱石にとっては、あまり好きになれない人間だっただろうが、この時代にトルストイに注目を怠ることはできなかったはずである。何よりも重要なのは、漱石が『復活』を見ていたかどうかにかかわらず、『こころ』と『復活』の間に本質的な共通点があることだ。

ii 『こころ』の内容

『こころ』の語り手が「先生」と呼んでいるこの作品の主人物は、学生のころ下宿先のお嬢さんに恋をする。ところが、経済的理由で先生が同じ下宿に住まわせていた友人のKも、お嬢さんが好きになり、その愛を先生に告白する。それを聞いた先生はKには自分の気持ちを隠したまま、かれを出し抜いて下宿の女主人に、その娘であるお嬢さんと結婚させてほしいと申し出る。ひそかにそれを期待していた母娘は、この申しこみを喜んで受け入れるが、その後まもなくKは自殺をしてしまう。周囲の者はKが自殺したのは養家から縁を切られ、実家からは勘当され、将来の見通しも立たなかったためだと考え、その真因を知っているのは先生だけだった。先生はめでたくお嬢さんと結婚するが、社会的な仕事をしようとせず、人と交わらず、数十年もたってから、ついに自分の罪をつぐなうために自殺を決意する。よく知られているものだが、これが『こころ』のあら筋である。

先生はこの上もなく誠実な人だった。それでいながら、先生自身が「罪悪ですよ」と言う恋愛の虜《とりこ》になり、唯一の親友に背信行為をして、自殺に追いやった。もっと露骨に言えば、エロスをもとにしたエゴイズムという暴力で、友人を殺したのだ。『復活』の場合、ネフリュードフはエロスをもとにしたエゴイズムで、カチューシャを死にも等しい破滅におとしいれ、自分も堕落した。しかし、カチューシャはかろうじて生きていたので、ネフリュードフはその復活のためにすべてをささげる。二人はそうした煉《れん》獄《ごく》を経て、復活を目ざすのである。『こころ』の場合、先生は一見幸福な結婚をし、家庭を築くが、罪の上に成り立っているその一生は苦しみの連続だった。しかもKはもうこの世におらず、復活の道はない。先生は自分の罪をつぐない、肉体を超えた「真なるもの」に殉じて、生の証《あかし》を立てるために自決する。

iii　殉死の意味

語り手の「私」に送った遺書のなかで、先生自身がその死の決意を明治の精神や、乃木大将の殉死に結びつけて、次のように書いていた（引用は岩波文庫版による）。

「夏の暑い盛りに明治天皇が崩御《ほうぎょ》になりました。その時私は明治の精神が天皇に始まって天皇に終ったような気がしました。最も強く明治の影響を受けた私どもが、その後に生き残っているのは必竟《ひっきょう》時勢遅れだという感じが烈《はげ》しく私の胸を打ちました。私は明白《あから》さまに妻にそういいました。妻は笑って取り合いませんでしたが、何を思ったものか、突然私に、では殉死《じゅんし》でもしたら可《よ》かろうと調戯《からか》いました。

私は殉死という言葉を殆《ほと》んど忘れていました。平生使う必要のない字だから、記憶の底に沈んだまま、腐れかけていたものと見えます。妻の笑談《さいじょうだん》を聞いて始めてそれを思い出した時、私は妻に向ってもし自分が殉死するならば、明治の精神に殉死するつもりだと答えました。私の答も無論笑談に過ぎなかったのですが、私はその時何だか古い不要な言葉に新しい意義を盛り得たような心持がしたのです。それから約一ヵ月ほど経《た》ちました。御大葬《ごたいそう》の夜私は何時《いつ》もの通り書斎に坐《すわ》って、相図《あいず》の号砲を聞きました。私にはそれが明治が永久に去った報知の如く聞こえました。後で考えると、それが乃木大将《のぎたいしょう》の永久に去った報知にもなっていたのです。私は号外を手にして、思わず妻に殉死だ殉死だといいました」

先生は「天皇の崩御とともに明治の精神が終わったと感じたが、その時先生の頭にあった「明治の精神」とはどのようなものだったのか？「精神」とは元来「心の働き」「心の持ち方」「物事の本質」という意味だが、「明治の精神」の場合はなぜか、「明治のイデオロギー」という意味で使われているのが普通で、日本国家の強化発展のために作られた観念、簡単に言えば、忠君愛国、富国強兵の思想を意味している。

しかし、先生はそういうイデオロギーからもっとも遠い所にいる人だった。先生は社会生活にさえ参加しておらず、自分の殻に閉じこもっている。先生に私淑している「私」も同じタイプの人間である。「私」の大学卒業が近づいた時、先生が「私」に「これから何をする気ですか」ときいた。奥さんが「教師？」とき き、「私」が答えずにいると、「じゃ、お役人？」とかさねてきいた。すると私も先生も笑い出した。官吏になることは国家に奉仕する、つまり、明治の精神《イデオロギー》を実践する最善の方法だのに、先生と私はそれを笑ったのである。漱石もまたそういう人だった。

『こころ』の場合、「明治の精神」とは本来の字義どおり、明治の日本人の基本的な心の働き、心構えという意味に解釈しなければなるまい。若い時の過ちをつぐなうために自分の命を絶つことを決意した先生の心は次のようなものだった。

(1)人間の生にはおかしてはならない絶対的な原理がある。
(2)それは肉体的・物質的な生に優先する。
(3)だから、その原理をおかしたときには、肉体的な生を犠牲にしても、それを回復しなければならない。

先生の死は一種の殉死だが、それは絶対的な生の原理に殉じたものであり、臣下が君主に、国民が国に殉じるという、一定の、結局はエゴイスチックな枠のなかでの古い型の殉死ではなかった。すぐ前ですでに引用したように、先生は殉死という「何だか古い不要な言葉に新しい意義を盛り得たような心持がした」のだった。漱石が『こころ』を書いたのは、明治の日本人の心は、国家のイデオロギーに関係なく、生の原理に忠実であろうとしていたのに、今そのよい心が失われようとしているという危機感からだったのであろう。

司馬遼太郎はさらにすすんで、日本人古来の心が国家の施策にもつながっていて、明治期の日本は品性のある国家だったという考えを『ロシアについて』のなかで述べている（引用は二〇〇七年版の文春文庫による）。

「自国の歴史をみるとき、滑稽という要素を見るときほどいやなものはない。江戸期から明治末年までの日本の外交的な体質は、いい表現でいえば、謙虚だった。べつの言い方をすれば、相手の強大さや美質に対して、可憐なほどにおびえやすい面もあった。

謙虚というのはいい。内に自己を知り、自己のなかのなにがしかのよさに拠りどころをもちつつ、他者のよさや立場を大きく認めるという精神の一表現である。明治期の筋のいいオトナたちのほとんどは、国家を考える上でも、そういう気分をもっていた。このことは、おおざっぱにいえば江戸期からひきつがれた武士気分と無縁ではなかった。

日露戦争のあと、他国に対する日本人の感覚に変質がみとめられるようになった。在来保有していたおびえが倨傲にかわった。謙虚も影をひそめた。

（中略）

日本における狡猾さという要素は、すべて大正時代（一九一二〜二六）に用意された」

iv 世界の危機

漱石の『こころ』については無数の人たちが無数の意見を述べている。そのなかで私の意見は前節の抱月・須磨子の場合以上に、トルストイのプリズムをとおして見た、ゆがんだものと言われるかもしれない。しかし、漱石の『こころ』はトルストイの『復活』のような、強烈なめった打ちではないが、まさに寸鉄人を刺すものだった。しかも、『復活』も『こころ』もその狙いは人間の最大の急所、心の臓《しん》に、つまり「こころ」に向けられていた。しかも、漱石の『こころ』が世に放たれたのはまさに世界大戦の前夜だった。なぜそれが人々の肺腑《はいふ》にとどかなったのだろうか。いや、その言葉は人々のこころにとどいていた。しかし、そのこころを表すことができないほどの、巨大な逆の力が働いていたのである。

第十章　終わりなき闘いと永遠への脱出

I 新世紀への地鳴り

I ロシア第一次（一九〇五年）革命

i 革命のはじまり

一九〇五年ロシアに革命が起こった。それは年号を呼び名にして「一九〇五年革命」とも呼ばれている。その十二年後の一九一七年には、二月と十月（現行の暦では三月と十一月）に革命が起こって帝政が崩壊し、世界初の社会主義国家ができた。〇五年の革命は一七年の二つの革命とは別の出来事だが、それと明らかにつながっており、その前駆的事件とみなされるので、「第一（次）ロシア革命」とも呼ばれている。

その原因は根が深く複合的だが、日本との戦争がはじまり、国民が遠い極東にまで送られて戦わされたことも、近い原因の一つだった。五二二ページ以降で書いたように、〇四年二月に日露戦争がはじまっていたが、ロシアの意外な苦戦に国民はこの戦争を支持しなくなった。この年にペテルブルクを筆頭に、都市の労働者がストライキをはじめた。その主な原因は劣悪な労働条件、不安定な雇用状態などだったが、無益な戦争に対する全体的な不満感も根底にあった。

それまで千年にわたるロシアの歴史で、農民、コサック、知識人、都市の市民たちが反乱、暴動、騒乱を起こしたことは何度もあったが、この時期には都市の工業労働者がそれに加わった。このころすでに社会主義革命の動きがロシアでもはじまっており、一八八三年プレハーノフを中心に、ジュネーヴでマルクス主義的なグループ「労働解放団」が結成され、九八年にはミンスクで、ロシア共産党の源流であるロシア社会民主労働党が結成された。一九〇五年の革命的情勢では、すでに都市労働者が重要な役割をはたした。しかし、まだ労働者は組織化されていたわけではなく、その行動方法も手探りの状態だった。

ii　血の日曜日

このような状況のなかで、元司祭のゲオルギー・ガポンという人物が現れた。かれは〇三年ペテルブルクで読書喫茶なるものを開き、「ロシア工場労働者会」というグループをつくった。最初会員はわずか三十人ほどだったが、ガポンはその教祖的風貌、歌手のようなバリトンの美声、ヒトラー、カストロ、ケネディなみの弁舌で人気を集め、〇五年には会員数は九千にふくれあがっていた。第一次革命の時にストライキをした労働者は、ロシア工業を代表するプチーロフ工場の従業員をはじめとして、ガポンの息のかかった者が多かったという。

ロシアの工業化につれて、労働運動が強大化することは容易に予測できたので、ロシアの治安当局はすでにその「善導」、つまり、統制に乗り出していた。その中心人物はモスクワ保安部長やペテルブルク警察庁特命部長をつとめたズバートフだった。ガポンはこのズバートフの手先で、当局から活動資金をもらって、労働者をコントロールしていたのだと言う人は今でも多い。そのために、かれはナロードニキの流れを汲む社会革命党（エス・エル）の裁判、つまり私刑《リンチ》によって、〇六年絞首刑になった。スターリン以降のソ連ではガポンは警察の手先で、労働運動の破壊者だったとみなされていた。しかし、現在ではガポンの善意を信じる人もふえている。そういう人たちのなかには、ガポンはトルストイ主義に共鳴した非暴力主義者で、そのためにロシア正教会から追い出され、労働者の援助をするようになった、と言う人もいる。また、かれが当局から金をもらっていたのは事実だが、当時労働者の福祉のために、政府から金を引き出すのは当然だった、と言う人もいる。しかし、かれがウクライナからペテルブルクに上京し、短期間で労働運動の中心者になり、政府・警察からも支持された過程には、理解しにくい不自然さがあり、何らかの作為があったのではないかと疑われる。

トルストイの思想に従っていたイワン・トレグーボフなどから、ガポンが直接教えを受けて、何らかの影響を受けていたというのは事実のようだが、トルストイの精神を正しく理解して行動していたとは考えられない。トルストイはロシアの革命の中心は、この時点でもまだ農民だと考えていたし、人間一人ひとりの内面世界の改革がすべてに先行するものと信じて、大衆を組織して力にする方法は考えていなかった。トルストイがガポンについて触れた資料は今のところまったく見当たらない。それは言及した資料が散逸したためかもしれないが、トルストイがガポン個人にはあまり関心がなくて、言及しなかった可能性のほうが大きい。

〇五年一月一日、難攻不落を誇っていた旅順港が陥落し、日露戦争でのロシアの敗色が濃厚になった。ペテルブルクではそれに呼応するかのように、プチーロフ工場をはじめ、あちこちで労働者のストライキが起こった。ガポンはここで積極的な行動に出ることにし、労働者やその支持者がこぞって皇帝の住む冬の宮殿（今のエルミタージュ博物館の一部）に行き、皇帝に請願書を出すという方法を考えた。一月九日の日曜日はさいわい晴天だった。午前十一時ころからペテルブルクのあちこちに集結した人々は、都心の宮殿を目ざして行進をはじめた。その数は六万人に達したとも言われている。

政府はあらかじめこの行進を中心街に入らせない作戦を決めており、ペテルブルク警備部隊と近衛部隊全軍が動員された。皇帝は請願書を受け付けないばかりか、デモ隊の代表に会う気もなく、ペテルブルクから遠く離れた離宮にいた。一方、武力をふくめてあらゆる手段を辞さないという革命グループもあり、まだ弱小政党だったロシア社会民主労働党も帝政打倒の檄《げき》を発していた。ガポンが非暴力主義者だったにしても（実際、かれらが起草した請願書は皇帝に哀訴するような調子のものだった）、ペテルブルクはまさに革命前夜の状況だった。

軍隊はデモ隊を説得して阻止しようとしたが、その人数の多さに圧倒されて成功せず、多くの地点で武装していないデモ隊に発砲し、多数の死傷者を出した。皇帝ニコライ二世はこの日の日記にこう書いている。「つらい一日だ！　労働者たちが冬宮殿まで来ようと望んだ結果、深刻な混乱が生じ、部隊はやむなく発砲し、多くの死傷者が出た」

最初の公式発表では、死者三十、負傷者四百だったが、修正発表が出るたびに犠牲者の数がふえた。少なくとも千人くらいの人が死んだと言われているが、ソ連時代になってからは死者四千三百という数字が出されていた。いずれにしても、まれに見る大規模な流血事件で、国民は憤激し、労働者のストライキ、学生の反政府活動が激化した。六月には、黒海艦隊の戦艦ポチョムキン号の水兵たちが反乱し、一時的だが軍艦の指揮権を奪取した。騒動を鎮圧するはずの軍隊内で反乱が起こったことは、ロシアの体制の末期的症状を象徴するもので、大きな衝撃だった。政府も徐々に妥協をはじめたが、後手後手に回り、十月には全国鉄道ゼネストが起こるという始末になった。ここにいたって、政府もほとんど全面的譲歩をし、人権確立と立法議会開設（実質的な立憲制移行）を約束する、いわゆる十月詔書を出して、ようやく革命的気運を鎮静に向かわせた。

iii　ストルイピンのネクタイ

この革命が起こってみると、ロシアは回復不可能な状態になっていることがわかった。どんな病気でも、早期発見、早期治療が鉄則だ。病気が全身に広がってしまってからでは、どんな名医も手のほどこしようがない。ロシアはまさに病巣がすべての臓器に食い入った末期状態だった。法制、政治、社会、経済、日常生活、すべてが病んでいた。何よりも社会的、人間的なモラルが崩壊し、信仰も力を失っていた。革命的な情勢を鎮静させるために、政府はやむなく人権確立、立憲制を約束し、それを実行に移すことにした。

一九〇五年十二月　　選挙法公布
〇六年二〜三月　第一回ドゥーマ（国会）選挙
　　四月　　国家基本法公布

といった一連の流れである。しかし、これは全身がんの患者に鎮痛薬を注射しているようなものだった。法制を変えることは簡単にできる。しかし、それで現実に存在する欠陥を修正できなかった例のほうが、修正に成功した例よりはるかに多い。しかも、この時のロシアでは国会を開設しても、あらゆる勢力がそれを自分の利益のために利用することばかりを考えて、民意を反映しようとせず（多分、「民意」という概念さえもっておらず）、国会が新たな混乱の場になってしまった。国家基本法というのは憲法に準ずるものだが、皇帝はそれを民権制限の法律とみなし、自分は相変わらず専制君主としてふるまった。たしかに出版の自由などは多少広がり、トルストイの著作も前より出版しやすくなったが、相変わらず出版できないもののほうが多かった。国の財政赤字、貧富の差、土地所有の不公平、テロ行為、政府の暴力、道徳的退廃は相変わらずつづいた。

○六年七月首相に就任したストルイピンは一歩踏みこんだ改革を決行することにし、とくに農業改革、土地改革に力を入れた。ソ連時代、この改革は全面的に失敗で、新しい革命を引き起こす原因の一つになったと酷評された。それは富農の利益をはかったもので、農民大衆を救うことはできず、その具体策である自立農の育成、農民移住などはすべて効果が乏しかった、と評価されたのである。トロツキーにいたっては、この男（ストルイピン）は「歴史の発展法則については少しも知らない無学者の自信のほどを示し、厚かましくも《現実政策》をとった」と嘲笑した。その反面、一一年にストルイピンが暗殺されなかったら、その改革は成功した可能性があり、一七年の革命は起こらなかった、という人もいる。とくにソ連崩壊後、ストルイピンの評価は上がっているようだ。しかし、ロシアの農業は何百年もつづく、文字どおり積年の問題をたくさんかかえていた。農村自治体（ミール）、土地所有のアンバランス、農民大衆の無気力など、数え上げればきりがない。それは量的にも質的にも、五年や十年ではとうてい解決できる問題ではなかった。それに、農民大衆はストルイピンを支持せず、皇帝もかれに好意的でなかった。おまけに〇七年の選挙の結果構成された第二国会では、左派政党が躍進し、革命色が濃厚になった。ストルイピンはこれに対抗して、六月三日もっとも過激な社会民主労働党の国会議員を逮捕して、国会を解散に追いこみ、革命勢力を強引に弾圧した。戒厳令と軍事法廷が導入され、死刑を宣告された者を即日処刑することが可能になった。こうして千人もの人々が絞首台に送られ、絞首刑は「ストルイピンのネクタイ」と呼ばれるほどだった。

「暴力は暴力を生む」とトルストイは訴えつづけていたが、まさにストルイピンの暴力的行為はかれ自身に跳ね返った。一一年九月、かれはニコライ二世の行幸に随行してキエフに来て観劇中に、アナーキストのポグロフなる者によって、皇帝の面前で銃撃され、数日後に死亡した。ストルイピンが暗殺されなかったら、かれの改革は成功しただろうというのは当たらない。かれの強引な政策や権力テロは、暗殺をふくむ暴力行為を招くもので、平和な生活には到達しないものだったからである。

iv 怪僧ラスプーチン

ちょうどこのころペテルブルクに現れた謎の人物グリゴーリー・ラスプーチンのことは日本でもよく知られている。かれについて確かなことは何もわからず、知られていることのほとんどは伝聞、噂、創作、捏造のたぐいで、かれに対する興味もいかがわしいものが少なくない。だが、この時期のロシアの、とくに指導的立場にある人々の混乱と退廃を示す例証として、あえて数言触れることにしよう。

ラスプーチンが生まれたのは一八七一年とも、六五年とも、六四年とも言われ、はっきりしない。生地は西シベリアのチュメニ州ポクロフスコエと言われているが、これもよくわからない。首都に来るまで何をしていたのかもわからない。修道院にいたとか、巡礼者だったとか言われ、ペテルブルクでも宗教者のような風体をしていた。かれが上流社会や宮廷にまで入ることができたのは、ロシア正教会の推薦があったからだとも言われているが、かれは異端の鞭身《べんしん》派だったと主張する人もいる。鞭身派とは肉食をせず、酒も飲まず、その集会で悪のもとである肉体を鞭などでおたがいにたたき合う。その結果、集会の参加者は恍惚状態《エクスタシー》になって、乱交がはじまる。ラスプーチンが上流社会で人気があったのはそのためだという著書を書いた人が何人もいる。

いずれにしても、かれはろくに字も書けない無教養な人間だったが、妖しいまでに人を（とくに女性を）惹きつける風貌と、常識を超えた言動と能力で、上流社会のなかに崇拝者をふやし、〇五年には皇室の内部にまで入りこんだ。ロシア最後の皇帝ニコライ二世とドイツ出身の皇后アレクサンドラの間には、四人の美しい皇女オリガ、タチヤーナ、マリヤ、アナスターシヤが生まれたが、なかなか男の子に恵まれず、結婚後十年目でようやく男子が誕生した。当時のロシアでは男子にしか皇位継承権がなかったので、待望の皇太子誕生だった。ところがこの皇太子アレクセイは血友病で、ちょっとした傷でも出血が止まらなくなり、死にいたる恐れさえあった。あらゆる医学的治療を試みたが効果がなく、ついに当時超能力者として評判を高めていたラスプーチンを呼び寄せた。かれがお祈りを唱えると、たちまち皇太子の出血が止まり、皇后は狂喜して、ラスプーチンを信頼し、宮廷で生活させるようにした、という。ラスプーチンが重用されたのは、皇后がかれを愛人にしたからだと言う人もいるが、よくわからない。それはともかく、ラスプーチンがお祈りをしたり、手を当てたりすると、皇太子の出血が止まったことは事実のようだ。

皇后に従って皇帝もラスプーチンを全面的に信頼し、国家の重要政策までかれに相談するようになった。第一次世界大戦中には、かれの指示で軍首脳の人事までも決めた、と言われている。この異常事態に恐怖を感じた、皇位継承権をもつ名門のユスーポフ公爵その他の人たちは、一六年十二月ラスプーチンをモイカ運河に面する豪壮なユスーポフ御殿の晩餐に招待し、ユスーポフ公爵の回想によれば、ラスプーチンの好物のポートワインに、致死量の数倍の青酸カリを入れて飲ませたが、まったく効き目がなかった。そこで、至近距離からピストルを発射して、四発の弾丸を撃ちこんだが、ラスプーチンは立ち上がって歩きだした。殺害者たちはかれに殴る蹴るの暴力をくわえて、道路に放り出した。それでも死なないので、二百メートルほど離れたネヴァ川まで運び、氷を割って川に投げこんだ。遺体が発見されて、検死をした結果、肺に水が入っていることがわかった。つまり、川に投げこまれた時、かれはまだ息をしていたということになる。これは伝聞や作り話ではなく、警察の資料による確かなことだから、ラスプーチンの超能力を示す証拠だ、と考える人が多い。一説では、かれは川に投げこまれた後、自力で岸にはい上がり、雪の上を歩いてから倒れたと言われているが、これは作り話かもしれない。

v『桜の園』

一九〇四年、第一革命が起こる前年に、ドストエフスキー、トルストイ以降、ロシアでもっとも人気があり、もっとも才能のあったチェーホフが亡くなった。二十年も結核をわずらった末、当時としてもまだ早すぎる四十四歳の死だった。チェーホフは冷静謙虚で、人生を達観していたが、トルストイは強引で血の気が多く、大文豪になっても人生の矛盾に悩みつづけた。祖父母が農奴《のうど》だったチェーホフと名門貴族のトルストイでは家系も、経済力も、社会的地位も雲泥の差があった。しかも、年齢は三十以上トルストイが上で、世代も異なっていた。しかし、トルストイは才能ある作家としてチェーホフに注目していたし、チェーホフはトルストイの作品ばかりでなく、その思想にも深い関心をもっていた。チェーホフは「私は信仰のない人間だが、自分にとっていちばん近くて、適しているのはトルストイの信仰だと思う」と言っていた。

　チェーホフのようなおとなしい人は、やかましいトルストイを敬遠しそうなものだが、二人は個人的にも意外にウマが合った。チェーホフは九五年の夏、初めてヤースナヤ・ポリャーナにトルス

クリミア半島南岸の保養地ヤルタから黒海をのぞむ。チェーホフがここで晩年をすごし、チェーホフ博物館がある

トイを訪れた。かれはその時の印象を友人あての手紙でこう書いている。「印象はすばらしいものです。私はわが家にいるように気楽でした。私とトルストイさんの会話も肩のこらないものでした」。ゴーリキーの回想によると、トルストイが例によって相手かまわず自説を述べたて、説教するのを、チェーホフはただ黙って聞いているのが、二人の「会話」だったようだが、それがチェーホフには気楽だったらしい。寡黙な人間は多弁な人間を相手にするほうが楽なのだろう。その後チェーホフは何度もトルストイを訪れ、トルストイが病気で最悪の結果さえ予想された時は、やはり友人あての手紙で「私はトルストイが亡くなるのをおそれています。かれが亡くなったら、私の人生には大きな空洞ができるでしょう」と心配していた。

トルストイもチェーホフが喀血した時に見舞いに行ったり、自分も病気療養のためにクリミア半島に行った時、余命いくばくもないチェーホフを何度か見舞ったりした。見舞いといっても、トルストイは瀕死《ひんし》のチェーホフを相手に人生論や文学論をしたらしい。トルストイはチェーホフを本物の芸術家だが、世界観がなく、内容がないと批判していたのに、『かわいい女』『退屈な話』などをはじめチェーホフの作品が好きで、楽しみながら読んでいた。戯曲も『熊』や『結婚申し込み』などの喜劇は面白がっていた。しかし、チェーホフ最大の作品として定評のある晩年の戯曲『ワーニャおじさん』『かもめ』『三人姉妹』は愚作とみなし、「なぜこんなつまらないものを、小説ならまだしも、舞台の上で人に見せるのだろう」と批判していた。『桜の園』については、トルストイは言及さえしていない。

チェーホフは人柄も、考え方も違うトルストイの思想をよく理解し、尊敬さえしていた。一方、トルストイは一定の世界観や人生観を主張しないチェーホフを、「内容がない」と言って理解しなかった、あるいは、理解したくなかった。しかし、二人はその時ロシアの現実にあって、多くの人が感じとっていたものを、他の人々より明確に見ていた。ただ、見る視点と、見る姿勢が違っていたのである。

二人が見ていたものとは何か。『桜の園』を例にとってみよう。

桜の園の所有者ラネーフスカヤやガーエフは、かつてサクランボの生産で収益をあげていた自分たちの果樹園がすでに経済的効果を失い、ただ美しい花園にすぎなくなってしまったことを知っている。しかし、かれらにとっては、桜の園の美しさや思い出こそが何より大切だ。その金銭的価値を問うより、その美しさともに滅びるほうがいい。

桜の園を買い取ったロパーヒンは美しい桜を切り倒して更地《さらち》にし、別荘用の分譲地として売り出して、莫大な利益をあげようとする。かれはこの領地の農奴からその主人になり、しかも巨万の富を得るのだ。しかし、かれにはラネーフスカヤのような美を愛する心も、永遠に忘れられない思い出もない。しかも、かれは富や物質が美や思い出以上に滅びやすいことを、生活の知恵で知っている。

ラネーフスカヤの娘アーニャと家庭教師の万年大学生トロフィーモフは、明るい未来について熱く語る。だが、現実には何もしていないし、その能力にも欠けている。かれらがいだいているのは希望でも、目的でもなく、ただの夢想だ。そして、かれらは未来についての夢が、過去の思い出よりさらにはかないことさえ知らない。

チェーホフはまさにこのような「無意味な」人々と、その生活を観客に示した。トルストイはこの無意味な現実を、次節で述べるように、一つの世紀の終末と見、今こそ新しい世紀のはじまる大きな転換期だと考えた。そして、それについて考え、説くことが思想家ばかりでなく、作家、芸術家の責務だと考えた。チェーホフのようにその終末図をそのまま舞台に乗せて見せて、何になるのだ、というのがトルストイの思いだったのである。

チェーホフはトルストイの言うことを理解し尊敬した。しかし、終末にせよ、『桜の園』は一つの現実だ。ラネーフスカヤは滅びゆく生活のなかにいるが、その現実を否定することはできない。そのなかに自分がいるからである。若い時から人生を透視していたチェーホフはすでに死期にあって、現実の前方に飛翔し、かなたの地点からこの世に視線を向けた。いわば逆光線の映像を見たのである。それは暗かったが、順光線では見られない不思議な美しさをもっていた。意味があるかないかは知らないが、生きていることはそれなりに許されるし、愚かで笑うべきだが、それなりにかわいい。「無意味な」『桜の園』が創られて百年以上たった。だがこの芝居は今も全世界で頻繁《ひんぱん》に上演され、母国のロシアなどではいつも満席だ。

トルストイはラネーフスカヤのような人生を叱りつけた。かれはチェーホフと違い、あくまで世界を順光線で見ようとしたばかりでなく、すべてに強烈な光線を当てて露出させようとした。その光線の強烈さのために自分自身がめくるめき、自分が焼けてもかまわないという勢いだった。これからの三つの節は、そのようなトルストイの最後のすさまじい生にささげられる。

2 革命と復活

Ｉ「世紀の終わり」

ｉ 決定的な論文の執筆

一九〇五年一月「血の日曜日」事件が起こった時、トルストイは無関心ではいられなかったはずだが、はっきりした反応をすぐには表さなかった。日露戦争の場合は、開戦数日後に戦争反対の『悔い改めよ』を書きはじめ、すぐに書きあげて、発表困難な環境のなかで、四か月半後に発表した。それに対して、一九〇五年革命にトルストイがはっきり反応した論文「世紀の終わり」を書きはじめたのは「血の日曜日」の五か月後、発表したのは十一か月もたってからだった。

これは、もちろん、革命に対するトルストイの反応が鈍かったからではない。時間がかかったのは、そのころトルストイが「求められる唯一のこと」という論文を執筆していたためでもあった。五二四ページで書いたように、トルストイは〇三年末、「要《かなめ》の石」という反戦論を書きはじめており、それが日露戦争開戦によって、愚劣な戦争の具体例をテーマとする『悔い改めよ』に変わった。この論文を発表してしまうと、トルストイはふたたび戦争全般の否定にもどって、論文「求められる唯一のこと」を書きはじめた。日露戦争と血の日曜日はもっとも露骨な暴力の現れとして、トルストイのなかで一つにむすびついていたので、かれはまず執筆中の「求められる唯一のこと」を〇五年春に書きあげ、それから、六月に「世紀の終わり」にとりかかったのである。

革命への反応に時間がかかったもう一つの、おそらく、もっとも大きな理由は、トルストイがこの事件をよく見つめ、その成り行きを見通し、その意味を判断しようとしたことである。「世紀の終わり」はそのトルストイの判断を明確に示した最初の著作だった。

ii 「世紀の終わり」の内容

この論文はまず二つの題詞《エピグラフ》ではじまる。一つはアメリカのバプティスト派の牧師、ウイリアム・チャンニング（一七八〇～一八四二）の言葉である。

「いまだかつて人々がこれほど大きな事業に直面したことはなかった。今の世紀はこの言葉のもっとも高い意味での革命、つまり、物質的ではなく、精神的な革命の世紀である。社会的機構と人間的完成の最高の理念が作り上げられようとしているのだ」

もう一つはヨハネによる福音書、八章九節の引用である。

「あなたたちは真理を知り、真理はあなたたちを自由にする」

本文の内容は、いつもながら、ひどく切り詰めて紹介すれば、次のようなものである。

a 時代の転換——精神の革命

ここで「世紀の終わり」というのは、百年目の区切りという意味ではない。一定の世界観、信仰、人間のむすびつき方の時代が終ろうとしている、という意味である。福音書によれば、そのような転換期にはさまざまな災厄、残虐行為、戦争などが生じるという。

今や、キリスト教世界で、二千年にわたって準備されてきた大きな変革が成し遂げられようとしている。その兆候として、貧富の階層間の闘争や憎しみ、宗教の否定などが目立ってきている。国家は暴力で維持され、宗教がそれを助けているが、その世紀はもう終わろうとしている。

ロシアとの戦争で日本が大勝利をおさめている。これはキリスト教徒が非キリスト教的な学問や技術をもつべきでないこと、キリスト教が長い間まちがった道を進んできたことを明らかにしている。

ここで一言、私（藤沼）が注釈をさしはさもう。トルストイは非暴力主義者であり、全体として保守的な人だから、革命には反対だったと考えられがちだが、かれはむしろ今こそ根本的な革命が起こるべきだと考え、それに希望をいだいていたのである。

b　ロシア革命の本質――自由の実現

革命が起こるのは、社会が変化して、それまで存在の基礎だった世界観からはみ出してしまい、現実と理想の矛盾が極限に達した時である。だからこそ、一九〇五年の革命はまさにロシアで起こったのだ。

革命の手段はその目的に連動する。平等と自由を目的とする革命が暴力で成し遂げられるはずはない。ロシア人は今暴力で古い政府を倒し、新しいものを暴力でうち建てようとしているが、暴力革命の時代はもう去ってしまった。

ロシアの一千万の農耕大衆にとって、議会、立法会議、選挙などは必要ではない。一つの暴力的権力にかわる別の暴力的権力や、民衆の権力機構参加も必要ではない。必要なのは権力からの完全で、現実的な自由である。その自由は言論の自由、集会の自由といった個々のものではなく、自由それ自体である。それは暴力によってではなく、人間が人間に服従しないことによって達成される。非暴力の掟は絶対的なものだ。暴力は人から自由を奪う。人に奉仕する人間のみが自由を得るのだ。

これから起こる革命は一つの大枠のなかでの権力交代ではなく、古い時代を解消し、新しい時代を開く大転換である。その大転換は権力から脱して、真の自由を獲得するためのもので、これまでに例のない革命だ。

c 宗教の役割——非暴力の実現

今起ころうとしている変革の基盤は宗教だ。宗教の本質は目に見えない神秘的な世界の定義や、儀式や、世界の発生の説明ではなく、すべての人々に共通で、現時点で最高の幸福を与えてくれる掟を明らかにすることにある。その掟とは自分のためではなく、他人のために生き、おたがいに奉仕し合うことであり、その真髄は非暴力にほかならない。

非暴力は千九百年も前からキリストによって説かれてきた。ロシア人は千年前から権力を振るうことより、それに従うことをよしとしてきた。ロシア国家の発生は、ロシア民衆が政治権力を北欧人にゆだね、行政をまかせたことによるのである。

d 農耕大衆の革命

今起こりつつある革命は次のような点で、従来の革命と違っている。

主役——これまでは肉体労働をしていない上流の人たちと、このエリートたちに指導される都市の労働者。今度は農耕の民衆。

場所――これまでは都市。今度は農村。

参加者の数――これまでは全人口の一〇～二〇パーセント。今度は全人口の八〇～九〇パーセント。

したがって、都市労働者が用いていた、組合、ストライキ、デモ、暴動などの方法は使われない。

e　革命の結果
革命は権力の獲得のためではない。革命が成就すればロシアの民衆は農村で農耕生活をする。権力構造に代わって、ロシアの歴史的な農村共同体の生活が機能するだろう。

「何だって？　それでは粗野な農耕生活にもどれというのか？　文明生活はどうなる？」と言われるかもしれない。しかし、王侯貴族のためにあった「文明」に民衆はもともと浴していなかったではないか。

以上の要約をさらに絞りこめば、次の三点に集約される。
(1)今や一つの時代が終わり、根本的な革命が起こって、新しい時代が開かれようとしている。
(2)その新しい時代は権力と暴力から解放された、真に自由な時代である。
(3)この質的に新しい大転換の主役になるのは、まだ西欧的物質主義によって堕落していないロシアの農耕大衆である。
「世紀の終わり」につづいて、〇六年夏に書かれた論文「ロシア革命の意義について」は、革命の世紀のなかではたす、ロシア民衆の偉大な役割にテーマを絞って書かれた。「世紀の終わり」と「ロシア革命の意義について」の二つの論文は一対になっている。

Ⅱ「ロシア革命の意義について」

ⅰ その内容

「ロシア革命の意義について」には三つの題詞《エピグラフ》がつけられている。

第一は「世紀の終わり」につけられていたのと同じチャンニングの言葉だが、その末尾に次の二行がつけ加えられている。「われわれは収穫まで生きていられないだろうが、信念をもって種をまくことは大きな幸せである」

二番目はイタリアの哲学者ヨシフ・マジーニの言葉である。これはすこし長いので、その要点だけ紹介しよう。

「今《利益》しか認めない人間がいる。その人たちは精神の抜け殻の跡に《利益》の偶像を建てる。そして、忌まわしい利益の道徳律が生じる――《万人はただ自分の身内のため、ただ自分のためだけ》」

三番目はマタイによる福音書九章三十六節の引用である。

イエスは「群衆が飼い主のいない羊のように弱りはて、打ちひしがれているのを見て、深く憐れまれた」

この論文の内容を、またしても極限まで切り詰めて、紹介しよう。

a 支配と隷属

ロシアで革命が行われている。その結果はどのようなものになるだろうか。

これまで常に労働するものと、労働する人間から奪う者がいた。労働する者は働くのに忙しくて、支配する者に従うほかはなかった。他人の労働を利用するのは悪い人間で、労働している者は善人で、争うより従うほうがむしろいいと考えていた。古来この支配・隷属の関係は暴力で維持されてきた。他人の労働を利用するのは悪い人間だが、労働に寄生しているうちにますます堕落する。隷属している者たちの忍耐も限界に達する。

b 支配・隷属関係の変化

これが原因になって、その上、啓蒙の普及も加わって、支配と隷属の関係が変化する。両者の闘いはローマ時代からすでにあったが、十九・二十世紀にはもう良心の呵責なしには、隷属していられなくなった。今ロシアでは隷属をつづけるか、力で政府を倒して、新しい政府を建てるか、二者択一をせまられているように見え、多くの人はロシア人もこれまでの例にならうだろうと予測している。

欧米では憲法を作って、庶民が権力に参加した。だが、選挙や代議制を作っても堕落はつづいている。西洋人は権力に参加し、東洋人は従属をつづけている。ロシア人はその中間にあって岐路に立たされているが、西洋型も東洋型もロシア人には不可能で、二者択一はできない。

c ロシア特有の状況

ロシア人は岐路に立たされ、どの道を選べばよいかわからずに、困惑しているようだが、実はロシア人は歴史的、経済的、宗教的にきわめて有利な状況にある。それはなぜか。

⑴西洋の民衆は権力に参加して堕落した。ロシアの民衆はまだそこまで行っていない。

⑵西洋の民衆はすでに商業、工業に従事している。ロシア民衆の大半はまだ自然で、道徳的で、自立

した農耕をしている。

この二つの状況は両方とも外面的なものである。

(3)第三の条件は人間の内面にかかわる。

西欧では福音書がラテン語だったため民衆にわからなかったせいか、教会が巧妙だったせいか、民衆が実利的だったせいか、キリスト教の本質が隠され、それは人生の指針ではなく、外面的儀式になってしまった。一方、ロシアでは十世紀から聖書がスラブ語で書かれていたせいか、東方教会が愚鈍だったせいか、民衆が農耕民だったせいか、キリスト教の本質が隠されなかった。万人平等、宗教的寛容、赦しの心、貧者の尊重、宗教的真理のための献身などが保存されたのだ。

この特徴は権力に対する態度にもつながる。古い権力に従わず、新旧権力の闘争に参加しないのがロシア的態度である。

d 解決の方法

前掲の三つの条件から、もっとも単純な解決が生じる。その解決とは暴力的権力を認めず、それに参加しないことである。ところが、今ロシア人は迷い、西洋の民衆を破滅させた権力参加を考えたりしている。

人々は暴力から解放され、自由を得る必要があると感じているが、それは反乱、権力交代、政体変革、憲法制定、プロレタリア組織、社会主義機構などの方法によるべきではない。暴力は暴力を生む。唯一の方法は暴力に参加しないことだ。暴力と闘えば、隷属させられる恐れがあるが、暴力にかかわらなければ、隷属させられることはない。これは個人の場合も、集団の場合も同じである。

だが、人々が催眠術にかかって、宗教的意識を失いかけている。権力に屈することで、宗教的意識が弱り、宗教的意識が弱ることで、権力に屈するという悪循環が生じている。人々は神を、つまり、無限の生の根源と自分の関係を忘れている。意識して神に従うべきなのだ。

今ロシアの民衆は別の政府を建てるために、現存の政府に反抗しているように見えるが、そうではない。漠然とだが、あらゆる暴力が不法であり、理性的で、自由な合意による生活が可能だし、必然だという意識が生じているのだ。ロシア人の前にあるこの偉大な事業が成就するのか、西洋の道を行って、この可能性と必然性を失うのか、東洋的な方法にこの事業をゆだねるのか？　いずれにせよ、暴力的権力を自由で、理性的で、善良な生活に変えることができるのを、すべての民族が理解しはじめていることは疑いない。人間の意識のなかにあるものは、必ず現実に成し遂げられる。人間の意識は神の意志の現れだから、成就しないはずはない。

e　権力なき生活

だが権力のない、つまり、法律、裁判、警察、行政のない社会生活は可能だろうか？　可能である。人間が幸福な生活を送れるのは、道徳的意識があるからで、警察があるからではない。多くのロシアの農民共同体がその例である。政治は道徳を維持するのではなく、民衆を堕落させる。

しかし、みんなが農耕生活にもどったら、文明はどうなるのか？　心配無用だ。農奴制のもとでも、それなりの文明がなかったと言うのだろうか。

これが「ロシア革命の意義について」の内容である。

以上の要約をさらに絞りこめば、次の二点に集約される。

(1)長くつづいた支配と隷属の時代が今や終わり、権力と暴力から解放された新しい時代が開かれようとしている。

(2)その時代は暴力によって開かれるはずはない。無限の生につながることによって自由な時代が開かれ、権力なき世界ができるのである。

ii ロシアの使命

十八世紀初頭から、ロシアはかなり急激なヨーロッパ化の道を進んできたが、ロシアはヨーロッパに追随せず、独自の道をすすむべきだという考えは絶えずあった。十九世紀前半にはそのような考えの人々が「スラブ派」と呼ばれ、それに対して、西欧的な進路を肯定する人々は「西欧派」と呼ばれたりした。それ以前から、ロシアは正当なキリスト教を受け継ぐ第三のローマであり、世界で救世主《メシア》的役割をはたす使命をもっているという、メシア思想もロシア人の間に根強くあった。トルストイはメシア思想の持主ではないが、後進性によるロシアの欠陥とみなされがちなロシア的特徴に、ロシアばかりか世界を救う使命を託そうとした。

はたしてそれは独善的な幻想ではなくて、現実性を持っていたのか？　ロシア的原理による世界変革の結果の生活を、トルストイはどのように思い描いていたのか？　そういう問いは当然起こってくるはずである。その問いに対するトルストイの答えは、時間的に少し離れるが、一九一〇年九〜十月に書かれた「社会主義について」という小論に見られる。

Ⅲ　トルストイの未来社会

ｉ「社会主義について」の執筆

一〇年九月九日、死の二か月前、トルストイはチェコの新聞『ムラデ・プロウディ（若き潮流）』の編集部から手紙を受け取った。その手紙には、チェコの国民社会党の青年たちが弾圧を受けていることが述べられており、社会主義的な国民経済の「読本」の出版を計画しているので、トルストイにも寄稿してほしいという依頼が記されていた。

トルストイは多忙であり、すでに家出の直前で、精神的に緊張してもいたが、その要請に応じて九月二十六日に手紙形式で小論を書きはじめ、家出の前日の十月二十七日まで、例によって、何度も書いては書き直し、さらにまた書き直すという作業をつづけていた。そして、やはり例によって、自分の書いたものに満足できず、日記に「中身のない論文だ」「くだらない」「薄弱」などと書いて、自分を叱りつけていた。それでもこの論文はどうしても書きあげなければならないと思っていたようで、「ただ反復あるのみ」（「何度も書き直すべきだ」の意味）と日記に書き、家出の時にはその草稿をたずさえていくつもりだったらしい。家出後シャモルディノー修道院で、それがないことに気づき、「私の社会主義論がなくなってしまった。残念だ。いや、残念でない」と、半ばあきらめて日記に書きしるしたが、それでも、チェルトコフにその草稿を届けてくれるようにたのんだ。

トルストイの絶筆論文は死刑反対運動の一環として、家出後一〇年十月二十九日（死の九日前）に、オープチナ修道院で書かれた「現実的な手段」だが、これは手紙形式のA４判一枚ほどの小さなものである。多少ともまとまった論文としては、未完だが、この「社会主義について」が絶筆である。

ii「社会主義について」の内容

その内容を要約して紹介しよう。

経済的にどのような社会を望ましいと思うかというご質問だが、私はその問いに答えることはできない。なぜなら、私は（だれも）経済生活が変化する法則を知らないし、現代社会がどのような経済機構になるべきか知らない。仮にその法則や社会形態を知っていても、私はそれを口にしないだろう。予想はできないからだ。サン＝シモン、フーリエ、オーエン、マルクス、エンゲルスなどはそれを発見したと言っているが、私は疑っている。そんなことを人間が予想できるだろうか？　人間をそのような法則の枠に収めることはできないし、それは人間の幸福にならない。生活は前掲の人たちが頭で考えた法則によって形成されるのではなく、生の法則、道徳的法則によって形成される。これはわかりきったことではないか。

社会主義になれば、権力はあるのだろうか。権力は人をあざむき、人から奪う。社会主義のもとでそういう人間はいなくなるのだろうか。権力や暴力は生じないのか、疑わしい。

われわれは次のような現代の迷信から解放されるべきだ。

(1)未来の社会の最善の形態を知っているという迷信
(2)愛国主義という迷信
(3)科学という迷信
(4)宗教はもう時代遅れだという迷信
以上が「社会主義について」の内容である。

iii トルストイの社会主義観

トルストイは欧米に定着し、ロシアにも広がろうとしている資本主義をきらった。物質的満足、競争、弱肉強食、貧富の格差肯定などを特徴とするその社会を、かれは暴力やエゴイズムを基礎にするものと見たからだった。トルストイはこうした資本主義社会に反対して、相互扶助、万人平等の世界を望んでいたから、広い意味での社会主義者だったと言えそうに思える。五三一ページで書いたように、日本の安部磯雄は日露戦争の時、トルストイの『悔い改めよ』を読んで感動し、かれに手紙を出した。安部は非戦論ばかりでなく、キリスト教的社会主義の思想でも、自分とトルストイは共通していると思ったようだ。しかし、その返事でトルストイが「社会主義は低劣な思想だ」ときびしく書いているのを読んで、がっかりした。だが、これは安部の早合点で、かれ自身とトルストイの思想は本質的にあまり違っていなかった。トルストイがきびしく批判したのは、相互扶助、万人平等の社会主義の原理ではなかった。社会主義が資本主義と同じく、物質的満足を人間の幸福と考え、そのために物質的な富の生産に生活をささげることを美徳とみなしていること、その社会機構を維持する方法として権力組織を肯定しているのか、していないのか判然とせず、少なくとも社会主義建設後に権力機構が発生する可能性を、排除していないことなど、いくつかの点で、社会主義を批判していたのである。

キリストも釈迦も広い意味での社会主義者だったと言うことが許されるとすれば、トルストイも社会主義者だったと言える。しかし、トルストイの考える社会主義は、普通の定義のように、資本主義の矛盾を克服するために、それに対置される現代的な、あるいは未来図としての社会主義ではなかった。その普通の意味での社会主義はトルストイから見れば、現代という誤りに満ちた時代の産物で、やはり、物質的富の追求と暴力的権力による秩序維持という二大病根から解放されておらず、資本主義と同じ幹から出た二つの枝の一本にすぎなかった。今や大変革がせまり、現代が終わって、別の時代がはじまろうとしている。資本主義も社会主義も現代の産物なのだから、現代が終わると同時に両方とも消滅する、というのがトルストイの考えだった。

もしトルストイが社会主義のよい面まで全面的に否定していたのなら、社会主義者の新聞社からの依頼に応えようとして、家出の後まで気を配ることはなかっただろう。トルストイはもともと善良であるはずのチェコの若い社会主義者たちのために、何か役に立つことを書き、かれらを正しい道に向かわせたかったのだ。トルストイの死によって、この論文は完結せず、『ムラデ・プロウディ』の編集部に送られることもなかった。もし、送られたらとしたら、若い編集者たちは、トルストイ流の社会主義観を知って、安部と同じようにびっくりし、困惑したかもしれない。

Ⅳ 人間の革命

まもなく大変革が起こり、資本主義は消滅し、社会主義社会も生じない。人々は権力のない相互扶助の平和な共同体で農耕にいそしむ。これがトルストイの考えだった。しかし、トルストイがくり返し言っていたように、かれの革命の主眼は道徳的・宗教的な人間の内面世界の変革だった。経済的・社会的生活は内面の革命の後に、必然的に生じる形で生じるはずだった。農耕共同体というのは、トルストイが思い描いた一つのモデルだが、その共同体を建設するために、革命を起こそうというのではなかった。人間的な革命が成就した結果、その人々たちの現実生活が自然に形成されることで、その社会の形態が決まるのだ。内面の改革が先決で、社会生活は二次的なものだった。

だから、トルストイはまず人々に向かって、悔い改めて正しい生活にもどるよう、必死に呼びかけた。しかし、社会機構を変革することより、人の心を変えることのほうが何倍もむつかしい。トルストイの声はまるで虚空のなかに消え去ってしまうようで、人の心はよくなるどころか、かれの目の前でますますその荒廃の程度を深めていった。

一九〇五年革命の結果生まれた国会《ドゥーマ》、立法会議、結社の自由は、トルストイが予想したとおり、改善ではなく、新たな混乱と闘争を引き起こした。暴力的権力はつづき、テロ行為は激化した。トルストイは「世紀の終わり」の題詞にしたチャンニングの言葉にはふくめなかった「われわれは収穫まで生きていられないだろうが、信念をもって種をまくことは大きな幸せである」という二行を、翌年書かれた「ロシア革命の意義について」の題詞にはつけ加えた。おそらく、かれは眼前の情勢を見て、変革の成就に予想以上の時間がかかりそうだと考えたのだろう。

トルストイは一四年からの第一次世界大戦も、一七年の二つの革命も生きて見ることはなかったが、それを予告するように世界には嵐が吹き荒れ、激しさを増していた。かれは八十歳近い自分の年齢を考えて、少しずつ焦りも感じはじめていた。

しかも、嵐はかれの身辺にも、家庭のなかにも吹き荒れていたのだった。

3 文豪の家出

I 故郷よ

i モスクワを去る

一八八一年九月トルストイ一家はモスクワに移った。生家や領地のあるツーラ県から遠くないモスクワは、トルストイ家にとってなじみ深い場所だったが、この時は生活の中心をモスクワに移して腰をすえることにした。上の子供たちの教育などのために首都に出るほうが有利だったのだ。長男セルゲイはもう十八歳、長女タチヤーナは十七歳になっていた。移転の半年前には、皇帝アレクサンドル二世が暗殺されて世上は騒然としていた。トルストイ自身は『懺悔』や『教義神学研究』を書いて、「危機から独自の信仰確立」の時期のさなかにいた。移転から約二十年のトルストイのモスクワ生活は苦闘の歴史だった。一家が住んでいた都心に近いハモーヴニキの家は今も保存されて、「トルストイ邸宅博物館」となっているが、それは強者《つわもの》どもの夢の跡というより、強者トルストイの生々しい現実生活の名残である。

ii 愛するヤースナヤ・ポリャーナ

トルストイは近代文明と贅沢《ぜいたく》な生活が露骨に見えるモスクワが好きではなかった。当時モスクワより近代的だったペテルブルクはもっときらいで、長期間滞在しようとしなかった。トルストイの一番好きな場所は生地のヤースナヤ・ポリャーナだった。一八九五年初めて遺言のようなものを作成した時、かれは「私が死んだ所に私を葬ること。都市ならいちばん安い墓地に、いちばん安い棺に入れて——乞食を葬るように」と書いた。しかし、死が現実のものとなった一九〇八年の遺言では、自分の亡骸《なきがら》を大好きなヤースナヤ・ポリャーナの森に葬ってくれるようにたのんだ。「これは些細なことのうちでも些細なことだが、私の遺体を土に埋める時には、何の儀式もしないように。木の棺で、運びたい人が谷に面したザカース（保存林）の『緑の棒』の場所に運ぶこと」。「緑の棒（日本では、普通「緑の杖」と訳されている）」の場所というのは、トルストイ邸の広大な敷地の一隅にある場所で、子供のころ兄たちといっしょに、幸福を授けてくれるという「緑の棒」を探した思い出深い所だ。そこで、かれは永遠に眠りたかったのだ。その願いは叶えられ、トルストイの質素なお棺は今もそこにある（六一二ページの写真参照）。

iii 恥ずべき生活

しかし、この愛する故郷ヤースナヤ・ポリャーナも、トルストイにとって安住の地ではなかった。死の年の初めにかれはこんな言葉を日記に記している。「私たち一家のために働いている奴隷たちを見るのがますますつらくなっている」「民衆に対するやむことのない恥ずかしさがある。いったいこの恥ずべき状態のなかで一生を終えるのか」。この時は農奴解放からもう五十年もたっていて、トルストイ家の召使は自由労働者だった。しかし、自分たちがその召使たちに家事や身の回りの世話をさせていたので、召使をあえて「奴隷」と呼び、自分を半世紀前と変わらぬ奴隷所有者と感じたのだ。さらにその数か月後（家出の五か月前）にかれはこう書いた。「貴族生活の贅沢と無為を苦しく感じる。みんな働いていて、私だけがそうではない。つらい、つらいことだ」「虱《しらみ》だらけで、炉に煙突のない家に住んでいる、飢えた、あるいは半ば飢えた人々の間で、ばかげた贅沢をしているわれわれの生活の狂気と醜悪」。この心の休まらない思いはトルストイの生まれついた境遇から発して、かれにつきまとっていたから、どこに行ってもそれから逃れることはできなかった。クリミア半島に療養に行った時でさえ、かれはチェルトコフに手紙でこう書き送った。「ここでわれわれは最高の贅沢のなかで暮らしています。ユスーポフ家（五六〇ページ参照）や大公たちの贅沢はそれ以上です」。

家出の一年前にも、トルストイは故郷ヤースナヤ・ポリャーナのすばらしさに心を奪われていた。日記にこんな言葉が見られる。「保存林《ザカース》のあたりを散歩する。みごとな朝だ。緑の森の海の上にひろがる明るい瑠璃《るり》色の空の片側に、輪郭のはっきりしない小さな雲と並んで、月が高くかかっている。すばらしい」。しかし、トルストイの信念からしても、このころかれが熱中していたアメリカの社会改革論者ヘンリー・ジョージの理論によっても、このすばらしい場所は万人のものだ。トルストイという個人がそれを所有しているのは恥ずべきことだったのだ。

トルストイの家出の原因の一つはこうした「恥ずべき生活」をひと思いに断つことだった。『復活』を扱った部分やその他の部分で述べたように、復活や再生は未来についてあれこれ考える前に、まず過去と対決することからはじまる、とトルストイは考えていた。家出の一年前には、かれは外国移住さえ考えた。しかし、ソフィア夫人が「外国なら、ストックホルムがいい。あたしもいっしょに行きます」と言ったので、外国行きは沙汰《さた》やみになってしまった。

Ⅱ 妻よ

i 世界の三大悪妻

ソフィア夫人に「いっしょに行きます」と言われて、トルストイは外国行きをあきらめた。妻（または、夫）同伴の家出というのは一般にないだろうが、トルストイの場合はなおさらだった。かれの家出の理由は複雑だが、ソフィア夫人との葛藤が大きな原因だったというのは、衆目の一致するところだ。愛について説教していたトルストイがいちばん身近な夫人と争いをくり返し、結局解決できずに家から逃げ出した。トルストイはいばっているだけの偽善者だ、と言う人はその当時もいたし、今もいる。この問題をどう考えればよいのだろうか。

古今東西を通じて「世界の三大悪妻」として有名な女性がいる。ギリシャの大哲学者ソクラテスの夫人クサンティッペ、天才作曲家モーツァルトの夫人コンスタンツェ、そして、トルストイ夫人ソフィアである。比較的最近日本のテレビ番組でこの三大悪妻を紹介し、「三人のうち一番の悪妻はだれでしょう」という投票を視聴者に求めたところ、ソフィア夫人がみごと第一位になったという。

a　ソクラテスの妻、モーツァルトの妻

これは無理からぬことだ。なぜなら、ソクラテスは二千五百年も前の人だから日常生活まではよくわからない。石屋の家業をほうり出して哲学問答に明け暮れているソクラテスに腹を立てたクサンティッペが、帰宅した夫の頭に水をぶっかけたというのは有名な挿話で、その様子を描いたオランダの画家オットラー・ファン・フェーンの絵も有名だ。また、死刑宣告を受けた夫の牢獄にクサンティッペが最後の面会に来た時、ソクラテスが「女よ去れ！」と一喝したという話もよく知られている。しかし、このような話は裏付けもなく、反論も十分可能だ。モーツァルトの妻のコンスタンツェの場合は出産つづきで寝てばかりいただけのことで、悪妻ではなかったという反論があるばかりか、反証さえある。どうやら、クサンティッペもコンスタンツェも、悪妻だったというのは作り話の可能性が強い。

b　ソフィア夫人

それに反して、ソフィア夫人の場合は、かの女自身の日記やトルストイの「自分だけの日記」をはじめ、相当な分量の文書、近親者、友人の証言など、トルストイ夫妻の長期間の複雑な不仲と、ソフィア夫人のヒステリックな言動を裏付ける証拠がたくさんある。これではかの女が最大の悪妻と言われてもしかたがない。だがソフィア夫人は本当に悪妻だったのか。

ii トルストイ夫妻の葛藤

a 良妻賢母

夫人が結婚したのは十八歳で、何の心得もなかった。生家のベルス家は、二六二～二六五ページで書いたように、貴族の肩書を得たばかりの庶民に近い家系で、名門のトルストイ家とはまったく格式が違っていた。家計の規模も段違いで、ベルス家なら家計簿をつけるくらいの才覚で切り回せたが、トルストイ家の家計を維持するにはマネージメントの能力が必要だった。ソフィア夫人は夫の方針に従って、家事・家計を使用人や召使まかせにせず、できることはなるべく自分でした。子供が生まれると、やはり夫の方針に従って、乳母をやとわず、できるだけ自分の母乳で育てようとした。夫の仕事にも協力し、多くの原稿を清書し、作品について自分の感想も述べた。非の打ちどころのない新妻だったのだ。

結婚後一週間で夫婦喧嘩をしたことや、数か月後にトルストイが夫人に不満を感じて、「後悔しかけている」ことなどが、日記やその他の資料で確かめられる。またほぼ一年後には、トルストイが深刻な調子で日記にこう書いたことも知られている。「かの女〔ソフィア夫人〕の性格は日に日に悪くなる。依《え》怙贔屓《こひいき》や平然としたエゴイズムが私をおどろかせ、苦しめる。かの女は私を愛したことはなかったか、思い違いをしていたのではないか」。しかし、この程度のことは大多数の夫婦によくあるもので、取るに足りない。死ぬの生きるのといった大騒ぎの末結ばれたのに、その一年後に「どうしてオレ（またはアタシ）は自分といちばん合わない相手と結婚したのだろう？」とぼやくのが夫婦というものだ。

一部の人たちの考えでは、結婚後十年ほどたった一八七一年に、すでにトルストイ夫妻の不和が生じはじめた。その根拠の第一は、この年の夏に夫人が日記にこう書いていたことである。「何かが私たちの間を走り抜け、それが私たちを引き離した……この前の冬、夫も私も二人そろってひどい病気になった時、私たちの生活のなかで何かが壊れてしまった。私にはわかっている――それまであった幸福と人生に対する確信が、私のなかで壊れてしまったのだ」。第二の根拠はこの十三年後に、今度はトルストイのほうが日記に「愛し愛されている妻がいない」と書き、「その時からはじまったのだ――弦《つる》がぷつんと切れて、私が孤独を意識してから十四年」とつけ加えていることだ。日記や手紙には意外に意識的、無意識的なうそが多いが、この場合は二つが符合しているので、真実性がある。

しかし、こんなことは不和でも何でもない。多くの夫婦が経験している常態だ。結婚後数年もすれば、夫婦の間に隙間風《すきま》が吹きはじめ、おたがいに孤独感をもつ瞬間がふえる。公式の統計を見ても、離婚の半数は結婚後五年の間に、六十~七十パーセントは十年以内に生じている。それを考えると、トルストイ夫妻は十年以上一体感をたもちつづけていたのだから、むしろ、めずらしく仲のいい夫婦だったのではあるまいか。しかも、一八七一年以後もトルストイ夫妻の生活には、普通の家庭以上の不和の事実や兆候は認められない。

b　夫妻の対立

トルストイとソフィア夫人の深刻な対立・衝突が起こったのは一八八〇年代に入ってからで、その原因はトルストイの人生に対する信念が常識の枠を超えてしまったこと、しかも、かれがその信念を実践しようとしたことにある。つまり、夫妻の葛藤の本質的な原因は生活原理、思想の対立であり、それから生じた二人の言動の食い違いだったのである。そのために妥協はむつかしく、不和・対立が長期化し、烈しくなった。夫妻の日常的な愛情の冷却やもつれが原因ではないし、ソフィア夫人のヒステリーも不和の原因ではない。逆にそれは不和・対立がつづいた結果である。

確かにソフィア夫人は偉大な夫が命懸けではたそうとしていたことに反対し、執拗に妨害したのだから、「悪妻」と言われても仕方がない。しかし、一年の家計が数億円もかかる大家族を切り盛りしている奥さんが、土地の賃貸料も著作の印税も（どちらも年間数億円の巨額だ）放棄しようとする夫に賛成できるだろうか。土地代も印税も生活に不可欠だから、トルストイの態度は普通の生活人から見れば常軌を逸していた。しかも、ソフィア夫人としては、夫の父祖伝来の土地や財産も、世界的な価値をもつ夫の著作も大切だった。それを守るのは自分や子供たちのためばかりでなく、トルストイのためでもあった。それに、かの女の目から見れば、トルストイの弟子と称する、自分独りでは何もできないケチな連中が、夫の著作や印税を管理し、夫を食い物にしていた。ソフィア夫人は夫が破滅するのを見ていられなかったのである。かの女の焦りといら立ちを見ると、「悪妻」の第一条件は夫を愛しすぎ、夫に関心を持ちすぎることなのだと思えてくる。

一方、トルストイもあくまで夫人を一人の人間として、真正面から相対した。普通の夫なら、世間知らずの奥さんをうまくごまかしたり、はぐらかしたりして、自分のしたいことをする。妻と同じ次元に立たずに、内心軽蔑して要領よく立ち回れば、家庭はうまくいく。奥さんの夫操縦法についても同じことが言える。男はみんなうぬぼれが強いから、夫を適当におだてて働かせ、自分は自分の好きなことを楽しんでいればいいのだ。実際、トルストイの子供たちは父に無断で、一八九二年に、早々と土地の分割相続を法的に確定してしまっていた。トルストイが一九〇九年に土地を農民に譲ろうとした時、長女のタチヤーナが「それは法律的に不可能ですよ」と初めてうち明けた。簡単に言えば、子供たちは父の土地管理、処分の権利をいつのまにかとりあげてしまったのだ。トルストイと夫人の場合、喧嘩はしたが、裏をかくようなことはせず、おたがいを軽蔑したり、尊厳を無視したりしたこともない。人間同士として、真っ向からぶつかりあった。これは愛の一種の変形ではあるまいか。

c　妻との訣別

トルストイは人間の奥底まで見抜く仮借ない眼力をもっていたので、女性を心から愛することのできにくい人だった。それでもやはり、ソフィア夫人を愛し、その愛は最後までつづいていた。次の節で書くように、トルストイは一八八四年から何度も家出を決意したり、試みたりしていたが、九七年七月にはいよいよ本当に家を出ようとして、ソフィア夫人に長い手紙を書いた。そのなかでトルストイは自分の信念に従って、生活を根本的に変えようと、十六年も考えていながらできなかったこと、もう子供も成長し、自分も年をとったので、長年の希望の実現を許してほしいことを夫人に訴え、自分の心情をこう伝えた。

「私が君のもとを去るのは、私が君に不満だという証拠にはならない。私にはわかっている――君は私のような見方や感じ方をすることはできなかった、文字どおりできなかったのだ。自分の生活を変えることや、意識していないもののために犠牲を払うことはできなかったし、できないのだ。だから、私は君を責めはしない。逆に、私たちの長い人生の三十五年を、とくにその時期の前半、君が天性として生まれもった母性的な自己犠牲で、自分の使命とみなすことをあれほどエネルギッシュに、しっかりやり抜いていたころを、愛と感謝をこめて思い起こしている。君は与えることのできたものを、私と世界に与えてくれた――たくさんの愛と自己犠牲を与えてくれた。だから、そのために君の価値を認めずにはいられない。しかし、私たちの人生の最近の時期――最近の十五年、私たちは別れ別れになってしまった。私は自分が悪いと考えることはできない、なぜなら私が変わったのは自分のためや人のためではなく、そうするほかはできなかったからだ。君が私といっしょに歩まなかったといって、君をとがめることもできない。むしろ、君が私に与えてくれたことに対して君に感謝し、愛情をこめて思い起こしているし、これからも思い起こすだろう。さようなら、大切なソーニャ」

トルストイは文筆の巨匠だから、フィクションとしてどんな巧みな表現もできた。しかし、この手紙の言葉には、かれの真情がそのまま表現されているように、私には思える。夫人を愛していなかったら、こんな胸をうつ別れの言葉が書けただろうか。この手紙は次女のマリアやその夫オボレンスキーの手で保存され、トルストイの死後ソフィア夫人に手渡された。もう一通別の手紙もあったが、夫人はその内容が気に入らなかったらしく、破り捨ててしまい、現存していない。

トルストイは夫人あてに「最後の」別れの手紙、または遺言めいたものを少なくとも五、六通は書いており、そのなかには夫人にとってきびしい言葉をふくむものもあった。たとえば、一九〇九年五月に書かれたものは、夫人に誤った生活をやめて、早く正しい生活をはじめるように説いたものだった。また、翌年の七月に書かれた長い手紙では、家出の原因として、人生観や価値観の食い違いばかりでなく、夫人の性格が悪いほうに変化し、ヒステリックで高圧的になったことも挙げられていた。トルストイはこの手紙を夫人に手渡そうとしたが、夫人は受け取ろうとしなかった。それではと、トルストイが読んで聞かせようとしたが、夫人は聞こうとしなかったという。

一九一〇年十月二十八日早朝、トルストイはついに愛する故郷と生家を捨てて、家出を決行した。その時にも、トルストイは夫人あてに「最後の」（実は最後から二番目になった）手紙を残した。その全文を紹介しよう。

「私の旅立ちは君を悲しませるだろう。それを思うと残念だが、わかってほしい。私はこうするほかはできなかったのだ。家での私の立場は耐えられないものになってしまった。ほかのいろいろなことを別にしても、私はこれまで生きてきた、贅沢な境遇のなかで生きることはもはやできないので、私の年齢の老人が普通することをするために、つまり、人から離れて、静かな所で生涯の最後の年月をすごすために、世俗の生活から去るのだ。どうかこれを理解して、仮に私の居場所がわかっても、追ってこないでほしい。そうして君が来ても、私と君の状態が悪くなるだけで、私の決心は変わらないだろう。君が四十八年間私といっしょに誠実に生きてくれてありがとう。そして、私が君にした申し訳ないことを、すべて赦してほしい。同じように私も、もしかして君が私に何か申し訳のないことがあったら、そのすべてを心から赦す。私が出ていくことで、君が置かれる新しい状況を静かに受け入れて、私に悪い感情をもたないのがよいと思う。もし何か私に伝えたいことがあったら、〔末娘の〕アレクサンドラに伝えてほしい、かの女は私がどこにいるか知っていて、必要なことは伝えてくれるだろう。私がどこにいるか、かの女は言うことはできない。それをだれにも言わないという約束を、私はかの女からとりつけているからだ。　レフ・トルストイ。

十月二十八日

私の荷物と原稿をまとめて、送り届けることはアレクサンドラにまかせてある。Ｌ・Ｔ」

内容から、また、日付まで入っていることから判断して、この手紙はあらかじめ用意されたものではなく、実際に家出の瞬間に、極度の緊張とあわただしさのなかで書かれたものだろう。だが、この手紙のどこにも、夫人への怒りや憎しみは見られない。

家出してまもなく肺炎になり、死の床に臥《ふ》す直前の十月三十日の夜、トルストイは夫人にあてて本当に「最後」になった手紙を書いた。かれはそのなかで自分を赦してくれるように夫人にたのみ、自分も夫人を赦し、こう告白した。「私が家出をしたのは、君を愛していないからだと思わないでほしい。私は君を愛しているし、心から君がいとおしい」

家出をする時、トルストイは愛するものをたくさん捨てなければならなかった。生家、故郷、家族、そして、妻も。

家出後のソフィア夫人のことについては次の節で述べることにして、ここでは夫の死後、かの女がもらした次の言葉をかかげて、このパラグラフの結びにしよう。

「天才にして偉大な人間の妻という高い運命を、うら若い年から、かよわい肩に背負っていくのは、おそらく力にあまることだった女に、人々は寛大に接してくれますように……」

Ⅲ　家出の計画

a　家出の試み

前に書いたように、トルストイは一八八四年に家出を試みたが、ソフィア夫人の出産がせまっていることを思い出し、途中で引き返した。それ以後一九一〇年まで、かれは五十回も家出を決意したとも言えるし、一八八四年から二十六年間家出のことを考えつづけていたので、家出の決意は一回しかなかったとも言える。いずれにしてもトルストイの家出は一朝一夕で決まったことではない。

b　家出後の生活

だが、それにしては、家出後の具体的な生活設計が練られていなかったし、どこで何をするかという漠然としたイメージさえなかった。これは世界の大変革後のトルストイの未来図についても言えることだ。まず変革することが重要で、変革が成し遂げられれば、その後のことは変革の結果から自然に出てくるはずだから、あまり先走って頭で考え出してもだめだ、とトルストイは考えていたようだ。

五〇七ページで触れたように、トルストイはネフリュードフが農民的な生活をするという構想で、『復活』の続編を書こうとしていた。また、四六六ページで書いたように、未完の小説『神父セルギー』でも、すでに俗世を捨てて修道僧になっている主人公が、さらに修道院から出奔し、放浪の末、シベリアの農民の家で畑仕事をし、子供に勉強を教え、病人の世話をするという結末になっている。トルストイは昔からこのような農民大衆との同化を考えていた。しかし、これは現実的には大きな障害がある上に、八十二歳のトルストイには肉体的に不可能だった。このようななかで、準備万端整えられ、現実的な見通しをもった家出が行われるはずはない。家出はほとんど前向きの計画もなく、長い間計画していながら、最後は、「突如として」決断され、決行されたのである。

4 死のメッセージ

I 家出の決行

i 「突然の」決意

一九一〇年十月二十七日の夜十二時前に、トルストイは床についた。夜更けの——もう十月二十八日になっていた——三時ころ、ふと目をさますと、ソフィア夫人がこっそり寝室に入ってきた。もしかすると、夫人が入ってくる音で目がさめたのかもしれない。その時の様子をトルストイ自身が日記にこう書いている。「目がさめると、これまで夜中に何度かあったように、ドアのあく音と足音が聞こえる……。目を向けると、書斎にあかあかと明かりがついているのが隙間から見え、ガサゴソ音がしている。それはきっとソフィア・アンドレーヴナが何かを探しまわり、読んでいるのだ。昨夜かの女はドアに鍵をかけないように私にたのんだ。要求したのだ。かの女のほうのドアは二つともあけてあるので、ちょっとした私の動きも聞こえてしまう。昼も夜も私の動き、言葉はかの女に知られて、管理されなければならない。また足音、そっとドアをあける音、そして、かの女が来る。なぜかわからないが、それが私のなかに嫌悪と憤りをかき立てた。眠ろうとしたが——できない。一時間ほど寝返りをうっていたが、ろうそくをつけて、すわった。……ドアをあけて、ソフィア・アンドレーヴナが入ってきて、「お具合はいかが」とたずね、私の部屋に明かりがついているのを見ておどろいている。嫌悪と憤りが高まり、あえぎながら、脈を数える、九十七。寝ていることはできず、不意に家出を本当に決断する。かの女に手紙を書く」

　この手紙が五九一ページで全文引用した別れの手紙である。手紙を書き終わると、トルストイはガウンをまとい、はだしにスリッパを突っかけて、医師のドゥシャン・マコヴィツキーの部屋に行った。末娘のアレクサンドラも起こし、家出のための荷造りをはじめた。アレクサンドラと仲良しで、トルストイ家のタイピストをしているワルワーラ・フェオクリトワも手伝った。ソフィア夫人に気づかれたら大変だと、トルストイは焦っていた。「私はかの女が聞きつけたら、と思うと身が震える。ひと騒ぎ起こり、ヒステリーが出る。それから先はもう騒ぎを起こさずに出ていくことは無理だ。五時すぎになんとか荷造りができた。私は馬車に馬をつけるように言いつけるため、馬小屋に行く。ドゥシャン、サーシャ〔アレクサンドラ〕、ワーリャ〔フェオクリトワ〕は荷造りを終わろうとしている。闇夜で、まっ暗だ。離れ家へ行く道からはずれて、木の茂みに入りこみ、引っ掻き傷をこしらえ、木にぶつかり、転び、帽子をなくし、見つからず、やっと茂みから出て、家にもどり、帽子を取り出し、灯りをもって馬小屋にたどりつき、馬をつなぐように言いつける。サーシャ、ドゥシャン、ワーリャが来る。私は追手が来るのではないかと、震えている。だがやっと家を出ていく」。

　八十二歳の老人が文字どおり倒《こ》けつ転《まろ》びつ、家から逃げ出すありさまが、目に見えるようにありありと描かれている。この時実際にトルストイは恐れ、あわて、気も動転し、足ももつれていただろう。しかし、その同じ時点で書かれた手紙も、家出の状況を書きとめた文章も冷静で客観的だ。現実のなかで狼狽する生身のトルストイを、観念のなかのきびしい作家トルストイが冷徹に見つめていた。

トルストイの弟子たちのなかには、この家出をかれの八十二年の生涯の、そして、長い思想的・宗教的探究の大団円《フィナーレ》とみなそうとする人がいる。しかし、それはトルストイを聖者にまつりあげようとするものにほかならない。現実の家出は、もっとあわただしく、悲しく、哀れなものだった。

ii　家出の同伴者マコヴィツキー

まだ暗い初冬の午前六時ころ、トルストイはマコヴィツキーをともなって、ヤースナヤ・ポリャーナに隣接するシチョーキノ町の駅に向かった。後で三女のアレクサンドラも同行するようになったが、はじめトルストイに付き添ったのはマコヴィツキー一人だった。

ドゥシャン・ペトローヴィチ・マコヴィツキーはスロヴァキア人で、一八六六年十二月十日、スロヴァキアのルジョンベロク市の裕福で教養の高い家庭に生まれた。プラハのカルル大学医学部で学んだが、社会問題、思想・文化などにも関心の深い医学生だった。九〇年三月、初めてモスクワを訪れて約三週間すごし、強い印象を受けた。その時、歴史博物館で行われたN・A・ズヴェーレフのトルストイについての講演を聞いて、この思想こそ自分の求めていたものだと感じ、すぐさまトルストイの著作を読みはじたようだ。帰国直後にはもう、自分の父親にトルストイの『懺悔』『私の信仰』『イワン・イリイッチの死』を読むことを勧めたほどだった。

そのころすでにスロヴァキアにはトルストイ信奉者のサークルがあり、そのリーダーはマコヴィツキーと同じカルル大学医学部で学んだA・シカルヴァンだった。マコヴィッキーはそのグループに入り、トルストイの未公開の作品翻訳、トルストイ自身やその同志たちとの文通、連携などのために積極的に活動した。その後マコヴィッキーのトルストイ心酔は高まりつづけ、九四年八月には単身ヤースナヤ・ポリャーナを訪れ、トルストイに直接対面し、会話をし、ますます敬愛の念を深めた。トルストイも一目でこの謙虚で誠実な青年が好きになった。

スロヴァキアのトルストイ・グループの指導者シカルヴァンはロシアに行って、トルストイの側近チェルトコフと接触したことがとがめられ、その後一九一〇年（トルストイの死）までヨーロッパ各地を放浪するはめになった。それにかわってマコヴィッキーが医者の仕事をしながら、トルストイ精神普及の活動をつづけ、禁止されたトルストイの著作の国外出版など、危険な仕事にもほとんど常時たずさわっていた。その結果、かれも祖国スロヴァキアにいられなくなり、〇四年末ロシアに来て、トルストイ家に住みこむようになった。実質的な亡命だった。かれはトルストイ家のホーム・ドクターをつとめ、同時にヤースナヤ・ポリャーナの農民の診察・治療にも当たった。その人柄は温厚謙虚、しかも勤勉細心だったので、トルストイの信任は厚かった。家出の付き添いとして最適の人物だったのである。

トルストイの死後も、マコヴィッキーはトルストイ家にとどまった。一七年大革命が起こった時、かれはトルストイの考えに従って、それを世界の精神的変革のはじまりと期待したが、そうはならなかった。かれの性格からして、新政府に強く反対しなかったが、それを許容することはできなかった。新政府も二〇年秋マコヴィッキーをロシアから出国させ、体よくお引き取りを願った。かれはやむなく故郷ルジョムベロクに帰ったが、トルストイ普及活動は時勢にそぐわず、医師開業の意欲もなく、資産はすでに処分されていて、生活の資もなかった。その上、一九年春発疹チフスにかかって以来体調も悪かった。二一年三月十二日、かれは自殺で五十七年に満たない生涯を閉じた。

マコヴィツキーはトルストイの最晩年の六年間、たえずその身辺にいた唯一の側近であり、家出の生き証人でもあった。しかも、きちょうめんなかれは六年間の詳細膨大で貴重な記録『ヤースナヤ・ポリャーナ・ノート』（「文学遺産」シリーズ、一九七九年、大型本四巻〔六冊〕、約四千ページ）を残した。後半生をトルストイ精神の擁護と普及にささげ、それに殉じた人だった。

iii　家出の成功

このマコヴィツキーを介添えとして、トルストイは運よく屋敷を抜け出したが、シチョーキノ駅に到着してから列車が来るまで、一時間半も待た

ヤースナヤ・ポリャーナのトルストイ邸内にある三つの池の一つ

なければならなかった。その間もソフィア夫人が追ってくるのではないかと不安だったが、夫人は現れず、首尾よく七時五十五分の列車に乗ることができた。この時トルストイはようやくオープチナ修道院を経て、妹マリアが修道尼になっているシャモルディノーに行くことを決めていたようだ。

夫人は夫の挙動にするどく目をくばっていたが、よくあるように、いちばん重要な瞬間を見のがしてしまった。二十八日の昼前になってアレクサンドラから知らされるまで、ソフィア夫人は夫の家出に気づかなかった。娘に告げられて、夫人は錯乱し、邸内にある三つの大きな池の一つに飛びこんで自殺をはかったが、救い出された。

Ⅱ　家出の行く先

ｉ　オープチナ修道院

トルストイとマコヴィツキーはシチョーキノで列車に乗り、二度乗り換えて、コゼーリスクで下車、渡し船などを利用して、夜の八時半にオープチナ修道院に着いた。十二時間のつらい旅だった。オープチナ修道院には修道僧や修道尼が提供してくれる簡便な宿泊設備がたくさんあり、トルストイたちもその一つで夜をあかした。

翌二十九日トルストイは七時ごろ起きて、散歩をし、絶筆となった死刑反対論「現実的な手段」を、後から追いついてきたセルゲーエンコに口述筆記させたりした。その後も何度かあたりを散歩して、ここに住めるかどうか検討したようだ。

ii　シャモルディノー女子修道院

しかし、午後三時ころには、妹マリアが修道尼となって住んでいる、近くのシャモルディノーに向かい、渡し船と馬車を使って、日暮れ時に到着した。修道尼の管理する宿に着くと、旅装も解かず、すぐにマリアの庵（といっても、普通の一軒家）に向かった。マリアに会った瞬間、トルストイはソフィア夫人のひどい仕打ちを妹に訴え、号泣したという。しかし、その後は静かに、むしろ楽しく、兄妹は最後の語らいをしたようだ。二時間ほどマリアのもとにいて、トルストイは宿にもどり、すぐに寝た。

翌三十日の朝、トルストイは農民たちの住む村を歩いて、安い料金で長期間部屋を貸してくれる家を探し、ある農婦の家の一部屋を借りる約束をしたという。午後にはマリアに招待されていっしょに食事をした。

夕方、娘のアレクサンドラとタイピストのフェオクリトワがシャモルディノーに到着した。ソフィア夫人がすでにトルストイの行く先をかぎつけているようなので、早く場所を変えることにし、トルストイ、マコヴィツキーと四人でこれからの行く先を相談した。クリミア、ブルガリア、カフカースなど、いくつかの候補地が考えられたが決まらなかったので、夜のうちに出発する予定を翌日に延ばした。

iii　教会復帰の虚説

トルストイが家出をして、最初に行った先がオープチナ修道院だったことをとらえて、かれはロシア正教会にそむいたことを悔い、教会復帰を望んでおり、その仲介をたのむためにオープチナ修道院に行ったのだと言う者がいる。しかし、これはまったくの虚説である。その理由は簡単ではっきりしている。一八八〇年代はじめに教会反対の態度を明らかにしてから三十年間、トルストイの言動は一貫して反教会であり、破門後もまったく動揺は見られない。著作、日記、手紙、メモ、第三者が記録した発言など、少なくとも現在知られている資料のなかに、教会に反対したことを後悔する言葉、それを暗示する言葉、まして教会復帰を希望する発言などは、一言半句も見当たらない。

家出を考えてから二十五年以上、トルストイは家出後の生活について、漠然とだがいくつかの選択肢を考えた。素朴な民衆的生活、隠遁、外国行きなどである。そのなかにも教会復帰の選択肢は見られない。すでに書いたように、家出は予定された計画がなく、あわただしく決行された。オープチナ行きはシチョーキナ駅で列車を待つ間に思いついたものである。教会復帰のような重大事は予定されていなかった。

オープチナでトルストイは修道僧などには会ったが、修道院の責任ある立場の人に会う手配をしなかった。教会復帰の問題をたのむのなら、高僧と接触するはずである。家出後、修道院に行く特別の理由は見当たらないが、妹マリアと最後になるかもしれない対面をしておく必要はあった。トルストイは妹の離婚、修道院入りに深くかかわっており、かの女の運命をある程度左右し、それがマリアやその子供たちの幸福につながったとは思えなかったからである。オープチナ修道院は滞在期間が半日ちょっとにすぎないので、シャモルディノーに行くための通過点でしかなかった可能性もある。

家出後トルストイがもっともおそれたのは、ソフィア夫人に「つかまる」ことだった。だが、トルストイが教会に復帰するつもりなら、それは夫人の願いに合致することで、夫妻の関係改善の大きな前進になるはずであり、夫人から逃げまわる必要はなかった。

これに対して、次のような反論もある。

(1)オープチナに来たセルゲーエンコがトルストイに、「修道院の環境はおいやではありませんか」とたずねると、トルストイは「いや、むしろ、いい気持ちだね」と答えた。

(2)オープチナ滞在中、トルストイは修道者の孤庵を訪れて、その生活を観察したり、評判の高い修道僧に会おうとしたりした。

(3)シャモルディノーでトルストイは家を借りて長期間滞在しようとした。

これらはすべてトルストイが正教会に復帰して、修道生活をする意図を証明している、と言うのである。しかし、このような判断は間違っている。

(1)トルストイが「修道院は気持ちがいい」と感じたのは、自然に包まれた静かな雰囲気のことで、教会復帰にはつながらない。

(2)トルストイが孤庵を訪れたり、修道者に会おうとしたりしたことについては、マコヴィッキーが前記の『ヤースナヤ・ポリャーナ・ノート』第四巻で、次のように説明している。「私の考えでは、トルストイは隠遁の老師に、聖職者としてではなく、隠遁者として会い、かれらと神、魂、隠遁生活について話し、その生活を見、修道院の近くで生活する状況を確かめた。それは今後どこで生活すればよいかを考えるためだった。教会の人たちが推測するように、教会から破門された自分の立場を抜け出す何らかの方法を探していたことを示すような発言も様子もなかった」。

(3)トルストイがシャモルディノーの農民から部屋を借りる約束をしたのは事実らしいが、それは農家で農民とともに生活することを意味しており、むしろ、トルストイが修道者の生活をしないつもりだったことを証拠立てることになる。

このように見てくると、オープチナ修道院訪問を、トルストイの教会復帰の意図に結びつけるのは間違いであることがわかる。

Ⅲ　旅の終わり

i　南の国へ

翌日になっても、行く先は決まらなかった。しかし、今にもソフィア夫人が追ってくるかもしれないので、トルストイたちはともかくシャモルディノーから離れることにした。出発前トルストイは長女のタチヤーナに手紙で、「私たちは今出発するところです、まだどこへ行くかわかりません」と書き、動き出した列車のなかでも、チェルトコフにあてて「私たちはソフィア・アンドレーヴナが修道院に来ると困ると思って、すぐに出発することに決めました。南に向かっています、多分カフカースでしょう。どこにいようと私には同じなので、南国を選ぶことに決めました。とりわけ、アレクサンドラが咳をしているからです」と書いた。

はじめトルストイたちは乗車券をもっていなかったが、途中でロストフ・ナ・ドヌー（ロストフ・オン・ドン、ドン・ロストフ）行きのチケットを買った。いろいろ相談したあげく、ひとまずロストフ・ナ・ドヌーに近いノヴォチェルカッスクに行くことにした。それは妹マリアの娘エレーナの夫デニセンコが裁判官として勤務している町だった。そこで少し休養し、デニセンコの世話で国外行きパスポートをとり、ブルガリアかギリシャに行くことを考えたのだ。トルストイは人から離れて静かに暮らしたかったので、あまり自分の顔が知られていないところへ行きたかったらしい。だが、それはおそらく甘い見通しだっただろう。トルストイはすでに世界の有名人で、ブルガリアはもちろん、ギリシャに行っても、衆人の注視の的になったに違いない。

ii　アスターポヴォ駅

しかし、こうした迷いや不安は、その日の夕方にすべて解消してしまった。家出後寒さのなかでの連日の強行軍で、トルストイには疲労の色が濃くなり、前日（三十日）から体調の悪化が見られた。それでも、列車に乗った後まだ食欲があり、オートミールをたくさん食べ、半熟卵を二個平らげた。だが午後四時すぎ、寒気がして気分が悪くなり、体温をはかると三十八度一分だった。その後さらに悪化し、体温が四十度まで上がったので、旅行をつづけることは不可能になり、リペツクの少し手前のアスターポヴォという小さな駅で途中下車した。トルストイは脇を抱えられるのをいやがり、一人で歩いていった。駅長のオゾーリンが自分の宿舎を一行四人に提供してくれた。木造平屋二部屋の住居で、上流階級の人たちには、あまりにも質素な住居だったが、トルストイは「立派な二部屋」と感謝した。

明けて十一月一日、現地の鉄道医が来て、肺炎と診断した。抗生物質が医療現場で使われる三十五年も前のことだ。冬場の高齢者の肺炎がほとんど死にいたる病であることはだれもが知っていた。表向きは「気管支炎で、今すぐに危険はない」と言っていたが、近親者、側近には危篤が知らされた。二日の朝、側近のチェルトコフとセルゲーエンコ、夕方に長男のセルゲイ、夜半には、車両一台だけの特別列車で、ソフィア夫人、長女タチ

アスターポヴォ駅の駅長宿舎。現在は博物館

ヤーナ、六男アンドレイ、七男ミハイルが病床のトルストイのもとに来た。三日には次男のイリヤも到着した。四年前に次女のマリアが死んで、残っているトルストイの子供は七人だった。そのうちパリにいる三男で、父と同名のレフ以外はみんなそろった。

ソフィア夫人は当然すぐにトルストイに会おうとしたが、子供たちが相談して、父を興奮させないために、しばらく面会をひかえるよう夫人を説得した。側近たちも夫妻が会うことに反対だった。トルストイは死の前日まで判断力がしっかりしていたので、面会拒否にはかれ自身の意志もふくまれていたと思われる。日頃エネルギッシュで、てきぱきしていた夫人もさすがに落ちこんでいて、面会を強く要求はしなかった。かの女は宿舎のまわりを歩き、時折窓からなかを覗くだけだった。

トルストイの家出と病気は世界のビッグニュースになったので、アスターポヴォにはジャーナリ

トルストイが瀕死の床にあった宿舎をのぞくソフィア夫人（ロシア国立トルストイ博物館所蔵、昭和女子大学トルストイ室協力）

ストたちが集まり、この機会に民衆に不穏な動きが生じないように、官憲も必要な配置をするなど、無名の小駅の周辺は騒然となった。オープチナ修道院長バルソノフィーやツーラの高僧パルフェーニらも、トルストイを説得して教会に復帰させるために派遣された。皇帝じきじきの命令だったと言われているが、家族・側近はかれらをトルストイに会わせようとしなかった。常識からしても、トルストイはすでに面会謝絶、絶対安静の病状だった。

体温が三十六度台に下がって、小康を得ることはあったものの、トルストイの病状は徐々に悪くなった。病臥してからも、四十度の高熱のなかで日記を書いていたが、十一月三日がその最後のページになった。しかし、その最後のページの最後に「私の計画はこうだ。フェ・ス・ク・ドゥア〔フランス語で「するべきことをせよ」という意味〕。そして、すべてが他人の、また私の幸せのためになるように」と書いて、気力を見せていた。

しかし、周囲の者はもうトルストイの死を覚悟して、その動きを注視していた。死の前日、十一月六日にトルストイは長女のタチヤーナなどに向かってこう言った。「ただ一つのことだけは忘れないようにお前たちに忠告しておく。世のなかにはレフ・トルストイ以外に無数の人がいるのに、お前たちはただレフだけを見ている」

これはトルストイの辞世の言葉としてよく知られている。辞世の句、歌、言葉には作りものが多いが、トルストイの場合は数人の人が一致して認めているので、本当にかれが言った言葉に違いない。ただ、同じ日のほとんど同じ時間にトルストイはいろいろな言葉を発しており、どれが時間的に最後かは決めにくい。

マコヴィツキーは「私はどこかへ行く、だれにもじゃまされ〔あるいは、見つから〕ないように。私をそっとしておいてくれ……さっさと行こう、さっさとどこかへ行こう」を最後の言葉として記録している。グーセフはやはりよく知られている次の言葉を時間的に最後ものとしている。「真実……私は多くのものを愛している、あの人たちみんなを〔あるいは、あの人たちみんなのように〕」

いずれにしても、死の前日までトルストイは時折うわ言を言ったものの意識は鮮明だった。トルストイは晩年精神に異常をきたしていたとか、知力障害を起こしていたと言う者もおり、それが家出の原因だと言う者までいる。しかし、これもまったくの虚説である。かれは死の直前まで、健康で学識のある壮者に勝るとも劣らない知力と判断力を保っていた。それは私がこのパラグラフで引用した手紙などを見ても、絶筆論文「現実的な手段」や、未完の最後の論文「社会主義について」を見ても、議論の余地なく一目瞭然である。

これに関連して言えば、ソ連時代、トルストイの家出の原因は、大革命へ向かう時代の潮流から落伍したためだ、という意見があった。しかし、これも事実に基づかない虚説であり、しかも、二重三重の虚説だった。すぐ前で取り上げた「世紀の終わり」や「ロシア革命の意義」、さらには死の直前まで書きつづけられていた「社会主義について」を見ても、トルストイは革命の潮流のなかにいることを意識しており、しかも、そのなかでの自分の位置と、目ざす方向に自信をもっていたことが疑う余地なくわかる。トルストイが落伍したと言う人たちは、革命後権力の座についたボリシェヴィキ〔社会民主労働党の過激派〕の方向が革命の主流、あるいは唯一の方向だったのであり、それに従わない者は落伍者だったという、事実に反した独善的な主張をしていた。実際には、ロシア革命にはたくさんの潮流があり、その総合の結果、革命が成立したのである。そのことは革命の時点の政党の勢力図を見ても、労農兵ソヴェートの構成を見ても明らかである。権力を握った者は例外なく歴史を書きかえて、よい成果を独り占めし、失敗の部分を他人に押しつける。ロシア革命ほどの大変革は、民主主義者、土地の欲しい農民、生活に疲れた主婦ばかりでなく、トロツキストも、トルストイ主義者も、アヴァンギャルドの芸術家もいなければ成り立たなかった。しかし、革命後一握りの者が権力を奪取すると、それ以外の者は落伍者か、革命の敵にされてしまったのである。

iii　死

十一月七日、超人的な精神力、知力、体力で八十二年あまり生き抜いてきたトルストイもとうとう意識不明におちいった。午前五時二十分ころ、

駅長宿舎内のトルストイの死の床

ソフィア夫人が病室に入り、ベッドの脇に十分足らずすわって夫に別れを告げた。この時夫人はおそらく愛憎と恩讐を超えた境地にいただろう。無言のトルストイも同じ境地に入っていたに違いない。

六時三分最初の、一分後に二度目の心肺停止が起こり、六時五分、トルストイは「ふうっ」と息を吐いた。そして、巨人の肉体はついに活動を停止した。マコヴィツキーがそばに寄り、トルストイのあご鬚をしばり、手でそっとその両目をとじた。

翌八日、午後一時十五分トルストイの遺体を乗せた列車がアスターポヴォ駅を出発、九日午前六時半にヤースナヤ・ポリャーナに近いコーズロワ・ザーセカ駅に到着した。近しい者たちが棺を担ぎ、数千の群衆がそれに従って、ヤースナヤ・ポリャーナへおよそ四キロの道を行進した。この年はとくに寒気がきびしかったという。棺を担ぐ人、それに従う人の心身には、広野を吹く零下十度の寒風とともに、どんな思いがしみわたったことだろうか。

遺体は午前十一時にはヤースナヤ・ポリャーナに運ばれ、邸宅の一階に安置されて、すぐに告別式が行われた。

午後三時、棺は生前のトルストイの希望どおり、邸から徒歩で十分ほど離れた「保存林《ザカース》」に置かれた。当時のロシアは土葬が普通で、棺は土のなかに埋められたのだが、トルストイの場合は土を浅く掘ってその上に置かれただけだった。墓石、顕彰碑、銅像のたぐいは、トルストイの希望によって、まったく作られなかった。今も、その棺は一九一〇年に置かれたまま、同じ形でそこにあり、トルストイの遺体をおさめた棺そのものが墓標の役割をしている。その虚飾のない「墓」が、権力と物質的満足追求の現代社会に反対して、真実、愛、平和を訴えるトルストイのメッセージとなっている。

すべての豊かさと栄光に包まれた文豪が、素朴で魂の光に包まれた生活を求めて、厳寒のロシアで家出を決行した。それは死につながる可能性の強い危険な行為だった。しかし、トルストイはわざと死を求めて家出をしたのではない。そのことはこれまで述べた家出後のかれの言動を見れば、はっきりわかる。かれは生きる意欲を最後まであらわに見せていた。トルストイの家出が一種の自殺だったというのも虚説である。ただ、トルストイは死をおそれなかった、たとえ死を賭しても、虚偽の生活を捨て、真実の生活へ向かう行為をせずにはいられなかったのである。それは、おそるべき危機の淵に立っている世界へ向けた、強烈な警告のメッセージでもあった。家出は死をもって終わり、そのメッセージの力を倍加した。

トルストイの死後、一九一四年には世界大戦が起こり、一七年にはトルストイの母国ロシアで大革命が起こった。後世の者が過去に向かって、「もし……ならば」と仮定の問いを発するのは愚かだが、もしトルストイがあと十年生きながらえたならば、人類があのような悲惨な愚行をすることを、かれは体を張って阻んだのではあるまいか。

もはや棺は苔むし、遺体は朽ちはてているだろうが、そこから立ちのぼるトルストイの精神が、どのような墓標や墓石にも増して、その前に人々を凝然とたたずませ、合掌させ、深々と頭を垂れさせるのである。

二〇〇八年九月十日、午後三時。

私はこのトルストイの墓の前に立っていた。私はペレストロイカ後、毎年トルストイの誕生日であるこの日に墓参するのを欠かさない。私はこの一年の間に世界の状況がいっそう悪くなっていることをトルストイに報告した。そして、それはトルストイの世界復活の期待と予言が裏切られたのではなく、いよいよその時が近づいていることを示しているのだ、という私の思いを告げた。

ヤースナヤ・ポリャーナでは例年この日は晴れて暖かいことが多い。しかし、去年も今年も雨で肌寒い。二年続けて雨が降ったのは初めてだ。

私は空を見上げた。来年、二〇〇九年の九月十日は晴れるだろうか。

トルストイの墓

終　章　トルストイと現代

Ⅰ トルストイと世界

Ⅰ マハトマ・ガンディー

ⅰ 理想の現実化

トルストイは一八八〇年代から、自分の信ずる考えを人々に説きはじめた。それも多くの場合、読者に自由な受けとり方を許す芸術作品を通じてではなく、論文の形で説得の口調を使って、自説を粘り強く説明し、自分の考えを読者に受け入れさせようとした。しかし、かれが説いた物質的満足の拒否、性的禁欲などは非現実的なものとして忌避《きひ》された。非暴力・不服従の主張も現実性のない観念論か、子供じみた幻想とみなされた。それに賛同する者はごく少数であり、しかも、その人たちは徹底的に弾圧された。

しかし、現在、非暴力・不服従は抽象的な観念ではなく、現実的な運動として世界各地で機能している。それは長年にわたって世界のさまざまな場所で、さまざまな人たちが、とくに植民地の住民や、社会的差別を受けていて、強い力をもたない人々が、忍耐強く非暴力と不服従の方法を使って、圧政や差別に抵抗・反対した結果である。このように実現不可能な夢と思われたものを、現実のものとした人たちのなかで、もっとも目ざましい活動をし、世界の人を驚嘆させる成果をあげたのは、インド独立運動の父マハトマ・ガンディーにほかならない。かれはこれから述べるように、トルストイの考えに影響を受けただけでなく、直接の交流をもっていた。

ii　生い立ちから南アフリカ時代まで

マハトマ・ガンディーは一八六九年、イギリスの植民地だったインドの港町ポールバンダル（現グジャラート州サウラーシュトラ）で、ポールバンダル藩王国の宰相カラムチャンド・ガンディーの子として生まれた。マハトマはインドの詩聖タゴールから贈られたとも言われている尊称で、「偉大なる魂」を意味する。本名はモハンダス・カラムチャンド・ガンディーである。

小学校時代のガンディーは記憶力が悪く、平凡以下の少年だったという。当時のインドの年少結婚の習俗に従って、ガンディーも十三歳で同い年のカストゥルバイと結婚させられた。まだ分別のない少年は結婚の意味がよくわからず、ひたすら性的欲望を噴出させ、後に自分自身を深く恥じ入らせることとなった。後年あらゆる点で禁欲的だったガンディーは、とくに性については異常なまでにきびしかった。この点について、タゴールは次のように言っていた。「ガンディーは性生活を、人間の道徳的成長に矛盾するものとして非難した。そして、『クロイツェル・ソナタ』の著者同様、性に対して烈しい嫌悪の情をもっていた」。『クロイツェル・ソナタ』の著者というのは、もちろんトルストイのことである。

ガンディーはハイスクール卒業後、インドの大学に入学したが適応できず、十九歳でロンドンに留学、インナー・テンプル法曹学院で法律を学び、弁護士の資格を取得した。このイギリス滞在中にかれはさまざまな宗教、思想を研究した。ヒンドゥー教やアジアの思想ばかりでなく、イスラム教、キリスト教にも接した。かれはキリスト教の聖書を読み、とくにマタイによる福音書の「山上の説教」に感動した。ガンディーが非暴力主義、不服従の点でトルストイにつながっていることはよく知られているが、実は二人は二重三重に結びついており、すぐ前で述べた禁欲でも、今述べたキリストの道徳的な教えの点でも、ガンディーはおそらくまだトルストイを知らないうちに、かれと同じ思いをいだき、同じ行動をしていた。

イギリスで弁護士の資格をとると、ガンディーはいったんインドに帰国したが、望むような活躍の場もなく、九三年、ようやく南アフリカに職を得て弁護士を開業。悪名高い人種差別法の存在するこの国で、インド人に対する差別に反対し、その法的権利を守る仕事をした。自分自身有色人種として、差別のきびしい地で多くのつらい経験をした。

六一九〜六二一ページで述べるように、ガンディーがトルストイと直接の交流をもつようになったのは、まだ南アフリカ在住中の一九〇九年のことだった。このころ、ガンディーはすでに愛と平和の思想を、自分の人生の原理としていたが、トルストイの言動を知り、直接かれと文通して、大いに勇気づけられた。過去のことや、理論のなかではなく、現時点の現実で、愛と平和の思想を実践しようとしている人、非暴力主義、不服従の方法で闘っている人がいることがわかったからだった。ガンディーの非暴力運動思想の確立には、トルストイの存在が大きな役割をはたしたのである。

南アフリカでの活動の末期、ガンディーは資金難にも悩まされた。この時、ドイツ人でガンディーの援助をしてくれていた建築家のカレンバッハが、ヨハネスブルグ郊外に五百ヘクタールほどの土地を買い、不服従活動をしている人々をそこに家族ごと、全員で八十人ほど集めて農園を開いた。人々はそこで自給自足をして、生活難を解消したばかりでなく、トルストイやガンディーが望む自然な農耕生活をすることができた。カレンバッハはトルストイの崇拝者でもあったので、この農園は「トルストイ農園」と呼ばれた。ガンディーはインドに帰った後も、同じような農園組織を作った。すぐ前でも言ったように、ガンディーとトルストイはいくつもの点で結びついていたのである。

iii　インドでの活動の開始

こうして、かれは南アフリカ在住時代にすでに、暴力を使わずにインド系移民の差別反対の運動を行っていたが、一九一五年インドに帰国すると、南アフリカ時代の経験を生かして、イギリスからの独立を目ざす民族運動をはじめた。第一次世界大戦中ガンディーはイギリスに協力することによって、自治を勝ちとろうとしたが、イギリスはその期待を裏切った。過激な独立運動家はテロ活動も行い、それに対抗してイギリス側も強硬な弾圧を行い、抗争は激化した。

第一次世界大戦後、ガンディーはインドの有力組織国民会議派に加わり、右派左派の対立を解消して、その中心人物になった。この組織は一八八五年イギリス人によって作られた御用機関的なものだったが、次第に本格的な活動をはじめ、ガンディーの時代には独立運動の推進力となった。そして、国民会議派が中心になって、ついに第二次世界大戦後、四七年に独立を勝ちとった。ガンディーの指導によって、国民会議派の綱領には非暴力主義がうたわれ、実際に非暴力・不服従の手段で闘った末、独立に成功したのだった。

iv 塩の行進

ガンディーの非暴力・不服従運動としては、イギリス製の綿製品の不買運動（そのためにかれは自分でインド式の糸車チャルカをいつも手で回していた）、かれが創始したとも言われるハンガー・ストライキ（断食による抗議）などがよく知られている。そのなかでもとくに世界をおどろかせたのは、いわゆる「塩の行進」である。

ガンディーはイギリスによる塩の専売制度が英国植民地支配の収入源であり、インドの庶民を苦しめていることを指摘し、三〇年三月二日インド総督のアーウィン卿に手紙を送り、塩の専売などの悪法を撤廃することを要求した。しかし、アーウィンはこの手紙に答えなかった。そこで三月十二日、ガンディーは八十人足らずの同志とともに、サーバルマティー川から約三百八十キロ離れたグジャラート州ダンディー海岸に向けて、抗議の徒歩行進を開始した。四月五日まで、二十三日かけて四県四十八村を通過し、塩の専売反対を訴え、数千の人が加わる一大行進になった。この間イギリス政府の官憲は、暴力を行使せずに行進する人々を、妨害することができなかった。この行進の後、ガンディーの指導でインド人は自分で塩を作り、販売するようになった。

v 死

このような暴力を使わない抵抗運動にもかかわらず、ガンディーはしばしば逮捕・投獄された。そして、ついにインド独立直後の四八年一月三十日、ニューデリーで暴漢にピストルで三発の弾丸を撃ちこまれ、殺された。犯人は狂信的なヒンドゥー原理主義者と言われている。

vi トルストイとの出会い

トルストイは一九〇八年五月二十四日ワシントンから出された、タラクナッタ・ダスという未知のインド人の手紙を受け取った。ダスは雑誌『フリー・ヒンドゥスタン』の編集者で、かれは未知のロシアの文豪に、「トルストイという名は今や人類の利益のために闘う人々の合言葉です」と書き、何かインドについて寄稿していただけないだろうかとたのんでいた。トルストイはその手紙に興味を感じ、送られてきた雑誌も読んだ。その愛国的な調子には不満だったが、ダスの要望に応えて小文を書くことにした。そして、のちに「インド人への手紙」と名づけられた論文をこの年の七月七日に書きはじめた。トルストイのことだから、ちょっとした論文にも手抜きはせず全力を注ぎ、苦心して何度も書き直した。ダスはトルストイが前の手紙のことを忘れたと思ったのか、十月三十日に二通目の手紙を送ってきた。だが、実はトルストイのほうは寸暇を見つけて、その返事を書いているところだった。それからまもなく十一月二十八日に、トルストイはこの論文をロシア語で書きあげ、チェルトコフがそれを英訳した。「インド人への手紙」はまずロシア語でロシアの雑誌に〇八年四月、抜粋の形で発表された。英語ではそれより遅く、一〇年一月に発表された。それを掲載した雑誌はダスの『フリー・ヒンドゥスタン』ではなく、『インディアン・オピニオン』だった。この雑誌の編集者がほかでもないマハトマ・ガンディーだったのである。

この論文はダスへの返信という手紙形式で書かれ、普通の本で十五ページほどの小論文である。内容はかねてのトルストイの持論だった。かれはまず大多数の労働大衆が一握りの搾取者の暴力で隷属させられ、いつわりの宗教がそれを擁護していることを指摘する。そして、すべての人が愛の心と、正しい宗教に目ざめ、新しい生活に向かうべきことを説く。全部で七章からなっているが、各章の冒頭にエピグラフが付けられており、その数は全部で十五になる。特筆すべきことは、そのうち十二がインドの言葉で、インドの宗教書ヴェーダからとられたものが二、クリシュナの言葉が九、その他が一つである。

クリシュナというのは、今日本でも関心が高まっているヒンドゥー教の重要な聖典の一つバガヴァッド・ギーターに出てくる神である。トルストイはそのクリシュナの言葉をインドのババ・プレマナンド・バラッティの著書『シリー・クリシュナ。愛の神』から引用した。クリシュナについてはいろいろな解釈があるようだが、トルストイは「愛の神」という視点からクリシュナをとらえ、それにふさわしい言葉を選んで、エピグラフとしたのだった。多忙をきわめ、老齢でもあったトルストイがとくに勉強をし、わざわざインドの聖典を借りて、インド人に訴えようとし、愛の心は古今東西を問わず、普遍的であることを示そうとしたのだ。

ガンディーはこの論文を自分の雑誌に掲載するに先立って、〇九年九月にトルストイに手紙を出した。トルストイに寄稿をたのんだダスがなぜか（経済的理由か、危険を恐れたためか）せっかくのトルストイの論文「インド人への手紙」を自分の雑誌に掲載するのをやめてしまった。ガンディーは自分が代わってそれを発表しようとしたが、手元にあったのはトルストイの原稿の現物ではなく、コピーでしかなかったので、その信憑性《しんぴょうせい》に疑問をもち、直接トルストイに手紙を出して確認を依頼したのだった。トルストイはすぐに返事を書いて、その原稿が自分のものであることを認め、もちろん発表を快諾した。その後二人は二通ずつ、あわせて四通の手紙を交換した。

トルストイはガンディーに並々ならぬ関心をもって、文通したばかりでなく、ガンディーのことを書いた本まで読んで、かれのことを知ろうとした。ガンディーが自分の志を継ぎ、それを発展させる人物であることを感じとったのであろう。この一年後にトルストイが亡くなったので、二人の交友は長つづきしなかったが、ガンディーはトルストイが直感したように、かれの精神をもっとも正しく理解し、それを実践し、しかもかがやかしい成功をおさめた人だったのである。

ガンディーはトルストイにあてた手紙のなかで自分をトルストイの「不肖の弟子（ハンブル・フォロウワー）」と呼んでいた。トルストイの弟子のなかには、ガンディーは後にイギリスの支配者に妥協したりしたので、トルストイの弟子とは呼べないと言う人もいるが、それは間違いである。ガンディーは政治家として現実的な行動をしたが、それはトルストイの精神を生かすためのもので、トルストイの原則を裏切るものではなかった。

Ⅱ ジャネット・ランキン

ⅰ 「異常な」言動

ガンディーの不屈の信念、その信念をまっすぐ実現しようとする言動、その結果生じた前例のない成功――それは世界の人々を驚嘆させた。その思想と行動様式におどろいたばかりでなく、それに共感する人、その例にならう人も続々と現れた。今では世界に「ガンディーの徒」は数えきれないほどいる。アメリカ合衆国の最初の女性国会議員、非戦の人として知られるジャネット・ランキンも「ガンディーの徒」に加えてもいいだろう。しかし、世界の注目を惹き、時には唖然とさせたかの女の言動は、ガンディーの直接の影響ではじめられたのではない。ガンディーが不服従運動によって、世界で有名になったのは一九一九年以降で、ランキンがアメリカ最初の国会議員に当選したのは一六年、アメリカの第一次世界大戦参戦の可否を決める下院で反対票を投じたのは、一七年のことだった。

全体として、かの女はだれかの思想や哲学に触発されて、女性解放、非戦の行動を起こしたのではない。それればかりか、かの女の場合、自分自身の思想、理念、信仰をふくめて、抽象的なものが先にあって、そこから具体的行動が出てきたのではなかった。

ii　普通の人

a　女性差別

ランキンが人をおどろかす言動をした基盤は、第一に、かの女が、奇妙な言い方をすれば、「並はずれて普通の」人だったことである。かの女の言動には、例外的なもの、空前のものがいくつもある。しかし、かの女自身は自分がだれでも考えていることを考え、それを実践しているのだと思っていた。そして、確かに、かの女のしたこと、言ったことは、だれもが言ったり、したりしなければならないことだった。かの女の二つ目の基盤は、女性だったことである。女性解放の歴史は長いが、アメリカ合衆国のように女権の先進国とみなされている国でさえ、現在でも完全な男女同権は実現されていない。一七年、ランキンが下院に登場するまで、アメリカ合衆国に女性議員さえ存在しなかったのだ。

「人種差別と女性差別とは関係がありますか」と質問された時、ランキンは「人種差別で行われたことで、女性に対して行われなかったことはありません」と答えたという。それはアフリカ系アメリカ人がまともな人間扱いをされていなかった時代のことである。女性に対する差別はそれほど烈しかったのだ。かの女は男女差別の廃絶がその他の差別や、暴力・戦争の廃絶につながると信じてもいた。かの女はこう言っている（ランキンの発言の翻訳引用はメアリー・オブライエン著、南部ゆり訳『非戦の人ジャネット・ランキン』水曜社、二〇〇四年）。

「何千年もの間、女性たちは、子供や老人を養い、守り、世話をすることに、ほとんどすべてを尽くし、命を大切にする平和な状況を作ることに励みつづけてきました。ところが紛争が起これば、いちばん苦しむのはいつも女性と子供たちでした。この歴史を通じていちばん大切な、家庭で命を守るという任務の主導権を握っている私たちは、平和のために何千年もの間奔走して身につけた知恵と経験を、これから世界の表舞台で応用するべきです。世界中で女性が教育を受けて、力を増していけば、きっとすべての人々がもっとおたがいに大切にし合い、寛容で、正義と平和に満ちた生活を送るようになるはずです」

b 非国民

ランキンは四一年十二月、日本軍が宣戦布告なしにハワイの真珠湾を攻撃して、大損害を与えた後、対日宣戦布告の議決に約四百人の下院議員中ただ一人反対投票した。これは過激というより、常軌を逸した行動だった。日本は国際法を無視して、宣戦布告もせずに奇襲攻撃をし、大損害を与えた。人的被害だけでも、死者二千二百人におよんだのだ。アメリカ人が激昂しないはずはない。しないのは非国民だ。しかし、ランキンの感覚からすれば、人間として、女性として、戦争反対という当然のことをしたまでだった。しかも、かの女はこのような場合きわめて冷静で、大衆を煽りたてるマスコミの報道などに左右されなかった。今では、日本の「奇襲」をアメリカはあらかじめ知っていたとか、さらには、「奇襲」はアメリカが作ったシナリオだという説まで出てきている。ランキンは虚実とりまぜたマスコミの報道で興奮しているアメリカ国民のなかにあって、普通の女性として観察し、考え、判断し、その時点ですでに、アメリカの謀略ということも想定内のこととしていた。

c 共産主義者

ランキンが反戦活動と同時に、抑圧された弱者である労働者を支援する姿勢を示したのも、同じ理由によるものだった。このために、かの女は左翼とか、共産主義者などと言われ、攻撃され、誹謗《ひぼう》中傷されたが、やはり冷静に反応して、こう言った。

「私は十七世紀のアメリカ人を先祖にもっています。共産主義の教義を認めたことなど、いまだかつてありません。私ははじめから終わりまでアメリカの市民であり、アメリカ政府が樹立されたその基本的教義を心の底から信じています」

かの女は普通の人間として、女性として、そして、第三に、もっとも普通の本来のアメリカ人として、恵まれない人間に同情したにすぎなかった。かの女は左翼とか右翼というような区別をもともと無視していた。

iii　ガンディーとの出会い

このランキンがガンディーの考えと活動を知った時、それがまったく自分と重なり合うと思って共感した。かの女がインドを訪問したのは、二度の議員活動が終わり、第二次世界大戦も終わった四六年のことだったが、その後かの女はインド全体に親近感をいだいて、七度も訪問した。かの女はインド人の物の考え方や、インドの雰囲気そのものに興味をもったようだ。ガンディーにも会うつもりだったが、そのチャンスが得られないまま、かれは四十八年に暗殺され、二人が語り合う機会は永久に失われてしまった。

ランキンがガンディーとかさなり合っていたのは、二人が共に『ウォールデン（森の生活）』の著者として日本にもなじみ深い、ヘンリー・デイヴィッド・ソロー（一八一七〜六二）を尊敬していたことにもよる。ガンディーとランキンは二人とも、簡素化された生活を求めており、その点でも、ボストン郊外ウォールデン・ポンドの岸辺に建てた十平方メートルほどの小屋で、極限まで質素な生活をしたソローにつながっていた。トルストイも、ソローとソローに関係の深いエマーソンや超絶主義《トランスセンデンタリズム》の人たちに関心をもっていた。ランキンとトルストイの間に直接の関係はないし、ランキンはトルストイのことをよく知らなかったようだが、こうしたさまざまな点で、二人は見えない糸で結ばれていた。

iv ベトナム戦争

ランキンは四三年、六十三歳で議員をやめてから、目立った活動をしていなかったが、六五年ベトナム戦争がはじまった時、反戦活動をはじめ、とくに六八年一月十五日、女性による平和大行進の先頭に立って、またしても世界の視聴を集めた。その時かの女はもう八十七歳になっていた。七三年に亡くなる五年前のことである。

この行進の最前列を進む女性たちのなかにコレッタ・キングがいた。ガンディーとランキンにならって、非暴力・不服従の方法で黒人解放運動を指導し、大きな成果をあげた牧師マーチン・ルーサー・キング・ジュニアはコレッタ・キングの夫だった。コレッタは夫を支え助け、「献身的な私の妻はどんな困難な時にも常に私の憩いの源だった」と、夫に感謝されるすばらしい伴侶だった。しかし、自らもベトナム反戦運動を展開していたキング牧師は、ランキンや自分の妻が先導した平和行進の直後、六八年四月に白人男性の凶弾に倒れ、亡くなった。

Ⅲ　マーチン・ルーサー・キング・ジュニア

ⅰ　トルストイ、ガンディー、キング

マーチン・ルーサー・キング・ジュニアが徹底した非暴力主義者であり、非暴力・不服従の方法で、アメリカ合衆国の黒人差別に闘いを挑み、勝利を勝ちとったことは、アメリカ合衆国の歴史のなかで、とくに注目を惹《ひ》くページの一つである。その非暴力主義の源泉の第一はキリストの教えであり、第二はガンディーの実践活動だった。トルストイのことをキングはほとんど知らなかった。自伝のなかで、かれは「ガンディーは個人と、強力で影響の強い社会力の間の、単純な相互作用の上に、キリストの愛の道徳を掲げた歴史上おそらく最初の人だった」と書き、ベンサムやミルの功利主義、マルクス・レーニンの革命手段、ホッブズの社会契約理論、ルソーの「自然に帰れ」、ニーチェの超人思想のなかに見つけることのできなかった社会改革の方法を、自分はガンディーの愛と非暴力の哲学のなかに見いだした、と述べている。

言うまでもなく、個人と社会の力の関係の上に、愛と非暴力をかかげたのは、ガンディーよりトルストイが先だった。さらに言えば、四七〇ページで書いたように、トルストイの前にもたくさん非暴力主義を唱えた人たちがいた。しかし、それは重要なことではない。重要なのは、キングがガンディーを精神的な師とすることで、無意識にトルストイや無名だったたくさんの非暴力主義の先駆者たちに結びつ

いていたことである。非暴力の思いは「キリスト――トルストイ――ガンディー――キング」といった単線的なラインでつながっているのではない。実は、いつの時代でも、どの地域にも、多くの人の胸に存在したものなのだ。このような場合、直接の影響関係ももちろん重要だが、直接の影響関係のない人々の、目に見えない結びつきもそれに劣らず重要である。

ii　ニーバーとの違い

キングはガンディーの思想に関心をもったのとほとんど同時に、アメリカのアルファ・シグマ・ファイ会の牧師ラインホールド・ニーバー（一八九二～一九七二）の社会・政治的思想と活動にも関心をもち、その著作を読んだ。しかし、キングは結局ニーバーではなく、ガンディーを選びとった。これを急進的なニーバーより、受動的なガンディーを選んだと解釈する人もあるかもしれない。しかし、後のかれ自身の行動が示すように、キングはニーバーを乗り越えて、その先にすすんだのである。「ニーバーの祈り」と呼ばれる有名な言葉がある（「平静の祈りの源泉」、一九九二年、著者訳）。

神よ、
変えることのできないものについて、
それを受けいれるだけの平静さを与えたまえ。
変えることのできるものについては、

それを変えるだけの勇気をわれらに与えたまえ。
そして、その違いを識別する知恵を与えたまえ

この「ニーバーの祈り」を私が勝手に「キングの祈り」として書きかえるとすれば、こうなる。

神よ、
変えるべきものについて、
それを変えるだけの勇気をわれらに与えたまえ。
人の造りしもので、変えることのできないものはないことを、
認識する冷徹さを与えたまえ。
そして、その違いを錯誤しない知恵を与えたまえ

ニーバーは要約すれば、次のような主張もしていた。「暴力は本質的に悪、非暴力は善であるという信念は誤っている。集団間に調和と正義とを達成するためには、個人関係では不必要なある程度の強制を必要とする。個人的関係でなく集団的相互関係では、暴力的強制と非暴力的強制とに、絶対的区別の一線を引くことはできない。個人的関係の倫理を集団的関係の場に無批判的にもちこむことは不可能である」

これはあらゆる力を奪われ、社会的にも個人的にも差別されているアフリカ系アメリカ人には承服で

きない考えだった。キング自身の場合も、バスのなかで何度も白人に「ニグロはこのバスから降りろ」と個人的に侮辱されたことで、社会的な差別反対闘争に向かい、何の力ももたないキングとその仲間たちはキリストの「愛」という個人的倫理を基礎にして、社会的暴力と闘う道を選んだのである。

この信念と方法で、キングはバス降車拒否で逮捕されたローザ・パークス事件をきっかけに立ち上がり、五五年十二月モントゴメリー・バス・ボイコット運動で勝利し、バス車内人種分離法を違憲とする判決を勝ちとった。さらに、六三年八月、キングの名演説「私には夢がある（I have a dream.）」で有名なワシントン大行進の結果、翌六四年七月に公民権法制定というかがやかしい勝利をおさめた。これによって、建国以来二百年近く、リンカーンの奴隷解放宣言後も百年以上つづいていたアメリカ合衆国の人種差別が、少なくとも法律的には、終わりを告げた。

世間から冷笑され、孤立させられていた非暴力主義が、トルストイの場合には国家権力に恐れられるほどになり、ガンディーの場合は権力に譲歩させるほどの力になり、キングの場合はどんな暴力にも勝る強力なものにまでになったのである。

iii マルコム・Xとの異同

当時キングと並んで黒人解放運動の指導者として、マルコム・Xが精力的に活動していた。恵まれた環境で育ち、大学教育を受け、名門ボストン大学で博士号までとったキングに引き換え、マルコム・Xは不幸な環境で育ち、学歴もなく、犯罪者の群れにいた。Xというのは変な苗字だが、当時の下層のアフリカ系アメリカ人には姓がなかったので、Xと称することにしたのだ。二人は解放の熱意で共通し、年齢もほぼ同じで、しかも、マルコムは六五年に暗殺され、キングもその三年後にやはり暗殺された。二人はたがいに理解し合っていたが、キングはマルコムの過激な暴力行使を、マルコムはキングの穏健な非暴力主義を認めなかった。二人は一度顔を合わせただけで、口をきく機会はなかったが、マルコムはキング夫人コレッタに「非暴力主義者たちともっと協力したいのだ」と語ったという。

当時、黒人の間でも、キングより、力で対抗しようとするマルコムに期待する者が多かった。キングの方法では現実の闘いに勝てないと危惧する者が少なくなかったのだ。キング自身演説のなかで、やがて黒人も白人も、ユダヤ人も非ユダヤ人も、プロテスタントもカトリックもともに手を取り合って、黒人霊歌「ついに自由だ、ついに自由だ。全能の神様、ありがとう。私たちはついに自由です」を歌う日が来るだろうと、熱っぽく語ったが、それを具体的なマニフェストとはせず、「私には夢がある」と表現していた。

しかし、二十一世紀の今、それはもう夢ではない。キングは夢をいだいたまま六八年に暗殺されてしまったが、今やアフリカ系アメリカ人はもう夢からさめて、意識的な現《うつつ》のなかにいる。キングは自分の死後これほど早く、アメリカに黒い肌の国務長官や、さらには大統領までが現れるとは予想していなかっただろう。是非の議論はともかく、現実の結果は、非暴力・不服従の方法が非現実的な空論でも、無責任な幻想でもなく、悪や暴力と闘うもっとも有効で現実的な手段であることを実証した。その意味では、世界は予想を超えて早く変化しているのである。

2 トルストイと日本

「トルストイと日本」については、柳田泉、木村毅などからはじまって、現在も活躍中の法橋和彦、柳富子、阿部軍治にいたるまで、数々のすぐれた著書、論考があり、日本のキリスト教徒、仏教徒、社会主義者、無政府主義者、「白樺派」をはじめとする文学者とトルストイの関係が研究されている。

ここで、比較文化、比較文学の門外漢である私がとりあげるのは、私が個人的なかかわりをもち、身近に感じている人々にかぎられる。

Ⅰ 水野葉舟

i 人気作家

水野葉舟といっても、今では知る人は少ない。しかし、一九〇六年（明治三十九年）に詩文集『アララギ』を出して注目を集め、それから十年ほどは有名で多作の人気作家だった。かれの作品のうち、読者にもっとも好まれたのは短編小説で、葉舟のおかげで、一つの独立したジャンルとまではいかないにしても、「小品」という一つのカテゴリーが認められるようになった、とさえ言われている。

吉田精一は大著『自然主義の研究』下巻（東京堂、一九五八年）で、「水野葉舟は、自然主義作家中最も印象主義的な作風を堅持し、とくべつな位置を占めた。彼は青年ことに女性に絶大な人気があったが、又それだけの魅力のある筆致をもち、ある種の気分描写に他の模し得ない長所を持っていた」とその価値をみとめている。だが、「骨格と肉づけを欠いた作風が、早く忘れられたのは是非もない」ときびしい評価もしている。

確かに、デビューから七、八年は短編ばかりでなく、中編小説、詩を書き、評論や小説作法、文章読本のたぐいまで書き、その著作は読者に歓迎されたらしい。年齢としては二十代半ばから三十代半ばまでのことである。だが、これといった確かなものがなかったせいか、次第に読まれなくなり、忘れられてしまった。

ii　生い立ち

水野葉舟（本名盈《みつ》太郎）は一八八三年（明治十六年）東京に生まれた。父勝興は農商務省官吏で、上司の商務局長高橋新吉が新設の九州鉄道会社社長となり、さらに日本勧業銀行総裁となるに従って、農商務省から九州鉄道へ、さらにそこから勧業銀行に転職し、勧銀の重役にまでのぼりつめた。明治維新後の士族の忠勤精励、立身出世のお手本のような父親だったらしく、長男の盈太郎にも同じような生き方を求めた。しかし、息子は明治の日本を発展させた中層知識人の自己抑圧の人生を拒否し、学校は父の指示どおり、東京専門学校（現早稲田大学）の政治経済科に入ったものの、卒業後は父にそむいて「文士」になる決意をし、しかも、父の望まない結婚をして、父子は義絶状態になった。

iii トルストイへの関心

幸い葉舟、つまり盈太郎は作家として成功したが、自分自身浅薄な自分の文学創作に満足できず、作中の主人公にたえず、「こんな生き方でいいのか」とつぶやかせていた。学生時代に植村正久に傾倒してキリスト教の洗礼を受けていたが、当時の日本全体の風潮と親友高村光太郎の影響などもあって、トルストイにも関心をもった。一九一五年（大正四年）妻智恵子（奇しくも『智恵子抄』を書いた親友高村光太郎の妻と同名だった）が難産で急逝したことや、自分の人気が衰えたこともあって、当時まだ東京の郊外だった平塚村下蛇窪（現品川区）に転居し、畑作りなどをはじめた。

この時期は、五三六〜五三七ページで書いたように、一九一四年の『復活』初演、一六年の雑誌『トルストイ研究』の発行、一七年の武者小路実篤による「新しき村」の創設などと、ほぼ同じころである。葉舟は何ごとも深く突きつめるタイプの人ではなく、創作活動もトルストイと異質であり、トルストイの作品をたくさん読んでいたわけでもなく、徳冨蘆花や武者小路実篤のように、トルストイの思想にのめりこんだわけでもない。しかし、その葉舟でさえ、自分なりにトルストイに惹かれ、その理念を実践しようとした。

iv 葉舟の「トルストイ教育」

畑作りまでならよかったのだが、葉舟はなぜかトルストイが学校教育を否定したと勘違いし、長女の實子《みつこ》を小学四年生で退学させ、自宅で自分が教育することにした。トルストイは強制教育、詰めこみ教育を否定したが、学校教育を否定したわけではない。自分自身自宅に学校を創って教育事業をしたし、近隣に二十もの学校を開いた。かれが否定したのは、むしろ貴族的で閉鎖的な家庭教育だった。もちろん、葉舟一人の教育は長つづきせず、人にたのむようになった。私が何度かお会いした實子夫人は教養豊かな品格ある女性だったが、それはほとんどご自身の努力による独学の賜物《たまもの》だったようだ。それに、實子は母亡き後の家事、父がさぼりがちな畑仕事などを、文字どおりの細腕でこなした。父の親友の光太郎もびっくりするような働きぶりだった。光太郎にともなわれて水野家を訪れるようになった詩人尾崎喜八がその姿に感動し、「カッテージ・メイド」というすばらしい詩を實子にささげた。

お父さまは町へおいでか、
弟妹たちは学校か、
カテージ・メイド。
お前はいつでも台所や裏庭や畠で仕事、
まるでシンデレラのように
いつも一人でせっせと働く、
カテージ・メイド。
それでも愚痴をこぼさずに
心から明るく楽しそうに、

ほほえんだり夢みたり、
いろいろと毎日の事を工夫したり、
ときたま亡くなったお母さまの事も考えるが
それを思えばなおさら善くなろうという気になって、
暗い心を取り直し、
夢と一緒に実際にあたり、
掃いたり、縫ったり、洗ったり、
種を播いたり、虫をとったり、
お前の世界のよく働く女王様になって、
無くてならない大切な人になって、
座敷でも、台所でも、
裏庭でも、花壇でも、畠でも、
いたるところにお前の顔を輝かせ、
お前の頬をほてらせながら、
やっぱり抑えがたい十七の夢がいっぱいだ。
（中略）
だが、少しはお休み、
お前の額の汗をお拭き。

そうして
歌え、歌え、
裏庭の井戸端で、菩提樹の涼しい蔭で、
腰に手をあて、胸を張って、
露ほどの曇りもないお前の十七の夢を歌え。
（『尾崎喜八詩文集1』創文社、一九五九年）

葉舟、光太郎も、さらには喜八も、意外に心の芯にトルストイのイメージをはめこんでいたが、実際にだれよりもトルストイの理念を実践していたのは、少女の實子だったようだ。このあたりのことは重本恵津子著『夏の最後の薔薇』（レイラン、二〇〇四年）にくわしく書かれている。

v　自然な生活へ

それから二年、二四年三月に實子は水野家を去って、尾崎夫人となった。娘に去られたというより、別の男に奪われて、葉舟はこれまでの甘さを捨てた。娘の結婚より早くその年の二月に、下総（千葉県）印旛郡遠山村駒井野（現成田市）に小屋を建て、もはやだれにたよることもなく、自分で鋤鍬をもって本格的に自然な農耕生活をはじめた。うつり住んだ時は二月で寒く、環境も整っていなかったので、相当苦労したらしく、こんな歌を詠んでいる。

ぬれそぼちて家畜も人も魂がわびしさに泣くあら野の雨の日

しかし、それを気力で克服していったようだ。

野晒しのこのたましひをすき透《とお》らせ宵ふかぶかと空が光れり

二年ほどして、両親の介護のため東京に戻り、二年足らず都会の生活をしたが、江戸っ子の葉舟が東京より、田園生活を尊ぶようになっていた。

東京をぬけいでかしこ下総の牧にいかんとこひするごとし

東京はわれ安らかに住みはつる処にあらじと思ひ定め居り

都の子の華奢風流になれんより清よ野らの土にまみれよ

両親を看取って、ふたたび下総にもどってから四七年に亡くなるまで、そこで約二十年農耕生活をつづけた。経済的にも肉体的にも苦しい生活だったし、かつての人気作家も世間から忘れられてしまった。

村に来て住み古りにけり古沼の底にしづめる石となれり我

しかし、そのおかげで、戦火のなかでも他の作家・詩人のように自らをあざむいたり、時流におもねたりする必要もなく、自分に従って生きた。四〇年（昭和十五年）かれはすぐ前で挙げたような下総での生活をうたった歌を集めた『滴瀝《てきれき》』（草木屋出版部）を世に出した。二十年の成果にしては、三百首足らずのささやかな歌集で、まさに「滴瀝」（滴《しずく》がぽつぽつとしたたる、という意味）だった。

昭和十五年といえば、日本を代表する錚々たる歌人が歌や詩と認められないどころか、戦意高揚のスローガンにさえならない、惨憺《さんたん》たる字句を綴っていた時だった。

あますなき戦車爆弾を軍言ひて凪潰しに撃ちに撃ちけり　　北原白秋

海ゆかば水づくかばねとことほぎて太平洋は砲ぞとどろく　　斎藤茂吉

敵陣地つぎつぎに占拠し捕虜も鹵獲品《ろかくひん》もかぞふる遑《ひま》なし　　土岐善麿

しかし、『滴瀝』には戦争の影が見えるのはたった一首、それも戦地から帰って来た田中実という兵士にささげた次のような静かな歌だった。

実すでに戦の地より帰り霜おく麦を黙々と踏む

葉舟は戦乱の社会から隔絶していながら、自分の世界に閉じこもって農作業をしていただけでなく、近くの農民たちと交わり、文学や詩について語り、農民たちに敬愛された。

實子も實子の夫尾崎喜八も葉舟が再婚、再々婚したこともあって、かれとまったく付き合っていなかったが、喜八は戦時中信州富士見に疎開し、土に親しみ、その地の人々と親しく交わって、尊敬され、慕われた。これはトルストイの影響ではなく、喜八本来の自然を愛する心から生まれたものだろう。しかし、實子を介して姻戚となった葉舟と喜八の二人が、おたがいに反《そ》りが合わなかったのに、どこか似通った晩年をすごしたのは、しかも、それがどこかトルストイと通い合っているのは興味深い。

成田市三里塚公園にある水野葉舟の歌碑

葉舟は戦後まもなく四七年に六十四歳で、下総の地に骨をうずめた。その十周忌に成田市三里塚公園に、『滴瀝』の冒頭の一首を刻んだ葉舟の歌碑が建てられた。

我はもよ野にみそぎすとしもふさのあら牧に来て土を耕す

有名人のトルストイ主義者もよい。目立ちたがりのトルストイ主義者もあながち悪くないだろう。しかし、水野葉舟のような知られざるトルストイ主義者、あるいはトルストイ主義者とは呼ばれないが、トルストイの精神に近かった人がかなり多くいたことも貴重な事実である。

Ⅱ 本多秋五

i 本多秋五の原点

本多秋五は私の独断と偏見かもしれないが、日本の文芸評論家、あるいはいわゆる「物書き」のなかで、もっとも誠実な職業人だったばかりでなく、もっともりっぱな人間だった。私は本多に何回か直接会う機会があり、ご子息とも親しく接して、それを確信した。

かれの主な仕事はほとんど第二次世界大戦後に生み出されたが、そのすぐれた仕事の原点は、戦争中に書かれた『「戦争と平和」論』だった。もしこれが日本語でなく英語か、あるいはフランス語、ドイツ語、せめてロシア語で書かれていたら、全世界で広く読まれていたに違いない。

本多がこの『「戦争と平和」論』を書こうと思い立ったのは一九三七年（昭和十二年）、出版されたのは四七年（鎌倉文庫、昭和二十二年。一九七〇年に冬樹社から再版。本多秋五全集第二巻。一九九四年、菁柿堂にも収録されている）、つまり、この一冊の本の制作には十年の歳月がついやされたが、それは日本に戦争の業火が燃え上がり、すべてが灰塵《かいじん》に帰するまでの十年だった。

ii　戦争と本多の世代

本多は一九〇八年（明治四十一年）の生まれだから、かれが『「戦争と平和」論』を書いたのは二十九歳から三十九歳まで、単純化して言えば、三十代の十年だった。この少し年上、四十～五十代の人たちはすでに社会のなかで一定の位置を占めており、戦争が起こっても、その状況のなかで自分の役割をはたさなければならなかった。実生活の次元で言えば、戦争が起これば戦争に協力する以外なかったのである。本多より少し若い人々はいわゆる「わだつみ」世代であり、戦死者のもっとも多い年頃だった。かれらは社会の変動に逆行する実力がないばかりか、その変動の意味を自分の頭で分析判断する力も弱かった。本多の世代の、しかもかれのように強靭な精神の持ち主だけが、苛烈な時代に真っ向から対峙することができたのである。

iii　死と現実

この時期の最大のキーワードは「死」であり、現実は死に充満していた。本多自身この著書を書く決心をした理由をこう述べている。「いずれ自分は兵隊にとられるだろう。とられないまでも、戦死同様の死に方をする確率がすこぶる大きい。死んだ後には、せめて子供と原稿だけは残っていてほしい、と思ってタイプに打たせたのであった」(引用は「本多秋五全集」による)。

現実が死と破滅に充満しているのだから、その現実を容認すれば、そのなかに生きている自分の死を容認することになる。だが、現実を否定すれば、それは自分の生を不可能にすることであり、やはり死につながる。つまり、現実を肯定しようと、否定しようと、その先は破滅、死である。当時の人々は前後から死に挟撃されて、絶体絶命のなかにいた。

vi 本多とトルストイ

『戦争と平和』を書いた時のトルストイの状況は、あまり深く追究されないのが普通だが、実は、本多と同じように前後から破滅に挟撃され、絶体絶命のなかにいた。すでに述べたように、農奴制廃止はトルストイの属する貴族地主階級を消滅させるものであり、その行く先は闇でしかなかった。この否定的な現実を観念ではなく、現実生活の次元で解決するために、トルストイは考え、迷い、試み、失敗した末、ついに農民の教育にたどり着き、その実践をはじめた。だが、それはたちまち、国家権力によって踏みつぶされ、トルストイは最後のたのみとしてすがった綱を切られてしまった。並みの人間ならこれは救いのない究極的な挫折である。

だが、トルストイは引き下がらなかった。結婚して、根源的な生の基盤を構築し、ふたたび文学にもどって、『戦争と平和』を書きはじめた。それは過去の栄光の歴史を、テレビドラマのように映し絵として、読者に提供するためではない。きびしい現実のなかで生命を燃焼させ、それを生きようとする肯定的な意志につなげた人々を、文学的リアリティーとして認識・表現し、それを自らの生きようとする肯定的な意志につなげようとしたのである。それについて、本多は次のように言っている。

「この小説の主題は、いかに生くべきか？　の探究である。より正確に言えば、いかに生くべきか？の探究が、いかに現実を肯定すべきか？　に展開されるところに、この小説がある。『戦争と平和』は、人間の絶対探究の縮図であるというだけでは足りないのである。『戦争と平和』は、トルストイの、いかに生くべきか？ 現実をいかに肯定すべきか？ の設問であり、その解答であるというべきである」

v 『「戦争と平和」論』の方法

本多は『戦争と平和』のこの本質を見抜き、トルストイが生活の細部をくまなく精査したように、『戦争と平和』のなかにあるものすべてを、一つの細部もゆるがせにせず精査した。本多の『戦争と平和』には作品の思想的意義の追究や構造分析はない。作品に書かれていることの精密な確認作業なのである。人間は圧倒的な現実の必然的な力から逃れることはできない。ただ、その力に締めつけられながら、必死に根源的な生を燃焼させることで、その力に対抗し、かろうじて生還することができる。トルストイは教育事業を壊滅させられて、現実に生きる場を奪われた。しかし、作家として、生きようとする意志をこめた眼で、作中人物の命の燃焼を認識し、表現し、それによって自分の生命を燃焼させ、死から脱出しようとした。

本多が生きていた一九三〇～四〇年代の日本の現実はさらにきびしかった。眼前の現実は必然的な死に充満していた。過去に眼を向けても、トルストイにとってのナポレオン戦争のような命のかがやきは、日本の歴史には見当たらなかった。たとえば、明治維新や日露戦争を当時の本多が思い起こしたところで、それは生へつながるどころか、眼前の死の必然を補強するものでしかなかっただろう。その時、本多はトルストイの『戦争と平和』に行き当たった。そして、トルストイが作中人物の生の燃焼を見て、自らの生を救ったのと同じように、本多は作中人物の生の燃焼を見て自らの生を燃焼させたトルストイを見、それによって自らの生を救った。焼夷弾の降りそそぐなか、公務員の職までなげうち、かれ自身の言葉によれば、「明けても暮れてもトルストイ」という生活をし、黙々とこの本を書くことで、本多は生を燃焼させ、死地から生還した。

vi 本多の発見

この作業を通じて、本多は作品を克明に読みこんでいない学者たちの安易な定義とは違って、『戦争と平和』が首尾一貫した構成をもっていない作品であることを確認し、指摘した。かれはこう述べている。「『戦争と平和』には二つの山がある。第一部〔前半の意味〕はより多く『見る眼』の世界であり第二部〔後半〕はより多く『生きんとする意志』の世界である」。『戦争と平和』の二面性や複合性を論じた人はいるが、これほど鋭く、しかも作品の本質に結びつけて、その二重性を明らかにした人はいない。

本多はさらに歴史的大河小説の「構成的世界が崩壊する時、作者の個人的傾向はむき出しになる。形象と観念の波間に主題が浮沈する時、作者はもっとも水面近く浮いている」と言い、「『戦争と平和』は『現実をいかにして肯定すべきか?』の線に沿って展開され、とにもかくにも、それの解決にいたって完結している。執筆当初からの作者の意図もまた、結局はそこにあったのである。だからこそ、作者はそういうものとしてできあがった作品を、自己の意図の完全なる実現とみなしたのである」と言った。

芸術が現実の影だとすれば、ひたすら『戦争と平和』に没頭していた時期の本多秋五は、影の影のなかで生きた男と、今の平和な世界の人々は笑うかもしれない。しかし、この時の「仕事＝生命の燃焼」を通じて、かれは対象をどのように見るべきか、それをいかに自分の生とするべきかをつかみとった。それはこの仕事を基点として展開された戦後の本多の強靭で、信念に満ち、深く広い業績が何よりも雄弁に証明している（引用は『本多秋五全集』第二巻、菁柿堂、一九九四年による）。

トルストイを尊敬する人は世に多い。しかし、言論と行為でトルストイの核心にせまった本多秋五のような人はまれである。

Ⅲ　人見家の人々

i　トルストイの教育原理

十九世紀末から二十世紀にかけて、とくに一九一〇～二〇年代、日本に自由教育、人間教育、児童中心教育の波が高まり、その理念に従っていくつかの学校が創立された。そのなかで、昭和女子大学（それに付属する短大、高校、中学校、小学校、幼稚園をふくめて）は独特な位置を占めており、特別な意義をもっている。その第一点は、自由・人間教育の理念で建てられた日本の学校の多くがアメリカ、西欧、北欧の影響を受けていたのに対し、昭和女子大学はロシアのトルストイの教育思想を基盤として創立され、そのことを明確に宣言している点である。第二点は、多くの自由・人間教育の学校が一九三〇年代以降の軍国主義と戦後の競争原理のなかで消滅したり、学校の基本方針を転換したりしたのに対して、昭和女子大学は今もトルストイ教育の理念と教育方法を堅持し、実践していることである。

ii　建学の精神とその実現

その建学の精神について、昭和女子大学のホームページに次のように創立者の言葉がかかげられている。学校当局の許可を得て、それを引用させてもらおう（かっこなどの用法は本書の原則に従って変えさせていただいた）。

「昭和女子大学の歴史は、斬新華麗な詩風をもって知られた詩人人見圓吉が、トルストイの理想とする《愛と理解と調和》に教育の理想を見出し、緑夫人とともに女子教育の道を歩みはじめたことからはじまります。

一九一八年（大正七年）に終結した第一次世界大戦。この怒濤のように荒れ狂う世の中で新しい平和な社会を築くには、自己の進路を見失わない女性、すすんで世のため人のために自己の力を役立てようとする女性の力が必要だという情熱と信念が、昭和女子大学の門扉を開きました。

《第一次世界大戦に勝って、英米仏露と共に世界の五大強国となり、国の力、国の富、国の文化も著しく向上したが、この裏面には悲しむべく、恐るべき不幸が潜在していた。それは利己主義と愛他主義、個人主義と全体主義、国家主義と無政府主義、資本主義と共産主義の思想が対立して、人と人はいたわる事も愛される事も知らず、自分の主義主張を唱えて一歩も譲らず、人と人は争い、国家と国家は戦って安んずるところがなかった。このとき家内がしきりにすすめたのが、トルストイの学校である。彼は軍職を退いてヤスナヤ・ポリヤナに塾のような形式の学校を建て、午前中に学科を授けて午後は近隣に病める者、傷ける者、貧しき者、老いたる者など、つまり他の愛なくしては生活ができない者の家を訪ねて、食を与え、衣を与え、看病し、掃除し、洗濯するなど養護に当たった。人々はこれをよろこび感謝したと言う。こんな学校があって、愛と理解と協調を旨とするならば、どんなに楽しい事であろう（創立者の述懐・学園の半世紀より）》

女子教育への高い理想を抱く人々と人間性の充実と向上を希求する若い女性とが集い、『文化懇談会』と称する勉強会がはじまりました。そこでは、教育問題、婦人問題、一般文化等について、お互いが日頃抱く考えを語り合い、疑問とするところを論じ合いました。中心メンバーは人見圓吉・緑夫人、松本赳、加治いつ、坂本由五郎の五人で、当初は二十数人の小さな会合でしたが、例会を重ねるごとに伝え聞いて参加する者は増えていきました。

そして、大正九年九月。まだ女性の高等教育や社会進出を拒み続けていた時流の中で、人見圓吉は師弟が生活をともにして学んだトルストイの学校にならい、《愛と理解と調和を旨とする新しい女性を育む学校を設立したい》と、五人の同志とともに私塾『日本女子高等学院』を創設しました。

戦争で傷つき、暗雲におおわれた世界を救い、新しい時代を切り拓くには、ぜひとも女性の力で文化を創造していかなければならない。《愛と理解と調和》を旨とする女性の力で、新たな世界を築かねばならないという情熱がつくりあげた学校。それが、昭和女子大学の前身です。

この精神は、創立当初に記された《開講の詞（かいこうのことば）》に高らかに謳いあげられています。

《夜が明けようとしている。五年と云うながい間、世界の空は陰惨な雲に掩《おお》われて、人々は暗い檻《おり》の中に押し込められて、身動きも出来なかった。けれど、今や、一道の光明が空の彼方から仄《ほの》めき出して、新しい文化の夜が明けようとしている。人々は檻の中から這い出し、閉じ込められた心を押し開いて、文化の素晴らしい光を迎えようとしている。

夜が明けようとしている。海の彼方の空にも、わが邦《くに》の上にも、新しい思想の光が、ながい間漂うていたくろ雲を押し破って、眩しいばかり輝き出そうとしている。それを迎えて叫ぶ人々の声をきけ。霊《たましい》の底まで鳴りひびく声を、力強いその叫びをきけ。既に目ざめた人々は、文化の朝を迎える可《べ》く、身にも心にも、仕度《したく》が十分調っている。

夜が明けようとしている。われ等の友よ。その愛らしき眼《まなこ》をとじたまま、逸楽の夢をむさぼる時はもう既に去った。われ等は、まさに来る文化の朝を迎えるために、身仕度をとり急がねばならぬ。正しき道に歩み出すために、糧《かて》を十分にとらねばならぬ。そして、目ざめたる婦人として、正しき婦人として、思慮ある力強き婦人として、文化の道を歩み出すべく、互いに研《みが》き合わなければならない時が来たのである。

大正九年九月十日　日本女子高等学院》

この《開講の詞》の録音が今も残っているが、圓吉のやさしくて張りのある声に、理想を謳う明澄さと、実践を誓う気迫がみなぎっている。現代の人にとっては、あまりにもロマンチックな感じに聞こえるかもしれないが、このような大正ロマンがなければ、トルストイ学校を日本で開くことは不可能だっただろう。

しかし、昭和女子大学のすすむ道は平坦ではなかった。そのありさまについて、やはり昭和女子大学のホームページから引用しよう。

「当初は、現在の文京区にあった小石川幼稚園を間借りした教室でした。しかし、次第に集う人々が増えて教室が手狭になり東中野に仮移転し、大正十五年には中野区上高田に新校舎を建設しました。このようにして、昭和女子大学の基礎は築かれていきました。

しかし、第二次世界大戦の空襲を受け、ただひとつの寮を残して校舎全てを消失し、その四か月後に終戦を迎えました。敗戦により国民の意気は沈滞してしまいました。

《昭和二十年八月十五日、まさに有史以来の悲痛な日であった。ガダルカナル島以来やがて来たるべき運命であると、予め覚悟はしていたものの、突如としてしかも厳粛な事実となっては如何とも致し難かった。あたかも信頼しきっている乗船が太平洋のただ中で沈没を宣言されたと同じで、どの方向にどうしたらよいかなす術を知らなかったのである。しかも三千に余る学生の眼が射るように見詰めている。四月十三日と五月二十五日の二回に二千百五十坪の学校施設を消失して、ただ一つ最も古く最も小さい寮が残ったのみで、その大畳の一室に起居していた時であった。国既に敗れて何の学問ぞ、何の教育ぞ。

理解してくれ、迎えてくれる人があってこその学問であり、教育ではないか。今日を限り八千万国民は全部奴隷だ。奴隷に必要なのは労力だけだ。むしろ学問や教育は無用の長物であると考えて、絶望の淵に陥った。五日目の朝、苦悶に苦悶を重ねて悄然と丘の上の校舎の焼け跡に立っていると、見るかげもなく焼け失せた大都の空はるか東端から、いつものように太陽がもくもく昇りはじめて新鮮な光を放ってあたりが生き生きして来た。その時、《そうだ、学問はまさにこの太陽である。どんな人にも、所にも、太陽が必要のように、学問は敗戦国民にも必要だ。それを伝えるのが教育だ、やろう、やらねばならぬ》とその瞬間、総身に力が湧き上がってぴちぴちとした元気が出た。青年のように希望がかがやいた。その日から夜に日を継ぎ、精進に精進を重ねて、ぐいぐいとまっしぐらに進んで来た――こういう意味に於て八月十五日は、本校にとってまさに起死回生の記念すべき日であった。国家と共に新生の記念日であった》。

このように、いかなる困難に陥っても自ら道を切り拓いて前進し、一歩一歩向上発展を重ねた経験が、現在の昭和女子大学の特性をかたちづくり、学生の気風となっています。

また、《開講の詞》に掲げられた意味を《世の光となろう》ということばに集約し、建学の精神をいまに引き継いでいます》」

このホームページの言葉に、さらに二、三私の言葉をつけ加えよう。

戦後すぐに現在学校のある世田谷区三宿（現太子堂）に新校舎を建てて復興したが、十年後近隣の大火で校舎の三分の一を失った。六〇年代はじめ日本の大学が暴力の渦にのみこまれたとき、昭和女子大学を標的とする悪質な中傷もあったが、学校の方針は微動だにしなかった。

緑は六一年、圓吉は七四年に亡くなったが、圓吉の後を継いで理事長となった長男の楠郎は教育者、思想家として傑出していたばかりでなく、経営の才にも秀でた非凡な人物で、昭和女子大学を今日の隆盛にみちびいた。それは現代日本の競争原理、欲望追求の風潮に便乗したからではない。楠郎の時代になって、創立以来の校是である「愛と理解と調和」のトルストイ教育の基盤はいっそう強化された。かれは直接ロシアに赴いて、トルストイ教育の現場を視察し、その指導者たちと交流した。これはかつて日本の教育界に例のないことだった。

楠郎はさらに九六年十二月、教育の枠を超えて、原卓也（故人。元東京外国語大学学長）、藤本和貴夫（現大阪法科経済大学学長）、法橋和彦（現大阪外国語大学名誉教授）、柳富子（現早稲田大学名誉教授）、阿部軍治（現筑波大学名誉教授）など、全国百三十人の有志を糾合して、日本トルストイ協会を発足させた。この協会のセンターは昭和女子大学にあり、日本のトルストイ研究、トルストイの著作の普及、トルストイ精神による教育の拡大に大きな役割をはたしている。

楠郎の巨大な業績は昭和女子大学の出版物で知ることができるが、かれはトルストイの生地ヤースナヤ・ポリャーナでトルストイ教育研究の最中に倒れ、二〇〇〇年人見記念講堂で挙行された昭和女子大学創立八十周年、トルストイ死後九十周年記念式典に、病院から車椅子で参加したのを最後に、活動に明け暮れたその生涯を閉じた。それは殉職というより、むしろ戦死というべき壮烈な最期だった。

楠郎の死後も昭和女子大学の方針と実践に変わりはない。圓吉、楠郎が教育の核心と信じていた「愛と理解と調和」の内面世界の確立、自分の身体によるその理念の実践は、今も昭和女子大学で継承され、日々の教育現場で実行されている。

三代目理事長となった楠郎の長女楷子《のりこ》は祖父、父の精神的な後継者でもあり、東京の本校、ボストンの分校、ロシア、ウィーンなどを往復し、国際的な活躍をしながら、昭和女子大学の光明《トーチ》を継承している。現学長の坂東眞理子はまさに昭和女子大学にふさわしい著書『女性の品格』（PHP研究所）で日本全国の注目を集めた。卒業生として初めて副学長の要職についた金子朝子など、昭和女子大学の教職員のなかにはトルストイ教育の実践、普及につくしている人材が多数いる。

キャンパス中央にあるコンサート・ホールとして名高い人見記念講堂の左手前に、等身大のトルストイの銅像が立っている。私は昭和女子大学を訪れるたびに、この銅像に一礼する。それと同時に、講堂の右手前にある黒い大きな石にも一礼するのを忘れない。それは銅像の建立を遠慮した謙虚な創立者たちにささげられ、「校訓の巌《いわお》」と名づけられた石で、圓吉、緑、楠郎がこの学園の

昭和女子大学のキャンパスにある「校訓の巌」。右手の建物が人見記念講堂。奥にトルストイ像が見える

礎石《いしずえ》であることを象徴している。経営のテクニックと社会の風潮への適合を重視しすぎる大学が多い現代にあって、教育の根本は教える者と学ぶ者の心のつながりであることを、この石が語りつづけているように、私には思えるからである。

出典のない掲載写真はすべて二〇〇八年に著者が撮影したものである。

トルストイ略年譜

西暦	元号	齢	事項
一八二八	文政11	0	8・28 モスクワの南約百九十キロ、ツーラ県のヤースナヤ・ポリャーナで伯爵家の四男として誕生。父ニコライ(三十四歳)、母マリア(三十七歳)。三人の兄、ニコライ（五歳）、セルゲイ（二歳）、ドミトリー（一歳）がいた。
一八三〇	天保元	2	3・2 妹マリア誕生。 8・4 母マリア熱病で（?）死去。遠縁のタチヤーナ・ヨールゴリスカヤ、ばあやのプラスコーヴィアなどの愛情に包まれて育つ。
一八三三	天保4	5	ドイツ人家庭教師リョッセルの教育を受けはじめる。
一八三七	天保8	9	1・10 トルストイ家モスクワへ移る。 6・21 父ニコライ、ツーラ市の路上で脳卒中のため急死(他殺説もある)。父の妹アレクサンドラ・オステン＝サッケン伯爵夫人が後見人となる。
一八三八	天保9	10	5・25 貴族のプライドと豪華な生活を体現していた、祖母ペラゲーヤ死去。
一八四一	天保12	13	8・30 アレクサンドラ・オステン＝サッケン伯爵夫人死去。 11月 兄妹とともに新しい後見人ペラゲーヤ・ユシコーヴァの住むカザン市へ移る。
一八四四	弘化元	16	5〜6月 カザン大学受験、不合格。 8・22 宮廷侍医アンドレイ・ベルスの次女ソフィア・アンドレーヴナ（後のトルストイ夫人）生まれる。 9・20 カザン大学に再試験で合格。東洋学部
			アラブ・トルコ語科に入学。
一八四五	弘化2	17	8月 前期試験で成績不振。法学部への転部願を出す。
一八四六	弘化3	18	1月 法学部の前期試験で成績不振。 3月 進級試験に合格。 6月 兄ニコライ、カフカスに行き軍隊に入る。
一八四七	弘化4	19	1月 前期試験でまたしても成績不振。 3月 「モンテスキューの『法の精神』とエカテリーナ二世の『訓令』の比較」というテーマでレポートを書く。 3・17 病気で短期入院。日記をつけはじめる。 4・11 遺産分割が行われ、ヤースナヤ・ポリャーナなどを相続。 4・12 「病気と家庭の事情」を理由に退学届を提出。 5・1 五年半ぶりに生まれ故郷ヤースナヤ・ポリャーナに生活の中心を移し、自己鍛錬と農村経営を試みる。しかし、数か月で挫折、迷走の生活へ。 11・3 妹マリア、遠縁のワレリアン・トルストイと結婚。
一八四八	嘉永元	20	特記することもない無内容な生活。
一八四九	嘉永2	21	このころ、トランプ賭博に熱中。借金返済に苦しむ。 4月 ペテルブルクへ移り、大学卒業資格認定試験を受験したが、中途放棄。 秋 小規模ながらも農民学校を開設。
一八五〇	嘉永3	22	夏 ヤースナヤ・ポリャーナですごし、音楽に熱中。 12・8 ジプシーの生活を素材にした小説を構想、文学の創作活動はじまる。さまざまな規則を作り、「ばくちをする時の規則」まで作成。
一八五一	嘉永4	23	1・18 『幼年時代』着想。文学の創作活動本

			格化。3月 習作「きのうのこと」執筆。4・29 休暇から軍隊にもどる兄ニコライとともに、「急に思い立って」カフカースへ行く。5月 カフカースの村スタログラトコフスカヤに到着。6月 義勇兵として初めて戦闘に参加。夏 『幼年時代』の執筆をつづけ、ローレンス・スターンの『センチメンタル・ジャーニー』の翻訳を試みる。12月 皇帝あてに入隊願を提出。
一八五二	嘉永5	24	1月 軍隊に入る。2月 正式に軍籍に入る。5月 第二作『襲撃』に着手。6～8月 ルソーを読む。7月はじめ 第一作『幼年時代』完成。四日、『同時代人』誌へ送る。同誌九月号に『私の幼年時代の物語』と改題されて発表される。10月 軍務をやめようと考える。11月 『少年時代』執筆に本格的に取りかかる。このころ、ルソーにならって神と霊魂の不滅を信じるようになる。12月 『襲撃』完成。『同時代人』誌に送る（翌年3月号に掲載）。
一八五三	嘉永6	25	1月 戦闘参加。戦争否定の気分強まる。2月 兄ニコライ軍務を退く。5月 退職願提出。6月 本隊を離れて行動したため、チェチェン人に襲われ、あやうく助かる。7・8月 再び、神と霊魂不滅を認める「信仰告白」を日記に記す。この頃ロシアとトルコの関係が緊張し、トルストイの軍務退職は不可能になる。クリミア戦争勃発し、前線部隊への転属を志願。
一八五四	安政元	26	2・2 ヤースナヤ・ポリャーナに一時帰省。親族と「最後の」別れ。3月 ドナウ方面軍に配属される。3・12 ブカレスト到着。4・27 『少年時代』を『同時代人』誌に送る（十月発表）。11・7 セヴァストーポリに到着。12月 『十二月のセヴァストーポリ』着手（翌年六月発表）。
一八五五	安政2	27	3・12 『青年時代』着手。4・5～5・15 セヴァストーポリ攻防戦の最激戦地第四堡塁へ入る。5～7月 『五月のセヴァストーポリ』執筆（八月発表）。6月 『森林伐採』執筆（九月発表）。8・28 セヴァストーポリ陥落。9～12月 『八月のセヴァストーポリ』執筆（翌年一月発表）。11月 セヴァストーポリを去り、ペテルブルクへ向かう。主にツルゲーネフ邸に宿泊し、首都の文学者たちから歓迎される。しかし、知識人の言動、ロシアの雰囲気に違和感をおぼえる。
一八五六	安政3	28	1・22 兄ドミトリー破滅的な生活の末に三十歳で死去。4・19 『二人の軽騎兵』完成。進歩（プログレス）の風潮に批判の目を向ける。5～6月 ロシア全体の農奴制廃止が決定的になり、トルストイ自身もヤースナヤ・ポリャーナの農奴に解放案を提示。農民と協議のうえ解放契約案を作成したが、結局、農民の拒否にあって、失敗。9月 『青年時代』完成（翌年一月発表）。12月 『地主の朝』完成、発表。秋～冬 結婚を夢見て隣村の地主の娘ワレーリ

			ア・アルセーニエワと文通をつづけたが、トルストイの過大な精神的要求のために不和に終わる。
一八五七	安政4	29	1・29　最初の西欧旅行に出発。 3・25　パリでギロチンによる公開死刑を見る。近代国家体制全体に対する懐疑、文明と進歩に対する強烈な不信感をいだき、翌々日パリを発つ。 6・25　スイスのルツェルンで、大道芸人を観光客が侮辱したことに憤激、それをもとに短編『ルツェルン』を十日足らずで完成、現代文明社会の非人間性を痛烈に批判。 7・20　帰国途中に、妹マリアの家庭崩壊の報を受ける。 8・8　ヤースナヤ・ポリャーナに帰る。文学、家庭、農事を自分の使命と考える。このころから十月にかけて自分の農奴の解放に一応成功する。
一八五八	安政5	30	1月　『三つの死』完成（翌年一月発表）。 3月　『アルベルト』完成（八月発表）。 5月　夫のある農婦アクシーニア・バズイキナとの関係がはじまる。 夏　新しい方式の農業経営を農民に提案。粘り強い交渉の末、ようやくの思いで受け入れられる。
一八五九	安政6	31	2・4　ロシア文学愛好者会入会演説。傾向文学に反対し、純文学の意義を強調。 4・5　『家庭の幸福』完成（五月発表）。 11月ごろ　ヤースナヤ・ポリャーナの屋敷内に学校を開き、農民の子供たちの教育をはじめる。
一八六〇	万延元	32	3・5　最初の教育論文『教育に関する覚書と資料』着手（発表されず）。 5月　アクシーニア・バズイキナとの関係つづき、「夫婦のような気持ち」を感じるまでになる。 6・25　夫と別居した妹マリアを連れて約九か月間の二度目の西欧旅行に出発。西欧各地の教育施設を見学。旅先でフレーベルの甥、ゲルツェン、プルードン、アウェルバッハに会う（翌年四月十三日帰国）。 夏　農民小説の試み。 9・20　兄ニコライ、肺結核で死去。深刻な打撃を受ける。十月、長編『デカブリスト』着想。
一八六一	文久元	33	3・14　ブリュッセルでロシアの農奴解放令を読み、きびしく批判する。 4～5月　教育雑誌『ヤースナヤ・ポリャーナ』の発行準備。 5・27　ツルゲーネフの娘の慈善事業をめぐり、トルストイとツルゲーネフ激論の果て、トルストイが決闘を申し込む。翌日ツルゲーネフが謝罪、決闘は回避される。しかし以後十七年にわたって絶交状態が続く。 秋　新装の校舎で、学校の第三シーズンがはじまる。
一八六二	文久2	34	2月　教育雑誌『ヤースナヤ・ポリャーナ』第一号発行。この雑誌に「教育と形成教育」「進歩と教育の定義」など十編以上の教育論文を発表。 5月　極度の心身疲労のためバシキール地方にクミス（馬乳酒）療法に出かける。 7・6～7　ヤースナヤ・ポリャーナの屋敷と学校が家宅捜索を受け、学校事業が不可能になる。 8月　旧知のベルス家の人々がヤースナヤ・ポリャーナを訪れる。 9・16　ソフィア・アンドレーヴナ・ベルスに手紙でプロポーズする。二十三日モスクワで挙式。新婦は十八歳。 12月　『コサック』完成（翌年二月発表）。
一八六三	文久3	35	2月　新しい長編（未来の『戦争と平和』）を着想。 6・28　長男セルゲイ誕生。 9・8　妹マリアが非嫡出子を出産。トルストイ

			一族に衝撃。このころ、兄セルゲイがソフィア夫人の妹タチヤーナと恋愛関係になり、トルストイはこの二つの恋愛関係の解決に苦慮する。「愛」の問題と格闘。
一八六四	元治元	36	10・4　長女タチヤーナ誕生。 秋~冬　長編『一八〇五年』執筆（のちに『戦争と平和』に発展）。
一八六五	慶応元	37	1・6　妹マリアの別居中の夫ワレリアン急死。トルストイは衝撃を受ける。 2・6　『一八〇五年』が『ロシア報知』誌に発表されはじめる。以後この長編執筆に専念。日記もほとんど書かれず（本格的再開は七八年から）。
一八六六	慶応2	38	5・22　次男イリヤ誕生。 6~7月　上官を殴り軍法会議にかけられた一兵卒シャブーニンの弁護人になる。しかし被告には死刑の判決が下る。体制の非人間性を思う。 11・10　長編小説の題名が『戦争と平和』になる。
一八六七	慶応3	39	6・7　兄セルゲイ、タチヤーナ・ベルスと交際をやめ、トルストイの尽力により、十八年越しの内妻で、被差別階級のマーシャと正式に結婚。
一八六八	明治元	40	3月　『「戦争と平和」について数言』を発表。 9月　ショーペンハウアーを読み、感動。『初等教科書』の最初の草案を作る。
一八六九	明治2	41	5~8月　カントとショーペンハウアーの著作を読み、人生について思索。ショーペンハウアーの翻訳を試みる。 5・20　三男レフ誕生。 9・2　旅先のアルザマスでかつてない強烈な死の恐怖に襲われる。 10月　『戦争と平和』完成（十二月発表）。
一八七〇	明治3	42	2・23　『アンナ・カレーニナ』着想。同じころ、ピョートル大帝時代に取材した歴史長編小説に着手。 12月　ギリシャ語の学習をはじめる。
一八七一	明治4	43	2・12　次女マリア誕生。 12月　『初等教科書』（第一編のみ）を組版にまわす。
一八七二	明治5	44	1~4月　邸内に学校を開き、家族とともに農民の子供たちを教育、『初等教科書』の効果を実験。 3月　『カフカースの捕虜』完成（五月発表）。 6・13　四男ピョートル誕生。 11~12月　ピョートル大帝時代の歴史を研究。 12月　『初等教科書』出版。売れ行き不振。
一八七三	明治6	45	3月　ピョートル大帝時代の長編を放棄し、『アンナ・カレーニナ』着手。 7月　サマーラ地方の飢餓を視察。『モスクワ日報』紙へ飢餓救済を訴える手紙を書き、夫人とともに自ら救済活動に当たる。 11・9　一歳半の四男ピョートル、ジフテリアで死亡。
一八七四	明治7	46	1月　モスクワで自身の教授法についての公開講座を開く。 4月　モスクワ初等教育委員会がトルストイの教授法について検討。結論出ず。十八日、トルストイは自分の教授法を検討してくれるよう文部大臣に手紙を書く。 4・22　五男ニコライ誕生。 5月　「民衆教育論」執筆（九月発表）。 6・20　「第二の母」ヨールゴリスカヤ死去（八十二歳）。 10月　『初等教科書』がようやく国民学校図書として文部省に認可される。

西暦	和暦	年齢	事項
			12月『初等教科書』の改訂を試み、それが『新初等教科書』の執筆・編集に発展。 このころ、自殺を考えるほどの危機、「生の停止」を体験。
一八七五	明治8	47	1月『アンナ・カレーニナ』、『ロシア報知』誌に連載開始。 2・20 五男ニコライ、生後十か月で脳水腫により死亡。 6月『新初等教科書』出版、好評。国民学校図書として認可。 10・30 女児ワルワーラ、早産で生まれ、死亡。 12・22 かつての後見人ペラゲーヤ・ユシコーヴァ死去。まる二年間で五人の近親者を失う。
一八七六	明治9	48	3月 パスカル『パンセ』読む。その内容と著者の生涯に感動。 『アンナ・カレーニナ』執筆と児童教育に打ち込む。
一八七七	明治10	49	5月『ロシア報知』誌編集主幹カトコフ、『アンナ・カレーニナ』第八編を反戦的（ロシア・トルコ戦争批判の）内容を理由に掲載拒否。トルストイ、単行出版を決意（翌年一月発表）。 7月 民衆的信仰をたずねて、オープチナ修道院を訪れる。 8月 ドストエフスキー、『作家の日記』で『アンナ・カレーニナ』の意義を論じる。 11月 ロシア正教の誤りを論証するため、宗教研究を始める。 12・6 六男アンドレイ誕生。
一八七八	明治11	50	1月 ニコライ一世とデカブリストについての歴史小説を構想。資料収集と研究に没頭。この年、長編『デカブリスト』を何度も書き直す。 4・6 パリのツルゲーネフに和解の手紙を出す。 8・8 ツルゲーネフ、ヤースナヤ・ポリャーナを訪れ、十七年ぶりに和解。
一八七九	明治12	51	3月 十八世紀の歴史小説を構想し、『デカブリスト』放棄。 6・14 キエフのペチェルスキー大修道院を訪れ、ロシア正教の形骸化を自分の心身で確認。 10・1 モスクワに近い三位一体セルギー大修道院を訪れ、レオニード副院長と宗教論。教会教義との絶縁を決意。 10月中旬 現存の宗教を否定し、自分自身の信仰を明らかにするため、宗教論文を書きはじめる（のち『懺悔』『教義神学研究』『四福音書の統一と翻訳』『私の信仰』へと発展）。 11～12月『教会と国家』執筆（九一年ベルリンで発表）。
一八八〇	明治13	52	1～2月『懺悔』を書き、『教義神学研究』に着手。 3月『四福音書の統一と翻訳』に着手。 5月 六月に行われるモスクワ都心のプーシキン記念像除幕式典への参加を辞退。このころ、トルストイが発狂したとの噂がモスクワに流れる。 12・20 七男ミハイル誕生。
一八八一	明治14	53	2・2 ドストエフスキーの死（一月二十八日）を知り、もっとも近しい人を失ったと感じる。 3・1 アレクサンドル二世ナロードニキによって暗殺される。中旬、トルストイ、新帝アレクサンドル三世に犯人の処刑を中止するよう求めた書簡を送る。 春『四福音書の統一と翻訳』を縮約、簡明にした『要約福音書』完成。つづいて夏、『四福音書の統一と翻訳』完成。 7月中旬 民話風の「人は何で生きるか」執筆。 9・15 一家でモスクワに移る。年長の子供の教育などのため。 10・31 八男アレクセイ誕生。

一八八二	明治15	54	1・13〜25 モスクワ人口調査参加。都市貧民の惨状を知り、『では、われわれは何をするべきか』を書きはじめる。 3月 『懺悔』完成。『ロシア思想』誌掲載が決まる。しかし、検閲により発表できず（全編発表は八四年ジュネーヴで）。 7・14 モスクワ、ハモーヴニキの屋敷を買う（現トルストイ邸宅博物館）。
一八八三	明治16	55	1月末 『私の信仰』を書きはじめる。 6月下旬 病床のツルゲーネフから文学活動への復帰を呼びかけた最後の手紙を受け取る（八月二十二日ツルゲーネフ死去）。 10月中旬 のちに忠実な弟子となるチェルトコフを知る。
一八八四	明治17	56	1・29 『私の信仰』完成。独自の信仰を主張する。地下出版のかたちで広まる。 2〜3月 孔子、老子を読む。 6・17 ソフィア夫人と「深刻でやりきれない」会話ののち、自分の信仰を実現するため、家出を決行。しかし身重の夫人を思い出し、引き返す。翌朝、三女アレクサンドラ誕生。 11・21 のちにトルストイの伝記作者、忠実な弟子となるビリュコフを知る。同月下旬、チェルトコフ、ビリュコフとともに民衆のための出版所「ポスレードニク」を創設。
一八八五	明治18	57	1月上旬 作品著作権をソフィア夫人に譲る。 1月 キシニョフでトルストイの思想に共鳴した最初の兵役拒否事件が起こる。 3月以降 「ポスレードニク」の出版活動と並行して民話形式の短篇「イワンのばか」「人間にはどれだけの土地が必要か」「三人の隠者」など十数編が発表される。
一八八六	明治19	58	1・18 八男アレクセイ四歳で死亡。 3月 久しぶりの文学作品『イワン・イリイッチの死』完成（四月発表）。 7月 足にけがをし、丹毒にかかる。病床で『生命論』を着想。トルストイ主義の構築がはじまる。 一〇〜一一月 戯曲『闇の力』執筆。
一八八七	明治20	59	2月上旬 「ポスレードニク」から『闇の力』発行。 2月下旬 『生命論』執筆開始。 3・14 モスクワ心理学会で『生命論』の草稿をもとに講演。 6月上旬 判事で作家のコーニから女囚ロザリアの話を聞く（のちの『復活』の素材）。このころ『光あるうちに光の中を歩め』完成。 10月上旬 若きロマン・ロランに長文の手紙を書く。『クロイツェル・ソナタ』着手。 12月 『生命論』完成。
一八八八	明治21	60	3・31 九男イワン誕生。 4・5 宗務院、『生命論』を発禁処分にする。
一八八九	明治22	61	4月下旬 芸術に関する論文を書く。 10月 『クロイツェル・ソナタ』完成。のちに「あとがき」を付す。このころ『悪魔』を書きはじめ、性欲の問題と取り組む。 12月下旬 『コーニの冒険』（のちの『復活』）に着手
一八九〇	明治23	62	2月 『神父セルギー』に着手。 7・8 非暴力を主張する『神の国はあなたのなかにある』執筆開始。
一八九一	明治24	63	ひきつづき『神の国はあなたのなかにある』執筆。 9・19 一八八一年以降の著作権放棄を宣言。 この年、ロシアを大飢饉が襲う。トルストイは数多くの仲間とともに、食堂開設、救援物資の分配、

			募金等、精力的な救済活動を行う。しかしこの活動は当局に危険視される。
一八九二	明治25	64	ひきつづき、救済活動と『神の国はあなたのなかにある』の執筆をつづける。ロシア在住で日本帰国後トルストイ普及に尽くした小西増太郎を知る。
一八九三	明治26	65	5月　『神の国はあなたのなかにある』完成（ロシアでは発表できず、国外で発表）。トルストイ主義、ほぼ体系化される。 10月　『老子』の翻訳を試みる。
一八九四	明治27	66	1月　『神の国はあなたのなかにある』ベルリンでロシア語によって発表。 8月下旬　最後の家出に同行した医師マコヴィツキーを知る。 9・5　ヘンリー・ジョージの理論をもとに、地代を農民の共同出資に用いることを農民に提案。
一八九五	明治28	67	2・23　九男イワン猩紅熱のため六歳で死亡。 7・1　『復活』第一稿書き終わる。 8・8～9　チェーホフ来訪。 9月　国家制度を忌避するドゥホボール教徒弾圧に関する論文を書く。
一八九六	明治29	68	9・26　徳富蘇峰と深井英五、トルストイを訪問。 11月　『芸術とは何か』執筆。
一八九七	明治30	69	この一年間を通じ、『芸術とは何か』執筆。
一八九八	明治31	70	1～2月　『芸術とは何か』発表。トルストイ主義の体系化完了。 7・14　ドゥホボール教徒のカナダ移住資金調達のため『復活』『神父セルギー』出版を決意。 10・6　レオニード・パステルナーク、ヤースヤナ・ポリャーナ来訪。『復活』の挿絵を承諾。

			二十日、週刊『ニーワ』から『復活』掲載の前金として一万二千ルーブルを受け取る。『復活』執筆に全力を注ぐ。
一八九九	明治32	71	3・13　『復活』、『ニーワ』誌に連載開始。途中何度かの休載をはさみ十二月二十五日に完結。
一九〇〇	明治33	72	トルストイの思想を芸術化した長編『復活』が世界的反響を呼ぶ。 1・13　ゴーリキー来訪。 7月　『殺すなかれ』『現代の奴隷制』執筆。
一九〇一	明治34	73	2・24　宗務院による破門決定を知る。 4・4　『宗務院への回答』脱稿（発禁処分）。 9月以降　『宗教とその本質』執筆。
一九〇二	明治35	74	1月下旬～2月上旬　狭心症の発作。肺炎を併発し危篤におちいる。四月上旬に床を離れたが、五月再び腸チフスにかかる。体力が目立って衰える。 七月以降　『ハジ・ムラート』執筆（翌々年十二月完成、死後発表）。
一九〇三	明治36	75	6～8月　『舞踏会のあとに』執筆（死後発表）。
一九〇四	明治37	76	1～4月　日露戦争が起こり、それに反対して『悔い改めよ』執筆。六月十三日イギリスで発表。翌日、英独仏誌に訳載。日本では幸徳秋水、堺利彦の共訳により『爾曹悔改めよ』の題で『平民新聞』第三十九号に発表される。ほぼ同時に『東京朝日新聞』にも掲載。与謝野晶子の詩「君死にたまふことなかれ」など、反響が生じる。 8・23　兄セルゲイ死去。
一九〇五	明治38	77	1月　第一次ロシア革命起こる。暴力抗争の激化を悲しむ。 年末「世紀の終わり」執筆。
一九〇六	明治39	78	6・17～21　徳冨蘆花ヤースナヤ・ポリャーナ

			滞在。 11・27 次女マリア三十五歳で死去。 11月「ロシア革命の意義について」発表。
一九〇七	明治40	79	7月 ストルイピン首相に弾圧中止と土地の私有廃止を要求する手紙を書く。『一人たりとも殺すなかれ』執筆（検閲ミスで九月発表されてしまう）。
一九〇八	明治41	80	4月「インド人への手紙」ロシアで発表。 5月 死刑廃止を訴え『黙ってはいられない』執筆（八月発表）。 8・28 生誕八十年記念。政府の監視弾圧が強まる。
一九〇九	明治42	81	1・2『キリスト教と死刑』完成。
一九一〇	明治43	82	1月「インド人への手紙」、ガンディー編集の雑誌『インディアン・オピニオン』に発表。 9・6 ガンディーに無抵抗の意義を述べた手紙を送る。 9・13「自分だけの日記」ソフィア夫人に発見される。 秋「社会主義について」着手。 10・28 早朝六時医師マコヴィツキーをともなって、家出決行。のちに娘アレクサンドラ、その友人フェオクリトワも付き添う。オープチナ修道院、シャモルディノーを経て南に向かう。三十一日夕方、悪寒を覚え、リペツクに近いアスターポヴォ駅で途中下車。駅長オゾーリンの宿舎で病臥。 11・2 ソフィア夫人、子供たち、弟子などが来る。 11・7 午前六時五分死去。遺体はヤースナヤ・ポリャーナに運ばれ、九日、邸内の林に埋葬される。十三日、絶筆論文「現実的な手段」を『レーナ』紙に発表。

一九一九	大正8		11・4（新暦）ソフィア夫人、七十五歳で死去。

（能見孝一編・藤沼貴補）

あとがき

私は『トルストイの生涯』という本を書いたのち、トルストイについてもう少し大きい本を書きたいという想いをいだくようになったし、トルストイについての本を書き、世に出すことが必要なことを疑わなかった。しかし、それが経済的に効率のよいものではないことも認めざるをえなかったし、出版界の環境も悪化する一方だった。

その逆風のなかで、この本の制作に踏み切った出版社の英断に私は驚いた。だが、出版の作業が進むにつれ、私の驚きは高まった。たいていは著者がいろいろな要望を出し、出版社はその対応に苦慮するのが普通で、私も常にそのような経験をしてきた。ところが、今度ばかりは、数度にわたる校正、多数の写真、図版、地図の掲載、索引の添付など、面倒なことがほとんどすべて出版社の主導で行われたからである。

その結果、この本は私が当初予想したよりはるかに立派な「大著」になった。著者は自分が書いたものに対して自信と誇りをもつべきであり、過度の謙遜をするべきではないと思う。また、私は自分のもてる能力と知識をこの本のために最大限に使った、少なくとも、使おうと努力した。しかし、堂々たるこの本を見ながら、私は自分の書いた内容がそれにふさわしいだろうかという不安を、抑えることができない。

しかも、本書はトルストイ死後百周年に当たる二〇一〇年末の一年半前という、もっとも望ましい時点で上梓されることになった。その上、世界はこの本の制作が始まった直後の二〇〇八年後半から、予想をはるかに超えた速度で急激に動き、根本的な質的変化が広範囲に起ころうとしている。人々はこれを「百年に一度の危機」と呼んでいるが、二世紀以上つづいた時代の終焉というべき転回である。トルストイはまさにこの終末を予感した人の一人だったのだ。

私はこの本をあくまで広い範囲の一般的な読者に向かって書いた。少数の専門家を意識したのではない。いささか重い本であることは自認せざるをえないが、できるだけ多くの人たちに読んでいただきたいというのが、すべての著者と同じように、私の願いである。

＊

従来の慣例によれば、巻末に参考文献一覧をつけるのだが、それはしないことにした。トルストイ、シェークスピアなどの場合、文献は無数にあり、しかも、世界中で日々生産されている。トルストイについて世界で生み出される文献は年に数百を下らないだろう。私一人が目を通したわずかな本や論文を並べても読者に益することは少ないだろうし、印刷されて固定された書目一覧は日々に劣化し、古びてしまう。そこで、私は文献を並べるのをやめ、次のことを付記するにとどめることにした。

①トルストイ関係の文献ついては、法橋和彦編『トルストイ文献』（トルストイ全集　別巻　河出書房新社、1978）がある。1978年はじめまでの日本語の文献（翻訳を含む）はほとんど網羅されている。1974年ころまでにロシア・ソ連で出版された重要なものも、これにまとめられている。

この文献一覧は大阪外国語大学紀要57、60（両方とも1982）にも掲載されているが、私の知るかぎり、電子化されていない。

② 1978年以降の文献一覧は、現在日本トルストイ協会で作成中。来年（2010年）のトルストイ没後百周年行事の一環として完成され、一般にも公開される予定。2009年中にそれについての情報が日本トルストイ協会のホームページ http://www.chobi.net/~tolstoy/ に掲載される。

③現時点で1978年以降のトルストイ関係の出版物を調べるには各図書館の図書検索を利用するほかはない。近年ではそれぞれの地方の図書館がかなり充実していて、普通の需要には十分応えてくれる。ある程度くわしい資料は国立国会図書館 http://www.ndl.go.jp/、北海道大学スラブ研究センター http://src-h.slav.hokudai.ac.jp/、早稲田大学図書館 http://www.wul.waseda.ac.jp/ などを検索して知ることができる。

英語、その他の言語の資料検索は、アメリカ国会図書館 http://www.loc.gov/ を検索するのが手っ取り早い。

④ロシア語のものは、日本なら、上記の北海道大学スラブ研究所、早稲田大学図書館などを検索するのがよい。

ロシアなら、モスクワのロシア国立図書館 http://www.rsl.ru/、ペテルブルクのロシア民族公開図書館 http://www.nlr.ru/ などを検索すればよい。

作品原文のダウンロードも含めて

http://az.lib.ru/t/tolstoj_lew_nikolaewich/

http://www.levtolstoy.org.ru/

http://www.kulichki.com/inkwell/alfcat.htm も利用できる。

ある程度本格的に研究する場合には、モスクワのトルストイ博物館 http://www.tolstoymuseum.ru/ にアクセスすることが不可欠。個人でアクセスすることも容易だが、日本トルストイ協会を通じるほうが便利。

〖せ〗

〖ち〗

〖て〗

〖と〗

〖に〗

〖ね〗

〖は〗

〖ひ〗

〖ふ〗

〖ほ〗

〖み〗

〖も〗

〖や〗

〘トルストイの作品索引〙

〖し〗

〖す〗

〖せ〗

〖く〗

〖け〗

〖こ〗

〖さ〗

〘事項索引〙

〖や〗

〖ゆ〗

〖よ〗

〖り〗

〖る〗

〖れ〗

〖ろ〗

〖わ〗

〖地名索引〗

〖へ〗

〖ほ〗

〖ま〗

〖み〗

〖に〗

〖ね〗

〖の〗

〖は〗

〖ひ〗

〖ふ〗

〘人名索引〙 トルスト イの作品中の人物は**ゴシック体**で示した

プロフィール
藤沼　貴（ふじぬま・たかし）
1931年、中国遼寧省鞍山市生まれ。早稲田大学大学院ロシア文学専攻博士課程修了。早稲田大学教授を経て、創価大学客員教授、早稲田大学名誉教授、文学博士。
18〜19世紀ロシア文学専攻。
著書に　『トルストイの生涯』『ロシア、その歴史と心』（以上、第三文明社）、『近代ロシア文学の原点──ニコライ・カラムジン研究』（れんが書房新社）、『新版ロシア文学案内』（岩波文庫。共著）、『和露辞典』（研究社）、『ロシア語ハンドブック』（東洋書店）その他
訳書に　『幼年時代』『少年時代』『戦争と平和』（以上、岩波文庫）、『アンナ・カレーニナ』『復活』（以上、講談社）、『トルストイの民話』（福音館書店）その他

トルストイ

2009年7月7日　初版第1刷発行

著　者　藤沼《ふじぬま》　貴《たかし》

発行者　大島光明

発行所　株式会社　第三文明社
東京都新宿区新宿1-23-5
郵便番号　160-0022
電話番号　03（5269）7145（営業代表）
　　　　　03（5269）7154（編集代表）
URL　http://www.daisanbunmei.co.jp
振替口座　00150-3-117823

印刷所　株式会社　精興社
製本所　牧製本印刷株式会社

Printed in Japan
ISBN 978-4-476-03300-7